〔美〕海明威　著
张　迪　译

上册

海明威新闻集

By-Line: Ernest Hemingway

海明威全集

四川大学出版社

项目策划：段悟吾
责任编辑：唐　飞
责任校对：李施余
封面设计：天恒仁文化传播
责任印制：王　炜

图书在版编目（CIP）数据

海明威新闻集 ： 全 3 册 / （美）海明威著 ； 张迪译. — 成都 ： 四川大学出版社， 2018.7
（海明威全集）
ISBN 978-7-5690-2136-3

Ⅰ. ①海… Ⅱ. ①海… ②张… Ⅲ. ①新闻－作品集－美国－现代 Ⅳ. ① I712.55

中国版本图书馆 CIP 数据核字（2018）第 173310 号

书名　海明威新闻集
HAIMINGWEI XINWENJI

著　　者	海明威
译　　者	张　迪
出　　版	四川大学出版社
地　　址	成都市一环路南一段 24 号（610065）
发　　行	四川大学出版社
书　　号	ISBN 978-7-5690-2136-3
印前制作	天恒仁文化传播
印　　刷	成都市兴雅致印务有限责任公司
成品尺寸	145mm×210mm
印　　张	35
字　　数	589 千字
版　　次	2020 年 3 月第 1 版
印　　次	2020 年 3 月第 1 次印刷
定　　价	118.00 元（全 3 册）

扫码加入读者圈

◆ 读者邮购本书，请与本社发行科联系。
电话：(028)85408408/(028)85401670/
(028)86408023　邮政编码：610065
◆ 本社图书如有印装质量问题，请寄回出版社调换。
◆ 网址：http://press.scu.edu.cn

四川大学出版社
微信公众号

序言

众所周知，海明威是一个生活经历异常丰富的知名作家，同时也是一个在世界上享有盛名且写作风格鲜明的文学大师。海明威复杂的生活经历描绘了他所有作品的故事曲线，也构成了他作品中丰富多彩的主题。

首先，就个人浅见，有必要剖析一下海明威的成长经历。海明威出生于美国芝加哥以西的一个郊区城镇，当地人口并不密集，因此给了海明威一个平静、舒适的童年生活。幼时的海明威喜欢读图画书和动物漫画，听稀奇百怪的故事，也热衷于缝制各种物件。少年时期的他更喜欢打猎、钓鱼，内心充满了对大自然的好奇与敬畏，这一点在他多部作品中都有体现。在初中时，海明威为两家文学报社撰写过文章，这为他日后成为美国文学史上一颗璀璨的明星打下了基础。高中毕业以后，海明威拒绝上大学，他去了在美国媒体界具有举足轻重地位的《堪城星报》，成了一名记者。虽然他只在《堪城星报》工作了6个月，但这6个月的时间使他正式开始了自己的写作生涯，并且在文学功底方面受到了良好的训练。1918年，第一次世界大战爆发，海明威不顾家人反对，毅然辞掉了工作，去战地担任救护车司机。战场上的血流成河令海明威极为震惊。由于多次目睹了战争的残酷，给海明威的创作生涯提供了丰富的素材和灵感。在他早期的小说《永别了，武器》中，他进行了本色创作，揭示了战争的荒唐和残酷的本质，反映了战争中人与人之间的相互残杀以及战争对人的精神和情感的毁灭。1923年，海明威出版了自己的处女作《三个故事和十首诗》，使他在美国文坛崭露头角。1925年，海明威出版了《在我们的时代里》这一短篇故事系列，展现了他简洁明快的写作风格。随后海明威出版了多部长篇小说和大量的短篇小说，令他成为美国“迷惘的一代”作家中的代表人物。他凭借《老人与海》获得了1953年美国的普利策奖和1954年的诺贝尔文学奖，这将他推上了世界文坛的制高点，可以说，《老人与海》是他文学道路上的巅峰之作。

其次，感情生活的错综复杂给海明威的作品增添了大量的情感元素。海明威有过4次婚姻经历，这些经历赋予了海明威不同寻常的爱情观。司各特·菲茨杰拉德曾打趣道："海明威每写一部小说就要换一位太太。"连他自己都没有想到，这竟然一语成谶。世人皆知，海明威有四大巅峰之作，分别是《太阳照常升起》《永别了，武器》《丧钟为谁而鸣》和《老人与海》，而他的确先后娶了4位太太。据考证，1917年，海明威和一位护士相爱，但是不久后，这位护士便嫁给了一位富有的公爵后代。海明威对爱情始终抱有完美主义情结，这样的结局令海明威无法接受，甚至产生愤恨之情。因此，海明威常常将女人比作妖女，这一点在他的多部作品中都有体现。1921年，海明威与他的第一任妻子哈德莉结婚，但是婚姻观的差异最终使两人分道扬镳。不得不说，哈德莉对海明威的文学创作起到了至关重要的作用。在她的帮助下，海明威结识了著名女作家斯泰因并学会了法文。这段时期，海明威佳作不断，哈德莉却毫无成长，这导致两人的婚姻关系变得恶劣。1926年，海明威出版了《太阳照常升起》，这部小说使他声名大噪，也间接宣告了海明威与哈德莉婚姻关系的破裂。1927年，海明威与第二任妻子宝琳结婚，两人在佛罗里达州和古巴过了几年宁静而美满的婚姻生活。海明威在这几年完成了他的不朽名作《永别了，武器》。然而，没过几年，海明威对宝琳开始厌倦，同时他遇见了他的第三任妻子——战地女记者玛莎。最开始，海明威以玛莎为荣，并为她创作了《丧钟为谁而鸣》，令人叹息的是，这对最为相配的夫妻也在1948年结束了婚姻关系。海明威的第四任妻子维尔许是一名战时通讯记者，她的主要工作是研究分析政治和经济资料，为三大杂志提供背景资料。婚后，维尔许放弃了自己的工作，专心照顾家庭，但这仍未能给两人的婚姻带来一个美满结局。1961年，海明威在家中饮弹自尽，享年62岁。

对大自然的喜爱之情和对生命的敬畏丰富了海明威小说的主题，纷然杂陈的情感生活和不同寻常的生活环境造就了海明威作品中跌宕起伏的故事情节。因此，海明威的每篇长篇小说、短篇小说、新闻及书信都有着鲜明的个人风格。海明威用最简洁明了的词汇，表达着最复杂的内容；用最平常轻松的语言，揭示着事物的本来面貌。他的每部小说都不冗不赘，造句凝练，丝毫没有矫揉造作之感。虽然语言简洁，但是海明威的故事线索依然清晰流畅，人物对话依然意蕴丰富。海明威曾这样形容自己的写作风格：“冰山在海里移动之所以显得庄严宏伟，是因为它只有八分之一的部分露出水面。”这无疑是个非常恰当的比喻，十分形象地概括了海明威对自己作品的美学追求。海明威最开始创作了众多短篇小说，使他在文坛中占有一席之地，后来《太阳照常升起》的出版，奠定了他在“迷惘的一代”代表作家中的突出地位。“迷惘的一代”是两次世界大战期间在美国涌现出的一类作家的总称，他们共同表现出的是对美国社会发展的一种失望和不满。他们之所以迷惘，是因为传统价值观念完全不再适宜战后的世界，可是他们又找不到新的生活准则。海明威将“迷惘”这一形容词表现得淋漓尽致，他用深刻而典型的对话将第一次世界大战后青年的彷徨与迷惘的心声书写了出来。可以说，海明威的大量文字都散发着战时与战后美国青年对现实的绝望。海明威不仅竭尽所能地阐发着自己对“迷惘”的认知，同时也表现着自己内心的“硬汉观”。海明威一向以“文坛硬汉”而著称，他是美利坚民族的精神丰碑，代表着美国民族坚强乐观的精神风范。在《老人与海》中，海明威用风暴、鲨鱼等衬托出了一个“可以被消灭，但是不可以被打败”的硬汉形象，同时也反映了自己英勇、坚定的生活态度。海明威的众多作品中不仅充斥了“迷惘”“硬汉”等思想，还有他对自然与死亡的理解。作为一个对生命有着独特理解的文学大家，海明威形成了对死亡的坦荡、豁达的态度。《午后之死》就明确指出："所有的故事，要深入到一定程度，都以死为结局，要是谁不把这一点向你说明，他便不是一个讲真实故事的人。"这里海明威想要表达的是"死亡是人生的终点，任何人不可逃避"这一观点。《老人与海》中也有海明威对自然生态的看法，海明威利用桑迪亚哥、环境与鱼类的关系形象地阐述了：人不能过于追求物质享乐，要尊重自然、节省资源、保护生态环境，这样才能达到人与自然的和谐。总之，海明威的作品中光彩夺目的主题思想和艺术风格来源于他探究人类文明过程中对生命的思考。

海明威的创作经历了一个复杂的发展变化过程。在早期的作品中，海明威表达了其对西方资本主义日趋腐朽的绝望和其内心痛恨战争的不满情绪，文字中蕴藏着一种悲观和颓废的色彩。直到创作中期，海明威才改变了这种思想，开始对西方资本主义和战争的本质有了新的认识，这是他心路历程中的一个重大发展。海明威的后期作品依旧延续着其早、中期的写作风格和迷惘情绪，但是却比其早、中期作品表现得更加明显。值得一提的是，海明威的创作中也充斥了大量的意识流和含蓄表达，从而使读者在真假变换中感受到人物或强烈或浪漫的内心世界。

为了便于海明威文风的欣赏者了解海明威，我们特出版“海明威全集”系列丛书，包含海明威的多部小说、书信、新闻稿、诗歌等作品。读者可从中感受到海明威渴望心灵的自由却求索不得的无奈，也可感受到海明威对内心、对生命最强烈的回响。海明威的作品无论在中心思想层面，还是在语言风格方面都有其独到之处，因此他的作品读来令人回味无穷。对于欣赏者来说，要具备独特的艺术鉴赏力和审美修养才能发掘海明威“海面下的宏伟冰山”，从而产生更多对生命的思考。

目录

画作轮流欣赏

《多伦多星报周刊》1920年2月14日

一幅伦勃朗[1]的风俗画、米勒[2]的现代照，抑或是塞尚[3]或者莫奈[4]的照片，都富有浓郁的生活气息及鲜明的时代特征，它们能否给你的房子增添一点点艺术气氛？如果真的不能，单单评价某件作品，这件作品或许非常有特色，或许就成了某个特定时期最具价值的珍藏品。

多伦多有一位名叫W. 戈登·米尔的女士。去年春天，她去加拿大拜访了一位艺术家，这位艺术家倡导“艺术应该体现人内心的愤怒和情感”，其艺术理论在当时是相当有名的。起初W. 戈登·米尔只是想欣赏艺术家的画作，但是在聊艺术的过程中两人相谈甚欢，他们对艺术有很多相同的看法。于是W. 戈登·米尔夫

[1]欧洲17世纪最伟大的画家之一，也是荷兰历史上最伟大的画家。

[2]现实主义绘画大师，是法国近代绘画史上最受人民爱戴的画家。

[3]后期印象画派的代表人物，是印象派到立体主义派之间的重要画家。

[4]法国画家，印象派代表人物和创始人之一，也是法国最重要的画家之一，印象派的理论和实践大部分都由他推广。

人顺其自然地产生了合作的想法，她想要和艺术家一起协商办“流通画廊”，艺术家也欣然同意了。现在，“流通画廊”或者说画作的流通工作正在积极筹备中，这当然受到很多人尤其是有艺术热情的人的青睐。画作轮流欣赏运动就这样在法恩海路兴起。

住在西布洛尔街152号的肯尼斯·T.杨夫人是一位艺术人士。她在和其他的流通者们进行讨论时，就艺术家署名问题进行了一番激烈的争论。她们认为如果发表作品署名或者艺术家署名的话，“流通画廊”就会变得非常商业化，最终可能开展不下去，名誉也会被毁。因为当你一想到自己讨厌的人有可能就是这样一幅精彩画作的主人时，那么你就不想把它挂在家里了，你的心情也会变得不太好了。不然你可以换个角度想想，如果公立图书馆里的《依兰》没几个人去欣赏，那将会让人怎么想，那将会是怎样的感受……所以，“流通画廊”现在是一个有着紧密合作的企业。

据本报记者调查发现，“流通画廊”是这样运作的：年轻的主妇们先挑画，而这些画的创作者不见得就是有名的艺术家，他们有的一贫如洗，有的只能勉强糊口，但这并不代表他们的画作没有吸引力，至于具体选谁的画作，这取决于艺术家的人气以及艺术家背后团队的推广能力。主妇们每选一幅画，相应的艺术家都会获得画作价值的10%的收入，而主妇们则能保留画作6个月，且每个主妇都可以将任意两幅画带回家中。直到她们对这些画作失去兴趣，或者有人强烈要求希望交换画作，那主妇们就得把自己拥有的画作与画廊中离她最近的某个主妇拥有的画作进行交换。

假如某个画家画了一幅画，且正如别人所说的是“一幅体现内心愤怒的画作”，那么这幅画一旦被挂起来就会让人有巨大的受压迫感。所以挂了几天后，主妇们就会在丈夫的要求下把这样的画作和别人手中的画作进行交换。

如果有一幅画作体现的是美好的田园风光，那就很有可能把丈夫的目光强烈吸引住。那么这样的一幅画能否继续挂在家里呢？丈夫因为迷上了田园画，也就没法再管理家务事了。所以夫妻之间可能会因为这幅画而产生矛盾，时间长了，诸如穿衣服、买帽子的小事都会导致他们吵架。

这样的一个流通过程，让艺术家们得到了不少好处：他的名气会大大增加，他的画作会被更多的人欣赏；6个月后，画作仍然为艺术家所有，并能被别人观看；最大的好处是艺术家可以把画作卖出去。这样的话，“流通画廊”的商业化就无法避免的了。

免费剃须

《多伦多星报周刊》1920年3月6日

美国以南的某个共和国非常勇敢，一些人民喜欢用一些词汇形容自己的国家，例如“免费的国度”“勇敢者的家园”等。其实，这个国家并没有什么东西是免费的。免费的午餐已经成为历史，若你想加入共济会，有人会告诉你，可以加入，但需要入会费。不过真正免费的地方还是有的，那就是理发师学校。理发师学校的一切都不用花钱，但是你需要有十足的勇气。如果你每个月想省下刮脸和剪头发的钱，那就去理发师学校吧，但你一定要带上勇气。因为你一旦去了这样的学校就会饱受耻辱，而且你的脸皮一定非常厚，这样的道路其实无异于一条死亡之路。如果你认为我说得很夸张的话，就跟我一起去理发师学校的初级部看看吧，我真的去过。

我当时怀着忐忑不安的心情进入了理发师学校，刚走进大楼，就能看到一家理发店。这里是快要毕业的学生们实习的地方，价格十分便宜：刮胡子5美分，剪头发15美分。

一个理发师学校的学生叫道："下一个。"

其他人则是一脸期待的表情。

我说："不好意思，我想去楼上。"

顿时，理发店鸦雀无声。年轻的理发师们你看看我，我看看你……

"楼上可以免费理发、刮脸，因为一些理发店的初学者在那儿打点。"一个店里的员工说。

"那我就去楼上看看。"当时我轻声地说。

听我说完后，他们又开始你看看我，我看看你，大家貌似都能心领神会。

我淡定地走上了楼。

楼上有一群年轻小伙子，他们穿着统一的白色外套，站得也很有规律。椅子靠墙排成一排，前面也围了一圈。

"你们大家都过来，这儿又来了一个。"一个站在椅子边穿着白外套的年轻人喊道，其他人则没有动。

"爱谁去谁去。"另一个年轻人回应道。旁边的人都立定站好。因为这是没有小费的，所以大家都不争着干。然而是政府把他们送到这里来的，所以还是有人过来了。

一个年轻人，红头发，皮肤白白的，顺手推了一张椅子到我面前，我很自然地坐下了。

他的剃须技术很不错。于是我们就热聊了起来。

“你们来这儿很长时间了吗？”我开口问道，不让自己再去想那些折磨人的事。

“不算太长。”他回答得很坦然。

我又问：“你还要等多久才能够去楼下工作？”

他一边给我的脸抹上肥皂，一边笑着说：“哦，我现在已经在楼下工作了。”

“那你为什么又回这里了呢？”我问道。

“我出了点事故。”他一边回答，一边继续给我的脸抹肥皂。

这时，一个没事做的年轻小伙走了过来，目不转睛地盯着我。

“你想要被割破喉咙吗？”他兴奋地问。

“我不想！”我说。

“哈，哈……”其他人顿时哄堂大笑。

这时，我注意到我的理发师的左手缠着绷带。

“你的手怎么了？”我问。

“今天早上，剃须刀差点切到我的大拇指。”他笑着回答我。

……

红头发的理发师说，有时候每天过来免费剃须、剃头的人有上百个。

“他们并不都是穷鬼，有的人非常富有，但是其中很多人都想趁机占便宜，他们都认为反正不要钱，时间长了可以省很多钱。”

当然，多伦多在很多方面都提供免费服务，涉及很多行业，不仅仅提供免费理发服务。因为假如你去位于休伦街或者学院路的皇家学院，那里的牙科分部一定会帮你检查牙齿，帮你治疗牙科疾病，而他们只收取治疗所用的材料的费用。这对于到处找便宜货的人们来说应该很有吸引力。

如果你准备去私人牙医诊所洗牙的话，通常都要花费10美元或者更多，但若是去这种提供免费服务的场所，全面洗牙的费用仅仅是50美分或者更少。如果你去其他地方拔牙，通常牙医每拔一颗牙会收取3美元的费用；但是这种专门提供免费服务的地方就不一样了，他们甚至也可以免费。如果你用当地的一种麻醉药，这样的拔牙都可以是免费的，他们只收取2美元的燃气费。在皇家学院的牙科部，就算你把30颗牙全部拔掉，同样也只收2美元。据诊所监察部部长F. S. 贾曼博士说，目前已有大约1000个人享受过此项治疗优惠。所有的治疗工作都是由学院的大四学生在牙科特别专家的指导下进行的。

修整牙齿细缝也是如此。更不可思议的是，在病人同意的情况下，皇家学院还可以为你镶金牙，费用也在1美元到2美元之间。

皇家学院从来不会将任何人拒之门外，不管你是有地位的人还是没地位的人，不管你是富翁还是平民。只要是来看病的，就算病人们没有能力支付最少的那一部分费用，他们还是会给予其无微不至的照顾和治疗。所以那些小气而抠门的人这样算下来可以省下不少钱。

格雷斯医院位于休伦街皇家学院的对面，那儿有一家免费的诊所，专门为有需要的穷人提供免费的医疗服务，每个月平均要接待1241位病人。

这项服务针对的是有需要的“极其穷困”的人。有些人虽然穷，但没有被社会护理服务部认定为“极其穷困”，如果其要想获得格雷斯医院提供的医疗服务，还是得自掏腰包。根据格雷斯医院的数据调查，上个月超过一半以上的接受治疗的病人都是犹太人，其他的还有英国人、苏格兰人、意大利人、马其顿人，除此之外，还有一些国籍不明的病人。

对于这种免费服务，有很多都是你想象不到的，例如位于皇后贾维斯街的弗雷德·维克托教堂不仅提供免费的信教，还提供免费的食物，而且想吃多少就能吃多少。但是后来他们却逐渐地取消了这种服务，因为人们不再需要他们的供给了。严打政策以及战争已经解决了过去的流浪汉难题。过去流浪汉和一些穷人们在维克托教堂前面排着长长的队领取免费用餐券的情况如今基本没有了，有的时候也只有一两个人过去领取。

当然，如果你还想要免费的房子、免费的交通或者免费的医疗救助，最直接的办法就是朝一个最魁梧的警察大步走去，接着毫不犹豫的一拳打在他的脸上。

你获得的免费住房和交通的时间长短由你打的那个警察当时的感受决定，而你获得医疗救助的多少则取决于警察的个子。

爱好体育的市长

《多伦多星报周刊》1920年3月13日

切尔奇市长是一位热爱体育的人，他对各项体育竞赛都非常热爱，尤其是拳击和曲棍球。只要有男子运动会，不管规模如何，他都想去。当然，任何可吸引投票人的活动，如弹子游戏、青蛙跳和“井”字游戏竞赛等有达到投票年龄的市民观看的活动，市长一定会热情出席。但是一些竞赛是年轻人举办的，由于年龄的限制，所以市长会克制自己的出席。

这是一场精彩的拳击比赛。市长毋庸置疑地出现在比赛现场，当然他是独自去的。他给我留下了深刻的印象。因为他向所有的朋友和那些知道他的人鞠躬，并与身边的每个人都郑重地握了手。似乎他并不清楚比赛是什么时候结束的，因为在最后一场结束钟声响起的时候，他依然在与人握手。

“那是谁？”我旁边的人问。

“市长。”我回答。

旁边的人大声呼喊道：“他不就在前面吗？”

在休息期间，市长还站起来看了下人群。

他的确太喜欢这场竞赛了。

“他在干什么，数人数？”旁边的人问道。

我略带猜测地说：“不是吧，或许是因为自己太爱体育了，想让别人都了解自己，认识这位爱体育的市长。”

“就在前面！”我身旁的人带着粗鲁的语气大声说道，同时还指了指市长。

由于这种举动，市长让很多人都认识了他，他也认出了人群中的很多熟人。他很兴奋，手舞足蹈，向所有人挥手。更为搞笑的是，在他不停地握手时，他还与所有穿制服出席活动的士兵们一一握手，跟其中一些人甚至握了两三次。

赛事很精彩，掌声与喝彩声不断，斯科蒂·利斯纳进行了一场异常艰苦的战斗，而市长的眼睛从未在拳击台上停留过，但当观众鼓掌时，市长也会拼命地鼓掌。

兴趣高昂时，他会询问旁边的人：利斯纳是否正在进攻，进攻的情况怎么样。他都仔细打听。但是旁边的人也只是可怜巴巴地望着他有时说话，有时停顿。

市长满意地点点头说："我认为利斯纳是更好的拳击手。"与此同时，他又有了想要握手的念头，估计他都握过了，所以他又开始寻觅身边可以握手的人。

拳击比赛结束，利斯纳的对手获胜。市长站了起来。

他兴奋地说："我很高兴利斯纳赢了！"

我旁边的人怀疑地问："那真是市长吗？"

我回答说："对，这就是爱好体育的市长。"

人群中这时又出现了喊叫声："就在前面！就在前面！"

最后一场比赛市长颇感兴趣。当然，他依然选择去握手，握手的过程中如果他发现比赛精彩的话，还会时不时地发出喝彩声，当然有时候是喝倒彩，但他总会本能地反应过来。大家都在猜测，他一定有一种能力，因为他能够轻易并且优雅地把嘘声转化为喝彩声。

市长喜欢在比赛结束时心不在焉地说声散会，因为他感觉自己像是在参加市政府会议，然后骑上摩托车就走了。

市长的体育爱好如此多，他对曲棍球的兴趣与对拳击的兴趣是一样的。如果斗蟋蟀或者澳大利亚的飞镖有投票者观看，那么市长也会出现在台前的座位上。因为市长喜爱所有的体育活动。

和平中受欢迎的人——战争中的逃兵

《多伦多星报周刊》1920年3月13日

在与德国进行战争的最后阶段，一些服兵役的年轻人表示仍要努力奋斗，争取多为国家贡献一份力量，也希望在战争中多多展示自己。于是他们迁徙到美国，努力研制弹药。这些爱国举动让他们积累了大量货币，现在他们希望回到加拿大。因为想帮助那些勇敢的支持战争的人们，我们准备了一系列关于“胆小鬼如何受人欢迎”的建议。

首先要解决的是加拿大远征部队的海外徽章这个

问题。“你为什么不戴徽章？”这样的问题会时常被问到，但是我们有着很自豪的答案，那就是“我并不需要为我的军队打广告”。这种回答得到了一部分的人支持，但是会让那些曾离开军队并继续戴着徽章的人感到可耻。

“你在法国是否见过英国皇家空军的史密瑟斯中尉？”“你是否见过麦克斯韦尔少校？”当这样的问题被问起时，一个“没有”，并且伴随一种冷漠的语调，就能让别人无言以对。

你曾当过兵？这让别人如何相信？放心，办法还是有的，那就是走进一家经营二手军用物品的商店，买一件军用风衣。如果买不到军用风衣，也可以购买一双军用鞋子。这样就可以让你赢得市内电车上的所有人的信任，而且对你心怀敬意。

当然还有一个更妙的计划，那就是学习你当兵时的曲子，《来自阿尔芒蒂耶尔的姑娘》和《玛德琳》的曲调最能够让你回忆起你在军队时的情景。不信？那就吹一曲，站在街道电车后的平台上吹响这些宗教乐曲吧，没有人会否认你是退役军人，或许有人会为你喝彩。

这是我们从战争中获得的主要成果，因为军用风衣以及军队发放的鞋子会让你立即融入退役士兵的同志间的深厚情谊中，那些令人熟悉的曲调被唱响时也会让你倍感荣耀。那么，你不会后悔的，因为你进入美国的深谋远虑的判断被证明是明智的，你会得到很多益处而没有一点坏处。

还有更好的计划，那就是购买或者借阅战争历史书籍。实际上，退役老兵有时候在追忆往事时都有可能说谎，所以请你仔细研读，这样的话你就能够更加优雅、自信地谈论前线的很多事情，你甚至可以说那些老兵是在胡说八道，说他们是在撒谎。因为普通士兵对好多名字和日期都把握不准。所以请仔细阅读书籍，你只要稍微精读就能够证明经历了两次伊普尔战役的人的信息。在招募新兵时，招募者经常会这样描述："在部队中的每一天都生活得很单调，犹如周日待在农场中一样。"所以军队中日复一日的枯燥乏味的生活也对你有很大的帮助。

如今你已经把自己打造成了前部队军人，甚至是英雄，接下来你所要做的事或许就很简单了。只要保持温和谦逊的态度，你就能很顺利了。假如办公室中有人猜测地称你为"少校"，你应该保持淡定，略微摇摇头然后笑着说："我还不是少校呢。"有可能别人会认为自己真的错了，那次过后，或许就会有人认为你是上尉。

现在你已经在前线服过役，既热爱祖国，又事业有成。在某个晚上你独自回到自己的寓所，然后从桌子里拿出银行存折，仔细看一下，再小心翼翼地放回去。接着站在镜子前，想象你的福大命大——因为有5.6万加拿大人死在了法国和佛兰德斯——最后乐呵呵地关灯睡觉，沉浸在自己甜美的梦乡里。

商店小偷的把戏

《多伦多星报周刊》1920年4月3日

多伦多一家大型商店的主管说过，商人目前的一大难题是入店行窃或随便偷盗。这名主管说，偷窃对商店的影响很大，其每年由于柜台被窃而遭受的损失几乎占销售额的3%。

在某些时候，你真的就会被认为是小偷。例如你去商店购物时，你或许拿着一把伞、拎着一袋糖果或推着婴儿车，这时候店员或巡视员就会喊“二十”，没错，你已经成为被怀疑的目标。而且你会发现你早被很确切地认为是小偷了。为什么呢？一些很小的东西，例如糖果袋、雨伞和婴儿车，它们是小偷偷东西时的一些常用标准工具，或者我们称它们为道具。这些会引起很多人的注意，而且会被死死盯着。

我们首先来谈谈雨伞。用雨伞行窃很简单，因为它有自己的空间，所以去商店时把空雨伞装满就行了。

再谈谈糖果袋。在利用糖果袋偷东西时，一名女子会站在摆放戒指和珠宝的柜台前，看上去是在等人，不时地把手伸进糖果袋装作拿糖果的样子。随后她的手会从糖果袋里拿出来然后伸到嘴里，当她的手落下时，柜台里的东西就不见了。不用怀疑，东西已经进入了袋子里。这个动作很简单，一般人是无法察觉到的。所以拿糖果袋的人会引起店员的警觉。

关于用婴儿车行窃，有这样的故事：一名女子推着婴儿车进入商店，边推婴儿车边哄着婴儿。另一名女子更是悠闲，拿起柜台上的物品想让同行的另外一名女子看看，这样的举动看似平常，但是在她们离开时你就会发现婴儿车里装了很多东西，而婴儿是无辜的，因为他根本不知道发生了什么。女子依旧高高兴兴地推着婴儿车，镇定地走出商店。

“二十”听上去很有意思，不知道的人会以为是一个人的名字，其实它只是一种暗号，意思是告诉店员或巡逻的人员必须做到“两只眼睛盯好她的十根手指”。

大型商店还会遇到窃贼团伙的问题，这相较于个人偷窃更严重。这类窃贼团伙基本是由4人组成。

这些盗窃者的手段也更加高明，他们有一套运作的程序。他们先等大商店招聘店员，若其中两人被招聘进去，一切就都简单了。剩下的就只是演戏了，就看他们能运送多少商店中的物品给店外扮演顾客的另外两个人了。他们往往会非常成功。

当然，面对如此猖狂的偷窃行为，商店巡视员和经理也会有他们的对策。俗语说："做贼心虚。"如果某个店员的眼睛总是飘忽不定或者总是盯着巡视员，那么基本上可以肯定他在偷东西。他一定会看着巡视员，以防受到意外惊吓。为防止偷窃，这样的人就会被解雇。

根据调查发现，虽然入店行窃的人大部分是女孩，但男孩也占了其中的一部分。小刀和香水是小偷经常下手的东西，因为这些东西很好卖。

有趣的是，多伦多少年法庭庭长最近要求多伦多一家商店将福特汽车的点水钥匙下架，因为男孩子会购买这种钥匙，用来打开停着的福特车，再驾着车去兜风。

"没有人天生就喜欢偷东西，或许我没有遇到过（天生喜欢偷东西的人）。偷东西的人之所以会偷，要么是因为他们需要这个东西，要么是他们需要用它来赚钱。”一家商店的店主分析说。

“我所遇到的小偷没有一个真正是天生的，没有一个是偷窃狂。小偷分为业余小偷和专业小偷两种，我们往往会给业余小偷一次机会，我们也会竭尽全力地将专业小偷送进监狱。”

钓鱼

《多伦多星报周刊》1920年4月10日

春天一到，万物复苏，人也要抖擞一下精神。我们已经没有煤炭账单了，但小车仍需要两个新的车罩。我妻子的一顶复活节帽子和一身春装还没买，我们今年也不打算买，那就再撑一撑吧。孩子们正在街上高兴地玩弹子游戏和跳绳。一个新的季节就这样顺其自然地开始了。

对城市中的大多数人而言，春天也就只是春天而已。但是对于那些喜欢钓鱼的人们而言，春天不止如此，这是重新开始钓鳟鱼的季节。

到了那里，见他们一个个都拿起钓鱼竿，装线，挂饵，动作一气呵成，最后抛饵入水。

如果你是普通的钓鱼者，那么你就会被悬在河上的树干下方的黑暗深洞所吸引，小溪里的水就是消失在那里的黑色漩涡中。你神情专注，蹲在远处的河岸上，将虫子绑到钓钩上。然后你拿着鱼竿，轻轻摇动钓钩，接着甩进水里，把鱼竿降低，就这样，诱饵沉到了雪松树下的漩涡中。没过多长时间，线被猛然拉直，你处变不惊地抓住鱼竿，把它摇向后方。经过一番争斗，鳟鱼就被你拉上了岸。

想要钓到大鱼，你就得有完整的装备，这大约要花费10美元。好的钢竿长约2.9米，约须花费5美元；6根接近0.9米长的肠线钓鱼线的价值为1美元；当然，得再花1美元购买一条长22.86米且长得不错的诱饵线；一个质地优良的线轴价值约2美元；一盒4号卡里斯鱼钩，每盒100个，花费不会超过25美分。有了这些装备，钓鱼才可能有更大的动力。不管你在哪条小溪上钓鱼，你还必须将鳟鱼“引诱”出来。“引诱”作为一个技术名词，指的是自由臂移动，迫使鳟鱼离开它生长的小溪，飞向空中。这是在水草茂密、障碍重重且无法使用装备的小溪中钓鳟鱼的唯一方法。

诱饵可以有很多种，例如面团和水草，当然，虫子也可在初春做诱饵，但得用很多虫子，这些虫子还得保持很高的新鲜度。

用饵钓鱼的最好季节一定是初春，然而那些飞钓者则最好选择夏季。好多用诱饵钓鱼的人会将鱼钩直接绑在线上，鱼钩上有时候会挂着虫子，但这会让人认为钓鱼线看上去太假。有了钓鱼线就意味着能钓到品种更好、更大的鱼。钓鱼线是透明的，一般被放在水中后人是看不见它的。但是那些狡猾的鱼精明得很，它们会想法子只吃鱼钩上的诱饵却不上钩。

现在，他看到一些令人着迷的小溪，也开始变得有些躁动。

这条小溪既清澈又宽敞，水底的鹅卵石清晰可见，水一片蔚蓝。经过弯道后，小溪变窄了，水流自然也变得很小。小溪中间有一个大圆石，当水流动时，石头底部就会形成漩涡。

这里出现了一个飞钓者，他穿着长靴，戴着黑色的鸭舌帽，拿着渔网和其他渔具，正在仔细研究一个貌似绿色摩洛哥皮夹子的东西。这个皮夹子是一本有关钓鱼的书。鸟儿自由自在地飞翔着，一会儿停在鹅卵石上休息，一会儿飞得很高，但这丝毫没引起他的注意，因为他正在研究着世界上最重要的事，研究着在哪里下网可以钓到更多的鱼。

经过一番调查研究，他最终锁定了一对飞蝇，它们分别被放在线的两端。在我看来，这就是假蝇饵和麦金蒂。但多伦多的每个飞钓者都会对选择有所争议，毕竟人的探究结果是不一样的。不管怎样，能钓到鱼最重要。

这位飞钓者开始了自己的钓鱼计划。他先前后挥动鱼竿，然后利索地将之甩出。没过多长时间，鱼竿一紧，他知道有好戏了，这是他钓到的这一季的第一条鳟鱼。

这是两种钓鳟鱼的方法。我会继续多写一些，例如钓鱼在哪个地方更好一些，我们必须承认安大略湖是使用这两种钓鱼方法的最合适的地方。但如果多伦多有太多钓鳟鱼的渔民，城市应该会瘫痪。想象一下，假如明天上班族和宅在家里的人都离开市区，那造成的损失可想而知。所有的一切会成一团乱麻，这当然会危及城市经济的发展。

好了，我要停笔了，因为我也准备去钓鱼了。

拔牙并不是万灵药

《多伦多星报周刊》1920年4月10日

俗话说：身体是革命的本钱。越来越多的人注重自己的身体，越来越多的人在选择职业方面更倾向于医学，于是医学实践被一系列的潮流所掌控。阑尾炎是我们身边的常发病，现在人体的抵抗能力也成为受关注的对象，有人现在开始去发掘身上的潜在病毒，甚至有人认为血压可以控制一切，有人认为所有的病都可以追溯到牙齿。

这样看来，我们已经度过了阑尾炎和扁桃体炎盛行的时期。在外行看来，我们现在好像正处于X射线和拔牙的时代。

美国有一个牙医组织，名字很好听，叫“百分百俱乐部”。该组织有两个极端行为：一个是牙医会拔掉所有根部受到感染的牙齿；而另外一个是有些牙医会拼命留住每颗受到感染的牙齿。

多伦多有一位相当出名的牙医说：“所有的行为都如同钟摆，走到一端以后又回到另一端。最妥当的计划就是使用自己的经验和聪明的大脑。”即是说针对具体情况保留那些能保留的牙齿，实在没有办法时才拔掉牙齿。

“大多数身体的感染都出现在脖子以上。在我们的医院中，所有牙根受到感染的牙齿都应该被拔掉，这样就可以消灭所有可能的感染。”明尼苏达州罗切斯特市的世界著名外科医生梅奥兄弟曾经这样说过。

身体感染经历了这样的一个过程，它们最早开始于牙齿外的一个胶质小球（细菌）。这种东西非常微小，所以在刷牙时不能将它除去，只能将它隔离。慢慢地，这种十分活跃的细菌群产生的废物将会形成乳酸，乳酸和细菌会溶解生物组织，最后会把牙齿腐蚀。细菌慢慢地侵蚀，最终会进入牙根，在那里形成一个囊，牙医称之为稀疏区。这种稀疏区也是有很多细菌的，牙医可通过X光定位这些细菌。

据牙医说，不是所有的先进技术都可以信赖，包括X射线也并非绝对可靠。但很多牙医会非常依赖X射线图，他们会把X射线图作为最终依据，然后决定是否拔牙。根据X光的拍摄角度以及读图的牙医的经验，这张图差不多能够显示出大部分牙齿的好坏情况。

如果真的发现牙齿的稀疏区有细菌，那么牙齿只能被全部拔掉。用医生的话来解释，就是因为他发现这些囊中的细菌正在慢慢地进入人的身体，更严重的是已经进入血液，最后侵蚀人身体的各个部位，十分恐怖。如果是选择性细菌，它们可能会有选择性地进入身体的某个特定的部位，侵蚀身体的某个局部器官。牙根底部的脓袋可能会令细菌进入血液中，袭击肾脏、心脏或脾脏，最终对人的生命造成威胁。

当然也会有非常谨慎的牙医，他们和其他牙医不一样，如果发现X射线显示有区域受到感染，他们会再三确认牙根是否死亡。假如牙根还活着，他们就不会选择把患者的牙齿拔掉，而是选择利用排灌系统清理牙根的感染，然后对牙囊进行冲洗，以此来挽救牙齿。

口腔就像一个战场，堆满了很多细菌，所以现在有很多人都喜欢买一些口腔清理剂，例如漱口剂，当然，我们应该用杀菌剂来杀死口中的细菌。不得不说，这是一个杀菌剂的时代，总体健康是对抗感染的最强大的武器。

如今社会发展速度很快，我们吃的食物越来越丰富，可以说细菌总是无处不在。其实我们放进口中的任何东西都不足以杀死口中的细菌，因为细菌很顽强，它甚至可以在沸水中坚持10分钟。

我们要想过健康的生活，就必须保持身体的抵抗力，抑制细菌的生长。细菌就像被种在不同土壤中的种子，如果土壤贫瘠，那么细菌就不能生存；但如果土壤适宜，那么它们就会大量繁殖。不得不说，健康生活是抵抗所有疾病的最佳方式。

中尉的胡子

《多伦多每日星报》1920年4月10日

此时大街上人烟稀少，一群工人正拆着国王街上的一座建筑。有两名退伍军人笔直地站着，看上去对那些工人非常厌恶。

一名退伍军人说："他们干活的效率太低了，已经在那里轰隆隆地弄两个星期了。"这个人穿的衣服十分整齐，领子上还别着一枚画有枫叶的第一师的徽章。他一边抱怨一边往街上吐了一口口水。

"战争应该会教他们一些东西，杰克，斯托克斯炮会立刻完成这项工作。"另一个老兵的衣衫同样很整齐，他一边看着工人把砖一块一块卸下一边说道。

"如果在建筑物旁边放一个炮筒，那么这项工程应该很快就能完成，他们这是在浪费工夫。"杰克立刻生出了一个好点子。

"其实我们也不是真正的拆房工作者，假如我们干起活来，效率也不会有那么高。是啊，应该用炸弹，等到夜深人静时，稍稍扔两枚炸弹，一切问题就都解决了。我看到德国佬过来了……"比尔真是有些怀旧了。

杰克说：“战争是让我们怀念的，但是除了中尉的胡子，我们貌似并没有从战争中得到永恒的东西。是啊，中尉的胡子的确让人记忆深刻，它们有很多意义。”

“从周六的大商场来看，女人也足够强大地使用着它，加拿大人都是突击士兵。”比尔反驳道。

“他们并不是唯一知道的人。因为我记得有一次在维米……”比尔呛声道。

车子来了，两人一同上了车。

杰克说：“在战争中他们被很好地保存下来。你记得那个能装70个人或10匹马的车厢吗？”

比尔突然打断他，朝电车大喊：“我肯定不会忘的。为什么一离开火车我们……”

“那天的月色相当温柔，杰克。有一个退伍的年轻军人去了我妹妹家。他这个人看上去有点压抑，还有点失落。我在另一个屋里读着报纸。虽然看着眼熟，我却不认识他。我妹妹的朋友也在，我听到他与我妹妹的朋友在聊天。‘贝蒂，这就是我的感觉。’他略微有点悲伤地说。后来他背诵了著名作家吉卜林的著作。后来的事情可想而知。再到后来，他又坚定地说道：‘我坚持到最后……’最终我很高兴地猜测出了他是谁，你知道他是谁吗？”

“不知道。他是谁呢？”杰克回过头大声喊道。

“他就是曾经在布伦铁路运输总部工作的勤务兵。”比尔嘟哝道，因为有旅客踩在了他的玉米上。

时尚的坟墓

《多伦多星报周刊》1920年4月24日

大型百货公司确实可以有很多盈利，但同样他们也有自己的弊端，因为他们无法获得时尚变化险。所以假如有些东西他们自己都无法预料，加上受大众口味变化的影响，这些东西就会滞销，例如“海林”大衣、“平奇巴克”西装。这样的时尚将会成为过去，而剩余的东西会让商家非常苦恼。

当然，虽然有人追求时尚，但很多人还是想买碰巧合适的衣服，例如某款自己喜欢的大衣。采购人员也会有自己的问题：过时的和无人问津的货物该怎么处理？这样的衣服是不是都能卖掉，或者会不会被全部下架？最终的答案是所有的货物都会被送到乡下。每个大型服装店都会在林区或乡下的小城市中设销售店，因为他们实在无法把握城里人对时尚的理解的变化。

像萨德伯里这样近的城镇的服装店会宣传称它们的所有货物都直接来自多伦多。它们那里的衣服可能会有一点儿时尚程度，有的可能只是有一点儿过时。真正出售过时衣服的地方，是那些更偏远的地方。

的确，过时的衣服不可能完全被销毁，萨德伯里人和其他人会以为他们买的是多伦多的畅销款，但实际上他们真正买到的却是服装店中最终卖不出去的衣服。在那里，你可能会看到一家小店宣称与芝加哥、多伦多甚至纽约等的大型时尚广场有直接关系，它们的新广告语可能是“百老汇的穿着类型”或“纽约最流行的喇叭裤”。

只有这样的小商店才可以更好地卖掉过时产品，它们是过时产品的真正坟墓。

钓鱼注意事项

《多伦多星报周刊》1920年4月24日

美国的体育杂志现在正在形成一股潮流，即绅士不应该用其他的方式钓鱼，杂志罗列了绅士钓鱼的一系列条件。

把钓鳟鱼归为富人等级的活动是有原因的，这样的室外广告到处都是。广告商发布的一些适合钓鱼的地方已遭到过度垂钓，这就得适当改进了，所以在很受钓鱼者欢迎的小溪，现在只能进行飞钓。这样，体育杂志作者会竭力宣传那些很遥远且以前无人问津的小溪，比如毕沃斯克尔和伊斯普斯，而这些小溪也是很出名的，早在30年前它们就是人们惦记的垂钓之地。作者们还会利用一切机会贬低用诱饵钓鱼的人。

其实用诱饵钓鱼才是最普遍的做法，这种方法所钓的鳟鱼比飞钓钓的鳟鱼更大。当然，有时候，同任何自然诱饵相比，苍蝇都是更具杀伤力的诱饵。在某些小溪，用苍蝇只能钓上来小的鳟鱼。蠕虫、蛆、甲虫、蟋蟀和蚱蜢是最好的鳟鱼诱饵，其中蠕虫和蚱蜢是被使用得最广泛的。喜欢钓鱼的老一辈的人往往都是坐在椅子上看看钓鱼的新闻，读着那些关于美国人钓鳟鱼的批判文章，轻蔑地笑着。因为现在关于钓鱼实在是有太多规定了。

钓鱼的诱饵很多，大家最熟悉的莫过于蚯蚓。关于蚯蚓，我可以作一个简单介绍。蚯蚓分3种，有两种很适合用来钓鳟鱼，第三种绝对没用。抓蚯蚓也需要技术。蚯蚓会在夜晚从草丛中的洞里爬出来，这时候，只要用手电筒就可以抓满一大罐。它们太大、太肥，更适合作鲈鱼的诱饵，所以它们也为很多钓鲈鱼的人所喜欢。在春天或许能够更容易地找到蚯蚓。如果逮到了很多蚯蚓而无处放置，可以找一个能储存的方法：养在大盒子中，在需要时方拿出来使用。放心，它们一定会完好无损。

那么需要怎么放呢？其实很简单，将大量蚯蚓装在盛满潮湿的咖啡渣的易拉罐中，并保持水分，这样做的效果超好。但如果保持不当，导致潮湿度不达标的话（例如水分太多或太少），都会致使蚯蚓很快死亡。另外，保存的时候，易拉罐需要适当的通风透气，以保持蚯蚓的新鲜。

肥料堆中的浅黄色虫子看起来很像蚯蚓，但实际上它们是完全不同的种类。它们会发出恶臭，鲜鱼一点儿也不喜欢这种味道。

那么关于虫子的使用有怎样的技巧呢？是的，钓鳟鱼的新手在使用虫子钓鱼时需要了解一些最基础的规则。当然，钓鱼需要人的运气，且运气会因每条小溪的不同而有所不同。

不过还是得注意，钓鱼说到底还是有一些规则的：小心谨慎地接近洞口，以免惊吓到鳟鱼；千万不要将影子投射到洞口；使用足够的诱饵，隐藏好钓钩的尖和杆；务必将诱饵放在洞口外一点的地方，然后放低杆端，使水流将诱饵自然冲入洞中。

一定要注意，放入诱饵最困难的地方，可能就是能钓到大鳟鱼的地方，因为解决越难的问题越能体现你的能力，你会有更多的收获。一定要盯好杆端的线，一旦其稍稍拉紧使你能够感受到力量时，你的手腕就要发力。

这种方法既能钓到那些又小又笨且会将任何东西都拱出洞的鳟鱼，又能骗到那些仅会碰一些看起来绝对自然的诱饵的狡猾大鳟鱼。

蠕虫最适用于小的、灌木丛生的、满是树木和深洞的小溪，在这种地方钓鱼，只能待在岸上。在岸边钓鱼时，用蠕虫优于用蚱蜢，因为如果溪边的草丛中有蚱蜢的话，它们会受到惊吓而跳入水中。这样一来，鳟鱼就会捕食小溪中自由的蚱蜢，而非拴在引线上的蚱蜢。

在能跋涉的小溪中，蚱蜢是首选的诱饵，有些人只专注于用蚱蜢来钓鱼。他们的做法最像飞钓，除非你尽力减小甩竿的力度，避免甩出诱饵。如果你想确保捕到大鳟鱼，那么就在钩上放3只大的蚱蜢，并将钩放在蚱蜢串下面，然后通过蚱蜢腔绕回。相较于飞蝇，鳟鱼更容易跃起捕食蚱蜢，而且往往会是更大的鳟鱼。因为一个用3只蚱蜢做成的诱饵太大了，较小的鳟鱼无法食用，它只会吸引大鳟鱼。

当然，用蚱蜢钓鱼最大的困难在于想要捕捉到它们的确很难，但也不是没有办法。最简单的方法就是早早起床，在天还比较冷、太阳还没出来之前就来抓蚱蜢吧。那时的蚱蜢比较僵硬，跳跃的距离也很近。一般树林里、草丛里都会有蚱蜢。

雅克·培蒂科斯特是古时北部沿岸的一位捕鳟鱼的老手，他所发明的一种捉蚱蜢的方法为人们所模仿。用雅克的方法能够捉到很多的蚱蜢：两个人先带着蚊帐去空地，然后各自抓住一张10米长的蚊帐的一端，跑向风中；蚊帐鼓起，顺风飞行的蚱蜢很快就会落入网中；接着收网，这时候你就会看到很多蚱蜢，你只须将蚱蜢捡出并放入瓶中。这种捉蚱蜢的方法的确很省力气。

钓鱼的诱饵实在是太多了，搅泥小鱼、杜父鱼、小平头鱼等都可以作诱饵，只不过它们生活在水流湍急的石头下面，有时难以捕捉到。另外，蛆、各种甲虫、鸡或鸭的肝脏等也都能作应急诱饵。

诱饵现在非常充足了，当然所有这些诱饵是否都能够诱捕到鳟鱼，就看你幸运与否。如果你用轻竿或鱼线钓鱼，那么鳟鱼会像你在飞钓时一样拥有逃跑的机会。此外，你至少不要让鳟鱼轻易得逞——如果它跑了，那就意味着它吃了一顿大餐。你用蚱蜢钓鱼时，会发现除非自己眼疾手快，否则今年夏天自己会为鳟鱼送上很多免费大餐。

阻止浪费

《多伦多每日星报》1920年4月26日

拉尔夫·康纳布尔是加拿大伍尔沃斯公司的主管。今天他说："目前加拿大太平洋铁路公司的工程师为自己的发动机所使用的煤炭、水和石油所进行的谈判，其实是对政府采购物资体系的一个最好的形容。"

战争采购委员会的意思是，现在的采购部的数据反映出政府的采购部门的工作效率实在太低了，需要进行一步步地调整，同时进一步提供业务处理。

据康纳布尔反映，现在各个部门都在采购物资，完全不知道其他人在做什么。海关、司法部、邮政部和民兵部或许都在忙碌地采购自己的装备，完全不知道其他部门在购买什么。虽然他们也有自己的打算，并在不断商议着。铁道部部长正在开会，为购买定计划，各个车站站长也都忙于采购自己的肥皂、牙刷或毛巾，忙着印刷自己的时间表，建造他们最喜欢的类型的车站。

不得不说，铁道部的这些举措很有建设性，但这都是在浪费钱。因为他们在盲目地购买着，没有获得更好的、更先进的经验，只是图一时的表面繁华，这是在劳民伤财。赞助系统中的这些弊端让公众付出了数千亿美元的代价，而这个问题可以通过集中采购来解决。

集中采购有它自身的优点。因为将所有所需物资集中起来，把各部门的采购统一起来，正好凑成足够的数量，再去统一谈判，这样就可获得最低的批发价。因此每个部门都要求使用统一的规格和尺寸，这种统一的标准可节省大量资金。这样的话，各部门就不会胡乱争夺物资了，物价相对来说也就更稳定了，不会出现上涨的迹象。这对于各个部门都有好处。

康纳布尔同时设计了更加好的方式——呼吁组建中央采购小组，如战时哈米达斯·拉波特、已故的W.P.甘迪和盖特在温尼伯领导的小组。这些人员可在年初处理各部门预算中所要采购的所有物品。所以，他们对市场情况的利用就如同所有的大商号一样。每个部门都应该相互协作，雇佣员工负责部门的利益，处理紧急订单，并充当部门和委员会之间快速沟通的桥梁，使其成为委员会的雇员。

即使每年要支付采购委员会负责人10 000～25 000美元的薪酬，但仅通过纠正当前无节制的浪费采购体制，也能获得数以百万计美元的净收益。因此有必要为以上人员支付足够的薪酬，使他们可以抵御政治和赞助的影响。

哈里·麦吉，R.Y.伊顿等组成了一个咨询委员会。在刚成立的两三年里，委员会应该无偿向新委员会提供经验。这种合理的管理，让当前杂乱的、浪费公款的采购部门迅速地转变为紧凑的商业组织，充分、合理地用好了每一美元，实现了利益的最大化。

汽车的威风

《多伦多星报周刊》1920年5月1日

本文是关于“另一半”的。不要误会，“另一半”就是指我们现在所处的社会阶层。在杂志上，这方面的文章有《“另一半”生命应该如何存亡》《“另一半”生命的吃吃喝喝》《“另一半”还是要活下去》等。应该有很多人都在记录“另一半”的事情。当然，很多事情都很有趣。

生活在当今社会，很多人都会有不同的意识，最根本的原因在于人们的生活状态不同，有的丰衣足食，有的生活拮据，有的正期望成功，有的已经成功了。那么，那些成功人士有什么标志呢？在我们看来，有钱应该算是一方面吧。映入我眼中的一个词就是——百万富翁。

百万富翁需要怎么做呢？新崛起的百万富翁所做的第一件事几乎都是获得族谱。这相当贵，但它一定是被用皮革包起来的，题为《卡勒家族史》。当然，这本书记载了族谱学家为百万富翁所选的适当的先辈的一系列经历，所以它虽然华丽但从来没有人读过。

族谱对于百万富翁来说绝对是好东西，因为它会让他觉得自己与我们所有人一样，也有比他更伟大的曾祖父。所以，这个自己的父亲有可能是个修鞋匠的百万富翁会认为自己不过是因家中出现了一些变故才成了落魄的绅士。

对于百万富翁而言，世上只有两类人，他和其他人，我们都是“另一半”。但是对于我们其他人而言，人类不只有两类，人类被分成了更多的等级。当今社会又是怎么分级的呢？不得不说，当今社会的等级似乎是由机动车决定的。

在多伦多这个繁华的城市里，人基本上分两类：有车一族和无车一族。对于那些有车一族而言，没车的人就是“另一半”。在书中许多时候会提到车子，在各种“另一半”的书中提到了很多有车一族。

车子在以前是怎么划分等级的呢？在新的封建制度中，福特车主位列第一等级。如此说来，福特车主是社会主权竞争的赢家。

每一个福特车主都有一个共同的愿望，那就是不再拥有福特车。不是因为福特车不够好，而是因为所有的福特车主都害怕一种同样的称呼，即被拥有不同品牌的车的人称为“另一半”。

当然也有一种厚脸皮的福特车主认为，这种小车已经足够好了，足以让他渡过一切难关，且不会让人耗尽家产去买新的汽缸。他没有体现自己价值的豪车，但当一辆McSwizzle[1]四人无舵车驶过时，可以偷偷看一下他当时的眼神。

一旦一个人脱离了福特车主的级别，他就会发生变化，会很快地迷失。之后，他就会进入一场疯狂的竞赛，内心一直有着一个念想，直到自己能获得一辆劳斯莱斯，或者最后直接驶进坟墓。曾经的福特车主并不会气馁，他在比赛中勇往直前，但即使是最谨慎的赌徒都会以30：1的赔率买他输。

---

[1]当时的一个豪华汽车品牌。

当然这种人也有最轻松的时刻，那就是当他处在中等价位车主等级当中之时。很多车都处于同一个价位。而且那些拥有Choochoolay[1]的夫妻会感觉他们与那些拥有海外飞镖[2]和其他同等价位的车的人属于同一阶层。

这是一个相对舒适的时期。Choochoolay车主称自己的车为“一个很好的小旅行车”。他盘算着明年用旧车换一辆同级的车。他瞧不起那些福特车主和我们这些走路的人。

琼斯还算富有，他拥有一辆McSwizzle六人无舵车。完全出乎人意料的是，当他开着不错的旧Choochoolay从办公室回到家时，十分悠闲自在，随后他就发现自己面临着已经命中注定的事实。这时琼斯已经开始比赛了，或许是琼斯太太把他带入了比赛，但不管怎样，任何拥有Choochoolay的人都无法再把心态放平了。

走出Choochoolay级别的人，其日子或大或小会发生变化，或许再也没有平静可言了，除非他获得了一辆很高级的车子，比如劳斯莱斯，抑或是Rose

[1]一个汽车品牌。

[2]原名为“Overseas Darts”，也是一个汽车品牌。

Hill[1]。买下一辆McSwizzle的无舵车后，就像踏进了尼亚加拉河中的湍流一般。一旦踏入，你就必须每天很快地奔驰。

当然，他也有胜利的时刻，就像他第一次拥有一辆Delusion-Demountable[2]时一样。Delusion-Demountable和Complex Collapsible[3]相比，要便宜400美元。布朗兄弟正好刚买了一辆Complex。Complex是一款好车，而且其与第一辆车相差很大。因为男人会随着车而改变，所以他会变的。通过自己的努力，钱挣得越来越多。他必须这样做，否则就要面临破产。事实上他非常成功，有一天晚饭后，他和太太开始商讨Pierced-Sparrow[4]的问题。

将Complex Collapsible换成Pierced-Sparrow，就好比最初跳出福特车主的阶层。Pierced-Sparrow是成功的标志。在现代社会发展的过程中，Pierced-Sparrow销量很大，几乎占据了主要的市场份额。另外，这款车的竞争力很强，比其他车的优点多得多。所以谁能拥有一辆这样的车，谁就会很自豪。

---

[1]一个汽车品牌。

[2]一个汽车品牌。

[3]一个汽车品牌。

[4]一个汽车品牌。

他想，如果自己也有一辆Pierced-Sparrow，那就太幸运了，就会成为上帝的宠儿。

于是，他买了一辆Pierced-Sparrow。不幸的是，在拥有了Pierced-Sparrow以后，他发现好多人都拥有这种车。一天，他在俱乐部无意中听到别人的对话：

“他开什么车？”有人问。

“Pierced-Sparrow。”另一个回答。

“中上层的人啊！”发问的人说。

这才是传世的开始。曾经为福特车主获得了商业上的成功。

他的儿子比他知道的多很多，女儿会抽烟，而且几年前就已踏入社交圈。他有很多佣人，但他并不快乐。他奋力进行了最后一搏，竭尽全力地摆脱了“另一半”的称谓。后来，他买了一辆劳斯莱斯。这是获得自尊的必需品，尽管他无力承担。

如果这是部轻喜剧的话，我们会享受里面的笑点，我们也希望他在劳斯莱斯中幸福地度过一生，同时受人尊敬，让他拥有成功后的真正喜悦。他什么也不缺，他的儿女每天会了解更多的东西，他的司机有时候会让他自己开劳斯莱斯，这样的结果让人羡慕。但这却是悲剧。

相信在坟墓的另一边，他并没有平静。因为消息更新得太快了，英格兰那边传来了让人觉得更兴奋的消息，或许是让人感到更靠谱的消息，一种超级豪华轿车上市了，而价格至少是劳斯莱斯的4倍。《“另一半”如何生活》的悲剧最后落下了帷幕。

观看职业拳击赛的女人们

《多伦多星报周刊》1920年5月15日

多伦多这个城市还是有很多人喜欢体育的。这不，上周六晚，职业拳击赛首次出现在了城市赛事里。现场媒体机构繁多，光是专席就有将近700个，其中女性专席有将近300个，他们邀请的全是社会名流。

对于没有参加拳击赛的多伦多女性，或许其表面上是来看乔治斯·卡尔庞捷的拳击表演的；但是实际上她们就是来看一场场激烈的战斗的，看双方相互厮杀，然后在整个战斗过程中微笑鼓掌。这就是她们所看到的，当然这也正是她们的表演方式。

在竞技场地板的中央，是一个被绳子围成方形的突出空间。场地四周有很多座位，最靠近场地的位置上有很多男人，只有一些女士，更多的女士则坐在拳击场边上的专席中。我就坐在两名女士中间，女士的护卫坐在旁边，一边看一边解释。

其中一个护卫对他的女主人说："为了不伤害对方，他们会戴上手套。"

比赛开始了，一个壮实的男孩很轻松地就把旁边的那个小男孩击倒了。其实大家看得很清楚，输掉比赛的男孩太瘦、太小、太弱了，明显缺乏经验，所以这个小男孩找不到任何反击的机会。对手从一开始就是猛地进攻，这个小男孩真是受到了严重的打击，一直处于被动、防守的状态，最终被打得躺到了地上。大家都看得心惊胆战，好像这已经不是一场比赛了，而是一个弱小者在受欺负。当然，大家都认为这并不是技能的展示，也不是胆量的展示。只能说这是一个更大、更强的孩子把一个更小、更弱的孩子打倒的范例而已。所以在场的观众发出了一阵又一阵的嘘声。这导致在场的人都很失望，尤其是一些女性。

第二场开始，持续时间变得更短了。这一场与上一场有明显的区别，这个拳击手面目狰狞，满身结实的肌肉看上去就会让人觉得很厉害，他的身姿让人害怕。另一名男子非常高大，但是长着非常多的肥肉，好像没有任何比赛经验。锣声响起，肌肉男毫不犹豫地进攻，懦弱的选手试图举起双手，但被肌肉男一记右拳打在了下颚上，比赛结束。他一头撞进了松香帆布中，当他转身回到角落时，帆布已把他半边脸上的皮磨掉了。肌肉男击败了他，一脸得意，然后走出场地，爬下了拳击台。

所有在场的人都很兴奋，场内响起了雷鸣般的掌声，包括那些女人们。

一名女士说："这场面太无情了，太残酷了。"

她的同伴却一点都不失落，反而很高兴地说："我很开心地告诉你，是的。"

在运动场的角落里，那位被击败的拳手的教练正在处理他的伤势，先是擦去脸上的血迹，然后又用冷水使他清醒过来。围观的人让这个失败的人有点尴尬，因为这个场面并不怎么好看。

已经来到第四场比赛了，是多伦多"小战斗机器"本尼·古尔德对决来自布法罗的一个年轻人。本尼·古尔德非常健壮，充满战斗力，然而那个年轻人则是既紧张又患有血友病，所以这一对的力量悬殊引起了人们的注意，尤其是女人们的注意。

比赛开始，布法罗男子打出了最具战斗力的第一拳，台下有人尖叫，响起了一片掌声。较瘦弱的拳手虽然实力不够强，但也会猛烈地进行攻击，很快古尔德的脸上就流血了。有经验的拳击手肯定会非常占优势，古尔德持续出击，最后战斗结束。

后来又来了一拨人，这是由多伦多名人组成的拳击团，他们坐在了专席上。竞技场中的女人们都注视着他们，想快点确认这些名人到底是谁。

比赛仍在进行，社会拳击团的成员们在整个比赛中都始终微笑着鼓掌，而拳击场边的粉丝却有不一样的举动，他们没有笑，表情很严肃。因为他们知道输掉比赛的人会遭受更严重的惩罚。古尔德越打越上瘾，他的拳不断击打男孩已经流血的鼻子，让对方越来越虚弱。他们尊重比赛，但他们没有笑。专席中的女人们却时刻都在笑，因为她们看到的仅仅是表演。

在古代罗马的圆形角斗场中，有这样一个现象，当一个角斗士用拳头击中另一个角斗士的脸时，观众会鼓掌；当一个人的三叉戟与对手的短剑相接时，观众可能会大声喝彩；但是当他用矛的刺结果了对方时，观众虽然会鼓掌但绝对不会笑，因为他们知道结果是什么。或许笑声是留给身份尊贵的人的，也许他们喜欢拿着别人的伤疤开玩笑吧。

欧洲的冠军和法国的偶像进行了一场比赛，他们与拳击对手周旋了4个回合。拳击对手很明显是经过挑选的，他名叫拉尼尔斯。裁判员宣布了拉尼尔斯在整个娱乐过程当中让M. 卡尔庞捷打了自己约251次。

穿礼服的女士会让卡尔庞捷非常有感觉，因为这些女士长得非常好看。当然在拳击的过程中，卡尔庞捷会更加讲究技术，他会让在场的女性看到他最完美的表现。他进入拳击场时，会场里放着《马赛进行曲》，他听得兴奋时或许会跳起舞来。他两只手的速度相当快，像眼镜蛇一样猛烈攻击，在4个短短的回合中，他拍击、猛戳、猛刺、颠簸、钩住并击打拉尼尔斯。最后他洒脱地离开了拳击场，准备回家。但是这些看表演的女人们会回家吗？不会的，她们都在欢呼喝彩。

当来自海弥尔顿的鲍比·埃贝尔猛击来自多伦多的羽量级对手时，他们一个强壮、一个幽默，这些女人们都在为他们欢呼喝彩。可以毫不夸张地说，当坐在我身边的两名女士看到有人被击倒时，激动得大喊大叫，都快晕过去了。

历史学家赖基说，古代大多喜欢观看斗剑的都是女人。

是不是这种竞技的魅力已经为女性带回了古罗马时期的特性？不过，卡尔庞捷夫人并不在那里。因为她的丈夫是一个战士，她知道战斗的结果意味着什么，所以她还是选择在家里等乔治斯安全归来。

骰子

《多伦多星报周刊》1920年5月22日

现在，密西西比的弹子游戏是不错的金钱转移游戏。之前，扑克牌备受关注，因为它是将钱从一个人的口袋转入另一个人的口袋的唯一被认可的方式。而多米诺骨牌终会进入鼎盛期。最具人气的帕次西游戏已经进入了多伦多精英们的体育领域。总之，多伦多社会正在掷骰子。

游戏的引入是需要特殊人员的，这位特殊人员好比一个活动管理者。慢慢地，游戏就会被民众所接受，规则也就会随之出现。起初，这是一种贫民游戏。因为游戏引入者在英格兰当兵时发现了士兵玩骰子的方式。后来，等到规则被全部完善时，他就引入了这种游戏。现在这游戏已经变得根深蒂固了，可以说是无人不知、无人不晓。

这最初是密西西比沿岸的黑人玩的一种游戏，但现在已经火遍世界各地了，也许已成为最受欢迎的赌博游戏。

骰子游戏的规则是猜投出的两个骰子的点数。所以人们对骰子游戏的定义是只有靠运气才能完胜的游戏。即使这样，现在这种游戏已经是国际化的了。所以无论美国人走到哪里，口袋里都会装着骰子。而且他们既然带了骰子过来，就不能只是简单地带着，他们会时不时拿出来玩一把。这样，就将骰子独特的魅力传播到了世界各地。

后来，有关于骰子的文学渐渐兴起，如大作家约瑟夫·赫格斯海默写的有关于投掷骰子的故事，又如最近《世纪杂志》刊登的《读数和哭泣》，这使许多不赌博的读者掌握了不少有关赌博的知识。有的作家是出于爱好，但有的作家纯粹只是出于文学目的。

那么你了解骰子游戏的基本知识吗？下面我来介绍一下。

首先是摇骰子的人先下注，然后对手下更大的注，接着开始掷骰子。

如果两颗骰子的点数加起来是2、3或者12，那么他就输了第一次，这叫“输掷”。

但如果骰子的点数加起来是7或者11，那么他就赢了第一次。

如果摇出的点数并非以上点数，那么就要再摇一次，直到掷出代表输或赢的点数。

作为一个真正的掷骰手，必须明白，这只不过是摇骰子的表层学问。要想赢得游戏，更深一层的研究涉及一种心理学研究、判断测试和概率学问。

掷骰子并不仅仅是一种机会游戏，如果你不信，那么你可以在那些经验丰富的玩家那里试一下你的运气。在不到6轮的时间里他就会让你相信这是一种技巧游戏。关于“如何掷骰子”并没有专门的理论，但要将一个门槛如此之低的游戏传播到上流社会，其中的非凡方式确实值得一提。

在多伦多，并不是所有的精英都在玩曲棍球。某个意大利骑兵团，其长官与英国卫队官员有社会关系，并且已经被打上了美国人的记号，骰子是他们最爱的游戏。

美国领事讲述了自己进入兵团营房的经历。

进入高屋顶的餐厅，首先映入眼帘的是墙上闪闪发光的东西，这是该团光辉历史中获得的战利品。

餐厅里有3个人跪在地板上，他们分别是帝国兵团的少校、中尉和年轻的少尉。

上校说着他听不懂的话，正在玩着他手中的游戏，判断他手中的骰子的点数。

上校喊道：“琼西发烧了，让他赶紧去看看医生吧。”然后手一晃，骰子上出现了5点。

“输了，输了！”他和领队捡起了上校丢在地上的骰子。

上校面色凝重，使劲摇着手中的骰子，然后将它们掷到地板上，结果是10点。“死了！”领队高兴地说。

后来游戏被重复了很多遍。

又是10点。领事很疲惫了，踮着脚尖默默地离开了房间。他想自己应该回家了，真心输不起。

多伦多社会玩骰子玩得太多，太普遍了。不需要担心，他们玩骰子有足够的先例。作为一种游戏，我还是不希望它影响到政治人的看法，更不要涉及人的利益。所以在玩游戏的时候，你就简单地测测自己的运气怎么样，其他的就不要再管了。

肖像

《多伦多星报周刊》1920年5月29日

拍照对每个人来说应该都很有意义，对于很多上等人物来说，拍照的确可以纪念一些东西。在多伦多，你可以随意拍照，你可以拍出任何自己想要的照片。

但是，现在流行一种现象，那就是你的要求越模糊，费用就越高；要求越精确，费用就越低。例如，行走在多伦多的大街上，你花20美分，然后等上一会儿，就能买到一张不错的画廊肖像。肖像的每个面部特征都会非常清晰、明显。这是一种对人的精确重现。其实我们并不是美丽的人种，我们需要修饰，所以就出现了艺术摄影师。

艺术摄影师一般情况下是非常讲究审美的，他们在拍摄时宣称的目标是拍出风格，当然这话听上去就含有奉承的意味。我们会看到长得漂亮的人摆出很好看的姿势，露出迷人的笑容，这也是摄影师所需要的。也许，我们的个性在拍摄的时候也会展现出来。但是说实话，真正花一点钱就能拍出好看的照片也不是如此简单，除非你长得特别好看。但如果照片真的能显示出真正的人像，那也值了。

如今的社会照相，最基本的要求就是其显示的人像有很高的清晰度，然后人物的脸要被照得很迷人、很清秀，如果有不合适的背景，一定记得要虚化。我们会把最好的一面展示出来，把个性掩藏在我们自己的脸后，有时我们认为适当地掩饰个性还是非常不错的。所以照相时，我们对照片还是满怀期待的。照相的方式其实很简单，我们坐在椅子上，按照口令做动作。摄影师会设置好灯光、画面，不断地按着照相机的快门。我们羡慕他完美的艺术品。当我们出去时，会再瞥一眼墙上的人，也许我们也会表现出那样的效果。

接着就是样照来了，我们没有个性。这只是一张脸。即使已经做了艺术性的虚化，但仍是那张和原来一样的脸。同样丑陋而诚实的面容，用责备的眼神看着我们。

所以当我们真正夹着自己的人物样照走出去时，我们不会怀着欣赏的眼神去看墙上那些好看的人。因为我们心里很清楚，摄影师显然在上面做了些手脚。

多伦多现在引进了一种新颖的摄影方式，这种最新的微型画是从相片中绘出的，价值为200～500美元。它可以使不自信的人最终也充满自信，并且对照相也充满信心。

这种微型画能让你找到照相的自信。你可以提出任何意见，如果你的片子不是你自己喜欢的，那请你告诉艺术家你的想法，这样他就可以在微型画中加入你喜欢的鼻子或者嘴巴；如果你发现自己的眼睛太小，那么可以向艺术家建议把你的眼睛放大；你也可以选择你自己喜欢的嘴形。这样一来，我们就能够得到真正能让我们高兴的图像了。

这就是摄像，有时候让人烦恼，有时候让人快乐，但这样的摄像或许会让你的生活变得丰富多彩。

养狐

《多伦多星报周刊》1920年5月29日

加拿大有专门饲养银狐的饲养场，最近一段时间，日本和美国政府正在对其进行考察。大家都需要关注饲养场，它将会在很多国家落地。加拿大最大的一家养狐场场主说：“这将给英联邦自治养狐场以极大的刺激。”

美国政府做了一系列实实在在的报告，把饲养银狐的州的名单给列了出来。过几天它或许就会出现在美国的加州，或者是美国比较大的州。几天前，爱德华岛一名养狐者卖出了30对黑色的狐狸，每对价值800～1400美元。日本已经成立了很多养狐公司，这被卖出的30对狐狸中，有25对被送去了那里。

在加拿大，几乎所有的银狐饲养场都位于爱德华岛，因为那里的气候太适合饲养银狐了。据调查，加拿大第一个饲养场是在1902年成立的，可是这个行业一直不太景气，直到1909年才发展起来，也是在同一年，加拿大成立了一个有组织的饲养场。

饲养银狐应该是一个很不错的致富项目，在1912

年和1913年，这吸引了很多人的目光。那时有很多诈骗机构利用人们的心理进行诈骗，将银狐饲养业搞得声名狼藉，只有合法养殖者仍在继续他们的养殖业。在这场“战争”中，假冒企业消亡了，现在的养狐者绝对不是股票浮动企业的管理者。在这个行业最繁荣的时期，一对繁殖狐的价值约18 000美元，而现在很少有超过1500美元的。

现在的狐狸是被真实养起来的，而不是纸上谈兵，这个行业需要很大的一笔投资。在爱德华岛，光是养殖场就好几百家，公司也有好几家，吸纳的资金从13万美元到27万美元不等。

话说银狐是一个很奇怪的物种，它的出现是那些养殖者无法预料的，因为它最初是由红狐变化而来，例如在一只红狐生出的幼仔中可能会有一只银狐，但银狐的所有幼仔都会是银狐，如此说来，银狐作为狐狸的一种，将来一定会繁衍得越来越多。

狐狸饲养主只会杀那些最差的狐狸，他们会取下毛皮，并根据毛皮的质量，运往伦敦等地进行销售。虽然毛皮价值昂贵，但还是不如卖狐狸划算。

那么这些小狐狸到底吃什么呢？它们的主要食物是蛋和奶。再大一点的狐狸可能会吃一点鸡肉或马肉，有时候也吃水果、饼干、牛奶等。

最近几年，饲养狐狸面临的最大的问题就是盗窃问题。有一次，有个岛上的养殖场发生了盗窃案，好多名贵的银狐都被偷走了，场主损失了不少钱。所以现在每个养殖场都有自己的武装看守员和猎犬，昼夜都有人看守。另外，每个养狐场的狐狸都有自己的标记，以便确认归属。这些标记一般被做在不太明显的足垫或牙齿上。

一个名叫“爱德华岛养狐联盟”的养狐场组织保留着所有银狐的纯种系谱和标准的养殖方式，他们还负责立法，并为饲养主提供帮助。

酒类走私

《多伦多星报周刊》1920年6月5日

爱荷华州的小镇上的一个人买了12箱加拿大威士忌，总共花了300美元，它们都是被一种特殊的车从底特律运来的，当然，他还订购了更多。其实在几乎所有密歇根湖边境的城镇中，都能够买到加拿大威士忌。那里有足够的酒，也有足够的购买者，所以价格不是问题。其实这就涉及到酒类走私这个问题。

关于酒类走私，其规模非常大，因为它包括跨边境活动的有组织团体和无组织团体，因此他们的收益非常多。

走私的过程是这样的：他们首先将酒运到他们在温莎和附近城镇设立的据点，然后小心翼翼地经水路运往美国。这段路虽然只有一小段，却是世界上最昂贵的路段之一。比如，1瓶威士忌零售价为88美元，但当它被船运到美国海岸，它的最低价格会自动上升到140美元。可想而知，真正去走私这些威士忌会有多少收益。我将通过一个事例告诉大家。

在从多伦多到温莎的火车上，我遇到了一名男子，后来与他聊了一番，他带着30箱威士忌，准备去温莎。这些酒如果到达美国，可以获利近1700美元，这不禁让人感叹。当然，他也谈到了他们比较冒险的运输方式，每次运酒都是使用小船运输，而且都选择在晚上进行，这样才能避开税务员的摩托艇巡逻队。

这名男子还说，最近有消息称从加拿大射向美国的电子鱼雷里装满了威士忌，这不过是新闻记者的白日梦而已。进入底特律的酒太多了，税收人员必须在其他地方找到托辞，所以可能是他们编造了这样一个鱼雷的故事。

底特律另外一个走私贩询问了我两个省之间批准酒类进口的时间的长短。“我害怕那种公民投票，他们有可能会把我们轰出去。但如果我们拥有的时间能够比这个审批时间多6个月的话，即便我挤一点儿时间，也能够退出。”

酒类走私涉及好多地方，并非只在城市。你是否听说过苏必利尔湖山上有个小棚里也存有很多酒，据说那里有很多箱威士忌。在这些酒上进行投资的人，也准备今年夏天把这些酒偷偷运往美国卖掉。很多外国的酒类走私犯也在进行着种种交易，他们为了赚更多的钱，也在偷偷地运输。有些城市已经沉寂了30年，自第18条修正案通过后，这些城市就迅速地崛起，成为走私城市。

例如加拿大和美国之间的酒类交易。我在底特律的宾馆旁边看到过一个瘦瘦的小孩，他的身旁有与他年龄相仿的小孩，他们的面容看上去很吓人，内心也充满了恐惧。他像一个十足的病人，脸色蜡黄，全身无力，眼睛无神地看着，时而身子还颤抖着。我感到很好奇，就问他到底怎么了。

“他偷了别人的东西，被打得很惨。”一个小孩回答道。

“是因为他买了走私犯的昂贵的酒。”另外一个小孩回答道。

“我们要在警察看见他之前把他从这里弄走。”

那些谈论“好酒”的人会不会有喝醉的孩子？其实这并不是说教，只是涉及酒从加拿大进入美国的一些事实。

走私犯很多，同时这些酒的量也很大，仿佛无穷无尽，且能进入纽约等不同的地方。前几天在纽约，一辆大篷车成功地从哈利法克斯走私了大量的酒，让走私者发了财。

加拿大和美国之间有一段很长的却没有守卫的边界，只要酒被允许运入边境省，那么它们就能够找到方法进入美国。让美国人，包括走私者和投票选择禁酒的人感兴趣的是，那些酒要多久才能走私进来。他们都在关注着安大略湖的禁酒公投。

哈密尔顿滑稽剧

《多伦多星报周刊》1920年6月12日

如果你是一个高雅的人，你就会时不时欣赏一些优雅的曲子，然后去剧院看一些演出。

如果经常去多伦多戏院，你就会以冷静的头脑参加音乐会。你或许是一个不懂音乐的人，可能不知道音乐的调子，当然歌词对你来说也是新的。或许你是第一次见到首席演奏者，但你的大脑却很冷静也很清醒。迟早你会知道也会听到。你确定它在晚会结束前会出现。

这就是上演过多次的多伦多哈密尔顿滑稽剧。通常它是这样上演的：

“你在这个城市里居住吗？”第一个演员问。

“不，我住在哈密尔顿。”第二个演员回应道。

当遇到这种情况时，有人一定会捧腹大笑，因为这人一定不是本地人，或许他是从别的地方来的访客。于是我们得出了结论，这一定是他第一次参加多伦多的音乐会。这种笑话很多，并且多次出现在多伦多。但是当30年前这个笑话第一次出现时，当地的人也会笑。因为这是他们的错误认识，或许会形成一种传统。如今如果想要保证笑话能逗人笑，就应该提到一些关于多伦多和哈密尔顿的事情。

所有的笑话刚开始听到时都非常有趣。就如刚开始讲述邻居患小儿麻痹症的孩子的事情时也很有趣，但是这不能被反复地说，因为后来就没有什么搞笑的元素了，这时就应该让人们换换口味。

在这个时候，喜剧似乎发生了变化，这就让人们得出了结论。

据观察，真正的喜剧的本质似乎是一个或两个喜剧演员承受严重的肉体之苦。如果一个胖小子摔倒，或许会有很好的逗乐效果。假如一个胖子掉进盛着热水的浴缸里，那么掌声就会更加热烈。大家再想想，如果一个更胖的人掉进有更多水的地方，这种情况的喜剧效果又会变得有多强烈呢？如果安排一个非常非常胖的胖子掉进海里，那么舞台上产生的这种效果肯定会更加成功。这就是这个时代的喜剧的胜利的最大标志。

那种女演员打男演员脸的表演常常会引起很大的反响。最近在一个地方的滑稽剧场中，所有人表演的歌舞都不太好，观众没有一点反应。而女孩不断扇男孩的脸迅速引起了很大的反响，表演取得了巨大的成功。

这些喜剧相对来说已经成为一种喜剧暴力。这种暴力性的喜剧应加上一些当地的活泼的地方语言，即外来滑稽演员如果想成功，就应该加上一些有特色的东西，例如将那些有用的“本土”材料添加到他们的表演中，而无须再用以前的老套路。

为了让滑稽剧更好地发展，不少人给滑稽剧或喜剧演员提了一些非常靠谱的建议，这会增强滑稽剧的效果。

“这里有厂长吗？”一个演员说。

“这是水果吗？”另一个演员回应道。

接着第一个演员和第二个演员打了起来。第二个演员把第一个演员逐出舞台边缘，迫其逃入观众中。这样的效果或许更好，能吸引更多人的目光。

或者他们可以采用更微妙的笑料：“你听说过新联合站里的新工人吗？”第一个演员猛拍第二个演员的背。

“这是一个很孤独的话题。”第二个演员用棍子敲他的牙。

这样的话题很可笑，所以很容易引爆观众的笑点，当然这里有两个笑话。所有的喜剧演员都很欢迎这两种荒诞而又滑稽的台词。到那时，我们还可以动脑子再想想。但让我们先把哈密尔顿的笑话丢掉吧。

野外露营

《多伦多星报周刊》1920年6月26日

夏令营是暑假期间为儿童及青少年提供的一套受监管的活动，活动寓学习于娱乐，具有一定的教育意义。现在，不仅儿童会去参加夏令营，其实大人们也很热爱，但他们更倾向于野外露营。

今年夏天，会有很多人到森林里去度假。例如参加户外拓展训练，以培训体能和团队精神；也可参加语言、音乐等的训练。那些可以带薪休假两周的人们，可以利用这段时间进行钓鱼和野营，还能省下一周的生活费。他应该每晚都睡得很舒服，每天吃得也还不错，最后精神十分饱满地回到城市中。

但如果他带着炒锅进入森林，既不考虑那些苍蝇、蚊子、臭虫，又不会做饭的话，那么他回来时的情况就会迥然不同，会更糟糕。他的背上和脖子上会有好多蚊子咬的包；在野外所吃的东西是乱七八糟的，所以他的肠胃会变得非常不好，最终他的消化能力也会下降；当然，他的睡眠质量也会下降。这就会让他以后再也不想去露营了。

田野的呼唤是很好的，但日子并不好过。他两只耳朵都听到了文明的呼唤。

首先他忽视了虫子。苍蝇、蚊子以及一些有毒的虫子迫使人们生活在城市中。在城市中，人们能想尽办法去解决它们，可以相对轻松地应付之。正是这些虫子的存在，让很多人讨厌生活在森林里。如果这些虫子都消失了，每个人都可以生活在丛林中，甚至可以辞掉工作，去寻找更原野化的生活。

至于如何对付这些猖狂的虫子，还是有很多方法的，例如用药水，最简单的就是用茅香油。茅香油的味道对人并无刺激作用，闻起来就像炮油一样，但虫子的确很讨厌这种味道。茅香油能够很轻易地被买到，你可以随意进药店买两瓶，然后在有空的时候就喷一喷，这样一来，猖獗的虫子基本上就不会靠近你了。

药水的用途有很多，比如钓鱼时就能用到。

开始钓鱼前，在你的脖子后面、前额和手腕上擦上一些这种药水，苍蝇和蚊子就会远离你。

蚊子还很讨厌清凉油和桉油精。所以这3种油是基础的必备物品。依我之见，直接买茅香油相对来说更便宜、更好。夜晚睡觉前在帐篷外的帐帘上抹一些，你就可以安心入睡了。

为了真正得到休息和享受好假期，人们必须每天晚上都睡好，而首要的必需品就是足够的可以用来盖的东西。在丛林里，夜晚要比我们想象的冷得多，因此你带的被褥最好比所需的多出一倍。带一床被子，这和两条毯子的暖和度是一样的。

野营的人需要了解搭床的过程，而且需要有相当充足的时间去搭。对于对睡眠质量要求高的人来说，你需要搭好帐篷，然后再把帐篷里的地面弄得非常平整，如果你想睡得更柔软的话，就多放一床被子。

最困难的事就是做饭了。对于现在经常做饭的人来说，炒锅是所有旅行中最必需的物品，当然，你如果需要电饼铛等东西，那就带上吧。至于煎锅，可以考虑一下，因为有时候需要煎鱼。

如果是新手的话，他们常常把鱼和熏肉放在大火上烤。如果熏肉被烤得卷了起来，就说明火候够了；如果鱼的表面已经发黄且里面也发黄了的话，就说明鱼熟了；但如果鱼的表面焦了而里面还是生的，就说明火候没掌握好。如果连续两周都吃这种外焦内生的鱼，就会导致消化不良。

防止把鱼烤焦的正确方法就是在炭火上烤。先准备几罐黄油或者耗油，把肉放进去，待烤至半熟时，再慢慢地将之放在热油脂上，然后将熏肉放在鱼上，最后在慢慢烤的时候涂上奶油。在这个过程中，你还能做好多的事情，例如煮杯咖啡，或者吃块饼干，或者在更小的煎锅里煎张饼。

将面粉加上适当的水，调好。把煎锅烧热，涂好油，再倒入调好的面粉糊，用小火将之煎至金黄，翻一面，也煎至金黄，然后即可出锅。你可以根据自己的口味涂上果酱。

当人们差不多吃够了煎饼时，鱼和熏肉就可以食用了。吃鱼了，有着一种高兴的心情。看看吧，鱼的表面很脆，里面的肉也新鲜可口；熏肉好了，味道正宗而浓烈。这样的鱼和熏肉，估计没有人吃过吧。

烤炉的功能很多，可以烤面包、烤馅饼，即使是不太爱干家务的男人也能够做出自己喜欢的东西，甚至可以做出适合在丛林中食用的馅饼，这样就能填饱肚子了。

就拿做馅饼来说，这是一个让男人头痛的话题，听说做馅饼有一个很大的秘诀，其实并没有，我们都被玩弄了太多年。只要智商正常，就可以做出好吃的馅饼，有的男人做的馅饼有时比他的妻子做的更好。不是有这样一种说法吗？男人只要努力起来，做饭方面也会比女人强得多，否则怎么会说真正的大厨都是男人呢？

我们来讲一讲做馅饼的步骤。万事开头难，首先准备一杯半的面粉、半杯猪油、半勺盐和冷水。然后和面，和面的时候要把盐与面粉混合，顺势在面粉中倒入猪油，用凉水将面粉和成团，因为用凉水和面团会更劲道。接着取一些干面粉用来拍打面团，以保证面团不粘板子，随后用你喜欢的圆瓶子来擀面，直到把面擀平。擀的同时再放些猪油，再加点面粉，直到重新擀平。

把一团擀好的面摊在烤盘里，我喜欢那种底下带花的形状的烤盘。然后放入浸泡了一整晚的苹果干、桃干、杏干，色泽应该特别好。再将另一片面皮放在上面，用拇指仔细地捏住其四周，并在上面划几道口子。接着将烤炉调至低火，约40分钟后取出，你就尽管尽情地吃吧。

丛林生活有时候很难，但有时候又真的很简单。只有能够在丛林生活的人，才是真正的人生强者。

特德的蚊子

《多伦多星报周刊》1920年8月7日

蚊子属于昆虫纲双翅目蚊科，全球约有3000种，是一种有刺吸式口器的纤小飞虫。除南极洲外，各大陆皆有。其中，以按蚊属、伊蚊属和库蚊属最为著名。它的嗅觉非常灵敏，远远地就能嗅到人的气味，然后就会去吸人的血。但它并不是吸血蝙蝠，它是蚊子。

多伦多这个城市是个让人感到舒适的地方，因为那儿几乎没有蚊子。所以好多居民不选择在夏季度假，他们会很开心，并为那些去森林度假的人难过，随后他们会带着对多伦多的满腔热爱进入娱乐场所。但最终我们还是很无奈地选择了进入丛林，进入了茂密的森林，那里面静悄悄的，甚至没有回声。慢慢地，回声也消失了，最终归于一片死寂。

我们驻扎的地方刮着北风，很冷，但是我们睡得很熟，第一天夜晚还是相当美妙的，没有一只蚊子。

但到了第二天夜晚，温暖的南风来了。很不幸的是，它把蚊子也带来了，而且是成群结队来的。它们就像一团尘土，只不过这一团里面都是蚊子。这是你受不了的，看到如此场景我全身都在冒冷汗，周身都不舒服。

在搭帐篷的一小会儿里我的鼻子上就被咬了个包。特德点了蜡烛，想要消灭帐篷中的蚊子，但这真是一个艰难的过程，一只蚊子被消灭掉，另外一只又来了。我们清除了帐篷中的蚊子，刚躺下来，却又来了一拨蚊子，它们的吸血管肆意侵略着我的脸庞。这里的蚊子似乎能够穿过蚊帐。

第二天晚上，我发现特德在寻找什么东西，结果是他把防蚊液给弄丢了，我们一起寻找了起来，后来我热得全身都湿透了。那时，我终于明白了拿破仑在圣赫勒拿岛时，恺撒看到布鲁图将他的折叠刀插进身体时，以及鸟妈妈发现没有玉米可吃时的感受。

我们总共出去了两周。我们的蚊帐只起到了辅助性的作用，它根本挡不住蚊子的侵略。可气的是，特德还弄丢了防蚊液。

那时候的风是温暖的南风，而我们的帐篷里充满了蚊子，一只接着一只，甚至可以说是一团接着一团。眼尖的人能够看到成群的尘埃从沼泽上空飞来，随后我们看到了蚊子。

点火堆是一个很好的办法，期间我们点起了两个熏烟火堆，并在火堆之间坐下。蚊子就在周围飞着，但不一会儿就冲进了烟雾中，大概是被烟雾熏死了吧。

后来我们又点起了4个火堆，效果果然更好了。我们坐在火堆中间，蚊子飞进烟雾中的现象更为明显，死的也更多。我们感觉自己像烟熏火腿，这很有意思。

在这样一个过程中，我给特德提了很多建议。

“假如蚊子像一头猪那样大，我们会怎样？”“假如它们吃我的小宠物怎么办？”他一直没有回答。

“我们要感谢自己的成长。”我说。

“不要再提及往事了。”他不耐烦地说。

“有时我们也很绝望，特别是在野外生存的时候。”特德说，“如果长期吃我做的饭，我们会成为蚊子的毒药。”

我反驳说，他就是蚊子的毒药。

他说我应该拿蚊帐。

我反诘是谁没有保管好自己的防蚊液。

说话之余，他扔给我一个煎饼。

后来，北风吹来了，吹了几天，我们就再也没有看到蚊子了。

最后几天，我们都说对方很幸运。

从上述事例中可总结经验：我们应该用粗布来代替今年贩售的蚊帐，而且应带很多瓶防蚊液。

捕钓虹鳟的最佳方式

《多伦多星报周刊》1920年8月28日

每个人都在生活，但生活方式各有不同。正如职业拳击比赛不同于业余拳击比赛一样，虹鳟与溪红点鲑的捕钓方式也是不同的。有些人为我们捕捉到的鱼胡乱取名，把虹鳟称为“虹彩鳟鱼”。虹鳟生存在加拿大的水域。当前，捕钓虹鳟的最佳地方是在加拿大苏运河的急流中，这在世界都是非常有名的。

捕钓虹鳟的过程异常的艰苦，且相当费时。举个例子，一条7千克左右的虹鳟被顺着急流的独木舟拖走，后来被欧及布威族和齐佩瓦族的船夫截住，为此他们费了很大的劲，累得满头大汗。因为虹鳟体型太大，所以船夫实际上占不到任何便宜。这些鱼的力气也非常大，一旦被逮住，它们就会迅速撕破很长很长的网线，然后躲到大岩石的底部生闷气，对飞蝇杆晃动的诱惑不理不睬，任由欧及布威族人在那里大骂。在这种情况下，要将一条真正很大的虹鳟带上岸，有时候得花两三个小时。

苏运河是捕鱼者都爱去的地方，因为这是捕钓的绝佳之地。不过要想捕捉到大鱼，其过程相当折磨人，在费力的程度上，仅次于捕捉金枪鱼。很多鳟鱼只对旋式诱饵有反应，对假蝇不理不睬，这对大多数只用假蝇捕钓的渔夫来说是不利的。

苏运河的虹鳟又好又大，它们的牙齿也非常厉害，会咬假蝇，但要想在那种水流很大的水域中轻易应付假蝇捕钓者的最爱，这绝非易事。在这最佳的水域捕钓，仍需要完美的道具，而独木舟就是一种必需品。

总之，这是项剧烈、棘手且具有伤害性的运动，没有艾萨克·沃尔顿垂钓派的那种气定神闲。当这名优秀的钓客去世时，能让他的灵魂安然进入瓦尔哈拉殿堂[1]的事迹就是他能让在一条普通的河流中的大量的虹鳟疯狂地跳跃起来咬假蝇。

在离苏运河很近的地方有一口泉，这口泉也可以被称作河。它跟河的宽度差不多，比一般的河要深一

[1]瓦尔哈拉殿堂为北欧神话主神兼死亡之神奥丁接待英灵的殿堂。

些。若想感觉得更加真切，你的脑海中必须不断地出现以下情景：

险峻的峭壁上长了一棵松树，整体造型很美。峭壁一直向上延伸至光亮处。峭壁下有一小段沙地突然滑进河流，使河流来了个大拐弯，最后流入水塘。

以上为背景。

想象一下，画面中有两个人，步履蹒跚，衣衫褴褛，他们沿着河岸的小径一直向上走，背负的东西特别多，即使一匹马驮着那些东西都会感到疲劳。他们用头扛着重物，这其实是不对的，因为这样做太费劲了。如果这两个人稍微向前倾斜，小丘的路线就会变得很通畅。后来他们实在撑不住了，将包裹重重地放在了地上。

走着走着，其中一个人停下了脚步，抬头仰望，发现峭壁端变得相对平缓，有一块好地方可以用来搭帐篷。另一个人开始休息，仰面躺在地上，眼睛直直地看着天空。或许是夜晚的露珠使蚱蜢变得很不灵活，第一个人麻利地伸出手捉住了一只蚱蜢，并把它扔进了水塘。蚱蜢在水塘上漂浮了一会儿，被一个漩涡吸住，随后水面出现了一道长约1米的亮光，一条虹鳟跃入半空，蚱蜢随之消失。

“你看到了吗？”扔蚱蜢的人惊叫道。

这个问题真是等于白问。因为那个本来躺着的人正在从箱子里拿出飞蝇杆……

我们决定钓鱼。用一只假蝇作钓饵。我们开始了第二次抛竿，这时候水面产生了一个漩涡，让人感觉很深很神秘。我们的钓线绷得紧紧的，猛地被投入水中，随即被拉扯出去，直至卷盘中心露了出来。鱼跳跃着。每次钓线被投入水中时，我们都将竿放低，并祈祷一定要成功。最后，鱼跳了一下，我们好像感觉到了鱼的动静，杰克斯异常激动地开始收绕钓线。我们以为鱼已经脱钩了，但是当我们挑起钓线时才发现鱼还在鱼钩上挣扎，其动作之快，让我们都以为它逃跑了。

这时差不多天黑了。我们把鱼钓了上来，经测量，它体长77厘米，重约4.4千克。

这就是捕钓虹鳟的一个艰难却又让人欣喜的过程。

比起其他钓饵，虹鳟更愿意咬假蝇，所以应该将其系在8号或10号鱼钩上。

稍小的假蝇有它自身的好处，能引来更多的鱼。但若假蝇太小的话，其承受不了真正的大鱼。虹鳟和溪红点鲑栖息的流域虽然相同，它们却会在不同的地方被发现。溪红点鲑会被迫栖息在河堤下方的洞穴里或是河堤上方的桤木处，而虹鳟则栖息在清澈的水塘和水流湍急的浅水区。

杂志作者和报道者都持相反意见。他们认为溪红点鲑或斑点鳟上钩后，会有一种条件反射，会在急而深的水中与大量的钓线纠缠，所以它们不会立即跳出水面。但如果将钓线绷紧，这些鱼还是会在水流的冲击下突然露出水面。

虹鳟的跳跃能力很强，无论钓线松紧与否。它有时候跳得比其他鱼都要高，因为它是真正地跳出了水面，而不只是露出水面；有时候它会跳到2米高，与水面平行。这个数据听起来令人觉得不可思议，但确是事实。

或许你不会相信，把一条鱼放入急流中，然后尽力追赶它，如果它有3.3千克重，且只跳2米高，就可能将人拉倒。

加拿大人：野蛮人/文明人

《多伦多星报周刊》1920年10月9日

别人如何看待我们是我们无法掌控的。因为那是别人的眼光，或许有时候他们觉得我们很有趣，或许有时候觉得我们很可怕。

还能回忆起你在裁缝的3面镜子里无意中看到自己轮廓时的情景吗？或许你记不起来了，男人们是记不起来的，但是女人们至少每天都会照照自己的脸，照照侧面以及背后的头发，这是很正常的。

在威廉姆·史蒂文森·麦克纳特的《矿工》一文中，十分形象地描述了美国人对加拿大人的看法。这里的美国人指的是一般的美国人，即实习新闻记者所说的路人对加拿大人的评价。对于在美国或英联邦自治领土内的路人而言，这种情况有点夸大其词，但是根据法语的说法，它能够适用于街道上几乎所有人。

一个普通市民应当被视为为了吃速食而搭电车的人，或是即使很正直也有畏惧警察之心的人。在一般的公共交通工具上，没有座位的美国人对加拿大的概念是模糊不清的。在他们看来，加拿大就是西北的骑警、冬天的运动场、满是哈士奇的开放雪场、温莎的比赛报道、加拿大人的威士忌，以及苏格兰人和英格兰人，且时常带有一种坚定而强烈的情感。

他记得当塔夫脱担任总统时，有很多人对互惠政策有疑问，但他甚至不确定这是怎么一回事。或许他也听说过前总理博登，但牛奶生产商会让他感到迷乱。这涉及他对加拿大政治的误解。

加拿大的战争史会让一般的美国人感到骄傲，这让很多加拿大人都意想不到。在加拿大部队服役的美国人很可能会被他的同胞视为英雄，被当作了不起的人。

但是美国人也会把一般的加拿大人分成两类：野蛮人和文明人。

那么野蛮的加拿大人和文明的加拿大人有什么区别呢？

野蛮的加拿大人意味着身穿整齐的牛仔衣、头戴皮帽子、脸上长有茂密的胡子，虽然看上去很稳重，却经常引起皇家西北山地的警察的注意。

文明的加拿大人有所不同，他们喜欢穿鞋罩、留小胡子，看上去很幽默，且非常聪明有礼貌。

“野蛮的和文明的加拿大人与普通的嚼着花生米的美国人会形成鲜明的对比。”这是一个英国人评论的。

对于英国人来说，他们的居民分为粗鲁的英国人、板球运动员和贵族3类。

首先谈一谈粗鲁的英国人，他们的特点是喜欢说话时带脏字，比较粗鲁。他们平时喜欢戴布帽，吃生鲱鱼。

板球运动员常常会出现在美国的畅销小说中，而贵族大多与戏剧有关。

那时，威廉·赫斯特为了美国人的消费而创造了一种英国人。这里暂且把娱乐放在一边，加拿大和美国之间确实缺少人与人之间的相互理解。正如罗伯特·萨维斯所说："一般的美国人缺乏对加拿大人的理解。"

其实美国人是非常尊敬加拿大人的。他们对加拿大人没有一点儿反对的情绪，反而非常喜爱加拿大人的野蛮。但你知道普通的加拿大人是如何看待美国人的吗？

当赫斯特死后，也许战争就更遥远了，国家与国家的交流也会回到常态，例如加拿大和美国的大学之间就会有交流机制。国与国之间会越来越懂得尊敬。如果真的有战争的话，我们会被同时卷入，也许会成为伙伴。

卡尔庞捷和登普西

《多伦多星报周刊》1920年10月30日

加拿大的每个男人、女人和孩子都有这个问题，无论他们是体育报道者还是有其他的身份，都是如此。

这个问题就是：乔治·卡尔庞捷能否在比赛中打败杰克·登普西，从而夺得尤文图斯世界重量级冠军？

最终的答案是：看这场打斗，它比任何一场冠军争霸赛都要好看。卡尔庞捷有着绝好的机会去打败登普西。

对于拳法不够了解的人，他们可以多去了解左勾拳，了解所有的内幕消息，以便了解卡尔庞捷可能得到的更多机会。全美国的拳击专家都对登普西有着同一种看法，即他应该会是卡尔庞捷的灾难。

我们应该相信专家的看法以及美国新闻报纸的一些新闻报道。只要乔治·卡尔庞捷和杰克·登普西进入同一个拳击场一起比拼，这对卡尔庞捷来说无异于自杀。登普西如果击中卡尔庞捷一次，他的一切就都结束了。因为登普西很强势，他将成为最伟大的重量级拳击手，而卡尔庞捷相对来说稍处弱势。

首次了解拳击内幕消息的人可能会模模糊糊地记得去年的一个场景，专家们赌杰西·威拉德一定会在对抗中打败登普西，且大多数拳击作者也支持威拉德，认为威拉德实力强大，所以当时的威拉德赢的赔率是6∶5。

专家只是分析比赛的赛情，或许精准，或许有失误。他们都是“冠军主义”的受害者。无论哪个拳击手碰巧保有了冠军，都会一直是最伟大的，应该闻名一时。因此他们大肆宣称登普西最终会成为超人。这是没有道理的。

杰克·登普西行动缓、思维慢，较差劲的他未进行过真正的打斗。他曾被威利·米汉打败过，而米汉对于大多数人来说不过是个二流拳击手。

登普西对战威拉德时，威拉德才37岁。过了几年悠闲松散生活的威拉德经常喝烈酒，所以他的拳击技术怎么都提不上去。威拉德并没有参加过真正的激战，他的行为习惯很差，所以也不被人看好。

登普西是一个非常有实力的强大且年轻的拳击手，不管天热与否，他都可以进入托莱多的拳击场，有耐心地等着，等到威拉德伸出他又慢又长的左臂。他首先击中了威拉德的下颌，后来又来了一记左勾拳，击中了威拉德的后脑勺。

威拉德很被动，也很悲惨，不幸地摔在了地板上，登普西站到了他身上。裁判员应该是看得很投入，没有阻止登普西，接着他对威拉德计数。但在绕场时他略有顾虑，内心很不安定。

威拉德被打得不知所措。他手一离开地准备站起来，登普西就又开始攻击，朝着他未作保护的下颌击出重重一拳。威拉德倒下后，只要他试图站立起来，登普西就会继续击打。在场的观众看到这一幕时一阵喧哗。

第三轮拳击赛结束了，登普西大口喘着气，身心疲惫，威拉德看上去反倒更加充满活力，或许其内在的潜力还没被激发出来。他的教练知道，因为在作战，故短期内他并不能克服之前被击打的劣势，无奈之下扔给了他毛巾。登普西最终以自己独有的优势夺得了世界重量级冠军，赢得了观众的阵阵掌声。

登普西后来只参加过一次比赛，那是与他亲密的朋友的对战，现在那位朋友被打得遍体是伤，一直在医院养病。

比利·米斯克是登普西的一位老朋友，虽然在之前的比赛中没取得过优异的成绩，但在第一回合时他就得到了承诺，会得到20 000美元。拳击赛开始前，他对登普西目不斜视，好像看着任何一个普通的拳击手一样。但登普西依然拿出了自己最强的实力，没有给米斯克一丝机会，米斯克被他打倒，甚至打趴。米斯克有时试图站起来，但当他抬起手时，就又会被登普西打倒，直到比赛结束。

因为杰克·登普西击败了一个嗜酒徒和一个挚友，所以他成了当时评论家们所说的最伟大的拳击手。

其实，评论家们称卡尔庞捷只会卖弄技巧。他们一致认为卡尔庞捷是没有机会赢登普西的。

据消息：卡尔庞捷重约77千克，登普西重约64千克，但卡尔庞捷以前击败过登普西这种类型的人。

庞巴迪·威尔斯曾两次被卡尔庞捷打败，当时他算得上是最聪明、最有技巧的拳击手和最快、最利索的骑手。

1914年，甘伯特·史密斯曾在加利福尼亚与杰西·威拉德大战好几十个回合，最后击败了他。他们当时打得十分激烈，以致威拉德不得不请求他住手。

之后，甘伯特·史密斯到了伦敦，在国家体育俱乐部遇到了卡尔庞捷。那时的甘伯特·史密斯是最厉害且最危险的拳击手，他击败了威拉德和一些被人们看好的选手。但他被卡尔庞捷打倒了三四次，被打得很惨，最终也输了。

卡尔庞捷由于国家形势而在战争中服役，并且获得了相当大的荣誉。战争结束后，他又继续着自己的拳击赛。当时他打得非常猛，只用一轮就把英国冠军乔·贝克特打败了。

现在他回到了美国，并与美国重量级拳击手贝特令·莱温斯基交手。第一轮中，卡尔庞捷采取了保守策略，主要是谨慎防守。在交手的过程中，他摸清了莱温斯基的优缺点。接着他就开始反攻，他抛开了所有的顾虑，开始肆意攻击莱温斯基。

外行可能看到的只是精彩，但内行的专家则认为这种表现还能体现一个拳手的心理素质，让大家都相信他，相信他的实力，承认他一个无可匹敌的拳手。

但仍有持反对意见的评论家认为：他虽然是一个伟大的拳手，但他也有很多缺点，说严重点就是他只是徒有其表，无法防守，登普西一定会干掉他的。

西大荒：芝加哥

《多伦多星报周刊》1920年11月6日

加拿大是一个奇怪的国家，在这里不得不引入“西大荒”这个词，因为加拿大从来没有过西大荒。只要有人跨过边境，在西大荒走动，西北山地警察就会悄悄地把他们全都送进监狱，这样他们在里面就不会再害任何人。

不同的是，现在美国有了西大荒。如同电影一样，美国的西大荒有法罗牌和骰子、一座开放的城镇、印第安人、穿礼服大衣的赌徒、歧视和歧视杀戮，还有所有能够娱乐的象征。

相较于美国以前的情况，那就是旧的秩序已经消失，取而代之的是新秩序。

西大荒依然存在着，只是换了地方。目前，它位于密歇根湖的西南端，人们将那个高楼林立的地方称为芝加哥。

墨西哥显然是个非常糟糕的地方。每年都会有某个国会议员或参议员在美国国会报告说上一年有28或33名美国人在墨西哥被当地人杀害。这种令人惊讶的消息会让所有国会人员都颤抖，并为之感到惊悚。所以，针对这种情况，应该采取一些行动了，不能再继续了。关键时刻必须得拿出措施来。

芝加哥真是一个动乱的地方，今年1月到11月这里总共出现过140次命案。这意味着在芝加哥杀人犯很多。的确，与内华达的采矿城镇的早期记录相比，这看上去并不算太坏。据称，当时内华达非常乱，每天都有人被杀，执行法官基本上每天都在抓捕人。然而在芝加哥的数据中，警察并没有提供谋杀记录。若把警方的捕杀也包括在内，可以说芝加哥每天都有人杀人。

芝加哥酒类走私非常泛滥，作为一个禁酒的城市，酒却不时地在阳光下出现。如果花30美元能够买到威士忌，当地人是非常乐意的，而且总能如愿。现在大多在售卖的威士忌都会被贴上标签。加拿大威士忌不会太便宜，而且还有很多人出售美国酒。

不是故意贬低某个国家，但加拿大也是赌博非常盛行的地方，加拿大再次繁盛起来真的是因为博彩业。赌博不受警察的限制，除非你在警察局赌博，因为这种游戏不需要任何器械，不费劲，只需要人力，因此在哪里都能够进行。

运转中的轮盘仅代表一件事，即警察的保护。因为你无法藏匿轮盘，而且也不能将之扔出窗外。轮盘很贵、很大，也很重，所以这对于警察来说是一件好事。不管是谁在秘密进行赌博，当一场赌博的轮盘开始转动时，只要有警察来，任何人都无法及时隐藏道具。如今经常会有这样的报道：加拿大某个地方的赌坊被端，正是因为赌坊中存在轮盘。所以新的西大荒和原来的一样，也会出现谋杀、酗酒和赌博。

考虑到芝加哥当时的一些城市现象，多伦多成立了一支举世无双的有组织且高效的部队。骗子们会躲开多伦多，因为他们明白这支部队的强悍。这支部队的声誉可与英联邦自主领土的西北山地警察相媲美。

芝加哥的犯罪记录非常精确地记录了该城的警察部队的战绩。即使能够避免所有的故意犯罪，也难免有其他事故——仅仅去年一年，芝加哥就有420人死在汽车之下。

记者的口袋

《多伦多星报周刊》1920年11月6日

目前，一名工厂制造商对他们的员工进行抽查，发现员工身上的零花钱平均为28.5美元。后来，有记者对此作了分析，他们要求我们注意：1000万员工，如果每个人仅拥有20美元的零花钱，这就要支出2亿美元，才足以保证开工。得出这样的数据让社论作者有点过于担心了，因为虽然工作雇员或许每人口袋里有28.5美元，但也得考虑一下我们这些剩余的人。

作为比较的基础，笔者以高价获得了大量相同职业的人员口袋中物品的一系列照片。例如，记者就是其中之一。

在一般记者（未婚和已婚）的口袋中有以下物品：

一个好看的皮夹。

两支铅笔。

两张电影院的票。

许多自己收集的邮票。

5封来自其女朋友的信（现在已不是自己的女朋友，很快就要与有钱人结婚了）。

大量自行车车票。

2.85美元现金。

新闻记者（已婚）的口袋中有：

汇往不同地方的汇款单。

一张卡片（朋友送给自己的明信片，它有很大的意义，能够引起人的回忆）。

一张妻子的照片。

购买午餐所需的钱。

刚来工作的记者的口袋中包含：

一本剪报册（这应该都是该记者自己写的被登在报纸上的一些评论，他利用这些评论积累自己的经验。同时这些评论能够显示其在处理重要新闻时的杰出能力。通常还有一部分该记者写的短篇专题报道，描述国王街上狂风肆虐的情景。这篇文章因太短而被主编插到了周五的报纸中，因为这位主编曾经也是没有任何经验的新手）。

当然，通过一个人口袋里所装的东西可以发现这个人的身份，假如警察发现尸首的口袋中装了很多剪报的话，他们或许就知道这应该是一个年轻的记者或者是一个演员。通常有一种非常有趣的情况，那就是记者总是活着，相反，死的总是演员。

此外，这些记者的口袋中还有许多其他物品：或许是来自前女友的一封信，或许是大量的邮票，又或许是自己保存的一包精致的香烟等。

社论作者不用担心了。只要还有记者、债券推销员、汽车推销员等职业，就可能有缺乏足够的零用钱的情况，如此来拉低工厂过多的员工零用钱的平均水平。

室内钓鱼

《多伦多星报周刊》1920年11月20日

陈旧的假蝇钓鱼竿仍挂在阁楼，曾开启垂钓季的那些苍蝇，算得上是一些“老兵老将”了。以前钓鱼时穿的靴子已经被收了起来，新买的渔网也不见了，看来垂钓的季节好像已经过去了。但事实并非如此，这个季节仍在继续。

不过这并不意味着可以在加尔达湖等地钓鳟鱼。这个故事说的是室内垂钓季的来临。

每年的这个时候，好多人都喜欢在俱乐部钓鱼，在这里钓的鱼的数量有时候比在加拿大尼皮贡河钓的还要多。加拿大国王大街上的很多餐馆提供的自助餐中的鳟鱼比体育杂志提供的奖品还要大。多伦多是一个钓鱼的好地方，在它的域内失去的鱼应该比基督教国家所有有鳟鱼的河失去的鱼都要多。所以在室内垂钓比在室外垂钓的优势更大——价格不高且鱼很大。

加拿大有个奇怪的现象，那就是人们都不喜欢听别人谈论他的高尔夫球运动，尽管大多数加拿大男性仍然会用大部分工作时间来谈论打高尔夫球的技巧。

那么其他人喜欢这样吗？答案是不喜欢。因为他们很讨厌唠叨不已的傻瓜，希望他能尽快结束。高尔夫球运动相较于其他运动，它只是针对自身而言的，所以对外界影响不大。

相较于高尔夫球，谈论钓鱼则不同，垂钓者非常喜欢谈论自己钓鱼的经历。因为若垂钓者想提高自己的垂钓能力，就需要从外界获取钓鱼的经验，而当他听别人谈论时，自己貌似也懂得了不少。他们会好奇对方是在哪里钓鱼、那里都有什么鱼种、有没有特别大的鱼等。接下来，我们来谈谈钓虹鳟鱼。

通常在钓鳟鱼的地方会有一条小河汇入一个湖泊，并且沿湖岸形成一条水道。鳟鱼追逐着一种淡水鱼或幼小的青鱼，你可以清清楚楚地看到它们的脊翅露出水面。每过一段时间，就会有一条大鳟鱼跃出水面，那声音如同人们将浴缸抛入湖中而产生的声音。

这些大鳟鱼对诱饵是非常挑剔的，它们从不会碰苍蝇做的饵。所以，首先我们会用小淡水鱼做饵；其次我们会使用一个阿伯丁优质鱼钩、一个非常优质的蚊钩、很长的测试线、4倍的卷轴和一根鱼竿。

既然用淡水小鱼做鱼饵，那就得将这些小鱼先抛入水道中，让它们沉入水底，接下来就是等好消息了。在等待的同时，你不是完全被动的，你可以拉动卷轴，把一块厚板放到垂竿顶端的最下方，并时常观察小鱼的动向，例如看看有没有吸引到大鱼。

这些湖泊中的虹鳟通常不足2千克。当有鱼上钩时，卷轴就会发出声响，鱼竿末端也会猛地下沉。你抓住鱼竿，拉锯战就此开始。我们从未将卷轴用完过，但损失了许多蚊钩，我们也从未钓过其重量足以拉断鱼竿的鱼。

刚入秋的一天，天有些凉，我去湖泊钓鱼，先把鱼饵抛入河里，顺势将鱼竿也放入水中，此时卷轴也已被打开。我在岸边捡了一些柴准备用来点火，此时，卷轴发出了稳定而尖锐的响声，鱼竿也下沉了很多，在水面上的部分甚至已呈扁平状。

我立即奔向鱼竿。然而当我刚触碰到鱼竿，响声立马停止了。湖中水花翻滚，鱼竿卷轴处的钓鱼线都断了。我跳入湖中，但线已经消失不见了。

想知道那条鱼有多大吗？我只想说，我也不知道。因为鱼竿在没有绷紧的情况下，鱼刚上钩，线就断了。

这的确是一次难忘的钓鱼经历，很值得回味。其原因我直到现在都没有找到。

我有一个好朋友，他的名字叫乔克，他同我一样也有让人印象深刻的故事。

有一天，乔克全身湿透地来到帐篷，他的鱼竿在第二个节点处断掉了，最后连渔网都不见了。而且他讲了一个令人无法相信的故事。

有一次，他感觉自己钓到了一条特别重的鱼，于是内心非常喜悦，但经过一番艰难的拉扯后，他看到了一条有他手臂那么长的鳟鱼。但是这条鱼太灵活、太难拉了，他被这条鱼拉扯得不得已迅速向河中移动，把渔网都给挤掉了。有时，鱼会在石头下停歇，乔克就向它扔石头，迫使它游动。他不敢过于用力地拖鱼竿，担心会隔开蚊钩。

大多数时候，这条鱼会向前冲并跳起来，其每一次跳跃都会让乔克的心提到嗓子眼儿。乔克说，这条鳟鱼跳跃时会发出海狸潜水时的声音，非常独特。

这是一场独特却又充满无奈的战斗。但是回想整个过程，如果真的有浅水区，乔克可能有机会将它拖上岸。但河水很深，且水流很急。

乔克称他与这条鱼大战了很长的时间，之后，鱼开始往下沉，当然，一些东西就断了。这条鱼游的速度之快，以及拉扯所花时间之长，令人难以置信。但乔克的眼神让人相信那是真的。

一个月后，有人在该河的大坝处网住了一些鳟鱼，并将它们放生到了上游。但有一条重10千克的虹鳟鱼太狡猾，目前没有人抓到它，它仍在水中。

普通级别与高级别刺杀，起价400美元

《多伦多星报周刊》1920年12月11日

芝加哥

这是来自美联社的新闻报道，一批来自美国的杀手正被送往爱尔兰执行枪杀行动。这已经得到证实。

据纽约和芝加哥的小道消息，这批杀手很猖狂，他们会去各个地方，据说开往英格兰的船上都有一两名前往暗杀地的杀手。他们先被运往英格兰，接着就消失在利物浦之类的海滨城市里，再潜入爱尔兰。

一般在执行任务时，他们会首先在红岛接受暗杀任务，然后收到合同中的钱，最后又潜回英格兰。一次普通枪杀的价格基本上为400美元。还记得战前纽约旧的刺杀价格是100美元。也许你会认为这费用貌似不低，但刺杀是技术活，既需要勇气还需要能量，

所以其价格和那些职业拳击手要求的一样，会越来越高。

如果刺杀一名被严密保护的治安官或其他行政官员，需要1000美元。

对于那些杀手而言，各地风气是不同的。在爱尔兰，一些家伙肯定正在抢软面团。在那个国家，抢劫如同获得糊状物[1]，但是相信他们会得手的。其中一种方法就是去一趟巴黎。

的确，在这个夏季与秋季，巴黎有了越来越多的美国下等人，也就有了更多的杀手。他们说，如果你往巴黎外郊扔石头，或许你就会击中一个美国枪手、扒手或身强力壮的大骗子。

枪手是非常喜欢赌运气的，他们刚在爱尔兰获得的大量的酬金最终会流到赛马或其他娱乐性项目上。他们能够意识到杀手这一行的残酷性，他们相信只要自己能赢回足够的赌注，就一定会收手不干的。但是要戒掉这个很难，因为除了职业拳击赛外，能让他们收获丰富的行业寥寥无几。

一个39岁左右的蒙混者说我是他的熟识，所以他

[1]“软面团”和“糊状物”为比喻义，分别指易得手的事物和较难得手的事物。

什么话都给我说，这让我深感荣幸。他告诉我他已金盆洗手，脱离了那些喧嚣。他长得非常帅气，手很漂亮，看起来就像一个充满艺术气息的艺术家，或者称他为稍微超重的赛马骑师也不为过。对他的描述还是不宜太多，因为那会让他有更大的吸引力，以至于上多伦多的报纸。后来，当国家颁布了禁酒令而让走私酒成了一项最能赚取利润的门路时，他放弃了刺杀这个行业。但是，相较于顶风冒险运送威士忌，总的来说，从肯塔基州的一个大仓库运货更好也更便宜。所以，镇里的债券推销员常常会去拜访他。在和我的交谈中，他一直避开与枪杀和爱尔兰有关的话题。

在这个下午，我也学到了这一行的很多东西。在爱尔兰，有一些来自美国的相当厉害的杀手。而他在自己从事的这一行中也认识不少人，只是他不知道在爱尔兰谁是站在正义的一边。他很清楚，这都是发生在纽约以外的地方，而你是在利物浦以外的地方工作的。不错，杀英国人这种事是不能引起他的特殊关注的，因为他们总有一天都会死的。

他听说很多枪手都是移居美国的南欧黑肤人，也叫“拉西佬”[1]。做枪手的南欧人很多，他们一般成

[1]此为对意大利、西班牙、葡萄牙人的蔑称。

对行事，且都会成为很厉害的枪手。在美国，他们动手的地方几乎都是在一辆汽车旁，以方便跑路。因为这关乎生命，所以逃跑是干这行的关键。逃离的过程讲究快、齐，在某个指定的路口，会有专门的司机带他们逃跑。如果司机跑得太慢，杀人计划也就会泡汤。

对那些有胆量的人来说，枪杀爱尔兰人是一种赚钱的方式。

如果以文武双全为标准来选择的话，这些枪手也算得上英雄，只是其影响力不如英雄，甚至并不引人注目。现在的他貌似不再过问枪手的事情了，他只是躬身坐着，有时喝上几杯威士忌，忧心如何进行投资，任由自己大脑的思绪飘飞，并祝那些家伙好运。这些家伙似乎正拥有着好运，且朝着美好的幸福生活奔去。

商界名流

《多伦多星报周刊》1921年2月19日

闲暇之余，你任意拿起一份报纸，读读时事新闻。在将有特色的公共资产贸易国际化时，或许会发生这样的事情。

交换发言人

乔治·克里孟梭曾经是国际上知名的“法国之虎”。2月5日，法国巴黎有报道称，法国现在要寻找政治家来代替乔治·克里孟梭，以实行新的政治。可是克里孟梭仍有几年的政坛生涯，即使面临挫折，其也会继续执政。根据当前的新闻，许多国家都会努力争取他。

对于像多伦多这样的社区的人们来说，这应该是天大的好事！多伦多公民对继续参选的官员很熟悉，但对其他的却不了解。

正如在这件事中：

教堂转变

2月6日，多伦多不知名的党派已经完成了德国汉堡与多伦多市议会的协商，用市长托马斯·丘奇交换3万吨的德国船舶吨位。汉堡现在亟须重建人文事业与工业，顺其自然地求助于丘奇市长，因为其在多伦多取得的非凡成就让他得到了国际上的高度认可；至于多伦多，其已经获得了发展的潜力，并急于通过拥有几艘船来增强其实业，以惠及其新的港口。在一次确认该交易的采访中，丘奇市长说：“我觉得本市人民将会拥有无上的荣誉，因为这会进一步推动多伦多公有制有计划的进行。”

那些报纸吗？文化影响力呢？

《泰晤士报》与《多伦多电报》互相交换

2月10日，英国伦敦在认识到共同需要以后，当局者也改变了自己的想法。在用报纸方面，英国伦敦与多伦多市政府已经同意用英国《泰晤士报》交换《多伦多电报》。

在消息方面，小说家与文人通常会带来相当好的贸易材料：

抄写员是必须包装的

美国华盛顿在1月30日进行了10年来规模最大的一次文学交易，即把法朗士、卢梭与伏尔泰的作品空运到美国，以换取哈罗德·贝尔·赖特、罗伯特·W.钱伯斯等名人的作品，并签署了价值90万美元的协议。据说这次交易之所以产生，是因为目前法郎汇率较低，所以对法郎汇率做了一个调整。实际上，卢梭与伏尔泰已经去世了，后人再也无法知道他们的名字以及了解他们的故事了。

请看《纽约论坛报》上刊登的这个小故事，这证明了有时候交易或许并不能完成得很彻底。

加拿大藐视我们的杰克

1月7日，加拿大渥太华。昨天，加拿大否定了用杰克·登普西加40万美元换取马尼托巴省的提议，准确地说应该是拒绝签协议。登普西的经纪人说：登普西将成为加拿大冠军。

大家再来听一个故事：

莎士比亚的新美国人身份

2月20日，在英格兰斯特拉福，举行了一场令人印象深刻的仪式，据说这个仪式是为了纪念莎士比亚的美国公民身份。

当时，这个英国小镇装饰着美国国旗，现场仪式很隆重，所有建筑上都贴了海报。

海报上的经典之处或许在于它的标语，例如“伟大的莎士比亚——百分之百的美国人”。游行的花车上不仅挂着花，挂着莎士比亚的画像，还有穿着当时美国最流行的西装的演员们，这不禁让人觉得这个活动应该是由美国服装公司赞助的。

在活动中，一名不愿透露姓名的美国人说道：“如果有必要，我们也会购买培根的公民身份。”他的话在莎士比亚取得美国公民身份的过程中起到了很大的作用，当然在谈话时也涉及培根，这个人在当时引起了很大反响，且他很受人支持。

火山租借

2月23日，意大利罗马举办了本年度最大的一场贸易，并且在此签署协议：瑞典将用20年的诺贝尔和平奖头衔换取意大利维苏威火山和埃特纳火山将近100年的租借期。其实，瑞典就租借这两座火山进行双方会谈已有一段时间了，其目的是缓解目前国家火柴工业硫黄短缺的问题。

2月24日，意大利那不勒斯——邓南遮在埃特纳火山和维苏威火山居住过。“如果无情的瑞典人真的碰了这些山中圣洁的硫黄，我希望在这两座火山上光荣地死去。”这是昨夜一位诗人写的。

我们的秘密度假指南

《多伦多星报周刊》1921年5月21日

“他20年都没有度过假”，这句话对经常读讣告的人来说是相当熟悉的，当然，这句话也是经常被用来形容人的生活态度的。

有时候，关于这个时间并没有严格具体的规定。

因为死者可能是10年、20年以来，或者自从当上市长以后，都没有心思再去度假，从那以后他的一生都没度过假。其实这都反映了一个虚假的道德理念。看上去好像可以理解为：如果他去度假了，或许就不那么可怜了，他可能会活到今天，或许他会活得更久。

这种理解是大错特错的。有人会说他每个秋天都在米尔克吐萨湖度过或者死者习惯9月还在哇哇湖度假。诸如此类的声明会澄清事件真相。问题是，报纸对此没有严格的声明，也没有将这种声明作为印刷品的惯例。

报纸读者在读这些的时候也会产生误解，他们会让人意识到在人生的前20年放弃度假是为了仔细保养自身。其他的人在29岁结束时或者市长任期结束时或整个一生结束时，会像熟透的葡萄一样落下。这方面的原因即为以下事实：他们之前没有去过美丽的湖泊，更没有机会看美丽的风景。他们没有条件去自己想去的地方，或者去几次后就会让他们英年早逝。

那么为了避免遗憾，如果你一定要度假，就请看看这个机密指南，这样你就能去一些该去的地方，从而避免去一些不该去的地方。这里要郑重地告诉各位，这份指南的撰写费了很大劲，耗费了很多精力，更重要的是这是首次公布。或许只要远离以下地方，就能避免伤心。至于出发前往加拿大安大略普西达勒酒店的行程，好像不重要。关键是如何离开，即是开一辆福特在泥泞中行进几千米还是在火车站等候火车的来临？

我们先来看看美景，看了之后先不要激动。

首先是温柔灿烂的哇哇湖。

哇哇湖作为一个湖泊是有生命的，因为它总是微笑着，这会让整天抑郁寡欢的人看完后顿时神清气爽，马上就能在岸边昂首阔步地行走。它知道这些人来自一个叫作狄格令皮策的酒店。哇哇湖看着他们驱散一群群苍蝇，看到这些人因营养不良而憔悴的脸庞中又饱含着对美好生活的渴望。微笑的哇哇湖有它自身的神力，好像它知道他们在想什么。

接下来来到了美妙的波佐沙滩。

热情美好的波佐沙滩位于美洲大陆上最大的内陆淡水湖旁。带上一根一端有铁钩的撑篙，波佐沙滩就会成为小舟的天堂。你能把沙子装入小舟，还能将小舟放入淡水湖中，然后用撑篙把它们钩回来。这是一种怎样的美好清静。

再来说说美丽的弗莱布罗湖。

美丽的弗莱布罗湖位于北部树林的中心。你一进入，就立马会看到它周围耸立着的巍峨雄壮的高山，仙气缭绕。湖上方是浩瀚博大的苍穹。湖岸则堆积着死鱼，也许它们是因安乐而死的。

还有风景秀丽的布姆景观。

人们都说伊利湖上较为安静的度假胜地就是布姆景观。你去过吗？你可以尝试一下。累了吧？你可以在这儿好好休息一下。

在这里，整个人都与大自然融在一起。这里是由贾维斯经营的。这个圣地会让你感受到实实在在的舒适与宁静。

每天凌晨2点，贾维斯的公鸡就开始打鸣，宣布天要亮了。之后，天亮了，贾维斯的公鸡再次叫起来，其他的鸡也群起应和。厨房中响起了锅碗瓢盆的声音，员工们开始了辛勤的劳作。抽水工已经在抽水了，双胞胎的声音也盖过了留声机的声音。这是人们更加迷恋的生活。

此时，太阳正炙烤着当地的人家，松香开始融入墙上一簇簇的毒芹中。由于蚊子的骚扰，你休息得不好，此时有点头昏脑涨。你穿好衣服，洗漱完，便下楼吃早饭去了。

是的，布姆景观确实有点太热了，所以你只能在家看看书。当然，你也可以选择在门廊的阴影处休息。这是唯一一个比较凉爽的地方。人们能在这里看书，是因为这里有供人看书的设施：一张单人吊床以及几张并不舒适的椅子；几本书：霍尔·凯因、玛丽·科雷利等的作品，小故事集和画册，你可以从中选出自己想看的书，这还是比较惬意的。

到处都热的天气会让客人前往房子的后院，因为此时这里的阴影正开始出现，当然你也可以在草坪上栖息。例如某个人的睡眠很好，只需一会儿他就睡着了。直到更多的昆虫爬到他身上，他仍在睡，其实他也是出于无奈。后来，整个下午结束之后，整个夜里他却都醒着。这时或许就不惬意了，他认为这样的日子不能再继续了，因为再这样生活下去就不再是享受生活，而是自己找罪受了。

投票子弹

《多伦多星报周刊》1920年5月28日

安东尼·德安德烈是芝加哥黑手党的首领，他在芝加哥市议员的竞选中失败。由于心情郁闷，当他从市民面前的一辆车中走出来时，手里拿着一支自动手枪，面色凝重，极其小心地往后退。

后来就听到一声可怕的巨响，他感觉自己的身体遭到了非常短小的猎枪的子弹的袭击。这次审判也算到此结束了。这次结束可谓影响了芝加哥的家家户户，并引发了芝加哥史上最致命的政治斗争。

战斗还未结束，虽然德安德烈的身体受到了摧残，但他的意志力还在，他继续用膝盖爬行，眼神坚定，突然他用自己的自动手枪开了5枪，结束了自己的生命，这种死法让别人感受到了他的尊严。

其实德安德烈早已预想到会有如此结果，所以早就在家中准备好了手枪。他也早已预想到自己的生命快要结束，虽然想对该裁定提出抗议，但他却无能为力。他曾经在巴勒莫大学接受过成人教育，后来放弃了一个在教堂的职位而去了美国。

安东尼·德安德烈于1899年成为一名美国公民，在后来的几年中，他开始尝试不同的行业。房地产、面粉经营、通信和银行业他都干过，而且干得都非常出色。在芝加哥，他兼职做一些富裕家庭孩子的外语老师。1902年，他的家被一些秘密特工给洗劫了，或许是因为德安德烈自身名声不够好，有人说是他把10美分的假币大量引入芝加哥的，而且特工在他的家里和厂里都发现了假币。这样，他就受到了制裁，最终被判处有期徒刑并被送入了监狱，直到罗斯福总统将他赦免。后来，他成了一名劳工头目，并决定进入政界。

1914年，他想成为一名市专员候选人，但失败了，这是他的第一次尝试。

1916年，他竞选总督约翰·鲍尔斯的位置。鲍尔斯已当了25年的总督，德安德烈则因个人的不良历史而竞选失败。

但他的权力欲不断上升，他试图谋害鲍尔斯。

鲍尔斯的坚定支持者也因为德安德烈的安排而在沙龙中被杀害。最后一次选举时，鲍尔斯的家中发生了爆炸。后来鲍尔斯与德安德烈之间又发生了一系列的争斗与争执，也发生了一系列的伤害，包括鲍尔斯与德安德烈的亲信。

11月，鲍尔斯以400票赢得了选举，从这时起，德安德烈开始了一系列的谋杀。

埃斯坡思托坚定地支持鲍尔斯的想法，为此他也经历了痛苦，他在市中心被一辆快速狂飙的摩托车抛下，身上中满了枪子儿。拉布里奥拉作为法院法警，被鲍尔斯选为接班人，他在前往法院的路上遭到多人的围攻和枪击。他倒下了，身上伤痕累累。同日，还有好多人被杀害。

据统计，一份暗杀名单上有25名鲍尔斯的支持者。支持者们惶恐不安，最终展开了首次报复。鲍尔斯也曾说过：“德安德烈是将死之人了。我不能再使我们的支持者处于危险之中。”

如今德安德烈已死亡，他的尸体还在杰斐逊公园医院，如果你是他亲近的人，可以细细数一下，他的身上有12个伤口，这对他来说不止是生命的结束，还是一个时代的结束。

芝加哥最潮湿的一天

《多伦多星报周刊》1921年7月2日

芝加哥

在颁布禁酒令一段时间后，芝加哥对酒的渴望又处处可见了。那些狡猾的寻酒人已习惯于向仔细观察的酒保做出暗示，他们用手比划着以吸引酒保的注意。在以前，能够明白这种手势的意思的人心里是很得意的。

现在，只要你想在芝加哥喝酒，那你就得去酒吧买酒，并且要花费75美分才能获得一些酒。在芝加哥，没有任何人和沙龙的距离超过3个街区，而沙龙出售威士忌和杜松子酒可要比酒吧更为公开。

从美国其他地方来到这里参观的人对此无比惊讶，这似乎让人难以置信。但是，这就是真的，而且理由很简单。因为在芝加哥，城市警察是没有执行禁酒令的权力的。芝加哥总是湿的，而芝加哥的警察也总是以美国“牛市”的思想将其视为潮湿的。

在芝加哥，有禁酒令执法权的官员总共有8人。其中4人在办公室做文书工作，另外4人负责保卫一个仓库。其实，除了酒的价格，该市的现状与禁酒令颁布前的情况变化不大，在美国的其他地方也是如此。

下面说说啤酒的事。圣路易斯是美国最大的啤酒城市。在实施禁酒令时，圣路易斯的啤酒厂都认为已经到了啤酒业时代结束的时候了，并立刻着手把自己的大酒厂变为软饮料加工厂。芝加哥看到了这些，但其做法并不像圣路易斯的那样。他们在关闭了啤酒厂一段时间后，又忙着制造酒精度更高的啤酒——这在禁酒令颁布之前的很长一段时间内是被允许的。

而现在有趣的画面出现了，圣路易斯啤酒厂竟然为了让禁酒令快点实施而异常努力。这都是因为来自芝加哥啤酒厂的大量啤酒的流入已经大幅降低了市场对本地啤酒的需求。

当这些啤酒厂首次开始实施禁酒令之前的计划好的生产时，该城市还有许多啤酒，但价格为50美分1品脱。之后，一些酒吧和饭店降低了价格，目前整个城市真正的啤酒价格为30美分1品脱，即15美分一杯或50美元一桶。

不久前的一天，我在一家饭店看到3个骑警坐在放有许多品脱啤酒的桌旁，他们的马则拴在饭店外。当我们坐下一会儿后，服务生领班不好意思地上前请求我们的谅解并移走了桌子。我们配合地站了起来，桌子就被推到了一旁，这时一扇活板门被打开了。4个穿着白制服的酒保推着12桶啤酒，经活板门走了进来。这些酒桶在地板上滚动着，经过警察的桌子时，这3名骑警深情地看着这些棕色的大木桶。

其中一位赞叹道："这可真是地道的陈酒啊。"

这就是所谓的警察执行禁酒令。

当然，若是哪个公开营业的酒保不向警察交保护费的话，那么他就有可能被彻底搜查。因此，酒的价格很高。为了与该必要性抗争，出现了"体育俱乐部"酒类关税增加的情况。

诺瓦塔体育俱乐部就是这样的机构，它的存在就是为警察将每周的非法资金清除。如今来看一切都很成功。

门口站着一位目光犀利、面红耳赤的观察者，他在摆弄着一个电铃。你只有得到他的允许才能进入，然后爬上三楼到达俱乐部聚会室。这只是个形式而已，你只需等他检查完卡片，就能获准进入了。

该俱乐部里有很多的桌椅。当你坐下后，就会有一名黑人服务生端着几杯饮料出现，数量刚好和在场的男性对应。这些饮料并不贵，只要50美分，而且这里的威士忌也比隔壁酒吧卖的更陈一些。

这名服务生接到指示后喊道："弗莱德，这里有几位先生想要成为会员。"

弗莱德不卑不亢地答道："是吗？要是他们能在这张纸上把名字写上就再好不过了，我会给他们办理会员卡的。"

不久，这些会员卡就被送了出去，这也意味着该俱乐部的成员又增加了。

在诺瓦塔体育俱乐部，还没见过拒绝任何一个人加入的情况，目前该俱乐部成员数已过千，有望成为芝加哥最大的俱乐部。

该俱乐部大部分会员都是芝加哥金融中心及证券公司的股票经纪人、董事会经营者及其成员。

芝加哥目前的情况维持不下去了。政府会派出更多的禁酒令执法人员，或者加强管理，使之正规和严格起来。但是，目前的情况却十分奇怪——一个在法律上不允许喝酒的城市却靠卖酒发展着。

马斯尔肖尔斯：便宜的硝酸盐

《多伦多星报周刊》1921年11月12日

马斯尔肖尔斯意味着平静的浅滩。但实际上，就算是对大多数加拿大人或美国人来说，如果不是亨利·福特把这个名字从战争的泥淖中拖出来，那么人们就不会这么认为了。

福特先生重新使阿拉巴马州的马斯尔肖尔斯获得了公众的关注。在几个月前，福特先生提议美国陆军部购买或租借政府在马斯尔肖尔斯的盐厂，租期为100年。

马斯尔肖尔斯是阿拉巴马州中部田纳西河中的一块多岩的浅滩，美国政府在这里建造了一个生死攸关的工厂。这本来是一个死亡工厂，在这里，美国最大的大坝跨河而建，借用水力生产硝酸铵——烈性炸药的基本成分。然而在休战以后，科学家们致力于把这个可怕的战争工厂变为一种援助设施。现在，这个工厂已是一个商业氮的生产地。氮是全世界农作物生长的土壤中必需的元素。

多年来，工程师一直提议在这个浅滩上建造一座跨田纳西河的大坝。由于马斯尔肖尔斯的岩石的阻挠，汽船根本无法在该河中顺利通行。

几年前，这种主张使与之邻近的国家受到了调查。伴随着美国的参战，军队迫切需要硝酸盐制造大量炸药，有些人就向威尔逊总统施压，提议将马斯尔肖尔斯作为电站，并通过他去说服国会同意在阿拉巴马州距该浅滩3英里的设菲尔德建立一个硝酸盐工厂。之后，为了更好地为该硝酸盐工程提供动力和使河流能够顺利通航，美国政府下令在该浅滩建立一个大坝。

最终，美国政府再三思量后，决定建立借助氰氨法大量生产硝酸盐的工厂，并在大坝完成后使用蒸汽产生的电力来运营。实际上也确实如此，在签署停战协定的两个月前，该工事已经完成并正式投入使用。

这样的局面十分有趣，也让美国不得不在马斯尔肖尔斯建立硝酸盐工厂。氮不仅是所有炸药的基本元素，同时也是世界的主要农作物如玉米、小麦、谷物以及草坪肥料等的不可或缺的元素。

23年前，英国科学家克鲁克斯就发出过一份声明，让世人震惊不已，他认为世界正迅速走向饥荒。克鲁克斯分析了其中的缘由：城市因为大量人口的拥入而导致粮食需求的倍增。他还指出，土壤的养分正被人类的饮食习惯迅速夺去，照这样的速度发展下去，耕地的维持恐怕连几十年都达不到。而想要转变这种饥荒的局面，只能积极开发氮的新来源，以及发现将这种气态元素用于新耕地中的新方法。

虽然克鲁克斯的预测（他预测到1933年就会出现普遍饥荒）过于悲观，却引发了世界对“固定”氮供应问题的关注，发生了一次有价值的转变。

第一次世界大战之前，智利北部和秘鲁干旱的沙漠、高原中的钠山矿床是世界上主要的氮的来源。德国在发起战争之前，自信地认为其“智利硝酸盐”的供应充足。可是，德国是如此珍惜智利的资源，导致其在福克兰群岛沿岸失去了舰队的一部分——当时，英国海军把冯·施佩巡逻中队全部歼灭。

之前，美国的硝酸盐都是从智利进口的，并且每年只把进口的60万吨硝酸盐的1/6发放给农民使用。而商业硝酸盐需求的突然增加，使得美国政府开始着手建设马斯尔肖尔斯工厂。

威尔逊水坝还有几个月就会完工，为该工厂的运行提供动力。届时它将会成为除了埃及尼罗河上的阿斯旺大坝以及可能的威尔士崴姆威大坝外世界上最大的水坝。

虽然马斯尔肖尔斯巨大的水流量会带来许多的附属工程，但目前大坝的根本任务就是制造氮。所以福特先生以及其他机构最近已提议把该浅滩从政府手中接管过来。然而，美国政府迫于压力，拒绝向威尔逊水坝拨款——这也是整个工程的生产核心。

该大坝已经建成了一半，因此，每年在折旧和利益方面的损失相比起完成该大坝所需的费用要多得多。如果以当前的速度继续建造，整个大坝应该能在22个月后完成。

而完成后，不管控制人是谁，马斯尔肖尔斯工厂都将对整个北美产生巨大的积极作用，将会给农场提供价格低廉的硝酸盐，使之不用依靠智利进口，并且成本也会因其在美国本土生产而大大降低。降低硝酸盐的成本是降低所有谷物生产成本的一个关键步骤，因此，这也会成为降低当前面包价格的捷径。

不过，想要把一座在田纳西河浅滩上的战时大坝转变为一种降低面包价格的措施的路还很长，若马尔斯肖斯尔工厂能够继续建造并最终完成，那么这无疑会让这条路更加容易走。

关于结婚礼物

《多伦多星报周刊》1921年12月17日

三只旅行表
嘀嗒
在壁炉台上
停顿
但年轻人仍在挨饿

这是1921年年末的一首诗的开头部分，而剩下的部分可能永远都不会完成了。这首诗的主题太悲凉了，它是一首关于结婚礼物的诗。我期待着那一天的到来，那时我能够听到“结婚礼物”后再没有急促不安的感觉，不会再有如不小心踩到大猫的尾巴同时将手无意识地伸向紧紧蜷着的响尾蛇的那种感觉了。但那一天终究没有来临。

故事是从我们的有钱的朋友开始的。大多数穷人并不只有穷亲戚，也有一些富裕的朋友，我们也是如此。有一个有钱的朋友，你可能就会时常产生一种模糊的感觉，比如当你这个很有钱、很亲密的朋友突然走到生命的尽头时，他可能会给你一个惊喜，给你留下一笔财富；或者当你结婚时，你最有钱的朋友可能会给你不少彩礼。

我所有的朋友都这样做了，他们都送了我们旅行表。如今，一只旅行表就会让人雀跃不已，两只旅行表会让人心满意足，但3只旅行表就没必要了，4只旅行表就显得无比滑稽了。不过，很显然，旅行表作为结婚礼物还是很时尚的。我们有4只，因此应是最时尚的了。

我们急需的东西有很多，会用到的东西也有很多。我们需要新的毛巾和汤勺，那些旧的汤勺已经开始生锈了，一不小心就会划到客人的嘴，而且我们需要很多的钱。

当家人和朋友们把礼物清单拿来时，这些蓝色的纸条应该是唯一可以体现他们个性的物品。起初这看上去有点让人难过，后来当我们发现大的蓝色闪光水果盘是唯一可以体现我们80%的朋友的个性的物品时，我们改变了原来的想法。当然，有一些朋友会让我想到大的蓝色闪光酒杯，但这些朋友只是很少的一部分。

曾经有一个朋友，他总会让我想到大的蓝色旅行酒器，但并没有哪个朋友能让我想起皮革旅行表。我有很多朋友，他们算得上是很完美的画，却没有一个朋友能被比作完美的画框。那种礼物可以体现个性的说法是个大谬论。一个漂亮的汤勺或一个银色的盘子能将什么样的个性展示给我们呢？这礼单只能说明你的朋友是地主、雇工或者是来自电话公司和杂货店的人。

这一切听上去似乎是对朋友的不尊重，但以个人的方式来写，这其实是对把结婚礼物作为制度的一种抗议。一些关于局限的讨论，应规定将结婚礼物送给新郎或新郎的父母。

譬如我们的楼梯。我们的房东是一个浪漫主义者，当他对外出租公寓时，称它为“三层楼公寓”，并宣称公寓的风景无比浪漫。我们的房东能够用他的想象把维苏威火山顶处的别墅描绘成“位置理想，采光很好，在一段令人愉悦的攀登后就能到达，距那不勒斯只有28分钟的车程”。

公寓的第一层被称为底层。至于第二层我认为是一个夹层。在这两层之上，才是严格意义上的楼层。我们住在第三层。

当送货员把包裹放在底层时，他会用一种菲律宾的口吻，大声喊道：“1-8-0-9！”意思是你必须向送货员支付1美元89美分，这并不是一个小数额。我个人还从没有见过价值1美元89美分的结婚礼物。当然，这只是个人的看法。

在你和送货员达成协议之后，你会抱着盒子爬上五段楼梯。这些盒子不仅很大而且很重。最容易爬的是第一段楼梯，当你大步往上爬时，就像一个登山者一样。而当你爬第二段楼梯时，就会想到珠穆朗玛峰，这时你就知道盒子到底有多重了。在第二段之后，你只能继续坚持着向上爬。

最后，你终于可以用刀把盒子打开了，你会发现你的礼物被很多刨花纸覆盖着。然后你将刨花纸扔了一地，伸手在刨花纸中搜寻礼物，这感觉就像在杂草堆中寻找一个鸡蛋。然后，你历经千辛万苦终于发现了一个漂亮的碎碗，你知道这是来自乔治叔叔的。你垂头丧气地把碎碗扔进垃圾箱，然后继续努力工作，并准备迎接下一次门铃的响声。

昨天总共收到了22个盒子，都是从远方的城市转寄来的，其中一个里面有两条很漂亮的毛巾，它们没有坏，也没有被刨花纸包着。我仔细地看着并抚摸着它们。我猜不出它们代表了谁的个性，但我可以肯定他一定是一个十分可爱而有趣的人。

游人罕至的瑞士胜地

《多伦多每日星报》1922年2月4日

瑞士莱萨翁

因为瑞士法郎的价值还是20美分左右，所以该国正在快速贫穷化。瑞士的主要收入来源一直是旅游业，而现在游客们正在观察汇率的变化，1美元只能换到5瑞士法郎，所以游客们都不再考虑去瑞士游玩了。这样一来，战前曾到处都能看到旅游者的地区，现在看上去和内华达州荒芜的新兴城镇已经没什么区别了。

瑞士的几百家旅馆濒临倒闭或者已经停止营业，和战前的繁荣景象相比，实在是无法想象，这使得旅馆经营者都十分沮丧。瑞士的富翁会选择去奥地利的蒂罗尔州度假，因为在那里他们的法郎能够换很多奥地利旧金币。然而，法国人却根本不会去瑞士。

一家大型旅店的经理说："等瑞士法郎降到和法国货币相等的价值时，一些现在来欧洲的旅客一定不会首先考虑来我们这里的。这里的物价水平和类似法国阿尔卑斯山的度假胜地的一样低，但所有的游客都希望他们能够用相同的美元兑换到尽可能多的法郎，所以他们都不会来这里。”

而实际上，游客在法国可以做的事，在瑞士同样能做。因为法国和意大利的大型旅店会相应地提高价格以平衡汇率。在瑞士的一家还算不错的旅馆，大概需要15法郎至25法郎的房间费和餐费，即3美元至5美元。而在法国的一家同级别的旅店，按汇率应该需要35法郎至55法郎，也就是3美元至5美元的样子。

游客们应当记住的是，欧洲所有涉及美国和英国游客的旅店管理者都会紧盯汇率，将其房间价格相应地调整至战前的美元价格。所以瑞士的价格和其他地方的一样便宜，而游客却不知道这一点。

1000美元在巴黎生活一年

《多伦多星报周刊》1922年2月4日

巴黎

巴黎的冬季雨水很多、天气寒冷，但景色美丽且物价很低。同样，这里也十分嘈杂和拥挤。你在这里能以最低的价格得到你想要的任何东西。

美元是通往巴黎的有效的钥匙，不论是加拿大的加元还是美国的美元。1美元值12.5法郎，1加元的报价超过11法郎。

按照当前的汇率，一个年收入大约在1000美元的加拿大人能在巴黎舒舒服服地生活一年。如果汇率正常，这个加拿大人则有可能会饿死。汇率就是有这样神奇的作用。

我们两个人住在雅各布街上的一家舒适的酒店里。这家酒店就在艺术学院的后面，距杜乐丽学院只有几分钟的路程。房费为每天12法郎，而且房间十分干净和温馨。同一层还有热水、冷水和浴室，一个月的租金仅为30美元。

我们两人的早餐费用是2.5法郎，一个月共需75法郎，合为6美元3至4美分。在波拿巴和雅各布街的角落里，有一家味道、价格都很不错的餐馆。那里的点餐方式是照单点菜，汤的价格为60生丁，一条鱼售1.2法郎。饭菜的种类丰富，有烤牛肉、炸牛肉、羔羊肉、牛排，同时还有只有法国人才做得出的土豆，一顿饭大约需2.4法郎。嫩汤菜蘸黄油、奶油菠菜、豆类、精选豌豆和菜花等，价格从40生丁到85生丁不等。沙拉60生丁，甜品75生丁，有时要1法郎。红酒一瓶600生丁，啤酒一杯40生丁。

那里饭菜的做法、质量和美国最好的餐馆相比一点儿也不逊色，我和妻子在那儿吃得十分满意。晚餐后，你只需要花4美分就能乘地铁到任何地方，或同样花4美分乘车去城市中更远的地方。这听上去是不是让人不敢相信，但这只是价格未与美元的增值相适应的一个例子。

这并不是说巴黎所有的地方都是如此便宜，歌剧院和马德琳附近的大酒店就比以往任何时候的价格都贵。一天，我们在卢森堡花园散步时遇到两个来自纽约的女孩。与我们的情况一样，她们住进了一家规模很大且已经做过很多广告宣传的酒店。她们每人每天要付60法郎的房费，其他费用的比例也是如此。她们一共住了两天三夜，最后支付了500法郎，即52美元。现在她们换到了塞纳河左岸的一家酒店居住，500法郎能在那里待上两个星期，而且那里和她们之前所住的酒店一样舒适。

那些在巴黎大酒店居住的旅客们会抱怨巴黎的生活成本很高，而大酒店的负责人也会尽可能地开高价。但是巴黎各处还有几百家小型酒店，在那里，美国人或加拿大人同样可以住得无比舒适，可以在不错的餐馆吃饭。而且一天只需2.5美元至3美元，就能玩得很开心。

普恩加莱的蠢行

《多伦多每日星报》1922年2月4日

巴黎

加拿大人从来都很讨厌讨论欧洲的政治，对旧世界中的混乱极度厌烦。但所有处于战争中的人对事件转变的内在原因都是兴致浓厚，这些事件引起了法国对世界的同情。

自从休战以来，所有国家的道德制高点几乎都被法国所占据。人们平时会谈论“法国的灵魂”，认为法国的一切都是完美无瑕的。然后凡尔赛和会来了。

世界对法国在和会上的态度很是理解和宽容，因为法国在这场战争中遭受了很多磨难，所以其要求更久的和平是能够被理解的。这是克里孟梭的和平，他最后的凶猛举动，现在克里孟梭是法国最无趣的名字。但由于战争的迫近，这种和平被看作一种可被理解的和平，一种可被谅解的和平。

如今，凡尔赛的和平已经持续了很长的时间，战争已经结束。德国正在致力于建设自己的国家，赔偿对盟国的欠款。英国正在努力帮助德国偿还可能支付的赔款。而法国在意的是，想要欧洲恢复正常，德国的经济必须恢复。但法国有一支庞大的常备军反对德国，通过接受普鲁士对潜艇的态度和未来战争的对话，破坏了华盛顿会议对限制军备的效果。

在和这场战争有关的人中，没有人希望再谈论另一场战争。至少目前法国是最不希望再爆发战争的国家，法国人民也不希望有战争。然而，法国人民根本左右不了政府的思想，这就是整件事的秘密。

战后一年，法国通过投票选出了下议院，而下议院大部分被旧的保守派控制。他们认为，只要他们能够对德国构成威胁，那么就能从德国那里得到自己想要的钱，否则什么好处也得不到，只会导致最终破产。他们只想着占领鲁尔盆地，却忽略了占领这一地区所要花的钱远远多于从这里的矿产中所获得的钱。他们已经被时代淘汰了，缺乏对新事物的足够了解，根本没有能力再代表那些选举他们的人的利益。

这些保守的政客对白里安总理十分不满，因为他的态度太温和了，所以只会被俄罗斯愚弄。而且白里安对温和的美国不够慷慨，所以他们逼他赶紧辞职。最后，如他们所愿，普恩加莱接任了总理。

现在是普恩加莱和盲目的保守派掌权，他们正在做他们认为值得做的事。甚至当前下议院的多数愚蠢的专业政客还认为，是他们成就了现在的法国。当然他们不会坚持太久，等到下一次选举时，他们就会被赶下所谓的神坛。那时法国才会致力于恢复自己国家的地位，它将不再是一个由暴躁的老绅士们所主导的军事国家。

而现在法国的发展全靠一直努力工作和思考的法国人民，如果没有他们那么努力地工作（法国的失业率几乎为0），这些顽固的保守派可能早就已经被当前的下议院赶下台了。

西班牙的金枪鱼捕钓

《多伦多星报周刊》1922年2月18日

西班牙比戈

鹅卵石街道，白色和黄色的抹灰，这是一个看起来很不结实的村庄。它建立在一个几乎被陆地包围的大港湾旁，这个港湾大到能容纳整个英国海军。被晒干了的褐山像疲惫不堪的老恐龙一样朝着海洋沉重地压去。海水的那种蓝就像那不勒斯湾的一幅彩色石印画一样。

在山顶上，你能看见一座灰色的带双子塔的教堂，还有一座色彩单调且阴沉的堡垒。小镇建在山上，面临蓝色的海湾。当岸上的旗帜顺着北部的水流方向飘扬，鳟鱼在有浮冰的深水塘中面对面栖息时，深晓门道的渔夫就会立即动身。因为这预示着在这一幅明亮的、蓝色的彩色石印画般的海湾里充满了鱼。

海湾里会出现各种奇怪、扁平且带有虹彩的鱼，这里是成群的长窄形马加鱼以及名字奇怪、轻柔的厚肩形大海鲈的乐园。但是，它主要容纳的是所有鱼的王，渔夫的“瓦尔哈拉殿堂”的统治者。

渔夫乘一艘棕色的大三角帆船从海湾出发，船东倒西歪地倾斜着，但依然在前进，产生了一种撇取浮沫的力。他用一种银色的胭脂鱼做诱饵，将线抛出去开始钓鱼。当船向前行进时，为确保鱼饵不露出水面，船会被牢牢地拖着。这时，银色的水花飞溅于海面，其产生的冲击力如同水中被投进了很多大型铅弹一样，这时候，一种沙丁鱼一跃而出，因为一条大金枪鱼正迫使它们离开水面。它突然猛烈地撞击一次，使得6英尺的鱼身全都破水而出，跃向空中。当金枪鱼发出马嘶声，头朝下从码头处返回水中时，其尾部也迅速没入水中。渔夫可是很不喜欢它的这一喜好。

大金枪鱼的颜色为银色和石板蓝色。当它从船的附近跃入空中时，看上去就像瞬息万变的炫目闪光一样。它的重量大概有300磅，在一条巨大的虹鳟的渴望和残暴的驱使下上蹿下跳。在比戈湾，你有时能看见五六条金枪鱼同时跃出水面的景象，当它们追使沙丁鱼聚群时，就会像海豚一样跃出水面，然后完成一个巨大的、漂亮的、干净利落的跳跃。

如果你想带一个西班牙船夫一起去钓鱼，那么你每天需要支付1美元的酬劳。因为很多金枪鱼会食饵，所以就算你拿着一根像锄头柄一样粗的钓竿，也会腰酸背痛不已。但是如果你能在6个小时的人鱼搏斗较量中，在身体经过不断地拉扯而感到恶心后，还能捕到一条大金枪鱼，并最终将它带到船边（它在平静的海水中呈碧绿色和银色），那么你会感到无比的痛快，会自豪不已，会令人羡慕和钦佩，那时你就可以光明正大地参加有众多神级人物的场合，他们会无比欢迎你。

这些快乐的、棕色脸庞的神级人物将此地确认为乐园，他们在这古老而又不结实的山上快乐地生活，这些山给明亮的蓝色比戈湾设立了天然的屏障。他们在那生活，也一直在思考为什么那些技术很棒但又死板的渔夫不到比戈来，这里可是有乐园在等待着他们呢。

克里孟梭的政治死亡

《多伦多每日星报》1922年2月18日

巴黎

没有什么能比一只死老虎更沉寂，而乔治斯·克里孟梭就是一只十分了不起的老虎，所以他十分沉寂。

在加拿大，新闻的头版仍被对克里孟梭的采访占据，所以当人们发现曾经的法国之虎遭遇了和前法国总统一样的政治死亡时，确实感到震惊。没有人引用克里孟梭的话，也没有政府向克里孟梭征询意见。当你说到“克里孟梭”时，人们也只是微微一笑而不予理会，这最终使得克里孟梭不得不办起了小报纸，以便在公众面前阐述自己的观点。

如果你想了解克里孟梭作为一个政治人物的没落，那么你可以去两个地方。你可以去找那些谈论凡尔赛、赔偿问题、公开外交、热那亚、鲁尔盆地和基马尔主义的政治家；或者你可以去咖啡馆寻找真相。因为如果人民想了解一个人，没有任何政治家能够逃离公众的视线。

咖啡馆是一个讨论时事的绝佳去处，法国人在那儿所说的话不会有什么得失，所以他们可以在那里畅谈所有的事。当然，如果他们在咖啡馆坐得太久，有时所说的要远多于他们所认为的。所以如果你在咖啡馆里碰到一个法国人待的时间足够煮开咖啡，那么你就可以在咖啡刚煮开并溢出之前了解到他对克里孟梭和其他事情的真实看法。如果你在法国不同的地方遇到足够多的法国人，那么你会得到国民的看法。国民的看法会在选举的报纸报道中反映出来。

“其实人们对克里孟梭所说的并不认同，或许他的这些话曾经是真理，可现在不再适用。”一个法国人告诉我。

“难道所有人都把他在战争中所做的忘记了吗？”我问。

“战争已经结束了，他在战争中像一头猛虎，但在战争后他仍希望自己是猛虎。而在战争结束后，猛虎会成为国家发展的障碍。国家现在需要的是认真工作的人和骡子，而不是唯我独尊的老虎。人们现在对克里孟梭已经厌倦了，如果他想再现以前的辉煌，那他必须等，等到死，然后转世再成为伟人。”

这是许多法国人对克里孟梭的看法。从这些话语中可以看出，法国人现在迫切地期盼着一种新型政治家的出现。法国需要的是建设者，而不是战士，需要一个向前看而不是向后看的人，因为战争已经结束了。公众的无情使法国已经放弃了克里孟梭。他在工作完成后，又活了太久，而且现在，正像咖啡馆里的法国人所说的："他必须等，等到死，然后转世再成为伟人"。

德国出口关税打击奸商

《多伦多星报周刊》1922年2月25日

瑞士巴塞尔

德国新通过了一项法律以对出口产品征税，这也使外国人无法大量购买德国产品，更遑论通过德国马克的低价而获得400%或500%的利润了。

现在，一旦你想要进入德国，首先你需要向德国海关官员出示一份自己进入该国携带的物品的清单，包括袜子、内衣、衬衫甚至手帕，没有任何个人的服装能够成为例外。而当你离开德国时，你所有的物品都必须经过严格的检查，只要你被查出来比入境时多带了一件衬衫，那么你就要为此支付巨额的出口税。

当你从德国回到瑞士时，你还得再次出示自己在德国的物品清单，海关官员会对你带出德国的所有东西征收进口税。这是物品往来的一个很好的例子。

德国和瑞士这两个国家都采取这种措施来维护自己的利益，因为它们的货币价值实在是相差太大了。在出口和进口税开始生效之前，德国是瑞士汇率获利的理想地。一个人用10瑞士法郎就可以换来半篮子德国马克。这也给生活在德国边境的瑞士人带来了一个很好的赚钱机会。

比如在德国边境小镇上的一家服装店，店里的衣服都以马克标价，其价值和生产衣服的德国人的工资相对应。这时，挣了两个星期瑞士法郎工资的瑞士人就可以把瑞士法郎换成马克，去商店买走店里所有的东西，然后驾车把衣服运回一千米外的瑞士边境，在自己的国土上开一家商店，而其商品价格却只是其瑞士竞争者标价的一半。

正是因为这种抢劫式的货币兑换，影响了两个国家的发展。不仅破坏了瑞士正常的商品市场，还让位于边境处的德国乡村人民根本买不到任何衣服，因为衣服都流往了瑞士。因此，两国政府目前都通过了严格的海关法。

当然，这并不能完全禁绝走私货物的交易，仍有人在冒险走私。但可以肯定的是，像以前那样，那些瑞士人只须花在本国买一双鞋的钱就能买光所有服装商店，然后高兴地等着回国大赚一笔的日子已经不复存在了。

巴黎到处都是俄罗斯人

《多伦多每日星报》1922年2月25日

巴黎

巴黎现在已经是俄罗斯人的天下了，随处都能看见他们。俄罗斯过去的贵族遍布欧洲各地，他们在罗马开餐厅，在卡普里开茶馆，在尼斯和马赛做旅馆搬运工，在地中海航运中心做劳工。但那些设法带着钱或财产的俄罗斯人几乎都默契地来到了巴黎。

在他们眼中，巴黎是一个充满梦想和实现梦想的地方，那里的一切都很好。初次到巴黎时，他们对巴黎的一切都充满了好奇和兴趣，但几个月之后就变得十分沮丧了。没有人知道他们是怎么生活的，在革命之前，他们变卖了自己逃到法国时随身携带的珠宝、金饰和传家宝。

据和平街上一家大珠宝店的老板说，俄罗斯难民向巴黎珠宝买家出售了大量漂亮的珍珠，这已经导致珍珠的价格下跌了很多。事实也确实如此，如今很多俄罗斯人在巴黎生活得无比奢侈，因为他们在逃亡途中变卖了许多随身携带的珠宝。

你可能会好奇巴黎的这些俄罗斯人在变卖或典当他们所有的珠宝后会发生什么事。一般来说，这么一大群人靠借钱过日子几乎是不可能的，不过少数人还是能够暂时借到钱的。当然，最好的情况就是俄罗斯国内发生一些有利的变化，这可能会对俄罗斯人聚居区有利。在蒙帕那斯区的一家咖啡馆中，每天都会有很多俄罗斯人聚在一起，无所事事地等待奇迹的发生，同时回忆他们伟大的沙皇时代。但实际上奇迹或意外并没有发生，最终他们也同世界其他地方的人一样，为了生活去工作。对这样一群人来说，似乎有些可怜。

罗马教皇的民意测验：幕后

《多伦多星报周刊》1922年3月4日

巴黎

每一周，那些住在巴黎的英美报刊记者都会聚会一次，谈论本职工作。如果能在房间里安装一台录音机，那么就能把欧洲政客的观点、会议、就职以及其他世界事务偷偷记录下来。

整整一周，记者们一直在发邮件或进行电报报道，阐述他们对事件的看法，他们看上去像训练有素的专业观察人员。他们还会在每个星期三花几个小时暂时抛弃自己是持有证件的记者的身份，以普通人的身份进行一些讨论。

“他们为坐在普通松木宝座上的教皇加冕。”一名在罗马待了21天、报道前教皇去世和新教皇加冕的记者说。

“这让我想起了我的同仁，一天前我亲眼看到了宝座，还看到他们对这一场景进行了现场报道。”

随后，约翰逊[1]和我与加斯帕里红衣教主进行了对话，讨论他们为什么不等美国教主。约翰逊问他为什么没有等。

“我们这里做事都很迅速。”加斯帕里对约翰逊说。

“阁下，您确实对美国人和加拿大人做得有点儿过于迅速了。”约翰逊对他说。

“我们必须十分谨慎地对待你们这些新闻记者。”加斯帕里红衣教主对约翰逊说。

“阁下，如果您能自信点，也许就会改变对我们的看法。”约翰逊回答道。

“那个有趣的小胖子是谁？”加斯帕里问他的一个侍从。

[1]他其实并不叫约翰逊，而是一个大新闻集团的记者。

“阁下，您居然说我胖！”约翰逊说。

这段教皇和媒体之间的对话并没有在任何新闻报道中出现。没有任何新闻报道会提到记者在罗马进行报道遇到的困难。

所有的电报都是从邮局发出去的，那里有3个房间供新闻记者使用，其中一个房间里还有一台能够使用的打字机。如果再多几台打字机，噪音就会太大，会影响意大利记者的思考。而当美国人和英国人准备使用时，你就会看到一场热闹的争吵。

电报局一半的人都在赌教会新首脑的投票结果，当一名美国记者从电话机旁穿过人群准备写电报时，那些说着德语、法语和意大利语的人就会像发现了新大陆似的，兴奋、激动、好奇地喊叫着围过来，想要了解他的新闻内容。

教皇已经制定了严格的审查制度，凡是内容涉及某些主教姓名的电报都会自动被发报机关拦下。最后，这种审查制度保护了一些知道关于选举“绝对可靠消息”，知道某个主教绝对不会成为教皇的记者发出的报道选举的电报。

因为此地将举行教皇加冕仪式，罗马挤满了看热闹的人，但其中仅有约50名新闻记者。这是在前教皇去世后选举新教皇期间统计的，没有计入在海外报道这一事件的人员。

“我找到了能够从拥挤的人群中穿过的方法。”一个美国记者说，“在意大利，外交官是唯一戴丝绸帽子的人，所以我买了一顶大礼帽，当我想穿过什么地方时，我就会把它戴上。这方法的确有用。”

凭着大礼帽、贿赂、推搡、代理意大利人翻译的意大利新闻，记者们等到了新闻，有时是从电报里得到的。当你在读这些新闻报道的时候，你根本无法想象出它们是在什么情况下被写来出的。

滑雪橇的刺激

《多伦多每日星报》1922年3月4日

瑞士雷萨凡

如果你想要寻找那种惊险、刺激的感觉，不妨去尝试一下在山路上以每小时80千米的速度滑雪橇吧。

一架雪橇能够承载两个人。雪橇上有一两个如面包圈一般大的方向盘，可挂住前面的人，小雪橇后方两侧各有一个钢闸，可供后面的人扶着以稳住身躯。当你在雪橇上坐下，后面的人就开始推你，然后在你所坐之处下方15厘米，滑雪之路就开始了。在一个冰封的陡坡上，雪橇的速度能够和你在按动扳机后射出的子弹的飞行速度相媲美。

你挂在轮盘上，看着一旁的道路和高山像放电影一样从你眼前闪过。人坐在雪橇上飞驰，当碰到凹凸不平的地方时，会像飞驰的骏马一样跃起后再落下。转一个弯，路面变得更低，雪橇从冰上飞过。左面是一个大雪谷，另一侧是锯齿形的高山，但你只能在雪橇转弯时瞥一眼。你现在能做的就是在雪橇向前俯冲时紧紧抓住它。你可能会突然听到身后“嘎”的一声，透过森林你能看到一架大的八人雪橇，正飞驰在通往森林道路的坡上。雪橇上每个人都在竭力向你呼喊，让你向右转，以避免碰撞从而顺利通过。但是，此时的速度并非你能决定的，路上的冰太多，你的速度太快，新落下的雪减慢了他们的速度，所以他们再次落在了你的后面。在雪橇滑板并列的情况下，你滑到了另一个坡上，然后在一个宽阔的拐弯处，他们超过了你。

这里的道路并不陡峭，你把速度降至约每小时20千米，一只手进行转向，擦去被风吹出来的眼泪，然后转身看去，夕阳给白雪覆盖的山坡上了粉色的外衣。只是这匆匆的一瞥后，道路又转向了另一段，你踏上了通往车站的最后一个陡坡。那里挤满了穿着厚衣服的人，正在等待列车将他们带上山去。天气实在是寒冷难耐，你用力跺着脚取暖，拍掉从后面扬起来的雪和冰。等车的时候，你可以从朝着滑雪橇的人们叫卖的那个小男孩那里买一个火腿三明治，然后观赏太阳从白雪覆盖的地方慢慢落下，并思考着人们去棕榈滩或海滨度过冬天的原因。

瑞士的旅馆

《多伦多星报周刊》1922年3月4日

瑞士莱萨旺

瑞士是一个地形十分陡峭的小型国度，其地势不仅侧斜，而且起伏很大。这里的旅馆数量实在很多，几乎在每块十分倾斜的地面上都立有一家旅馆，所有的旅馆看起来都像是被同一个人用同一把钢丝锯切割而成的。

沿着一条有些荒凉的路前行，穿过一片覆盖着山的侧面的幽深的森林，查看着雪上的鹿的脚印，一只大乌鸦在一棵松树的枝头上来来回回地摇摆着，看着你查看这些脚印。下方是一个已经开始融雪的山谷，大雪把锯齿般的山峰包裹得严严实实，呈现出一片白色，侧面还有一片和加拿大落基山脉的松林一样的天然松树林。再转过一道弯，就能在山的侧面看见4家大得有些古怪的旅馆，猛一看像一个大孩子的游戏屋，风格与那个在草坪前安放铁狗的年代的加拿大建筑一样。

这种时尚的旅馆在瑞士随处可见，就像铁路右边的广告牌一样。到冬天时，里面住满了年轻而有活力的青年，他们身穿衣领可翻转的白毛衣，头发梳得油光发亮，惬意地打着桥牌。这些年轻男子可不是互相当搭档一起玩桥牌，他们一般是和老得能当他们妈妈的女士一起玩，女士们玩牌的圆胖手指上还戴着闪闪发亮的白金戒指。我也弄不清这局面是怎么形成的，但是年轻男子们看起来很是满足，而那些女人明显也玩得很开心。

接下来是法国的贵族阶层。他们可不是以前那些奢侈贵族中牙齿掉光了的老女人，或者那些在巴黎的圣奥诺雷法布街为不断上涨的价格作最后抵抗的白胡子老男人。他们都是一些年轻而有活力的青年贵族，有着十分古老的姓氏，穿着紧身的马裤，行为端庄而优雅。他们是法国少数拥有高贵姓氏的人，在战争中通过田产或者其他铁、煤方面的产业发了财，能够与那些卖毛毯和葡萄酒给军队的人住同样的旅馆。当这些有着古老姓氏的年轻人走进一间满是投机商的房间内，和他们那些赚钱之前所娶的老婆和赚钱之后所生养的女儿坐在一块儿时，这场面看起来就像一头瘦狼走进了一圈肥羊中一样。这似乎有损投机商称号的价值。不管他们是哪国人，都有着胖胖的身材和一副局促不安的神情。

除了那些以前当过舞男、后来会再去打桥牌的人以及新老贵族之外，这些大旅馆中还住着气色红润的英国家庭，他们的每一天都在滑雪坡和长橇道上度过；有面色苍白的人，他们不得不住在这里是因为一旦自己离开，就得在疗养院度过以后的岁月；有上了年纪的女人，她们在旅馆间穿梭，填补着内心的寂寞；还有少量来这里单纯旅游的美国人和加拿大人。不过说来也奇怪，瑞士人分不清加拿大人和美国人。我曾好奇地问过一个旅馆经营者，问他能不能分清这两个国家的人。

“先生，”他说，“加拿大人说英语，而且在任何地方待的时间都要比美国人多两天。”人们常说旅馆经营者都有着聪明的头脑，但是就我目前所了解的，所有的美国人都在忙着学习说英语，哈佛大学就是出于这一目的而创立的。希望聪明的旅馆经营者们能找出一些新的检测方式。

妻子为法国丈夫买的衣服

《多伦多星报周刊》1922年3月11日

巴黎

人们多年来一直都对法国工人身上穿的那种肥肥的、裤边很紧以便能够拉到脚上的裤子充满好奇。现在这种裤子已经过时了，但他们的妻子还在给他们买这种裤子。

最近，每天下午会有很多人在法国工厂中卖男式服饰，有大衣、裤子、帽子和鞋，这其实是对女权主义的反抗，因为法国工人的妻子早就已经给丈夫买好了所有的衣服，但现在法国的男人们开始抗议这种情况。

两名曾在同一个军团服役的法国人自复员后就再也没见过面。一天，他们很幸运地再次在车上相遇了，之后便是满腹的抱怨。

“你的头发怎么了，亨利？”一个人问。

“我妻子剪的。但你的头发也有点糟糕啊！”

“哎，也是我妻子剪的，她说理发师开的价格太高，但她给我理完发后，还要我给她和理发师一样多的小费。”

“头发还是小事，那么鞋子呢？”

“我可怜的老朋友！这种鞋是不是出乎人的想象？”

“这也是我妻子的杰作。她到商店说：‘我需要给我的丈夫买一双鞋，但不要贵的。丈夫的脚比我的长，大概有这么宽。那双就不错，包起来吧。’真是太可怕了！”

“我的遭遇也是如此。衣服都是些不好看的便宜货。我的妻子只是要求它们便宜就好。而且她还是一个不错的厨师，厨艺无与伦比。我的老朋友，你能猜出她做的是什么吧？”

“我深有体会，因为我妻子也是无与伦比的一流厨师。这样看来，衣服又算得了什么呢？”

“是的，是的！这都是小事。”

虽然这些工厂的交易仍在继续，零星的抗议也仍在继续，但仍然阻挡不了女权主义统治的继续。

每次都要给邮递员小费?

《多伦多星报周刊》1922年3月11日

巴黎

如果你想确保你的信件能顺利到达西班牙的某处，那你必须做的就是给邮递员小费。

邮递员从街道上走来，手里挥着一封信。“给先生您的信。”他喊着，然后把信递给你。

“很不错的信吧，先生？是我给你送来的哟。一个棒的邮递员给你送来了这么棒的一封信，是不是应给点什么奖赏呢？”

你不得不十分感谢地向邮递员付了小费。他很开心地看着比预计的要多一点的小费。

邮递员说：“先生，我是一个诚实的人，我很感激于您的慷慨。这儿还有您的一封信。我本来想留到明天再给您，以便再得到一笔小费，但我现在就给您吧。我希望这封信和上一封信一样棒！”

邮递员诚恳地鞠了个躬，然后离开了。如果你已经在西班牙待了很长的时间，这时你就不会大发雷霆，能克制住自己的脾气。这是他们那里的风气，你生气也没用。西班牙的生活是很柔和的，那里的风气也是如此，似乎不应驳回邮递员的请求。

上面的故事是真实发生过的，而且还被一名曾在西班牙马略卡岛画画的艺术家原封不动地带回了巴黎。因为他在那里收到的所有美国杂志都被人故意剪掉了里面的插图，而且所有的图都是在当地的邮局被剪掉的。

当艺术家气愤地质问邮递员关于杂志的事时，邮递员无所谓地回答说："我们能读的东西实在是太少了，这个小镇实在是很无聊。您是一位有很多这种东西的绅士，一定不会因此事向我们抱怨的，对吧？"

艺术家说："一段时间后，我竟然习惯了那里的方式，那里的方式实在是让人感到无奈和有趣。"

这显然就是那里一贯的风气。

普恩加莱的选举承诺

《多伦多每日星报》1922年3月11日

巴黎

无论你对当前的政治持有什么看法，你都肯定会对前法国总统即新上任的法国总理雷蒙·普恩加莱管理政府的方式十分认同。

普恩加莱正承担着一项艰巨的任务，而且这项任务会越来越难。在他重新掌权之前的很长一段时间里，他就对外说明了他掌权后的具体做法。可是突然之间，他就必须要做一些他还是旁观者时所提议做的事情。这种情况给他带来了很多困难。

显然，之前作为旁观者提建议是件容易的事，但现在作为实施者，实行起来就困难重重了。目前普恩加莱既没有下令占领任何领土，也没有派法国部队进入任何新的领土，但他和他的政府已经开始进行研究了。管理多个部门，这让外界很是钦佩。各部门负责人每周都要召开会议进行讨论，其下属要经常进行磋商。这种做事效率和白里安政府形成了鲜明的对比，白里安政府的各个部门之间恰好缺少沟通。

财经事务每天都在好转，纸币膨胀的现象也已经停止，失业人数每天都在减少，法国的出口贸易也在蓬勃发展。目前已修改日程的德国赔款会议也是一个稳定因素。

当然，法国的预算还远远达不到平衡状态，国家还有3个月到1年期的国债需要支付。官方公报最近宣布政府将不会再发行债券。这就意味着政府最晚要在1年内支付那些已发行（据报告称约有680亿法郎）

的债券。政府可能计划把这些债券转为长期债券，但已经购买债券的人的理解是：他们要在1年内收回资金。作为法国人，他们会在3个月月末、6个月月末或年末有一个很大的机会，他们将要求兑现。这可能会导致印钞机的再次启动。

不过在此期间，普恩加莱政府的一切都运行得很好。一天，一名在法国生活多年的美国作家对我说："法国原本已经病入膏肓了，试过各种药、用过各种偏方都没用，最后普恩加莱的出现带来了转机。普恩加莱可谓是一个秘方。"现在，这个秘方仍然在发挥药效。

巴黎林荫大道上的麻雀帽

《多伦多星报周刊》1922年3月18日

巴黎

巴黎的女帽小贩最后终于发现了家麻雀的一种使用方法。麻雀帽开始出现在林荫大道上，这种不受欢迎的小鸟也终于实现了自己的价值。

这种帽子是棕色的，蘑菇状的帽顶和环绕带是家麻雀材料的。小贩告诉我，这种帽子现在很受人欢迎，销量很大，看上去就好像是麻雀在帽檐上安了巢，一顶帽子上大概能容纳15只麻雀。

目前街上的小贩都在卖力地推销这种帽子。而且你永远不会知道猴毛是过了多久才流行起来的，但当猴毛快要用完时，其一统天下的局面就结束了。因为这种特定的长毛猴只能从非洲和南美洲进口，而且现在其数量越来越少，变得十分稀有，但麻雀就永远不会出现这种问题。

瑞士无舵雪橇

《多伦多星报周刊》1922年3月18日

瑞士蒙特勒近郊尚碧

无舵雪橇充当着瑞士汽车类工具的角色，十分便宜，还相当于瑞士的独木舟、马、小机动车、婴儿车，以及骑乘马和的士的结合体。雪橇的发音为“loge”，是用山胡桃木制成的，短而坚固，借鉴了加拿大女士雪橇的样式。

在一个明媚的周日，当你看到上至白发苍苍的老奶奶、下至街头顽皮的儿童的时候，你就能对瑞士的无舵雪橇有个全面的认知。他们从陡峭的山路上小心翼翼地滑下来，坐在那些升离地面的平坦雪橇上，一脸紧张兮兮的样子。他们将脚往前伸直，用来掌控无舵雪橇的方向，以每小时19千米到20千米的速度从一段19千米长的雪道上滑下来。

日内瓦湖边上的蒙特勒山和桑鲁普山之间有专门为滑雪橇的人安排的火车，桑鲁普山是一座海拔1.2千米的高山。每周日有12趟车往返，每一趟都是满座，里面是一家家的人和他们的雪橇。他们自带午餐，买全天票，这票可用于在伯尔尼—奥勃朗特这段曲折上升的铁路上多次乘车。之后，他们一整天都在结冰的长长的山路上尽情地滑雪。

掌控无舵雪橇的时间和学骑自行车的时间其实是差不多的。坐上雪橇，向后倾斜，雪橇开始在结冰的路上往下滑。如果它开始向右转，就放下左腿；如果它向左边滑得太快，就用右脚在地上拖着，将脚伸向前方。掌控的方法很简单，而关于如何保持镇静的方法则还有很多。

沿着一段长长的、陡峭的路滑行，在你的左侧是一段190米长的下降的斜路，右侧是一排树。起初，雪橇会滑得很快，过一会儿会冲得比你曾感受过的任何事物都要快，风驰电掣一般。你坐在那儿，身边没有任何支撑，离冰面只有3米，道路不断往身后退去，感觉就像看电影一样。你所坐的雪橇只有一个座位，正以汽车的速度冲向一个急弯处。如果你的身体朝急弯处的反方向倾斜，则将右脚放下，你会连滚带爬地滑过急弯处而在下一个斜坡停止下行。如果你在拐弯时过于慌乱，就会冲向一个防雪堤，或是直接冲下雪道，平躺着身体滑动。

不管是干草雪橇还是木雪橇，对滑雪橇的人来说都存在着一定的风险。这些雪橇有很长的上弯型滑行装置。夏天，人们在山地草原将干草割晒，然后用雪橇把它们拖下来，或是用雪橇去森林运载大量的柴火和柴草。这些都是大型雪橇，滑行速度不快，由驾驶者拖拉着。上长坡时，人就在路旁拉；若往下滑行遇到最为陡峭的斜坡时，他们就坐在装载物前，把自己往上带。

由于滑雪橇的人很多，所以即使听到有人滑着雪橇冲下来，嘴里大声喊着让道时，这些驾驶干草雪橇和木头雪橇的人也懒得去理会他们，因为他们实在不想再次把自己的装载物拉到一旁。由于没有刹车，就只能用脚，一个以每小时30英里的速度滑行的滑雪橇者会出现两种可能：撞击前方雪橇或冲出雪道。有人还把撞到一架木头雪橇视为不祥之兆。

在贝拉里亚，有一块位于瓦莱州的英国侨居地，离韦威不远，在日内瓦湖边，人们居住在山脚下的两栋公寓楼里。英国人雪橇滑行时的速度都异常快。他们可能会离开贝拉里亚，因为这里没有雪以及温和的微风。他们搭乘火车，半小时内就到了山上，此处有结了冰的快道，地表有76厘米厚的积雪，阳光明媚，不过空气十分干燥、清冷。当贝拉里亚人在半山腰的尚碧等待去桑鲁普的火车时，他们下午可以在户外穿着没有运动服那么厚的衣服惬意地品茶。

从尚碧到蒙特勒的路十分陡峭，对于滑雪橇的人来说很危险。然而，这却是来自贝拉里亚的英国人最喜爱的一段路。每晚回家时，他们都会驾着雪橇滑回湖边的舒适的公寓楼，这是十分有趣的画面。因为这段路只有那些最勇敢的雪橇滑行者在使用。

其中最精彩的一个场景就是，一位喀土穆前军队的首长坐在看上去差不多和邮票一般大小的雪橇上，两腿朝两边伸直，手放在背后，将一片杂乱的冰碴推向旁边有高墙的陡峭道路。他脖子上的围巾被风吹得直直地飘在身后。当蒙特勒所有的街道顽童向围墙走去，看着他经过而大声欢呼时，他的脸上洋溢着可爱的笑容。

当你看过那些英国人滑无舵雪橇后，你就能很容易理解为什么他们会有如此强大的统治力了。

黑人小说风暴中心

《多伦多星报周刊》1922年3月25日

巴黎

《巴图阿拉》的作者勒内·马朗是一名黑人。该小说荣获当年的最佳小说奖，并凭此获得了价值5000法郎的龚古尔奖。目前该小说仍是一系列读者谴责、愤慨和赞扬的中心。

马朗出生在马提尼克岛，在法国接受的教育。他无情地批判法国下议院，批判法国，他控诉法国帝国主义对法国殖民地的影响，并因此遭到了一些法国人的指责；当然也得到了一些人的鼓励，他们要求政客将小说作为一种艺术，而序言只是对书的一种宣传。

然而勒内·马朗并不理会他的书所引起的社会风暴。他在法国政府驻中非的部门工作，距巴黎有7天的路程。他所在的地方没有电话和电报，所以他根本不知道自己的书已经获得了著名的龚古尔奖。

小说的序言中描述了法国的殖民统治是如何让非洲中部和平社区的人口从10 000人减少到1000人的。这是一个痛苦的经历，他是站在目击者的角度，以平实、冷静的语言来描述事实的。

通过阅读小说内容，读者能够看到非洲当地人所能看到和感受到的画面。你会闻到所有的气味，吃到他们的食物，以黑人的观点来感受白人看黑人的眼光，你与他们一同生活在村落里，然后死在那里。这就是整个故事。但你读这个故事时，会看到造就了这部伟大小说的主人公——巴图阿拉。

故事是以巴图阿拉为起点的。巴图阿拉是一个村落的首领，早晨的寒冷和身下的蚂蚁把他弄醒了。他重新点燃熄灭的火，坐下，将冰冷的身体靠近火源以获取温暖，思考着是回去睡觉还是起床。

故事的结尾是：年老的巴图阿拉遭到了豹子的袭击，躺在小屋的地上。村里的巫师离开了他，村子重新产生了更年轻的首领。巴图阿拉躺在那里，发着烧，嘴唇发干，就快要死了。他那条满身疥疮的狗正舔着他的伤口。当他躺在那里时，你能感受到他发烧和口渴的感觉，甚至能感受到狗那又硬又湿的舌头。

这本书不久后可能会有英文版，但如果想翻译得准确，就需要有另一名生活在那个国家的黑人，而且要像勒内·马朗精通法语那样精通英语才行。

在巴黎的美国流浪汉

《多伦多星报周刊》1922年3月25日

巴黎

纽约格林威治村的社会渣滓已被清除了出去，他们现在都大量集中在毗邻洛东达咖啡馆的巴黎地区。而新的下等人的出现，取代了他们原先的位置，但是那些最老、最下等、最令人恶心的人已经通过某种方式漂洋过海而去了。他们每天只在上午和晚上露面，就已经使洛东达咖啡馆成为让旅游者寻求氛围的拉丁区主要展示地。

挤在中央咖啡馆桌子旁的是一群行为奇怪、长相怪异的人。他们都身着奇装异服，彰显着自己的个性，似乎在故意追求一种古怪感。如果你是第一次来到这种烟雾缭绕、高屋顶、满是餐桌的“洛东达”室内，那么一定会产生一种走进了动物园的错觉。这时似乎有人在大声抗议，声音惊人、沙哑，还带点儿混音，随后这抗议被许多服务员打断，他们来来往往穿梭在烟雾中，看起来就像很多只黑白喜鹊一样。桌子旁通常都坐满了人，有的人甚至因没占到座位而被挤作一团。有东西被打翻，越来越多的人出现在那转门门口，一名身穿黑白色服装的服务员在朝向门口的餐桌前旋转，大声叫唤着客人在他背后的餐桌入座，客人则看着身边的一个个人。

一整晚，你只能在洛东达见到一定数量的人，如果达到限额时，那你就得清楚地意识到自己必须离开了。当然有一个十分确切的时刻可用于判定洛东达里的客人已多到让你必须离开的地步。如果你想知道有多明确，那就尽量把一壶变酸了的糖浆喝光。一些人会认为你喝第一口时就不能再进行下去了，其他一些人的忍耐力要强一些，但是对所有正常的人来说，这都是有限度的。那些聚集在洛东达咖啡馆桌子周围的人做事情都十分明确，开不开心、饱没饱腹永远是他们考虑的首要之事。

假如你是首批洛东达的客人，那么你会注意到这样一个女人：她身材矮矮胖胖的，金黄色的头发被剪成了“吉荷兰牌洗涤剂”广告上的人的那种发型，脸庞像粉红的涂了珐琅的火腿片一样，圆圆肥肥的手指从一件中式罩衫的蓝色丝质长袖子中伸出来。她弓着身子坐着，靠着桌子，正吸着一根烟，烟嘴部分有60厘米长，扁平的脸上看不到任何的表情。

她表情淡然地欣赏着自己那幅挂在咖啡馆白石膏

墙上的杰作，墙上大约还有3000幅其他人的作品，这是仅供客人参观的洛东达沙龙的一部分。她的作品看起来就像一块红色肉馅饼从楼梯上滚了下来一样。每个下午和晚上，你都会看到这位面无表情但心存敬慕的画家态度虔诚地坐在这幅作品的座位前。

看完这位画家和她的作品后，你再稍微转头，就能看到一个有着淡色头发的壮女人，她戴着一顶《风流寡妇》时代的女士宽边花式帽，和同一张桌子上的3个年轻男子开着玩笑，笑得歇斯底里。每当她笑时，那3个年轻男子也都跟着大笑。服务员拿来了账单，女人爽快地付了账，然后用稍微有些颤抖的手定了定头上的帽子，和3个男子一起走了出去。当她走出门时，又大笑起来。3年前，她和丈夫从康涅狄格州的一个小镇来到巴黎，她的丈夫在那个州画了10年的画，日益成功。去年，他独自一人返回了美国。

这是挤在洛东达的1200人中的两个人。你能够在洛东达找到任何你想找寻的东西，除了严肃的艺术家。那些来拉丁区旅游的人会顺道拜访洛东达，把他们所看到的误认为是巴黎真正艺术家的一个集会，这的确是件麻烦事。我得在这里纠正一下，因为那些从事体面工作的、真正的巴黎艺术家对洛东达的这群人很是厌恶和鄙夷。

12法郎兑1美元的汇率的确吸引了洛东达的客人和许多其他人过来，一旦汇率恢复正常，那么他们一定会返回美国。他们大都是些游手好闲的人。当真正的艺术家们把精力都用在创造性的作品中时，他们则在高谈阔论自己打算做什么，并对那些已获得认可度的艺术家的作品大肆批判和嘲讽。和真正的艺术家对自己的作品充满满足感一样，这些人在谈论艺术时也有着同样的满足感，因为他们也一直以艺术家自居。

继夏尔·波德莱尔带着一只被系在皮带上的龙虾穿过老拉丁区的这种美好的往昔后，他在咖啡馆内所写的好诗歌就不如以往了。即使这样，我猜想，波德莱尔是趁看门人躺下时，把龙虾放在了第一道门的门口，把用软木塞塞住的三氯甲烷瓶放在了脸盆架上，流着汗，和从古至今所有的艺术家创作的方式一样，用他的思想和稿纸创作出《恶之花》的。但是聚集在蒙帕尔纳斯大道和拉帕伊林荫上的这伙人没有时间去做其他任何事情，他们整天只是在洛东达百无聊赖地消磨日子。

巴黎的疯狂夜曲

《多伦多星报周刊》1922年3月25日

巴黎

在打开第三瓶酒的木塞后，美国人已经在爵士乐乐队的带领下进入了一种兴高采烈的状态。他开始随着音乐轻轻摇摆，并沙哑而坚定地说："这就是巴黎！"

这种说法并不是没有道理的，这的确就是巴黎。巴黎有旅馆、女神游乐园、奥林匹亚、林荫大道和马克西姆纪念所，随处可见蒙马特尔式的夜生活。这里是狂热的巴黎，通过娱乐赚取了很多的利润，这里的游客在喝了点儿酒后会失控地用任何价格去买任何东西。

购买者大都把巴黎视为一个超级邪恶的地方，一旦酒精使他们放弃了对《圣经》的坚持，他们就愿意为理想埋单。他们的确是为理想埋单了。因为巴黎各个圣地的要价已经让午夜活跃了起来，只有那些发了战争财的人——巴西的百万富翁或外出游玩的美国人才买得起。

在下午，各处的香槟都还是18法郎一瓶，但在晚上10点之后，其价格一下就飙升到了85法郎到150法郎，其他东西的价格也会成比例上涨。夜晚，外国人进入一家时尚的舞厅至少要800法郎。如果一个寻欢作乐的人还要享用一顿晚餐的话，那他就只有消费上千法郎才能走出去。和他在一起的人都很优雅，在喝过第一瓶后，他仍会将此视为一种殊荣，直到第二天早上盯着惊人的账单时，他才会清醒过来。

司机在时尚酒店前接到美国客人时会自己将表上的价格上调5法郎。至于那些工作到最后的服务员，如果找给顾客的钱少于5法郎，就不会找了。学习向那些寻欢的有钱的外国人要钱的行为已经成为一种艺术。但不管游客这时付了多少钱，都看不到他真正想要的。

他希望看到巴黎夜生活的真实面貌，可呈现在他眼前的却是一场特别的表演，一场有很多人并且很无聊但要钱的戏剧表演，他们已经表演了好几年，戏剧的名字就是“愚弄游客”。在他买香槟和听爵士乐的时候，地痞与他们的女友正坐在拐角处的小舞厅的长椅上，伴着弹手风琴的人奏出的音乐跳舞。

在节日的夜晚，舞厅会有鼓手，手风琴弹奏者的脚踝处戴着一圈铃铛，他摇晃着，跺着自己的靴子，和着节奏。去舞厅的人们并不需要懂爵士乐的人来为他们的跳舞助兴，他们只是为了取乐，因为这很简单，很让人兴奋，而且也很划算。他们都年轻、强壮，懂得享受生活，他们有时并不遵循调子，打击声时而太重、时而太快，而那时生活就会变成一件很严酷的事。

不过，游客有时也能接触到真正的夜生活。在凌晨2点左右，沿着孤独的大街走下安静的山，他看到两个孩子走出一个胡同，他们和那些他刚刚接触过的圆滑的人大不相同。两个孩子在街上四处张望，看周围有没有警察的身影，然后走近一位正在走夜路的游客，之后便是猛地一击。这就是游客花了这么多钱所寻找的、接触到的真正的夜生活。

“只有200法郎吗？”吉恩在黑暗中的地下室问。他们点亮了一根火柴，乔治借着光看着钱包里的东西。

“红磨房困住他的话，他们做的会比我们所做的事让他更惨吧，是吧，我的老朋友？”

“是的，不过明天早上他还是会头疼的。”吉恩说，“快点回舞厅去吧。”

骗子的圣地

《多伦多每日星报》1922年3月25日

巴黎

巴黎，毫不夸张地说，是从音乐到拳击比赛等各行各业的骗子的圣地。在这里，你会发现很多著名的美国舞蹈演员，可是在美国压根儿没人听说过他们；很多著名的俄罗斯舞蹈演员，但是得不到俄罗斯人的肯定；很多拳击赛冠军，可是他们在渡过大洋来到巴黎前，大多数还只是个单纯的孩子。在巴黎，你能看到的这种情况比世界上任何地方的都多。

这种情况之所以存在，是由于法国人民极端粗鄙，以及法国媒体的轻信。每个加拿大人都知道几个法国士兵和发言人的名字，而法国却没有人能够告诉你加拿大将军或发言人的名字，也说不出当前加拿大政府的首脑是谁。无论是普通人、商店店主、旅店店主，还是一般的资产阶级，都没有一个人知道。例如，我的女佣昨天就被吓到了，当时我告诉她加拿大和美国下了禁酒令。她问："我们怎么从来没有听说过。这是法律吗？那如果有人喝酒会怎样？"

最近，一名美国女孩在巴黎的音乐厅标榜自己为“美国最知名和最受喜爱的舞蹈演员”，可是从美国去巴黎的人根本就不知道她，但这仍阻挡不了巴黎人的热情，他们都蜂拥前去看这个美国“明星”。实际上，她只是几年前曾在美国一场音乐会上充当过一个小角色而已。

巴黎也有很多俄罗斯人。他们几乎可以随心所欲，因为他们可以任意编排自己在俄罗斯的地位，反正人们也没办法去查证他们的声望。所以我们就有了伟大的俄罗斯舞蹈演员，伟大的俄罗斯风琴家、演奏家、作曲家、管风琴家，等等。

杰克·克利福德是法国最近的名人，他自称是美国和加拿大著名的轻量级拳击冠军。他避免和任何拳击手会面，而且打拳击时会索要巨资。不过他对外宣称，只要价钱合适，他愿意和卡尔庞捷碰面。虽然根本没有任何美国人听说过他，但欧洲人都很相信他的话。

克利福德在维也纳落败了，因为他在那里遇到了一个三流的、连名字都无人知晓的奥地利拳手，他被打得面目全非，惨不忍睹。打到第三轮时他就弃赛了，以免自己被继续打。克利福德几乎整晚都被打得躺在地板上，他连业余拳击知识都不懂。那些在他身上押了很多钱等着他成为冠军的人们十分愤怒，并想用绳子把他勒死在拳击台上，最后是警察及时救了他一命。他在当晚就立即逃离了维也纳。

还有一个情况类似的多伦多拳击选手——琼斯，他现在是欧洲观众关注的焦点。琼斯被巴黎媒体誉为“加拿大重量级拳击冠军，从未倒下过的人，赢过85场比赛，是加拿大最好的拳手”。

目前琼斯在英格兰，但他的经纪人已经向巴黎媒体发送了内幕消息，这些消息被登在了巴黎的英文报纸上，然后法国的其他报纸会复制这些消息。多伦多人想到了去年一天晚上发生的事，当时琼斯不理会警告，与哈里·格雷布进入了拳击场。这些多伦多人都知道在国外成为“冠军”是件很容易的事——你只须选一个非常远的国家当冠军，然后再离开那个国家。这正是那些小提琴手、拳手、画家和舞蹈家们此时正在做的事情。

让人胆战心惊的戴布勒

《多伦多每日星报》1922年4月1日

巴黎

说起法国最让人害怕的人，应该非戴布勒莫属。

戴布勒生活在巴黎郊外，身材高大，看起来让人觉得十分可怕。他的邻居们和司法部都有着某种关系，在他生活的凡尔赛大道上，他们并不惧怕戴布勒，因为他们都对戴布勒很熟悉。

几乎每隔一段时间，戴布勒就会和3个高大的男子来一次神秘之旅。有一辆棚车与他们同行，如果你看了车上的东西，不禁会毛骨悚然。也正是这些旅行使戴布勒成为法国最让人胆战心惊的人，因为棚车上的东西就是一个断头台。

戴布勒的职业是法国固定的刽子手。他收取固定的薪水和费用，并向3个强壮的助手支付薪水。其中一个助手还是他的女婿，他开着一家小咖啡馆，当没什么事时就会去店里打理生意。

戴布勒有两个断头台。其中一个很大，当囚车驶过戴安娜街的鹅卵石窄道时，他会站立在协和广场上，大断头台是用于在巴黎执行死刑的；另一个断头台要小得多，被装在一个特制的盒子里，随时准备与戴布勒和他的3个助手前往全国各地。

按照法国的法律，人们要到死囚临刑前的一个小时才会告诉他其将被执行死刑。死刑的执行时间是黎明。这时囚犯会被唤起，并签署一些文件，有人会给他烟和饮料，还会有理发师给他理发。然后死囚走出去见戴布勒，监狱门外就是断头台。还会有士兵把所有人隔离在100米之外。这就是法国的法律。

当一切都结束后，戴布勒和他的3个助手会拆下断头台，然后回到巴黎。在那里，他的女婿会整理咖啡馆的收据，戴布勒会回到自己的家。凡尔赛大道上的人们看到他回来会十分开心，他是一个让人见了很高兴的人，他的邻居说："戴布勒回来了，他又为政府出差了。不过，我想知道这个戴布勒到底是做什么的？"

95 000人戴荣誉勋章

《多伦多每日星报》1922年4月1日

巴黎

你有没有荣誉勋章？如果没有，那么你可没有多少机会能得到它了，因为它的繁盛时期已经过去了。

在法国国会上，M. 雷纳尔迪就一直运转很好的荣誉勋章颁发工作提出了一些问题。他向正在考虑在莫里哀诞辰300年纪念日上颁发奖章的委员会提供了一些数字。

雷纳尔迪的数字表明，自休战后，政府已经颁发了95 000枚荣誉奖章，其中有72 000枚是军队专属的，23 000枚被授予给在战争中进行过工作的平民。可以毫不夸张地，只要你走在林荫大道上，每隔18米就会看到有人别着熟悉的红色勋章。

在看到雷纳尔迪的数字后，委员会一致否绝了在莫里哀诞辰纪念日上颁发任何新勋章的建议。

积极的法国反酗酒联盟

《多伦多每日星报》1922年4月8日

巴黎

大量遭到破坏的大脑和肝脏的模型、彩色的图表；海报上一个父亲一手挥舞着酒杯，一手拿着一个黑色瓶子，踢打着屋里的孩子——人们看着圣日耳曼大道临街的窗前的这一切，不禁目瞪口呆。

好奇的美国人看着展览，觉得不寒而栗。他们害怕这是在预示着欧洲文化黄金时代走向灭亡的开始，也预示着法国酒保的幸福时光即将走向结束。这一切都是因为反酗酒联盟的这次展览。

该联盟并不是严格的禁酒组织，只算得上是一个反酗酒联盟，但它得到了很多法国人的支持，在法国已经具备一定的影响力。该联盟的海报在所有火车站和公共场所都进行了展览，它起到的最大的实际作用就是使苦艾酒远离了法国。该联盟海报的大体内容是：

1. 您知道烈酒是肺结核的最大诱因之一吗?
2. 您知道开胃酒是最致命的毒药吗?
3. 您知道饮用匹康酒往往会导致精神失常吗?

但在海报的底部，用小字体写着该联盟的声明，它并不希望人们只喝水，还可以喝法国葡萄酒和啤酒。该联盟还说明了一些很有吸引力的效果，吸引读者在读完海报后进入酒吧。法国人仍把水仅看作用来洗东西和在桥下流淌的东西而已。

双偶咖啡馆是招商基金区最著名的一家咖啡馆，位于该联盟办公室的正对面。在这里，你会看到学生们喝着会导致肺结核的利口红烈酒，畅饮着等同于致命毒药的开胃酒，喝着会导致精神错乱的匹康酒。但他们的目光偶尔会投向联盟的窗前，当他们走上林荫大道时，会担忧地看着那些展示的因饮酒过度而显现恐怖情况的人类肝脏模型。这个窗口似乎对他们有着某种吸引力。

一场教育活动需要数年的时间，但我相信除葡萄酒、啤酒和北方的苹果酒外，法国的酒精会从此走向消亡。我并不是毫无缘由而这样想的，看看那些学生们离开联盟的窗前时脸上的表情你就可以知道。实际上，苦艾酒已经消失了，反酗酒力量是有组织的，而消费人群是无组织的。最后这就只会是时间早晚的问题罢了。

加拿大承认俄罗斯

《多伦多每日星报》1922年4月10日

热那亚

查尔斯·戈登在抵达热那亚后说："加拿大在热那亚会议上主要关心的是俄罗斯被承认的问题，加拿大准备向俄罗斯出口很多的收割机械，所以很希望俄罗斯被承认，从而打开这一市场。"

查尔斯说，加拿大将与帝国代表团作为整体而共同行动。这一点使得他的发言具有十分重要的意义。

契切林在热那亚会议上的讲话

《多伦多每日星报》1922年4月10日

热那亚

热那亚十分拥挤，一群汗流浃背的翻译正在试图把来自40个不同国家的人聚集在一起。狭窄的街道上，上千意大利士兵指挥着拥挤的人群井然有序地通过。今天，记者们都离开了热那亚，去到了18英里之外的拉帕洛，采访来自苏俄代表团的契切林。只见契切林一头金发，穿着崭新的柏林服装，戴着大红色的方形徽章，看上去和商人无异。由于缺了几颗牙齿，他说起话来有些漏风。

他看到大批记者，各自说着不同的语言。守卫者们在仔细地查看几百个摄影师的摄像机里是否藏有炸弹。

契切林对我说："我们不会插手所有的债务问题。外资权利会得到很好的保障，但俄罗斯会坚定地、毫不留情地打击所有试图将俄罗斯殖民地化的财团。"

当被问到在受审的苏俄革命者和温和社会主义者是谁时，契切林说："社会革命党人没有遭到迫害，他们是因真正的罪行而被起诉的，如炸银行、试图射杀列宁、炸毁弹药库以及试图炸毁托洛茨基的列车等。我们正在改变我们的监狱制度体系，以教育和改造罪犯。”

当被问到饥荒问题时，契切林说：“40年的封锁造成了饥荒。政府正在通过征税来缓解饥荒，运输系统的运行也很好。”

苏俄代表团的80名成员坐在一张普通的桌子旁，士兵、荣誉军团和意大利共产党人志愿兵围成数圈保护着他们。由于代表团住的地方距热那亚很远，苏俄方面对此颇有微词。

意大利总理

《多伦多每日星报》1922年4月10日

热那亚

法克塔总理在开幕仪式上致辞时说：“华盛顿军备会议的精神必定会让这次会议为之一振。由于军备会议的限制，笼罩在太平洋上方的阴霾已经消散了。”他的发言引起了台下阵阵掌声。他说：“现在我们在热那亚必须用同样的方式为欧洲的和平而努力。”

契切林希望把日本排除在外

《多伦多每日星报》1922年4月11日

热那亚

在法国，在路易斯·马尔都和苏俄代表团团长契切林在开幕式上的激烈场景过去后，热那亚经济会议仍在和平地进行着。

契切林今天又上演了一段小插曲，他对日本和罗马尼亚出席热那亚会议持反对态度。日本代表团的石井说，不管契切林是否喜欢，日本都会坚定地留在这里。

负责商讨俄罗斯问题的委员会包括七大国和瑞士、瑞典、波兰以及罗马尼亚。代表团还会进行选举，以与美国、加拿大形成抗衡之势。

热那亚会议

《多伦多每日星报》1922年4月13日

热那亚

意大利早已对邀请苏维埃代表团参加热那亚会议的危险性作了预测和准备，早早地从意大利其他地区挑选出1500名宪兵调往热那亚，一旦出现共产党或反共主义的骚乱，就立即进行武力镇压。

不得不说这次行动很有远见。这可能得益于意大利政府从过去两年法西斯党和共产党之间的几百次流血冲突中得到的经验教训，所以其对会议过程中将要发生的小内战心存担忧。

他们面临一个十分实际的危险。在意大利的托斯卡纳区和北方，在过去几个月中已经发生过针对共产主义的血战、谋杀、激战和报复性劫掠事件。因此，意大利当局十分担心当他们友好接见、恭敬招待来自苏俄的有80位代表的代表团时，会对热那亚的共产党产生影响。

当占总人数1/3的热那亚共产党看到俄国共产党时，能够想象出他们会感慨流涕、欢呼、比划手势，提供葡萄酒、白酒、劣质雪茄，向对方、广大世界和意大利其他具有同样狂热属性的人展示大游行、高呼万岁、发布宣言等活动。他们还会激动地互相亲吻脸颊，在咖啡馆聚会，为列宁干杯，为托洛斯基呐喊，每隔两三分钟，就会有三四次受到共产党的高度启发，企图组织一次游行，喝大量的基安蒂红葡萄酒，全体大喊："法西斯党该死。"

这是所有意大利共产党人爆发的开始方式，想阻止他们并不难，只须关掉咖啡馆就可以了。这些意大利共产党人还没有被他们国内的葡萄酒产品影响，还无法在示威时体现出任何热情。只要关闭咖啡馆，那么高呼"万岁"的声音就会逐渐减少，不再那么热情。直到某一天，人们不再提及游行者，而那些已经到达爱国主义巅峰的共产党人也很快在咖啡馆的桌子下睡大觉，之后再开始营业。

一些脸微微发红的共产党人回到家，用粉笔在墙上歪歪扭扭地写下："列宁万岁！托洛斯基万岁！"然后政治危机就宣告结束了。当然，如果他们期间遇到过一些法西斯党人，那么状况则会不同。

法西斯党人是一伙1920年散布于各地的"龙牙"，当时的形势是意大利可能布尔什维克化。其名称意为组织，法西斯党成员为法西斯分子，他们是年轻的退伍士兵，被组织起来保护意大利的现有政府，反对任何形式的布尔什维克阴谋或侵害。简单地说，他们就是反革命分子。在1920年，他们使用炸弹、机枪、匕首，用煤油罐引火烧了共产党的开会场所，当看到共产党人出来时，他们用箍有重铁的棍棒猛烈锤击他们的脑袋，从而镇压了共产党人的起义。

法西斯党的目标十分坚定和明确，只要看到任何类似的革命萌芽，他们就会将之镇压下去。他们很明显是受到了政府心照不宣的保护的，如果没有政府的积极支持，他们镇压共产党也不会如此顺利。但是他们喜欢根据自己的喜好进行一些不受刑的非法行为和谋杀，以及享受随意制造暴乱的快感。因此，如今他们对意大利的和平的威胁和共产党曾经带来的威胁一样大。

法西斯分子一旦听到有共产党示威游行，虽然我早已说明，在意大利每100次共产党游行当中，有97次都是小打小闹，根本没那么严重，但这些人会以国家保护者的身份在国家陷入危难时挺身而出，将共产党人杀死。如今，意大利北部的共产党就好像一个家庭的家长，每周有6天在努力工作，在第七天谈论政治。它的领导者已正式抵制苏俄共产党，现在它和一些加拿大的组织一样在为自由而斗争，或是让整个世界信仰共产主义，不过这只是停留在讨论、再讨论的阶段，就如同其一直以来所做的那样。

在法西斯党人眼里，社会主义者、共和党员或是合作社成员都有一样的性质，都是危险的共产主义者。只要得悉共产党在召开会议，他们就会戴上长长的黑色穗帽，用皮带绑好双刃短刀，在自己的地盘上装载好军火弹药，高唱着法西斯赞美歌《青年》[1]，迈向共产党会议处。这些法西斯主义者都是些退伍的年轻人，无所畏惧，热情洋溢，有强烈的爱国心，外表还都不错，有着南部种族的青春英俊，而且坚定地认为自己这一方是正义的。

这些法西斯主义者就像一个士兵排一样沿着街道巡行，突然发现3个共产党人正在这条小街的一堵高墙上用粉笔写宣言，4个戴黑色土耳其帽的年轻人立即逮住了他们。在一番扭打之后，一个法西斯分子被刺伤。于是，他们杀了这3个俘虏，并在三四个小时内尽数散开，开始在整个街道搜捕共产党人。

一个冷静的共产党人从高处的窗户狙击了一个法西斯党人，法西斯党人愤怒地把房子烧为平地。

你每两三周就能从报纸上看到类似的报道。伤亡状

[1]意大利语为“Giovinezza”。

况：10～15名共产党人被杀，20～50人受伤，两三个法西斯分子被杀或受伤。这种时断时续的游击战在意大利持续了一年以上，上一次的大战斗是几个月前在佛罗伦萨发生的，但之后又爆发过好几次小型战斗。

为防止热那亚的法西斯党和共产党发生任何冲突，这1500名宪兵已经就位。其中没有一个宪兵是热那亚的当地人，所以能够确保其公正地射击任何主动出击的一方。在会议期间，意大利决定实行治安管制。这些宪兵头戴三棱状的拿破仑帽，身背卡宾枪，胡子高翘，号称意大利最勇敢的军队，并有最佳神枪手的纪录。他们两人一组，昂首阔步地在街道上行走。由于宪兵得到了可以自由射杀的命令，所以那些任意妄为的法西斯分子也对他们有所畏惧，而共产党人又对法西斯分子十分畏惧，三方相互制衡，倒是个绝佳的维持治安的策略。

反对盟军计划

《多伦多每日星报》1922年4月13日

热那亚

契切林今天声明，盟军提议试图将俄罗斯降到土耳其的水平。

俄罗斯领导人宣布，反对盟军专家向会议分部提交的欧洲复兴计划，并要求其在24小时内作出正式的否定答复。

热那亚会议今天提到了工作的基本原则。昨天4个委员会，即政治、经济、金融和运输委员会已经详细考虑了盟军专家向他们提出的建议。盟军领导人预计，俄罗斯的拒绝会影响会议的和平进程。盟军关于俄罗斯的提议比预想的更为极端，它包括承认俄罗斯、承认沙皇和临时政府的债务、承诺不侵犯和保卫在俄罗斯的外国人的安全。这些都是预料之中的，但专家的计划中还包括法国的一项关于在俄罗斯境内建立外国法庭以及采取措施监督俄罗斯国内事务的提议。契切林直接予以否定，并指出俄罗斯决不会同意最后一项提议。他宣布他的代表团愿意以政府的名义提供财政和其他保证，但决不可能批准建立特别法庭，这简直是对俄罗斯主权的赤裸裸的侵犯。

今天，俄罗斯发言人根据以下项目准备了一份反建议名单：

1. 俄罗斯得到5亿美元贷款。

2. 俄罗斯会保证境内外国人的安全，以换取其他国家对其境内俄罗斯人的保护。

3.俄罗斯将同意承认沙皇和克伦斯基政权的债务，但要求延期支付，并要求盟军制裁支持袭击苏俄的弗兰格尔、邓尼金、高尔察克和其他指挥官，并赔偿其造成的损失。

4.俄罗斯将坚持要求绝对主权，绝不允许盟军干涉其国内事务。

契切林今天说，盟军的意图很显然是想在俄罗斯境内建立一个傀儡政权。德国对盟军专家提出的关于财政的提议持反对意见，这一意见将在今天得到答复。

俄罗斯的声明

《多伦多每日星报》1922年4月14日

热那亚

俄罗斯代表团今天发表声明称："没有国家愿意去支付战争债务。法国并不打算向美国赔款；向盟军支付其索赔的款项将会使俄罗斯成为一个傀儡国家；俄罗斯不会同意支付4年的战争赔款；我们必须找到共同基础。"俄罗斯的反对要求成了会议的第一个重要阻碍。俄罗斯将对各个盟国的要求提出反驳。

巴黎人的粗鲁

《多伦多星报周刊》1922年4月15日

巴黎

阿尔方和加斯顿的时代已经画上了句号。法国的礼貌也走上了与苦艾酒、战前物价和其他传奇事物相同的道路。法国的尚礼之风正在逐渐消失，其报纸甚至开辟了专栏以讨论怎样才能让法国恢复他们之前所处的全世界最有礼貌的民族的地位。

在这个曾经的礼仪之邦，如今的地铁拥挤不堪，公交车上有人和妇女抢座位，暴力事件和物价一齐飙升，有人不知羞耻地公开索要小费。那些了解战前巴黎的人看到这些可能会感到十分恐怖。现在的巴黎和以前已经大不相同了。从前的法国，人人都是绅士、淑女，都很亲切、友好，并在全世界享有盛名。

当然，其中并不包括那些粗鲁的出租车司机，不过这也能找到原因。因为在一个有上万辆出租车的城市中，他们估计自己永远不会见到同一个乘客，而且他们有一个共同的目标：看自己到底能从这一趟中赚到多少钱。

可以这样说，没有任何一个讲法语的人会按照计价表上的金额付钱，总会加上10%的小费，而且送他到目的地司机还会咒骂说自己被骗了。就这样，出租车司机会发现在这种情况下他得到的小费和开车的钱几乎一样多。

巴黎最缺乏礼貌的地方非公交车莫属。当你在车上站起来，绅士地要给一位妇女让座时，一个长着络腮胡子的男人会立即去抢这个座位，最后你只能和那位妇女一同站着。如果你胆敢对那个男人说些什么，他可能会对你叫嚷："有本事就把我拽起来，你试试！敢动我一根手指的话，我就让你见警察！"

实际上，他有一种根深蒂固的地位感。在法国，无论遇到怎样的挑衅，外国人都必须克制自己的脾气。法国人之间的争吵十分激烈，不过也仅限于言辞之间。只要你动了手，不管当时的情况多让人恼火，你最后都会因为犯殴打罪而可能会坐至多6个月的牢。

除了公交车和地铁外，那些低级的政府官员对礼貌之风的破坏也很大。这里指的是公园和博物馆中的人，并非警察。因为警察即使在艰难的情况下也总会彬彬有礼、乐于助人。

比如，在巴黎的大动物园中有一个爬虫馆。当我走进去时，其他的人正要出来。爬虫馆的标牌上写着开馆时间：11:00—15:00。而此时正是中午12点。

“爬虫馆关闭了吗？”我问。

“关了！”门卫说。

“时间不是还没到吗？”我问。

“关了！”门卫不耐烦地喊道。

“那你能告诉我何时开吗？”我仍然客气地问道。

门卫朝我吼了一声，然后什么都没说。

“你能告诉我它会在什么时间开放吗？”我耐着性子又问了一次。

“关你什么事？”门卫说，然后“砰”的一声关上了门。

还有就是你办理离开巴黎的护照的办公室的墙上有一个很大的标牌，特别指出工作人员有自己的薪水，禁止付给他们小费。护照的成本约2法郎40生丁。我给了工作人员5法郎，但之后他并没有给我找零，我纳闷地站在那里等着，他看见后嘲笑我说：“哦，你是在等我找钱给你吗？”然后生气地把钱摔在了柜台上。

在巴黎你每天都会遇到这样的事情。马塞尔·布朗热在法国周刊《费加罗》中强烈谴责法国现在的无礼之风，但他仍然满怀希望：

我相信在一个良好的社会环境中，每个人的灵魂最深处仍是好的——显然是在最深处——这种灵魂依然十分优雅。

3个世纪的文明和精神不会在四五年中突然消失殆尽，没有任何东西能够不经历磨难。从人们介绍一位名人之子的方式中就能看到，没有人会一口气说道：“某某先生，著名的某某先生的儿子。”这句话似乎是在说明这个儿子存在的理由就是被笼罩在他的名人父亲的光环之下。相反，有人在介绍他时会说：“某某先生。”在片刻之后，他会微笑着说：“某某先生是著名的某某先生的儿子。”中间的停顿使得对话能够在礼貌的氛围中进行，似乎是在祝贺某父亲能够有这样一个儿子。

女人的参与

《多伦多每日星报》1922年4月15日

热那亚

热那亚会议中几乎看不到女人的身影。34个代表团没有一个是由女人担任负责人的。这种现象也遭到了俄罗斯女权运动领袖亚历山大·克伦台的抗议，不仅会议秘书没有任何女性成员，就连德国和中欧国家的女性领导人也曾受到过歧视。但在这些大多由男性组成的代表团中，各类人员和抄写员中都会有几名女性的身影。奥利瓦·罗塞蒂·阿格雷斯蒂是这些代表团聘请的首席翻译，负责在重要会议中将意大利语翻译为英语。她是诗人但丁·加百列·罗塞蒂的孙女，引起了很多人的关注。她还拥有一种十分特殊的能力，即不论演讲词有多长，她都能够记住，并能立即将其翻译为另一种语言，而且根本不需要记笔记。

意达莉·加里波第是曾参加过华盛顿会议的著名爱国人士加里波第的孙女，是意大利代表团的随行人员。意大利对外办公室已命她去协助俄罗斯代表团。

而温加雷蒂女士是意大利政府宣传工作的重要成员，她负责向日本和美国的新闻记者提供新闻。

俄罗斯人阻碍进展

《多伦多每日星报》1922年4月17日

热那亚

热那亚在等待俄罗斯的回复。但是在星期四之前，布尔什维克代表团不会对盟军的建议作出正式答复。

同时，会议也因此而没有什么进展。

在欧洲的复活节期间，很多代表团回到了各自的国家庆祝，今天只有两个小组委员进行了会晤。

今天热那亚讨论的事涉及俄罗斯承认债务，以及盟国对俄罗斯的承认等十分关键的问题。由会议领导组成的政治委员会正在处理这一事务。

苏俄代表团似乎将作出让步，其正在和莫斯科布尔什维克政府进行商讨。但这并不是什么好迹象，会对取得的进展十分不利，因为其国内的苏俄领导人比参加会议的人更加固执。

俄罗斯的困难如下：

1. 按照英国首相劳合·乔治的提议，俄罗斯和盟国已基本从原则上同意以下几点：（1）俄罗斯承认战前（沙皇）债务；（2）制定方法调整战争债务和反诉；（3）如果以上事务进行了规划，盟国将放下布尔什维克的过去，承认俄罗斯。

2. 难点在于，虽然俄罗斯获得了盟国关于邓尼金、弗兰格尔和其他人对苏俄造成破坏的试验协议，但苏俄的索赔金额太大，超过了俄罗斯的全部战争债务，导致最终盟国反而欠俄罗斯的钱。

3. 除此之外，苏俄代表团首先要考虑的是确保大规模贷款，盟国并不同意这一点。

在这里，苏俄的情况取决于苏俄代表团之后的说法。如果他们拒绝了盟国专家的建议，那么会议就必须与俄罗斯重新慎重处理这一问题。

此次会议是由主席国意大利总理法克塔紧急召集在热那亚的各国首脑于下午3点召开的。据悉，紧急召集的原因是宣布签署俄德协议。

会议的目标是通过商议调整盟国对俄罗斯问题的态度。日本也在受邀之列。

德国的马基雅维利主义

《多伦多每日星报》1922年4月18日

热那亚

这次会议就像在海面上的风中漂泊不定的船一样，俄罗斯—德国条约实际上是一个政治同盟，盟国认为这一条约回到了德国的马基雅维利主义。

巴尔都拒绝参加会议

《多伦多每日星报》1922年4月18日

热那亚

法国代表今天宣布，如果不立即把契切林与拉特瑙在拉帕洛签署的协议废除，那法国就会退出有俄罗斯或德国参加的热那亚会议。

盟国领导人在11时进行了会晤。经过权衡，考虑到俄德协议决定的重要性，其他委员会会议也被取消。

消息灵通的观察家指出，盟国领导人认为拉帕洛条约对整个会议的顺利进行会起到阻碍的作用。

当盟国代表团团长进入会议时，巴尔都已得到了政府的指示，声称在拉帕洛签署的协议明显违反了《凡尔赛条约》。

人们在焦急地等待着英国首相劳合·乔治的声明。乔治向法国承诺，现有条约不应被热那亚的任何行为所废除。法国希望英国首相呼吁德国和俄罗斯也放弃拉帕洛条约。

意大利一直支持劳合·乔治，公开反对俄德条约的存在。

热那亚的俄国女孩

《多伦多每日星报》1922年4月24日

意大利热那亚

热那亚会议是在圣乔治宫酒店举行的，酒店大厅大约只有多伦多美西厅的一半大，一座哥伦布的大理石雕像高耸其上，哥伦布的雕像坐在一个灰色大理石王座上，王座深深地陷入墙内。

哥伦布雕像以及大厅另一端的议会新闻记者席在一些铺有绿色桌布的长方形的桌子上方，这些桌子被摆成了酒宴、旅舍、基督教青年会（Y.M.C.A）宴会和校友联欢会的摆放形式。每张桌子上都有一沓纸，从记者席看去，这些纸就像桌布一样。在会议开幕前的两个小时，一个头戴浅橙色帽子的女人反复摆放着长矩形桌上的油墨缸。

在雕像左方的墙上安装了一块12英尺高的大理石匾，上面的内容是马基雅维利历史记录的引用语，讲述着圣乔治银行的创建历程。圣乔治银行就是在这家酒店的所在地创建的，它是世界上历史最悠久的银行。马基雅维利在他的那个年代写了一本书，可被用作所有会议的教科书，而从所有的现有结果来看，一直有人在潜心研究这本书。

在十分豪华的哥伦布大理石雕像的左边，是另一块尺寸与有马基雅维利引用语的那块差不多大的匾，上面刻有哥伦布分别写给西班牙女王和热那亚公爵的两封信，语气都十分乐观。

代表们开始分组进入大厅，他们找不到桌子旁的位置，只能站着进行交谈。那些预留给所邀客人的成排的轻便折椅早已经被戴着高帽子的白胡子议员和戴着巴黎帽、身穿一身贵气裘皮大衣的女人坐满了。这些裘皮大衣可以算得上是大厅内的一抹亮丽而抢眼的风景了。

在桌子的上方，有一盏巨大的枝形吊灯，灯泡和英式足球一样大。它由大量缠结的狮鹫和无法被辨别的野兽图形组成。当把这些吊灯打开时，曾有一瞬，记者席上的每个人都被亮光刺得睁不开眼。大厅墙壁的周围是各种灰色大理石雕像，有正与巨浪搏斗的身强体壮的海盗；有在昔日当意大利所有城市陷入激烈斗争时，使热那亚成为一股势力的商人。

记者席已经被坐满，英美记者从远处的一端进入大厅时，点着雪茄，相互辨认着各个正在鞠躬的代表。先入场的是波兰和塞尔维亚代表，他们成群结队地进入，手拿八角的丝质帽。马塞尔·卡山是《人性》杂志的编辑，该杂志的发行量为25万，他也是法国共产党的领导人。他一走进来就坐在了我身后。他的脸松弛下垂，红色的胡子有些杂乱，黑色的玳瑁眼镜一直架在鼻尖上，看上去好像快要滑落了一样。在他旁边坐着的是《大众》的编辑麦克斯·伊斯特门，他正在为一家纽约报纸写一系列特稿。他身材魁梧，看起来像是一名乐观的中东部大学的教授。但是他和卡山似乎交流得并不是很顺畅。

摄影师在一个安在壁龛内的热那亚英雄雕像的鼻子下架起一台相机。这个大理石雕像俯瞰着相机，表情冷酷，一脸的不满。身着紫红色长袍和戴着红色头冠的热那亚大主教正站着和一位意大利老将军交谈，他的脸尽是皱纹，上面有5条伤痕。他是贡扎加将军，骑兵部队的司令。他打量着脸庞凹陷、眼神亲切的阿提拉，胡子不断地抖动着。

大厅里就像是在开茶话会一样热闹非凡。记者席里已坐满了记者，它只能容纳200人，却有750名申请者，所以很多后到的记者找不到座位，只好站着。

当大厅差不多满员时，英国代表团进场了。他们乘坐汽车穿过有部队站岗的街道，神采飞扬地进了场。他们绝对可以算得上是着装最佳的代表团。加拿大代表团的领队查尔斯·布莱尔·戈登先生有着白肤、金发、碧眼，面色红润，但显得有些拘束不安。他在长桌上的位置是劳合·乔治左边的第四个。

会场中，沃尔特·拉瑟努的头顶最为光秃闪亮，他长了一张看着就像科学家的脸。和他一同进场的是德国大臣维尔特博士，他看起来就像一个德国乐队的大号手。他们正向一张长桌走去。拉瑟努还是一位富有的社会学家，他被认为是德国最有能力的人。

会议由意大利总理法克塔主持，他的政治生涯曾十分暗淡低调，当意大利的内阁无法组成时，他作为一名折中调和的总理出现在了公众的视线中，意大利政府将他的传记配发给了所有的报界人士。

现在，除了俄国人，所有人都到场了。由于大厅内挤满了人，很是闷热。苏维埃代表团的4张空椅子是我所见过的最空的位置。每个人都在心里猜测他们还会不会出现。最终，他们走进了门，开始在人群中穿行。劳合·乔治用手指推了推眼镜，神情专注地看着他们。

里特维诺夫走在前面，他的脸就如一块大火腿片一般，胸前佩戴着一枚红色的矩形徽章。跟随其后的是契切林，他的面相有些模糊，颤抖的手暴露出他的紧张。他们被枝形吊灯的灯光晃得眯起了眼。之后是克拉辛，他的面相十分刻薄，下巴上的胡子被精心剪成短尖髯，就像一名成功的牙医。最后是乔夫，他的胡子又长又窄，其脸上圆下尖，如铲形，戴着一副镶有金边的眼镜。

紧随俄国代表之后的是一群秘书，其中有两位女孩，面容清新，头发被束成由艾琳城堡兴起的发型，身穿剪裁时髦的套装。她俩绝对是会议厅内最漂亮的女孩。

俄国代表们纷纷落座，有人发出嘘声示意安静。法克塔先生开始了他沉闷的演讲。会议也正式开始了。

巴尔都反对契切林

《多伦多每日星报》1922年4月24日

热那亚

在热那亚会议开幕式上，出现了一个引起轰动的事件，其甚至比国务卿休斯在华盛顿的演讲还要更具轰动效应。不过这一事件是在所有既定演讲结束后，大多数新闻记者离开大厅并正准备通过电报把会议开幕情况发回的时候发生的。

在屋子里，人们听了4个小时的演讲后，疲惫不堪，这时突然出现了一阵骚动。苏俄代表团团长契切林刚刚落座在桌旁，他看起来就像一个杂货店老板，留着杂乱的胡子，说话时还发出“嘶嘶”的声音，会议记者几乎都不明白他说的是什么。

会议主席法克塔用法语问：“还有人想要发言吗？”

一名方脸的女英语翻译官说：“主席问还有没有人想要发言。”

这时，法国代表团团长巴尔都站了起来，作了热情洋溢的发言。就在他边走边慷慨激昂地发言时，原本沉闷的会议大厅像突然出现了一道明亮的闪电一样，新闻记者们开始疯狂地记笔记；那些靠在椅子上想要在会议中稍作休息的代表突然正襟危坐，集中注意力。契切林放在桌子上的手开始颤抖，劳合·乔治开始在面前的纸上画一些没有任何意义的图案。

当巴尔都停止发言时，所有“明智”的记者都纷纷离开了大厅，只有少数几个仍希望看到最后的记者留在那里。

巴尔都停止了讲话，翻译开始把他的话翻译成英文：“如果提出裁军问题，法国绝对、断然以及肯定会拒绝讨论，不会在任何全体会议或委员会上进行讨论。我以法国的名义明确提出抗议……”

翻译官话音刚落，只见契切林站了起来，他的手在颤抖，用法语开始讲话。由于一次意外，他掉了半颗牙齿，所以说话时有些嘶嘶声。翻译员以响亮的声音开始翻译。在他停顿期间，屋里除了能听到意大利将军移动胸前佩戴的奖章发出的声音，再也没有任何声音。的确，你只能听到那些金属奖章发出的微弱的声音。

翻译官翻译契切林的话说："在裁军方面，俄罗斯与白里安在华盛顿讲话时表达的法国的态度一致。在那次讲话中，他表示法国在面临俄罗斯的庞大军队这一威胁的时候，必须保持武装，而俄罗斯希望能把这种威胁消除。"

"关于一系列的会议，我仅引用劳合·乔治对英国议会的讲话。普恩加莱已经说明，热那亚会议的目标极其模糊。这里讨论的几个问题并没有被纳入日程当中。如果会议的总体意愿是不讨论裁军问题，那么我会服从会议的精神。但裁军对俄罗斯来说是一个十分重大的问题。"

翻译坐了下来，劳合·乔治站了起来。会议一度陷入混乱，法国代表似乎随时会离开。劳合·乔治抓紧时间发言。他以自己柔和的方式敦促契切林不要在热那亚会议上提出之前的问题来进行讨论。

他说：“除非热那亚会议决定裁军，否则其就是失败的。但我们必须首先做好准备，我们必须首先解决其他问题，契切林先生要保持冷静，让我们一步一步来。我建议我们暂且先放一放这个问题。”他在继续发言消磨时间，试图挽救此次会议。

他用散漫而温和的语调说：“热那亚会议是以世界上两种最美的语言——英语和法语进行的！”他的话似乎对代表团产生了一种催眠效果，此时意大利代表的状态显得不妙，劳合·乔治今天早些时候小心奉承的效果也遭到了破坏。

最后法克塔建议休会，打断了仍试图发言的巴尔都和契切林。“结束了，你已经发过言了。我们必须宣布休会！”这样，第一天的会议才免于遭到彻底的破坏。

保加利亚的斯坦波利斯基

《多伦多每日星报》1922年4月25日

热那亚

在热那亚会议桌旁一排排的白色面孔当中，保加利亚总理亚历山大·斯坦波利斯基的红色脸庞异常突出。

斯坦波利斯基身形矮胖，脸色发红，长着黑色的胡须，看起来像一个军长。除了保加利亚语，他听不懂任何语言。他曾用保加利亚语进行过15个小时的发言，他无疑是欧洲最强硬的总理。

作为农民党派多年的领导人，斯坦波利斯基一直在努力避免保加利亚被卷入各种巴尔干战争中。他认为保加利亚是一个农业国家，国家的存在之道是农业，而非战争。他坚决反对保加利亚站在德国一边而加入欧洲战争。

他曾向国王斐迪南吼道："这种措施会让你掉脑袋的。"之后斐迪南气愤地把他关进了监狱。战争期间，由于自己的态度，他曾两度被判死刑。但政府缺少对斯坦波利斯基执行死刑的勇气，因为他是占保加利亚总人口85%的农民的偶像。

休战后，军队开始撤回，革命委员会成员担任了各个军团的首脑，保加利亚似乎很快就接受了布尔什维克主义，国王斐迪南把斯坦波利斯基叫到跟前。

当时斯坦波利斯基已经被判了死刑。他问斯坦波利斯基："如果我让你做总理，你能掌控局面吗？"

斯坦波利斯基喊道："我是不会与你共事的，永远不会。你现在只能做一件事，就是赶紧从国内逃离！"

斐迪南果真认真考虑了一下情势，并很快逃离了。

斐迪南的儿子鲍里斯想和父亲一起离开，但斯坦波利斯基阻止了他。斯坦波利斯基说："如果你想离开保加利亚，我会立即将你逮捕。你现在是新国王。"

所以现在鲍里斯这个光鲜、幽默的年轻人成了国王，一个给斯坦波利斯基充当翻译的国王。斯坦波利斯基会经常离开农场到首都索菲亚去，以确保政府运行正常。有时，他会在农场停留两三个星期。那里还没有通电话，大使要等两三个星期才能见到他。然后，他来了，让鲍里斯给他翻译，告诉大使他希望什么，不希望什么，会做什么，不会做什么，之后再回到农场。

保加利亚的内部问题并不存在，也没有少数民族问题。农民党派——实际上他们就是农民，会穿着羊皮大衣和粘着泥的靴子出席会议——有150名代表。其次是共产党，有50名成员。剩下的其他成员是两名资产阶级代表。

就是在这次农民党派会议上，斯坦波利斯基发表了著名的15个小时的演讲，这次讲话伤了共产党人的心。

保加利亚的情况要比塞尔维亚好很多。塞尔维亚有一支大型军队，使得该国麻烦的"新塞族人"能够守秩序，这些人中有很多并不希望自己成为塞尔维亚人。因为斯坦波利斯基一直在坚守保加利亚的农业，所以才能让保加利亚人过上丰衣足食的日子，而该国周围的欧洲则食不果腹。

在会议上，斯坦波利斯基坐在椅子上，身体前倾，眼睛看着天花板，大吊灯的灯光照在他闪亮的蓝色西装上熠熠生辉。他的脸上偶尔会闪过一丝稍微舒缓的表情，这也是他最接近微笑的表情。而当斯坦波利斯基做出这种表情时，就表明他正在思考：在热那亚会议进行时，保加利亚的人民正在耕种。

肖伯总理

《多伦多每日星报》1922年4月26日

热那亚

奥地利现任总理肖伯是一个头发花白的老贵族。在奥地利，几乎一个月就会换一任总理，在总理和所得税收税员一样不受人欢迎的时期，他出任了总理。他其实并不想担任这一职务，但公众的意见使他不得不接受，而且自从他就任后，奥地利获得了休战后在中欧最稳固的地位。

在热那亚会议上，肖伯总理是除劳合·乔治外唯一以总理视角来看待那些有不切实际观点的人。他的仪态庄重，举止优雅，有着一张贵族的脸，前额突出，额头上的白发全部被梳向后面。

40年来肖伯一直听命于皇帝弗朗茨·约瑟夫和他的儿子卡尔。卡尔流亡于马德拉，刚刚去世。肖伯是奥地利警察部门的首脑。当新奥地利社会党厌倦了他们的政治领导人而希望有新的管理者领导政府时，他们选择了肖伯。

当整个欧洲都在进行轰轰烈烈的改革时，奥地利也进行了革命，之后奥地利重组了军队。当时是社会主义党人在执政，所以那些想要参军而不是社会党的人往往会被外科医生宣布患有扁平足、腰椎缺陷、菜花耳或类似的其他身体疾病，从而无法入伍。因此在成立的军队中99%的人都是社会党人，而剩下的1%也会因为散光、近视、智齿太多或类似情况而被取代。

社会党的军队和乡村俱乐部无异，有很多的休闲和娱乐时间，吃得好玩得好，而且还能完全控制国家。肖伯上任后，他试图通过一种十分简单的程序来把一切混乱恢复正常，这也就意味着在奥地利即将展开一场保守党和军队之间的某种游击战。

肖伯有40年的警察工作背景，他着手组建了一支政府警察部队，对所有的违法者都严厉惩治，不管他们的政治信仰是什么。他凭借自己拥有的经验，精挑细选并训练了12 000人，直到他们具备和皇家西北山地警察一样的士气和精神风貌。在很短的时间内，奥地利就恢复了井然有序的社会秩序。如果有人在社会党军队经过时扔砖头，那么肖伯的人就会立即行动逮捕这个人。如果社会党军队的成员威胁或殴打任何人，肖伯的人也会立即逮捕这名社会党军人。警察的行动十分出色。肖伯公平公正的做法赢得了人们的欢心。

奥地利人早就受够了这一连串的总理，他们会因作出获得盟国贷款的承诺而很快走进办公室，但之后也会因为无法获得贷款而很快走出办公室。于是共和党政府转而向肖伯这个君主制主义者求助。

上一任总理曾有一个不太确定的计划，即把国家所有的艺术珍品对外出卖，并出租所有的博物馆，抵押政府所有的财产，以换取资金。肖伯在阻止君主派和社会党派的斗争时阻止了这一计划的实施，并开始重新商讨，为奥地利争取信用。结果奥地利获得了信用，并开始重新站稳了脚跟。这样，奥地利的金融状况首次让公众看到了希望的曙光。

超凡的俄罗斯人

《多伦多每日星报》1922年4月27日

热那亚

俄罗斯在热那亚的大使的言行举止都很像商人，而且他们给人以一种奇怪的超凡的感觉。

契切林是代表团的团长，他有一张看起来有点虚弱、轮廓不太分明的脸，留着没有什么特色的胡子，说话时发出“嘶嘶”的声音，总体上并没有给人留下深刻的印象。然而当你阅读他的发言并进行分析后，你会看到他的观点十分有力、清晰。当契切林讲话时，他的思想就像是来自天上的马克思向下俯看着遥远的地球。虽然地球看起来很小，但在契切林的眼里，什么都一清二楚。

约菲留着窄窄的胡须，克拉辛留着凡戴克式的胡须，利特维诺夫金发碧眼，脸上很干净，这些人看上去都给人一种超凡的感觉——但所有人的程度都比不上契切林，他的表情就像那些经历过长期战争的人的脸上的表情一样。他们的人格似乎高于这个普通的世界。

其中的罗森堡是一个例外，他的个子较小，神色时刻都是紧张的，总是控制不住情绪而歇斯底里，他负责管理俄罗斯的媒体机构。现在我并不反法、不反犹太人、不反对任何人，我也不亲布尔什维克、不亲爱尔兰、不亲意大利，我是公平公正的，没有任何偏好。我只是在努力公正地把会议上的情况记录下来，但并不会进行任何形式的宣传。依照我的观点，俄罗斯人之所以失去了在第一天提出问题时所获得的舆论同情，纯粹是因为缺乏判断，缺乏对他们与媒体的关系情况的深入了解。

成群的新闻记者整天都在拉帕洛和圣玛格丽特之间来往奔波。他们要么骑着摩托车，吸着尘土，要么坐在脏乱的火车上经过约30条隧道才会到达。当他们到达位于圣玛格丽特帝国旅馆的俄罗斯总部时，就算是遭到俄罗斯人的拒绝接见，也会有很多的机会。

有一天，我等待了1个小时，守卫者带着强烈怀疑的眼神看着我，还盘问我，不过这并不会对我有什么影响。我还是会继续进行公正的报道，但其他一些记者说："好吧，我们今晚就写报道谴责他们，让他们知道得罪媒体人的下场。"而且麻烦的是，世界的观点都是由这些记者写出来的。

伦敦的《每日先驱报》和巴黎的《人道报》记

者开始请求罗森堡换一种态度，但他只是一个卑微胆小的人，这种要求对他而言并不合适。所以最后俄罗斯人遭殃了。俄罗斯政府忽视了媒体的重要作用，而这也正是苏俄代表团重要人物的这种超凡所造成的。

热那亚的德国代表团

《多伦多每日星报》1922年4月28日

热那亚

德国在热那亚会议上的立场可谓是十分艰难。德国并不想来热那亚，因为德国认为他们什么也得不到，只会输。法国总统普恩加莱称，如果会议提出赔偿问题，或修改《凡尔赛条约》，那么法国就不会为难会议。德国认为法国的这种声明恰恰剥夺了德国可能从热那亚会议上得到的一切好处。

总理沃斯在开幕式上的讲话机智而友好，但实质上却都只是些客套话。这只意味着德国必须通过自己的表现给各国留下好印象，抱最好的希望，作最坏的打算，或许其可以通过帮助中立国而努力减少赔偿。可是法国表示，如果减少赔偿，法国就会离席——情况也的确如此。

值得注意的是，德国代表团中并没有出现胡戈·斯廷内斯[1]那样的代表。沃尔特·拉特瑙是德国代表团的重要人物之一，他是斯廷内斯主要的对手和商业竞争对手，他的出席可能说明斯廷内斯并没有加入代表团。

另一种解释是，如果斯廷内斯出席，那么会议将很难进行下去，他完全打破了德国伤感主义所抱有的打造友好国家的幻想。当斯廷内斯在旁边时，很难出现这种友好的景象。当提到斯廷内斯的名字时，也会让德国代表团感到尴尬。他们希望人们都忘记他的存在。

斯廷内斯不仅是当今德国工业的独裁者，还操纵着媒体言论。他是世界上最富有的人之一，是德国的宝贵财产。他掌管着德国的运行，只要德国能运行，他就能挣钱，但他并不善良和宽容。

破坏法国北部工业的计划正是斯廷内斯提出的，他提议建立纯粹的工业区，大规模破坏法国的制造业。用一种完全超然的态度或亲德的观点来看，如果战争的胜利方由法国换成德国，那么很难想象斯廷内斯会对法国做出什么事。所以，德国代表团没有让斯廷内

[1]德国和平时期最强大的独裁者。

斯出席热那亚会议是一个明智的决定。

德国代表团有更友好的来自德国南部的沃斯和冷静机智的拉特瑙。但斯廷内斯的阴影仍然会偶尔闪过，让你感觉好像看到了黑鹰旗帜就飘扬在热那亚的德国领事馆上方。

热那亚澡堂大冒险

《多伦多每日星报》1922年5月2日

热那亚

劳合·乔治称会议比战争的代价要小得多、好得多。但据我所知，劳合·乔治从未受过意大利人满为患的澡堂的考验。而我与他之间的不同点之一就是我接受过这种考验。

进入一个到处都是人的澡堂是一件很烦人的事，你会感觉自己完全暴露了出来。我对在战壕中被炸伤并不太介意，因为这有好的一面，就是你得离开战壕，然后到医院去，之后你会痊愈，甚至可以以此炫耀一番自己的战绩。但在澡堂就十分糟糕了，你会很快离开那里，在那里受的伤可是对尊严的伤害。

我进入澡堂，原本以为会很温暖，里面会有着友爱的意大利人。但最后我是带着现实离开的，并开始讨厌所有的意大利人。

这是一个温暖的深浴池，气体从墙上伸出的铜质加热器中喷出。我舒服地躺下来，愉快地抹着香皂。或许我应该在这儿做一些铺垫，以使故事被讲得好听点儿，但这个故事很短。

突然加热器开始嘶嘶地喷水，然后蒸汽就像被堵住了一样，随后加热器爆炸了。爆炸产生的震动把我震出了浴缸，甩向了门边。我此时赤身裸体地靠着门。

在从浴缸摔到门上的过程中，我似乎还撞到了浴缸和柜子。因为在我的右小腿上有一条20厘米长的口子，左髋关节上还有受伤的淤青。我的右手手腕撞到了门，扭伤了，当我努力站起时，我手掌上的皮都快脱落了。加热器的底部已经破裂了。

一名服务员急匆匆地冲进了蒸汽中，关上了加热器，其他人用一条大毛巾将我裹住。爆炸波已经使我快不能呼吸了，只能以微弱的气息说话。

这时听到动静的宾馆老板也来了，我开始以微弱的气息用意大利语跟他对话。

“你会说法语吗？”他问。

“一点儿。”

“好，那么我们用英语交谈吧。”他挥了挥手，“先生，有什么麻烦吗？”

“难道我看起来很高兴吗？”我一边虚弱地说着，一边穿起浴袍。

“但你的确应该高兴，因为你还活着。你可真是一个幸运的人！”他面露喜色地说。

“难道在这家宾馆里面没被爆炸炸死的客人就是幸运的吗？”我愤恨地低声说。

“是的，先生。你本来可能会丧命的。你真的很幸运。”他耸了耸肩。

我问：“那我的腿呢？这也是幸运？”

“是的，先生。本来情况可能会更糟。我给你些碘酒擦擦。”他说完就离开了。

后来，从宾馆的擦鞋童那里，我知道了这里时常发生事故。他微笑着用意大利语向我解释：“先生你看，那些给浴缸放水的男孩在安全阀上放了一个小木塞，一个很旧的木塞。这么做是为了让水热得更快，我们经常这么做。那个放水的小男孩是个很可爱的小男孩。估计是他太大意，忘了拔掉塞子，所以保险杆仍被堵着。”他最后微笑着说：“正如先生所看到的，意外情况是绝对难以避免的。”

现在，我只是在等着看宾馆老板会不会无耻地把给我的那瓶碘酒算在我的消费账单上。

守卫森严的俄罗斯代表团

《多伦多每日星报》1922年5月4日

不管他们在热那亚会议上有没有取得什么成就，俄罗斯代表团无疑是工作最认真、最卖力的代表团。

在重复的例会、“会谈”或委员会会议结束后，其他国家的代表穿着华丽晚礼服，悠闲地喝着利口酒或者在各个酒店惬意地听着管弦乐队的演奏，而俄罗斯人却恰恰相反，他们仍旧围坐在圣玛格丽特帝国酒店楼上房间里的一张圆桌边，继续认真讨论、研究或者思考大量文件和图表直到凌晨三四点。

俄罗斯代表团总是被一种神秘的氛围笼罩着。首先，这是由负责保护他们的意大利秘密警察的举止和方法造就的。在他们同意来热亚那之前，苏俄人强烈要求得到意大利政府的严密保护；在他们到达之后，意大利人当然要兑现承诺，保护他们的安全。而实际上，如此细致到位、完美彻底、毫不妥协的保卫工作，甚至使得俄罗斯人在大约一天之后就对其感到不耐烦了，后悔不应该要求这么严密的保护。

意大利保护苏俄代表的第一招是给他们提供圣玛

格丽特帝国酒店作为住处。该酒店的院子四周有高大、陡峭的围墙，这些围墙远离酒店主体，如果想扔炸弹进来，就必须越过一个贝比鲁斯博物馆的距离才行。毋庸置疑，没有比帝国酒店更安全的地方了。唯一的弊端就是它距离热那亚实在太远了，以至于人们每天要在来回的路上花费4个小时。

在意大利将俄罗斯代表安顿在圣玛格丽特后，他们在该酒店周围、花园和入口处安排了大量的皇家警察，老鼠想进去都难。然后，在唯一允许的入口处，一条陡峭、蜿蜒的车道脚下，安排了一个秘密警察专员在此驻扎。

这位专员很有监工的特质，有着被太阳晒得黝黑的皮肤，稀稀拉拉的几根头发在光秃秃的头上耷拉着，脸是我见过的最邪恶的一张脸。他用意大利语重复一句最常用的话："这些文件不行。"偶尔也能看到他和蔼的一面，告诉你酒店里没人，而且他不知道他们什么时候回来或者他们去了哪里，他不会让你得到任何信息，他不知道列车什么时候开，等着见任何人也没有用。这是在他心情好的时候才会有的待遇。要是在平时，他只会冷漠地告诉你，你的文件不行，在大门外等着吧。

我最终抓住了“契卡”[1]中一个皮肤较黑、面相讨喜的年轻俄罗斯小伙儿，他嘴角带着消除敌意的笑容，穿梭在帝国酒店的房间和奢华的花园中，一个看上去正常、帅气的身影，裤子口袋呈扁平状隆起，口袋上的这块布因兜里的自动手枪而绷紧。

“想从那些意大利秘密警察那里获取新闻是不可能的。”我微笑着对他说道，“我想要一张可以允许我进入大门的通行证，这样当我长时间出去时，就不用再在那里站着等两三个小时，然后被撵走了。我想把你和你们代表团的真实情况告诉加拿大人，这样我就不用从墙外对真相进行猜测，我想你肯定也不希望我这样做。”

他只是笑了笑，然后就走开了。过了一会儿，他拿着一张蓝色的卡片回来了，上面用意大利语写着：

11号

俄罗斯代表团驻热那亚会议

个人身份证明

自由进入帝国酒店

俄罗斯代表团在圣玛格丽特的席位给予

[1]苏俄秘密警察组织或间谍组织。

欧内斯特·海明威
圣玛格丽特1922
记者——永久——有效
代表团内务部主管
签署

这张通行证真的是我最珍贵的奖状之一。在大门口的那一瞬间以及当汽车卸下的风尘仆仆的记者在外面等候时，我却能进来。通行证是11号，这是该会议的最后一张通行证，会上有700名新闻工作者。

只要进入空旷、像马棚一样的帝国酒店，很容易看到任何人。当你要求与契切林见面时——这位神秘的经济学家带领着该代表团——如果他在的话，你就能和他进行交谈；如果他不在，他会派其他人来与你交谈。我之前曾描写过契切林。

利特维诺夫可谓是俄罗斯非常有意思的领导人中的一位。他看起来和米沙·埃尔曼很像，比埃尔曼的特征再稍稍粗犷一点、苍白一点，看上去却很健康。脸庞大而粗糙，且个头比一般人稍微高一点，穿着裁剪粗糙的德国制造的制服，开口较低的蝙蝠翼领子，一条灰色的活结领带，这条领带一定被戴了很多次，因为领带结下面都起褶皱了。他与人握手时很有力。

你若观察马克西姆·利特维诺夫说话，就只能看到他不断动的下嘴唇。他用一种德国口音（或许是俄罗斯口音）讲着英语，代表团所有的成员都讲着不同口音的英语。他是在俄罗斯被流放的，之后成了学徒，并在英国成了一名排字工人。战争期间，他在一些较小的政府部门任职，在那里，他的语言发挥了作用。多年来他一直是革命领导人之一，不过他至今仍在英格兰生活。1918年，在俄罗斯革命后，他被任命为苏俄驻英国大使。

他在被任命为大使后，就开始满口大话了，愚蠢至极。1918年，在被任命为大使后不久，他便被逐出了英国。现在他与劳合·乔治坐在同一张桌子旁，是参加国家会议的平等的代表。

这就是俄罗斯代表团的神奇之处。4年前，他们都还是流亡的人。契切林曾因为煽动行为被关在布里克斯顿监狱，其他人也都被驱逐到不同的地方，可是现在他们都神奇地代表各个大国（除美国外）坐到了桌旁。他们带着很多文件，有世界上最强大的军队在背后支持自己。他们说：“俄罗斯要做这，俄罗斯要做那。”这些在4年前根本无法在俄罗斯立足的人，现在竟然掌控着整个俄罗斯。或许你对他们做的事和他们所代表的政府体系没有任何好感，甚至是讨厌至极，但是在知道他们的经历和遭遇后，你一定会从心底钦佩他们。

劳合·乔治的魔法

《多伦多每日星报》1922年5月13日

热那亚

走进皇家宫殿凉爽的大理石入口，这位身穿华丽制服的意大利宪兵立刻挺立，庄严地敬礼。一辆大型豪华轿车静悄悄地驶入，沿着停在宫殿庭院里的一列汽车向前行驶。3名摄影师蹲了下来，手中的照相机对准汽车，这时大卫·劳合·乔治梳着整齐的头发，带着自信的笑容上了车，向后靠，并鞠了鞠躬。车子沿车道而下，驶入大街。

我站着，看着这个代表团的其他人从台阶上下来上了汽车。车门关上后，直接驶入了大街。其中：法国人巴尔都长得很像史密斯兄弟牌止咳药水瓶上的小人中左手边的那一个；捷克斯洛伐克总理贝奈斯完全就像一位秃顶且黝黑的理发师；保加利亚的斯坦波利斯基则像一只体形硕大、毛发浓密乌黑且正在咆哮的野牛比尔；日本的石井菊次郎身材矮小，穿着一件晨礼服，头戴一顶大礼帽；沃尔特·拉特瑙是一名出色的科学家，衣着讲究，表情严肃，自信甚至有些自负，他也是一个自我主义的人。

这是一个大场面。当最后一辆车驶入骄阳下拥挤的街道后，这名意大利宪兵停止了敬礼，彻底回到之前放松的状态。在所有政治家中，只有一个人带了魔法，这就是已经乘车离去的劳合·乔治。

然而，对着他拍照的摄影师并没有捕捉到任何魔法，因为劳合·乔治和他的照片不太像。这是一张照得最好的平凡的脸，如果你不相信，拿出50名电影明星之一的特写，或者回忆一下你最喜爱的女孩的照片。劳合·乔治的脸没有明星相，他的魅力、他那精神饱满的肤色就像刚从军官学校毕业的年轻军官一样，看起来似乎还有些女孩子气。直到你看到他与一个中等身材的人站在一起，他强大的自信让他看起来非常高大，还有亲切的眼神，这一切在照片中都无法显示。

在公共场所，他的工作人员称他为首相或劳合·乔治先生，但私底下他们提到他时都用他名字的简写“L.G.”。在过去4年里，兢兢业业、衣衫褴褛的英国作家们追随着首相绕着欧洲参加了很多会议，并称他为乔治。而把劳合·乔治称为乔治是缺乏经验的表现。

其中一个热情的作家说道："乔治现在一定处于困境之中，我不知道他的下一步是什么。"这些作家一直在戛纳、斯巴（比利时）、圣利摩（意大利）、华盛顿、布伦（法国）和热那亚的会议记载着一个新时代的开启。当俄罗斯和德国签署条约时，L.G. 欺骗了自己，他没有采取任何行动。在协约国和德国之间出现明显的僵局时，在双方语言上的激烈交锋后，L.G. 只认为这件事结束了，也确实是这样，所有的火焰都平息了下来，会议继续发挥着作用。

在所有国家参加的记者招待会上，我站在劳合·乔治身后。此次会议是他在德俄条约引发争议时要求召开的。关于这次会议，有很多不切实际的谣传。一些人声称L.G. 即将声明把俄罗斯和德国从协议商谈中驱逐出去，并且正呼吁我们共同发表解体宣言。会议在协议商谈开始的圣乔治亚宫大厅举行，当他进入会议室之后，谣言就立刻破除了。L.G. 面带微笑，以会议最重要的调停者的身份进入了会议室。在一个半小时里，他回答了400名记者提交的书面问题。这些记者有的坐在代表团席位上，有的围着大厅挤作一团。

这些清晰明确的答案被翻译成了法语和意大利语，我看到他正在研究眼前的一堆纸上的问题，之后在记者交给他的问题上草草写了几个字。面对着L.G.，我发现他仔细梳理至耳后的白发看上去并不长，他的外表有着浓浓的男子气概。但是从身后看去，他的头发却看似很长。他衣领上方的头发十分浓密，如果不仔细梳理就会很难看。

我看着劳合·乔治正在研究记者要求他回答的问题，他回答了100个或更多问题之中的6个，当然这都是被精心挑选过的。比如“什么样的人厌恶这次协议商谈？”“首相是否认为俄罗斯和德国是在试图毁坏该协议商谈？”一名意大利年轻画家正在为他画素描。当他结束回答并微笑着经过人群时，这名画家举起画像请求他签名。

劳合·乔治微笑地看着画像并用画家的蜡笔签了名，胡子旁和眼角处都显出了皱纹。

“这样可以吗？”他把画交给画家时问道。

画家回答道：“非常感谢您，先生。”

那幅画我也看到了，画得还不错，却没有显示出劳合·乔治的个性。画中唯一生动鲜活的就是那个签名，透露出勇敢、健康的精神，是那么栩栩如生，不经意却出色至极。相较于画中死气沉沉的标题，是劳合·乔治让它显得更为卓越，这个签名的完成只在一瞬间，却会永远存在。

在隆运河垂钓

《多伦多每日星报》1922年6月10日

瑞士日内瓦

午后时分，隆河谷吹起了一阵来自日内瓦湖的微风。在这个时刻，你可以在河的上游垂钓，微风拂过你的脊背，太阳晒着你脖子的上方，白色的高山耸立在绿色河谷的两侧，假蝇钩漂亮地落在远处的水面。在这个叫作隆运河的河流的河岸边缘，其宽度只有1码，水流速度很快且很平稳。

在那里我曾经钓到过一条鳟鱼。它一定是对奇怪的假蝇感到讶异，所以进行了虚张声势的袭击，没想到自己被钩住了。它跳入空中，反反复复地翻转，然后落入水流底部的杂草中，最终我把它拉到了岸边。

这条鳟鱼漂亮极了，所以我没怎么限制它，反而是拿来欣赏。最终，天气变得非常热，我坐在水流后方的一棵松树下面，将鳟鱼完全解开，吃了一纸袋的樱桃，开始阅读被鳟鱼弄破的《每日邮报》。绿色河谷的道路上有一排树，天气虽然炎热，但是我的视线能穿过河谷。我看见一条瀑布从褐色的山上倾泻而下。

这条瀑布来源于一座冰川，它从高处倾泻下来，流向一个有4间灰色房屋和3座灰色教堂的小镇。小镇位于山的另一侧，看起来很坚固。在你看到它之前，瀑布一直是流动的。最后它似乎平静了下来，明灭可见。我很好奇是什么人住在那4间房屋里，以及谁会到那3座有锋利石尖塔的教堂去。

此刻，假如你一直等到太阳从法国与瑞士接壤处的萨瓦—阿尔卑斯山的山肩处落下来，隆河谷的风向就会改变，清凉的微风从山上吹下来，河水随着风流入日内瓦湖。当微风吹来、太阳西下之时，山上会投下巨大的阴影。人们开始赶着套有铃铛的母牛沿着小路走着，这时你就可以在下游垂钓了。

水中有一些假蝇，每隔一会儿，一些大鳟鱼就会跃起，“扑通”一声落到树木茂密的岸边。当听到“扑通”声时，你沿着背后的河流上游看去，会看到有鱼跳跃的水面泛起一圈圈涟漪。我用报纸重新包好鳟鱼，然后把被裹在报纸中的鳟鱼放入夹克口袋中。报纸上印刷着：诺思克利夫勋爵的最新演说，报道得非常详尽；合并案的即将终止事件；爱开玩笑的伯爵和庄重的孀妇之间的故事；供在回家火车上阅读的（霍雷肖）博顿利（欺诈）案的挽救情况。

在河边慢慢地钓鱼，向后抛钓鱼线的时候，要小心避开水边的柳树；沿着曾经的老运河岸边的松树把假蝇甩入水中时，需要寻找好的位置。如果你够幸运，水面早晚会出现一个漩涡或双漩涡，这就表示鳟鱼碰了鱼饵，然后它又放开了，接着又触碰了一下。接下来就是不变的持续刺激，竿尖一个劲地向下坠，时不时地沉浮、旋转，最后鳟鱼破开水面跃向空中，与你展开了一场搏斗。无论何时何地都会是这样。河流非常清澈，鱼一旦上钩就很难再脱钩了。因此你只须引着它逆流，它就会慢慢疲惫，然后当它展现出白色鱼肚的时候，你就能把它拉到岸边，用握住渔网的手把它拽上岸来。

通往艾格勒的那条路很适合散步。路旁种有七叶树，它们的花很像蜡烛，因为吸收了太阳的热量，使空气都温暖了起来。这条路布满了白色的灰尘，令我想起了拿破仑的大军[1]，他们在圣伯纳德山口向意大利的行军途中就从这条布满白色尘埃的路上走过。拿破仑的勤务兵可能在太阳照到露营地之前就起床了，从隆运河偷偷钓到一两条鳟鱼给小伍长[2]做早餐。在拿破仑之前，罗马人早已在河谷出现，并修了这条路。

[1]拿破仑于1804年组成的军队以及1812年的远征军。

[2]拿破仑一世的绰号。

一些修路队中的赫尔维西亚[1]人或许曾经趁着黑夜从露营地偷偷溜走，企图在柳树下的某个水塘中钓到一条大鱼。在罗马时代，鳟鱼或许没有现在这么多戒心。

所以，一整夜我都在这条通往艾格勒的白色道路上走着，对那些一有时间就在白天沿河流行走却选择轻快行军的大军、罗马人和匈奴人感到非常不解。我很快就到达了艾格勒，这是个很不错的小镇。我以前没有来过艾格勒，它的建筑沿着山坡分散开来。小镇车站对面有一家咖啡馆，其顶端有一个腾飞状的金马，一棵非常茂密的紫藤葡萄树，其分生出的枝条和垂下的成束的紫色花朵在入口处投下阴影，蜜蜂整天在其间飞进飞出，雨后，花朵闪闪发亮。咖啡馆的桌子、椅子都是绿色的，还有酒精浓度为17%的黑啤酒。啤酒泛起厚厚的泡沫，从一夸脱装的大玻璃杯中溢出，这样的一杯卖40生丁。女招待还会微笑着询问你近来是不是有好运。

在艾格勒，常常至少两小时才有一趟火车，那些等在车站餐室[2]的人提醒了我。希望他们从没来过。

[1]古国名，其址在现在的瑞士西部。

[2]顶端有金马、入口处垂有紫藤的咖啡馆就是这个车站的餐室。

意大利黑衫军

《多伦多每日星报》1922年6月24日

法西斯党人或极端民族主义者就是那些穿着黑衫、拿着匕首、挥舞着大棒、飞速奔跑、19岁便肆无忌惮射击的爱国者，他们在意大利所受到的欢迎如今已经被法西斯党耗尽了。银行和大型商业机构曾经捐献了发起反对法西斯运动的经费，这项运动是反对共产主义革命的一种保护措施。现在，这些机构已经索回了它们原本的支持，而且大多数意大利媒体开会并一致反对法西斯党。与此同时，有坚实组织的法西斯党正在向政党转型。通过一系列持续的暴行，意大利此时正处于一种阶级战争的状态。

6月1日，法西斯党为了展示自己的力量，决定夺取博洛尼亚市。其借口是博洛尼亚市地方长官对激进分子太友好。贝尼托·墨索里尼这个社会主义的背叛者、米兰的社会主义者报纸《前进报》的前编辑、决斗者、战斗英雄、意大利众议院现任成员，下达了从罗马开始占领城市的命令。1.5万名的平均年龄为20岁的法西斯党“夺取”了该市。他们烧掉了电报机和邮局，痛打任何一个反对他们夺取博洛尼亚市的人，然后撤退。同时他们宣布，下次示威会是5万人而不是1.5万人，而且他们会被打死人而不只是把人痛打一顿。

这种示威在意大利其他数百个城镇反复上演。这让法西斯党付出了他们从前广受欢迎的代价。因为法西斯党带来的麻烦以及紧随其后的政治稳定性的丧失，使得里拉[1]长时间处于低汇率的状态。商人的收益受到了很大的打击，现在他们愿意拿出比当初捐献给这支中产阶级突击部队的钱更多的钱，只为把他们赶走。现在在很多情况下，他们付给这些人保护费来预防他们闹事。

他们一直使用的违法手段也让法西斯党真正付出了受欢迎的代价。战后，在意大利北部，商人、制造业者和专业人员的妻子在任何公共场所四处走动时不可能不受到各种人的骚扰，从帽子被掀掉到脸部被抓伤，再到被当作“贝佳斯”[2]的不满的唏嘘声。任何一个在意大利火车上购买一等座或二等座的人始终不知道他们会不会被一些拿着饭盒的工人赶出座位，这

[1]意大利货币。

[2]意大利贵族。

些工人早就认定他们应该拿着三等座的车票而坐在一等座上。随着火车在意大利北部一些小镇的停留，流氓团伙奔向火车一拥而上，等到“贝佳斯”被赶出一等包厢后，便洋洋得意地坐上几站，还要剪下所有座位上被用作纪念品的红色毛绒。

当贝尼托·墨索里尼组织法西斯党像三K党一样打击此类恐怖主义的时候，他得到了人们前所未有的支持。法西斯党由中层和上层社会家庭中热爱刺激的年轻人组成，并且开始打击工人的反恐怖主义运动。他们穿着开领黑衫，绑着黑色绑腿，穿着军人马裤，戴着黑色毡帽，拿着大棒或左轮手枪，和工人展开了一些非常漂亮的战斗，并实施了一些非常漂亮的突袭。工人们发现，距离一个人可以拿着一张三等座票坐一等包厢座位的太平盛世还很远，于是就安下心来重新开始工作。看起来事情全部都被解决了，法西斯党人可以回家脱掉黑丝衬衫，并放上樟脑丸将之保存起来了。

当法西斯党拒绝考虑该事件已经被解决的时候，发生了一次急刹车。他们品尝到了在警察的保护下杀人的滋味，他们爱上了这种感觉。比起上学或者在他们父亲的办公室里工作，他们更享受追捕活的共产主义者的工作，所以他们打算继续下去。法西斯党继续不断地战斗、纵火，掠夺任何他们可以找到的与共产主义相关的东西。因为整个意大利北部都以某种形式或多或少染上了共产主义色彩，所以法西斯党开始了一项毕生的事业。

法西斯党的领导人看着他们组建了秩序井然的团伙，他们的政治野心开始膨胀，并希望由他们的追随者组成稳固的政党。其他党派的政治家对此非常担心，也愿意为此采取一切措施来粉碎这一运动。同时，共产主义者厌倦了法西斯党绝不停止追捕他们的现状，开始组织人民突击队。他们穿上红色衬衫来反击法西斯党的黑衫军，同时接受巷战训练。

商人们希望通过停止他们的资金供应来遏制法西斯党。政府已经组建起一支被称为皇家卫队的特种部队，这个部队由来自阿布鲁齐和南部山区的人构成，其目的是为了在战斗时同时与红衫军和黑衫军作战。整个商业界在一个3岁孩子都能玩耍蛋形手榴弹的情况下，看上去却十分安宁祥和。

辛克莱·刘易斯的骑马经历

《多伦多星报周刊》1922年8月5日

巴黎正流传着一个有关辛克莱·刘易斯也就是《大街》的作者的故事。这个故事没有提到刘易斯先生，却非常奇怪地有些真实。

据这个故事，刘易斯最近去了伦敦，并一直在那里写一部即将在今年秋天出版的新小说。当时，他表示想在海德公园的骑马道上骑马。他非常惊讶于这条马道是如此之短，并和陪伴他的马夫聊了很多。

有一阵，这位马夫悲伤而痛苦地看着坐在马背上的刘易斯，然后厌恶地停了下来。

他非常傲慢地说道：“先生，你不能期待这里像大草原一样。”

普恩加莱是否在凡尔登的墓园中大笑？

《多伦多每日星报》1922年8月12日

巴黎

美国政府在装饰凡尔登这座历经战争的城市时，法国总理普恩加莱是否真的在该城市的墓园中发出过笑声？

不管普恩加莱先生是否笑了，当时他的照片引起了法国共产党对这位总理的激烈攻击，得到了普恩加莱先生的强烈否认，引发了法国下议院的争论，让法国陷入了一场混乱之中，并使明信片在该国大量出现。

该文章出版时附加的照片是由法国共产党用明信片的形式发行的，于周日首次在巴黎郊区召开的共产党例会上公开亮相。照片中显示了普恩加莱先生和美国驻法大使赫里克共同走在凡尔登的墓园里，并且两人都明显笑得非常开心。法国共产党员始终指责普恩加莱要对凡尔登战役负大部分责任。所以，其发行了带有这张照片的明信片，上面题写着“大笑的人”，还写道：“普恩加莱和其他谋杀者一样，回到了犯罪现场。”

短时间内，共产党总部就售出了10多万张明信片，该事件在法国下议院中达到紧急关头。当时，一名年轻的共产党员对普恩加莱有关共产党在北非法国殖民地的宣传作出的评论露出了笑容。

普恩加莱说道：“你笑了？”

这位共产党员叫作伐扬·古久里，是法国的一位著名的战争英雄，他说道：“是的，我笑了，但我没有在凡尔登的墓园中笑。”

普恩加莱气得脸都白了，并指责说这张明信片是在造谣，要求通过质询澄清整个事件。随即，共产党员公开在下议院进行了控告，然后他作出了回答。

普恩加莱明确否认了这项指控，并表示：“在凡尔登的墓园中笑过这件事情我从未做过。”他解释说：“事实上，因为太阳光射到我的眼里，使我的脸变形了，这才让人产生了我发笑的错觉。”

他一直坚持这个解释。

多伦多似乎对整个事件有一个有趣的角度。7月22日，《多伦多每日星报》在出现争论或在共产党发行其明信片之前，出版了这张图片。这是在普恩加莱和该大使参加同一个仪式时拍摄的，也因此引发了巨大的风波。照片显示美国驻法大使非常明显地笑了，但普恩加莱是否笑了则要留给读者自行判断了。

根据法国报纸的报道，这个驻法大使针对这个事件作出了两个解释。其一是他没有笑。照片出来后，他又说：“或许因为我说了什么，引得普恩加莱先生笑了。”

现在已经有了两个不同的解释：普恩加莱先生称他没笑；驻法大使称可能他对普恩加莱说了什么而让他笑了。

现在又出现了一个解释。一名当时在场的电影摄影师声称，他正扛着摄像机的三脚架急忙走到两位名人前方时，脚滑了一下，非常不雅观地摔倒在地上，普恩加莱和大使是因为看到他的滑稽行为才笑的。

无论怎样解释，这个事件、下议院的争论和明信片都引起了法国的骚乱。该明信片共被售出20多万张，目前每天的销售量为1.5万张。共产党指控称，邮寄的明信片都应该被销毁，但是熟悉法国政治言论自由政策的人很怀疑这一点。无论如何，这些明信片在英国出现了。

很多人都会问：“普恩加莱在墓园笑了又怎样？每个人都有可能在不经意的时候发笑。人们的骚乱究竟是为了什么？”

要理解这些，你必须认识到法国人对死者的态度。可以说，现如今法国任何活着的人受到的尊敬都绝对不如死去的人多。

如果福熙元帅、法朗士、巴比塞、普恩加莱或主教中的任何一个人沿香榭丽舍大道走两个街区，永远不可能获得所有人的尊敬。在法国，有太多人拥有太多不同的政治、宗教和民族看法，所以没有人能够成为完完全全的民族英雄。但是，公共汽车上的每一个人，不论其宗教或政治信仰如何，在汽车经过灵车时都会脱帽，哪怕只是一辆邋遢的黑色灵车且只有一名悼念者跟在后面。在遇到葬礼时，乘客和司机甚至都要下车。

正是这种对死者的敬畏精神，加上凡尔登的重要性，才让普恩加莱是否在墓园中大笑的问题引发了整个国家的关注。

巴黎的毛皮地毯小贩

《多伦多每日星报》1922年8月12日

巴黎

只要在巴黎的咖啡馆前连续坐上20分钟，不管是在听觉上还是视觉上，一定会引起别人的注意。毛皮地毯小贩长着一张黢黑发亮的脸，头上戴着一顶脏的红色毡帽，肩上搭着一捆皮，手里拿着一个红色的摩洛哥皮夹。毛皮地毯小贩是巴黎很早就有的特色之一，类似一边喘着粗气一边飞驰而过的大型绿色公共汽车，还有在车水马龙中时停时走的小型的老式红色单缸出租车，或者是那些在每个守门人的窗户下晒太阳的又胖又懒的猫。

地毯小贩走过路边，笑看着每一张桌子，然后铺开他那张很得意的毛皮毯子。此时此地，如果你说出如下的话，尊敬的雷尼先生一定会把他的脸紧绷起来。比如，你收到年轻男子赛马协会代表团的邀请，要求他捐助一些坐垫，以用在赛马场座位上。同时你带着嫌弃、恶心的表情对卖毯子的小贩说，你讨厌所有的地毯，而且你因为在蒙帕纳斯的斜坡杀死了毛皮地毯小贩而蹲了20年牢，刚从监狱出来，他可能会转向下一桌。

但实际情况是，20个小贩中可能有1个会惧怕你所说的话。情况更可能是他用忧伤的褐色眼睛盯着你，说道："先生，请您不要拿我漂亮的毯子开玩笑。"

现在，如果你站起来用你强壮的脚踢地毯小贩，并用咖啡桌猛打他的头，嘴里还大声喊："去你的强盗和地毯小贩！"那么，即便是他意识到你不打算买地毯，但他准备转向下一张桌子的可能性依然很小。

然而，更有可能的情况是，他会蹲下来，一只手抓住你的脚，把头埋在被用来袭击他的桌子下面，耐心地说："先生您打我骂我都是因为我的漂亮毯子。"

面对这种情况，你已无可奈何，只能选择帮助他。但你会问："多少钱？"

地毯小贩会从他肩膀上取下一张看起来很像高贵的孟加拉虎皮的东西，并且深情地打开："先生，您如果要的话，这个200法郎。"

你仔细查看这块高贵的孟加拉虎皮，认定这不过是一张经过精心缝制和染色的山羊皮。

你问："这是张山羊皮？"

小贩则用沉痛的语气说："啊，先生。这是一块真正的虎皮。"

你严厉斥责道："这绝对是山羊皮。"

"啊，是的，先生。这是一张真正的虎皮。我可以对着真主起誓。"毛皮地毯小贩把手放在心脏处。

你又说："你别再撒谎了，这就是山羊皮。"

毛皮地毯小贩低下头承认："是的，先生。这是一张真正的山羊皮。"

"这块山羊皮质地一般、染色不均、味道刺鼻，你要多少钱？"

"先生，算是给您的礼物，100法郎。"

“40法郎，最后的出价。”你冷冷地说。

地毯小贩把地毯搭到肩膀上，有些怨恨而遗憾地离开了。“先生，您真会拿我的漂亮毯子开玩笑。这笔买卖咱们做不了。”

这时你开始假装阅读手里的报纸，但很快你会闻到一股熟悉的气味。你抬眼一看，还是那个地毯小贩。他再次拿出那张所谓的高贵的孟加拉虎皮：“我折本卖给您。因为您那么尊贵，我只收您50法郎。”

你故意忽视他。他又走开了，但很快又回来了。他欢快地说：“45法郎，送给世上独一无二的您。45法郎，先生就能拥有这张漂亮的虎皮。”

“我已经用40法郎的价格买了1000张和这张一样的皮了。”你回答道，然后继续看报。

“这个是您的了。您就花40法郎买了它，一张漂亮的虎皮。”

这张漂亮的虎皮现在躺在你的椅背上，而且它也立刻开始了往你衣服上掉毛的毕生事业。你把两张20法郎的纸币递给小贩，他深深地鞠了一躬。他没走多远，你发现他在瞄你。他回来了。

他说：“或许您会喜欢这些漂亮的摩洛哥钱夹中的一个。”他愉快地微笑着。

你还能怎么办呢，只好起身离开咖啡馆。

某个财团雇佣了几百个毛皮地毯小贩，这个财团把死亡动物的毛皮制造成地毯和钱夹，其付出的酬劳是每人一天5法郎的工资以及从最低价格中获得的一切。毛皮地毯常常是一开始要价200法郎，最低价格通常为45法郎。大部分推销员都是阿拉伯人。

很多毛皮地毯制作精良，看起来很高档，45～55法郎是比较便宜的。游客通常以75～150法郎的价钱购买，而且总是对它们很满意，除非羊皮在炎热的天气里出现返祖现象。遇到这种情况，只好无计可施。

阿尔萨斯、洛林旧秩序的变化

《多伦多每日星报》1922年8月26日

法国斯特拉斯堡

在阿尔萨斯，你要特别小心语言问题。当《芝加哥每日新闻报》记者威廉·E.纳什问一位司机会不会讲法语时，这位司机的口音是完美的巴黎腔："是的，先生！你呢？"我们都嘲笑他。

我们问纳什："阿尔萨斯和洛林都是法国的省份，难道你连这都不知道吗？""你希望他讲什么语言？日语吗？"

当我用法语问一位出租马车的车夫去克勒贝尔广场怎么走时，这次嘲笑的人换成了纳什。

他操着有莱茵口音的德语回答："先生，您怎么能认为我会说法语呢？您觉得我是做什么的？大学教授吗？"

这个事实非常奇怪，出租车司机都讲法语，而出租马车车夫都只会说德语。这一点和旧制度很不同。

斯特拉斯堡是一座很古老的镇子，非常漂亮。街道上的房子很像老式的德国房子，当你抬头望着烟囱时，可以寻找到鹤巢。小河穿城而过，河上的码头热热闹闹的，男人们在那儿钓鱼，女人们正弯着腰洗衣服。从男性的角度来看，这样的分工再合适不过了。但是我认为妇女们在报仇，因为我从来没看到过有哪个男人真的钓上鱼来，而且鱼不咬钩的原因就是肥皂沫。

你可以在镇上的任何一个角落看见教堂仅有的一座尖塔。教堂建得非常精致，使用的砖头是微红色的，如果你盯着它看，你会有它在逐渐变大的错觉。观察这座教堂的最佳地点是面向教堂的咖啡馆的露台。在这个位置，你可以舒适地靠在椅子上，目光从一个高大的啤酒杯慢慢移到教堂。斯特拉斯堡拥有世界上最高最细的啤酒杯。

我在咖啡馆问服务员啤酒杯这么高这么牢固的原因，她说它们自始至终都是这样的。然后我问了下一桌的一位面目和善的年轻牧师一模一样的问题，他笑着喝了一口杯中的啤酒说道，杯子或许是被教堂高高的尖塔影响了。

教堂左边是卡梅泽尔府邸酒店，据记载，它建于1472年，看起来很像格林童话里的旅馆。酒店一共有6层，每一层都有一个餐厅，我们在第一层的·间低矮的木板房里吃饭。这里的空气中弥漫着大桶麦芽酒的浓烈气味，匕首被插在桌子上，喧闹的兰登堡，女人裹着傻瓜帽一样的头巾，面纱轻垂下来。

在一只佛日山的新鲜烤溪红点鲑后，端上来一只盘子里面还有嫩绿色豆子的烤鸡，以及一盘生菜沙拉，再接着是一块美味的蛋糕和一杯咖啡。当然，还有一个又长又细的瓶子，里面装着清冽的莱茵干红。这个瓶子比啤酒杯还要细，高度约等于体操用的瓶状棒，很显然这是受了斯特拉斯堡教堂尖塔的影响。最后还会有一杯名叫凯曲的烈性甜酒，它是从山上果园里的大蓝莓中提取的。据说大蓝莓尝起来很像李子，但我从来没吃过。

至于其他几个楼层的餐厅是什么模样，我们从来都懒得去发现。

我们暂时居住在一家叫作巴黎酒店的大饭店里。一支伤感的管弦乐队呜咽地演奏着浮士德和普契尼，这让大半个夜晚都变得糟糕至极，尤其在休息时间会变得令人痴迷，但到了晚上就会变得有些恐怖。因此，我们搬到了一家有石膏墙的老式小旅店，这家小旅店朝向路德教会教堂所在的广场。那里非常安静，我们的房间的面积是之前酒店房间的两倍，价钱却只是它的三分之二。但是有一个晚上我们错误地在那儿吃了晚餐，因为我们觉得早晨有加黄油的美味面包卷、上等咖啡和鲜美多汁的橘子，味道很不错，却发现食物普通极了。

他们宣传时说，晚餐有冰镇蜜桃，但我们最后吃到的却是受潮的苹果馅油煎饼。当海明威夫人问服务员时，他回答说镇上无论如何也找不到冰镇蜜桃了，这个回答花掉了他一半的小费。几分钟后，我们在下一桌看到了一些客人，可是在这种情况下，即便我们能记住这个大房间和广场上的优美景色，以及制作靴子的绝佳方法，还有无数张大床，也很难让我们点名推荐这家旅店了。

这座教堂拥有世界上最大、最精致的带有喜剧色彩的钟，十二个信徒每天中午出现，一圈又一圈地走，一只大公鸡报晓并拍打着它的翅膀。我们没能看到这个奇观。说实话，路德教会的教堂根本没有钟。

我们离开这个小镇时是早晨5点，两位男士坐在其中一条小河边的一块潮湿的石头上钓鱼。他们可能起得很早，想要赶在洗衣女工工作之前。

塞纳河上的家

《多伦多每日星报》1922年8月26日

巴黎

并非为了推动人们回到陆地上，巴黎公寓的紧缺状况正在迫使公寓里的居民住到水上。

一个在社会上颇有名气的巴黎人发现租期到时租金涨了3倍，于是就拒绝在新租约上签字，由此开始了新的运动。他购买了一艘老式运河驳船，把它改造成了一个超级舒适的寓所。这艘驳船既大又宽敞，木工活只花了增涨的租金的一小部分，而且驳船居民有了在时尚中心的家，因为它可以在塞纳河中心停泊。船上有4间卧室、1间客厅、1间厨房、1间餐厅和1间桌球室；船主现在正在斯特拉斯堡避暑，他通过马恩河、马斯河和摩泽尔河的水道系统舒适而惬意地游遍了法国。

一些亲民的“平板船”定期下水，有传言说一家公司正计划用平民的价格推出标准化水上住宅，这主要面向那些对巴黎的住房紧缺绝望的人。

就在几天前，一位巴黎的看门人的匆忙做法反映了住房紧缺的严重状况，这位看门人通过官方途径打出了一间公寓的出租广告。早晨9点钟，这位看门人又告诉警察，某大楼中有一间闲置公寓，年租金为1800法郎。下午5点钟，该公寓就已经被租出去了。

第二天的公报出现了一则广告，说这间公寓可租。快到中午时，聚集了4000人来看该公寓，场面看起来很像暴动。这位看门人立即叫来了警察，警察驱散了人群并帮看门人写了一块大公告牌：该公寓已出租。

德国人对马克的绝望

《多伦多每日星报》1922年9月1日

德国弗莱堡

德国人看着他们的货币价值骤跌，内心郁闷极了。

去年11月，德国马克兑美元的汇率还是800:1，现在已经跌到了22 000:1。这就是为什么德国报纸每天要在头版最显眼的位置公布马克价格的原因。

马克币值的大幅下跌似乎极大地改变了德国人看待外国人的态度。一年前，马克兑美元的汇率为120:1，当时德国对外办公室会向英国、加拿大和美国记者提供各种特别设施。德国人讨厌法国，会尽可能地为难法国，但他们会把其他国家视为德国未来可能合作的伙伴。如今任何人都不再拥有这种特权，所有的外国人都是陌生人和敌人。因为德国正处于崩溃的边缘，而德国现在唯一期望的是能够将一两个财政状况较好的国家一起拉下水。

德国货币贬值导致了一个奇怪的现象——货币短缺。货币印得越多，需求量就更大。因此，银行常常出现没钱的状况，因为那些按周发工资的工厂主会一次性取走很多马克。每个商场都必须准备很多袋50～100马克的纸币用来找零。为了应对纸币短缺问题，政府已经印刷了面值为500马克的“临时”钞票。政府在空白的银行支票上印刷着欠款字样，持有者可在1923年1月凭借支票获得500马克的钞票。

据说德国人已经不愿意再看到他们的货币持续贬值，所以他们都在疯狂地购买珠宝、皮衣、汽车和其他真正有价值的物品。

你会经常在德国的报纸上看到这种疯狂的消费现象，但是你很难遇到。因为这些现象只存在于柏林、汉堡或其他类似于大型中心城市的地方。在弗莱堡这样的小城镇，你能看到的只有顽固的商人拒绝面对马克贬值的现实。

我们4个人在弗莱堡的宾馆中住了4天，费用大概是2200马克，约合每人每天20美分。每天的消费不到15美分，这其中还包括小费。

弗莱堡表面上很正常。城中每个宾馆的每个房间都有人居住，每天也都会有背着背包的德国旅行者经过，前往黑森林。清澈的溪水流过街道两旁的排水沟，红色石头教堂的尖顶高高耸立。周六的早上，市场上挤满了头戴白色手帕的女人，从全国各地用货车运来的水果和蔬菜在这里被贩卖。所有的商店都照常营业，东西都非常便宜。这里看起来是那么的平静、幸福、惬意。

我们看到咖啡店中有一个女孩在吃早餐，包括冰淇淋和椒盐卷饼，她的对面是一个穿着制服的长官，胸前戴着铁十字勋章。我们还看到妈妈们正喂着她们的孩子。

我们没有发现任何恐慌的迹象，也看不出人们营养不良。每个人看起来都很好，没有恐慌，没有快乐，波澜不惊。每个旅店和酒吧都贴着弗雷德里克、巴登国王及其王后的画像。

然而贸易中最乱的地方就是德国商人出售货物的方式。现在他们的货物的售价还不到成本价的一半，然后他们再以批发价购买。

一个店主对我说："我们也毫无办法啊，如果我们要价太高，人们就不会买。可我们必须卖。"

这种解决问题的方式很难让一般的经济学家理解。当德国的店主们必须以成本价的一半进行销售，然后再去进货的，最后的情况就显而易见了。

大甩卖不会永远持续下去。虽然还在继续，但德国的店主们已经对那些购买他们东西的外国人表现出了愤怒，即使不会驱赶他们，也会用最恶劣的态度对待他们。他认为这些外国人是引起抛售的罪魁祸首，但他意识到自己是店主，必须向这些人贩售物品。这就是他的态度，即尽其所能的恶劣态度。

在巴登钓鱼的美妙经历

《多伦多每日星报》1922年9月2日

德国巴登区特里贝格

如果你想在黑森林[1]钓鱼，那么你一定要在雄鸡唱晓前4个小时就出发。因为你至少需要4个小时来穿过各种复杂的地形，才能在天亮前到达那里的小溪。

首先，黑森林很容易被人误以为是一片大森林，但实际上它是一连串的山，中间有铁路、长满了土豆的山谷、牧场、褐色的木屋，还有铺满碎石的小溪。那里有很多由德国化的瑞士人经营的宾馆。在那里，每天清晨当你醒来时，持续贬值的马克会再次降低你的账单，一星期只要3.75美元，而且黑麦威士忌的价格仅为90美分一瓶。

旅馆老板可能会提高房间的价格，但马克贬值的速度甚至比经营有道的店主提价的速度还要快很多。瑞士宾馆的店主和快速下跌的马克之间的赛跑，这种场面估计会很壮观。

[1]指德国西南部的山林地区。

所有这些都和在黑森林垂钓有关系，却也可以说没什么关系。特里贝格有一条很长的街，街上有成片的高高的宾馆。这里的山谷非常深邃，寒风刺骨。据说冬天的时候，山谷里的风大得令人难以置信。然而不会有人会真的在冬天到特里贝格来验证这个传说，不过那些处于酷热中的游客一定会虔诚地祈祷冷风来袭，他们言之凿凿地说，那里夏天连一丝风都没有。

我们从弗莱堡出发坐了5个小时的火车，在特里贝格下了车。原来的计划是徒步穿过黑森林，但当我们看到成群的德国游客从那些通往森林的公路进进出出时，还是放弃了。第一件令我们大失所望的事情就是我们发现黑森林并不是真正意义上的森林，而只是很多长满树的山和已开发的山谷。第二件让我们感到失望的事是我们在路上几乎每走15码就会遇到6～8个德国人，他们剃着光头，露着膝盖，背着很多铝制的炊具。在走路的过程中，这些东西会一直碰撞他们的腿。

上面已经说过，我们是在特里贝格下车的。我们中间倒了两次车，一共花了5个小时，其中有4个小时我们只能在过道中站着。高高壮壮的德国人和他们的妻子一次又一次地在我们身边挤来挤去，不停地说着抱歉，我不知道他们到底想要干什么。

宾馆服务员说：“老板会安排你们的，他有个朋友是开渔场的。”

我们进入了酒吧，那个开渔场的朋友和另外6个朋友正坐在一张桌子旁，好像在玩扑克牌。服务员走过去和那个朋友说了几句话。那个朋友的发型是时下最流行的刺头，他的拳头不断捶着桌子，而桌子旁边的人则大笑不止。之后服务员回到了我们的桌旁。

他说：“他们都在开玩笑。他说如果你给他2美元，你就可以一辈子在那里钓鱼。”

现在我们对德国人都非常了解了，当他拿美元开玩笑的时候，表明他是真的想要对方用美元支付。这种手段很低级。如果放任这种行为，很快所有加拿大人和美国人都会回家，所以对这种手段必须予以严厉回绝。他和他的朋友们再也笑不出声了。我们都越来越严肃，越来越沉默。服务员开始调解，气氛变得更加紧张了。我们最后还是退让了一步，同意支付1200马克以便随意钓鱼。我们高兴地回房上床睡觉，因为我们拥有了黑森林的渔场。我们穿着酒店豪华的睡衣在床上滚来滚去，将被子踢到地上。毕竟，世界还是有点公平的。

早上，我们准备好钓具，然后去吃早餐。另一个看起来像德国人的瑞士服务员走了过来。

“我要告诉您一个不太好的消息。如果您想要钓鱼，必须获得警察的许可，还必须获得钓鱼证。”

接下来的两天，我们是在巴登的办公室里度过的，整个过程就像在做生意，我们进行的对话如下：

我们进入一间办公室，那里的职员们都坐着，表情严肃的士兵站在那里。

我们（威廉姆·伯德和我）问：“市长在哪里？”

职员们看了看我们，又低下头继续写着什么。士兵们则转头看着窗外。最后，一个职员抬起头来，指了指里面的一个房间。门外有一排人，我们站到了最后面，最后终于进去了。

我们说：“您好，市长先生，我们需要钓鱼证，我们要去钓鱼。”

市长看了看我们，说：“不行。”我们只听懂了这一句。

“只是钓鱼证。”我们解释说。

“不行。”他说，然后指了指门。

我们只好离开，但事件还在继续。

我们跟踪那个渔场的主人到达了他的工厂，他正在安装避雷针，我们最终发现了渔场的位置。有人告诉我们，在特里贝格获得钓鱼证的想法是不现实的，最好放弃。他建议我们去纽斯巴赫，但我们并不知道纽斯巴赫在哪里，估计是没有希望了。于是我们决定去钓鱼。

小溪很美。那个拥有这个渔场的朋友显然一直是在自己的工厂里忙碌，从未钓过鱼。你一下竿，那里的鳟鱼很快就会上钩。我们得到了我们想要的，而且第二天也是这么过的。第三天，我的良心开始困扰我了。

“我们应该去纽斯巴赫弄张钓鱼证。”我提议说。

通过地图我们最终找到了纽斯巴赫。但好像没有人知道市长办公室在何处。最后，我们在街对面的一间小屋里发现了他。我们被告知在没有钓鱼证的情况下钓鱼会被罚很多钱，私自钓鱼的惩罚会更加严重。

伯德对市长说他叫比尔，他会说德语，但他认为自己不会。相反，我根本不会德语，但我觉得自己说得还不错。所以，我一般会负责进行对话。伯德说，我们的德语口音听起来就像带有意大利口音的英语。

“我们希望获得钓鱼证。”我鞠了个躬说。

市长从眼镜上方看了看我。

“是吗？”他说。

“我们希望获得钓鱼证。”我非常肯定地说，并给他看了那位朋友给我们的用来指出渔场所在地的黄色卡片。

“好。”他说。接着他检查了一下这张卡片后又说：“这个地方很不错。”

“我们能在这里钓鱼吗？”我问。

“能。”市长回答说。

“走吧，比尔。”我说，“咱们走。”

从此之后我们就在那片水域钓鱼，再也没有人阻止我们了。如果有一天我们被抓，我们会向纽斯巴赫的市长寻求帮助，他是个好人，我记得清清楚楚，他同意我们可以在这片水域的所有地方钓鱼。

德国的旅馆老板

《多伦多每日星报》1922年9月5日

黑森林内的奥贝普勒奇托小镇

我们沿着又高又陡的岩石小径滑着，穿过有松树遮挡的投射光线，走到一块令人炫目的空地，这里有一家锯木厂和一家外墙被刷成白色的旅馆，沐浴在璀璨的阳光下。

一条德国警犬对着我们狂吠，一名男子从旅馆的门中探出头来看着我们。我们不能确定这里是不是我们的目的地，所以我们沿着穿过空地的道路又往前走了一段，看看是否能看到别的旅馆。但我们只看到了山谷、白色的道路、河流和树木繁茂的陡峭小山，除此以外别无他物。我们从清晨一直走到现在，肚子早就饿得不行了。

在旅馆内，我和比尔·伯德发现老板和他的妻子正坐在一张桌子旁喝汤。

“请问有两间双人房吗？”比尔问道。

老板的妻子刚准备回答，老板怒气冲冲地看着她，洋葱汤从他的胡子上滴了下来。

“今天，明天，或者任何一天，你们都没有房住，外国人！”她咆哮着说。

“是特里贝格的特林克勒先生推荐我们来这儿钓鱼的。”比尔说道，也尝试着让他们平静下来。

“特林克勒？”他抬起下嘴唇，舔去了一些胡子上的洋葱汤，“特林克勒，嗯？这家店的老板特林克勒。”他继续喝着汤。

我妻子和比尔的妻子都在外面的空地等着，她们俩在离这儿大概还有4英里的山路小径上时就已经饿了。我也饿得厉害，肚子开始咕噜作响，像翻江倒海一样。比尔身形瘦削、优美，有着很浓的意大利早期艺术家的气质，但是他吃东西的时候像只鸵鸟在吞食一个棒球。他看起来瘦了很多，我们都很有礼貌。

“我们非常饿。”比尔说道，我看得出他的确如此，“这里距离下一家旅馆还有多远？”

老板重重地敲了下桌子，说道：“你们自己找去。”

道路滚烫，远远望去白茫茫一片，我们在4英里以外的地方找到了一家旅馆，它看起来并不怎么样，和大多数黑森林的旅馆一样，它名为“小马旅馆”。矮种马是黑森林旅馆老板最为喜爱的象征物，不过也有很多用老鹰和太阳命名的旅馆。

这些旅馆外墙都被刷成了白色，看起来干净、整洁，而其内部就不一定了，有的地方整洁，有的地方脏乱。床单很短，羽毛被子凹凸不平，床垫是大红色的，啤酒尚可，葡萄酒质量很差，正餐在中午吃，你尤其要小心翼翼地挑选黑面包，因为一不小心就会拿到酸的。老板绝不会听你说什么；老板娘围着围裙扭动着，摇摇头；一些工人穿着汗衫和吊带裤，嚼着大块的黑面包，他们用小折刀切下一块面包，用带酸味的葡萄酒冲洗一下后就塞入口里。天花板的横梁黢黑一片，空气中弥漫着烟雾，小鸡在前院抓挠着地面，粪肥堆在卧室的窗户下面，缓缓地冒着烟。

上面我所说的一切在我们居住的“小马旅馆”都有，而且不止于此。旅馆的饭菜做得很可口，有炸小牛肉片、土豆、生菜沙拉和苹果派，这些都是看起来像老牛一样迟钝的老板亲手做的。有时，他会手端一盘汤停下来，望着窗外，眼神空洞无神。老板娘的脸型很像骆驼，有着独特的抬头方式，还有只属于这一“骆驼”人——南德的农妇的那种麻木迟钝的表情。

屋外非常炎热，但旅馆内却阴暗凉爽。我们把帆布背包堆在一个角落里，吃了一顿大餐。角落的一桌德国人一直在偷偷地看着我们。在我们喝第二瓶啤酒，吃最后满满一脸盆的沙拉时，一个黑发的高个子女人来到我们的桌旁，问我们是不是在讲英语。

这个问题很容易回答。我们了解到她是一名美国歌唱家，现在在柏林学歌剧，大约有45岁。但是与她最终发现的所有好歌唱家一样，她之前走的道路有误，方向错误，都是因为老师的教导不好，如今她终于找对了方向。现在教导她的是艾尔莎·塞姆布里，这位老师非常用心。塞姆布里重大的奥秘与声门和会厌软骨有关，我也说不清它具体的位置，但是它的确带来了巨大的改变。它让某人沮丧，让他人振奋，就是这样。

我夫人和伯德夫人走上了楼，来到了一间白色的小房间里。她们之前走了15英里，所以很快就在吱吱作响的床上睡着了。比尔和我继续沿着路找寻奥贝普勒奇托小镇，并想办法获得钓鱼许可证。我们在太阳旅馆的前面和老板进行了一次紧张的对话，对话只要不涉及德国人，就会非常顺利。这时那个歌唱家出现了，她胳膊下夹着一个笔记本，外表看起来是一个非常容易相信别人的人。

她的嗓音，似乎——你明白，她和我们说话时用一种完全不带个人感情色彩的腔调，和所有歌唱家讲述他们嗓音时一样——是花腔女高音，曾经有人把她和澳大利亚花腔女高音歌唱家梅尔巴、意大利裔美国籍女高音歌唱家帕蒂相比，她获得了交口称赞。

“盖蒂·卡萨扎说过，我还需要再多一些修饰。”她解释道，“因此我到这里来。不过你应该听过我的颤音。”她从鼻腔轻柔地发出颤音，说道：“我觉得加利·库尔奇并没有那么厉害，你知道吗？她根本算不上真正的歌唱家。请听听这个。”她再次发出颤音，这一次的声音比之前的要高，鼻音更重了。我被震撼到了。我从来都没有听过任何从鼻腔发出的这么轻柔或是这么响却清澈无比的颤音。这是一次全新的体验。

之后，她跟我们说玛丽·加登不会唱歌，伊冯娜·高尔是个寄生虫，泰特拉齐妮是个失败者，梅布尔·加里森始终是一副没睡醒的样子，就像漏气的轮胎。在对这些人评头论足之后，她再次谈论起自己和帕蒂、梅尔巴之间的不可区分性，声音里不带感情色彩，冷酷极了。然后我们沿着大路走回了旅馆。

晚餐时，我们遇到了第二例德国人的龌龊事。我们待在黑森林的两周只遇到过两例。旅行此时还没有结束，但这些已经足够多了。

我们的桌子可以坐5个人，这个歌唱家加入了我们。当我们在这个旅馆餐厅坐下之后，我们注意到有两个金发德国人坐在离我们非常近的那张桌子的一头。为了不影响到他们，我的妻子围着桌子走了一圈。这时，他们换了位置，伯德夫人不得不绕着桌子的有男士的那一边走了一圈。当我们在吃饭时，他们一直在用德语对我们这些外国人恶语相向。然后他们站起身准备离开。他们一开始是经过我们桌子的一头，我站起身把椅子向前移动了一些，以便他们通过，但是空间还是太狭窄了。桌子的另一头则有足够的空间供人通过，然而他们抓着我的头发，扯了扯，我只好站起来让他们通过。直到现在我还在后悔我那么做了。

刚结婚时，我意识到婚姻幸福的秘密并不是在小旅馆参与争吵。

“我们是德国人。”其中有一个人这么说，语气充满了轻蔑。

“你连猪狗还不如。”这话肯定不合文法，但似乎还可以被理解。比尔抓着一个杯子的上端，亲眼看着一场国际争端就要上演。

他们在门边站了一分钟，但彼此的胜算似乎差不多，坐在旁边一桌的工人好像是我们这一方的。

“倒爷。”[1]其中一个人看着门边那两个身穿运动服、头部圆圆的人。

他们关门离开了。

“如果我会说德语就好了。”我愤恨地说道，“当别人咒骂自己时，拥有大量的词汇却没能派上用场，无法正常组织语言的感受真是糟糕透了。”

“你知道你应该和他们说什么吗？”歌唱家开导的话语中隐约含有教训的意味，“你应该问他们‘是谁赢得了战争’，或者说‘是的，你们很明显就是德国人’。我希望我会想起说自己所考虑的事情。”

我们讨论了一段时间，然后她开始用颤音歌唱。当我们坐在烟雾缭绕的旅馆时，她用颤音唱了很多歌剧。那个晚上，我们大家都出去沿着道路散步了。这条路在长有黑松的小山中，天空的月亮就像瘦削的指甲薄片，这个歌唱家踩到了一个水坑。第二天，她的嗓子嘶哑了，不能接着再唱了。但是她竭尽全力向伯德夫人展示了声门的作用，其他的人都去钓鱼了。

[1]意为投机倒把分子。

一趟从巴黎到斯特拉斯堡的飞行

《多伦多每日星报》1922年9月9日

法国斯特拉斯堡

我们当时待在所有饭店中最便宜的一家，它位于嘈杂的巴黎“小香榭丽舍”街上。

我们一行人包括我夫人、威廉·E.纳什、纳什的弟弟和我。纳什先生在吃龙虾和炸板鱼的空隙说他准备第二天去慕尼黑，计划从巴黎飞往斯特拉斯堡。我夫人在香菇炒腰子出现之前一直在反复思量这件事。然后她问道：“我们为什么不到处飞行呢？为什么其他人总是在飞来飞去，而我们总是待在家里？”

这个问题，我无法用语言来回答。我和纳什先生走到佛朗哥—罗马尼亚航空公司分别买了两张票，记者可以购半票，一共120法郎，这是从巴黎到斯特拉斯堡的单程票。这样的距离乘坐最快的火车需花费十个半小时，坐飞机只需要花费两个半小时。

当我了解到我们要飞过孚日山脉，而且在早上5点整到达巴士底歌剧院外面的公司办事处的时候，我那种一旦飞行就油然而生的忧郁的感觉就更深切了。

公司名称中的罗马尼亚也无法让我放宽心，但是柜台的职员向我保证没有罗马尼亚飞行员。

第二天早上5点整，我们抵达办事处。为了确保不出问题，我必须4点就起床穿戴，收拾行李，在黑暗中敲响附近唯一一个拥有的士的业主的门，叫醒他。业主就像在奏乐舞厅中的手风琴演奏者一样，因为夜晚工作而提高了一倍的佣金。

当他换轮胎的时候，我们在街上等待，同时在和道路角落经营熟食店且已经起床去见送奶工人的那个男孩开玩笑，这个杂货店男孩给我们做了两三个三明治，告诉我们他在战争期间曾经当过飞行员，然后问我在昂吉安第一次竞赛时的状况。的士司机要我们进屋喝杯咖啡，询问我们是不是更喜欢白葡萄酒。喝着温热的咖啡，嚼着肉馅三明治，我们沿着巴黎早晨空荡荡的灰色街道正式出发。

纳什一家在办事处等我们，他们已经拖着两只沉重的旅行箱步行了两三英里，因为他们不认识任何的士司机。我们搭乘一辆大的豪华轿车来到了勒布尔热机场，这是巴黎最丑的交通工具。我们在机场外的一间小屋内又喝了一些咖啡。一个穿着油质工作服的法国人取走我们的票，将之撕成两半，告诉我们将要坐两趟飞机。透过小屋的窗户，我们可以看到飞机就停留在窗外，其体积很小，是银灰色的，秩序井然，位于机场的前方，在清晨太阳的照耀下显出耀眼的光芒。我们是唯一的乘客。

我们的箱子放在飞机上的一个座位下，位于飞行员座位的旁边。我们向上爬了一段距离，进入了一个有些闷热的小客舱，机修工递给我们一团棉花让我们把耳朵堵住，然后锁了舱门。飞行员爬进他的座位——位于我们所坐的封闭式座舱的后面。机修工把螺旋桨拉了下来，引擎开始发出巨大的轰鸣声。我看着飞行员，他的身材很矮小，帽檐朝后，穿着一件有油渍的羊皮大衣，戴着一副大手套。随后，飞机开始沿着地面移动，一路颠簸不停，像机动车在马路上行驶一样，接着缓慢升入空中。

飞机差不多是向巴黎东部直线行进的，在半空上升时，给人的感觉仿佛自己在一条大船之中，被一些巨人高举着缓慢前行，下方的地面渐渐变得平坦。地面好像被切割成了棕色、黄色和绿色的几块方形，还有几大块平坦的绿色，那是一片森林。这时，我开始明白什么是立体派画作了。

飞机飞得极低的时候，我们能够看到路上骑自行车的人，他们很像是在一条狭长的白色带子上滚动的便士。飞机上升的时候，整个地面的风景则会被我们尽收眼底。烟雾弥漫，干扰了我们的视线，它使整个陆地看起来平坦而且无趣至极，还有总是向外发出的巨大的轰鸣声。我们可以清清楚楚地看到身后的驾驶舱里的飞行员宽大鼻子的鼻梁，他的羊皮大衣，还有在操控杆上左摇右摆的脏手套。

飞机飞过大森林，它看起来就像丝绒一般柔软，我们经过巴勒迪克和南锡这两个有红色屋顶的灰白色小镇，经过圣·米耶勒[1]，在这片空旷的区域，我能看到旧壕沟曲曲折折地在有弹痕的土地上延伸。我大声呼喊妻子让她向外看，可是她似乎没有听见。她的下巴垂在新皮毛大衣的衣领处，睡得香甜极了。她之前就想在进行第一次飞机旅行时穿这件衣服。5点整的飞机让人忍受不了。

飞过这个1918年的前线之后，我们遇到了一场风暴。飞行员把高度降到极低，我们顺着下方一条运河的方向飞过了降雨区。在飞过距一个平坦、无趣的乡村的很长一段距离之后，我们越过了孚日山脉的山脚，山脉努力向上伸展，似乎想和我们来一次亲密接触。我们闪开覆盖山脉的森林，山脉似乎耸入云霄，最后

[1]此地曾发生第一次世界大战中首次由美军组织实施的大规模进攻战役，为第一次世界大战中最大规模的空中作战行动。

在飞机下方的朦胧烟雨中逐渐消失。

飞机向上拉升，飞出风暴区，沐浴在明媚的阳光下，我们看到了莱茵河就在我们的右下方，看起来就像一条平直的缎带，沿岸长满了树。飞机升得更高了，来了一个长长的左拐弯，随即是一个长长的极漂亮的俯冲，我们仿佛在搭乘电梯一样急速下降，此时心脏已经到了嗓子眼。接着，飞机从地面上方再次急速上升，再次俯冲，然后机轮着陆，飞机颠簸着前进。最后，就如同所有的机动车一样，它沿着平稳的机场轰鸣着到达飞机库。

为我们接机的是一辆豪华轿车，载着我们去了斯特拉斯堡。我们走进乘客室，等候下一班飞机。小吃店的那个男人问我们是不是去华沙，言谈自由随意，也非常愉悦，唯一美中不足的是引擎内的蓖麻油散发的气味着实令人厌恶。因为飞机很小，速度又快，再加上我们是在早晨进行飞行的，所以没有人晕机。

“这里上一次的飞行事故是在什么时候？”我问柜台后面的这个男人。

“去年7月中旬。”他说道，“有3个人丧生。”

但就在那个早上，法国南部，一辆缓慢行驶的朝圣列车从一个陡坡顶端倒滑，撞上正在爬坡的另一辆列车，两个车厢被撞成了碎片，有30多个人死亡。在

7月的事故以后，巴黎—斯特拉斯堡航线的生意滑落了很多，但是乘坐火车的人似乎并没有减少。

德国的通货膨胀

《多伦多每日星报》1922年9月19日

德国凯尔

我们走进斯特拉斯堡的一家汽车经销处，询问里面的那个男孩有关过境的要求。他说："是的，从这里过境进入德国很轻松的，你们只须过桥就行了。"

"你们不需要办理任何签证吗？"我说。

"不用，只需要拥有从法国进入的一个许可印章就行了。"他从口袋里拿出他的护照，给我们展示背面盖满的橡皮图章。"看到了吗？我就在那里居住，因为那里的物价更便宜，这也是一种赚钱的方法。"

这些话说得没错。

从斯特拉斯堡的中心到莱茵河有3英里的电车的行程，当抵达这条路线的尽头时，大家都一股脑地挤下车，乱哄哄地涌向一条长长的用尖木桩围成的栅栏，这条栅栏通往大桥。一个携带装有刺刀的步枪的法国士兵在道路两边来回走动，透过蓝色钢盔看着围栏处的女孩子们。桥的左边是丑陋的砖式海关大楼，右边的一间小木屋里一个法国官员坐在柜台后面，正在给护照盖章。

莱茵河是黄色的，泥泞浑浊，水流湍急，河岸较低的地方是绿色的，河水打着旋，冲击着长铁桥的混凝土桥墩。在桥的另一头是并不美丽的凯尔小镇，看起来就像多伦多登打士街的某个沉闷区域。

如果是一名持有法国护照的法国公民，柜台后面的人只是在其护照上盖上“过桥，前往凯尔”，他可以通过桥到达被占领的德国。

如果是其他同盟国的公民，官员则会充满怀疑地看着你，仔细询问你从哪里来，到凯尔去做什么，准备停留多久，然后在你的护照上盖同样的章。如果你恰巧是在斯特拉斯堡出差的凯尔公民，回家吃饭——如同所有郊区和他们所依附的城市的关系一样，凯尔公民喜欢和斯特拉斯堡的同行来往，只要有业务，不管做什么都一定要去斯特拉斯堡出差——在队伍中排15～20分钟。他们在一张卡片索引上搜寻你的名字，看你是不是曾经讲过反对法国政权的话，他们记录下你的谱系，还会问你各种各样的问题，最终你也会得到同样的许可。每个人都可以过桥，但是针对德国人，法国人让它变得复杂多了。

穿过泥泞的莱茵河，你就会站在德国的土地上。在德国土地的桥头上，有两三个德国士兵守卫，他们会是你见过的最温顺、最沮丧的德国士兵。两个携有带刺刀步枪的法国士兵踱来踱去，而两个德国士兵则没有什么武器装备，他们靠在墙上旁观着。法国士兵全副武装，头戴钢盔，而德国士兵穿的是旧旧的宽松束腰外衣，戴的是和平时期的帽舌很高的帽子。

我询问一位法国人，德国守卫有什么职能和责任。

“他们就站在那里呀！”他回道。

在斯特拉斯堡，我们没有马克，几天前，汇率的一再上升让银行家们都纷纷逃离了。所以我们在凯尔的火车站兑换了一些法郎，10法郎兑670马克，10法郎约等于加元的90分。那90分的加元是我们夫妻二人花费的较多的钱。一天过完了，我们只剩下了120马克！

第一件物品是从凯尔大街旁边的一家水果摊买的，一个老妇人在卖苹果、桃子和李子。我们精挑细选了5个看起来很不错的苹果，给了这个妇人一张50马克的纸币，她找回我们38马克。一位长得非常英俊的白胡子老先生看到我们买了苹果，举了举帽子。

“很抱歉，先生。”他有些羞怯地用德语问道，“你这苹果多少钱？”

我数了数零钱，告诉他12马克。

他笑着摇摇头说：“我买不起，太贵了。”

他像旧时期的白胡子先生在所有乡村时一样走过，沿着街道走了很远很远，但离开之前他用非常渴望的眼神看着苹果。我真希望当时我能送几个给他。12马克，在那个时候还不到加元的2分。这个老人应该和大部分无产阶级一样，把毕生的积蓄都投在了德国战前和战时的债券上，以至于付不起仅仅12马克的费用。他所属于的这一类人，收入没有随着马克和克朗[1]购买力下降而增加。

当马克和美元的汇率为800马克兑1美元或者说8马克兑1美分时，我们在凯尔不同的商店的窗口询问物品的价格：豌豆是每磅18马克，菜豆是16马克；1磅恺撒咖啡豆[2]要价34马克；格斯滕咖啡豆并不是真正的咖啡豆，而是被烘焙了的大麦，1磅卖14马克；粘蝇纸一袋150马克；一把镰刀刀片也是150马克，或者说80分；啤酒则是10马克1品脱。

凯尔最好的旅馆看起来棒极了，它供应有5道菜的套餐，价格是120马克，相当于我们的50分。这在

[1]德国旧金币单位。

[2]在德意志共和国仍有很多“恺撒”牌。

斯特拉斯堡是执行不下去的，且3英里之外更是要1美元。

因为海关对从德国返回的人要求极其严格，法国人无法在这里大量购买他们想买的一切便宜物品，但是他们可以过来吃。每天下午，会有一大群人冲进德国糕点店和茶馆，这已经形成了一道风景。德国人做的糕点美味可口。其实，按照如今暴跌之后的马克汇率，斯特拉斯堡的法国人只需要花费不到1苏的钱就能买到一份，而这是法国最小的货币单位。这种汇率造成了一个非常奇特的场景，斯特拉斯堡小镇的年轻人拥进德国的糕点店，撑得差点吐了出来，他们狼吞虎咽地吃着涂满奶油的松软德国蛋糕薄片，这种蛋糕片每片售价5马克。一家糕点店不到半个小时就被一扫而空。

在我们去的那家糕点店，那个系着围裙、戴着蓝色眼镜的男士似乎是老板。店员是一个有着典型德国兵特征的德国人，留着小平头。各种年龄和各种类型的法国人挤满了蛋糕店，每个人都在大口地吃着蛋糕。一个有着消瘦、漂亮的面庞，戴着珍珠耳环，身穿粉红连衣裙、丝质长袜的女孩，点了很多份水果和香草冰淇淋。

她好像一点也不担心自己能不能吃完所有的东

西。镇里有士兵在巡行，她一直看着窗外。

老板和他的助手面部一直绷得紧紧的，当蛋糕卖光后，他们没有显示出丝毫的开心。他们烘焙蛋糕的速度远远赶不上马克贬值的速度。

同时，街道上，一辆很有意思的小火车晃晃悠悠地开过，车上坐着拿着饭盒的工人们，他们这是要回位于小镇郊区的家。“倒爷”们的汽车飞驰而过，尘土在车尾飞扬，树上、所有建筑物的前面都落满了灰尘。糕点店内，几个轻浮的法国年轻人咽下了最后的蛋糕，法国妈妈们擦拭着小孩黏糊糊的嘴巴。这是关于汇率的另一个场面。

傍晚，喝茶的、吃糕点的法国人穿过大桥，前往斯特拉斯堡，第一批不辞劳苦特地到凯尔来吃便宜晚餐的人纷纷抵达，他们贪图的是汇率带来的便宜。两股人流在桥上交叉而过，两名看起来郁闷愁苦的德国士兵在一旁看着。汽车经销处那个男孩所说的再精辟不过了：“这是种赚钱的方式。”

英国人能拯救君士坦丁堡

《多伦多每日星报》1922年9月30日

君士坦丁堡

君士坦丁堡嘈杂、燥热、多山、肮脏，但这并不能掩盖它的美丽。制服和流言包围着它。

现在，足够数量的英国军队进驻了君士坦丁堡，准备防止基马尔主义者的入侵。

然而，外国人很紧张，他们依然牢记士麦那的命运，并预定了未来几周内出发的列车。

一切都在等待安哥拉国民议会对和平条约的答复。此时议会应该正在讨论巴黎的建议，他们的决定预计会在下周三公布。

丈夫优先，妻子靠边站！

《多伦多每日星报》1922年9月30日

科隆

现在，在德国旅行的乐趣就如同在林荫大道高峰时段的汽车里抓着吊环一样。铁路系统运营的每一辆火车都在亏本，反而是数量最少的汽车承载了最多的乘客，他们挤在过道里，很像是堆在桶里的铁钉。昨天早晨6点，在法兰克福，有一大群人，人多到可以装满一趟列车，他们全都在调车场等待去阿姆斯特丹的快车。当这列快车进站后，只有等到车上的乘客全部下车后，人们才可以上车。每个座位都有人，连过道里也塞满了人。但不知道他们是用了什么方法全部挤了上来。

无论你对赔偿问题有什么看法，也无论你觉得允许德国再次恢复繁荣来确保欧洲的稳定的必要性有多大，德国男人对待他们妻子的方式都很难令你欣赏。为了避免有以偏概全之嫌，我可以这么说："过去4个星期，我在德国各地见到的德国男人。"

下面是几个例子。火车上的男招待宣布餐车开始提供服务。卧车包厢里的一位德国绅士站了起来，将自己刚刚在读的说明书递给妻子，接着消失在餐车的方向。一个半小时以后，他浑身酒气，晕乎乎地回来了。他带回了几块沾着点儿奶酪的面包卷给他的妻子。妻子接过后狼吞虎咽地吃了起来。

还有一位德国绅士伸手去拿他的帆布背包，背包从行李架上跌落，打到了他妻子的头，他的妻子立刻疼得泪流满面。这位德国绅士看上去很是恼怒，他对妻子说：“你又没受伤。”他或许是担心如果他不在一开始就阻止，他的妻子就会说自己哪里出了毛病，不能拿背包了。

当然，那时还有一位德国绅士决心在拥挤不堪的一等车厢里找到一个座位。一等车厢每侧有3个座位，这是一等车厢的独特之处，二等车厢每侧有4个，三等车厢则有6个，而四等有8个。

在这种特殊情况下，所有座位都有人，但是有一位挨着窗户坐的老妇人站了起来，看着窗外。我们甚至连动都动不了，这时部分车厢已经驶离车站。这位德国绅士进来了，后面跟着他的妻子，他坐在了老妇人的位置上。随后，这位老妇人想要坐下，因为眼神不好，她不知道有人已经坐了她的位子，结果她坐在了这位德国绅士的腿上。

而这位德国绅士的面色丝毫不改，稳坐不动。这位老妇人猛地跳起来，神色惊慌地看着他。他的妻子羞愧极了，转身离开了包厢。他还是纹丝不动，表情冷漠得像一块冰冷的火腿，这位老妇人看着窗外，嘴唇不住地颤抖。

我想起了尼亚加拉有一句谚语，如果一位法国妇女生气，她发泄怒火的方法是撕碎一头巨大的野兽。

但是这位老妇人没有，她只是被吓到了。显然，她过去有过类似的经历。

在德国面对这种情况时，外国人不会先开始争吵，而是极力忍受这些屈辱以避免惹来群殴。我自己的看法是，如果德国人能够毫无顾忌地杀死沃尔特·拉特瑙，那么他们也会毫无顾忌地杀死我。我被轻轻地践踏了。包厢里的事态已经发展到这种地步了。我想知道，就一个网球拍的构造而言，它究竟能成为一个怎样的武器，其演练出的11种变化中，最好的一种方式是用来使一个人变残。

当然，招惹麻烦最简单明显的方法就是站起来给这位老妇人让出我的座位。这经常被德国有轨电车上每一个坐着的男人当作开战的理由。就在此时，这位妻子打开了包厢门，她已经在较远的一节车厢找到了她的座位。这位德国绅士仍然坚持坐了几分钟，只是为了显示只要他愿意，他就能继续坐着。然后他终于走了。这位老妇人非常庆幸地坐下了。

德国的家庭生活应该是非常精致完美的，常常会出现这样美丽的场景：父母和小孩聚在一起喝啤酒，孩子可以做这些亲密的行为，比如为爸爸拿拖鞋，为爸爸点烟斗等。但是在公共交通工具上所展现的这部分，在某种程度上失去了其魅力。

德国暴动

《多伦多星报周刊》1922年9月30日

科隆

从西里西亚回来的英国官员说，公民投票后，英国部队必须护送法国部队离开该国，以避免可能出现的流血袭击事件。

这种做法是为了防止发生暴动。但德国对法国的憎恨实在是太强烈了，他们甚至会报复那些对侵略军过于友好的本国人。那些与法国官员关系较为密切的德国女孩，会被抓起来扯去衣服、削掉头发，然后被驱逐出其所在的城镇。

威廉·墨亨索伦的巨大骑马雕像就屹立在莱茵河上美丽的霍亨索伦桥的科隆一侧，它记载了最近一个时期的所有痕迹，一个德国宣布它是多么强大的时期。雕像上的两只大铁靴的靴刺被折断了，而且剑上的刃也已经消失了。这些都是在科隆一些市民试图推翻大雕像的一次行动中被打碎的。这次行动开始于革命，结束时却只是一场小暴动。

在袭击雕像期间，有一名警察试图安抚狂躁的市民，而民众则把他扔进了河水里。警察被莱茵河湍急的漩涡冲到了桥基，挂在了一个桥墩上，他呼喊人群中他认识的人，并说要惩罚他们。结果民众一起拥下去，想要把警察再次推入水流中淹死他，但警察死死抓住桥墩不放。民众用敲击雕像的短斧狠狠地砸他的手指，最终使他松开了双手。

这就是德国警察和德国暴民，而且德国警察和德国暴民之间的冲突并不稀奇，到处都是。在北方，反对高昂的生活费的暴动在警察的机枪下平息了；在南方，慕尼黑支持的霍亨索伦、鲁登道夫和恢复君主制的暴乱示威中，意见不同的共和党人也在警察的棍棒下平息了。

同时，为了不让双方投机商人所花的钱从手中溜走，雨果·史旦尼斯和一群法国承包商达成了一项协议，即所有由德国向法国供应的用于重建的材料，都应由史旦尼斯经手。他同意他经办的一切事务，都会收取6%的费用，这是整个暴力交易的最后修正。两国投机商因此聚集到一起，组成了投机商托拉斯，所以根本不可能有任何东西从他们手中流出。很多人开始悄悄议论关于重建遭严重破坏的地区的重大丑闻，而后来一次前所未有的大丑闻也在慢慢靠近，它让巴拿马运河丑闻和马可尼丑闻都黯然失色。

英国飞机

《多伦多每日星报》1922年10月30日

君士坦丁堡

数千支英国增派部队鼓舞了驻扎在君士坦丁堡的希腊士兵和美国士兵，他们丢掉红圆帽，重拾传统的西方帽子。在眼下的困境发生之初，每个希腊人和美国人都为自己准备了一顶红圆帽并一直戴着，直到他们认为土耳其的占领危机过去了。英国飞机今天在首都君士坦丁堡上空飞过，给伊斯坦布尔带来了一阵激动与欣喜。这次空中策略让人们相信英国已经做好了面对这次不测的准备。英国武装力量的不断到来降低了城内暴动升级的危险，同时也检查了基督徒们用于逃往周边国家的航班。

英国政府勒令凯末尔撤离查纳克

《多伦多每日星报》1922年9月30日

君士坦丁堡

英国和土耳其之间的战争一触即发，现在双方于中立区处于僵持状态。英国军队总司令哈灵顿将军今天发了一封最新急件给穆斯塔法·凯末尔，要求他从查纳克地区撤离。

心照不宣的是，急件中没有规定撤离的时间。

这封急件是最新通牒，紧接着英方就收到了凯末尔的回复，信中要求英国撤离亚洲的海峡。

凯末尔的答复被认为怀有非常明显的敌意。

一位英国高层官员表示，这样的答复关上了通往和平的大门。

哈灵顿并未要求土耳其撤离

《多伦多每日星报》1922年10月2日

君士坦丁堡

英国陆军总司令今天发表声明，不承认来自英国方面的关于上将哈灵顿即将要求土耳其部队在24小时内撤离达达尼尔海峡海滨的报道。按照声明中的内容，这个问题将会在穆达尼亚进行讨论。

联盟军在今晚会前往穆达尼亚。参与讨论的人员分别是大英帝国的哈灵顿上将，法国的夏皮上将和意大利的迈姆贝里上将。

土耳其红新月会的传道总会

《多伦多每日星报》1922年10月4日

君士坦丁堡

穆达尼亚会议将决定英国与土耳其之间是战是和的问题。上将哈灵顿对和平的愿望有愈加强烈的迹象，但是博斯普鲁斯海峡和君士坦丁堡优越的战略地理位置让土耳其的集合部队在表达意愿时态度更加强硬。然而，从哈灵顿杰出的军事判断力和法国与土耳其的协议来看，它可以带来一个让双方都满意的解决方案。

色雷斯，一个贫瘠的蛮荒之国，是形势发展的关键。对于重组的希腊政府来说，色雷斯是另一个马恩省，希腊必须要将之保护好才有可能变得伟大，才会被世人认同。

土耳其红新月会（相当于红十字会）就希腊在色雷斯的暴行作了报告，指出作为红新月会的领导，君士坦丁堡头领凯末尔的威信必然会遭到损害，并且需要说明的是，红新月会的官方报道仅仅是一种宣传手段，是被土耳其人用作防止他国直接侵略色雷斯的教会利用了。

因为一些不好的情感，土耳其人想要拿回他们的吉都阿德里安堡，并且色雷斯的地理优势给了他们在欧洲的有利立足点。清除色雷斯的希腊军队将可以联合保加利亚和土耳其，并将战场推向巴尔干半岛地区的中心。

哈米德老爷[1]

《多伦多每日星报》1922年10月9日

君士坦丁堡

俾斯麦曾说过，在巴尔干半岛地区，凡是把衬衫塞进裤子里的人都是骗子。当然，农民的衬衫一定是露在外面的。不管怎样，我发现作为奥斯曼帝国银行[2]的管理人的哈米德老爷在他的斯坦布尔办公室[3]拿着高额薪酬的时候，其衬衫就是塞进裤子里的，因为他穿着一件灰色的西装。

哈米德老爷的办公室坐落在一座陡峭的小山的山顶，远处是一座古老的宫殿和红新月会的房子，红新月会这一组织和我们的红十字会大致相同。哈米德老爷是其中一名领导人，身穿红新月会卡其布服装的护理人员都执行安哥拉政府的命令。

“当凯末尔进入君士坦丁堡时，加拿大非常担心会发生基督教徒大屠杀。”我说道。

---

[1]居于凯末尔之后，或许为安哥拉政府最有权势的人。

[2]一家法国资本化机构。

[3]他指挥凯末尔政府的地方。

哈米德老爷块头很大，行动笨拙，胡子是灰色的，头发直竖着，他戴着眼镜，衣领外翻，开口说话了，说的是法语。

“为什么基督教徒要害怕？”他问道，“他们有武器，而土耳其人已经被解除了武装，屠杀根本不可能发生。在如今的色雷斯地区，事实上是希腊的基督教徒在屠杀土耳其人。这就是我们为什么必须占领色雷斯，因为我们要保护人民。”

来自克里米亚半岛、开罗的暴徒们聚集在君士坦丁堡，希望凯末尔取得胜利后的爱国式狂欢让他们可以对着易燃的木屋纵火，烧杀劫掠。在这个时候，除了同盟国的警察外，这是保护君士坦丁堡的基督教徒的仅有保障了。同盟国的警力紧密且效率高，但是君士坦丁堡人口多达150万，秩序杂乱，让人满是绝望。

一旦凯末尔进入这个城市，在苏伊士东部某个地区将引起一种人们无法在君士坦丁堡使它平息的情绪。一位安那托利亚政府的成员告诉我，君士坦丁堡将和土耳其的亚洲部分一样无聊、枯燥，后者禁止进口、制作或是售卖酒精。凯末尔还禁止玩牌和夕阳双陆棋，布尔萨的咖啡馆晚上8点整就必须打烊。

这位提倡者对法规的信仰无法阻止凯末尔本人和他的职员对酒的嗜好，就如同那位到达士麦那保护美国烟草行业的美国人所发现的那样，当他喝完8瓶干邑白兰地的时候，他就成了凯末尔总部在小亚细亚最受欢迎的人。

凯末尔的法令阻止了美国酒精原料的大宗进口，它们一般是用金属桶装载，并用船运送到君士坦丁堡的，上面贴着“药用”标签。这种原料被制作成酒精饮料，味道很像苦艾酒。土耳其人坐在咖啡馆内的时候，“噗噗”地吹着他们的水烟管，小口抿着这种酒。

土耳其军向君士坦丁堡逼近

《多伦多每日星报》1922年10月9日

君士坦丁堡

今天，土耳其武装部队从中立区伊斯麦德撤军。

上面提到的军事调遣或许应该被理解为土耳其军方已经从中立区伊斯麦德撤军。据说在下面的军事调遣中，哈灵顿上将已经警告了伊斯麦德帕夏[1]务必执行撤军令。

基马尔武装军队今天已经在君士坦丁堡也就是和

[1]帕夏：旧时对土耳其大官的尊称。

亚洲边界的博斯普鲁斯海峡邻接的地方行军了一整天，并且用联盟军的身份在穆达尼亚会见了伊斯麦德帕夏，还提出要重新努力解决近东问题。

土耳其骑兵部队已经抵达十垒和亚米斯，这两个地方都属于位于马尔马拉海右边的博斯普鲁斯海峡附近的中立区。亚米斯和君士坦丁堡之间的距离仅有一天的行军路程。土耳其骑兵同时也在接近凯拉亚克比，而凯拉亚克比也在相同的区域。

据报道，土耳其非正规军夜间已经开始活动，昨天下午已经距离贝克斯很近了。贝克斯在亚洲边界的博斯普鲁斯地区内，是君士坦丁堡的一个郊区。英军则一直在贝克斯地区周围骚扰。

土耳其非正规军、少部分的游击队和一些土匪频繁触碰先前土耳其军队划定的警戒线，它们都在亚洲边界的君士坦丁堡的领土范围内。

昨天，英方做了最后的军事防卫准备工作，架起了防护桥和交叉逃生通道。

周日，一艘英军的驱逐舰在黑海海岸的十垒抛锚。军舰指挥官上岸后见了当地的民族独立主义官员，要求他撤军。土耳其方面则要求他遵守上级的指令，因此英方指挥官公然宣布他也有要执行的命令，下令在更靠近海岸的地方抛锚。

据报道，一整支被分出来的土耳其军队已经进入死亡中立区。而且据说哈灵顿上将已经警告过伊斯麦德帕夏，除非基马尔撤军，否则他将有责任对土耳其军队的两翼进行军事示威。基马尔代表据说已经作出承诺：这样的军事发展态势将会停止，并且今后不会再发生这种军事事变。

为了保卫君士坦丁堡，哈灵顿上将已经下令暂停横穿博斯普鲁斯海峡和马尔马拉海的渡船服务。据说现在已有12 500个基督教徒聚集在英国航线外的伊斯麦德地区，同时有几千名甚至更多教徒在航线之内，被不断转移到设计好的营地内，他们将直接穿越君士坦丁堡境域。

此时，土耳其军队正集中在与查纳克相邻的死亡中立区，并继续向这个地区转移。此地的步兵已经代替了骑军，这个举动意味着土耳其军方准备挖战壕以占据己方的军事位置。

巴尔干半岛地区：一幅和平而不是战争的画

《多伦多每日星报》1922年10月16日

保加利亚首都索菲亚

只要20分钟就能赶上辛普朗的东方快车，离开位于巴黎另一头的里昂车站，去君士坦丁堡只需要搭乘一辆出租车。

一辆出租车的确足够了，但问题是我坐的这辆出租车的司机喝醉了。

我们的车子一路上摇摇晃晃地在巴黎7点钟拥堵的车流中撕开了一条出路。我悬在出租车后座的一边，在司机背后紧紧地注视着他通红的脖子，祈祷我们不会撞到东西。

快要到达车站前的大广场时，醉醺醺的司机在挤满大型绿色公交车和此起彼伏的喇叭声中抓住了一个车流中的小缝隙，迅速地穿过然后死死地刹住车。

“瞧！”司机大喊，似乎还想做出更加夸张的动作，然后将我放在他座位旁边的大手提箱提起并伸出窗外，在人行道上上下挥舞。

我终于理解到那些笨拙粗陋的作家写的“惊悚得

连一句话都说不出”是什么意思了。

因为手提箱中装的是我的打字机，对于一个记者来说，他对打字机的爱意丝毫不逊色于母亲对孩子的爱，或者是一个汽车车主对他的福特汽车的爱，又或如一个球类运动员对他的右臂的爱一般。

“醉鬼！我的机器在那里面。”我发怒地说着，但这没有任何意义。

司机终于平息了他想做出什么英勇行为的心思，情绪渐渐变得平和。他试着用手摇晃我。

“先生，你可以向我索要1000只骆驼或是猪，我理应受到这样的惩罚，但是我太兴奋了！”

我接下来也只能是去赶火车了。我跟着一个服务员走进了一个又长又脏的火车站，与此同时那司机仍然在大喊大叫：“我没喝醉，我只是太兴奋了！”

结果跟预想的一样。打字机的齿轮卡紧了，不能动了，等到了君士坦丁堡一定会彻底报废。

所以当这辆长长的、棕色的东方快车在欧洲大地匍匐穿行的时候，我只能用铅笔涂涂画画，越过那非常虚幻的边界地区，穿过高山和水平面上正收获的田地，驶向君士坦丁堡和斯库塔里。在那里有一个个子不高、古铜色脸庞、满头金发的土耳其人，他有一支由30万人组成的经验丰富的军队，还有一个团结的民族。他可以直接命令军队对抗两年前像土匪一样追捕他的同盟军。

我的室友是一个年轻的塞尔维亚人，他曾去过波士顿的学校。他说的有些话就像下面这样：

“说什么，瓦达雅认为我是在巴黎买的这沙发？150法郎，这还算好？哈？想看我照片上的女孩？还是多个女孩？哈？我是交了个更好看的女朋友，但她的照片在我的箱子里。你说，看着那个意大利的军官，是不是很像一个女人？我敢打赌他穿了紧身内衣。难道穿成这样还能打仗？你说他是不是很滑稽？”

上面提及的意大利军官，他戴着一个单眼镜片，身上缠了3条包扎伤口的绷带，除此之外还戴着国家授予他的英国战功十字勋章。

“我说他们就应该像那样，把鸟带出去然后射击。”这位塞尔维亚小伙子说。

我写的情况和他们所做的事情几乎丝毫不差。

我们穿过平坦、富饶、充满绿色和棕色的伦巴第平原，它由伦巴第白杨守卫着，浓密的桑葚树篱笆把它切割成了很多块。随着火车的通过，眼中除了富饶的土地，还有铺满像鸡蛋一样的白白胖胖的鹅卵石的干涸河床，那顶端带着白色杆子的干净钟楼还被太阳照着，满是灰尘的路上牛儿在缓慢前行，一只蜥蜴急速地穿过墙面等景色。

整个欧洲大地是一幅收获的画，有绿色和金色。我们穿过的一部分塞尔维亚地区看起来很像是尼亚加拉半岛。晚九月的薄雾笼罩着大地，因为我们是清晨穿过克罗地亚边界的，所以我们在移动的火车上看到的这个乡村静谧得像东部的安大略湖一样。很难相信这个富饶、让人心情愉悦的乡村是没有任何希望的巴尔干地区。正因如此，当你乘车穿过它时，你才会真正明白这是一片令人热爱的土地，也因此才会有人甘愿为它奉献。战争的问题是因为领土和长满谷物和金黄色马铃薯的田地，毛茸茸的绵羊和成群的牛，在摇晃着沉甸甸的谷子的地里的大量黄色南瓜，成片的山毛榉树林和冒着烟的烟囱。

这就是我们的问题，这也是所有战争爆发的原因，在巴尔干地区只要是一个人掌管了另一个人的土地，和平就绝对不可能存在，无论有什么可能的政治原因。

基督教教徒离开色雷斯前往土耳其

《多伦多每日星报》1922年10月16日

君士坦丁堡

今天有数千的基督教教徒，他们当中很多人仍在忍饥挨饿，但是他们还是把所有尘俗的财物压在自己背上，步履艰难地离开了色雷斯，奔向土耳其。还有很多年老的男女带着孩子走向巴尔干地区，永远离开了居住多年的家。

一些人用手推车装着他们家用物什，还有一些人丢了所有的东西逃离，离开困了他们15天的色雷斯。姆丹尼尔会议上，同盟军的将军和土耳其代表制定了他们撤离的时间。

大部分色雷斯的火车已经被希腊政府征用来运送士兵了，当他们一到港口就会被载上车送往战地，而平民们只能推着摇摇晃晃的手推车或是步行去土耳其。

邻近巴尔干半岛的洛多斯托滞留了很多难民。饱受苦难、忍饥挨饿的希腊人和亚美尼亚人热切盼望能有好的办法把自己带到希腊。

可以预想的是，当这些难民到达希腊后，不会得到很好的或者足够的救济。数千的难民一拥而入，仅仅依靠政府和慈善机构的救助，食物的供应显然不够。

还有一件事，希腊人刚离开，就有4支英军的部队、3支法军的部队紧跟着到达了色雷斯。

君士坦丁堡的白色是被弄脏的白色，既不耀眼也不恐怖

《多伦多每日星报》1922年10月18日

君士坦丁堡

君士坦丁堡并不像电影中所展现的那样，更不像照片和图画上所呈现的那样，也不像其他一些东西中所描述的那样。

首先，你乘坐的火车像蛇一样在被太阳晒干的、没有树遮挡的平原上起伏着到达大海，它沿着海滨蜿蜒前行，在那孩子们正游泳嬉戏的地方。越过蓝色的大海，你会看见一座大的棕色海岛，隐约还能看到它棕色的亚洲海岸。然后火车会咆哮着通过高高的石墙间，当你从石墙那儿出来的时候，你会摇摇晃晃地经过木质的住宅公寓。

“那是伊斯坦布尔。”跟你坐在一起看向窗外的法国人对你说。

根据我看过的所有关于伊斯坦布尔的电影，我觉得它应该是白色的、耀眼的、恐怖的，但这些建筑和那画得不切实际的房子图纸、干燥易燃的东西完全不一样：它们散布在城镇里，颜色古旧，铁路栅栏饱经风霜，高耸的尖塔上满是小窗户；它们看起来很脏，白色的蜡烛围绕着它们。

火车经过古老陈旧的微红色拜占庭墙壁，接着又进入一条隧道。当它出来后，你会看见闪着灯光的航船尾部，以及在角落里如雨后春笋般冒出来的带着被弄脏的白尖顶的清真寺。在君士坦丁堡的每一种白色都是被弄脏了的白色。你在400年后欣赏到的白色尖塔，其颜色就如同你在24小时后再看到的白衬衫的颜色一样。

在车站，你能看到被堵塞了的门房，旅馆的行李滑行装置，像英国人一样的黎凡特绅士的有些许脏的白衣领，被严重弄脏的白裤子，粗重浑浊的呼吸以及展现出礼貌渴望被任命为翻译的人。他们因为通行证有问题而无法离开君士坦丁堡，他们褪下手上的护腕清理着他们的白色鞋子，希望能立即遇到再来镇里的观光客。同时他们还做其他工作来赚钱，而其报酬都很低。

法国人给我推荐了一名搬运工帮我运送行李。我把包给他并告诉他："伦敦旅馆。"我们去找出租车，这时一个穿白短裤的人走上前来，脸上的笑有些不自然。

"啊。你要去伦敦旅馆呀。我刚从那儿来，我可以和你一起去并照看你的行李。"

"上车。"我回答。

我们在拥挤的道路上行驶，然后上了一座长桥。穿白短裤的人给了土耳其警官一张又皱又脏的纸币，接着我们越过两边乱作一团的船舶。因为一路上都是船，所以你只能看到一点点露出来的水面。

"那是什么，金色号角吗？"我问他。实际上它看起来更像芝加哥河。

"是。"穿白短裤的人回答，"靠左边的是去博斯普鲁斯海峡和黑海的，在右边的是去王子岛作短程旅行使用的。"

我们在一条坡度很大的街上边笑边谈，经过商店橱窗、银行、饭店，以及用4种语言来印刷它们国家标志的大厅。穿着商业装的人戴着圆边帽或是编织帽，每分每秒都在为了生计而忙碌着。

我们路过方形的美国大使馆，它看起很像卡耐基图书馆。还有一个黄色的方形建筑是联合警署，它看起来也像卡耐基图书馆。英国大使馆也是黄色的方形建筑，比那两个建筑更像卡耐基图书馆。我们当时在培拉[1]。

培拉是欧洲人的聚居地，它位于山上，地势比商业区加拉太还高，但是这两个地方所处的街道都有共同的特点，那就是狭窄肮脏、坡度陡峭、铺满鹅卵石、充斥着有轨电车。在培拉的所有公共建筑都是统一的，和广场上的非常相似，都是如同被包成盒子形状的卡耐基图书馆。这种建筑会让每个州的人产生在家中的错觉，因为它们就像美国邮局的复制品，小镇的议员们卖了本地地产来确保他们能长期参选。

关于罗马尼亚和美国的领事馆，通过他们门前排着长队的公民就很容易辨别。这些办签证的人就像在冰球竞技场等着买票时的人一样，队伍延伸得很长很长。美籍犹太人和罗马尼亚人正在办理离开君士坦丁堡的手续，他们不计代价地卖出财产。政府证券行发表声明试图说服他们不要再做不理智的事情，政府方面会采取措施保证他们居住地的安全，比如加强巡逻。但亚美尼亚人、犹太人和罗马尼亚人早就听说过类似

[1]君士坦丁堡的一个区。

的声明了，或许声明有些道理，但是他们不想冒险，因为凯末尔的军队进入君士坦丁堡只是早晚的事情，战争也早晚会爆发。亚美尼亚人、犹太人和希腊人不能忘记士麦那的经验教训，所以他们选择了离开。1000年来他们的内心都处在屠杀历史的阴影下，对这样一个种族来说，不管是什么样的承诺，其想要的平静对他们来说都太困难了。

希腊人的处境却有所不同，他们受到民族道德的谴责。因为那些死去的希腊军队在安纳托利亚实施的摧毁行为和在土耳其村庄烧毁田地、谷地的行为都是毋庸置疑的事实，他们必须为自己的所作所为承担应有的责任。美国救济的那些在村庄中生活的工人和教徒可以为此作证，因为他们都是在希腊撤退之时留下的人。

对于这个问题，稍后当我拿到基督教徒和土耳其人的证据和证词后，会向读者作出详细的介绍，现在这还不是要点。事实是自从特洛伊围攻之后，在这些城市中只要出现暴行，反暴行就一定会出现，但这些都会有无辜之人的忍受。因为只要有犯罪者的暴行，牺牲者的报复就必定存在。这就是希腊人为什么全都离开了君士坦丁堡的原因。

当我收拾好旅馆之后，我站在培拉堆满垃圾的山坡上，俯视着避难所。那里有草木庇护，黑烟从烟囱里滚滚而出，越过灰色的山坡。那一边就是土耳其人的城镇：土灰色的房子，摇摇欲坠的住宅，还有灰白尖顶的房子，就像这堆房子中的灰白纤细的灯塔。我还看见一艘意大利轮船正要离开港口，航线上挤满了希腊难民。透过眼镜，我清楚地看到他们脸上的迷茫神色。

这一切都似乎显得有些虚幻，但对于那些离开他们家乡、工作、协会和营生的人来说，一切都是千真万确的。因为他们惧怕等待，惧怕遇到那些棕色皮肤、戴着毡帽、背上背着卡宾枪、骑着短粗毛山地马的土耳其人。而他们此时就要从斯库台湖的渡口穿越狭窄的海港登岸了。

等待一场邪恶狂欢

《多伦多每日星报》1922年10月19日

君士坦丁堡

现在君士坦丁堡的用电有些紧张。那里的情况，只有没受到过侵略破坏的居住在城市的人才有过体会。

我们可以把这种压力看成一个首次参加职业棒球大赛的投手在进场时的感觉，并且随着距离接球线跃进，他的压力会越来越大；这也像是多伦多赛马场的比赛信号发出后，观众的紧张心情；或者像是你在楼下来回徘徊等待爱人时那种害怕、发冷的感受；又像是医生和护士在屋里抢救而你什么都做不了的感受。这些情况下的感受你都可以拿来和君士坦丁堡的紧张氛围比较。

我们这些通讯员在危险中得到世界大赛激动时刻的独家报道，即使在那种情况下，我也从来不会为此睡不着觉。我睡不着只是因为太热了。因为例如在纽约和芝加哥，在最好的旅馆里，我不用和蚊子、臭虫战斗。

我现在待的地方就是杀人犯、土匪、恶棍和黎凡特海盗的聚集地，他们有的从巴统到巴格达，有的从新加坡到西西里岛，最后聚集于此，给英国人带来巨大的恐慌。他们期待着开始抢劫，并且已经做好了充分的准备，他们认为只要穆斯塔法·凯末尔·阿塔土克的军队成功占领这里，暴乱和狂欢就可以开始了。他们可以烧毁木质租赁区的像被汽油浸过的火柴盒般易燃的房子。

如果同盟军和土耳其警方能够阻止这场为了凯末

尔的胜利进军而策划的狂欢，那简直就是世界上最伟大的成就。因为近东地区、巴尔干半岛各国、地中海地区，都像豺狼一样虎视眈眈地紧盯这里，等着狮子张开血盆大口，开始杀戮。

各地频发的让人厌恶的残酷暴动的元凶是亚美尼亚人、希腊人和马其顿人。他们都是无法逃走或者被迫留下来的。他们武装自己，并且绝望地谈论着形势。

我所住的旅馆老板是一个希腊人，他花光了他所有的财产买下了这个旅馆。世界上的每一种事都会让他充满兴趣，而我现在是他旅馆里唯一的客人。

“我想告诉你，先生。”他昨晚说，“我要去参战了。我们武装好了，并且还有很多武装的基督教徒。这是我毕生的事业，我也很不想离开，但是法国人强迫同盟军把君士坦丁堡让给了土匪凯末尔，他们怎么能这样处理它？我们希腊人在战争中和同盟军是同一战壕的战友，但现在他们抛弃了我们。我怎么也想不明白。”

像这样说的希腊人还有很多，并且那些留下的人都参加了战斗。当然，那些非正常出现的危险和麻烦还会延续。但如果希腊人还用紧张不安、歇斯底里的方式肆意抨击那些土耳其庆祝者，那么情势就如壶中的水一样瞬间沸腾溢出。

另一个受凯末尔军队入侵影响巨大的群体是俄国难民。对于那些从俄国旧政治体制下逃出的苏俄人来说，君士坦丁堡已经是很好的避难所了。

这些俄国难民有的一旦被移交给苏俄政府，等待他们的是被执行死刑。凯末尔和苏俄已经协商好了，军队进入君士坦丁堡之后，他就会立即清理俄国人的避难所。

在街上你看到穿制服的人有四分之一是俄国人，其他是古帝国的军人或是弗兰格尔、邓尼金、尤登尼奇军队的人，因为他们穷得实在没有钱买其他的衣服穿。但凯末尔和他的同盟军契卡警方将如何处置这些穿着长筒靴、宽松女士衬衫和磨损的俄国军服的人呢？这些人已经和苏俄共同战斗过了，这是无法否认的事实。这个问题实在无法让人感到高兴。

我讨厌凯末尔拥有那么多取胜的威望，但这些问题都亟待解决。所有的东方人都说凯末尔是一位伟人，至少他是一个成功的人，但他进军君士坦丁堡的行为多少已经显示出他的军队的声望有减退的迹象。所有声望都是在第一次失败中被摧毁的，而伟大的人处理事情的权力是由胜利赋予的。

君士坦丁堡的情势对凯末尔来说非常不利，但是如果他能采取和平的方式控制好他的军队，而且不实行恐怖统治，这对土耳其人来说这将比在色雷斯取得的胜利更伟大、更永久。

一次沉默可怕的行进

《多伦多每日星报》1922年10月20日

阿德里安堡

在一次没有尽头、蹒跚的行进中，通往马其顿的道路上挤满了东色雷斯的基督教徒，穿过阿德里安堡马里查河的主纵队有20英里长。母牛、小公牛和侧腹满是泥的水牛拉着运输车，筋疲力尽、脚步蹒跚的男人、女人和小孩们用毯子罩住头，带着财产在雨中摸索着前进。

队伍在不断壮大，他们来自各个偏远地区，不知道要到哪里去。当听说土耳其人要来时，他们告别了自己的农场、蔬菜和成熟的褐色田地，加入了难民的队伍。当身上满是泥点的希腊骑兵像赶牛人驱赶公牛一样驱赶他们时，他们只能在这可怕的行进中找到立定之地。

行进队伍沉默无言，甚至没人发出咕哝声，大家唯一能做的事情就是一直向前走。身上色彩鲜明的农家服被雨水打湿了。一旦有什么东西阻碍了队伍，牛犊子就用鼻子擦着拉车的母牛。一个老人弯着腰走着，背上背着一头小猪，手里拿着一把镰刀和一把枪，镰刀上还系着一只小鸡。一个丈夫把一张毯子展开盖在正在一辆运输车里分娩的女人身上，以挡住大雨。她是唯一发出声音的人。她的小女儿看着她，惊恐不已，然后开始大哭。队伍仍在继续前进。

队伍在经过阿德里安堡地区时，完全没有在近东地区时的那种轻松。他们在海岸上的洛多斯托工作做得非常好，但是只能得到些皮毛。

单单从东色雷斯撤离的基督教难民就有25万人。保加利亚的边境不对他们开放，只有马其顿和西色雷斯接收土耳其“回敬”给欧洲的“礼物”。现在差不多有50万的难民在马其顿，没有人知道该怎么养活他们。但在下个月，所有的基督世界都会听到这样的呼喊：“来马其顿帮帮我们吧！”

俄罗斯破坏法国的好戏

《多伦多每日星报》1922年10月23日

君士坦丁堡

穆达尼亚是马尔马拉海的一个又热又脏且遭到严重破坏的二线港口，西方军和东方军在此处会合了。英方铁公爵军事手腕极其强硬。无论是英方的舰船还是带着同盟军的将军们来和伊斯麦德帕夏进行协商，西方军的目的是维持和平，而不是用强硬的态度逼迫其签署条款。

因为某个负责消息保密的海军陆战队的中校的态度，新闻工作者被禁止旁观这次会议，这位中校还认为军队决定世界方面的事，个人是不能做的。虽然没有人允许提及这次会议，但是好像还没有人承认西方军是寻求和平这件事。尽管如此，这次会议还是意义重大，因为它标志着欧洲在亚洲的统治终结。

现在土耳其民主主义者和基马尔主义者都同样受到法国的影响，这种情况的原因简单又完美。大约两年之前，穆斯塔法·凯末尔帕夏被巴尔弗伯爵公然批评为强盗，并且其放出狂言，要抓住凯末尔然后卖给出钱最多的投标者。法国人买下了。法国人提供武器、弹药和钱给他，作为回报，法国人得到了小亚细亚的石油开发特许权。

英国人想控制小亚细亚的石油，但是凯末尔绝对不是轻易屈从的人。因此英国人转而支持希腊人，希腊人似乎是一枚更好的棋子。但是，就像一些下议院的人所说的，劳合·乔治先生下错了注。

众所周知，凯末尔打退了希腊人。但你应该清楚的是，同他交战的希腊士兵讨厌为了那种贫瘠的地方而打仗，他们认为那种地方起码得松土9年。他们不像某些人那样想控制小亚细亚，他们从心底里厌恶打仗，并且对于一个时刻要上战场且随时迎接死亡的人来说，难免会感到迷茫。他们认为就算做到那样也并不是一个高尚的军事成就。凯末尔的军队是一群狂热的爱国者，强烈地渴望驱逐当时进犯自己国家的侵略者，这一点你要尤其清楚。

狂热爱国的土耳其军战斗力很强，他们拥有良好的训练、良好的装备。面对军心涣散、缺乏强有力指导而且有思乡情绪的被征召的侵略者，在某些方面土耳其军可以以一当十。然而当英国人支持希腊时，没有人知道基马尔主义效应就要到了。

现在，在凯末尔凯旋时，法国的影响到达顶峰。

但我认为，它已经到了顶端，而且会从此开始走下坡路。再加上凯末尔已经和苏俄形成同盟，法国迟早会将自己引入困境，加之来自伊斯兰教和基督教的影响。可以预见世界的和平将会受到有史以来最大的威胁。

下一个对土耳其有统治影响的国家或许是俄国，因为诸多迹象都显示出这一点。在沿着黑海大弯角，存在着俄罗斯苏维埃共和国的亲苏国。在格鲁吉亚和南苏俄之间，有一个很大的弯角穿过海峡，一直延伸到保加利亚的巴尔干半岛地区，那里才是这个角的尖端，从而在南斯拉夫和罗马尼亚之间形成了一道裂痕。

如果固执地坚持所谓的欧洲式和平，那么一定会威胁到巴尔干半岛地区，那就如同躺在床上睡觉时，床垫和弹簧之间却有着开始倒计时的炸药。当然，短时间内还没什么事，但是安全是绝对无法保证的。

另一个危险是海峡。在黑海和爱琴海之间的海峡是属于俄罗斯的天然出口线路。就像你们心里所想的那样，这是君士坦丁堡在最后的战争时对俄罗斯的承诺。那场争夺海峡的战争只有负责某支英国骑兵团的人和某个负责护理工作的护士知道。但是，关于海峡到底是由俄罗斯人统治还是由凯末尔统治，这根本就没什么区别。

在这种情况下，不管凯末尔发出了多少关于他已经认识到海峡归属权的声明，英国迟早会意识到他们统治的海峡已经对他们彻底关闭了。到那个时候，我们就又要为加利波利而战了。

土耳其人怀疑凯末尔

《多伦多每日星报》1922年10月24日

君士坦丁堡

在几个月之前，穆斯塔法·凯末尔·阿塔土克被穆斯林们认为是新一代的萨拉丁。他准备领导穆斯林和基督教徒进行战斗，并且在整个东方大地上进行一场圣战。现在东方国家的人已经有些不信任他了。真主呀，我要说："凯末尔正在背叛我们。"圣战的说法是不存在的。

因为凯末尔发起的事件，或直白地说战争事件已经显示出他作为商人的秉性。现在从某种程度上看，他的地位几乎等同于在临死前征服了爱尔兰的亚瑟·格里菲斯和迈克尔·科林斯。而且，他确实已经得到了盟国所给他的，而他的妥协却让全体穆斯林蒙羞，并让他们开始训斥他的战利品——总是在政权巩固的时候，开始贪图更多的东西。

目前，土耳其的统治者还没有被选出，但是如果他继续玩拖延的把戏，选出一个统治者只是时间问题。土耳其军队可能分裂的迹象或许就是因为西方国家对东方统治力的减弱。

西方统治力减弱的原因之一就是现在土耳其民族主义者首领发起的运动。这个运动应该被人们始终记住是基马尔人的派对，他们中很多是无神论者，再加上法国共济会会员，其数量远比土耳其的虔诚的教徒多。当伊斯兰教徒谈论小道消息时，你就会听到这些之前把凯末尔当救世主的土耳其人其实从现在开始已经对凯末尔的言论越来越不信任了。

犹太人提出凯末尔是犹太人。他们从他单薄、紧张、严肃的脸上可以得出他是犹太教徒的结论，而且犹太人还提出加布里埃尔·邓南遮、克里斯托弗·哥伦布和距今约1000年的亨利·福特也是犹太人。但无论如何，这些谣传都没有给凯末尔带来任何伤害，而且没有任何证据。但是无神论者却更加危险了，一些土耳其人认为他们会获罪，而另一些土耳其人认为在真主存在的世界里不存在不可饶恕的罪。

基马尔主义者与布尔什维克政权的俄罗斯间存在条约和同盟关系，他们和法国间也有类似于同盟关系的条约。正如我之前的文章所说的，基马尔主义者一定会履行其中的一项条约。无论履行哪一项条约，土耳其人绝不会说清楚事实。因为基马尔主义者最大的目的，而且是他们现在饱受非议的原因，即条款中的要求没有得到满足。这个目的虽没有出现在任何公开的条约中，但人们都知道是美索不达米亚的所有权。[1]土耳其人在拥有美索不达米亚的权利上受到了约束。如果法国是它的同盟国，当法国离开之后，或是和法国关系破裂，美索不达米亚就会被法国索回，而且它仍处于危险之中。如果因为美索不达米亚，英国和土耳其之间发生战争，我觉得穆斯塔法·凯末尔还会在引起这场战争之前先花12个月来巩固政权，那会是开始圣战之前的一把火，会害死所有期盼驱逐西方侵略者的穆斯林。在那时，凯末尔的同盟国——法国将会中立，而俄罗斯则不会中立。

凯末尔和其他国家想要的是美索不达米亚的石油，而石油也是英国拒绝交出美索不达米亚的原因。由于凯末尔不想加入有利于东方国家的圣战，所以东方各国对于他当领导人都感到十分失望。

[1]编者的话：一份昨天收到的电报中说土耳其人将会在和平会议上提出美索不达米亚的问题。

近东审查员如此之“周密”

《多伦多每日星报》1922年10月25日

君士坦丁堡

现有的审查机制既严格又死板，禁止所有电报或其他媒介报道任何有关近东地区的境况，这种做法非常无知。并且，它也在某种程度上使国内媒体不能准确地报道近东事宜，直接导致了整个事件缺乏可信度。其实，面对一定的危机，对于政府来说，号令掌权者派遣军队是轻而易举的一件事。然而，掌权者却对危机一无所知。在他们得知官方通告允许他们触及的底线之前，他们将很难知道究竟发生了什么。

君士坦丁堡是一个很简单的城市，审查员轻易地就把它玩弄于股掌之间。最令人难以置信的是，这里只有一家电报公司，而它竟然只有一间办公室可以发出电报。显而易见的是，审查员地位卓然，而且消息非常灵通。无人担心9月20日的通知会被搁置，我们也会自然地认为审查员会尽职尽责地待在公司办公室里等候通讯记者从前方发回报道，为他们提供便利的消息。这些工作应该很简单、融洽。

曾经有一次，有人发现审查员一天中连续三四个小时都不在，并且在此期间没有任何人接管他的工作。先前的想法破灭了，人们开始怀疑审查员的工作。在他外出期间，“紧急”电报在他的桌子上不断堆积，而电报中的事件的成本高达两三百美元。

对一位检察官来说，4个小时或许很短，但对一家日报社或新闻机构来说却可能意味着永远。有一点值得了解，审查员在外出喝茶之前，竟然有误传竞争对手新闻的事，这个传言让电报公司陷入了更为窘迫的境地。最终，通讯人员发出联合声明，指出审查员玩忽职守的行径，要求寻找令人信赖的审查员。

信息传递的中断，或许仅是偶然，没有明显的企图或目的。只是，不负责任的审核员在审核信息时，态度是不客观的，他们认为每份信息都应有所删减。这导致了重重的麻烦。几天之内，我们了解了自己传递出去的信息究竟经历了什么。它们将在人与人之间传递着，而从我们上交的那一刻开始，其命运就不是我们所能掌控的了。

一天清晨，纽约报纸的一位记者通过便条得知他昨天下午发出的电报被审查员审过，刊登在报纸上了。不过，电报中有关哈林顿领导力问题的叙述却被全部删除了，理由是这是对一位军官的不正确评价。当天，被展示出来的信息就成了：哈林顿将军具有良好的判断力。我要明确指出，在穆旦尼尔会议之前，土耳其人就凭借和平手段渗透进了中立地带，在海峡和君士坦丁堡之间聚集了10万多个战士，因此他们的地位变得更强势。有了这批军队，他们就不会受制于同盟国。因为只要他们愿意，完全有能力占领最有利的地理位置。然而，审查员却把这一切彻底删除了。

针对这种情况，我和审查员据理力争。最终，他同意了我的说法：土耳其人对军队的控制使得他们处于强势地位。修订后的文件与先前传递的文件的细微差别在于，前者精确，而后者虽然包含相同的信息，却可能让人陷入尴尬的局面。

最令人发狂的是，一位审查员审过了某位记者的稿件，而另外一位值班的审查员可能会对之全部否定，即使它们的内容几乎完全相同。

还有一个事例也可以说明审查员删除或禁止坏消息的情况。在穆旦尼尔会议上，有一份稿件提到：穆旦尼尔这座拥有6000多名移民，距离君士坦丁堡47英里的城市，正处于和平与战争的边缘，问题一直没得到解决。尽管这则信息可能对英国或其他公众产生具有破坏性的影响，审查员却只字未提，这实在出乎人意料。另外有稿件指出，凯末尔已经把侵略者彻底赶出了国境。尽管世界上的其他报纸几周内都刊登了该信息，但这个消息仍然被删掉了。

就个人形象而言，值班的两位审查员衣着十分漂亮得体。我们接触他们时总是喜欢使用最好的措辞，我很喜欢他们。但是我更喜欢和认真负责的人打交道，外表是否丑陋、脾气是否暴躁、是否患有疾病都不是我在意的。我希望他们能够明确自己的职责，而不仅仅是传递文件、删除信息。

古老的君士坦丁堡

《多伦多每日星报》1922年10月28日

君士坦丁堡

清晨，当你醒来，看到薄雾笼罩下的哥登峰，数座细长整洁的光塔的光从薄雾中射出，直冲云端。宣礼员召唤祈祷的声音就仿佛来自一场俄罗斯欧剧的咏叹调一般抑扬顿挫时，你一定能感受到东方的魅力。

当你利用窗户照镜子，发现脸上布满了红色的小斑点时[1]，那么你的确已经身在东方了。

东方式的皮埃尔·洛蒂的故事和东方日常生活之

[1]为前一天晚上发现你的昆虫所叮咬的。

间可能存在一个平衡点，但只有一种人能发现它，他看待事物是睁一只眼闭一只眼的，从不在意吃到嘴里的是什么，也不受蚊虫叮咬的影响。

似乎没人知道君士坦丁堡里有多少人。老一辈的人总是称它为君士坦，就好比你不把直布罗陀称为直布的话，说明你一定是一个新来的。这里从来没有实行过人口普查，估计居民人数为150万左右。这还不包括4000名穿着各式破烂沙皇军队制服的俄国难民。与其数量大致相同的身穿便服的凯末尔军人已经渗入了这个城市当中，目的是确保无论和平谈判的结果如何，君士坦丁堡最终都归属凯末尔。

如果君士坦无雨，当一条狗顺着与培拉区山腰平行的道路奔跑的时候，每当它的爪子碰到地面，地面就会像受到一颗子弹冲击一样扬起一阵尘土。你应该能够想到尘土的厚度，它几乎到了人的脚踝处，风将尘土吹得漫天飞扬，形成漩涡。

一到下雨之时，那里就会泥泞不堪。人行道非常窄，每个人都必须走在街上，而街道如同河流。交通规则是不存在的，汽车、电车、出租马车和背上背着大量重物的搬运工堵作一团。只有两条大街，其他的都是小路。大街和小路相比，也好不了多少。

火鸡是土耳其的民族菜。这些禽类的日子过得非常充实，它们在小亚细亚阳光覆盖的山上追食蚱蜢，差不多和赛马一样不屈不挠。

所有的牛肉都非常差，因为土耳其几乎没有牛。一块牛腰肉，若不是某一头满身泥泞、眼神悲伤、牛角向后、沿着街道拉运输车的黑色水牛的最后一次露面，就是凯末尔铁马的最后一次任务。我的腭肌开始凸起，就像一条没有土耳其肉可咀嚼的斗牛犬似的。

鱼肉很棒，对大脑也很好，任何人只要摄取了一种健脑食物，就会立刻离开君士坦——即使是只能游泳离开，也一定会这样做。

君士坦的法定假日有168天。每周五都是伊斯兰教的节日，每周六都是犹太人的假日，而每周日都是基督教的节日。除此之外，在工作日期间，还有天主教、伊斯兰教和希腊的节日，更不用说犹太人的赎罪日和其他犹太人的假日了。因此在君士坦，每个年轻人的人生目标都是到银行工作。

在君士坦丁堡，那些装模作样遵守习俗的人在晚上9点之前是不会进餐的，电影院10点还在营业，夜总会凌晨2点尚未关门，这还是经营得较正经的，不正经的夜总会凌晨4点都还在营业。

所有的卖腊肉肠、炸薯条和烤栗子的宵夜摊都会在人行道上生起炭火，专门招待那些出租司机。而出租车则排着长长的队伍，通宵招揽那些寻欢作乐之人。在凯末尔帕夏进城之前，君士坦丁堡这个城市似乎在跳着某种死亡之舞，凯末尔发誓要禁止所有的酒宴、赌博、跳舞俱乐部和夜总会。

从港口到半山腰的加拉太地区之间有一个区域，比最污秽的时期的老巴巴里海岸还要可怕得多。那儿的情境日益恶化，所有同盟国的士兵和所有国家的水手都陷入了困境。

土耳其人坐在狭窄的死胡同的小咖啡馆前，“吧嗒吧嗒”地吸着水烟管，喝着丢思科。这种场景时时刻刻都能看到。丢思科是一种极具毒性、会让胃腐烂的饮料，比苦艾酒的后劲大得多。因为它实在太烈了，如果不吃点开胃小菜的话，是无法单独饮用的。

在日出之前，穿过打磨光滑的君士坦的黑色街道，你可以看到匆忙溜走的老鼠，在排水沟嗅着垃圾的流浪狗。一扇百叶窗的裂缝透出一束光，你能听到喝醉的人大笑的声音。那种醉酒的笑声就像宣礼员召唤祈祷时的声音一样美妙悠扬，而又与有些忧郁的声音形成对比。清晨的君士坦丁堡那滑溜的、散发着垃圾臭味的黑色街道就是对东方的神秘的真实刻画。

阿富汗——英国的心腹大患

《多伦多每日星报》1922年10月31日

君士坦丁堡

凯末尔和他的东部同盟联合，精心打造了阿富汗的军事形势，要将它作为抵抗大英帝国的武器。一年多以来，军官们一直在集中精力训练阿富汗人的军队，时刻备战。此时，他们蓄势待发。

我恰好了解一些当时阿富汗的内部情况，比如它的目标以及仇恨。这就必须提到穆罕默德可汗。穆罕默德可汗曾经在罗马生活过一段时间，现在是阿富汗的作战指挥大臣。

可汗是阿富汗人的后缀，代表着君主。穆罕默德人高马大，满头黑发，表情严肃，除了拥有阿富汗人标志性的鹰钩鼻之外，还有笔直的身躯和略带灰色的眼睛。他看起来像是从文艺复兴时期走来的人，尽管他的祖先是闪族人。

阿富汗最早的首领是阿波德若曼可汗。他一辈子都憎恶英国人，痛恨他们让阿富汗成了印度和俄国的缓冲器，并且严重不满他们禁止阿富汗与除英国外的国家建立外交关系。穆罕默德的故事继续上演着。

他是一位伟人，在政治上颇有远见，而且非常强势。他毕生精力都花费在巩固本国强势地位上，并且把儿子训练成了一位领军人物。他的儿子继承了他的事业，继续同英国战斗。

他死后，他的儿子哈比布拉可汗成了首领。英国人邀请哈比布拉到印度参观，于是他依约前往，想看看他们将如何招待他。他们刚开始对他是友好的，热烈欢迎他的到访，还教他喝酒。我并不是有意批判他的效仿奢靡之行，只是认为他已经不再像一个阿富汗人了。

1918年，刚刚休战之后，哈比布拉回到了喀布尔，后来被阿富汗人刺杀身亡。当时，人们在喀布尔举行了议会，穆罕默德的孙子再一次引发了争议，受到了质疑。

他们问道："如果你被选中为国王，你会保卫阿富汗吗？"

他回答："我会保卫阿富汗。"

"你会同英国开战吗？"

"我会尽力。"

他们请他离开了会议大厅。

阿米娜拉，穆罕默德的另一个孙子走了进来。

他们询问了同样的问题。他答道，我会做两件事，一是保卫阿富汗，一是同英国开战。

所以，他们选定阿米娜拉做国王。几周后，他率领军队攻向印度。这就是穆罕默德的故事。

很少有人记得在休战后曾经还有过一次阿富汗战争。皇家空军在战事后方轰炸阿富汗城市，摧毁要塞。因为阿富汗人从来都没有和飞机作战的经验，所以最终战败。但无论如何，正如人们所说的，英国取得了胜利。

但是，在签署和平协议的时候，英国交出了在阿富汗的所有特权。其他国家可以和阿富汗建立外交关系，可以在阿富汗设大使馆并派遣代表。阿富汗可以进口武器，甚至可以从印度进口。这次战役的胜利者是英国，但真正的赢家应该是阿富汗。阿富汗人一直都憎恨英国人，但是现在他们鄙视英国人。

所以现在所有的阿富汗城市里都建有苏维埃领事馆，阿富汗人拥有先进的现代武器，还有训练有素的军官。人们称阿米娜拉是一位伟大的国王，他兑现了自己的诺言，同英国战斗到底，并没有被印度奢靡的物质生活冲昏头脑。

当凯末尔袭击亚洲西南部的时候，阿米娜拉早晚会拥有一支训练有素、装备齐全的阿富汗军队。他们会一直进军到开伯尔山口，肯定不会再像1919年那伙山丘上的未受过训练的小兵一样了。他们欢呼基马尔主义者的胜利，他们威胁着英国法规在印度的存在和影响。为了避免其他地方出现矛盾，英国只好放弃提出一系列不合理要求。

阿富汗人的使命就是抗争到底。穆罕默德的精神将永远激励着阿富汗人奋勇前行。

当天我从国会回到家，正是在这个会议上我们决定进行最后一次战役。我的妻子和女儿为我准备好了手枪和作战工具。

我问道："这是什么？"

妻子答道："作战的工具。战争就要爆发了，不是吗？"

"是的。但我是这场战役的指挥官，不用去前线。战争的指挥官是不参与战斗的。"

妻子摇摇头，"我不明白。"她很不屑地说，"如果你作为战役的指挥官却不参战，那你还是辞职吧。如果你不去，我们会蔑视你的。"

这就是基马尔主义军官的训练。俄罗斯人帮助塑造的视死如归的英勇精神是一种典范。

来自色雷斯的难民

《多伦多每日星报》1922年11月14日

保加利亚首都索菲亚

我坐在一辆舒适的火车上，但色雷斯人大撤离的惨状仍然令我难忘，它已经开始变得有些不真实。万幸的是我的记忆保存了下来。

我已经在从阿德里安堡发往《多伦多每日星报》的电报中描述过那次撤离事件，再复述一次毫无意义。撤离仍然在继续。无论这一信函到多伦多要花多长的时间，当你在《多伦多每日星报》上读到它时，可以明确的是，在马其顿那充满泥泞的路上，同样连绵不断的队伍在继续前行。他们被迫离开家园，蹒跚行进，状况惨不忍睹。25万人正在进行长时间的迁移。

阿德里安堡并不讨人喜欢。晚上11点整下火车时，我发现车站挤满了士兵，还有包裹、床垫弹簧、缝纫机、破运输车以及婴儿，火油光照亮了这一切，全都处于泥泞和毛毛细雨之中。站长跟我说，那天已经运送了57车的撤离部队到色雷斯西部。电报线都被切断了。

还有更多的部队滞留此地，没办法撤离。

站长说，对男人来说，“玛丽夫人家”是镇上唯一能睡觉的地方。一个士兵带着我沿着黑暗的小巷子到了“玛丽夫人家”。我们走过泥潭，绕着泥沼费力地行走，它们那么深，太难通过了。“玛丽夫人家”很昏暗。

我用力敲门，一个光着脚、没穿长裤的法国人开了门。没有空房间了，不过如果我自己有毯子，可以睡地板上，这简直糟糕透了。

这时，外面出现一辆车，两个摄影师和他们的司机走了进来。他们有3张简易床，允许我把毯子铺在其中1张床上，而司机睡车里。我们都睡简易床，那两人中被称为“矮子”的那个高个子告诉我说，在马尔马拉海边的洛多斯托地区，他们经历了一场可怕的旅行。

“今天拍到了一个着火的村庄的镜头，非常棒。”“矮子”脱下一只靴子，说道，“太壮观了——一个燃烧着的村庄，就如同一个被踢翻了蚁丘。”“矮子”脱下另一只靴子，又说道：“我们从两三个方向进行拍摄。它看起来就像一座着了火的最普通的村庄。天啦，我好累！难民这些事情真是要人命啊。这个国家的人肯定看到过这些可怕的事情。”两分钟后，他便鼾声大作。

凌晨1点时我被刺骨的寒冷冻醒，我在君士坦丁堡所得的疟疾也是原因之一，蚊子在我脸上吸了太多的血，结果飞不动而被我打死了。我耐心地等待着寒气结束，服用了大剂量的阿司匹林和奎宁之后，继续入睡。一整晚就这样反复着。然后，矮子叫醒了我。

“天啦，你看胶片盒。”我看了看，有虱子在上面爬行，“肯定是饿了，追着我的胶卷走。它们肯定饿坏了。”

简易床上到处都是虱子。在战争期间，我身上长过虱子，但从未见过像色雷斯的虱子这样的。如果你看任何一件家具，或者盯着墙上任意一处看一会儿，你就能发现它们在爬行，准确地说是在油腻腻的小微粒里移动。

“它们不会伤害人的。”“矮子”说，“它们只是些小家伙。”

“这些家伙倒没什么，你应该看看布尔加斯卢莱的那些真正的成年品种。”

玛丽夫人是个邋里邋遢的保加利亚胖女人，她在一间空房间内给我们准备了一些咖啡和馊了的黑面包，那房间是被用作餐厅、客厅、酒店、写字楼和业务室的。

“我们房间有很多虱子，夫人。”为了进行桌边闲谈，我故意装作愉快地说。

她摊了摊手，说道：“比起睡在大街上，已经好很多了吧？嗯，先生，你说是不是？”

我承认的确如此，随后我们离开了，夫人站在那目送我们。

外面下着毛毛细雨。在这泥泞的巷子尽头，我再次看到不断前行的队伍，他们沿着大碎石路缓慢移动。这条路从阿德里安堡途经马里查河谷，到达卡拉噶奇，然后被分成其他的路，穿过丘陵地区，进入到西色雷斯和马其顿。

在回洛多斯托和君士坦丁堡的途中，“矮子”和同伴沿着这条路开了一段，在经过难民队伍到阿德里安堡的石路这一段捎上了我。所有缓慢的公牛、水牛大轮车流和颠簸的骆驼队，还有浑身湿透了的逃难的农民都在向西行进。但是有一些土耳其人在逆行。他们驾着空车，衣衫褴褛，被雨淋透了，戴着脏兮兮的土耳其帽子。土耳其人的每辆车子上都有一个希腊士兵，他们坐在驾驶人的后面，膝盖之间夹着一把步枪。

他们的披肩向上翻起，围在脖子周围，避免雨水渗入。这些车被希腊人征用了，用于返回色雷斯的农村装载难民的物品，帮助其撤离。土耳其人看起来很不开心，非常恐惧。这也很正常。

在阿德里安堡石路的分岔口，一个希腊骑兵安排所有的运输工具向左走，他坐在马上，将卡宾枪挎在背后，只要有马或公牛向右转，他就用皮条鞭无情地抽打它们的脸。他对着其中一辆由一个土耳其人驾驶的空车做出手势，示意他转向右边。这个土耳其人驾车转弯，结果公牛进入了混乱的场面当中。坐在后面监视的希腊士兵被惊醒了。当他看到土耳其人转向大路时，他站起身，用步枪枪托狠狠地击打他那瘦小的背部。

这个土耳其农民衣着褴褛，面带菜色，他从车上跌落下来，脸朝地。他爬起来，一脸惊恐，然后像兔子一样顺着路向前跑。一个希腊骑兵看到了，猛踢了一下马，很快就赶上了他。两个希腊士兵和这个骑兵逮住了他，猛击他的脸，在此期间他一直狂叫不止。之后他被带回车上，被迫继续驾驶，他的脸血淋淋的，眼神狂乱，不知道为什么会这样。这样的插曲根本没有人会留意。

我沿着这条路，和难民队伍一起走了5英里，一路上闪避着那些摇摇摆摆、咕哝作响的骆驼。寝具、镜子和家具在牛车上面高高地堆着，猪被绑住平放着。妈妈们抱着孩子在毯子下挤成一团；老人和女人们靠在水牛车的后面，腿脚像机器一样移动，低头看着路面；装载弹药的骡子和装载成堆步枪的骡子被系在一起，就像一捆捆麦子。有时还会看到一辆破旧的福特汽车，上面坐着希腊的从事非军事工作的军官们，他们因为睡眠不足而眼睛红红的，浑身脏兮兮的。行动缓慢吃力且被雨淋透的色雷斯农民到处都是，他们在雨中沉重缓慢地走着。家园逐渐在他们的身后消失。

我穿过马里查河上的桥，当时有0.25英里范围都是红砖色洪水。昨天这河床还是干涸的，很多难民的运输车停留在上面。我向右转，走小路回到了“玛丽夫人家”，给《多伦多每日星报》发电报。所有的电线都被切断了，我最终找到了一个意大利陆军上校，他正和某联盟国委员会的委员们返回君士坦丁堡，他向我保证第二天会在电报局帮我发送电报。

我的高烧愈发严重了，玛丽夫人给了我一瓶令人作呕的甜的色雷斯葡萄酒，用以服奎宁。

“我完全不在乎土耳其人什么时候来。”玛丽夫人说道。她挠了挠下巴，肥胖的身躯坐在桌子旁。

“为什么不在乎呢？”

“他们都是一样的。希腊人、土耳其人，还有保加利亚人，他们都是一样的。”她接过我递去的一杯葡萄酒，说道，“这些人我都见过，他们都来过卡拉噶奇。”

“他们当中谁最好呢？”我问道。

“没有谁，他们都是一样的。希腊军官在这儿睡，之后就是土耳其军官来了。某天希腊军官又会回来。他们都付给我钱。”我帮她把酒杯盛满。

“但是穷人睡在路上。”20英里长的队伍的那种恐怖场景刻在我的脑海里无法褪去。那天我千真万确见过一些可怕的事情。

“嗯。”玛丽夫人耸耸肩，说道，“人总是这样的，都是一样的事情。你知道吗？土耳其人有很多精辟的格言，其中一句是‘不仅仅是斧子的错，树本身也有错’。这就是他们的格言。”

这的确是他们的格言。

“先生，虱子的事我很抱歉。”在酒精的影响下，玛丽夫人已经原谅了我，“但是你能有什么奢望呢？这不是巴黎。”她站起身，庞大又邋遢，但很聪明，如同那些在巴尔干获得了智慧的人一样。“先生，再见。是的，我知道100德拉克马银币的账单是太多了，但是这里只有这家旅馆，它总比街道要好，不是吗？”

墨索里尼：欧洲最会吹嘘的人

《多伦多每日星报》1923年1月27日

瑞士洛桑

乌契城堡非常丑陋，如果把密歇根皮托斯基地区的奇怪的大厅和它相比较，前者都会显得像帕特农神殿。洛桑会议就是在这里召开。

乌契的发音是“ooshy”，不是“ouchy”，大约60年前，它原本是一个小渔村，其房子因为长时间的日晒雨淋而变了色。有一家有白色墙壁的舒适旅馆，前廊有树阴遮挡，拜伦曾常坐在这里，把他那条残疾的腿放在椅子上休息，放眼远望碧绿的日内瓦湖，等着晚餐铃声响起。湖水边缘的芦苇处露出一座破败的塔。

瑞士人已经拆除了钓鱼用的建筑，并在旅馆的前廊钉了一块板子，把拜伦的椅子硬塞进了一家博物馆。他们在洛桑的斜坡上修建了很多又大又空的旅店，用挖出的泥土填满了芦苇岸，结果在旧塔周围修建出欧洲最丑陋的一栋建筑。这座用灰色石头压制的建筑和泡菜大王们在战前沿着莱茵河修建的那些爱巢非常相像，他们将其作为泡菜王后的梦幻家园。它拥有在草坪上摆放铁狗之类物品的建筑风格的所有最差劲的元素。一条陡坡沿着湖边蜿蜒向上，到达山上的洛桑小镇。

从湖对面沿着城堡停靠的成排豪华轿车可以判断会议召开的时间。每辆豪华轿车上面都插有代表团的国旗。保加利亚和俄罗斯的国旗消失了。保加利亚总理斯坦波利斯基突然出现在城堡的转门外，他用怀疑的眼神看着两个戴着头盔的瑞士警察，接着紧皱眉头看着人群，然后离开山坡，走进旅店。斯坦波利斯基负担不了豪华轿车的费用，即使有这个钱他也不会坐。因为这会被上报到首都索菲亚，他的农民政府会要求他给出一个解释。几周前，他在保加利亚大会上进行了一场激烈的辩护。因为他被一群身穿羊皮大衣的选民指控，控诉他之前穿丝绸袜，早上9点还不起床，喝葡萄酒，他正在被这座城市的慵懒生活腐蚀。

俄国代表团从来都不知道他们什么时候会被邀请参加会议，什么时候会被拒绝参会，他们早前在萨伏伊饭店一次午夜内部会议上，认定持续使用豪华轿车开销太大。一辆的士开到了门口，身为契卡[1]成员的布尔什维克主义新闻发言人阿伦斯走了出来，他黑胖的脸上露出讥笑，一只眼睛滴溜溜地乱转，不由自主地四处乱瞄。雷可夫斯基和契切林紧随其后。乌克兰人雷科夫斯基五官轮廓较为完美，鹰钩鼻，嘴唇紧绷，面色苍白，是一个佛罗伦萨旧式贵族。

契切林与自己在热那亚时的状态不同，那时他似乎就是一个从黑暗中进入太过强烈的阳光中的人，对这个世界充满了好奇。现在的他多了很多自信，穿着一件大衣，显得衣冠楚楚。他在柏林的生活十分惬意，脸上胖了很多。虽然从侧面看上去和过去一样，但他仍然留着一小撮红胡子，走路时没精打采，就像个老年成衣商。

每个人都想见见伊斯麦德帕夏，但是在见到后就再也不想再见了。他个子矮小，皮肤黢黑，没有丝毫的吸引力，无趣至极。他长得更像是一个卖透孔织品的美国人，一点儿也不像土耳其将军，灰头灰脸的，他似乎天生就难以被人认出。穆斯塔法·凯末尔的脸

[1]苏联秘密警察组织、间谍组织。

很难让人忘却，伊斯麦德的脸则让人很难想起。

我认为答案就是伊斯麦德的脸特别适合在电影中生存，我曾经在图片中看过他，样子很严厉，威风凛凛，气场十足，而且从某种程度上说，非常英俊。只要你见过很多在大屏幕上看着舒服而在真实生活当中面相削瘦、难以取悦人的明星，就会明白我的意思。伊斯麦德的脸一点儿也不瘦，只是很普通，没什么特点。我记得会议第一天看到伊斯麦德走进萨伏伊饭店，当时一大群报社记者正参加完契切林的有名的“大规模采访”的其中一场而走出来。伊斯麦德在等电梯，他处于人群中，这些人已经努力了很多天想预约到和他谈话的机会，可是当时没一个人认出他。他实在太不引人注目了。

这种场面挺好的，不应破坏，但是我还是走上前跟他打了招呼。

“这个很有意思，阁下。”我开口时，两三个记者把他挤得远离了电梯门。

他像校园里的女生那样微笑，然后耸了耸肩，举起手遮住脸，表示有些羞愧地自嘲，之后又“咯咯”地笑了。

“去预约，然后来跟我谈谈。”他说。和我握手后他走进电梯，对我咧嘴笑着。临时采访结束了。

当我正式采访他时，进展非常顺利，尽管我们两人的法语都说得很糟糕。伊斯麦德隐藏了他对法语知识掌握很有限这一点，因为这对一个受过良好教育的土耳其人来说很不体面。在土耳其，和在俄国一样，对法语的认知是必备的技能。他领会了一个笑话，蜷缩进椅子内，笑得很开心。他的秘书用土耳其语对他作了好评，声音直入他耳中。

在这次采访后，当我第二次见到他的时候，他坐在蒙特勒的一个豪华爵士舞大厅的桌旁，两个灰色头发的大块头土耳其人和他同坐，他正高兴地对着跳舞的人笑。当他吃掉很多蛋糕，喝了三杯茶，并用差劲的法语和送茶来的女招待讲了无数的笑话时，这两人愁眉苦脸地在旁看着。这个女招待看起来和伊斯麦德相处得很愉快，伊斯麦德也是一样，他们都很开心，这里没有一个人认出他。

墨索里尼和伊斯麦德形成了鲜明对比。墨索里尼是全欧洲的吹牛皮大王。即使墨索里尼带我出去，明天早晨允许我拍摄，我仍然会认为他是个吹牛的人，因为拍摄会是一次自吹自擂。某个时间拍到一张墨索里尼阁下的好照片，你仔细研究后就会发现他嘴巴的缺点让他忍不住皱眉。在意大利，每个19岁的法西斯主义者都会模仿著名的墨索里尼式皱眉。研究他过去的记录，研究资本家和劳动者的法西斯主义者的联合，思考过去联合的历史；研究他用非常华丽的语言表达内心想法的天赋；研究他决斗的嗜好。真正勇敢的人不需要决斗，而很多懦夫时常决斗，目的是为了让自己相信自己是勇敢的。然后再看看他的黑色衬衫和白色鞋罩，即使是演戏，一个男人穿黑色衬衫，配白色鞋罩，这也很不搭。

因为版面有限，我们不再深究墨索里尼究竟是一个虚张声势的人，抑或是一个伟大、有持久影响的人这个问题。墨索里尼可能会持续15年，也可能明年春天就会被憎恨他的加布里埃尔·邓南遮推翻。但是，我要真实描绘在洛桑时两次见到的墨索里尼。

这个法西斯独裁者已经宣布，他会接受记者的采访。每个人都来了，我们都挤进房间内。墨索里尼坐在桌子旁看书，脸上是他代表性的皱眉。他当时即将成为统治者。他本人以前做过报社记者，能够根据房间内写采访稿的人数算出读者的数量。他继续聚精会神地看着书，之前一直在读两百名记者提供的两千份报纸。“当我们走进房间，这个穿黑衬衫的统治者没有从所读的书籍中抬头，他的注意力是如此集中。”

我在他身后踮起脚尖，想看看他究竟在读什么书，竟然会有这么浓厚的兴趣。原来是一本法英词典，还拿颠倒了。

关于墨索里尼这一独裁者的另一事件发生在同一天。当时一群住在洛桑的意大利女人来到比奥海岸酒店的套房，要送给他一束玫瑰花。这6个女人都是农民阶级，是住在洛桑的男工的妻子。她们站在门外，等着向意大利的新国家英雄同时也是她们自己的英雄表示敬意。墨索里尼穿着军大衣、灰色裤子和白色鞋罩走到门外。其中一个女人走向前，开始讲话。墨索里尼对她皱了皱眉头，露出冷笑，又大又白的非洲式眼睛在其他5个女人身上转来转去，然后回到房间。这几个身着盛装但毫无吸引力的农妇被冷落在门外，手里还拿着玫瑰花。墨索里尼已经是个独裁者了。

半小时后，他和克莱尔·谢里丹碰面。她已经用笑容获得了多次采访资格，墨索里尼和她交谈了半个小时。

当然，拿破仑时期的记者可能在拿破仑身上见过同样的事，恺撒时代在《意大利报纸》工作的人可能在尤里乌斯·恺撒身上也见过同样的事。但细致研究这一主题后，墨索里尼身上似乎更具博顿利的特质，而不是拿破仑的特质。霍雷肖·博顿利是个成功的意大利人，体型庞大，喜好战争和决斗。

当然，他并不真是博顿利，博顿利是个傻瓜，但墨索里尼不是，他是个很好的管理者。但如果没有足够的忠诚，管理一个具有爱国情操的国家将会非常危险，尤其是当你把他们的爱国精神提升到主动无息贷款给政府这样的高度的时候。拉丁人曾经把自己的钱投到自己非常期待的一件事情上，结果却血本无归。他们向墨索里尼展示了反对政府比自己管理政府要容易得多。

一个新的反对派将出现，它正在筹建中。其领导人是加布里埃尔·邓南遮，一个年老秃头、可能有点疯狂但真诚无比、神勇无畏的自吹自擂者。

一个俄国玩具大兵

《多伦多每日星报》1923年2月10日

瑞士洛桑

格奥尔基·契切林出身于俄国一个贵族家庭。他的眼睛很大，前额很高，还有一小撮红色的胡须，走路时无精打采的，就像一个老年成衣商。他的手肥胖冰凉，当你握住它时，就像握住了死人的手一样。他讲英语和法语时夹带着一样的口音，都是那种嘶嘶摩擦的低语声。

契切林是一名沙皇老外交官，如果说列宁是通过俄国革命实行专政的拿破仑，那么契切林就是他的塔列朗。他们的经历极其相似。在革命之前，契切林和塔列朗都是君主政体下的外交官；革命期间，两人都作为大使被派遣出国，都被所派驻的国家拒绝，也都遭到了流放，后来都负责革命后独裁政权的外交事务。

"我们来洛桑时带了一个计划。"一天下午，契切林这样对我说，"相同的计划应该被一并处理。达达尼尔海峡和博斯普鲁斯海峡都必须禁止军舰通行。"

他非常疲惫地谈到了一个人，他把一件事情讲了上百遍，还仍然像第一次讲时那样地相信、充满激情。疲倦是因为无法被人理解。

"只要这两个海峡继续允许军舰通行，"他继续说道，"任何派遣舰队进入黑海的国家都可以插手俄国。而且战列舰和无畏战舰能够进入黑海，我们就会丧失抵御侵犯的安全感，再无安全性和发展的自由。如果允许战舰进入，俄国唯一要做的事情就是备战。它必须建造战舰，在黑海拥有一支庞大的舰队。这意味着它要把自己的生产力投入建造一支足够强大的海军之中，虽然生产力削弱了，但必须这样做。”

“海军裁军的状况怎样？”我问道。

“俄国没有受邀参加华盛顿会议。”契切林耸耸肩说道，“即使参加那个会议又会怎样？我们现在离海军裁军还有多远？我们按照实际情况处理问题。俄国会是第一个接受海军裁军会议邀请的国家。但是在完成海军裁军之前，我们把军舰隔离于黑海之外的唯一方法就是禁止所有的军舰在海峡航行，让土耳其人在海峡设防，这样他们就能执行禁令。”

现在契切林处于自己的最佳状态。他是一名俄国老外交官，当为俄国的国家目标抗争时，他是最健康的。他看到苏联的问题——领土问题和民族问题是一回事，因为它们都是俄罗斯帝国的事务。世界革命没有成功，俄国和以前一样面临着相同的问题。关于这些契切林都很清楚。他知道俄国和西方大不列颠国之间的对抗。他还知道，只要俄国还是个国家，无论由谁统治，且只要大英帝国存在，利益冲突就永远不会消失。现在，他在想方设法通过条约优势和之后从战争获得或失去的安全性中获得利益。

契切林明白，只要克里米亚半岛对英国舰队的入侵开放，俄国就不可能经过阿富汗侵入印度。这一点英国的寇松勋爵也很清楚。他明白，黑海海岸相当于俄国1000公里长的跟腱。

大英帝国和未来的俄罗斯帝国之间的斗争是长久的、激烈的。指挥英国舰队的冷冰冰的高个子男人寇松，用论据、历史事件、事实、数据和充满激情的抗辩进行斗争，最终发现这只是一场毫无意义的谈论。只有提出异议供后世阅读的契切林让洛桑会议变得非常有意思。这同样是俄国和大不列颠之间无法调和的分歧，它会像一条裂缝一样贯穿于在洛桑签订的任何近东条约之中，使其丧失效力。

契切林头脑冷静，工作时有不同于常人的非凡能力。他不喜欢、不信任女人，除了工作和俄国以外，对公共宣传、公共舆论、金钱或任何东西都漠不关心，这让他看起来没有任何弱点。接下来是对本文的一些辅助性描述。

读者必须知道，契切林从来没有当过兵。他本人比较勇敢，不惧怕暗杀。但是如果你在他鼻子下晃动拳头，他的脸会变得苍白。在12岁之前，他的衣服都是他妈妈帮他穿的。他似乎是为了思考而生的，物质上的满足仅仅是为了辅助他的思考。

我们中的一些人都知道这些。某个星期日早晨，洛桑的教堂空空荡荡，登山迷带着滑板和背包沿着街道徒步旅行，去赶开往艾格勒或迪亚布勒雷的火车，一群记者站在一家摄影室的窗户之前，这里正在展示照片。

“这些是伪造的。”一个男人说道，“哎呀，他这辈子从没穿过制服。”

我们都仔细地看着照片。

“不是，不是伪造的。”某人说道，“我看得出来，这应该是真的。我们去问问斯洛科姆。”

我们找到了《伦敦每日导报》的通讯记者乔治·斯洛科姆，他是契切林的朋友，有时也是他的代言人。乔治此时坐在洛桑皇富饭店的记者招待室里，头上反戴着黑色的大宽边帽，红色胡子卷曲着向外伸出，嘴里叼着烟斗。

“是的。”他看着我展示给他的照片说道，“它们不是很糟糕吗？我看到的时候都无法相信。是他自己要拍的。现在摄影师在出售这些照片。”

“他从哪里得到的这么糟糕的制服，乔治？”我问道，“他看起来就像新监狱的看守头目和气隆酒店的门房的结合体。”

“看起来很吓人吧？”乔治吸了口烟说道，“苏联人民委员也当然就是红军的将军，你知道，契切林是处理外交事务的代表，他得到了这套柏林制造的制服。他昨晚从房间壁橱的衣架上取下来给我看的时候简直自豪极了。你应该看看他穿制服时的样子。”

所以，那就是契切林的弱点。12岁后才自己穿衣服的男孩一直梦想着当一个军人。军人创建了帝国，而帝国制造了战争。

法德情形

《多伦多每日星报》1923年4月14日

巴黎

要想了解德国，你就必须先了解法国。法国这个名字有着魔力，它的魔力古老而神秘。

法国幅员辽阔，是我所知的最让人神往的国家之一。当你真的热爱一个国家的时候，你就不可能去客观地描述这个国家，但是会客观地描述这个国家的政府。法国在1917年拒绝在取得胜利之前讲和。现在，它发现它得到了胜利，却没有了和平。为了搞清楚为什么会变成这样，我们必须了解一下法国政府。

现在，法国是由一个在1919年被选出的代理国民议会管理的，它被称为“蓝色地平线”议会，并且被著名的“民族集团”或者是战时联盟操纵着。这个政府执政已经超过两年了。

法国最强大的党派自由党曾经被打压。1917年，克里孟梭倒阁原政府的时候，他们和日耳曼人的求和谈判却没有成功。前法国首相卡约，也就是那个杰出的金融家，进了监狱。几乎每天都有人被处死，但报纸上却没有提及。克里孟梭的许多敌人在凡尔赛寒冷的早上会发觉自己被蒙着眼，靠在石头墙上，督刑的年轻军官在行刑前会紧张地舔舔嘴唇。

自由党在代理国民会议上没有实际上出席。那是对还未成型且选举出的代表没有领导力的“国家集团”的反对，并且它将在1924年的下一届选举中走向最后的灭亡。如果卡尔在法国并不是众望所归，那么法国是不宜久居的。如果克里孟梭执政的政府没有占领鲁尔区，那卡尔就有机会当选。反对现任政府必然是不可避免的，但也有可能出现极度的“左倾”，提拔共产党领导人卡山。

现在在代理国民议会中，“国家集团”的反对派由左派激进分子组成。当你看到在欧洲政治中提到左右派激进分子的时候，它指的是成员们在议会中所处的地位。保守者属右派，君主主义者属于激进右派。共产党属于激进左派，激进共产党人是激进派的外延。

法国共产党在国民议会的600个席位中占了12个。作为发行量达到20万的《人道报》编辑，卡山是这个党的领导人。年轻的轻骑兵中尉范特伦是法国最爱着盛装的男子，他跟随卡山。共产党领导着庞加莱的反对派。他们控告他才是战争的祸源，说庞加莱一直想要发动战争。他们一直认为他是“非战之战庞加莱”，并控告他被利昂·杜德和君主主义者所操纵，以及被钢铁和煤炭蒙了心。他们控告他很多罪状，其中很多是荒唐的。四肢短小、胡子雪白的庞加莱坐在屋里。当共产党人辱骂他的时候，他像一只发怒的猫一样向他们吐口水。当共产党人看起来似乎已经发现了庞加莱真正的污点的时候，政府官员开始怀疑庞加莱。雷内·维维亚尼是我们这个时代最伟大的演讲者，他做了一次演讲。只要听到他说出“法国的光荣”这几个词，人们就想穿上制服冲出去。第二天，他做完演讲后，你会发现演讲稿会被张贴在整个城市中。莫斯科方面最近清洗了法国共产党。根据苏联共产党的反映，法国共产党消极爱国，并且意志力薄弱。只要法国共产党有成员拒绝接受中心党组织的直接领导，他们就被要求上交他们的成员资格证。许多人确实这么做了，现在他们正在考虑清洗其余的人。但是我怀疑他们这样会持续很长时间，法国人并不是很配合国际主义者。

“国家集团”由忠诚的爱国主义者和一些代表组成。这些代表来自钢铁业托拉斯、煤炭业托拉斯、酿酒工业、其他的一些小型的牟取暴利的企业、前军队司令、政客、野心家和保皇党人群体。

尽管法国恢复君主制是天方夜谭，但是保皇党人组织严密，在法国南部的某个区域的势力还是很强大的，并且控制着几份报纸的舆论，其中包括《法兰西行动报》。该报掌握了政府的所有活动，还宣传了会提前进入鲁尔区，进一步占领德国。

简单地说，法国有很多的政党，并且有他们自己的管理方式。现在我们必须看到迫使法国的势力进入鲁尔区的原因。

法国获赔款800亿法郎，其中450亿法郎被用于重建被毁坏区域，但这笔钱的去向引起了公愤。北方部门的副代理人说前几天这笔钱被下议院贪污了250亿法郎，他会主动在任何时间向下议院陈述事实，但他的声音被压制下去了。无论如何，掠夺来的450亿法郎，很快就被用完了。下议院中有许多新出现的“重建被毁坏区域的百万富翁”。代理人最大限度地申请了他们地区重建所需的钱，他们都拿到了钱，但是仍然有很多区域没有得到重建。

关键是800亿法郎已经用完了，并且从德国索要的钱是可以回收的。他们已经处在贷款的边缘了。

如果法国政府承认这800亿法郎的任何一部分都是不可回收的，他们一定会处于贷款的境地，这些部分被列为损失的部分，而不是资产的一部分。今天只有300亿的纸质法郎被投入流通。如果法国承认任何一部分被花掉了，向德国索要的钱是不可回收的，那么它一定会发行纸质法郎来应付盟约，以增加国家的支出。那就意味着通货膨胀，奥地利金币和德国马克都会面临贬值。

一脸强盗模样的前首相阿里斯蒂德·白里安是法国一个舞蹈家和圣纳泽尔的一家咖啡店店主的儿子。当他在戛纳会议上同意减少赔款要求以报答劳合·乔治反对公约的时候，他的内阁几乎被推翻了，他甚至还没来得及坐上回巴黎的火车。“国家集团”的领导人——狡猾的阿拉戈观察着白里安在戛纳的一举一动，当他们发现他要减少赔款时，就准备好发动政变，在白里安还不知道发生了什么的时候，把他排挤了出去，以此来支持庞加莱执政。因为“国家集团”不想被人质询那笔钱是如何被花掉的，所以不想缩减赔款。关于巴拿马运河的流言仍然令人记忆犹新。

庞加莱执政了，并保证把德国的每一枚铜币都搜刮过来。如果赔款的金额合理，德国实业家会承担赔款的。法国下议院一天天流传着庞加莱背离设想，被动进入鲁尔区的流言。下篇文章会讲述地位离奇上升的保皇党人和他们对现任政府的影响。

〔美〕海明威　著
张　迪　译

中册

海明威新闻集

By-Line: Ernest Hemingway

海明威全集

四川大学出版社

目录

视野之外的饥饿者

《多伦多每日星报》1923年5月9日

科隆

乘着快速列车旅行，如果感到疲乏就在朋友为他选择的几所旅馆里稍事休息。这个叫库克的旅行者，几乎没有人听到他说过除了母语之外的其他任何语言。他几乎在整个欧洲都没有看到任何苦难。

但如果他去德国，甚至更大范围地去旅行，他应该也不会看到苦难。似乎没有饥饿者，他也看不到痛苦的情景，甚至在火车站也不会被饥饿的逃荒者和孩子包围。

这个无知的旅行者在离开德国的同时，似乎也在绞尽脑汁地想所有这些与饥饿有关的状况到底是怎样消失的，他可能皱着眉似乎在做什么伟大的思考，显得既渺小又可怜。相反，如果在那不勒斯，他已经遇见了衣着褴褛的人群，浑身污垢的饥饿者，眼中充满痛苦的孩子，满脸虚弱还在挪动的可怜人，他们在他的耳边叫嚣着，把他们的贫困可怜、无法过活展现得淋漓尽致。游客们看到的一般都是“职业”乞丐，他们还没有看到其他的“业余”饥饿者。

意大利的10个“职业”乞丐相当于德国的100个“业余”饥饿者，我想这是显而易见的。一个“业余”饥饿者在公众面前并没有显示出饥饿，这就意味着那些自尊心下所掩藏的部分也许才是我们对这个城市最真实的看法。

相反，如果没有一个人在偶然中或是不小心发现这个“业余”饥饿者的存在，那么可能在公众发现他之前，他还要继续挨饿。当公众发现他时，他通常已经卧病在床奄奄一息了。很显然在忍受了长时间的饥饿以后，一个饥肠辘辘的人就失去了在街上自由行走的能力了。如果他真的不管不顾走到了街上，这无疑会使他因躺在床上而迟钝了的饥饿感迅速地复苏，而后以一种他承受不了的速度呼啸而来。在对“业余”饥饿者的描写中，并未提及那些处于贫困阶段的居民、施粥处抑或救济任务。这些描写已经违背了那些虽然“业余”，但是已经极度贫困却不富于表演力的人的立场。

类似的一些“业余”饥饿者的案例，无时无刻不在持续增加中。

1—B夫人是一个寡妇，她的丈夫是一个不幸死于战前的药店主。以前她每年收入可以高达26 400马克，同时也对按揭贷款抱有极大的热忱。在战前，仅就按揭贷款这一项，每周就能给她带来将近100美元的收入。而如今，她29岁的女儿身陷肺病的痛苦折磨之中，丧失了劳动能力，无法为家庭带来收入；她21岁的儿子虽说通过了文法学校的期末考试，但是却因种种原因与心仪的大学失之交臂，只能靠当矿工来解决最基本的生计问题；而她最后的希望——13岁的小儿子现在仍是需要金钱补给的在校生。昔日这个家庭的富裕已然不复存在。现在他们的年收入与同等家庭根本无法相提并论，只相当于其他同等家庭两周的收入。

2—P夫妇在10年前就双双失明，都已经64岁了，丧失了劳动力的他们只能靠变卖家产为生，而这些家产是他们在年轻力壮之时通过艰辛的工作积攒下来的，他们一年只有3400马克的收入。似乎在以前，靠着这份收入他们就可以生活得很幸福很富余了，但是现在这还比不上一个纯体力劳动者半个星期的工资。

3—B夫人也同样遭受了丧偶的痛击，她的丈夫曾是一个建筑师，她必须用每年2400马克的收入养活她两个年仅6岁和9岁的孩子。这就意味着她的年收入甚至不及一个纯体力劳动者两天的工资。

4—K夫妇每个月能得到500马克的房租，这是一个听起来并不怎么凄惨的情况。但是，曾为农民的丈夫现在却得了严重的心脏病。因为药物的制约，曾经卧床数星期。然而他的妻子已经瘫痪在床6个月了。为了解决二人的疾病问题，仅药费一项就远远超出他们的收入，最基本的衣食住行都快要得不到保障了。但是正常情况下，如果他们并没有生病这项变数，仅仅是房租这项收入就可以让他们衣食无忧。

5—H寡妇，48岁，有4个正在上学而需要大量花销的孩子。她大约有10万马克的家产，可以每年给她带来15 000马克的收入，这听起来是份不错的收入。但是在这个特定的家里，这些钱仅够他们生活一个星期。

这些案例随时发生着，随处可寻、数不胜数。在德国，这些不过是只靠固定收入而维持生活的中产阶级的典型罢了。这也不是德国本国在自说自话，这都是在科隆救助处工作的莱茵兰盟军特派专使团的专员皮戈特先生和科隆总领事兼政府御用咨询师瑟斯顿先生共同揭露的。

那时的科隆看起来还是一片繁荣昌盛，那些商店的橱窗一尘不染，灯火通明。笔直宽阔的街道通向无尽的远方，似乎连空气中盘旋的细小尘埃落下都是一种亵渎。不列颠的官员们沿着街道闲庭漫步穿过人群。那些穿着绿色制服的德国警察则呆板地向这些不列颠的官员们一丝不苟地敬着礼。

夜幕中，哪怕官员们只是被迫穿上这些制服，但正式官服的亮红或深蓝色仍然给单调的人群渲染了一丝若有似无的色彩。街道外一些德国孩子们正跟着官员俱乐部里的音乐旁若无人的手舞足蹈。

以威斯巴登为起点，驾着小舟乘风而行，在莱茵河宽广的河面上亦缓亦迟，亦走亦停。沿途中那些暗灰色的并不起眼的山脉，那些小山上的城堡残骸，若不去细看，仿佛死在了一个空荡的、死寂的鱼缸里一般。我们在这条河上游荡了近14个小时。而仅在此期间我们就看到了15艘装满煤炭的驳船，所有这些驳船上都有法国国旗在随风飘扬。

早在去年9月，我们坐在一艘快船里，同样看到和那些运煤驳船差不多的货船被动地向运河口驶去，它们是通过水路网向洛林炼铁业提供煤炭能源的工具。法国所获得的大量煤炭，也不过只是德国一战赔款的一小部分。而现在我们所看到的那15船煤炭只是赔款中不值得一提的一小股。这一小股从鲁尔河流向德国以外的地方，穿过一个个纷繁复杂的垄断工业和军事占领区，最后混入无尽的黑色海洋之中，无声无息，没了踪影。

鲁尔区里的怨恨是真的

《多伦多每日星报》1923年5月12日

杜塞尔多夫

你可以感觉到鲁尔河里怨恨就如同你亲眼所见般真实地存在着，印入你的骨血。它就如同你还未来得及反应过来，就去清扫还带有些昨日灰尘的杜塞尔多夫的小路，或者是灰色砖块垒筑的长排农舍一样，具体、生动，让你无法忽视它的存在。每一个怨恨都确切存在于世，这事实就如埃森市的工人下一年要在哪里工作生活一样的确切且无法逃脱。

这不仅仅是德国人和法国人的问题，或者说德国人有多恨法国人。德国人对邮局前的法国哨兵几乎是视而不见，对埃森市里的那些豪华府邸及凯瑟豪夫宾馆前的那些高傲的法国士兵同样漠不关心。当法国公务员与德国工人真正相遇时，他们会相互打量一下对方的脸或衣服，但是这一切均是用一种仇视鄙夷的目光来窥测的，这眼神冷漠到就像是看到令人厌恶的贝莎·克房伯铸造厂剩下的毫无用处的塔形废弃矿渣一样。

因为大多数鲁尔区的工人都是共产主义者，所以这个区域已经成为了德国最具有革命精神的地方，颇具些神圣色彩。然而如此具有革命精神，如此激进的土地，却在战前没有任何可以让军队驻扎的迹象。同时，政府也并没有对减轻人民的怒气与不满值抱有任何希望，他们也害怕军队与该地区的共产主义者发生无谓的冲突。而这件事造成的结果就是当法国人来到这里时，他们即使没有派任何军队来占领这个地方，也很难在这里驻扎。

在占领初期，所有的鲁尔区人民都组成一个统一的军队，希望可以借此帮助政府逼退法国军队。在游行示威的当晚，奥古斯特·蒂森刚从他工作的地方美因茨市回到家时，一个德国记者告诉他，有超过100个抗议者在激情地大声唱着爱国歌曲以抒发自己心中炙热的情感，并朝着政府声嘶力竭地大声叫嚷，尤其是已经为法国占领军服务的或者是在鲁尔反抗期没有参加革命军队的官员，被示威人群步步紧逼，狠狠唾弃。爱国精神的觉醒回春，使这个国家史无前例地全都站在对抗法国的统一战线上顽强抗争着。

“这是最让人振奋的，你知道吗？”一个德国老妇人有些过于激动地抓住我说，“你本应该待在这儿。我几乎从未感受过因为这些完美无缺的胜利所带来的巨大欣喜。哦，听，他们唱得多么好听啊！”

现在这场声势浩大、饱受赞扬的示威游行已经结束了。工人领袖说政府对这场游行除了被动地抵抗自保外，几乎是束手无策，并且他们自己也厌倦了这样被动地接受。众多报社也开始发出舆论，紧逼德国政府，要求他们积极与法国进行一些必要的谈判。法国已经控制了好几百万马克的失业救济金。但是此时对于失业救济金迟迟到不了手这件事，工人们已经是多有怨言。

在被动反抗开始之前，工人们似乎并没有对政府的这种行为抱有任何期待，并且工厂主们也极其担心工人和军队之间原本就激烈的矛盾纷争再次暴发，但是此时挑起的事端却激起了蛰伏已久的爱国热情。这种爱国热情随时都在召唤工人们为了一场“反政府被动反抗”运动而竭尽全力，但是法国军队却总是用加重赋税来进行强力镇压。

在复活节前那个星期六的晚上，“反政府被动反抗”事件还是发生了。它让13个年轻的工人失去了再次看到世界的权利。如果那个年轻的领袖不是因为紧张而指挥一排工人们贸然向政府征用的载重军用卡车进军的话，也许不会出现如此惨烈的结局。于此，我几乎听到了将近15个雷同的版本，但其中至少有12

个听起来像是在以讹传讹。可以想象，当时人们紧紧聚集在一起，不留一丝缝隙，黑压压地向军队扑去的情景。发生动乱的地点是一个类似于大庭院的地方，可以想象那些直接面对军队的人的结局几乎是肯定的，他们不是被击毙就是受了重伤。后来那些受伤的人甚至被剥夺了与他人交谈的机会，占领军阻止了人们对这些人的探望。事实上，在最后一批需急救的伤员被送走后，剩下的伤员也会马上被送到穷乡僻壤藏起来。传闻有大量不合理的描述，几乎没有任何的参考价值。

尤其有两个地方无理可循。首先，法国军队没有理由制造流血事件和通缉任何人。相反，他们应把避免类似的冲突作为首要目的，这是他们要尽可能赢得工人们的信任、从他们身上获得利益的第一步。就另一角度而言，工厂主对这样的事情很是反感，他们并不想让工人们去参加这些动乱。

20个不同的工人向我信誓旦旦地断言道，人群中混有一些德国民族主义者——绿色警察。这些特殊的工人怂恿并向其他的工人散播消息，他们可以将法国人驱逐出境，解除法国人的武装。甚至让法国人狼狈不堪地逃离政府大院。

凡是参与过动乱的工人都这样描述道：当第一颗

子弹射出时，人群就开始躁动熙攘，四处逃窜，这些子弹几乎可以碰触到他们的发梢。他们曾经在军队中服过兵役，知道其中的秘密，一旦发现军队真的发动了暴乱且开始射击的话，他们不会没有任何武装就去袭击装备完好的军队。那么这时问题就来了，无论怎样，这些士兵都没有理由开枪扫射。现在，我也颇有疑惑。所有向我断言的人都保证道，当第一声枪响后他们就跑了，他们自顾不暇，没有机会看到周围的情况，完全是军队自己在那里没有目标地射击。

因为法德两国的医生在枪伤的性质上没有达成一致，埃森市2个工人的葬礼只能推迟。德国外科医生声称有11颗子弹均是从背后射入的；然而法国外科医生却说有5颗子弹是从身体前方射入的、5颗是从身体一侧射入，还有2颗是从背后射入的。我也不知道关于这两个死去的工人伤口的争论是从何时开始的，又将在何时终结。

鲁尔区工人的爱国热情日渐糜颓。因为他们相信在不久的将来谈判就会开始，到时他们就不用仅靠少得可怜的失业救济金来解决最基本的温饱，他们憧憬着货币会升值，并不用因为参与各种破坏活动和私自解散相关组织被惩罚而工作得昏天黑地。他们对政府已经绝望到了极点，认为政府会糊里糊涂地“送给”

他们失业救济金，抑或是政府会顺着他们的心愿去实施新的政策。

似乎在理论上，法国政府会制定更加完备的占领区法律。把军队隐匿于人后，并且把对从非占领区到占领区的德国人过渡事宜的干预降到最低。这些德国人必须要有通行证，但是对于这些通行证的检查却是随意的，睁一只眼，闭一只眼。一个法国士兵看到这种红色的通行证就会随口道“好”，然后德国人就会顺利跨过围栏。

这种情况下，管理军队就显得相当的轻松，同时每天还能用6节火车厢，以每车130吨的量从埃森市运出工业产品。经过了被占领的3个月后，法国对于煤的日消耗量已与德国相持平，仅这项就达到了没有占领鲁尔区之前的水平。

M. 卢却尔，他曾是白里安手下一个富足的分部的部长，去了伦敦的他，用自己巧妙的方式试探出了那里公众的口风。他告诉雷蒙德·庞加莱，一切正在循序渐进、按部就班地顺利进行中，并在归来时与他详细描述一些具体的事宜。庞加莱对卢却尔的这次旅行评价极高，他认为这是卢却尔在他总理任期内烧的第一把火，即使在5月份，占据了议院多数席位的执政党仍然很强势，不容反驳。卢却尔在法国被授予了极高的赞誉，被称为“法国的温斯顿·丘吉尔”，他在执政期间起起伏伏，十分精彩。也基于此，他得到了对鲁尔区的永久投资权。

阿里斯蒂德·白里安正在为一次可以让他获得以前的权利的演说而准备着。他打算以庞加莱任总理期间，德国曾给法国数百万战争赔款，庞加莱没有重视这笔钱，使得这笔钱仅在他上任期间就所剩无几为理由，攻击庞加莱。在“卡约自由营”时，他就已经开始着手准备在法国的新文件。里昂·都德最关心的问题就是里昂为什么能够重新上台，难道原因仅是M. 卢却尔作为一个所谓的政府代表被派去了英国吗？况且这还违背了政府的意愿。

安德烈·达尔迪厄已经宣称反对已经开始实施的鲁尔区政策。形势又开始变得激烈，蓄势待发。鲁尔式冒险好似即将迎来一个终章，它虽说获取了里昂·都德和雷蒙德·庞加莱的欢心，但却使德国元气大伤。然而更严重的是，它煽动了新的仇恨，并且复苏了旧的仇恨，使越来越多的人苦不堪言。但是，这真的是使法国变强的必经之路吗？

法国的工作进度，如同一部影片闪现

《多伦多每日星报》1923年5月16日

杜塞尔多夫

沿着街道信步而行，穿过满是积尘的灰色建筑的杜塞尔多夫市郊，来到令人心旷神怡的乡间。放眼望去，一片碧浪。那少见的几抹绿色零星地分布在鲁尔区的一些城镇。众所周知，这些城镇总是被一些呛人的白色烟雾所围绕。你会和缓慢移动的装有法国弹药的推车擦肩而过，马匹似乎永远供应不足。那些钢盔挂在后脑勺上的穿着蓝色制服的中国人，卡宾枪悬在头顶上方，却依然能一脸平静地在路上走着。法国装甲巡逻队从这里缓缓走过。两个宽脸的威斯特伐利亚搅炼工人正坐在一棵树下，数着他们的失业救济金。此时，一辆在路上的装甲车转过一个弯后，消失在视野中。

其中一个搅炼工人与我为伴。他们都是真正的威斯特伐利亚人，拥有一切威斯特伐利亚人的典型特征——脚踏实地。他们肌肉结实，看起来粗犷狰狞却待人十分友好。他们还喜欢去打猎。打猎最好在春天去，但是直到现在他们还没有一支合适的猎枪。他们使劲嘲笑那些个子矮小、后脑勺上还悬着蓝色钢盔的中国人，为那个不怎么高大的、正迅速站好队马上投入工作的安南人喝彩。此时的他紧紧抓住缰绳，汗水从他脸上不断滴落，钢盔使他的视线受到了阻碍。也许是因为这群人的喝彩，这个安南人脸上挂着大大的笑容。

一辆法国参谋专用车以40英里的时速飞奔而过，顿时掀起一片漩涡般的尘土。一个法国官员坐在一个缩成一团的弱小的司机身旁。我瞥了一眼后面的两个人和另一个法国官员，他们紧紧地按住因迎着风而几乎被吹起的帽子。那个法国官员亲自给其他在鲁尔区参观的人带路。前面有两个来鲁尔占领区“调研”的美国牧师，那个法国官员带着他们四处游走。

亲身参与“向导旅行”是鲁尔区的一大特色。而那个官员就将这一点表现得淋漓尽致。那两个美国牧师获得了一封来自巴黎德古特上将的介绍信。这完全是为他们想在鲁尔区做一个适当彻底的调研而准备的，他们调研的目的就是为了回到美国后向他们的教会陈述这里的事实。其实，这并不是两人来欧洲的初衷，但是鲁尔区总是位于报纸头条，而如果你想在回到美国之前成为一个“欧洲通”，你就必须亲眼看看鲁尔区。假设热那亚会议如期举行，他们也会去热那亚等其他地方。

两人虽然在杜塞尔多夫，但却只会说一点法语，而且无法用德语沟通，这导致法国人对他们格外包容。一辆参谋专用车停放在两人的住所，他们可以自己随心所欲去任何的地方，还有两个法国官员专门为他们安排行程。他们也不知道要去什么地方，于是就让法国人给他们带路。一个下午的时间，他们在鲁尔区做了很多事情，看了塔形焦炭山、很多大工厂，甚至登上了水塔俯视整个鲁尔河流域。

“请看那儿。”一个法国官员一边指点着一边耐心地做着介绍，“那是史蒂勒斯钢厂，还有蒂森钢厂。更远的地方，这儿看不到，那是克虏伯钢厂。”

那天晚上，其中一个牧师带着震惊对我感叹道：“我们已经看完了整个鲁尔区，现在我想告诉你法国是绝对有权威的。我还可以告诉你，以前在我的生活里绝对没有那样的情景，我从未领略过如此多的矿山和工厂带来的恢弘气势。法国是绝对有权力控制那些矿山和工厂的。我还要告诉你，这些机器会周而复始不断运作。”

“向导旅行”的下个地点是鲁尔区的娱乐业。埃森市凯瑟豪夫宾馆里设有法德联合新闻局。这里的法国负责人是一个如同德国传统讽刺画里面的拥有一头浓郁金发的男人。同时，德国负责人在到达宾馆后就被告知，在法国负责人向客户履行完职责后，他只有30分钟进行宣传，这一切让这个德方负责人看起来和那个“滑稽”的法国人如出一辙，他们都近乎卑微，渺小得有些让人怜悯，他们只能一味地去迎合别人的脸色。无论是法国还是德国，却都是在扭曲事实，提供错误新闻。

《每日邮报》的珀西瓦尔·飞利浦先生的名望因为一条他曾经报道过的而马上被指出是错误的法国新闻而严重下降。他也因此表示，在新闻没被证实之前将不会再发布新闻局的任何新闻。“我的新闻报道永远领先于法国。”他说，“但是领先的新闻也有可能不是出自我之手，并且我必须顾及作为著名记者的名望”。

法国人在爱情、战争、造酒、耕种、绘画、写作和烹调方面有独特的天赋，然而这些造诣并未在鲁尔区的战火纷扬中发挥实质性的用处，尤其是发动战争方面。最后的军事占领计划已经完美实施，但是要完全控制德国的商业中心，一些商业天赋是不可或缺的。商业天赋是管理一切工业的王牌，尤其是这种曾被军事和战争破坏、中断的德国工业。

在德国被海关警戒线分成占领区和非占领区的地区和街道上，尤其是在这些地方的税收和职责分工方面，你可以看见这种景象：位于占领区的一长列卡车犹如被一条锁链紧紧束缚了一般，一片死寂。车上罩着防水油布，堆满了包裹和货物，甚至一些车因为紧挨在一起而互相刮擦，它们可能已经经过了几周的等待。5个海关官员正忙着把所有的货物卸下，然后拿起其中的一些进行抽检。在铁路旁，有一个巨大的货仓，货仓的椽子上挤满了被拿来抽检的货物。

在一辆汽车里，一个胖胖的电影制作人拿出一张法国人在占领期画的宣传画。他一下车就开始组装照相机，然后对着那些一直坐在那里的法国海关官员大声地讲解。那些海关官员背靠着货仓的一边，同时抽着烟，随后他们投入表演中。这个电影制作人针对那些长列卡车设计了一些滑稽的情节。他先让5个海关官员都从车的一边爬上去，并且把包裹拽出来，挨个撕开，认真观察里面的内容物，用粉笔把检查过的包裹画上记号，最后把货物全都堆在货车的后部。

当他拍摄完足够的连续镜头后，这个制作人随手在他的本子上写道：“在鲁尔区工作的法国海关官员”。然后在上车前把他的本子狠狠地塞进了自己的口袋，并向那几个费了半天劲的法国海关官员挥手致意。可是制作人走后，这几个官员又恢复了原样——他们继续背靠着那堵好像随时要倒下的墙，百无聊赖地抽着烟。

我曾看过一些装煤短片的制作过程，他们严肃得让人发笑。还是那个胖胖的制作人在场地上导演着剧情。6个工人像忘记了自己之前在做些什么似的前所未有地拼命装卸着那堆煤。“稍微挪一下。”那个制作人换了个角度，带着考究的目光颇为专业地说，“多做些动作，记住你不是在罢工，而是正在拼命工作。”于是，这几个工人就以最快的速度工作。

“好，这就完成了。”那个制作人满意地笑着说道，同时停止摇动摄影机的手柄。

工人们像松了一口气般的马上直起身。在那个电影制作人离开之后，有一个工人甚至还抬眼看了看那座巨大的煤山。

“他就像头猪，而他像什么，这部电影就像什么。”那个工人的伙伴像突然能说话了一般激动地抱怨道。

这两个人拿着小风琴和一瓶法国红酒相见恨晚地畅饮起来。

那个电影制作人在他的笔记本上记下：“鲁尔区工人们正在装煤。”

欧洲国王的事务

《多伦多星报周刊》1923年9月15日

有一天，我在巴黎碰见刚从希腊回来的当电影制作人的老朋友索提。电影院里看到的新闻电影就是他制作的。

索提向我感叹道：“乔治真是个好孩子呀。”

“哪个乔治？”我有些不清楚他话里所描述的对象。

“就是国王啊。”他说，“你没见过他吗？就是新上任的那个国王。”

“我从没见过他。”我无谓地耸耸肩。

“噢，他是白人。”索提边说边扬起了手，示意服务员过来，“那个孩子是个王子，你来看看这个吧。”

我看到一张印有希腊皇族标志的便条纸，里面用英文写道：

本王诚盼沃内尔先生于早晨或下午前来拜访，如将前往，望告知带信人，派遣马车前往送先生至皇宫。

（签名）乔治

“噢，他是个很不错的孩子。”索提边赞叹着边像藏着什么奇珍异宝似的把信极其小心地塞进自己的钱包。

“怎么跟你说呢，那天我带着相机去皇宫。我们驾车进入皇宫，穿过一群壮硕高大、穿着芭蕾舞裙举着枪向我们行礼的宝贝儿[1]。当我走下车来时，国王分秒不差地走下来握着我的手说：‘你好，沃内尔先生，最近过得怎么样呀？’我们在皇宫前的空地上走了一圈，看到皇后正在修剪玫瑰花丛。‘这是皇后。’乔治说。‘你好。’皇后答道。”

“你在那里待了多久？”我疑惑道。

“噢，几个小时吧。”索提说，“国王对有人能与自己聊天感到很开心。我们坐在一棵大树下，在桌边喝了点威士忌和苏打酒。国王对我们诉说道，一直只能被禁锢在皇宫里真的毫无乐趣可言。自变革以来，他就没有金钱来源了，其他希腊贵族不仅不能来拜访攀谈，他们甚至都不能随心所欲地出入皇宫。”

“这真是闷得慌，是吧。”他长长地叹了一口气，

[1]这里指的是守卫希腊皇宫的士兵，这些士兵穿着很有特色的服饰。他们下半身穿着裙子，还穿着厚厚的连裤袜，看起来很像穿着芭蕾舞裙。

“之前的安德鲁很幸运，他被驱逐出了皇宫。现在他可以随意探访巴黎或伦敦的任何一个地方。”

“你跟他聊天说的是哪国的语言呢？”我说。

“当然是英语。”他抬眼看着我，“所有的希腊皇族都说英语。我拍了很多他和皇后，甚至还有皇宫前那块空地的照片。他想让我拍他手里拿着的关于围墙内的一大片田地的活页封面。‘这在美国人看起来应该会觉得很不错吧？’他几乎带着些笃定反问道。”

“皇后人怎么样呢？”我向他询问道。

“噢，我对她并不是很了解。”索提答道。“我只在那儿待了几个小时，我一直不喜欢跟他们待得太久。而有些收到进宫邀请的美国人却滥用这些机会，一直缠着国王不放。但在我所仅有的几个小时与皇后的相处中，感到皇后还是很友好的。我离开时，国王说：‘可能我们以后会在美国相遇呢。’跟所有的希腊人一样，他也想到美国走一走，看看这个缤彩纷呈的世界。”

希腊的乔治国王是欧洲近来登基的可能也是最不自由的国王。如索提所说，这个可怜的老好人的生活枯燥得像一潭死水。去年秋天，革命委员会这个掌握着国王可以当多久的组织把他推上了神坛。

乔治娶了罗马尼亚玛丽皇后和斐迪南国王的女儿

罗马尼亚公主为妻。此刻他的岳母正为了让他为人所认可和推广自己的女儿而四处游访欧洲各国首府。

提到罗马尼亚，这里的国王的事务也不是很繁多。

斐迪南国王看起来很焦虑，他性格寡淡，不喜向他人展示自己，总让人有各种猜测，就像多瑙河上游那些面带胡须的人一样让人看不透。欧洲从来就没正眼看过罗马尼亚这个国家。1919年，其他国家的政治家和朋友下榻在整个巴黎最好的酒店，签订计划让巴尔干半岛欧洲化的条约，然而却成功地巴尔干化了欧洲。这个时候，罗马尼亚也适时地派出了那些口才极佳的人为其所用。

而情况真正有所好转是在这些人完成了促进条约签订的使命后，罗马尼亚只要提出割地要求，任何邻近的土地都可被收入囊中。条约制定者也许认为这是让他们免受罗马尼亚那些激动的爱国者纠缠的最简单的办法。无论如何，为了抵制这些不想成为罗马尼亚民众的反叛新国民，罗马尼亚应打造一支强大的常备军队伍。

但很快，大批罗马尼亚民众纷纷断然离去，如同墨西哥湾流淌的冰川一般，断裂漂离。玛丽皇后，这个就连化妆也比欧洲其他皇族成员要浓重得多的一流桥牌能手、二流诗人，也是一个促进欧洲政治关系的高级推手，此刻她为了阻止这场分裂正在不遗余力地促成欧洲联盟。另外，卡罗王子，这个曾拍摄过完美加冕场景的卡罗王子电影公司的年轻俊美的总裁，对现今的政治局势却并没表示太多的兴趣。

与此同时，在未来10年将奋斗在前线，对抗匈牙利和俄国袭击的威武的军官们，居然会使用口红，涂抹胭脂，穿紧身胸衣，这让人无比费解。这一点并不夸张，我曾经目睹过罗马尼亚的军官们，其中步兵军官们在咖啡厅里涂抹口红，那些肌肉纵横的骑兵军官们脸上的胭脂涂得像马戏团演员一样五彩斑斓。对于紧身胸衣我就不敢确定了，要知道，人的外表总是具有欺骗性的。

从罗马尼亚回来，我们又进入了保加利亚国王鲍里斯的王国。鲍里斯是斐迪南的儿子。1918年近东前线溃败，保加利亚军队作为革命委员会成员终得回乡。他们从监狱里释放了一个叫斯坦波利斯基的人，这人身材高大，举止粗暴，满口脏话。他以前曾是个农民，因为希望让保加利亚站在战争的一边反对联盟而入狱。他从监狱里出来的场景，就像一头公牛冲出黑暗的围栏，蕴含着他所有的力量和一腔孤勇向着发光的斗牛圈冲去。他第一个指控的就是斐迪南国王。斐迪南离开了保加利亚，他的儿子鲍里斯也产生了同样的想法。“如果你试着离开这个国家，我会一枪毙了你。”斯坦波利斯基面带狰狞地大声咆哮道。

于是鲍里斯留了下来。斯坦波利斯基总喜欢让他待在候见室，当他有特别需要接待的客人前来时，比如有新闻记者前来时，就直接把他当作免费劳力一样叫进来做翻译。

鲍里斯长着金发碧眼，是个讨人喜欢且很健谈的人。他打心底里不喜欢保加利亚，几乎无数次考虑过离开这个地方去巴黎定居。现在斯坦波利斯基的政权被推翻了，那些之前的德国军官、贪污者、有说服力的政客以及保加利亚的知识分子纷纷起来反抗。这意味着，在保加利亚，那些掌握了足够学识的人们可以不再对他忠诚。他像一个逃犯一样四处漂泊，被人追杀，狼狈不堪。他曾对这个国家所付出过的所有心血，如此轻易地就被完完全全地摧毁了。鲍里斯现在还是国王，不过却受他父亲斐迪南和斐迪南的顾问团控制。

我有一年没见过他了，听说他还是那样的金发碧眼，不过却再也看不到他讨人喜欢的侃侃而谈了。他没有结婚，这导致玛丽皇后这个媒人又在培养一个女儿了。

紧接着提到的是南斯拉夫的亚历山大。南斯拉夫人坚持把南斯拉夫称为塞尔维亚、克罗地亚、斯洛文尼亚王国。亚历山大是塞尔维亚国王彼特的儿子，他与克罗地亚和斯洛文尼亚没有亲缘关系。有一天晚上，我在巴黎蒙马特尔的一个度假胜地正遇到他婚前最后一次微服出访到巴黎。当天晚上，他和一些穿着晚礼服的塞尔维亚人和法国人，还有各种各样的女孩一起就餐。这对葡萄酒商来说也是个不容错过的夜晚，亚历山大喝得酩酊大醉而且很是开心。

这次出访过后不久，婚礼就被推迟了，却并未像预想中那样被取消，最终还是如约而至。

意大利的国王维克托·埃马努埃尔是一个长着一绺山羊胡子，手脚短小、身材矮小且很严肃的人。他穿的制服在卷起裹腿时，双腿看起来如骑马帅般消瘦但却很强健。皇后比他几乎高出一个头。意大利国王的这个特点和他的先人——萨沃伊公国的最伟大的统治者一样，他也只比最轻量级的拳击手高出一点点。

这个向墨索里尼让出了他的王国、军队的意大利国王可算是欧洲最受欢迎的国王了。墨索里尼发表各种声明，礼貌地将其归还，以表对萨沃伊公国的忠诚。而后他还是决定要接收意大利国王出让的军队，他何时会再提出类似的接收要求，整个王国上上下下都无从揣测。

我跟许多法西斯党的元老级人物聊过天。“但是我们相信墨索里尼。”他们的话语里包含着无限的憧憬，“墨索里尼知道什么时候时机成熟”。

当然也会有这种可能，墨索里尼会像加里波第一样，声明与旧共和主义断绝关系。他的话虽是暂时的，但他似乎有一种可以让片刻变成永恒的魔力。

但是法西斯党人要生存就必须采取行动。他们在科孚岛和亚得里亚的事件上获得了小小的满足感。如果他们需要共和国才能让人民团结一心，则会毫不犹豫地建立一个共和国。

在这片广袤的土地上，作为人和人类的一员，也许我们没有办法找到一个比维克托·埃马努埃尔更好的父亲和更民主的统治者了。

从记事开始，现在的西班牙国王就已经是一国之王了。他一出生就是要做国王的，这在从1886年开始发行的5比塞塔铸币上印着的人物图像上可见一斑，那尖下巴是多么的令人熟悉。他并未为成为国王庆祝过，这好像过于理所当然，他除了做国王甚至从未做过其他的职业。如果5比塞塔上的图像是依真人临摹的话，那他儿时要比现在俊美得多，当然我们大家都失去了儿时那可爱的模样。

阿方索是又一位王位岌岌可危的国王，但是他对此却始终持有着漫不经心的态度。他不仅是一个出色的马球手，也是西班牙最优秀的业余摩托车手。

最近这位国王开车从这个名叫桑坦德的夏日海滨浴场，穿过高山丘陵，沿着峭壁，以每小时平均60公里的速度，前往马德里。西班牙的各大报纸对此都有大量的负面评论。“如果我们需要对国王负责，那国王是不是也该对我们负责，保持国王该有的样子呢？”等等。反正这次驾车之旅似乎饱受诟病。不过两个星期之后，国王又在圣塞瓦斯蒂安新开了一条赛车跑道，用超过100公里的时速简单跑了两圈，仅比国际汽车大奖赛的金牌获得者的时速慢了4公里。

在圣塞瓦斯蒂安举行国际汽车大奖赛那天，西班牙军队在摩洛哥又遭遇了一场惨烈的战败，这次失败的结果就是导致超过500人战死。马拉加的军营被发现有叛徒存在。两个团的叛变士兵拒绝离开西班牙前往摩尔城前线。在巴塞罗那，劳动民众和政府之间断断续续、起起伏伏的游击战也从未停歇过。这是不到一年的时间里发生了超过200起暗杀的源头。但是人们都没把阿方索当回事，也没人特意去想要他的命。对他们来说，那样持久的存在几乎不存在任何威胁了。

在北部，居住着令人敬仰的国王——挪威国王哈康、瑞典国王古斯塔夫、丹麦国王克里斯蒂安。他们的情况不错，除了瑞典国王有传言外，其他人都鲜有闲言碎语。瑞典国王热衷于并且很擅长打网球，每个冬季，他都定期和苏珊·朗格朗[1]在戛纳一起打网球。

比利时的国王叫阿贝尔，他的妻子——比利时皇后叫伊丽莎白，他们的盛名几乎到了无人不知、无人不晓的地步。

列支敦士登国王约翰二世的低调为他笼罩了一层神秘的光环，今年已83岁的约翰王子自1858年起就一直统治着列支敦士登公国。

我一直以为列支敦士登是一个住在芝加哥的职业拳击手经纪人的名字，但是它却是一个在约翰二世统治下繁荣昌盛的国家。约翰一世是他的父亲，他们家族做这个国家的统治者已有百年的历史。列支敦士登本是奥地利的属国，但在1918年9月7日，列支敦士登宣布独立。它全国面积为65平方英里，位于瑞士和奥地利的交界处。两年前，勇敢的列支敦士登人民还和瑞士签订条约，为其运营邮政和电报系统。据最新报告显示，除了约翰王子的牙齿出了点小小的问题外，全国10 876个当地居民生活得安居乐业。

截至到上一位国王，我只在我的文字中提及了现

[1]法国选手苏珊·朗格朗是历史上最伟大的女子网球选手之一。从1919年至1926年，她仅仅输掉了一场比赛。她曾获得1920年奥运会女单网球比赛的冠军。

任的欧洲各国的国王。关于前任国王的情况我会在另一篇文章中作详细叙述。在我的人生阅历中，我从未见过独裁的国王，或者是哈里·肯德尔·霍，抑或是兰德鲁。我很多好友都为了去多伦，伺机爬墙翻入花园内，尝试混在干草捆、一箱箱啤酒之中，甚至假扮成巴伐利亚外交官获取可以一览芳华的进城资格。当然，不仅是我们，就连见过他们的人都说用这种方法的结果不尽如人意。

寻找萨德伯里煤矿

《多伦多每日星报》1923年9月25日

安大略省萨德伯里

在萨德伯里地区有煤矿？

这个问题已经稍显陈旧了。已经26年了，很多有权威的地质学家早就承认在萨德伯里盆地里发现了稀少的掺杂着过多杂质的类似煤的物质。这些物质只能炼出一些劣质的燃料。于是这些地质学家决定给这些“煤填充物”起名叫“碳沥青”。

去年，C.W. 爵士与各省的地质学家合作，说最好能得到大批纯度更高的“碳沥青”，输出数量可以达到600万吨，如果这件事情可以被证实不是以讹传讹的话，那么它将具有跨时代的重大意义。但是经过对萨德伯里盆地的这块区域进行检测，他得出正式结论，就是这里最多只有视野内的几千吨含煤物质。然而，“碳沥青”的发现范围却远远超过了那些看似十分大胆的假想。

英属多伦多煤矿快车几乎是不眠不休地在萨德伯里盆地寻找煤的踪影，从安大略省劳斯伍德地区到这里的一段很短的距离中，他们已经耗费了4根金刚钻来打井了。根据这个煤矿的负责人斯图尔特·胡德提供的信息，如果能找到一块矿床将会出现皆大欢喜的画面。“但是，”胡德先生说，“这是在冒险。我们只有通过钻井这一种方法去找煤，并已经告知所有对这个公司感兴趣的人，这是一项风险之旅或者是投机活动。但是我们还是希望可以找到巨大的煤床，这样安大略的能源供应就可以摆脱依靠美国无烟煤的处境了。”

我是当天晚上到达萨德伯里的。万籁俱寂，暮色深沉，镇里没有居民知晓我的到来，但还可以看得出这里有红墙灰瓦，很多路灯和中国餐馆，很多打扮入时的女郎在街上无所事事地闲逛。这里正在放映本·特平的一部电影，法裔加拿大人正在酒吧里高谈阔论，我看到3个男人在大口吞咽着啤酒，他们面前的啤酒桶从未空过。我曾经在科博尔特看到有两个人在一个酒吧喝到第二天早上11点。

早上萨德伯里的街道看起来好像仍然在黑夜中沉默，如果不是事先知道已经到了早上，没有路灯、女郎，没有人闲逛，这里真的如同陷入了黑夜一般永久地沉睡着。

我在安大略金刚石钻井公司的办公室里，找到了这个公司的财务处长T.H. 霍尔先生和法兰克·皮卡德先生。法兰克·皮卡德先生住在镇上，曾在安大略的多伦多分公司钻井处工作，而露天煤矿的资源在很久之前就被人发现了。

皮卡德先生已经返回劳斯伍德的那个他热衷的工作岗位上。我们乘坐同一辆车起程，负责开车的是一个差不多能把车座完全占据的很胖的法裔加拿大人。这条路横穿萨德伯里地区，车子一路向西不曾停歇，驶出了萨德伯里。这个是我所见过的最不同寻常的乡村地区，一路群山起伏，可以看到车窗外被一片紫黑色的岩石所覆盖，还有一些是硫黄色的石粒，它们像是在一次火山大喷发后，残留在山坡上的岩浆凝结成的火山岩。偶尔还能看见干缩的被烧焦的树桩矗立在布满烧焦岩石的山中的低洼处，这里连植被的痕迹都消失得无影无踪了。

皮卡德说这里原来是一个绿树成荫的村子，但是所有的植被都被炽热矿床上散发的硫黄烟雾给毁于一旦，只余灰烬了。在这些矿床里，镍矿覆盖了整个大型原木林。石油悬浮在这些巨大矿床和树木之上，而这一切全都被付之一炬。直到镍矿自身热度随着硫黄烟雾的散去而散去，这场大火才被熄灭。但是在阴云散去的过程中，硫黄烟雾几乎遏制了所有生物的咽喉，几英里范围内，几乎瞬间从绿草如茵变成寸草不生。

渐渐地我们驶出了这片像《天路历程》早期不上色的插图一样荒芜的地区。我想在这条路上的任何地点我都能一览无余。随后我们驶出了山谷，右手边是默里矿山巨大灰色建筑投下的阴影，左手边离我们较远的是层层叠叠的高炉，如果仔细看就能看到一个开放、平坦的绿色村庄被包围着。

这里就是萨德伯里盆地，一个拥有大片耕地的村庄，它像伊利诺伊州或者荷兰那样平坦，更像是在5分镍币上被蓝岭包围的马蹄铁。在马蹄铁所占区域上围着缓和、灰色的不规则线条。

这个村庄的人们开始向盆地的边缘地区集结，停在牧场矿工的简易宿舍和钻井公司办公室门前的汽车也开始接踵而至。加拿大太平洋铁路劳斯伍德站也随即被建成，而且铁路将贯穿戴维夫人木屋右边的田地，于是我在那片田地上找到了一个长着一脸黄色胡子，有点驼背，说话带点乡音的高个子苏格兰人——托马斯·沃森。他负责在这片田地上为英属多伦多煤矿快车公司建造相应的通行列车。

托马斯·沃森只用了很短的时间就扎好营并把晚饭给做好了。而此时，我们正好在驱车返回的路上。

汽车在这条还没完全开发好的路上减速，朝着公司用钻头打了4口井且正在进行施工的地方行驶着。

在田野里一块绿色斜坡的最低端，有一个三脚架，附近有一缕缕青烟从烧水的屋子里徐徐升起。金刚石钻头因为工作而发出巨大的轰鸣声。这儿有一种极好的手摇曲柄钻，它有一根钢管，能够不停地旋转，直到钻头停下它才停下。管端嵌有金刚石镶钉的钻管正在从岩石层向下慢慢地打孔，水从钻孔里喷涌而出，这使得钻管周围的温度大大降低。钻井机不断地发起冲击，它已经触及岩石层中心的物质。“岩心箱”，在钻井机后部钻管10英尺的地方，现在已经被坚石塞得满满的。于是负责人停下了钻井机并把极长的钻管拖到地面上。然后他和工人们把钻管打捆，清理“岩心箱”，为下次使用做准备。

这个钻井机的核心部分受到过带木滑车钻管的撞

击，反而正好被放置在“岩心箱”恰当的地方，即被放置在一个狭窄的、宽度小于5英尺的、如棺材一般的容器中，这让人不自觉地想到像埃弗释巨人牌铅笔躺在里面一样。全部的核心部分被打捆装在“岩心箱”里。为方便管理，机器运作的负责人知道核心部分是从哪个矿井中弄出来的，这个矿井的深度是多少。这些箱子被谨慎地编上序号。

我们远远地看着钻井机强劲地工作，看着那些岩石层被顷刻间碎成碎片。我们走了3/4英里，穿过一块被灌木丛覆盖的露头煤矿——无烟煤矿、硬煤矿，其实它们的名字由你随心而定。

这片露头煤矿静默于山脊顶端的板岩裂缝处，貌似没有一个地质学家可以注意到一口袋掺着外来杂质的碎煤静静地躺在“之”字形岩石缝隙里。它有煤的外观和触感，甚至可以说它就是煤了，但是其中又掺杂着石英、黄铁矿和其他矿物质。我们爬上山顶，注意到在这个低矮的村庄里，一些白皮肤测量员正用专用测量棒和垂线测量着3个已经钻好的矿井的位置。

然后我们蹲下来向下检查机器轴杆，若从以山脊为基础的露头矿以下算起，轴杆已经打了60英尺深。我跟着托马斯·沃森，借着幽暗、明灭不定的烛光，沿着被轴杆弄出的蓄水池的边沿行走，前面同样发现了相同性质的露头煤矿，它和先前被发现的矿看起来好像处于同一个矿床上。

顺着山脊向下，在A.P.科尔曼博士报告的最初发现的矿井边，沃森先生仔细检查正在缓缓下沉的金刚石钻井机。“在342英尺的地方，我们打穿了18英尺厚的板岩，并发现了4.5英尺厚的煤层。”沃森先生带着自豪地说道，“后来，我们一直打到了398英尺的地方，但是除了在378英尺深的地方发现了细条纹似的煤层之外，就再也没发现别的踪迹了。”

沃森先生说，除去某一个“岩心箱”里的样品之外，来自1号矿井的“煤核心”已经被送往多伦多，供一些重要的公司董事及政府官员用以观摩。我检查过，这次发现的大块“岩心”虽然其中还包含着条纹状的石英、掺有硅酸盐的黄铁矿和板岩碎屑，但从整体上来说几乎已经与纯净的煤炭不相上下了。

“我们钻到2号井这儿，”沃森先生说，“在1398英尺的地方，发现了17英寸厚的煤层，虽然这些煤层和那些表层矿差不多，但是要更纯些。我们钻到了1431.5英尺深。”

随后我们穿过灌木丛向山上走去，并在一片由泥火山锥较大的泥泞区形成的开阔高地上停下来。“这是我们钻到的3号井。”沃森先生指着那个洞说，“它的深度已经达到了1236英尺，并且在1141英尺的地方我们又发现了120厘米深的煤层。在1141英尺处，对于钻井机来说煤就变得非常软，甚至水都能把它冲掉，可想而知我们得到的就只有烂泥了，但是它又确实是煤。”

“那4号井呢？”我问。

“我们最好能熬到那个时候，然后去看看‘岩心箱’。”沃森说。

根据前3个矿井的中心状况发现，1号矿井的煤层厚度为16英寸，在3号井虽然获得的是烂泥状物质、非常软的煤，但是能说明这个煤层中心是底煤、泥板岩和水的混合物。我看过那几根长钻杆，很黑，因为上面沾满了条状石英、发光的黄铁矿石颗粒及板岩碎屑，所以很难看清它真正的全貌。

我们穿过树林来到4号井附近，此时，钻井机还在继续工作着。于是我们往回走，在回去的路上穿过了麦肯齐河，这儿同样也有一片类似的露头矿，但这个是我在这座山上见过的很多同类型的表层矿中最大的。不过比起之前的钻杆，这个钻杆颜色稍浅。随后我们进入一间小木屋，以前这个小木屋堆放过“岩心箱”。

“不久前的一天，我把这儿的一些‘岩心箱’送到了多伦多。”沃森先生说，“我尽力把这里的两个‘岩心箱’旋开。”

我坐在小屋的地板上，拿出钢笔记笔记，而托马斯·沃森用螺丝刀旋开这些岩心箱。“现在给我一些这个矿井的数据，沃森先生。”我建议。“从148~169英尺，这个部分大约有20英尺厚。你也看到了，大概来说，虽然这部分有20英尺厚，但是露出来的煤层核心厚度为10英尺。”

我看了看屋子里“岩心箱”中物质的状况，发现里面有一些发亮的东西，像煤，将其打碎后，观察发现其中还混杂着普通石英和以前我从没见过的新型纯白色石英，以及大量的黄铁矿。此外我们还意识到，其实不太容易看到它们的实质，因为它们总是闪着独特细致的光芒。

我们正看着一个“岩心箱”，这个“岩心箱”我们以前就打开过。然后托马斯·沃森点起了烟斗，同时外面的钻井机轰鸣着、工作着。之后我们穿过灌木丛，一边说着劳合·乔治以及不同国家的“矿物标准”，一边谈论着那些特别有名的新闻工作者。

“‘岩心箱’里的物质已经分析过了吗？”我问。

“我告诉过他们尽快分析，我认为那看起来虽然像是煤，但是眼见不一定为实。不过这是他们的事，我还是得在这里继续努力。”托马斯·沃森边说边向“岩心箱”倾了过去。

“沃森先生，告诉我，这些填充物真的是煤吗？”我问。

托马斯·沃森说：“不是煤，那些做检验的人给我写信说。只要是知道这件事的人，都说它是煤，但是我知道，它真的不是煤，那些表层矿才是煤。我们钻出的1号井和2号井确实是煤井，但是3号井10英尺处和4号井20英尺处确实没有煤。我以身家性命做赌注。”

“但是怎么就能确定它不是煤？”我说。

“我怎么知道？就算是我，干这一行已经40年了，我怎么知道所有煤矿开采的事情？3号井10英尺处和4号井20英尺处的填充物确实是我们曾经遇到过的叫作“假煤”的煤矿新土，但这对于我们并没有任何意义。”

“那你说这矿到底在哪儿？”我问。

“纽兰兹煤矿，大概位于格拉斯哥外10英里、向北2英里处。虽然它看起来也像煤，但是说起来它什么都不是，在它那里同样有两层特别薄的煤层。”

“但是1号矿井，那确实是好煤。你不认为这岩脉是从那个表层矿延伸出来的吗？你捡到的样品也是从与1号井和2号井同样的深度弄到的吧！这个深度同样与露头矿有联系！”我说。

“确实是这样，并且我知道那有煤。但是我确定其他的也不是煤。”和托马斯·沃森一样，不列颠矿业认证师也有这样的顾虑。

一位杰出的安大略地质学家已经亲自检验了劳斯伍德煤矿床，并告诉《星报》说，“碳沥青”在矿脉中重现而没有出现在矿床中。根据这个地质学家的检验结果，劳斯伍德附近的表层矿是因为山体凹进去的岩石中充满了类煤物质形成的。

这个地质学家告诉《星报》，毫无疑问，因为在萨德伯里盆地里的岩石年代太久了，所以不可能有真正的煤矿床，这些岩石露出部分中的“碳沥青”是如此不纯净，以至于很容易被压碎。若把杂质冲掉，可将它变成粉末的部分制成煤状物。但是为了更大的商业利益，这些粉末的需求量必须达到上百万吨。然而，没有人真正地知道到底存在多少“碳沥青”，而且如果人们想利用“碳沥青”获得巨大的商业利益，这确实是一个冒险的项目。现在最大的问题是到底“碳沥青”有多少？当然，量足够确实很重要。

《星报》检查了沃森先生联合斯图特·胡德先生和J.H. 亨德森先生做出的数据报告，而这两位先生均与英属煤矿快车公司有关。

“我们很相信沃森先生以及他的报告书。”胡德先生说。

“那您将怎样确定煤矿的位置呢？”《星报》记者问。

“不过你是在问一个不懂的人。”亨德森先生犹豫了一下，“我再解释一次给我自己听，这已经不止一次了。”亨德森先生向记者展示手中的两页文件，“你检查过类煤物质的组成，也检查过出现的地点，然后你又找到了其他地点类似的物质，随后你却把后来所查到的东西全部抹去。当你得到相同的物质组成时，你不再抹杀自己的理论，并且此时你才知道你与那些专业人士的认知是相同的。”

亨德森先生向我们描述了作为一个地质学或者工程项目的门外汉的难处。

这个记者问：“胡德先生，3号井和4号井提供的样品是否已经被检测了？”

“不，没有。”胡德先生说。

“它已经被烧掉了。”亨德森先生说。

胡德先生说，当开始钻2号井之前，他也没有涉及这一领域，导致他既没看见3号井，也没看见4号井。他还说，这个公司只配有打1号井和2号井的钻杆。“但是，”胡德先生说，“我们有托马斯·沃森先生的报告，并且我们还在打井，努力在盆地后部的裂缝处追寻煤的踪迹，我们相信煤就在那里。”

A.P.科尔曼教授就那份报告提出了自己的看法，影响了参与《老人》的几代不同的地质学家，这些地质学家发现了这个北部国家有着丰富的矿产资源。他们读过《星报》上报道的关于“萨德伯里煤田”调查的过程和依据，现在，尤其是对在皇家安大略博物馆办公室工作的人产生了极大的影响。

“我们有证据证实报告中的每一个观点，这其中包括安大略省劳斯伍德附近有‘碳沥青’物质的小型接缝。”科尔曼教授说，“被人们在意的事情就是煤出现在那些矿床上，但是‘碳沥青’却没在矿床上被发现，只在那些裂缝中被发现。”

科尔曼博士检测了英属煤矿列车上的两个不同表层矿的样品，然后写成了报告，并以这种形式把样品的性质告诉《星报》。

“是的，那是相同的‘碳沥青’。”他说。

记者向他展示了从那个公司1号矿井带来的一小片“煤”的样品。“我们还有许多比大学实验室里的更纯净的‘碳沥青’样品。”科尔曼教授说，“这些样品可以拿出来展示，在里面还混合着板岩颗粒和其他矿物。”

“煤和‘碳沥青’之间还是有很多不同的。”科尔曼教授坚持这么说，“煤是古代植物死亡后，深埋于不同矿层而形成的。而‘碳沥青’总是形成于岩石裂缝里。‘碳沥青’从沥青演变而来，它含有从沥青中溢出来的沥青物质。‘碳沥青’和煤的源头不一样。”

“沥青失去了挥发性物质，固化碳却留了下来。你能从‘碳沥青’得到的煤比从无烟煤得到的煤更多，这就是原因。”

科尔曼教授停顿了一会儿，“这份报告对我来说既生动又准确。”他说，“比如我在里面会用‘硅’而不会用‘硅酸盐’。在我看来，只有这么一件事可能需要改动。自从我们在1896年撰写这个报告开始，施工过程部分我没有看到什么需要变动的地方。但是，3个矿井都意外收获了从表层矿岩石裂缝里喷涌而出的‘碳沥青’。只有这一种新物质在表层矿里不断被发现，而且数量越来越多。这肯定会让这个小村子很快出名。”

“这些新型表层矿出现有什么意义呢？”记者问。

“没什么新的意义。”科尔曼教授说，“从某种程度上来说，露头‘碳沥青’的出现证明这片表层矿里并没有煤。因为它不是煤。关于煤矿床的一系列推断就没了。”

“那么你认为该如何知道这片煤炭在哪儿呢？”记者问。

“在煤矿床里。”科尔曼博士解释说，“知道条纹和不规则下沉裂纹预示着什么吗？例如‘碳沥青’，你就不能预测将会在一个极不规则的大裂缝里发现‘碳沥青’，尤其是在连续变动而且堆满了大石块的裂缝里。”

“在萨德伯里盆地里，只要是能用的材料和工具，他们保证都用上了。”科尔曼思考了一小会儿说，“在萨德伯里，硬煤比多伦多的贵好多。我觉得，沃森先生保持了一个平稳的钻井机工作记录，我希望在矿业局，这个记录能一直保持下去。只要是突然出现的新型矿物，我们都感兴趣。例如，他们如果碰上大批量石英并了解这些石英的具体数量，我们还是会持同样的态度。”

日本地震

《多伦多每日星报》1923年9月25日

这个故事的主人公都没有名字。

在这个故事里，有一个记者、一个年轻女记者、一个穿着日本和服的漂亮女儿和一个母亲。旁边的房间有一小撮人在聊天，当他们看到记者和年轻女记者穿过房间走向门外时，都站了起来。

下午4点的时候，记者和年轻女记者站在前廊，随后他们按下前门的门铃。

“他们不会让我们进去的。”年轻女记者说。

他们是听到房子里面有人走来走去的声音，然后又听到有人说道：“母亲，我下去接待他们吧。”

门由上到下打开了一条缝，中间出现一个女孩，她有一张很黑很美丽的脸蛋，而且头发柔软中分。

“她真的很漂亮。”记者心想。他接过这么多次任务，看到过很多长得美丽而且身材也很好的女孩，但很少见到真正漂亮的女孩。

“你们找谁？”门缝里的女孩问。

“我们是《星报》的记者。”记者说道，“这是苏女士和苏小姐家吗？”

“我们没什么好说的。所以请你们不要进来。”女孩说。

“可是……”记者开始发话。他有非常强烈的预感，如果他停止说话，女孩会把门关上，所以他一直在说。最后女孩开门了。“好吧，我会让你们进来，但是我要上楼问问我的母亲。”她说。

她穿着日本和服，迅速且轻盈地走上楼去。日本和服，这个词应该有其他称呼才对。“和服”听起来像早上嘈杂的声音，而这在和服上一点都没有令人感觉到。女孩穿的和服的颜色很是生动，剪裁得也非常贴身。看起来仿佛在腰带里放两把刀子就能把和服划破。

年轻女记者和记者坐在客厅的沙发上。“很抱歉都是我在说话。”记者小声地说。

“不用介意，你继续说。我根本就没有想到我们可以进来。”年轻女记者说。“她长得很好看，是吧？”记者之前就这么想过。“难道她拿到那件和服的时候不知道自己在干什么吗？”

“别说了，她们来啦。”

女孩穿着日本和服和她的妈妈一起从楼上下来了。她妈妈的面容显得十分坚强。

“我想知道的是，你们是怎么拿到这些照片的？”她问道。

“这些照片很好看，不是吗？”年轻女记者答道。

年轻女记者和记者两个人都不知道关于照片的任何信息。他们确实是不知道。最终，那母女俩也相信了。

“我们什么也不会说。因为我们不想上报纸。我们已经承受了太多。在地震中还有很多人的遭遇比我们更惨。我们一点都不想谈论这个话题。”

“母亲，可是我让他们进来了。”女孩说。她转向记者，说：“你们到底想要知道什么？”

“只要是你们能记起来的，当时发生了什么，请都告诉我们。”记者说。

“如果我们把你们想知道的都告诉你们，你们能保证我们的名字不会被写到报纸上吗？”女儿问道。

“为什么不能用你们的名字呢？”记者问道。

“如果你们用我们的真实名字，我们什么也不会说。”女儿说。

母亲说：“噢，你要知道，所有的记者，他们就算向你保证，也会在报上登上你的名字的。”

故事到这仿佛就结束了。刚才这番评论让记者倍感生气，他已经受过足够多的侮辱了，而这是一种过分的侮辱。

“苏女士，苏小姐。”他说，“美国总统总跟新闻记者说些需要保密的信息，但是一旦这些信息被泄露出去，他的饭碗就保不住了。每周法国的总理都在巴黎跟新闻记者讲一些事实，而这些事实如果被透露出去，连法国政府都会被推翻。我们是新闻记者，不是那些随便的情报贩子。”

“好吧。”母亲说，“也许真像你所说的那样，新闻记者是不会这样做的。”

随后女儿就开始讲述当时的情况，母亲在一旁补充。

“我们的船（澳大利亚王后号，加拿大太平洋航线）正准备出海。”女儿说，“就是因为当时母亲和父亲走下了码头，他们才逃过一劫。”

“王后号一般在周六中午驶出。”母亲说。

“就在12点之前，我们听到一声巨响，然后所有的东西都开始左摇右晃。码头也开始摇晃起来。我和我的兄弟当时正在船上，靠在栏杆边上。所有人都在把气船往下扔。不过震动只持续了30秒。”女儿说道。

母亲说：“我们被抛到一个钢筋码头的地上，而当时它也在四处摇晃。我和我丈夫相互靠着，但是还是被到处乱抛。很多人都被抛下了水。我还记得一个人力车夫很艰难地从水里爬上来。除了我们的车没掉下去，其他汽车和所有东西都掉进了水里。我们的那辆车就停放在码头上，放在王子贝恩——法国领事的车旁边，直到大火烧起。”

“震动过后你们都做了什么？”记者问道。

“我们用力爬到了岸上。码头都崩塌了。无数的钢筋也都断裂了。我们开始沿着堤岸往上走。从那里可以看到那些大型的高层建筑、库房都坍塌了。你知道的，堤岸的路是直通水边的。我们一路走到英国领事馆，但是这里已塌得跟漏斗一样。所有的建筑都塌了，我们从楼房的前面就能看到后面的以前是围起来的院子。紧接着又是一次余震。我们继续往前走，直到走到我们的房子前，但要上去是根本不可能的。我丈夫听说办公室里的人都跑了出来，对于那些在大楼里的人们，大家却一点忙都帮不上。坍塌的楼房都被盖上了一层厚厚的灰尘。透过灰尘，几乎看不到任何东西。四周都有火灾发生。”

“人们都在做什么？他们是怎么应对这场灾难的？”记者问。

“大家都没有惊慌。这实在是奇怪。英国领事馆旁边是俄国领事馆。虽然这栋建筑还没有完全倒塌，但是已经损坏得非常严重，然而我并没有听到任何人尖叫。在这里倒是看见一个女人，从前门哭着走出来。领事馆前面的院子里，一帮苦力倚坐在铁栅栏上。女人用日语苦苦哀求他们帮她从大楼里把女儿救出来。‘她还是个小孩。’但是苦力们都只坐在那里，并没有帮她，就好像他们被什么困住了，动不了一样。当然，在这种情况下，他们自己都要顾着保住自己的性命，所以没有人会去帮助其他任何人。”

“你们是怎样回到船上去的呢？”年轻女记者问。

“那里有一些舢板船，我丈夫找到一只，于是我们就划了回去。不过当时的火势很大，而且风也往海里吹。尽管如此，我们最终还是来到了码头。当然，当时那里根本找不到踏板，不过船上有人把绳子放了下来，我们就沿着绳子爬上了船。”

现在我们不再需要去暗示或者向那位母亲提问了。对那天的回忆以及接下来在横滨港口的几个日夜的经历的回忆，又让她重新经历了那场浩劫。现在记者知道为什么她不想接受访问了。没有人有权利去采访，让她直接回想到当时的情景。她的手微微地颤抖着。

“法国领事的儿子生病了，地震时还在他自己的家中。外国居民区就坐落在我们住的那个断崖上。当时那断崖已经开始断塌，可怕的是朝着小镇的方向。王子走到岸上，一直走到他房子的残骸处。他们用了很长的时间才把孩子救了出来，但是他的背部受了伤。因为里面的火势实在是太大了，他们没有办法救出他们的法国管家。他们不得不把他留在里面，而后离开。”

“他们不得不把管家活生生地留在大火里？”年轻女记者问道。

“是的。他们不得不这样做。”那位母亲说。

那位母亲用呆滞而疲倦的声音继续讲述着。

“一个乘坐杰斐逊（游轮）回来的女人失去了她的丈夫。我并不认识她。还有一对刚结婚不久的年轻夫妇，他们只出去了一小会儿。他的妻子到镇上去购物，随后灾难就发生了。因为大火，他根本没办法去找她。虽然美国医院的主治医生被救了出来，但是他的妻子，还有助理医师却还被困在里面。大火来势汹汹，整个小镇都变成连绵不断的火海。”

“当然，我们都在船上。烟雾很大，很多时候都看不到岸上的情况。由于潜水艇的油箱破裂，然后引发了火灾，船上的情况也变得糟糕起来。那着火的潜水艇向着港口码头移来。当潜水艇到达码头的时候，我们也不知道在王后号被烧着之前我们能不能获救。船长在远离火源的一边放下所有的小船，准备让我们下去。当然我们不能从着火的一边下去，因为那里的温度太高了。他们用水管向着火苗喷去，但是这对火根本就没有作用，反而越喷越大。”

“他们一直努力要砍掉卡在螺旋桨里面的锚链，因为只要把它从船上弄开就好了。最后还是弄开了，于是他们将王后号驶离码头。让人感到不可思议的是他们居然可以不用拖船就让它驶离码头。在横滨港口出现这一幕，是怎么都没想到的。这太奇妙了。”

“当然，他们整日整夜都在把受伤的民众和难民安置到这里来。他们坐舢板船或用其他工具出去，把难民们都救了上来。我们就睡在甲板上。”

“我丈夫跟我说，当我们离开防波堤的时候，他的心才放了下来。港口那边好像有两个古（火山）坑，他很担心这两个火山坑也会出现什么状况。”

“没有发生海啸吗？”记者问道。

“没有，什么都没有发生。当我们最终离开横滨前往神户的时候，又有三四次余震，在船上也能感觉得到，不过没有发生海啸。”

她又想到了横滨港口的情景。“有些人在水里站了一整夜，筋疲力尽。”她又补充说。

“噢，有人竟然在水里站了一整夜呀！”记者温柔地说。

“是的。这样的话才让他们可以避开火灾。有一个老妇人，年纪有76岁左右了，她就在水里站了一整夜。还有好多人待在河道里。你知道的，横滨是个河道密布的地方。”

“在地震的时候这些网罗密布的河道不是会让人们更不知道去哪儿吗？”年轻女记者问道。

“噢，不。在火灾发生的时候，这些河道起了很大的作用。”那位母亲神情严肃地说。

“地震刚发生的时候，你们感受如何呢？”记者问。

“噢，我们知道是地震来了。”那位母亲说，“这里经常地震，但是大家都不知道这次地震会这么严重。9年前就有一次，1天就发生了5次地震。我们只想到镇上去看看一切是否安好，但是我们发现地震很严重，那时我们就意识到，东西还在不在已经不重要了，人是安全的才是最重要的。我没打算回家，我女儿和儿子都出海去了。我丈夫还在神户，有那么多重建的工作需要做，他有得忙了。”

就在这时，电话铃响了。“我母亲现在正在接受记者采访。”女儿在旁边的房间，跟一些刚进来的朋友说话。他们在聊关于音乐的话题。记者走心地听了一会儿，听听他们有没有在谈论关于地震的任何内容，但是他们并没有谈到这些。

那位母亲显得非常疲惫。年轻女记者站了起来，记者也跟着站了起来。

“你知道的，千万不要把我们的名字写上去。”那位母亲再次提醒说。

“我确定，这不会对你们造成任何伤害的。”

“你保证过你们不会这样做的。”那位母亲疲倦地说。于是记者们出来了。当他们穿过房间的时候，那些刚进来的朋友们也站了起来。

门关上时，记者又看了一眼那和服。

“咱俩谁来写这个故事？你写还是我写？”年轻女记者问道。

记者回答说：“不知道。”

别根海特法官

《多伦多每日星报》1923年10月4日

别根海特伯爵，一个崇尚简朴、不可接近、愤世嫉俗、目空一切的贵族人物，同样也是一个神一样的人物。

他作为一个大法官，戴着白色假发套，坐在议长椅上，有着法老一样的侧面轮廓，而且这轮廓还特别像严肃、不可磨灭、永远不动的斯芬克斯雕像。

当《星报》记者看到他时，他坐在私家车的早餐桌前，车就停在联盟工会的门前。他穿着一件毛风衣，上面印有玛利亚像，底色是雪茄蓝的，脖子上系着一条底色是柠檬黄的领带，并且印着罗马纹。可以观察到，这里有些网球衣，并且他更喜欢饭后去打网球而不是去进行演讲。

他被人认为才智过人、“尖酸刻薄”，还有“喷发的火山”“黑心政客”“政界的硫酸冲洗器”等其他外号。而且，据说他非常不喜欢被采访，这足以看出他的脾气。

然而，可能是那次加拿大之旅，让他有了特别好的幽默感。那次他向多伦多微笑，多伦多则以10月温暖的阳光回报了他。市民用大串牛奶空罐、矿车摆放在他车旁的空地上作为迎接仪式。

他变得极其友善、和蔼可亲，话也多了起来，当然，这些都不是太政治化或者是闲话太多。虽然《星报》记者准备了很多难题，但是他还是答得很好，也就赢得了“英国大百科全书”的称号。不过他却放弃了这个荣誉称号。他获得了很多荣誉，这只是其中的一个。

“你会发表一些关于国际联盟的言论以及会评价伍罗德·威尔逊吗？”《星报》记者问。他回答说：“我已经对这些作出了评价。我不会收回所说过的任何话，但是也没有任何再惹麻烦的理由。”

在他的旅行中，他不会讨论这些“高层问题”。“天哪，不，不，不。”他说，“我仅仅是为20年公众生活的回忆录提供素材，我见过的名人以及其他一些人都是这样做的。”

在禁酒令的问题上，他毫不客气地说自己会公正对待而不是轻易地用尖酸的话语不了了之。“你既不能说美国的禁酒令是个失败之策，也同样不能说它是个成功之举。对于我自己来说，我并不喜欢这样做。”

“这并不是真的。”《星报》记者回应他，“你不仅做禁酒主义者两年了，还用5000美元做赌注。”

这确实不是真的。在禁酒令这件事上，他没有将钱浪费在上面，同样也没有因为健康问题而放弃吸烟，相反经常在饭后叼一根长长的雪茄烟，但黄褐色的脸庞，较为健康的外貌及活力，很好地证明了他说的是假的。事实上。从绒布条纹领带上看，他并不像一个轻浮、不讲究衣着的人，起码从腰上的装饰也可以看出，他与轻浮还是有差别的。

“其他英国人在禁酒令的执行上有任何看法吗？”《星报》记者还是执著于禁酒令的主题。“我没在意过。”他说，“我们感觉那是他们自己内部的问题，我们认为没有义务去帮助美国人实施他们的节约法令，我们涉及不到。”

他并不愿意伪装成政治预言家，但是他说英格兰还没有任何要颁布禁酒令的预兆，政府某些相对宽松的政策让他有存在的意义。也许在他之后，实施一些较为严厉的政策对政局会有很大的帮助。

“之后，阿斯特女士的扫帚能够彻底清扫英格兰？”他耸了耸肩，并微笑着说，“英格兰是绝对不会允许这种事情发生的。”他继续说，“像是让一个富人有喝酒的特权，我们的人民一定会对这种不平等的现状奋起反抗。当然，禁酒令这种政策必须有一定的信任度。就像是政府给人民的抵押物，如果没有抵押物，就是对民众人权自由的侵犯，且会造成诸多社会和法律的不平等现象。”

作为F. E. 史密斯家族的一员，别根海特法官在获得极大成功后，在一些酒吧里，他就有了一个“付费史密斯”的外号。在获得贝列尔学院颁发的多个奖项后，谈话的主题就转移到了牛津大学和颁奖现场贵宾椅中好的位置以及学生椅中不好的位置上。在这里，别根海特法官善于运用冷笑话，“罗马法律不会允许有人投反对票。”他说。这就是表明顿河流域的人不用担心自己的胃会不会受委屈。毕竟在现实情况中，英格兰在禁酒的问题上还是有许多缺陷的。

当记者问他是否赞成加拿大人向枢密院上诉，他先给出了一个谨慎的观点。“我们很乐意那么做。”他说，“作为你们的最高法院。我们会做出最公正的判决。但对你们来说，这个法律系统却应该消失。”它却还是存在着，英国人的判决就是可以光荣地用不可思议的加拿大法律条文做出解释，他们认为这是在运用他们的聪明才智。但是，这一切完全出于自愿，没有任何收益，因为对政府来说运用加拿大法律完全是额外的负担。

记者说道：“这里有些人，在抱怨费用问题。”

“我们不能期盼给诉讼当事人任何免费方式。”伯爵大笑，“除非我们用到的所有法律手段都能直通伦敦。”

更可笑的问题看起来更适于在早餐桌上谈论。“王子什么时候结婚？”《星报》记者问。

“我怎么知道。”别根海特法官大笑。几天前，当他经过亚伯达省时，王子并没有透露给他一些关于婚礼的事宜。

但是王子的未婚妻是个怎样的女孩呢？他知道有关王子未婚妻的情况吗？记者又这样问，别根海特法官又大笑起来。他曾经说过，自己是国玺的保存者，又不是王子的“保姆”。

记者只好先把王子未婚妻的问题搁置一边，转而问：“最近的电影怎么样？您对这些电影有什么看法呢？”

这位大法官并没有为这些无聊的问题而生气。“你应该问我女儿。”他笑着说，“她是我们家对电影最有发言权的人。”

不巧的是，埃莉诺女士并没有跟着他。她现在在纽约，而且在那个出产最高质量电影的地方。但是，谣传他的女儿曾出现在大银幕上，没人知道这件事真不真实。

他的女儿想成为电影演员，但是这不能影响别根海特法官的工作。在女儿的描述下，他是一个时尚前卫的父亲。“她做自己喜欢的事绝对不会犹豫。”他的语气中充满了溺爱。但是，并不是所有她想做的事都能去做。

这位“现代化”的大法官似乎仍然不怎么认可妇女在现代新闻业中所起的作用。一个《星报》女记者想了解埃莉诺女士缺席的原因，然而他却说：“我不知道怎么才能帮你，我知道你从事时尚业。”他认为没有必要讨论时尚问题，因为现代妇女华丽的服饰还不够资格浪费他的精力。

但是他并没有被问到有关时尚的问题，他用一种惊奇并且带点赞赏，又有些不太明显的讽刺，述说了无论是北美的男记者还是女记者，带给他更多的是震撼。但在英格兰，出现在公共场合的男士多是正正经经地说话。他们不会做自己肖像画的模特，但是看起来也不会和自己正襟危坐的肖像有矛盾。

“在英格兰，”他说，“那些新闻媒体一旦问住我，我就悄悄离开。但是回来的时候，他们就会加倍刁难我。”虽然这只是偶尔会遇到的情况。

“关于劳合·乔治的事情是真的吗？”

“劳合·乔治，”他说，“一个声望极高的人，在出现在公众面前的形象那么随意的同时，整体风格又没什么变化。这说明他更喜欢以更正式的方法给出自己的观点，他不会喜欢把自己的观点交给一些随意的记者。”

但是别根海特法官自己却并不是一个很正式的人，至少在早晨不会让自己太正式。“我今天没有任何观点。”他说，“都是些有关‘正式’或是‘非正式’的观点。我要去打网球了，希望你能把这次采访处理好。”

这次采访虽然简明、随意，但是至少消除了关于这个神秘男人的3个现代英国政治的谜团：他是不是一个禁酒主义者，他是否已经放弃吸烟，还有他是否由于不能容忍某些记者而说话的方式过于直率。

如果别根海特法官是一个极端主义者，一个政治狂人，不容易让人接近，尤其是不能采访其关于威尔逊理想主义话题的人，尽管他外表宽容慈祥，但是一旦触动了他的底线，也会造成严重的后果。他的讽刺智慧被健谈、温文尔雅、和蔼可亲的个人品质很好地掩藏了。

但是，像他说的那样，美好的一天从有一个好的早晨开始，所以在早晨不适合谈论政治。

昨天晚上，他在马西大厅里不急不躁、犹如信步游于田间般，从对党派历史的回顾到对未来的展望娓娓道来。他是一个伟大的雄辩家，经常陈述一些对在不列颠已经发生的、正在发生的、将要发生的事情的观点，也不会不分析以前、现在、以后要分享的事情的前因后果。

劳合·乔治要做万人演讲

《多伦多每日星报》1923年10月5日

纽约

阿尔弗雷德·科波先生允许《星报》于今天早上现场采访劳合·乔治在（多伦多）阿莱娜花园或者是大竞技场的盛大演讲。“把这封电报送到市长手中，以便劳合·乔治先生早上到达时，可以及时安排好相关事宜。”阿尔弗雷德先生说。“如果能有10 000人到场就更好了。劳合·乔治先生将不止讲20分钟，因为我们希望每个人都能听到他的声音，所以，应该提前为他准备好扩音器。”

劳合·乔治抵达

《多伦多每日星报》1923年10月5日

纽约

今天，当巨大的毛里塔尼亚号邮轮抵达之时，首先映入眼帘的是一艘正停在纽约港外如悬崖峭壁一般高耸的轮船，好似在等待着升起的晨雾。一个矮壮红脸的小个子男人在登上甲板之前，在客舱中用族长式白色鬃毛的假发提前装饰着自己。

没有人知道他在想些什么，但是当他思考新世界并确定其是否深入心中时，你倒是可以冒险试试提出自己的意见。他，大卫·劳合·乔治，是“旧大陆失事事件”中地位最高的生还者。

他曾试着在一个叫热那亚的海滨小城拯救这个世界。但是，他已经被夺走了一些或许能拯救世界的东西。所有的国家代表都恨透了这种互相见面、共同议事的行为。他们大声抗议着，甚至是拒绝讨论世界问题。当法国或者苏俄恐吓要离开时，劳合·乔治使他们平静下来，并把他们凑到了一起。经过劳合·乔治尽力地劝说，他们再次平心静气地坐了下来。

在危机时期我曾经听过他的讲话，我感觉真的是棒极了。但是他却不能留下来，他必须回伦敦，最后他登上了那艘他总是叫作“热那亚之舟”的船，可这艘船却触礁了。之后，各国代表也都相继丧生。

人们说是热那亚和近东政治给了他致命的打击。但今天在“毛里塔尼亚”号上的谈话，我并没有看出来有任何事能给他致命的打击。到现在还没有造出来，真的还没有造出能让他永不翻身的政治利剑。

“热那亚会议”也就是最后的部分还能被称为“伟大壮举”，其他的就是一个悲剧，但是请记住这次会议是他组织的。沃尔特·拉特瑙，在现实生活中十分冷漠，是个曾坐在劳合·乔治旁边的人，在柏林，他开着自己的车回到对外办公室时，被人从背后枪杀了。

罗夫斯基，一个博学善良的俄国人，坐在洛桑旅馆的桌边喝餐后咖啡时被人谋杀了。

斯坦波利斯基，由于他像公牛一样十分易怒，且只考虑保加利亚的利益，所以被人盯上，于是他试图将自己藏到稻草堆里，结果非常不好，还是被自己的亲卫军杀死在田野里。

得了严重伤寒病的希腊首相格纳里斯，在一个下着毛毛雨的早晨，被强行从床上拖到陆军医院的天井里执行枪决。

而这所有的事都发生在同一年里。

但是劳合·乔治却没有因为那个会议受到伤害，反而成为了“最强”的生还者。

还有一个曾是劳合·乔治的朋友——克里夫勋爵，现在他却恨透了乔治，并且发誓要从他手中夺权。

“我已经在政府里待了60年了，”一天晚上劳合·乔治在热那亚这样告诉乔治·亚当，“我已经待了很长时间，但是却并没有被克里夫这个人夺权。”

亚当已经把“热那亚会议”造成的后果写了下来。我预计当他们可以对他群起而攻之时，就是劳合·乔治最痛苦之时。但是，在劳合·乔治卸任之前克里夫勋爵就已经死了，并被埋葬了。

劳合·乔治，他是一个斗争者。因为他知道加布里埃莱·邓南遮至理名言的真正意义，“死亡不能让人望而却步”“死并不能够代表一切”，他必须从胜利中复活。

这个可爱的威尔士人登陆了

《多伦多每日星报》1923年10月6日

纽约

第一眼见到劳合·乔治时，他与玛格丽特夫人和梅根一同站在“毛里塔尼亚”号顶端的甲板上。“毛里塔尼亚”号在斯塔顿岛附近的悬崖峭壁下抛锚了，但是每边都有拖船紧紧地拉着。经过与缉私船的人进行1分钟的交涉商讨后，一群新闻记者动作迅猛，像强行登船队一样又自动回到缉私船上。

这时，劳合·乔治已经消失了。人群从甲板这边挤到了那边，直到他的秘书出现之后，这种情况才得到缓解。当人群中有人喊“他来了”的时候，劳合·乔治已经走进了公共大厅。此时已经有50个记者站在那里等候着他。只有一个座位是空出来的，于是劳合·乔治很自然地坐在唯一的空座位上，他笑了笑。“啊，这感觉很像是坐在电椅上啊。”他说。

劳合·乔治看起来有些老，矮胖，甚至有很明显的双下巴，而且原本浓密如马鬃的头发，现在竟然秃顶了。微笑时，他的脸像极了小妖精，皱纹布满了眼眶，就像太阳升起时映入眼帘的地平线一样贯穿大地。每个人都笑他，不过他确实是越来越老了。当你和他站在一起时，你可以很清楚地观察到在他笑容消失的时候皱纹却没有消失。今天他戴了一条老式灰色的活结式领带，穿了一件衬有毛皮的黑色阿尔斯特大衣，外加一顶丝质大礼帽，然而这一套搭配与他浓密的头发并不是很搭。

“您通知加拿大那边了吗？”我问他。

“没，还没有。我有一个最想送出去但必须得到了蒙特利尔后才能送出去的通知。”劳合·乔治笑了笑，“你知道，我已经在加拿大了。我一路直奔温哥华，但是他们现在又告诉我做出了许多变动。然而我急于访问加拿大，而且特别想去多伦多。”

“虽然这是一个好方法，但是我不会在美国发表任何言论。”劳合·乔治坚持这么认为，“我期盼这次访问的时间久一些。我特别想看看这个国家，但是我一直很忙抽不出时间来，这也是我为什么会在白天旅行的原因。”

“那您如何看待现在的欧洲局势？”一个记者问。

“并不是很好，不是吗？”劳合·乔治以一种混着更多威尔士喉音的英格兰口音回答道。

“我本来非常喜欢在旅途中玩玩高尔夫球。”劳合·乔治再次笑了，“我还是会很好地舒缓自己的压力，不会把压力带到我的工作和生活中。”

“您认为工党会达到极限吗？”有记者提问说。劳合·乔治摇摇头满怀体谅地说，“这要由它的行为决定。但是我认为它很有必要做得更好。”

“反犹太主义者显然是很傻的，真的很傻。”劳合·乔治是这样回答一个犹太籍记者的问题的，因为这个记者问他如何看待被视为危险思想的反犹太主义。

“您认为国际联盟的力量会被意大利的行动削弱吗？”我问。劳合·乔治立刻回答道：“是的，我认为会是这样。”

“乔治先生，您认为这个世界会因为《凡尔赛和约》而变得更美好吗？”一个记者问。这次劳合·乔治加重了语气说：“我认为这个恶作剧并不是由《凡尔赛和约》本身产生的，更像是因实施的手段而生的。”他停顿并思考了一会儿，然后笑了笑说道：“这是一个很长、很长的故事。”

一个漫画家把劳合·乔治的卡通画像带来请他签名。劳合·乔治拿起钢笔，然后看着这幅漫画。突然一阵大笑打破了宁静，然后他把那幅画抓在手中一直笑。“哈哈，天哪！”他大笑，“这真的像我吗？”

我们登上甲板。海港处于悬崖峭壁之间，“毛里塔尼亚”号停泊在海港内，船上由巨大、华丽、蓝白相间的条幅装饰着，上面写着“欢迎劳合·乔治，纽约的好朋友”，岸上也有由“是的，我们没有发疯”组成的一串条纹状的文字。

我给他指着那艘小船。“是啊，我也是他们的一个好朋友。”劳合·乔治悄声说道。

摄影师和电影制作人都聚集到了顶端甲板上。摄影师们互相推搡拥挤着，这其中包括雷博·戴维斯的秘书、阿尔弗雷德·蒙德先生、美联社的梅尔维尔·斯顿、查尔斯·施瓦布和其他社会名流。所有的摄影师聚集在一起，大喊着：“乔治先生，乔治先生，看这边儿。”“乔治先生，请向上看，乔治先生。”“乔治先生，这边儿，再来一次。”“请暂时把您灰色的礼帽摘下来吧，就是现在，乔治先生。”最后，终于结束了。但是对于美国人来说，他有了一个新名字——乔治先生。

“你认为没有美国的支持，国际联盟还能继续走下去吗？”当他沿着甲板走时，一个记者大声问他。

“不。”劳合·乔治耸着他的肩膀回答道。

劳合·乔治的秘书们，全是正式仪式的欢迎人员，其中包括代理市长赫尔伯特，他接替了海兰市长。而海兰市长生病后一直待在布鲁克林的家中，因为生病，他就把自己从“毛里塔尼亚”号的迎接工作中替换了下来，要知道，迎接工作必须得市长亲自参与。这里的记者为了能够登上一直在等待的缉私船，必须在早上5点钟起床。纽约的迎宾船紧跟在市长专用船后面，乐队齐奏迎宾曲，人们挥着手，以此来迎接劳合·乔治先生及他的夫人和女儿，而此时他们还在船舱中。市长专用船鸣着笛慢慢地停靠在港湾中。这只小船快速通过波涛汹涌的港湾后，渐渐地稳定下来。从海港这里越过早已抛锚而被丢弃的船，可以看见有些氧化而泛绿的自由女神像。一个老式四栈堆积运输器从废弃船只上被传递过去，这时一排运煤驳船已进入航线。位于总督岛右边的是低矮棚屋，由于烟雾的弥漫，这个富丽的小镇看起来朦朦胧胧，似乎遥不可及，充满了梦幻之意。

劳合·乔治怀着极大兴趣，仔细欣赏着这些景色。各式各样的志愿导游为他介绍了一些不同程度的信息。不一会儿，烟雾散去，建筑变得似乎更清晰、坚固。从这个海港望去，纽约真是个极好的庇护所，它有自己的美丽与独特之处——各种各样坚固、高耸的白色立方物。乐队奏着音乐，岸上一大群人正在焦急地等待。这可能是英国人在美国所受到的最高礼遇，尤其是前来欢迎他们的人群，竟真的有黑压压的一片。

黑压压的人群被警戒线挡在外面，劳合·乔治先生和他的搭档待在车里，车子驰行在通往市政厅的百老汇路上，这条路位于更为低矮、阳光稀少的峡谷之中。在市政厅里，代理市长赫尔伯特接见了他，向他介绍了一些关于这个城市关键且众所周知的事情。这条路上所有的街道都挂满了从高层建筑上撒下来的细长纸条，这些用于欢迎的纸条都快把整个曼哈顿岛淹没了。

只有小部分游行者拿着标语牌和条幅，其上满是关于劳合·乔治是个极不受欢迎的外国人，反对他来纽约之类的话语，但是这些游行者很快被警察逮捕了，他们的标语牌和条幅也被警察收走了。仅在此之前，“劳合·乔治党”参观过这座古老灰色的市政厅。市政厅位于这座新城市中心的绿色广场上，这一布局和周围斑驳的灰色遮雨棚、宽大的门廊极不相称，更加突兀的是门厅前面挂着的条幅，而这些条幅是由爱尔兰社会团的成员制作的，并且条幅早已被警察查封、撕碎，破烂不堪。期间，那些徘徊在街头的男孩正在以每份5美分的价钱贩卖着大堆画有德国马克的传单，成千上万绘有马克的传单漫天飞扬。

劳合·乔治先生从市政厅出来后，去华尔道夫酒店休息了一会儿。之后他会去曼哈顿的比特博贸饭店，因为在那里，联邦杂志社将用一顿丰盛的午餐款待他。

当你看到他们3人——劳合·乔治、玛格丽特夫人和梅根小姐走在一起时，要想快速说出谁在里面最突出是不可能的。因为3人各有特色——劳合·乔治先生个子最高，梅根小姐个子最矮，而玛格丽特夫人是这个“家”中唯一一个有爵位的人。

梅根·劳合·乔治小姐今年21岁，是个非常漂亮的女孩子。她身材娇小，说起话来细声细语，脸上经常带着羞涩的笑容，同时她也是个很聪明的人。因为她的身高特征不是很突出，所以在照片上显得并不是很好看。但是，这也是这个家的特点，她爸爸和妈妈在照片上显得也不是很好看。

“我很高兴能待在纽约，当然也很想去加拿大。”她对这天早晨在“毛里塔尼亚”号上采访的记者开心地说。当记者问她未来是否会从政时，她说：“我热爱生活，但是现在还太年轻，还没到做出选择的时候。”

“您认为做您父亲的助手怎么样？”《星报》记者问。“哦，我一点儿都不想成为父亲的助手。”梅根回答。

“我不抽烟，但是，”她告诉《星报》记者，“我不介意别人抽。我很爱我的父亲，也很喜欢去不同的城市。我喜欢跳舞，并且我很享受在不同场合跳舞的感觉。”

“您觉得美国女孩怎么样？”《星报》记者问。“我认识几个美国女孩，”梅根回答，“我非常喜欢她们，在我看来她们并不像人们想象中的那么开放。”

梅根小姐穿着黑天鹅绒套装，头戴黑色紧礼帽，内着白衬衣，脚穿亮色丝袜和黑色皮鞋。她的头发散着，也许正因为如此，这身装束显得很适合她。

她告诉《星报》记者，她曾在两所学校上过学，一所在伦敦，一所在巴黎，并且值得高兴的是，她没有再上过其他学校。她从不用化妆品，也从没晕过船。除非刮大风，否则她不会错过在小船上的每一顿饭。

“您是怎样看待‘结婚’的？”《星报》记者问。

“哦，现在考虑那个为时过早。”梅根回答说。

梅根小姐一直陪伴着父亲去参加各种会议——无论是在戛纳、斯帕、热那亚，还是在凡尔赛——她亲身经历的历史演变可能比世界上任何女孩子经历的都多。

“这难道不好吗？”当被告知今晚她们一家会被邀请去看欧文·柏林的《音乐盒讽刺剧》时，她这样回答《星报》记者。

玛格丽特·劳合·乔治夫人是个很慈祥的母亲，同时也是个地道的威尔士人，身体一直都不错。“我盼着去加拿大呢，”玛格丽特夫人对《星报》记者说，“我认识很多加拿大人，而且也很喜欢他们，我多希望能在那遇见认识的威尔士人。”

当《星报》记者采访完玛格丽特夫人后，工党大臣戴维斯会前来用威尔士语问候她。遗憾的是，《星报》记者不能获知这次访问的详细内容，但是戴维斯告诉记者说，他会尽力派一个女仆全方位照顾玛格丽特夫人的生活，因为劳合·乔治先生没有带仆人。

玛格丽特夫人告诉《星报》记者，她有5个孩子，其中有3个儿子，一个女儿旅居印度并且已婚，另一个女儿就是梅根。一提起梅根，玛格丽特夫人就忍不住微笑起来，而且每个劳合·乔治家里的人只要提到梅根的名字都会微笑，因此大家又称呼梅根——梅尔金。“当然，我好像至今还没给人留下过这么深的印象吧，”她告诉《星报》记者，“太阳升起，美好的一天已经来临，每个事物都很讨人喜欢，不是吗？我们已经决定不在纽约购物，也不随同劳合·乔治先生参加社交活动，因为这些事情会让我们闲不下来。”

玛格丽特夫人整体装束为黑色，她戴了一顶黑色云纹绸大礼帽，礼帽前面用褶皱装饰着，身着一件黑色海豹皮紧身大衣，搭配一条西伯利亚貂毛披肩，披肩上面被装饰着一串珍珠。

劳合·乔治奇妙的声音

《多伦多每日星报》1923年10月6日

纽约

昨天下午在宴会厅19楼的比尔特莫，《星报》记者第一次听到了劳合·乔治在美国的演讲。

这是合众社为前英国首相举办的巨大午宴，并且直到演讲结束，所有在场记者都不能向外发送任何信息。劳合·乔治即将讲话，但是他的演讲不是代表个人。演讲结束后，记者们被告知这次演讲内容将会被出版，这是已经确定无疑的事了。

《星报》记者看见劳合·乔治坐在宴会6张桌子中的头等桌上吃了一顿丰盛的午餐，这期间顿·D.贝克向他介绍了著名政治家。当贝克先生说话时，劳合·乔治微微向前倾，同时摆弄着他的眼镜——这是他将要讲话的前兆。在贝克先生讲话的时候，台下发出好几次微弱的噼啪的掌声，观众开始对无聊的开场白不耐烦了，他们想听劳合·乔治的演讲。劳合·乔治庄严、高贵地坐在那里，一边摆弄着他的眼镜，一边在脑海里组织语言。

这位站起来说话的劳合·乔治已经不是拍照时摄影师眼中的那位劳合·乔治先生了。

这是伟大时代下的劳合·乔治在讲话，当他演说时，《星报》记者开始猜测是什么原因使他成为一位出色的演说家的。当你把他的话写在纸上时，这些话顿时失去了生命力，变得不再崇高。如果你还记得那些话，它们会触动你，但是一旦它们成为在纸上的铅字，效果就大打折扣。真的，他的讲话非常精彩，具有十足的感染力，但是一经印刷，其中的光彩荡然无存。

正是他那奇妙的声音结合他超乎常人的预言天赋在打动人心。当他说话时，你感觉他就是一个预言家，一个有自己独特方法的预言家。他说得很多，就像彼得隐士谈论十字军东征。如果萨拉·伯恩哈特的声音是珍贵的，事实上确实如此，劳合·乔治的声音就是被锤炼而成的金子。他肯定热衷于使用它。他讲演时的声音与他说话的声音有着很明显的区别，后者尽管略带华美，但与前者相比显得很普通。

“加拿大派了40万军队为我们的国旗而战。”他向他的听众诉说着，“他们中没有一个是响应来自美国政府的号召的，你教我们，他们是独立的果实，我们认为他们应当将大美帝国的支持铭记于心，因为我们本来是不允许让一个加拿大人加入我们的队伍的。他们来是自愿响应他们自己总理的号召，他们的总理有自己的议会支持，同时由他们的人民选举产生。你在18世纪给我们的教导拯救了当时的大美帝国，正如我们今天所了解的。”

我们知道大美帝国真正的建立者是乔治·华盛顿。华盛顿教导我们要建立的是一个民主的帝国。对于加拿大，就像不受美国干涉它的内政一样，也同样不受英国政府干涉。

“在这个时候的伦敦，我们有英国皇室伟大的占领区代表，完全平等地坐着。”

“他们之中有史密斯将军，二三十年前，他为他的本土自由与英国军队作斗争。后来，他签订了一个条约，成为了帝国的一个自由搭档。我们有爱尔兰自由政府的领头人——斯格罗夫先生，因为他代表一个自由民族的条约，就坐在了那里。就他们的内部事务而言，这个民族有完全的独立。我们感激那些赐予我们力量的东西；感激那些对我们来说是力量源泉的东西；感激那些对我们来说是势力源泉的东西。我们把一切都归功于你——给予我们教导的这个伟大国家的自由人民。并且时至今日，英国人心里所拥有的任何愤恨、任何后悔感，我都没有，只有一种对建立这个伟大共和国的伟大人民的感激之情。他们这样做为英国如何教导人民提供了榜样。”

这是他的演讲中最精彩的部分，但这并不是最能抓住观众内心的部分。当他以自己的方式谈论着“帝国”，谈到军事统治和预言家的重大感受时，声音的刺痛感紧紧抓住了观众。

后来，《星报》记者在劳合·乔治的新闻发布会上遇到了他。在华德福的舞厅的一面大镜子前，劳合·乔治向后倚靠在椅子上，以他们提问的速度回答他们的提问。

“你认为自由主义的时代即将到来吗？”

他回答道：“是的，它即将来临，像所有美好的事物一样，降临这个世界。”

“你愿意在政界看到更多的女性吗？”

他笑了笑，幽默地回答道：“那取决于是更多的哪种女性。”

《星报》记者问了劳合·乔治一些关于帝国会议的问题。但是他说除了通过无线电听到的一些零碎的报道，他还没听到任何消息，所以现在还无法给出结论。

当他踏入电梯时，他说：“晚餐之前，我将休息1个小时。”随后电梯门关上了。

梅根·乔治小姐的重击

《多伦多每日星报》1923年10月6日

纽约

梅根·乔治是这艘船上新闻记者崇拜的偶像，这些强硬的人们，习惯了在清晨去迎接著名影星、访问外国美女，然而这次他们却彻底被劳合·乔治家庭中最年轻的人给打败了。

“她没必要告诉我们她没用化妆品，”一个记者说，“我们昨天目睹他们是昨天早上7点分开的。我告诉你，她是个奇迹。”

路易斯·安琪拉是在长城遇见劳合·乔治的人之一，他有一张船票，能搭载市长的船，但是昨晚有一个庆祝晚宴，为了庆祝他重新获得阿根廷公民权，所以船提前开走了。

《星报》记者与劳合·乔治边散步边谈论政变，将近1个小时后，就和去梅肯的前任总理上了岸。《星报》记者清早起床后就去参加巡逻艇上的欢迎会，值得一提的是，对于很多新闻工作者而言，官方政府的新闻是很有必要听的。

和劳合·乔治在剧院

《多伦多每日星报》1923年10月8日

纽约

由于劳合·乔治昨晚出现在“音乐盒子”剧场，因此剧场前面的那条街挤满了等着看他的人，这导致警察很难保持入口的畅通。

当玛格丽特穿着浅紫色的晚礼服第一个进场时，竟没有人发现她，然后梅根来了，她梳着一个中分头，头发遮住了耳朵，人群中爆发出一阵掌声。劳合·乔治在梅根之后进入剧场，他穿着一件大披肩，银色的头发齐后领，一张敏锐的脸上的双下巴靠在高高的前领上，看上去像极了中世纪某个已经退休的剑术大师。

剧场里爆发出阵阵雷鸣般的掌声，稍后大家各自坐好。当时在场的还有其他12位重要人物，其中就有阿尔弗雷德先生、查尔斯·达纳·吉布森太太、托马斯·拉门特。

幕布缓缓升起，音乐开始响起。劳合·乔治身体前倾，下巴抵在手上，一个手指按在脸颊上。在每一个真正的笑话上演时，他会“咯咯”地笑，并且不放过任何一个笑的机会。梅根肩上搭着一块长方形披巾，这是去年冬天到阿尔赫西拉斯旅行时买的纪念品。她和她的母亲完全被舞台上的演出吸引住了。她们不像劳合·乔治那样反应迅速，看到一些笑话就笑，但是非常享受这场演出。

其中台上有这样一幕：一个男人做了一个美梦，在梦里他娶了一个十分美丽迷人的女人。“在这样一个夜晚，我这个可怜的单身汉终于得到上帝的眷顾了！”他喊着。这时劳合·乔治大笑起来。没过一会，男人真正的妻子就粗鲁地叫醒了他。这也是个很好的笑点。

之后一个身穿闪耀的绸缎晚礼服的男高音上场并开始唱歌。当他唱歌时，他所歌唱的女孩们出现在薄烟雾后面，她们以优雅的舞姿慢慢地进入观众的视线，然后再离开人们的视野，极具美感。

阿尔弗雷德先生热衷于犹太复国主义运动，并且孩子气地和人们谈论着。“你知道，当他们提到劳合·乔治的名字时，每个人都像发疯了似的，”他说，“他们完全为他疯狂了。”

然而在纽约，爱尔兰共和国的支持者几乎都不喜欢劳合·乔治。当“乔治党”的成员昨晚在“音乐盒子”剧场出现时，大约40个男女在外面游行。但是他们只是被警察安静地赶走了，并没有逮捕任何人。所以他们中的大多数之后又返回来，并且就潜伏在45街对面的密集的人群中。当前首相和他的党派人士从剧场出来时，参加游行的人群开始起哄、扔鸡蛋，但是他们所及的范围只在20英尺之内。他们被骑摩托的警察和友好的群众挡在一侧，乔治的车得以安全离开。那些把整件事当成一个笑话的人群，讽刺地为那些在德瓦莱拉的挑事者中歇斯底里的妇女们加油。

赫斯特报社没有见到劳合·乔治

《多伦多每日星报》1923年10月6日

今天在劳合·乔治专车“渥太华”上，劳合·乔治正火速赶往加拿大。“渥太华”是一辆由加拿大国家铁路局提供的专用火车。

火车由配有手枪的国家保安队守卫，每当火车停下时，他们就会在车站巡逻。劳合·乔治戴着一条平滑的艺术家的领带、一顶旧帽子，但是没穿他的阿尔斯特大衣。他非常享受这次旅程。为了更好地了解这个国家，他一天天地游览，旅途中路过了帕利塞兹，穿过了历史上的佛蒙特州的村庄，他度过了10月中最完美的一天。

今天早上突然有人说劳合·乔治会把旅程延伸至温哥华。

“他来加拿大而不去温哥华似乎是个遗憾。”拥有一辆比劳合·乔治的私家车还高级的汽车车主——亨利·桑顿先生也在火车上，他告诉《星报》记者。

因此劳合·乔治将会被强烈催促去温哥华。

劳合·乔治的秘书阿尔弗雷德·柯普先生告诉《星报》记者，他相信劳合·乔治是不会允许这次旅程延伸到其他地方的。在奥尔巴尼、特洛伊、北佛蒙特州本宁顿赢、曼彻斯特、佛蒙特州、茹特兰德这些地方，劳合·乔治与前来拜访他的人们见了面。专车定于今天晚上9时15分到达蒙特利尔，与此同时，除了一些高官，专车上的人员还将被穿着威尔士服装的接待委员会成员接待。

当客人亨利先生和安·桑顿女士坐上加拿大国家铁路局的总统私人专车后，劳合·乔治和他的党派人士享用了今天的午宴。戴着帽子的亨利先生看起来很像贝比·鲁斯，安·桑顿小姐（他的女儿）和梅根·乔治正式成了好朋友。纽约中央铁路公司的副主席G.H.英格斯和加拿大国家铁路局的副主席J.E.道林普也是午宴的客人。

离开特洛伊后，火车盘旋着穿过位于北部纽约州的丘陵地区。一路上树的颜色在不断变换着，山毛榉是黄色的，枫树是红色的。对于一个旅行者来说，这是一幅极美的山水画和极完美的一天。劳合·乔治已经对这乡村美景迷恋不已。

劳合·乔治在特洛伊告诉一个500人的群体，他的专车会在周六到达蒙特利尔，但在特洛伊只停留了5分钟。今天在奥尔巴尼有3000人聚集到一起来听劳合·乔治的讲演。“在处理英国人和爱尔兰人自古以来的争端这件事情上，没有人比你们的市民朋友和前长官马丁·H.格林贡献更大。”劳合·乔治告诉其中的一个观众，“在议院一个相当昏暗的房子里，他向我解释一个爱尔兰人的观点，我向他诉说了英国人的目的。”

在劳合·乔治演说的讲台周围，有一条坚固的警戒线，这使得亨利·桑顿先生不能接近演讲人。前长官向大家介绍了劳合·乔治，他是劳合·乔治在唐宁街的一个老相识，跟劳合·乔治搭乘专车“渥太华”一起去了奥尔巴尼。奥尔巴尼车站下面的那条街上挤满了人，当火车停了10分钟后开走时，一支乐队演奏了《哈勒奇的男人》和《美好的过去》。

阿尔弗雷德·柯普先生代表劳合·乔治回应了《星

报》记者关于《伦敦早报》上社论的问题，这个社论今天早上在《纽约时报》上再次被刊登。

劳合·乔治先生在这儿不是因为赫斯特出版社、合众社或是任何其他的新闻机构的报道，而是作为一个普通市民在这里。但是在加拿大，他是作为加拿大政府的客人，一些在美国的开销是由科斯德支付的，其他都是自费。我已经为他拒绝了一个报酬高达三四千美元的20分钟的演讲。所有跟随他的记者必须跟铁路公司做好提前安排。我请彼得·B.凯恩帮忙安排劳合·乔治在美国的旅程。虽然他不是赫斯特的员工，但是他有很多实践经验。他是一个以写小说为主的作家，一个能在任何他想得到的地方售出他的作品的作家。他告诉我，其实他和赫斯特的合约早在几天前就到期了。

“在每个他即将停留的城镇，劳合·乔治都会被要求做演讲，但是他想在其余的时间里了解一下美国人和加拿大人的观点，作为他演讲的回馈，而这正是他来这儿的目的。他来这儿不是为了做巡回演讲的，而是为了了解这个国家的国情和人民。”

民众中的一员

《多伦多每日星报》1923年10月8日

蒙特利尔

“我是民众中的一员，并且我一生为民众战斗。在我为民主战斗的过程中，我在美国人民那里得到了几乎比任何国家都多的同情和支持。”周六，在特洛伊、纽约、北本宁顿和曼彻斯特、佛蒙特州，劳合·乔治这样告诉那些为了来看有名的战时前首相而聚集在他车后面的站台上的人。

尽管劳合·乔治在美国人中十分有名，但是其中的一些人对他到底是谁充满疑惑。有一个纽约人对《星报》记者说：“我想没有任何人能取代他的领导地位。我刚刚读完他的书《男人似神》（H.G.威尔斯著）。在我看来如果我们有那个乌托邦，事情会变得更好，是吧？”

大卫·劳合·乔治会见亚伯拉罕·林肯的儿子，那一刻一定让人印象十分深刻。一群村民拥挤在周围，但是他们并没有靠得很近。“等等，我想让梅根来跟您握握手。”劳合·乔治说。梅根从车里出来，端庄而羞涩地站在这个白头发、长胡须的老人面前。“十分荣幸见到你，亲爱的劳合·乔治先生。”罗伯特·托德·林肯先生说。

“当您父亲去世时，您多大呢？”劳合·乔治问。“只有12岁。”林肯先生回答，“当他被刺杀时，我正在学校里。”林肯先生现在已经84岁了。专车只能在此停留4分钟的时间，所以当劳合·乔治和林肯先生还在交谈时，汽笛就响起了，到了分别的时候了。

“1889年，我在多伦多最清晰的回忆是被一些新闻工作者在半夜唤起，这些新闻人想知道我对于在南非是否会爆发战争的看法。”当他的火车临近蒙特利尔时，劳合·乔治告诉《星报》记者：“是的，我也在那儿参加了第一次内阁会议。那是在布尔战争之前。”

“在多伦多，我来到萨斯喀彻温省，去了那里的大草原。”他边说边向后倚靠在私人火车的座位上，抽着烟。“我记得有两个城镇，一个叫拉皮特，另一个叫卡莱尔。在卡莱尔我看见了一只狼，它在我们前面大步慢跑着。”他继续讲述着34年前那段旅行的回忆。“是的，就是待在卡莱尔的某个星期天早晨召开了一个会议，人们为此走了好几英里来到教堂。”

他回忆起伯明翰的反战争会议，那时正处于布尔战争期间，那一次他差点被围攻。“如果他们知道的话真的会抓住我。那个煽动群众的人正好站在我房间外面的窗台上。他本来只要打碎玻璃就可以抓住我。”他的眼睛闪着光芒，“但是他们所不知道的是，当时我正在里面听着所有这些激昂的自我谴责。没有谴责，我并没有穿着警服逃走，我只是跟着警察走了出来。庆幸的是，当时我没有被认出来。”

劳合·乔治平时很少提前准备好他的演讲稿。

“我很清楚我想要说的内容，所以我从不提前写出来。”他对《星报》记者解释道。

阿波尼伯爵和他的借款

《多伦多每日星报》1923年10月15日

今天早上，艾伯特·阿波尼伯爵抵达多伦多。他现年77岁，55年来一直是匈牙利驻巴黎的和平代表团领导以及匈牙利最伟大的政治家和在世的欧洲空想家。

阿波尼伯爵个头很高，比一般男人足足高出一头。看起来像是陆军上校乔治·泰勒和阿纳托尔·法朗士的结合体。他有着白色的头发和胡须，一张带着疤痕的似皮革的脸上挂着变化的笑容，充满了贵族气质，一双棕色的大手显得格外有力量。

《星报》记者给他带来了新闻头条：在国际市场上，盟军内部赔款委员会已经全体一致做出了决定，采用了国际联盟重组匈牙利的财政要求，和他们对奥地利的决议一样，以借给这个遭殃的国家2400万的贷款作为开始。

“这是个好消息，”阿波尼伯爵说，“这件事十分重要而且不可或缺。这个行动标志着匈牙利在向好的趋势转变。”

阿波尼伯爵今早从芝加哥赶回来，在那里他会见了劳合·乔治。那是两个政治家之间极富有戏剧性的会面。

他们在盛大的午宴的谈话桌上见面，这次午宴是芝加哥商业联合会在喇沙酒店专门为劳合·乔治举办的。

劳合·乔治个子不高，缺少活力。他抬起腿，离开他的座位，走到了阿波尼伯爵坐的座位前。阿波尼伯爵威望很高，从年龄上就值得尊敬，他像一幅艺术家的肖像画，简直就是千年文明的产物。

阿波尼伯爵站了起来，和劳合·乔治热情地握手，这使得观众们异常兴奋并热烈鼓掌。

当劳合·乔治回到座位上时，他先后转向分别在他右边和左边的德弗和贾德森·斯通，说："我认为阿波尼伯爵是欧洲最杰出的政治家之一。"

观众欢呼了8分钟。

"我以前从来没有听过劳合·乔治的演讲。"阿波尼伯爵说，他眼睛里闪烁着光芒，"但是他听过我的。我发现听他演讲是件很愉快的事，因为他总是带着极大的热情。"

阿波尼伯爵说劳合·乔治听过他的演讲是指那次著名的有关匈牙利参加巴黎和会的原因的演讲。那是一次因哀婉动人的词句和无人能敌的雄辩而变得无可比拟的呼吁。

阿波尼伯爵待在车站是因为遇见了他的老朋友——来自多伦多的库·麦克林和多伦多大学的马弗教授。阿波尼伯爵由他的助理兼朋友M.A.德·杰西卡·赫拉加哲学博士陪同。他的女儿玛莉卡女爵正在由纽波特直接到多伦多的途中，预计今晚将会到达。当她在这停留时，她将成为库·麦克林太太的客人。

阿波尼伯爵的夫人是曼多夫伯爵的女儿，同时也是乔治国王陛下的堂妹。这次旅行，她没来加拿大，但是下次阿波尼伯爵来加拿大时，她会同来。

阿波尼伯爵11年前就来过多伦多，今天在多伦多帝国俱乐部的午宴上演说了两次。今天晚上8点半，他将用英语在大学演讲，这只是他能够清楚、滔滔不绝地讲出来的六国语言之一。

“我会在加拿大演讲，至少在国际联盟上讲一次。”阿波尼伯爵告诉《星报》记者，“可能是在今天晚上，直至我见到观众，我才知道要说什么。”

当你站得离他很近时，你会发现阿波尼伯爵的外表和年龄相符，但是他看起来非常有活力。他的白发很短，且还有很多独特的地方。透过他那像金属丝般的，如同白雾一样方方正正的胡须，你会发现他的下巴不是很突出。事实上，与其他部分相比，下巴是向后缩的。

“我没有谈论美国的联盟，”伯爵继续说，“因为在那儿，它是个不受欢迎的话题。是的，我自己也不认同这个联盟，而且我想谈的不是它的局限性，而是它到底能完成点什么。”

“你如何看待德国现在的危机？”《星报》记者问。

“我不会探讨那个现状的原因，除非现在已经确定，混乱会产生。”

讲话之前，在约克俱乐部的房间里，阿波尼伯爵缓缓放下他的袖筒，整理好自己身上的衣着。当他说话的时候，他认真到了极点，他的口音也因此变得更加清晰可辨。“除非德国人的焦虑得到缓解，否则混乱必然会到来——然后极有可能是鲁登道夫。”

“你认为君主制将会复辟？”《星报》记者问道。

“不，不一定，但是将会出现一个联合所有绝望者的政策。到时令人绝望的事会合并到一起，它也可能是来自俄国的援助，然而欧洲的政治家似乎对这视而不见。”阿波尼伯爵张开他那布满雀斑的大棕手，“不！他们似乎完全对这视而不见。”

“值得高兴的是，在匈牙利，现在没有正统君主复辟的趋势。”阿波尼伯爵告诉《星报》记者，“我看见女王被流放了。”“你说的是女王思蒂？”《星报》记者问。阿波尼伯爵为匈牙利的事业耗费了一生的精力，其中包括反对奥匈帝国。“我们更喜欢叫她思蒂皇后。她只热衷于教育她的孩子，没有复辟的企图。”

“对于你——一个外国人来说，”伯爵笑了笑，“她是前女王，但是对于我们来说，她是一个皇后。”

据阿波尼所说，匈牙利如今只有两条路可以走：维持现在的政府，或者恢复正统君主制度，即请回前国王卡尔和思蒂皇后的儿子，他现在生活在巴斯克海岸，邻近塞巴斯蒂安。

“匈牙利人民从根本上反对共和理念。”阿波尼伯爵说。“有时，有大量的言论说霍尔蒂·米克洛什将会成为国王，事实确实如此吗？”《星报》记者问。“那绝对不可能。”阿波尼伯爵认真有力地回答道，“如果有国王，也应该是正统君主。哈哈，想想一个国王在议院如果只有15票，那么下星期我也可能成为国王了。”阿波尼伯爵笑着说。

“伯爵，您现在有任何官方职位吗？”《星报》记者问。“一个也没有，在一定程度上，我是反对派的一员，但是反对派不是出口产品。我相信现在的政府正在努力做出改变，如果得到了贷款，它可能会维持很长一段时间。若由我来负责推翻政府，那么我不会推翻它，因为我没有一个更好的政府来代替它。”

总体来说，在谈论欧洲方面，阿波尼伯爵说话是最谨慎的。

“英格兰对匈牙利最友好，”他说，“但是法国就不友好了，当然，它与小协约国之间有外交关系。在法国关于世界政策的概念里，小协议国似乎是一个整体的部分。”

“今天当我谈论欧洲的大体情况时，我会试图去讲述具体的状况以及我们的补救措施，但我不会把责任归结到我们的目的所带来的影响。”

阿波尼伯爵脸上绽放出充满智慧的、尽显皱纹的笑容。

“因为我只打算说20分钟，你是知道的，我现在必须工作，谨慎地挑选我的题目。这好像不是一个只有3个小时的人该做的。”

很多年前，阿波尼伯爵在匈牙利各个阶层的名气来自于他曾经丢弃了他所有的帽子。他经常在公众面前露面，这样做就不需要脱帽了。他已经重新戴上了帽子，不过是为了在加拿大的露面。

斗牛的悲剧

《多伦多星报周刊》1923年10月20日

在巴黎的春天，一切看起来都是那样的美丽。我和麦克决定去西班牙。施特拉特尔在斯塔克斯餐厅的菜单背面给我们画了一张很详细的西班牙地图，他还把马德里一家餐厅的名字写在了菜单上。实际上那是一家私人小旅店的名字，就在维亚圣赫罗尼莫，一个住着斗牛士的地方。这家餐厅的特色菜是烤乳猪。他还画了一张平面图，告诉我们如何到达那个高级住宅区的林荫道，那里挂着格列柯的画。

准备充分后，我们带着这张菜单和一些旧衣服，出发前往西班牙。我们此行只有一个目的——观看斗牛表演。

我们在早上坐火车离开巴黎，第二天下午就到达马德里了。就在那天下午4点30分，我们观看了人生中第一场斗牛表演。我们花了两个小时才从票贩子那里以25比塞塔一张的价钱买到票，最后斗牛场里面的坐票全部卖光了。我们买的是斗牛场栅栏旁的票。票贩子用西班牙语配着很蹩脚的法语跟我们说，我们的座位在主席台下面斗牛场边的第一排，正对着公牛们跑出来的地方。

我们问他还有没有比较便宜一点的座位，价钱大概是12比塞塔，但是他说都卖光了。于是我们只能花50比塞塔买了两张票。怀揣两张斗牛表演的票，我们坐在太阳门广场附近的咖啡厅外面的人行道上。来到西班牙的第一天，我们手里就拿着两张斗牛表演的门票，坐在咖啡厅前面，想想就令人兴奋不已。这预示着不管刮风下雨，在一个半小时之后，我们将要看到一场斗牛表演。实际上，我们兴奋异常，因此提前一个小时就出发前往郊区的斗牛场。

这是个由黄砖砌成的大型圆形角斗场，就建在街道尽头的一片开阔空地上。黄红相间的西班牙国旗飘扬在上空，各种车辆彼来此往。人们纷纷下车前往角斗场观看表演。入口处围了一圈乞丐，周围有人拿着土褐色的大瓶在卖水，也有小孩子在卖扇子、手杖、和用纸卷包起来的盐烤杏仁，还有水果和雪糕。所有人都心情愉悦，都想挤到入口去。警卫队员们头戴黑色漆皮帽子，背上背着卡宾枪，骑在马上，如同雕像一般矗立在入口两侧，人群就从其间缓缓入场。

里面的警卫队员们都站在斗牛场边上，边聊天边扫视着观众席上的姑娘。有些人为了看得更加清楚，甚至带了双筒望远镜过来。我们找到自己的座位坐下，其他人也坐到了成排的水泥座位上。整个斗牛场是圆形的——这听起来很荒谬，但是角斗场是方形的——地上铺着沙子，周围是红色的木板栅栏，栅栏的高度刚好能让一个人一跃而过。在木板栅栏之间，就是所谓的斗牛场栅栏，而第一排的座位就处于一条很窄的小道中，看起来就像足球场里的那种座位，唯一不同的是这些座位上面还建有两圈包厢。

圆形斗牛场里座无虚席。整个竞技场都被清空了，远离人群。在竞技场远离人群的一端，4个穿着中世纪服装的传令员站起来，吹响了喇叭。人群也跟着叫嚷起来。离入口较远的一边，4个颈带花边、身穿黑色天鹅绒的人骑着马从容地进入光亮的竞技场。坐在向阳一边的观众，由于经受着热浪的煎熬，一直在扇着扇子，看上去一整个侧广场都是在摇扇子的人。

紧跟在骑马者后面的是斗牛者的队伍，他们早就在入口的地方排好队，等待着以队列形式入场。当音乐响起时，他们就开始进场了。走在前排的是3个徒步斗牛士，今天下午他们要负责去杀死6头公牛。

他们身穿笨重的黄黑相间的锦缎服装，缓缓走了进来。这就是大家所熟悉的“斗牛士”制服。这种制服相当笨重，整套衣服包含带金边刺绣的斗篷、夹克、衬衫、及膝短裤、粉红长袜和低跟舞鞋。在以前看过的所有斗牛表演中，粉红长袜这种不搭调的搭配总让我出乎意料。在你看过第一场斗牛表演之后，注意力就会从他们的衣服转移到他们的脸上。在3个主要角色后面行进的是一队或是一帮斗牛士的帮手。他们也穿着类似的服装，只是没有前面3个斗牛士的穿着那样大气。

尾随其后的是骑马斗牛士。这些骑马斗牛士个个身材高大健硕，脸色黝黑，头戴宽平的帽子，拿着长矛跨坐在马上。那马看起来匀称光滑，就如同万里无云的天空。最后出场的是套着华丽马具的骡子队伍以及身穿红色衬衫的斗牛士助手。

这些斗牛士列队经过沙地，跨着专业的步伐从容地走到主席台前。除了身上穿的服装，他们走路的姿势也很特别，像专业运动员一样从容不迫，若是光看他们的脸，你很可能会认为他们是某个球队的主要球员。之后他们向主席台行礼，礼毕后向两边散开，把他们之前的锦缎斗篷换成斗牛斗篷。这些斗牛斗篷早就被另外的人挂在红色的栅栏上了。

我们往前靠在斗牛场的栅栏上。在我们的下方，下午出场的3个斗牛士正倚靠在栅栏边聊天。其中一人点了支烟，这个人身材矮小，皮肤光滑，身穿一件华丽的金色锦缎夹克，头上的黑色三角帽下露出一撮小辫子，我们得知他叫吉塔尼洛，是个吉卜赛人。

“他看起来不是很时尚。”一个戴着草帽的年轻男孩说道。这个男孩穿着明显的美国鞋子，就坐在我的左边。“不过他对斗牛很在行，是个很优秀的杀手。”

“你是美国人，对吧？”麦克问他。

“是的，”男孩笑着答道，“但是我知道这帮人。那个矮个子是吉塔尼洛，你该好好看看他的表演。那个脸圆圆的孩子叫奇库洛，他们说他并不是真的喜爱斗牛，不过整个镇上的人都疯狂地迷恋他。在他旁边的是比利亚尔塔，很不错。”

我打量着比利亚尔塔。他站得如茅杆般笔直，走起路来像一只年轻的狼。在他黝黑的颧骨上还用胶带粘着一大张纱布。此时他正微笑着和一个倚靠在栅栏边的朋友讲话。

“他上个星期在马拉加受了伤。”那个美国人说，“好戏就要上场了。”后来我们慢慢熟悉了，并且觉得这个男孩很讨人喜欢。我们用“姜酒大王”来称呼他——姜酒大王是我某天早上看过的一部功夫片里的角色。他手里拿着装有戈登先生著名产品的容器，作为他唯一的武器。在我看到的4次最为危险的情况中，他都只拿着这个武器进行战斗。

在竞技场外，骑着老马的斗牛士笔直地坐在摇动的马鞍上，绕着斗牛场飞奔而行。现在，除了那3个斗牛士之外，其余的人都已经骑马来到斗牛场外面了。这3个人都在拥挤的红色栅栏边上。他们的马一只眼睛扎着绷带，而他们背靠着栅栏，长矛放在一边。

两个身穿镶着白色花边天鹅绒夹克的司仪骑着马进入场内。他们朝主席台飞奔而去，突然转弯，脱帽弯腰、鞠躬行礼。这时主席台上飞落下一个物体，其中一个司仪用帽子把它接住。

“那是牛栏的钥匙。”姜酒大王说。

这两个司仪骑马绕场一周。其中一人把钥匙扔向一个穿着斗牛士服装的人，他们相互脱帽行礼。之后司仪就从斗牛场退了出来，紧接着大门被紧紧地关上并插上了门闩，此刻整个斗牛场被彻底封死了。

之前在场的人们都在大声叫嚷，而现在全场异常安静。手里拿着钥匙的那个人走到一个上了闩的红色矮门前面，打开了栅栏。他提起横木，然后快速后退，躲在门的后面。门慢慢被打开，门里面一片漆黑。

当那人低头从黑暗的牛圈中走出来的时候，身后紧跟着一头匆匆而出的公牛，轻盈地飞奔而来。那公牛全身黑白相间，同样是黑白相间、如同豪猪刺一般尖利的双角突起向前。它身体强壮，身上的肌肉明显地凸起，看起来超过1吨重。它刚从黑暗中冲出来的时候，有那么一刹那，刺眼的阳光让它感到一阵眩晕。它站在那里一动不动，像被冻结了一样。它的眼睛环视四周，然后开始进攻。我突然间意识到，斗牛是怎么一回事了。

这头公牛的凶悍程度实在令人觉得不可思议。它就像某种厉害的史前动物一样致命和凶恶。它悄无声息地进行攻击，飞奔起来竟显得十分轻盈。它转身的时候，就像猫一样灵活，用四只脚转身。它首先看到了一个骑着一匹老马的骑马斗牛士，于是对他发起了猛攻。斗牛士立刻用马刺往马身上一刺，马便飞奔着跑开了。公牛怎肯被甩下，猛冲向前，用尽全力从侧边猛撞马匹。它的攻击目标并不是那匹老马，而是斗牛士的臀部，用它的尖角猛刺过去，把斗牛士连同他骑着的马鞍从马背上扯了下来。

公牛没有再理会那个瘫倒在地上的斗牛士，而是继续它的进攻。接下来又一个斗牛士上前，他手拿着长矛，坐在马背上，以迎接公牛的进攻。公牛从侧旁向其撞去，这一次人和马都被狠狠地抛向高空，从公牛身上翻落到地上。公牛又紧接着向落地的斗牛士发起进攻。这时，那个圆脸的男孩奇库洛，突然从栅栏边一跃而进，跑向公牛，将斗篷往公牛的脸上一披。公牛追赶着斗篷，奇库洛往后一避，公牛扑了个空。公牛不罢休，又马上毫不犹豫向奇库洛冲去。那孩子就站在原地不动，只是来回摇动着他的脚跟。当公牛从他身边冲过时，他如挥动芭蕾舞裙一般挥动斗篷，将其披在公牛的脸上。

"好咧！"在场的观众们大声喝彩。

公牛迅速转身又开始进攻。奇库洛还是站在原地，又重复了一次刚才的动作。他的双腿紧绷，在公牛竖着双角冲过来的时候，快速将身体后缩，同时将飘起的斗篷优雅地往外一甩。

观众再一次兴奋地叫喊了起来。这孩子接连又做了7次这样的动作。每一次公牛与他都只是差之毫厘，然而每一次他都能让公牛无机可乘，只能射空门。每一次，观众都大声叫好。最后一次，在公牛马上就要贴身冲过来时，他又一次将斗篷披向公牛，然后把它往身后一晃，从公牛身边走开，跳出了栅栏。

“那个拿着斗篷的男孩身手很不错。”姜酒大王说，“他用斗篷所做的那个优美的旋转动作，叫作维罗妮卡[1]。”

这时这个圆脸男孩就站在靠我们底下的栅栏边上。他不喜欢斗牛，刚刚却完成了7个漂亮的维罗妮卡动作。在太阳的照耀下，他脸上的汗珠闪闪发光，但是他却面无表情。他的视线越过斗牛场，落在那头站着并且正在搜寻下一个进攻对象的公牛身上。他正在仔细打量着这头公牛，因为不久后，他就要负责杀死这头公牛。一旦他手持他那把精致的红柄利剑，拿着那块红布最后出场时，这就意味着不是他死就是那头公牛死。在斗牛这项活动中，没有不分胜负的战斗。

接下来我并不打算详细叙述之后的场景。这是我第一次看斗牛表演，即使这不是最好的。最精彩的斗牛表演要在纳瓦拉山上的小镇潘普洛纳才能看到。他们从公元1126年开始，每年都会举行为期6天的斗牛大会。从早晨6点开始，公牛们就穿街越巷地在城镇里竞跑，后面还跟着一大帮人，几乎半个镇的人都会

[1]维罗妮卡原是耶稣受难时为其拂面的圣女之名，因其动作的相似性，所以以之为这个旋围动作的名字。

参与到这个活动中来。在潘普洛纳，每个大人和小孩都是业余斗牛士，每个早上也都有业余斗牛表演可以看。在这里可是有两万人参加的斗牛大会，这些业余斗牛士都手无缚鸡之力，因而伤员名单也几乎和都柏林竞选的名单一样长。不过，对于潘普洛纳这个有着最精彩的斗牛表演以及业余斗牛的疯狂传说的小镇，我会在下一篇文章中详细介绍。

我并不会对斗牛感到抱歉，因为这是罗马竞技时代的幸存物。不过还是需要对其进行一定的解释。斗牛不是一种运动，它也永远不会成为一种运动，它是一起悲剧，非常悲惨的悲剧。这悲剧就是公牛的死亡。其过程分为3个步骤。

姜酒大王——并不是说他喝姜酒，在第一天晚上他告诉了我们很多关于斗牛的事情。我们就坐在那家有特色烤乳猪的餐厅楼上听他讲。那里的乳猪是放在橡木条上烤熟的，配上蘑菇玉米烙饼和红葡萄酒，特别好吃。剩下的信息是我们在维亚圣赫罗尼莫的小旅馆里得知的，那里有个眼睛长得很像响尾蛇的斗牛士。

关于斗牛的大部分信息都是我们在西班牙的不同地方以及从塞巴斯蒂安到格拉纳达所观看的16场斗牛表演中总结出来的。

不管怎样说，斗牛都不是一项运动。它是一场悲剧，它象征着人和野兽之间的斗争。每一场斗牛通常都会有6头公牛。这些用于斗牛的公牛都和赛马一样被饲养着。最早被饲养的公牛从好几百年前就开始存在了。一头优质公牛价值2000美元，它们都被培养成集速度、力量和凶恶于一身。换句话来说，一头优秀的斗牛，绝对是一头无可救药的公牛。

一方面斗牛是一份极其危险的职业。在我看过的16场斗牛表演中，只有两场是没有人受重伤的。另一方面，这是一份具有优厚报酬的工作。即使两者都面临着同样的危险，一个出名的斗牛士，一个下午就可以赚到5000美元；但是一个没有名气的斗牛士，可能连500美元都拿不到。这些伟大的斗牛士和歌剧院的歌者一样，唯一不同的是，但凡他们没有办法唱好高八度，他们就面临着死亡的威胁。

一般在任何时候，没有任何人可以靠近公牛，除非直接从它的正面靠近。这也是危险所在。除此以外，还有各种各样复杂的闪躲动作。这些动作都必须用斗篷来完成，而且完成每一个动作都必须具有排行榜冠军一般的高超技术。而最终目的是按照习俗上演古老的悲剧，还必须要很优雅地完成，看上去不费吹灰之力，而且要一直显得很高贵。西班牙人对斗牛士的最低评价就是说他的表演很“粗鲁”。

这个悲剧被称为三部曲。

第一部就是公牛进场，斗牛士们接受攻击并且尝试用长矛保护他们的马匹，然后马匹离场。

第二部就是把花镖刺到公牛身上。这是整个斗牛中最有趣且难度最高的一个阶段，同时也是一个观看斗牛表演的新手最容易欣赏到技巧的一个阶段。这些花镖长三英尺，色彩绚丽，尾部还吊着一个小鱼钩。准备投刺花镖的花镖手孤身一人站立在场中，面对公牛，他把花镖拿到手臂的高度，并把它们射向公牛，然后大叫“公牛！公牛！”之后公牛便向其发起进攻，接下来他又把花镖放到脚趾的高度，弯下腰往前冲，在公牛就要撞上他之时，将手中的花镖刺到公牛隆起的背上。

牛背两边都要插进同等数目的花镖，每次两边各插一枝，但不能从旁边挤塞进去。这时公牛完全被困住了，无法躲开插向它的花镖，也没有马匹可以让它进攻。它一次次向斗牛士进攻，每一次攻击，它的背上就会多出一对长长的花镖，像豪猪刺一样。

最后一部就是公牛的死亡。这个任务落在第一个攻击的斗牛士身上。每个斗牛士都要用一个下午的时间杀死两头公牛。杀死公牛的过程是最为正式的，只能按照统一的方法来做，就是由斗牛士直接从正面将其杀死。而且这个斗牛士必须抵御公牛的全面进攻，并将一柄利剑插入公牛脖子和角之间的肩膀处。在杀死公牛之前，他还必须用一张大餐巾纸一般大的红布完成一系列的贴身闪躲动作。并且斗牛士必须展现出他对公牛的完全控制，即用红布让公牛一次次从他身边只差分毫地闪过，但是他自己必须毫发无损。这个阶段也是最容易发生致命意外的阶段。

徒步斗牛士是西班牙的叫法，一般都把他们叫作持剑者或剑客。这个人必须对斗牛的三个步骤都非常熟悉。在第一个阶段中，他要利用斗篷做出维罗妮卡动作，并且要在骑马斗牛士被公牛甩到地上时，通过引开公牛来保护他们。在第二个阶段中，他要用花镖刺射。在第三个阶段中，他要用红布控制公牛并将其杀死。

但是几乎没有哪个斗牛士能在三个阶段中都做得十分出众。例如有一些斗牛士，像年轻的奇库洛一样，他们的技术是无与伦比的。另外一些，像之后的何塞利托一样，是出色的花镖手。但是很少有人能够样样俱全，而很多优秀的斗牛士都是吉普赛人。

7月的潘普洛纳

《多伦多星报周刊》1923年10月27日

潘普洛纳

建在纳瓦拉山上的小镇——潘普洛纳，其周围的墙壁都是白色的。每年7月的头两个星期这里都会举行世界级斗牛大会。

西班牙的斗牛粉丝们从各地拥进这个小镇。每当这个时候酒店都特别火爆，而且都是人满为患。在宪法广场拱廊上的咖啡厅里，每张桌子边都挤满了人，其中有戴着墨西哥阔边帽高大的安达卢西亚人，有戴着草帽从马德里前来的人，还有戴着蓝色平顶帽的纳瓦拉人和巴斯克人，他们都坐在一起。

漂亮迷人的女孩子们，身材丰满，披着颜色各异的披肩；黑色明亮的大眼睛，黝黑的皮肤，头上披着带有黑丝花边的头纱，跟她们的同伴走在人群中。这些人群从早到晚都挤在咖啡桌内外的狭窄小道上。宪法广场外阳光明媚，幸好还有遮阴小道。在街道上无时无刻都能看到有人在跳舞。农民们穿着蓝色衬衣旋转着，举手击鼓、吹笛，这些都是在古代巴斯克舞蹈中使用的乐器。到了晚上，随着一阵阵击鼓声和军乐队的伴奏，整个镇上的人们都在奎尔纳瓦卡外面的露天广场跳起舞来。

我们是晚上到达潘普洛纳的。街道上人山人海，人们跳着舞，音乐猛敲狂击，璀璨烟花在广场上空出现。跟这里的情景相比，之前看过的所有嘉年华都会被比下去。一颗流星烟花在我们头顶爆开来，那声音震耳欲聋，随即流星烟花飞了上去，然后再“呼呼”地落到地上。我们和那些拧得手指噼啪响、不停旋转着穿过人群的舞者们不期而遇，根本没有办法把行李从车上拿下来。最后总算拿到了行李，穿过拥挤的人潮，来到了酒店。

两个星期之前我们就预订了房间，但是房间已经所剩无几。只有那种单人床的房间，而且是通向厨房通风管道的单人间，价格是每间每天7美元。女房东站在柜台前，双手叉着腰，长着一张印度人的宽脸，看上去很好相处。她会说一点法语和一些巴斯克西班牙语。她告诉我们，她必须在接下来的10天中赚足一年的钱。这里总有人来求宿，所以不论她开价多少这些人都要住。她可以带我们去看更好的房间，10美元一天的那种。我们说如果这样的话我们还不如直接在街上和那些猪睡在一起。女房东倒是觉得这个说法是有可能的。我们说，和这样的酒店相比，我们情愿住在那样的地方。大家都很和善地在说话。而我们还是坚持己见，而女房东在那儿打着算盘。海明威太太坐在了我们的背包上。

“我可以在镇上给你们找个房子，你们来这边就餐。”女房东说。

“多少钱？”

“5美元。”

我们从那里离开了。一个男孩提着我们的背包，带我们穿过漆黑狭窄、沉浸在嘉年华的疯狂中的街道。这间大房子看起来很不错，是一间旧式的西班牙房子，房子外面还有坚不可摧的围墙。房子清爽舒适，红砖地板给人温馨的感觉，两张舒适的大床放在壁凹里。房间里唯一的窗户，通向外面铁制的门廊，接下来就是街道了。我们看完之后感觉很满意。

整晚下面的街道上都响着疯狂的音乐。重重地敲鼓声一夜响了好几次。我起身去阳台看了看，一切还是老样子。都是穿着蓝色衬衫、光着头的男人，站在敲动的鼓和尖声的笛子后面，旋转着，跳起疯狂奇异的舞蹈。

天刚刚亮，街道下面就传来了一阵音乐，是真正的军乐。赫尔斯芙已经起床，穿好衣服站在窗边。

“快来呀，”她说，“他们都朝某个地方走去了。”现在虽然是早上5点，但楼下已人山人海，人们都朝着一个方向走去。我快速穿上衣服，也跟着他们一起出发了。

整群人都向公共广场走去。各条大街小巷的人们蜂拥而至，一同向一片空地移动，我们从高墙的缝隙里可以看到那片空地。

“去喝点咖啡吧。”赫尔斯芙说。

“你觉得我们还有时间喝咖啡吗？”

“嘿，这是有什么事情要发生吗？”我问一个报童。

“关牛节。”他轻蔑地说，“6点开始。”

“什么是关牛节？”我问他。

“噢，明天再问我吧。”他说着就跑开了。

整群人都跑起来了。

“不管发生什么事情，我必须先喝我的咖啡。”赫尔斯芙说。

服务生往玻璃杯里倒了咖啡和牛奶。人们仍然在跑着，从四面八方汇集到广场上来。

“究竟什么是关牛节？”赫尔斯芙边喝咖啡边问道。

“我所知道的就是他们会把公牛放到街道上来。”

我们又开始出发跟着人群走了。从一道狭窄的大门出去，映入眼帘的是一片红色的空地，一个新建的钢筋斗牛场在那里高耸着，黑白相间，人山人海。黄红相间的西班牙国旗在早晨的微风中迎风飞扬。我们穿过空地，走进斗牛场，一直走到顶端，眺望整个城镇。除了顶上需要收1比塞塔的门票，其他的地方都是免费的。大概有两万人在斗牛场里。每个人都挤在外面的圆形剧场，眺望前方的黄色城镇和一片光亮的红色屋顶。一个很长的木制牛圈从城市大门的入口穿过空地直到斗牛场。一路而来都是露天的。

这实际上是双层木制栅栏，从镇上的主街道一直伸展到斗牛场，形成了一条250码长的跑道。栅栏两边挤满了人，都抬着头往主街道望去。

而后有消息从遥远的那边传来。

“它们已经出发了。”每个人都在大叫。

“什么事啊？”我问站在我旁边的人。他倚靠在栅栏边，身体从铁栏杆往外伸得很远。

“公牛们！它们已经从市区那边的围栏里被放了出来。它们要赛跑着穿过整个城市。”

“唷！”赫尔斯芙说，“它们为什么这么做啊？”

紧接着，从狭窄的跑道上跑过来一群大人和小孩，他们竭尽全力往这边跑了过来。那扇通往斗牛场的大门敞开着，他们都毫无秩序地跑下阶梯，跑进斗牛场里。在他们后面还跟着另外一群人，他们跑得更厉害，从镇上的牛圈一路跑来。

“公牛都在哪儿呢？”赫尔斯芙问道。

话音刚落，公牛们就出现在眼前了。8头公牛正全速地一路飞奔过来。它们身材魁梧，全身黝黑，浑身发亮，凶狠险恶，双角尽露，摆动着头部。跟它们一起跑的还有3头阉牛，脖子上挂着铃铛。它们挤在一起向前跑着。在它们前面，那些潘普洛纳的大人、小孩充当着后卫的角色，自愿在大街上被公牛们所追赶。他们全力冲刺，互相拉扯，努力奔跑，前拥后挤，享受整个早上的愉悦。

一个身着蓝色衬衫、红色腰带、白色帆布鞋的男孩，肩膀上挂着皮制的酒袋，一路奔跑下来，却绊倒在地上。第一头公牛低下头来，紧急地往侧边摆去，没有撞上男孩。那男孩撞到了栅栏上，无力地瘫在地上。整群牛都从他身边跑过。人们都大嚷大叫起来。

人们向斗牛场里面冲去。我们及时赶到一个包厢里，刚好可以看到公牛们冲进人山人海的斗牛场的场面。人们害怕地跑向两边。公牛们依然聚在一起，由训练有素的阉牛引导它们前往牛圈的入口。

这就是牛圈的入口。在潘普洛纳的圣费尔明奔牛节期间，每天早晨6点，下午要进行斗牛的公牛们都会从牛栏中被放出来，从那里穿过几条大街，奔跑一里半后来到牛圈里。跑在它们前面的人们之所以这么做纯粹是为了好玩。奔牛节每年都会举行1次，已经延续了好几百年。这比哥伦布在格拉纳达外面的营地对伊莎贝拉女王进行的历史性访问的时间还要早。

一般情况下为了避免意外发生，活动中都会采取两个措施。第一是让公牛们聚在一起，这样的话它们不容易被激怒或者变得凶狠残暴。第二是可以依靠那3头阉牛来让牛群继续前进。

但是不可避免的意外还是会有发生。牛群挤着进入牛圈之时，其中一头公牛可能会与牛群走散。这时，它就会紧绷全身肌肉，全速奔跑，面露凶光，放低如针尖般的双角，反反复复地攻击挤在斗牛场里面的大人和小孩们。在斗牛场里根本没有地方可以出去。里面太拥挤了，他们无法从斗牛场四周的红色栅栏上跨跳出去，所以他们不得不留在里面面对这样的现实。最后，那几头阉牛会把公牛们都赶出斗牛场，赶进牛圈里面去。但是在它们把公牛赶进去之前，公牛可能会撞伤或者杀死30个人，而在这里是不允许人们用武器来对付这些公牛的。这就是每天早上潘普洛纳的斗牛粉丝们必须面对的危险。但是在公牛们进圈之前会给它们最后一次机会，这是潘普洛纳的传统。它们要从黑暗的牛圈里走进光亮的竞技场，并且在下午的斗牛表演中战死后才能离开。

因此潘普洛纳是世界上最严格的斗牛之乡。这从公牛们进入牛圈之后马上进行的业余斗牛中可见一斑。圆形剧场里挤满了人。竞技场里，大概有300个人，他们手里都拿着斗篷、旧衣服、旧衬衫，或是任何可以模仿斗牛士斗篷的东西，在那里边唱边跳。一声叫嚷，牛圈的门打开了，一头年轻的公牛全速冲了进来。它的角上绑着皮制的绷带，这是为了防止它戳伤任何人。它开始进攻并撞到了一个人，还把那人高高地抛到了天上，观众们都大叫起来。那人掉到了地上之后，公牛又向他冲去，用头撞他。人们担心他会被公牛的角撞伤，好几个业余斗牛士在公牛面前挥舞着斗篷，以此来引开它的注意力，让它不去攻击地上的那人。于是公牛又开始去追赶另一个人，全场又是一阵愉快的欢呼。

而后公牛又四脚同时转动，冲向那个表现得非常勇敢、站在它身后10英尺远的人，把他直接抛到了栅栏外面去。然后它又瞄准一个人，疯狂地跟着他，穿过人群一路狂奔，直到追上他为止。栅栏上坐满了人，公牛决定把他们都清扫下来。它沿着栅栏一路走，就像叉干草一样，用角把他们一个个钩起，然后甩落下来。

每一次公牛追上一个人，观众们就会开心地叫起来。而且大部分都是出于本能而这么做。越勇敢的斗牛士，在公牛撞到他之前用斗篷所做的动作越优雅，观众的呼声就越高。每个人都是手无寸铁的，没有人会伤害到公牛。有人扯着公牛的尾巴并想坚持紧紧抓住，使观众发出一片嘘声。当他再一次想尝试的时候，斗牛场里的另一个人已经把公牛击倒了。没有人能比公牛更好地体验这个过程的了。

当那公牛表现出疲于攻击时，两头老阉牛就小跑进来，一头全身褐色，一头长得像大型的荷兰乳牛。它们走到跌倒的年轻公牛身边，年轻公牛就像小狗一样温驯地跟在它们后面，绕场一周然后离开竞技场。

另外一头公牛马上进来，又开始攻击和甩人，又是徒劳地挥动斗篷，并响起相同的音乐。但是业余斗牛和真正的斗牛还是有所不同。这里早上的业余斗牛，其中有些是阉牛。即使是斗牛，也不是优质品种，是一些有稍微缺陷或其他问题的公牛。这些公牛不会像真正的斗牛那般，需要很高的价钱才能买到，那些都要2000~3000美金一头。即便如此，斗牛的精神却丝毫不缺。

每天早上都会举行这样的表演，镇上的每个人都会在5点30分，军乐队穿过大街的时候走到街上来。甚至还有很多人熬夜等待早晨的到来。因此我们从未错过其中一场。这是一项无论如何都会让我们连续6天早上5点30分起来观看的体育赛事。

据我所知，我们是去年7月潘普洛纳奔牛节上唯一一批来自英语国家的游客。

我们停留在那里的那段时间，那里有过3次地震。山上乌云密布，埃布罗河洪水淹过了萨拉戈萨。斗牛场连续两天都被水淹没，这个节日不得不在近百年的历史中第一次被暂时中止。这是奔牛节中间的两天。所有人都非常绝望和难过。就在第三天，天气比以往还要阴暗，整个早上一直都在下雨。但是在中午时分，乌云都散去了，太阳出来了，明亮地热辣辣地照着大地。那天下午，我看到了迄今为止最好看的一场斗牛。

流星烟花在天上绽放，当找到我们的位子时，竞技场里几乎已经坐满了人。那时的太阳炎热灼人。在竞技场的另一边，我们看到斗牛士们已经准备就绪。竞技场里全是厚厚的泥巴，大家都穿着最破旧的衣服出场。我们戴上眼镜之后在人群中找到了下午出场的3个斗牛士。其中只有一个是新来的，那就是奥尔莫斯。他长着圆圆的脸蛋，看起来乐呵呵的，长得有点像特里斯·史比克[1]。另外两个斗牛士我们之前都见过。其中一个叫米拉，黝黑的皮肤，身材结实，表情严肃，一直以来都是最优秀的斗牛士之一。第三个斗牛士是年轻的阿尔戈本诺，他是一个非常出名的斗牛士的儿子，是个消瘦的安达卢西亚年轻人，长着一张英俊的印度人的脸蛋。他们3个都穿着斗牛时穿的衣服，是紧身的，又老旧又过时。

他们开始列队进场，狂野的斗牛之歌缓缓响起。结束了热身运动之后，斗牛士们都骑马退到红色栅栏一边。传令官吹响号角，牛圈的门就打开了。公牛猛冲进来，看到有人站在栅栏附近，于是就开始对其进行攻击。那人从栅栏一跃而过，公牛全力撞到了栅栏上，将其上一张二乘以八大小的厚板撞成了碎片。它把头上的角撞坏了，于是人们又叫唤着要求重新派上一头公牛。训练有素的阉牛小跑进来，公牛跟在它们身后，离开了竞技场。

另一头公牛犹如前一头一样冲了出来，它是米拉负责的公牛。米拉进行完美的斗篷表演后，便把花镖刺到了公牛的身上。米拉是赫尔斯芙最喜欢的斗牛士。

[1]特里斯·史比克，美国著名棒球运动员。被认为是美国职棒联盟历史上最优秀的中场运动员。

如果你想让自己在妻子心里永远保持一个勇敢、坚强、平稳、很有能力的形象，千万谨记不要带她去看真正的斗牛表演。

我之前曾经加入过早上的业余斗牛活动，希望可以从她那里赢回一小点赞赏。但是我发现，斗牛要求一个人必须有很大的勇气，而我却正好缺失这样的一种勇气。我越是意识到这一点，就越发觉得，她在我身上重新表现出的任何赞赏，都只是对米拉或者比利亚尔塔这类斗牛士的倾慕之情的缓解之物而已。你在任何地方都别在斗牛士的地盘跟他们较劲。大部分丈夫可以保持对妻子的吸引力的唯一办法就是：第一，保证那里只有很少数量的斗牛士；第二，只有少数看过斗牛表演的妻子们在场。

米拉坐在栅栏周围的小台阶的边缘上，把第一对花镖插进了公牛的身体里。当公牛靠在栅栏边上，用双角朝他两边刺去的时候，他朝着公牛怒吼一声，往前晃过公牛头部，把两支花镖插进了它的颈背。他又用相同的方法把另外一对花镖插了进去。他距离我们很近，只要我们靠过去，就可以碰到他，之后他就离开栅栏边，前去刺杀公牛。他用红布做了一系列不可思议的贴身闪躲之后，拔出他的利剑，在公牛前来进攻的时候把剑刺了进去。剑从他手里被撞飞出去，公牛追上了他，它用角把他撞向空中，随即落了下来。年轻的阿尔戈本诺把他的斗篷甩向公牛的脸部，公牛转而去进攻他。而米拉蹒跚着站了起来，但是他的手腕已经扭伤了。

由于他受伤了，每次他想要伸直手腕去刺插公牛的时候，他脸上都会有豆大的汗珠落下。米拉尝试了好几次去完成他的致命一刺，但是都一次又一次掉失了手中的剑。他用左手把剑从泥泞中捡起，又换到右手进行刺插。最后他成功了。此前，公牛差不多撞了他20次。他走了进来，就站在我们底下的栅栏边上，他的手腕已经肿到正常腕宽的2倍了。我想起那些职业拳击手，有些竟然只因为伤到手就退出了比赛。

几头骡子飞奔进场，将第一头公牛套住，把它拖曳出去。与此同时，几乎没有停顿的时间，第二头公牛又急匆匆地跑了进来。斗牛士们用他们的长矛来抵御公牛的攻击。公牛哼着鼻子进攻、撞击，斗牛士完美防御，用长矛挡住公牛，而后罗萨里奥·奥尔莫斯拿着他的斗篷走了进来。

他一进来，立刻把他的斗篷甩向公牛，做了一个简单漂亮的环甩动作。接下来他又尝试着做一个维罗妮卡动作，结果在最后他还是没能躲过公牛的进攻。那头公牛没有停止，继续进攻，它呈90度用牛角把奥尔莫斯高高抛起，然后摔了下来。公牛就站在他身上，用角一次又一次地撞向他。奥尔莫斯躺在地上，用手护住他的头部。奥尔莫斯的其中一个队友发疯般地把斗篷往公牛的脸上甩去。那公牛抬头看了一会，又开始进攻并且撞了上去，接着的又是一次可怕的抛甩。随后公牛又突然转过来，追逐一个本来在他身后的斗牛士一直到栅栏边。那人奋力奔跑，当他正要把手放到栅栏边上准备跨过去的时候，公牛追了上来，用角把他高高地甩到了观众群里。公牛又向那个之前被摔倒、刚刚站起来、独自一人的斗牛士阿尔戈本诺冲去——阿尔戈本诺一把抓住了它的尾巴。他一直坚持着，仿佛其中一方要被折断一般。这样另外一个受伤的人才勉强站了起来离开了竞技场。

那头公牛又一转身，向着阿尔戈本诺进攻。阿尔戈本诺用斗篷来迎接它。一次，两次，三次，他用斗篷做了好几次完美的甩布动作，非常温文尔雅。他重新振作起来，与公牛对抗，完全控制住了场面。这种场面之前我从来没见过。

在斗牛中是不允许有候补的斗牛士的。米拉不可能再斗牛了，他的手腕好几个星期内都没有办法提起一把剑。奥尔莫斯的身体被撞成重伤。迎战公牛的重任就落在了阿尔戈本诺的身上，这一头公牛以及接下来的5头公牛都得由他迎战了。

他把6头公牛都处理掉了，做足了所有的步骤，从容、优雅、自信地挥动斗篷，与红色斗篷配合得天衣无缝。然后是致命的杀戮，接下来的5头牛都是被他所杀，一头接着一头倒地身亡。应对每一头公牛的时候，他都面临着死亡的挑战。到最后，他已经表现不出温文尔雅了。唯一的疑问就是他是否能够坚持到最后，抑或是被公牛击倒。要知道，这些都是很优秀的斗牛。

“这个孩子真厉害。”赫尔斯芙说，“他只有20岁。”

“真想认识他。”我说。

“也许某一天真的会认识他呢。”她说。想了一会，她又说：“但是那个时候他可能已经不能再斗牛了。”

他们一年可以赚到20 000美金。

这只是3个月之前的事情。现在看来，却仿佛相隔了一个世纪。现在在办公室里工作，距离潘普洛纳那个阳光猛烈的小镇真的很远很远。那里的人们早上在街道上和牛群追逐着，而我们早上却坐着车去上班。不过从这里去西班牙走水路也只要14天，而且不需要住在城堡里。在埃斯拉瓦街5号总有一个房间是留给我们的。还有那家人的儿子，如果他想要成为一个斗牛士，挽回家族的声誉，就必须提前做准备了。

欧洲的狩猎

《多伦多每日星报》1923年1月3日

普遍的观念认为欧洲是过分拥挤、过分文明的，总而言之是一个衰微的地方。在那里，射击是一些贵族中穿着时尚、懒散的人做的事。他们射击那些被狩猎者追赶着经过他们的上百对被保护的松鸡或者丘鹞。

狩猎，人们从不会把它和在社会排斥的痛苦下的猎杀混淆。包括这些同等受欢迎的社会人物，他们穿着粉色的外套，必须在马背上尽可能持久地笔直地坐着。他们紧跟在一群狗的后面，穿过田野、草场，去追逐一只狐狸。

除此之外，在大陆，狩猎是法国、比利时、意大利、德国和捷克斯洛伐克伟大的民族运动，并且指向东方。它被称为“hunting”，意思是射击，并且有很多猎物被用来射击。现在，在周六、周日，你在任何方向都很难乘坐当地离开巴黎的火车，因为周末许多的猎人要去乡村，他们把猎枪挂在肩上。

在20英里之内，巴黎比多伦多、安大略湖可能有更多的猎物。在德国有很好的猎鹿，在鲁尔区有很好的猎鸟和珩科鸟。在法国的每个地区，几乎都有很好的松鸡、兔子。在法国、比利时和德国，都有危险的大猎物。

除了臭鼬、豪猪，安大略湖是否有其他危险的大猎物？这是一个未知未解的问题。林间的猎人面临的来自驼鹿的危险就像他被置于活拜马场的会员围场一样，他们可以不受约束地射击自己喜欢的猎物。黑熊想要从猎人那里得到的只是距离。我知道狼是一个不好对付的种类。

但是遍布欧洲，有着真正危险的猎物是野猪。因为每年都有不小心的猎人被它杀死。去年仅仅在法国就有两个猎人被野猪杀死。战争期间，在欧洲还没有被抑制繁殖的猎物中发展最好的一个种类就是野猪。

在有些地区，像奥弗涅的野外乡村、都乐下面的黄金海岸，在树林茂密的斜坡上，野猪特别多，它们破坏谷物，因此成为公众的威胁。去年冬天，一个农民用不到一年的时间，在他的田地里射死了18头野猪。第19头是个又大又矮又胖的邪恶的家伙，农夫在一个下雪的早晨从他的窗户里看到了它。他拿起猎枪，在后门对它开了枪。之后野猪跑进了灌木丛，农夫跟着进去了，随后野猪发出一声愤怒的嚎叫，快速地撞倒了农夫，并用它的獠牙乱咬农夫。野猪的獠牙像是一把剃刀，大约3~6英寸长。它带来的伤害是可怕的，一旦野猪撞倒了人，它就会发疯地、愤怒地、不断地把人往嘴里卷，直到人死了为止。最后还是农夫的妻子杀死了这头野猪。

一头野猪重近200磅，它也是世界上最好吃的东西之一，被叫作“sanglier”和“mar-cassin”，第戎成为所有优秀的美食家死去时想去的地方，其中的一个原因就是后者。

我的一个叫克雷布斯的美国朋友决定去猎野猪。他去了黄金海岸的一个小镇，这个小镇位于侏罗山脉阴面的山麓，在那里，听说野猪毁坏庄稼、威胁人类。

这个地方所有的猎人都出动了。这个我们称为科哥索勒的小镇的名声十分危险。人们在当地的咖啡馆演讲，满怀激情地呼吁大家，一个美国人长途跋涉来到科哥索勒猎杀野猪，诸如此类。进一步说，他是一个美国记者。如果科哥索勒表明自己是很好的猎人中心，每个聚集在一起的市民都知道它就是这个中心，那么旅游者，即带有一个大写字母T的，将会从世界各地成群地拥来。这真是一个绝好的机会！美国人必须抓到野猪，这事关荣誉、未来以及繁荣。最重要的是，科哥索勒的繁荣。人们的欣喜之情一直持续到晚上。

克雷布斯在天亮前就被吵醒了。猎杀野猪的猎人聚集在咖啡馆等他。他半睡半醒地到了那里，咖啡馆里已经有20个男人了，外面堆满了自行车。但是空着肚子是没法猎杀野猪的，他们必须喝点东西，而且是一些能暖胃的东西。

克雷布斯建议喝咖啡。真好笑，真是一个最高层次的、可爱的、爱开玩笑的美国人。咖啡？想象一下，去猎杀野猪前喝咖啡，不够可笑吗？啊？

马克酒，是个填肚子的好东西。每个人都要喝点马克酒才能去捕杀野猪。

“老板，马克酒。”

“马克酒做好了。”

现在，马克酒有“Marvelous（奇妙）”里的“mar”一样的发音，它是已知的3种最烈的酒之一。早上喝伏特加、都兹克、苦艾酒、格拉巴酒和其他著名的对胃有伤害的酒，可以喝2弗隆，这很容易。滴3滴到金丝雀的舌头上就会足以置之死地，这是勃艮第和黄金海岸最大的特点。

马克酒做好了，它在手与手之间、手与口之间传递。科哥索勒实际上已经出名了，他们必须庆祝一下。美国人不是已经射杀差不多十几头甚至几百头野猪了吗？毫无疑问。科哥索勒是法国最好的旅游中心之一，但是即将完成的对野猪可怕的大屠杀没有毁掉它伟大的财富之一吗？不是，没关系，没有一点关系。再来一杯马克酒，老板。

早上9点钟，猎杀野猪的猎人骑上他们的自行车，分成两路朝北面的方向出城。这一整天，沿路掉队的人、弯曲和损坏的自行车遍布街道。大部分猎人在小镇北面4英里的一片树林里非常舒服地睡觉，他们的头枕在他们的自行车上。克雷布斯非常勤奋地打了一天猎，还射到了一只大乌鸦。那晚，他去了巴黎，他担心如果还待在这些猎人的队伍里，第二天早上他还想继续打猎。

德国有很多猎物。步行穿过黑森林，当我再次看见鹿时，它们在森林边缘外的一些小山坡上吃草，或者晚上下来在有鳟鱼的小溪里喝水。潺潺溪水流入山中。在黑森林和德国南部多山的森林乡村，几乎每个有运动癖好的富裕的德国人都有一条或两条狩鹿用猎犬，每个秋天，我都会被邀请和黑森林的号手先生去打猎。

在整个莱茵兰和鲁尔的周围，有很多鹬、鸽科鸟和丘鹬。春天，有很多人沿着莱茵河打鸭子。去年春天，我们沿着美茵茨克罗格林河往下走，看到了很多鸭子。克罗格林的英国部队驻守在这里，他们中的军官很擅长在这些地区打野鸡、松鸡和鹌鹑。

瑞士是岩羊之乡。离岩羊最近的时候，我会伪装起来。岩羊角可以制造出非常好的赛珞璐角，但是，这个是用来装饰旅游者的铁头登山杖的。所以人们不想谈岩羊灭绝的可能性。但是作为一种流行的运动型动物，它会和那些在伯尔尼卖的木刻熊一样被放在同一架飞机上。

还有一些岩羊，因为它们生活在非常偏远的高地，所以很少有人会去打它们的主意。但是，如果对于一个带着双筒望远镜和望远镜瞄准器的专业登山者来说就说不准了。瑞典是个很适合打猎的国家，有很多兔子、大雪兔、鹏鹄和巨大的黑乌鸦。黑乌鸦或者北欧雷鸟是鹏鸪的一种，它们有着光滑发亮的羽毛，有的甚至比一只大的奥尔平顿鸡还大，住在瑞典和所有中西部欧洲的森林里。

意大利可能是世界上唯一一个不仅可以猎狐狸还吃狐狸的国家。在米兰的秋天，你会看到肉店门外挂着两到三只鹿、一长条野鸡和鹌鹑，还有一两只红狐狸。在意大利，要求每个有驾照的人都要出去打猎。猎物可能比欧洲任何一个国家都差，因为没有哪种鸟受到保护，要是在山里，你每天都会听到用来打鸟的黑火药爆炸的声音。在晚上，你会看见猎人进镇，他们装猎物的袋子装满了画眉、知更鸟、莺、雀、啄木鸟，偶尔会有一只猎鸟。第二天你可以在市场上看到一长列各种鸟禽被挂着待售，甚至有卖麻雀的。

在意大利，为了得到一张射击许可证，你必须让警长和市长签署证明，证明你从来没坐过牢。在我第一次申请射击许可证时，我就有一些困扰。阿布鲁奇坐落在那不勒斯的乡村，是意大利野外的山区，那儿仍然有熊，同时也有狼。对于罗马人，在基督教第一次进入罗马之前，狼就已经存在了。然而500年前，美洲大陆还没有发现狼。

比利时也是一个适合打猎的国家，阿登高地森林是欧洲最好的野外野猪猎杀区之一。

法国南部和西班牙北部的比利牛斯山可能有西欧最荒凉的乡村。每年，猎人会在比利牛斯山要塞捕杀许多熊。

在世界上文明高度发展的、最安定的中心，为什么有大量的猎物持续存在呢？也许是由于谨慎地保护、严格执行的禁猎时节。而且政府拥有的林地是真正用来种植木材，而不是滥砍滥伐的。但是在美国的许多地方，像印第安纳州、俄亥俄州、伊利诺斯州，猎物灭绝的速度很快。印第安纳州曾经是一个木材之乡，密歇根下半岛也是。但是现在密歇根上半岛已经没有一片原始林木了，一片荒凉，这使得捕杀密歇根鹿的猎人往北去了安大略湖。安大略湖的猎物供应似乎无穷无尽，但是经过50年的过度捕猎、滥砍滥伐，再加上森林大火，看看美国得到的结果。

曾经猎人只能追猎5英里的地方，因为现在有了摩托车，他们可以追猎100英里。虽然大牧场的鸡是最好的鸟类猎物之一，但实际上已经灭绝了。鹌鹑在很多州也已经消弭了，麻鹬没了，野火鸡也没了。

但是法国一直是一个猎物丰富的国家，那儿有恺撒时代的森林，更重要的是，那儿有拿破仑时代所没有出现的新森林，甚至更为重要的是，从现在开始的100年后，如今在庞加莱看到的伤痕累累的山上将产生新的森林资源，而且所有的森林将会布满猎物。

法国人喜欢打猎，如果某种猎物灭绝了，他们想知道原因。

未走向干涸的湖

《多伦多星报周刊》1923年11月17日

因为湖水的水位很低，蒙特利尔附近的苏必利尔湖中那些从未出现在人们视野中的岩石，现在已经暴露了出来。

加拿大轮船公司称：从7月末开始他们穿越苏必利尔湖急流的航线就已停止运营了。为了明年夏天的正常运营，他们必须用炸药炸掉一部分岩石。

以前，经过苏必利尔湖的船能装载50 000蒲式耳小麦，而现在，过低的水位线导致只能装载5000蒲式耳。

所有这些外部迹象都是由于湖内水位过低导致的。

但是，在卑街临水一端的水港委员会大楼的地下室里有一个小小的测压铜柱，它能像木棍上的猴子滑上滑下一样上升下降。测压铜柱从不关注这些迹象，这些从未为远古先民所见的岩石——正如同它不关心熊的故事、公牛的事迹以及天气好坏一般，它只管衡量多伦多港口安大略湖水位的高低，而且它从1854年开始就一直稳定地进行着测量。

根据它提供的数据，也能用以说明安大略湖的水位，已经远远地低于了值得引起警戒的最低水位线。

铜柱上下滑动的刻度尺准确地记录着多伦多水位上升下降的数值。零——纪录的起始值，比纽约海平面高246英尺。本来就是如此，海平面高度与测量值并无关系。

休米·理查德森上尉——多伦多首任港务长，在

1854年将测量原点固定为零值。他想要一个衡量水位上升下降的标准，并找到一块平坦的岩石来建造原皇后码头。休米·理查德森上尉将加重线锤放到岩石上，并在多次测量后精确得出它的平均深度为9英尺。

换句话说，9英尺即这个特定地点的平均深度。他测量的这个地点的水深会随着整个湖湾水深的变化而升高或降低，而且风或是水浪永远不会影响测量点的水位。

休米·理查德森上尉曾经测量过的这片水域现已成为了坚实的陆地，只有一行柳树描绘着皇后码头曾经的轮廓。当测量仪器布满港口之后，新的堤头在1912年被移到了巴瑟斯特街的街角处。高于纽约海平面245英尺的高度被设定为零值。测量仪表一直到1917年都一直随水港委员会大楼（至今仍在此）留在那里。

除了原来那个升降的测压铜柱，又增加了一个现代的哈斯科尔测量仪——只需一月更换一次发条，它就可以在由发条带动的旋转圆筒纸上记录水位的升降。这个测量仪是如此的精妙，以至于船只经过导致的水位变化都会被记录下来。

新旧两个测量仪都被放置在威尔斯的港务大楼的地下室里。旧的那个仍被用于日常水位的观测，在月末会用于对哈斯科尔测量仪的校准。

现在，水位是零值以下6.5英寸，但这不比去年的这个时候更低。1897年水位降至零值以下21英寸，而到了1900年就降至最低警戒线16英寸了。自从1854年第一次测量以来，最高水位线出现在1870年，当时，水位高于零值47英寸。第二高值是在1886年达到的，水位升到了高于零值46英寸的高度。

有记录以来的最低记录值出现在1895年，湖水平均下降到湖湾以下26英寸。第二低值出现于两年后，在1897年，水位下降到了零值以下25英寸。

安大略湖的湖水水位一直不稳定。从1854年开始，湖水上升到了计量点的36英寸以上，这个数字稳步变化，直到1870年才打破了纪录。然后开始下降，直到1876年达到又一高点，然后又在1886年的高峰到来之前开始了它的下降过程。

从那以后，水位一直在下降，直到1901年开始攀升并持续到了1908年，达到了零值以上46.5英寸。这次水位的上升淹没了湖心岛，并造成重大的财产损失。

自有记录的1908年洪水以来，水位线持续下降，到1911年达到自1874年以来的历史最低点。1911年，白紫号轮渡——在前往城里观看汉伦在多伦多队对特库姆塞队曲棍球赛中的精彩表现的途中被拦了下来——触礁并搁浅了5分钟。

皇后岛号前去营救搁浅了的白紫号，在将白紫号的600名乘客救下之后，自己却搁浅了。皇后岛号在搁浅之后，人们用汽艇、帆船、划艇、独木舟分别将两条船上的2000多人救下。那年的夏天，经过的轮渡都必须很小心才能避开浅滩以及由沙洲形成的浅水区域。

1913年，同类事件再次发生。4月13日，湖水上升的速度达到了每天2英寸，致使环礁湖上几百英尺的陆地被淹没至水下，导致了财产损失。接下来的时间水位持续上升，并在4月16日达到了零值以上36英寸。港务局对此深感焦虑，而岛上的居民们更是惊慌失措。

还好西北风的到来，控制了洪水的上涌。然而5月10日，一阵东风将港口水位推至零值以上39英寸，不过那就是迄今为止的最高值了，在那之后水位开始下降。

水位回落起始于第二年——1914年湖水水位仅上升到了零值以上24英寸。1915年——也就是仅仅在大洪水发生的两年之后，湖水水位就基本平稳保持在了零值以上9英寸以内。

水平面计量仪记录了水位的升降，却并没有告诉我们水位升降的原因。五大湖存在“潮汐”现象吗？

一种理论认为，随着熔体在地球内部冷却，造成了地球表面积的缓慢收缩，它会加大一种冒泡现象发生的可能性。

这种现象产生的影响不是单一的，它还会蔓延至全球，影响其他水域，并造成类似于安大略湖事件的现象。于是，水位会整体降低。而随着现象的扩大化，水位又会升高。这种现象常见于瑞士的湖中——它们会定期升降。

安大略湖的湖水在6月时达到最深，然后逐渐变浅，直到11月、1月或2月达到最浅，这并非全球现象，它是由从苏必利尔湖经两湖连接处流过来的湖水引起的，直至洪水退下，这种现象会导致几个湖的水位上升。

但对于这种能够定期引起洪水以及水位波动，且又能在一次次神秘而无法解释的波动后使水位下降，从而使得6月成为湖水最深的月份，并导致接下来的最低水位的现象，迄今为止并没有令人完全信服的解释。

经过两年的沉寂，洪水又在1916年发起了攻击，6月份水位突破了纪录。6月的每一天，水位都会以11%的速度在零值以上36.5英寸的基础上攀升。这造成了岛上数千美元的经济损失，船被冲走，海滩被毁，财产被淹没，等等。还好，我们的“好朋友”——西北风的到来，缓解了洪水攀升的危险。

1916年以后，水位一直保持在稳定的高度。然而这种水位的稳定状态并没有保持太长时间，到1919年，它又上升到了零值以上39.5英寸——接近洪水时的水深。但是到了1920年，它的最高水位仅达零值以上12英寸。到1922年，上升至24.5英寸，并在去年再次升至27英寸。今年，最高水位为零值以上15英寸（6月24日测量值）。2月里检测到最低水位，整个港口的水浪降低到了记录点以下11.5英寸。现在，水深是零值以下6.5英寸。

先前迹象表明，水位可能在几年的低位之后重新回升。但水位变化令人完全捉摸不透，没有规律，也没有相关经验来阻止明年春天的又一波洪水来临。

在欧洲垂钓鳟鱼

《多伦多星报周刊》1923年11月17日

比尔·琼斯前去拜访一位住在多维尔的法国金融家，他在多维尔有一条供他私人垂钓鳟鱼用的小河。别看这位金融家非常胖，但他拥有的这条河却非常的纤细。

“啊，琼斯先生，我要带你去看看怎么钓鱼。”金融家边倒咖啡边说，“你们加拿大有鳟鱼，是吧？不过这也有！我们这儿有非常有趣的诺曼底式鳟鱼垂钓法，我会示范给你看。你就安心地在这里休息吧，你会有机会见识到的。”

这位金融家是个说到做到的人。他说给比尔示范钓鱼，就真的要带比尔去。他们出发了。

金融家的装备多到都足以开一家体育用品店了。他的各种假蝇钓钩连接起来足以从基奥卡克一直排到巴黎去，他一根鱼竿的钱足以成为国家之间的债务中的一个大窟窿或者是引发一场美国中部革命。

金融家开始钓鳟鱼了，他甩出一个假蝇钓钩。在将近两个小时的时间里，第一条鳟鱼上钩了，他显得非常高兴。这条鳟鱼非常的美丽，足足有5英寸半长，而且整条鱼的比例也非常好。唯一的缺点就是这条鱼侧身和肚子上有一些黑色小斑点。

“我觉得这鱼有问题。”比尔怀疑地说。

“有问题？你觉得这鱼有问题？你是说这条漂亮的鳟鱼吗？怎么会，它非常完美。你没看到在我抓到它之前它挣扎得多厉害吗？”金融家愤愤地说。他肥大的手里拿着那条美丽的鳟鱼。

“那这些小黑斑又是怎么一回事呢？”比尔问道。

“这些小斑点吗？噢，肯定没问题的。可能是一些小虫子吧，这哪里说得准呢。这个季节我们这里的鳟鱼都有这样的小黑点。不过不要担心，琼斯先生。当你早餐尝过这条美味的鳟鱼后，你肯定会喜欢的！”

可能是由于离多维尔很近，金融家的这条河遭到了污染破坏。多维尔是一个集第五大道、大西洋城、索多玛和俄莫拉城为一体的地方，在现实中，它是一个出名的海水浴场，因为污染，很多人都不再到这里来了。而仍有一些人还会到这里来大花钱财，开展花钱竞赛。他们还互相误以为对方是女公爵、公爵、优秀的职业拳击手、希腊军官或桃丽姐妹等。

在欧洲真正适合钓鳟鱼的地方是西班牙、德国和瑞士。西班牙是最适合钓鳟鱼的地方，特别是加利西亚。而德国和瑞士也不赖，紧跟其后。

在德国钓鱼的一大难题就是要取得钓鱼许可。所有的河流每年都会租借给私人来使用，如果你想要钓鱼，你首先要取得租借河流的那个人的允许。所以你首先要做的就是先到乡镇去申请许可证，然后取得这块土地所有者的同意，这样你就可以在这条河流上钓鱼了。

如果你只有两个星期的时间来钓鱼，那么光是办这些难搞的证件就会花光你所有的时间。比较简单的办法就是带上你的鱼竿，看到有不错的小河就开始钓鱼。如果有人不允许你钓鱼，你就给他递上一些马克。如果他还是不让你钓，你就继续给钱吧。如果钱给得足够多，他就不会再找你麻烦了，你就可以安心钓鱼了。

另一方面，如果在他没找你麻烦之前你的钱就已经用光了，那么你要么就去蹲监狱，要么就得去医院了。所以，在你的衣服里放一些美元是不错的办法。美元对马克可是1:10的汇率，那些找你麻烦的人看到美元，他们的态度会变得温和，也就不会再阻挠你钓鱼了。那些美元可能还会打破德国南部储蓄银行以往兑换美元的纪录。

我们就是用这个方法获取钓鱼许可的，我们沿着德国山林区的公路一路垂钓。背着帆布背包，拿着假蝇钓钩、鱼竿，我们徒步跨越了整个乡镇，爬高山，登山蜂，穿越幽深的松树林。有的时候我们会走到一片空地或者是一个农场里，而后我们继续前行几里路，除了偶尔会看到几个浆果采摘者，就没见到过什么人了。我们虽然不知道我们在哪儿，但是我们从来不会迷路，我们随时都可以从高山上走到山谷中去，而且我们知道我们肯定可以找到水流。沿着水流走，不久水流就会汇集成小河，而有河流的地方就意味着有城镇。

晚上我们驻留在小旅馆或者客栈里。有些旅馆很少与外界接触，所以他们不认识马克，进而使得马克在那里变得一文不值，他们都只收取以前的德国钱币。有一个地方，住宿和吃饭用加拿大钱币来计算，一天只需不到10分钱就可以了。

有一天，我们从特里贝格出发，艰难地爬上一条很长的缓缓上升的山路，直到我们到达最高处。在那里，可以眺望到整个德国山林区。跨过山顶再走下来，我们看到有好多小山丘。我们猜想，在山脚的地方肯定有河流。于是我们抄近路从山上下来，直到山谷，然后穿过树林。那里给人的感觉就如同8月里在教堂里待着一样，很阴冷。最后我们来到了之前看到的那些山丘的山脚下，找到了山谷里河流的上游。

那里有一条满是鳟鱼的河流，因为周围看不到一个农舍，于是我把鱼竿接上，准备钓鱼。就在海明威夫人坐在山脚的树下欣赏风景时，我就钓上了4条鳟鱼，每条鱼平均都有3/4磅那么重。而后我们又沿着山谷继续往河流的下游走，河面变得宽阔了，赫尔斯芙拿出鱼竿准备钓鱼，但是我看到了禁止钓鱼的牌子。

她在1个小时之内钓上了6条鱼，其中有2条还需要我到河里才能帮她捞上来。不久她钓上了1条大鱼。

正当我们要把大鱼钓上岸来的时候，看见一个衣着光鲜的意大利老人站在路边看着我们。

“你好。”我说。

“你好。”他说，“你们钓鱼的收获不错吧？”

“是的。很不错。”

“那太好了。”他说，“有人钓鱼的感觉真不错。”说罢，他继续沿着大路走了。

然而，我们在上彼斯塔遇到的农夫就没有这么好说话。虽然我们有钓鱼许可证，但是他还是因为我们是外国人，把我们从河边赶走了。

我在瑞士钓鳟鱼的时候有两个很有价值的发现。第一个是我钓鱼的时候发现了一条河，它和隆河是平行的，那里总泛起灰色的水波。第二个是关于鱼饵的用法。在那里钓鱼，用假蝇钓钩是不行的，于是我用了一大团虫子来做鱼饵，我觉得这种鱼饵看起来非常棒。但奇怪的是，我并没有钓到一条鳟鱼，甚至鱼竿连动都没动。

我在钓鱼的时候，一个意大利老人正在我身后站着，他在山谷上开有一个农场。根据我的经验，这条河应该有很多鳟鱼出没，但是我一条也没有钓上来，我感到越发的气愤。然而有人站在你身后看着你钓鱼，那种感觉也很糟糕，就像有人回头看你给你女朋友写的信一样糟糕。最后我收起鱼竿坐了下来，等待那个意大利人走开，没想到他也坐了下来。

他年纪很老了，脸长得像一个皮制的水瓶。

“哎，老人家，你看我今天一条鱼都没钓到。”我说。

“只有你没有钓到而已。”他严肃地说。

“为什么只有我没有钓到呢？你钓到了吗？”我问。

“噢，是的。”他没有笑，答道，“对我来说，我总能轻易地钓到鳟鱼。但是你不行，你使用小虫子的方法不对。”他轻拍着河水说。

这触动了我敏感的神经。跟一个童年用手杖杆和小虫子就能让鱼上钩的人说这样的话，我实在是受不了。

“你年纪这么大，一定知道很多东西。你可能知道很多用小虫子钓鱼的知识，但是你还是钓不到鱼。”我说。

我所说的话让他觉得很生气。

“把鱼竿给我。”他说。

他从我手里拿过鱼竿，把那一大团鳟鱼鱼饵清除干净，然后从我的箱子里选出一条中等大小的蚯蚓。他把蚯蚓的一小部分穿到10号钓钩上，让它的大部分身体都自由地扭动。

“这个鱼饵才能钓到鳟鱼。”他满意地说。

他把鱼竿的线卷起来，只留6英尺左右的长度，然后将那条扭动的蚯蚓甩到底下有小漩涡的水里。他什么都没有做，只是把鱼饵慢慢拉上来又把它稍稍往下放一点儿。鱼竿开始转动，于是他把鱼竿稍稍往下放低，然后鱼竿被猛地一拉，他一提，钓上一条15英寸长的鳟鱼。而后他又将鱼拉至头顶，往上又扔了回去。

他还在抛鱼的时候我就已经改变了对他的看法，我发自内心地对他感到佩服。

老人把鱼竿递回给我。“看，年轻人，这才是使用鱼饵的正确方法，让它自由地像活虫一样扭动。鳟鱼喜欢吃扭动的一头，然后整个吞下去，这样它就上钩了。我在这条河里钓了20年鱼了，我知道，如果鱼饵太多，会把鳟鱼吓跑的，所以一定要用少量的鱼饵。”

“继续用我的鱼竿钓鱼吧！”我鼓励他说。

“不，不用了，我只会在晚上钓鱼。”他笑着说，“想要在这里钓鱼，一定要有钓鱼许可证，不过钓鱼许可证太贵了，所以我只能在晚上偷偷地钓鱼。”但是我说服了他，让我来帮忙看守，他继续钓鱼。我们轮流使用鱼竿钓鱼，直到我们都钓到了鳟鱼。我们钓了一整天鱼，一共钓了18条鳟鱼。意大利老者了解水里的每一个洞口，而我只在有大鳟鱼出没的洞口钓鱼。我们用自由扭动的蚯蚓做鱼饵钓上来的18条鳟鱼，每条都有1.5磅那么重。

他还教我如何使用蛆来钓鱼。蛆只能用在清水中垂钓，但它的确是很棒的鱼饵，蛆这种鱼饵并不难找，在腐烂的树木或者是锯木中就可以找到它们。瑞士人和意大利裔瑞士人会把它们放在专门放蛆的箱子里。这些蛆一般都生活在树木或者圆木上的洞中，蛆是夏天最好用的鱼饵。在8月水位较低的时候，鳟鱼没有其他食物可吃，也会吃蛆。

瑞士人也很懂如何烹饪美味的鳟鱼。他们把酒、醋、月桂叶和一把红椒混在一起，用这种料汁煮食鳟鱼。他们不会在锅里放太多的调料，但会一直把鳟鱼汤煮成蓝色为止。这样的煮法，是最能保持鳟鱼原本鲜味儿的烹饪方法，煮出来的鱼肉紧实润滑，而且非常细腻。他们就这样用奶油酱蘸着吃，并且吃的时候，都喝清澈的锡安酒。

这道菜在酒店里并不常见。你必须要回到乡镇里才能吃到这样的鳟鱼。你从河边上来，来到木屋前，询问他们是否知道怎么样煮蓝汁鳟鱼。如果他们不会，你继续往前走，直到见到会烹饪鳟鱼的人。如果你碰到会烹饪鳟鱼的人，你就在门廊陪着小孩还有山羊坐着，然后等待。你可以闻到鳟鱼正在被烹饪的气味。再过一会，你就会听到“砰”的一声，这是拔锡安酒木塞的声音，然后木屋的女主人就会走到门前对你说：“先生，你的鱼已经煮好了。”

而后你就可以独自享用你的鳟鱼大餐了。

石像鬼的象征

《多伦多星报周刊》1923年11月17日

这世界上很难再找到比巴黎圣母院的石像鬼更令欧洲游客们着迷的建筑细节了。石像鬼吸引了成千上万的人登上台阶来欣赏它，并欣赏整个法国首都的壮丽景观。这些石像鬼都有着令人觉得很开心的表情，它们有咧嘴笑着的脸庞和恶作剧般的侧脸。尽管它们是这样的讨人欢心，但是也有两个石像鬼，坐落在塔楼东北部面向德国的方位上。这是两个饥饿的石像鬼，其中的一个正在吞咽一只高大的、不走运的狗，另一个则贪婪地盯着现在已被收入法国囊中的领地。

尽管如此，游客们依旧会有所恐惧。石像鬼是巴黎圣母院在数个世纪之前所造的，但是现在的法国人依然被它的恐惧所笼罩。大教堂是600年前建造的，但石像鬼却是在普法战争爆发前不久所建造的，依据拿破仑三世的指令被安置在此的，它们是现代社会以及法国对其东方邻国的仇恨的产物。

这些石像鬼是由维优雷·勒·杜克（逝世于1879年）放置在巴黎圣母院的。他是拿破仑三世的亲密友人，参与了许多古建筑的修复工作，并在法国大革命中深受迫害。基于这些原因，他在这些石像鬼身上花费了11年的时间。而他修复的其他塑像都不如这两个面朝德国石像鬼恐怖。

他是否在用石像鬼向我们诉说着如今已成历史的法国君王的思想呢？

赛马

《多伦多星报周刊》1923年11月24日

朋友清晨打来一通电话，说自己为了赌马特地从帕姆利科过来。起身把朋友领进门来后，我开始在房间里寻找现金。接着我们一起研究赛马规则，然后一起离开办公室去赌马。

和朋友在办公室里愉快的交谈中，时间不知不觉地过去了。赛马结束后我出门买了一份体育报纸，寻找赛马结果，发现自己没中，伤心地回来了。

我心里一直希望是报纸印错了，可朋友却认定报纸没错。我感到非常沮丧，这个月的薪水又输没了。

一位美食家的野味烹饪冒险之旅

《多伦多星报周刊》1923年11月24日

昨晚我们烧了鹿肉来吃。

煎锅里鹿肉发出的“兹兹”声使我回想起了一次美食之旅——野味烹饪冒险之旅。

为了避免这篇文章彻彻底底成为一篇自供状，我决定匿名写下它，但是我所写的都是我自己亲身体验过的，没有一个字是假的。

我曾经吃过中国菜里的海参、马斯、豪猪、海狸尾巴、燕窝、章鱼和马肉，还吃过蜗牛、鳗鱼、麻雀、鱼子酱和意面……总之各种奇形怪状的东西我都吃过。

另外我还不止一次地吃过中国的河虾、竹笋、松花蛋，还有麻花。

最后，我必须忏悔的是，我还吃过骡肉、熊肉、驼鹿肉、青蛙腿，还有托斯卡纳什锦炸物。

咱们现在最好忽略掉这些异国菜名，它们只会扰乱视听。

曾经有一次，我没有食物，所以我靠着喝羊奶过了三个星期。那时，因为只喝羊奶，我的脸黄得像个得了黄疸病的中国人似的，他们却把羊奶当成良药来喝。我这辈子是绝对不会再想沾一滴羊奶了，当时喝得我想吐。

以上这些珍馐中，最美味的当属竹笋和海狸尾巴了。不幸的是，由于迫切的气候问题，想同时吃到它们已经不大可能了。

骡肉算是最不受欢迎的食物了，几乎没有人会喜欢它，既不对胃口，又没有美感。要给食物排名的话，它应该能排在煮过的鹿皮皮鞋跟牛油蜡烛之间。

除非你吃的是头嫩骡子，我没有吃过嫩的骡肉，我想嫩点的骡肉应该很美味。

在忏悔结束之前，我得承认我经常吃山羊肉——我吃的山羊其实是小羊羔。在意大利它被视为珍馐佳肴，剔了骨的山羊羔像兔肉一样被挂在菜市里，如果把小羊羔炖起来，那真是美味极了！

其实我的美食冒险起始于10岁，我们一群孩子在家后面的一处破败樱桃园里的一个棚屋里面玩。我们是群好猎手，有非常棒的武器——我们手上的小弹弓。

我们都读过欧内斯特·汤普森·西顿的《两个小小野蛮人》，并依此立下了规矩：我们每场游戏中唯一该做的事就是把战利品给吃掉。

这个想法后来成了附近猫咪们的大福音。如果说猫有9条命的话，我们定的这条规矩一定拯救了上百条生命。而这项规定对我来说，则成了把麻雀变成玩耍对象的理由。

麻雀也许并不像鹌鹑之类的飞禽那么凶猛，捕猎高手们宁愿去搜寻麻雀。它不能跟野火鸡相提并论，但却是一种相当美味的食物，如果哪天你能够尝到它，你一定会爱上它的！

大概也就是在我人生的这个阶段，吃够了一辈子的毒葛。我敢打赌，当年我一定是吃过头了。

我父亲对毒葛有免疫力。不仅如此，而且他对蚊子也有免疫力。我对一帮家伙们吹嘘说毒葛伤不到我父亲一根毫毛，他们都表示质疑。

之后，我宣称自己也对毒葛免疫，人们依旧不以为意。

既然如此，我主动提出了要通过吃毒葛来证明事实，即使这样，大部分人还是半信半疑，甚至很多人直接地表示他们不相信我真的会吃。

大家竟然还打了赌。我估计，他们把10 000甚至更多的美元押在了我“不会吃”上面。但是我真的就这么吃下去了！

最终我吃了毒葛后并没有受到什么伤害，但也没去收赌金。不过，因为这一壮举，我在其他男孩心中树起了很高的威信，也击退了当时那些质疑、嘲讽我的人，赢得了丰厚的赌注。

我不知道现在的我是否还能吃得下毒葛，我已经好些年没敢尝试了。

还记得在堪萨斯城，我第一次吃到了海参。那时我在《堪萨斯城市星报》做了一整个冬天的警方记者，雷打不动地过着吃遍中国餐馆里每个菜式的享乐主义生活。我指的是正宗中餐馆，即那些用筷子吃炒面、杂碎，后厨玩着接龙游戏的中餐馆，他们甚至还保留着柚木的桌子，可不是那些加拿大化了的鱼目混珠的小饭馆。

直到那时我才明白，如果炒面炒得好的话，就会给你带来如同德普西给维拉做的西餐那样美妙的感受。

不过我也发现，中国菜并不仅仅有炒面。但毫无疑问，那晦涩难解的被翻译得十分奇怪的菜单，迫使我把炒面当作这世上唯一的中国菜。

之后我决定要改变这一窘境：我要完全照着菜单

吃。一共7页纸的大菜单，我花了整个冬天才吃完。不过，我也因此有了几次美妙的发现。

没人告诉过我，班廷博士发现胰岛素时是怎样的心情。但是，我却体会到了美食的科学发现所带来的激动人心的感受。

不过，这种做法的确有其弊病。

首先就是我在头几个星期里没能找到一个陪我一起吃的人。

快要吃到海参了，我遇上了竟然有半张菜单那么多的海参菜，包括了所有你知晓的种类，它们几乎使我停止了我的美食进程。直到现在，只要听到“海参”这个字眼，或者是它的中文名称，都会使我不寒而栗、胆战心惊。

紧跟其后的就是“皮蛋”——百岁蛋，一种被加工成深绿色的蛋。不论你想要从我这篇文章中得到什么点菜意见，或是仅仅当作茶余饭后的消遣，我都会直截了当地告诉你：别吃皮蛋了，真的不划算。

首先，它们价格不便宜；其次，味道真的一点也不好。

为了能继续我的“老饕”计划，我整个冬天都欠着那些警长、拳击家和摔跤手的债，可谓是下了血本。到后来，连中餐馆的老板都被我感动了，亲自下厨尽全力为我奉上大餐。不过他从没给我赊过账，大概是害怕我哪天会死于这场饕餮盛宴当中吧。

那个冬天之后的很多年里，我都能在圣诞节收到那位餐馆老板寄来的贺卡。

堪萨斯城绝对算得上是一个“饕餮圣地”。在那些日子里，我们这些新闻工作者们最喜欢的食铺就在离《星报》驻地不远的格兰大道上。在某个午夜，三人一块儿过去，坐进饭店的角落里。

一位记者点了牛奶吐司。这有点像是对侍者的侮辱，因为他刚刚还在庆祝周末工作的圆满结束。于是，侍者拿着之前用来切火腿的刀毫不客气地在这位记者面前晃过。

这位记者也毫不示弱地向对方挥舞起来，并且很幸运地收到了成效：这位挑衅的侍者在慌乱中打碎了一个玻璃烟缸。但显然其他侍者并不愿意就这么潦草了事，于是我们的晚宴地点就被迫改成了路边摊。

那时的堪萨斯城是个生机勃勃的地方，而路边小吃摊是城市夜生活的一颗闪耀的明珠。多少个暴风雪自密苏里河谷横扫而来的夜晚里，我站在整夜营业的小吃摊前，享用着暗红色的辣辣的香辣肉酱、正宗的红豆奇马哈，边吃边听摊主讲述墨西哥人的生活方式以及他们的厨房秘诀。能被选中进入一整晚营业的小吃摊里是一种无上的荣耀，因为这些摊主也都是些极棒的厨师，可以从他们口中了解美食的更多信息。

正是其中一家摊主给我带来了斯蒂芬·克莱恩的书——《红色英勇勋章》。

在一次去安大略省金斯顿的三天的行程中，我遇到了我吃过的最难吃的食物。到了第三天，我终于有时间找到一家可以做中国菜不错的餐馆，不过他们的大豆油放得有点多。

在安大略省的科尔伯特，有一家很不错的中餐馆，凡是去那里吃过饭的人应该都明白我的意思。

在我看来，多伦多的饭馆都是沉闷无聊的，那里有的仅仅是被简单加工了的食物。不过，许多酒店的食物以及烹饪倒是一流的，尤其是当周末来临的时候。

多伦多有许多很棒的酒店自助餐厅，但不同的自助餐厅之间的价格差异却很惊人。有可能你花不到75镑或85镑就可以在其中一家尽情享用美食，却也有可能在同样地段的另一家花上40镑或者45镑吃一模一样的东西。

在多伦多，你会获得意想不到的美食体验，不过那必须得去一次华德饭店才能感受到。

第一次吃蜗牛还是在法国第戎。不知怎么的，就在那天早上，我看到一个小贩推着带轮子的小车穿过狭窄的蒙德纳大街的日涅维路段，他一路吼着“蜗牛！蜗牛！”一路紧张兮兮地把从水槽里逃出的蜗牛拈回去，之后我就再也没有强烈地想要吃蜗牛的欲望了。

就是因为手推车里那一堆密密麻麻的东西：那一只只背着壳的蜗牛以及每只蜗牛身上的那两根触角，就是它们使我的食欲完全打不开了。

可在第戎，如果你不吃蜗牛你就不算正常人，无奈之下我吃了它们。我不知道自己现在算不算得上是个正常的第戎人了，不过我算是知道蜗牛的滋味了。

跟那玩意儿的味道最接近的就数自行车内胎了，而能与内胎争高下的也就是活青蛙了——都是黏滑的，并且有着相似的口感。这两年卖蜗牛的已经不多了，前些年它可是供不应求的热销货。但实际上，70%的勃艮第出品的蜗牛都是由牛肉制成的——只不过被切成了蜗牛状，烹制后被装入蜗牛壳。不过，蜗牛壳还真是从没有供不应求过。

青蛙腿算不上什么异国美食，大多数人都吃过。它们吃起来像是鸡胸肉，只不过比鸡胸肉更嫩滑、更美味。

有两种肉吃起来像是上等的乳猪——其中的一种是负鼠肉，负鼠也叫“装死鼠”。它们以大衣领子和柿子为食，并深得塔夫特总统的喜爱。

另一种就是我们常说的豪猪肉，豪猪也叫箭猪。

豪猪们几乎什么都吃——从独木小舟到成桶的咸肉，随便什么东西它们都能成桶地吃下。虽然它们看上去皮糙肉厚，但是它们的肉却与负鼠肉一样嫩滑鲜美。它们似乎难以驯服，可当它们被两爪朝前地钉到树上后就好办得多了。

我曾在野餐中吃过几次相当美味的豪猪。

在地中海的每一个海港，章鱼都是菜单上一道重要的例菜。其触须被切成了易于食用的长度，再裹上面包屑在黄油里炸。不过，不同部位的味道差别很大，有的地方非常的好吃，可有的地方却非常硬，味同嚼蜡，难以下咽。

我头一回吃还是在日内瓦的水前餐厅，我完全没有意识到那就是章鱼，因为它实在是“面目全非”了。大概是在吃到一半的时候，我才从真空小杯子里的美食上窥出一点端倪。这真是吓到我了，不过对美食的不断探索使我逐渐适应了这种“惊喜”。

就拿马肉来举例吧。我在不知情的情况下吃了好几个星期的马肉——它们可不难吃，除了骑兵和赛马上用的马。马肉吃起来像是牛肉，不过前者肉质更紧实一些。

我在巴黎的住处的对街有一名“屠马夫”，他的门房上面挂着一个大大的、金色的马头，以及一个写着业主白天晚上随时待命，帮助这些马、骡子、驴升天的招牌。除了门口挂着马头外，它与其他的肉店并无差异，所有用于出售的肉都被挂起来供人检视。这家店在附近家庭主妇那里皆有口碑，当天宰下来的肉都能在当天卖完。

在这么多年的美食冒险之旅中，我不喜欢的食物只有几样。一是欧洲防风草，另一个是甜甜圈，再一个是约克郡布丁，还有一个就是煮土豆。

有些菜，例如甜马铃薯，由于个人口味，我不吃；还有些东西是因为我的手没有过去那么灵活，所以不能再吃了，例如意大利面。

不过，通过这么多年寻找、体验美食，我发现了食物之中蕴藏的一种浪漫，一种在其他地方已无迹可寻的浪漫。倘若我的胃口一直都在，那么我定会执著地追寻这种浪漫。

山上的豪华舞会

《多伦多星报周刊》1923年11月24日

到场的时候，舞池里有成群结队的人。我偶遇老板，他的一个“男人对男人”的眼神中透露着洋洋得意。门卫并推着装满食品与饮料的小车走过来，且暗自低语着。他一路穿过那长长的走廊，尽头有一扇紧闭的大门，小车上的玻璃瓶相互碰撞，叮当作响。门卫推开那扇门，闪亮的玻璃建筑排成壮丽的阵列，他看见：主人的一瞥和主人那表情，还有老板与主人的眼神；老板们脸上那样的神态，大人物们的眼神和脸上那样的表情，房间里已是他们相互排斥、敌对的气氛；侍者的安静恭顺的服务；一张张订单的发出；长时间持续的静默，主人、老板和大人物们开始不自在，愈发的不自在。门卫小心翼翼地撤离，一路穿过那长长的走廊，并咯咯地笑着。他们曾接到过指示：家人和老朋友才能进入。门卫又是一声讥笑。的确值得讥笑，我真想杀了这门卫。但事实的确是这样，沮丧中重返舞池。

伍尔夫日记

《多伦多星报周刊》1923年11月24日

3年以前，人们都认为伍尔夫将军日志中那陈旧得已经褪色了的棕色纸页，以及那上面他镀铜的书法已成为加拿大有史以来最大的危机之一，若它不再属于多米宁的话，那无疑会是一个无法估量的历史损失。

包括历年的蒙克顿文件在内，这些日志在伦敦被竞价拍卖。渥太华市拨出一部分资金参与了竞价。不过，莱切斯特·哈姆斯沃斯爵士——诺斯克利夫勋爵的兄弟出价最高，最终胜过多米宁政府而中标。

现在，莱切斯特爵士已将这些书籍、文献整理汇总，并赠予加拿大政府，用来纪念诺斯克利夫勋爵。这些文件不日将抵达渥太华。

这部分集锦叫作“蒙克顿文件”，可它实际上却是归伍尔夫将军个人所有，包括所有资料、文件以及他个人的作战手册。这个作战手册记录了11年时间里，从他还是少校时到他在高地遇袭身亡期间的情况——这也是人们最为关注的一段历史。

伍尔夫的作战手册不光是对他个人，也是对于他作为一名战士的披露。凡是受到炮火保护过的人一定能从以下这个文段中得到一些乐趣：

炮兵长官们和炮手小分队都上了武装好的大型辅助炮舰来调控火力，这样我们的部队就不会在仓皇中被自己人击中。约克船长和长官们将会格外留心，慎重地区分自己人和敌人，要把枪炮对准敌人开火，而不是自己人。待到明晨天亮之前，护卫舰不会开火，以免误伤。

关于那次导致伍尔夫死亡的战斗，人们最新获得了一些他自己的观点，以下是原文摘抄：

……余下的人将继续前进，为这场法国与加拿大之间的战争贡献微薄之力。

官兵们将会铭记祖国和人民对他们的期望，坚信自己充满力量的身体一定将战胜敌人——五个乌合之众相互勾结组成的脆弱营队。

紧接着概述了作战指令：

士兵们必须无条件地服从长官，坚决执行长官下达的任务。

这是伍尔夫发出的最后一条指令。

伍尔夫新的一面被发掘了出来——格雷的《墓畔挽歌》仰慕者，这体现在一条宣称必须使用年轻且精力充沛的军官带领部队的留言中。“这场针对印第安人的战争会持续到将他们消灭或彻底赶走，否则战争永无完结，武装完备的年轻军官们应该将威慑力扩散开来，这样才能将印第安人彻底根除”。

莱切斯特爵士还将整本集锦用由金子打造的闪闪发光的摩洛哥浮雕包边。一些重要文献被单独选出，用边缘加宽的凹印纸张加以保护，以免被摩擦。

集锦中还包括了伍尔夫将军在魁北克大围攻期间写的33封书信。许多关于此次围攻的疑点终于被解开。

这个集锦包括：法国军官的报纸期刊、寄给法军指挥官的信件、日记，以及法军驻地的地图等与此次围攻相关的资料，许多重要的机密资料都被搜集、整理和收纳。

蒙克顿手稿本身记录了从1752年蒙克顿上校抵达新斯科特省，到蒙克顿被指控导演了伍尔夫的死亡这段时间的事。它详细阐述了此次围攻的细节和魁北克的收复过程，并披露了这次远征时发出的所有秘密指令。

伍尔夫个人的文件与资料在他死后落入蒙克顿将军的手中。这次的集锦按照时间顺序整理了30卷珍贵文献，当中还包括莱切斯特·哈姆斯沃斯爵士的许多珍贵手稿，以使参考资料尽可能的完备。

伍尔夫将军从来不是部队婚姻的信徒。他曾写出一条指令，指令中提到“中校建议各位根本就不要结婚。团内存在众多女人会给即将到来的远距离的征战带来许多麻烦和是非，尤其是有些女人根本不像一个军人的妻子应该的那样勤劳或是有用处”。

一次英格兰威胁法国的入侵行为也在伍尔夫的指令中体现出来，当时他的团正从苏格兰退军，之后驻扎到了坎特伯雷。如果敌人登陆的话，伍尔夫提前命令士兵“整好刺刀，来一次顽强的抵抗”。

伍尔夫日记中的这些指令详细地阐释了从军团如何自英格兰起程到殖民地，至他如何看待英法两国在加拿大的争端。在伍尔夫个人的文件当中，有法国投降的情况以及他关于统治管理加拿大的一个初步草稿，因为文件上还记录着“假如上帝保佑我们其余武装的胜利”。

加拿大老地图就有一部分展示着“加拿大西部的新发现”，这部分非常有趣，也被收录进了这本集锦。哈德逊湾在地图中成了它与苏必利尔湖之间的一个奇怪凸起。五大湖都在地图中显示出来了，但是它们的大小与形状都与实际有所不同，图中的五大湖就像是在表现游客想要尽快把它们游遍的迫切心情。

此外，还有一些关于美国独立战争中莱克星顿以及康科德战争的离奇有趣的地图，它们反映了这些事件在英国人眼中的普遍“真相”。

坦克雷多已死

《多伦多星报周刊》1923年11月24日

他既不是一位歌剧演唱家，也不是5美分一根的香烟。他曾被认为是世界上最勇敢的人，但最终他死在了马德里——这个见证过他最伟大凯旋的城市的一间肮脏、污秽的屋子里。

多年以来，坦克雷多闻名于拉丁世界。他工作的酬劳是每10分钟5000美元，而且他工作起来是又早又勤。然而，一位女演员的出现毁了他的一切。

坦克雷多从斗牛场起家，然而他并不是斗牛士。但是，相比于其他事物，他更能使前来欣赏斗牛表演的人群感到害怕。他那印在海报上的名字就是好几个竞技场的集合体。

在第三头公牛被杀死之后，坦克雷多身着白衣，头缠白布，脸涂白面现身，在一片雷鸣般的掌声中他从斗牛场栏杆中走出，取代前一个人，走上了沙地竞技场的中心，如同一尊雕塑般一动不动，泰然自若地等待着即将被释放出牛栏的公牛。牛栏的大门打开的一刹那，公牛立刻就冲进了斗牛场。若不是眼睛被阳光晃了一会儿，它会立马盯准坦克雷多然后攻击他。

坦克雷多没有动，一移动就会致命。他只是紧紧地将目光锁定在公牛的身上。

他如雕像般笔直地站立，用眼神向公牛射去。就在公牛准备向他发动袭击的一瞬间，它突然停住了，伸直了它的短腿，深嵌入沙土之中。自从那无人知晓何时发生的静止开始之后，观众们一直沉浸在一种被抑制着激动的沉默中。

但那公牛眼睛紧盯着缓步后移的坦克雷多，一直停滞不动，轻摆着它的头，鼻子里发出“哼哼”的喘息声来使自己相信自己并不害怕。

随后，斗牛士将会借力身后的栅栏拱，用他的斗篷将公牛的注意力吸引开来，再然后，坦克雷多就会打破他僵硬的姿势，在人群爆发出的雷鸣般的掌声后，来回穿梭于竞技场之中。

这10分钟的出场就是他要做的全部，然后他几乎就可以随意开价了。

在任何一场表演中，他从来没有被刺伤过，他的眼睛一直是那样的炯炯有神。

可是，由于如雨后春笋般出现在西班牙的各大斗牛场的模仿者，使坦克雷多不再是这个市场的垄断者了。他不再能维持自己天价的出场费，这是因为他的效仿者们拥有一个附加的“优点”——他们不能100%地避免斗牛中会发生的意外。

有时牛会停下来向后退，这时，这些业余的“坦克雷多”们就会产生眼神的波动或是不自觉的战栗，公牛不会放过这个机会，立马发动攻势，将人抛向上空，然后在纠缠间抛摔出去。

而接下来发生的事情令西班牙观众们异常兴奋，这种兴奋感不亚于其他国家的汽车公路赛或是全国障碍赛马大赛所能带来的兴奋感。

所以到后来，坦克雷多自身的完美性反而使他失去了人气。因为在坦克雷多身上不会发生意外，他过于勇猛。

然后，那位女演员就登场了，这就是压死骆驼的最后一根稻草。

据《纽约导报》宣布坦克雷多死亡的那篇消息所提到的，多妮亚·坦克雷多跟“完美”二字相距甚远。她曾多次遭到抛弃，而这一点使她在西班牙人眼中毫无吸引力，并且导致舆论号召阻止他们的进一步接触。

在西班牙半岛的每个角落，“坦克雷多”们的到达都能引起关注。他们之中，有些人在公牛出场时会坐在位子上，而有些人则会在斗牛场中心站立不动。不过他们中的大多数人会将大部分的时间花在医院里，然后才是女人身上。

斗牛爱好者们开始抱怨比赛中那些老一套了，因为斗牛表演逐渐变成了一种滑稽表演。“不要再有这些‘坦克雷多’们了。”他们叫道。

因此，政府出台了一条禁止在西班牙境内斗牛的法令，这一法令也阻断了“坦克雷多”们的生计。

东·坦克雷多本人也尝试学习了如何成为一名优秀的斗牛士，但是他发现自己处于一个尴尬的境地，因为他的竞争对手们早在5岁之时就开始练习了。他的脚移动得很慢，而且无法做出优美的动作。当他尝试用眼神使牛安静下来时，他突然发现，这只有在自己的身体完全僵硬的时候才可能发生。在紧张激烈的斗牛场中，他根本无法在公牛进入之前获得他所需要的刚强的力量，使公牛安静下来。他成了斗牛界一抹灰暗的败笔。

多年以来，他一直是马德里波多黎各太阳酒店周边咖啡馆里的常客，可后来在这里就看不见他的身影了，因为坐咖啡馆是需要花钱的。

而如今他死了。对于上一代的斗牛迷们来说，这是一种不可能再现的激动回忆：一袭白色的装束，涂着面粉的脸庞，笔直地屹立在斗牛场中，在观众火热的目光下，用无所畏惧的眼神将只想置他于死地的公牛逼得节节败退。

然而对新一代人来说，他的名字是那么陌生。

在如今新一代的表演中，出现了一种斗牛杂耍。化了装的查理·卓别林们使他们在刺杀的表演中被一次次“刺中”。因此，观众对他们这种表演的排斥感油然而生。现在他们只被允许与狗表演“斗牛”，而曾经的年轻斗牛士们都只能在小牛身上进行他们的试练。

坦克雷多已死，以身无分文且失败收场——只因他太完美。

“诺贝尔得主”叶芝

《多伦多星报周刊》1923年11月24日

今年的诺贝尔文学奖颁给了威廉·巴勒特·叶芝。

大多数文学界人士对于他们这位朋友的获奖都感到很满意。

无论如何，街上的行人们对这是不会有任何了解的。当下正处于出版社酝酿出版之际，所以人们仍需等待6个月才能见到叶芝的大作。

书友会的女会员发现叶芝并没有去世。“亲爱的，他当然没有离世，他能写出最杰出的诗篇，而且他刚刚获得诺贝尔奖。不过，我还没有时间欣赏，但是我们书友会下周三会发表一篇关于他的报告。对了，还真有一位已逝的叶芝，可以肯定的是我曾经拜读过他的作品。事实上，我们俱乐部不久也将发表一篇关于他的报告。”

是的，确有一位已逝的叶芝，他正是比尔·叶芝的父亲。

诺贝尔奖的颁发总能引发人们的热烈讨论，但似乎没有几个人知道颁发的具体过程。

威廉·巴勒特·叶芝写下了当代最好的诗作——除去埃兹拉·庞德的几篇之外。

这是一个随时会被阿尔弗雷德·诺伊斯、约翰·梅斯菲尔德、布利斯·卡曼和鲁伯特·苏维斯的拥戴者们抨击的言论。那就让他们去读自己喜欢的好了，这就如同没有必要让可口可乐的爱好者将他们的胃口转向年份香槟一样。

6年前，叶芝的诗还只是在美国的《小评论》——这个曾经发表过乔伊斯饱受争议的作品《尤利西斯》——杂志上发表。

叶芝曾经还写过剧本和童话，并被选举为爱尔兰自由邦的一名参议员。他将所剩无几的头发随意地放于他那凯尔特式的脸旁，没有做任何能使自己看起来像位公务员的改变。他为人十分羞怯，平时说话时都是低声细语的。在美国时，他也依旧是用这种方式说话的。

在将诺贝尔奖颁予叶芝之后，诺贝尔奖就被赋予了很多新的内涵。

1911年，M.莫里斯·梅特林克得到了将近4万美元的奖励。最近，人们似乎并没有把过多的目光投到M.莫里斯·梅特林克的写作本身上。

无独有偶，1913年，4万美元奖金落在了印度诗人泰戈尔那高耸的宁静的眼眉下。在之后的年月里，泰戈尔的诗歌只是被人们偶尔提及。

梅特林克和泰戈尔都未能以文学人士的身份成功立足。

战后的第一年，这价值4万美元的一纸证书被卡尔·吉勒德普与彭托皮丹平分。关于这两位作家，没有什么详细记录，只能被谨慎地称为丹麦作家。

阿纳托尔·法朗士获得诺贝尔奖时已达八十高龄，这时他已经达到了对荣誉奖励无所需求的境界。也是在同一年，他获得了被教皇载入名册的殊荣。

阿纳托尔尚处在古稀之年时，诺贝尔奖却选择了瑞典诗人海登斯坦。毋庸置疑，你一定没有读过海登斯坦那强有力的文章，好吧，其实我也没有。

直到1920年，诺贝尔奖总算给了一位真正的作家——挪威人克努特·汉姆生。他凭借他史诗般的小说——《大地的成长》获得了此奖。这是他继《包法利夫人》以后创作的少数的几篇伟大小说之一。

汉姆生刚获得了奖项不久，出版社就竟相翻译出版了他的获奖作品，而并没有按顺序胡乱将他早期最“不完美”的作品依次出版。出版社不会为已经读过《大地的成长》并希望接着读他后续作品的读者们继续出版。也因此，汉姆生的声名鹊起在英语世界里迅速结束，后来没有来得及拜读他大作的读者们逐渐将他遗忘。

至今为止，还没有美国作家获得过诺贝尔奖。似乎徐华东曾处在离奖项触手可及的地方，可他现在已背离此道甚远。

这时一位如同鬼魅般的英国人出现在诺贝尔奖评审的良心世界里，他就是托马斯·哈代。

对于这个年纪的托马斯·哈代来说，奖项已经不能为他带来任何好处了，不过他本人却可以为诺贝尔奖带来种种好处。

这是诺贝尔奖最后一次将这项荣誉授给这位在世的英国伟大作家的机会了。年复一年，当泰戈尔、梅特林克、海登斯坦、吉勒德普，以及上一年的西班牙戏剧家贝纳文特被授予这项令人垂涎的殊荣时，他都被忽略了。

后来一位波兰人获得了诺贝尔奖，他就是亨利克·显克微支——《你往何处去》的作者。

另一位未能获奖的波兰人是约瑟夫·康拉德，他的代表作——《吉姆爷》《台风》《白水仙号上的黑家伙》《福尔克》《胜利》等使他能成为与哈代并驾齐驱的两位英语文学巨匠。

康拉德在结束他的航海生涯后决定写作，但是该用英语还是法语令他十分为难，如果他当初用法语写作说不定诺贝尔奖现在已经被他收归囊中了。

这使我灵光乍现，会不会是因为诺贝尔奖的评委不太精通英语？要是这样的话，哈代的未能入选便也在情理之中了。

还有另一种可能，作为参议员的哈代所带来的影响要比他在《小评论》上发表的诗篇大得多。

改变了的“信仰”

《多伦多星报周刊》1923年11月24日

在来到加拿大之前，我对这个国家抱着种种“信仰”，有些来自读到的书，有些来自杂志，更多的来自报纸，还有一些是来自于曾经到过加拿大的人的讲述中。

现在，我这些想法少了许多，毕竟承认自己的错误总是一件好事嘛。以下是一些我已经改变的“信仰”：

1. 所有加拿大人都极其关注多米宁在帝国中的地位，他们之中，不是热心的帝国主义者，就是急于要摆脱彼此的人。

这不是真的，他们对此几乎没什么兴趣。假如有一个多伦多人能告诉你什么是“优先权”，那么就一定有10个人能告诉你阿格斯皇后队的得分。

2. 每年11月的第一周，多伦多所有的商人、新闻记者、政客、艺术家、煤炭经销商、运煤工人和拳击手都会聚集起来去猎鹿。

其实这并不会真正发生，只有那些非常自信的人才会去猎鹿。到了猎鹿的季节，大多数人只是把自己的来复枪拿出来擦干净，然后开始后悔自己没有继续凑合着用老福特，而是买了辆新车。

3. 大家在公开场合里都打扮得人模人样，会穿上在詹姆斯·奥利弗·柯伍德的故事里才会出现的戏服。赫德逊海湾公司门口的鼓手和小伙子们会穿优雅的学院风格服装，而工作中的人们会穿工装。

4. 根据巴黎的最新报道，北方的印第安人中，大多数女人都是短头发，而男人都任由头发自由生长。

5. 加拿大有许多名叫莱昂内尔·柯纳切赫的业余运动员。

加拿大确实有位叫柯纳切赫的伟大运动员，但是，他已23周岁零6个月了，正在为进入一所加拿大一流大学而努力，现在在球队踢足球。

6. 加拿大的市民们热衷于所有体育运动。

他们喜欢看体育比赛、读体育新闻，至于真正参与运动，那是少数人做的事。由于摩托车的全面普及，多伦多的人们甚至已经放弃了步行。

7. 多伦多的交通混乱，十分拥堵，令人十分不满——这完全错误。世界上再也没有比多伦多的交通更为有序、更令人舒心的了。

8. 多伦多的警力是世界上最强有力的。

我倒没有这方面的个人经历，但我觉得这句话还是有问题的。

9. 住在多伦多的生活成本会比在美国低得多。

前提是只有你自己当家做饭才会成立。假如你平时下馆子，那么费用大概会高出25%。

10. 加拿大没什么杰出的作家，比较优秀的作家也不多，只有哈代、康拉德、菲尔丁、斯莫利特、乔伊斯等几个人。

在我印象中是有那么一个，新斯科德省的托马斯·钱德·哈里伯顿，虽然我并不认为有很多人读过他的作品。

银行金库VS夜贼

《多伦多星报周刊》1923年12月1日

周日午夜过后不久，5名蒙面的歹徒进入了玛丽威乐——一座位于黑利伯瑞南边25英里、蒂米斯卡明湖的魁北克一岸的小镇。

他们用极其蛮荒的西部方式骑马进入小镇。当他们疾驰进入主干道后，将路灯射碎，把镇子里的人吓得四处逃散。

这种感觉就像是电影一样，不过它确是真实存在而且是致命的。

当蒙面劫匪们开始向大楼射击时，两名职员——达蒙特和切特正在魁北克分公司守夜。

听到枪声，这两名职员穿着睡衣就从大楼里逃了出来，飞奔到湾景酒店。正当酒店老板想要给黑利伯瑞警方打电话时，他才发现根本打不通，因为电话线早已被切断。

劫匪们进城时就切断了电话及电报线路，现在玛丽威乐成了一座孤岛。

当两名劫匪进入银行实施抢劫时，另外三名劫匪手持来复枪在外面把守着。

酒店老板、两名宾客以及银行经理赶至银行，可这些站在门口持着来复枪的蒙面人却将他们逼退。

一个女人在银行对面街上点亮了一盏台灯，一瞬间，她的灯被一颗子弹打得粉碎。

银行里隐约传出一声咆哮，但里面的人并没有出来。门口的看守开始紧张起来，他们不知道是什么阻碍了他们的同伴。突然间，整个镇子都被惊醒了，在这样一个以猎鹿而闻名的地方，歹徒们以及手持来复枪的民众们并不知道他们何时会遭到民兵自卫队的攻击。

紧接着就是一阵剧烈的爆炸。爆炸产生的火焰在一瞬间将眼前的画面填满，银行大楼烧了起来，楼内的歹徒冲出来与外边的歹徒汇合，准备上马离开镇子。

就在那两个进入大楼抢劫的劫匪打算拉住缰绳上马鞍时，马匹由于嗅到大楼燃烧的烟味而跳了起来。这时一个12岁的男孩向他们跑来。劫匪们害怕他会借着大楼燃烧的光亮认出自己，便向他射击了两次，两发子弹都射进了他的踝关节。没有人敢再上前一步，于是歹徒们顺利逃离了镇子。

可是，银行里到底发生了什么呢？

不逞之徒们确实顺利炸开了金库大门，但是当他们尝试炸开保险箱时，却发现它们已被从银行后门运走。原来银行后门被前来围观的玛丽威乐市民们打开了。第二天——1916年6月26日，保险箱顺着河漂到了对岸的黑利伯瑞。劫匪们倒也得到了几千美元的债券，可对于他们来说，与其说这是一种资产，还不如说是一种负担。所有的现金都还在保险箱里，他们一个子儿也没拿到。

近些年来，这些抢劫案正在以种种方式上演于加拿大各地。

这是一个未能成功炸开保险箱行窃的案例。炸保险箱行窃本应当是很易于完成的，可是随着时间推移，它却变得越来越难以实现。

加拿大有一批极为高明的银行抢劫犯，多伦多因此饱受折磨。不过，“持枪抢劫”与“受雇抢劫”却是两种截然不同的概念。

在这些案例中，往往是银行的钱在进行大量转移时受到歹徒的攻击，这是银行财产保护系统中最薄弱的环节。

银行安保人员除了手枪和短猎枪外，就没有什么可以用于抵御劫匪的机械设备了。相反，摩托车这种机械设备却使整个犯罪形势发生了大扭转，它几乎在每一次抢劫中都发挥了作用，帮助劫匪顺利逃脱。这使得加拿大暴力犯罪率直线上升。

当银行进行定期资金转移时，他们会在运送过程中格外小心。因此，在银行这种小心谨慎的操作之下，按理来说劫匪无机可乘。

银行里都有一种可以自动报警的电路装置，它会在夜盗行为发生时报警并向外界敲锣发出警报。不过在多伦多，这种警报系统尚未普及。

多伦多银行的一位雇员告诉《星报周刊》记者，人们其实每天都生活在各种各样的安全系统中。

他们所出售的系统中，有一种最受欢迎——当歹徒过来让他举起手时，银行出纳员可以按下按钮，按钮会触发外界的警报器。这种按钮装置的便利之处在于当出纳员在被迫举起手的时候，也可以在原位置上按下按钮。按钮设置于座位的正下方，并且随时可用。“在银行里，我们没法为谎报的险情买单。”银行职员解释道。

随后就有传言称：多伦多的某一家银行配备了机枪，而对如何使用机枪击退劫匪却只字未提。

流言来源于两支马克沁重机枪——战后纪念品，其侧面印有加拿大帝国商业银行的金库大门。

许多家银行都会在屋檐附近设立秘密观测点，全副武装的安保人员能在那里观测到下方的一动一静，下方的人却看不清里面。

“这可是一种非常原始的举措，”一位多伦多银行的库员告诉《星报周刊》的记者，“我年轻的时候，曾经接到一个工作任务，就是从地板上的小孔观测金库状况。同样是在那个时候，人们用与其他金库连在一起的铁条防止劫匪入侵。他们还在入口处放了灰泥，但那都已经是些陈年烂泥了。”

那时候，银行关门和金库被上锁时是最危险的。可现在，这却成了最为安全的时刻。

超级地下金库与大型保险箱联手成为了加拿大财富的守卫者，这使得所有的银行总部都可以做到绝对防盗。一位保险箱制造商告诉《星报周刊》的记者，加拿大的银行总部从没遇见过用炸保险库的方法来抢劫的案例。一位银行工作人员也向记者证实了这个说法。

夜贼想要强制破开一个大型保险箱或是一个防盗金库，首先需要一辆载货摩托，更重要的是还需要一位机械工程专业的大学毕业生。

当发生银行遭遇抢劫、保险箱被炸的情况时，受损失的部门一般不会太多。即使劫匪们切断了外界联系、为所欲为，但他们也经常是失败的一方。

就拿去年发生在萨斯喀彻温省卡里维利的一桩企图实施抢劫的案子为例。8月23日，3名劫匪进入了银行，挟持了店员，将他们绑了起来，随后点燃了7桶硝酸甘油想要打开保险箱，可还是失败了。最后他们不得不放弃，骑上摩托车离开了现场。

1920年9月，一帮保险箱抢劫犯试图利用氧乙炔焊枪及其他一些现代切铁设备，抢劫安大略省海景镇的招商银行。这些设备必须用卡车来运送，因为它们实在太过庞大。当一位位于里间的处于清醒状态的年轻银行职员隔着窗户用左轮手枪射击案犯时，案犯独自逃走了，那些设备也因此被留了下来。

保险箱被制造得如此完美，以至于夜贼们必须用根本无法搬运的工具才能撬开。爱德华·H.史密斯将保险箱制造者与撬锁者之间的戏剧性历史斗争写成了文章，发表在了《科学美国人》上。原文提炼如下：

在一个值得纪念的周一早晨，准确地说是1878年10月28日早晨，老曼哈顿储蓄所的一名出纳员用钥匙打开了对街的门，毫不在意地进入银行，然后忽然晕了过去。人们在面对奇迹之时总会做出些奇怪的反应，这儿就是个现成的例子。铁质的金库大门大开，铁链被一种如同太阳神借用山峦的重量或是潮汐的威力般的神力撕扯断开，地板上全是纸张、账簿、硬币、碎裂的铁片以及坏损的工具，被像垃圾一样丢得到处都是。在那巨大箱子的内部，那巨大箱子是人类投入巨大劳力、长时间思索以及聪明才智的产物，也就是在箱子的内部，总值2 747 700美元的现金与债券被偷走了。史上最伟大的一次抢劫就在这个周日夜晚以及这个炎热的清晨中发生了。

出纳员醒了过来，急急忙忙把其他工作人员召集了起来，关上大门并树起标牌，告诉人们由于银行遭遇抢劫，暂时无法营业。但聚集的人群依然试图挤进银行大门，警车驶了过来阻止了人群，案件在其他银行间扩展开来，消息也瞬间传遍整个国家，而案件的侦破进行得十分艰难。多年以来，一直坐落于百老汇布里克大街街角的银行，此刻门前站满了好奇的人们，想要目睹这一令人震惊的一刻。一小群强盗的所作所为竟成了历史的一部分。

对于这起仅仅发生在45年以前的盗窃，我们要追溯一下我们大银行的防护措施的现代发展，因此，回顾一些相关的事件很有必要。

一伙声名狼藉的银行抢劫犯，在著名的吉米·霍普的领导下曾计划袭击曼哈顿储蓄所，并为此准备了3年。他们最终贿赂了银行门卫米歇尔·史韦林，在与他的合谋下得以进入银行。在周六和周日，他们利用楔、螺旋起重机以及炸药，干了整整两个晚上，终于在次日凌晨3点30分左右得到了现金和债券。他们的战利品包括已注册了的价值2 506 700美元的债券和价值73 000美元的息票债券，以及一笔现金。为了拯救遭受劫难的银行并击溃这帮歹徒，国会和州立法机关通过法案取消了被盗债券的使用权，并使用新的债券来代替被盗的债券。国家用这种方法来保护财政安全，并对付那些“大胆而聪明的人”。

我们不能以此下结论，曼哈顿储蓄所并没有针对此类抢劫情况进行预防，或者是没能尽其所能应对此类攻击。银行盗窃是一个可以追溯到1878年的古老故事了，因此人们花费了大量的资源与金钱来寻找保护银行的方法，这样人们才会信赖银行。需要提到一件有趣的事，有些想法已被付诸实施了。

老国家公园银行的金库终于给它的现代替代品让

位了。几年前，当它被拆除时，人们发现，它是由固体块花岗石夯在一起建造而成的。这些花岗石与附近被挖掘出的花岗岩块十分契合，其边缘的每块石板都被切割成一系列的半球形凹陷，组成了直径为五六英寸的球状体。所有这些孔中都置有大炮球，这样的话，如果窃贼试图通过挖掘连接处的石头进入金库，就会触动到松动的、用于投掷的铁球。

我们应该记得，在当时硝酸甘油还不为人所知，窃贼必须靠钻洞来开启锁的轴式开关，或是引爆他们唯一可用的物品——火药。

但这些措施却并没有多大作用，因为现在的盗贼们早已找到打开那时看起来坚不可摧的金库大门的方法。现代研究证实，再也没有什么比紧密契合的铸铁门更为坚固可靠了。对于金库防盗门的演变，我们还有很多话要说。对于现阶段来说，观察当时的窃贼——他们在还没有现今这些武器的时候，突破那些古老银行的重重关卡就已经足够了。

另一件发生在纽约的“壮举”也指向同一个人——吉米·霍普。那是在1868年的秋天，霍普在海洋国家银行的地下租了间地下室来进行他的地毯式任务。地下室的前部是他的展示厅，后方就是他的工作室了。为了防止其他人闯入，他安装了一块隔板，将两个区域划分开来。事实是，一块屏风遮挡了他对银行的不轨举动，他正密切监视着银行金库的一举一动。

1869年6月27日的夜间，这是在曼哈顿银行事件发生的9年以前，霍普以及几名他的“帮手”——包括著名的老盗贼内德·里昂、马克·什伯恩和乔治·布里斯，他们通过一个事前由天花板挖到银行地板的洞进入了银行。他们用楔来对付金库大门。首先这把楔得是一流的，但又不能比刀锋利，用它来撬靠近门锁的缝隙，然后，把稍稍厚一点的部分用锤子敲进去。歹徒们渐渐地把2英尺甚至更长的楔敲入缝隙。这些铁制带子本来是层层绕过金库，并用钩子固定住尾部，而现在却被螺旋起重机强行带起。逐渐地，当这些楔已经不能再为它们服务时，这些千斤顶就将铁门从框上掰开。螺栓变了形，此时，任务已然完成了一半。炸药和重型撬棍被用于对付金库内部的另一道门。此次抢劫合计劫走了1 200 000美元，幸运的是，其中很大一部分是不可转让的债券。

作为一种被袭击的装置，防盗门的坚固程度成了金库建造者们最为关心的问题。第一道门会是直边的，就像一个方形的甲板。然后，第二道门会是斜边的，门的内侧窄于外侧，以保证门能够严实地合上。但是，整个完美的计划却被劫匪手中的楔迅速毁掉了。另外企口边缘——它们现在依旧被用在普通的保险柜中，不过现在它们被设计成了一种到一两英寸处就无法插入的样式。楔子上形成的粉末是对窃贼们的方案的最好答复。在硝酸甘油介入之前，企口边缘的使用效果一直不错，而现在它的构造被证明是相当受盗贼欢迎的，它里面的液体爆炸剂至少可以被当作"汤"来用。面对这样一种极大的威胁，金库建造者们用上了"战舰"，或者说是"装甲门"，但它们的作用都不大。

这一类防盗门的建造是现代金库的一大奇迹。除去它多重的时间锁定、大量有力的螺钉、错综复杂的内锁设备以及其他的复杂零件，这样一扇门依旧是工程界的一件独一无二的作品。表面上，它只是一片实心的物体，实际上它却有许多片，是多元混合的产物。这些夹层中的一些东西，不过是普通的耐张钢板、用来防火的钢筋混凝土、耐热金属，还有延迟窃贼的燃烧器的作用时间、不易变形的金属和至少一层、大多数是两层的导线以及电子防盗报警系统等等。

摩根大通的门重约50吨，克利夫兰联邦储备银行的大门——即使不是最大的也是最厚的，据它的建造者称，它足足有20万磅重。

设计的金库必须要能抵挡得住任何可能发生的或可能想得到的袭击手法。此外，它们还必须能抵御可能引起伟大建筑发生火灾的大火和巨大热量。如今通过对这一风险的考虑，金库的顶部必须比地板、前部、两侧和门更为牢靠，同时顶部还必须增强抗击上方落体的能力，以防遇到火灾中倒塌的楼房或地震。

什么样的工程需要如此巨大的力量来实现呢？当我们真正了解到银行的规模时，这就很容易理解了。举个简单的例子，新联邦储备银行在纽约就有3个这样的金库，它们也在规模最大的金库之列。每个金库深度大约在125英尺，平均宽度大约在55英尺。底部最尽头的房间建在基岩之上，金库的另外一部分墙壁处在港口一部分水域的下方，每一个这样的金库大门都有90吨重。这3个金库都有另外的应急出口，以便于营业时间能够通风。为了满足金库放置的需要，这家银行的金库门采用了一种独特的插塞式设计。

请记住，在描述我们伟大金库的墙壁、地板和屋顶的结构时，这是没有什么标准可言的。工程师们将各种矛盾的想法集结起来，不断改进某些细节的设计。需要特别说明的是，打造一个完美的金库形式是非常困难的，这即使在未来也不可能被攻克。关键在于，未来不断发展的工具极有可能会攻破这些结构。自1878年以来，在大都市的银行还没有任何一桩抢劫取得成功。然而，工业和艺术已经走在前头，并已完善了一些可以在任何时间被胆大而技能高超的歹徒们利用的工具，比较典型的有电弧、电气动凿子、电钻和最新研制的氧乙炔火炬。

其中最后一个工具特别有趣但非常危险。我曾写到过，其在击溃农村或郊区银行保险箱和金库方面的有效性，以及击败由厂商为客户定制的强力保险箱的能力十分强大。现在看来，燃烧器（这是金库工程家们喜欢叫的名字）这种工具，是摆在大银行以及他们巨大设备面前的一颗定时炸弹。因此，银行重建和无休止的研发实验一直都在进行当中，直至今日，依旧没有找到一种行之有效的防御措施。

寻找一种能够抵御氧乙炔火焰的金属的过程并不像想象中那么容易。第一次使用压缩氧乙炔燃烧器时，耐热金属会在燃烧后发生化学反应，并产生一些足以抵御高温火舌的物质。

德国马克和通货膨胀

《多伦多星报周刊》1923年12月8日

“现在如果有人需要25分钱来吃一顿饭，或者找个地方睡觉……”

一个叫卖者站在多伦多奥斯古德法律学院对面的窄巷中大声叫嚷道。在他面前，放着一个用外汇买的肥皂盒，里面盛着几个信封。

肥皂盒前站着一群失业人士，他们眼神呆滞，在泥浆中的双脚轮换着维持站立，听着这个大声叫嚷的演说家讲话。

“如我所说，”那个大声叫卖者用舌头滋润了一下灰白胡须下的嘴唇，继续道，“如果有人很需要这25分钱，我可以理解。但是如果他是准备用这25分钱来做投资的话，我可以为他提供不错的机会，让他变得富有起来。”

“先生们，只需要贡献25分钱，俄国经济必定会恢复。只要一个25分钱的加拿大硬币，你就可以买到这张价值25万苏联卢布的钞票。有谁想要一张吗？”似乎并没有人想购买，但是他们都很认真地听着他说话。

俄国的卢布、奥地利的克朗和德国的马克，在多伦多的这个行政区里做着最后一次挣扎，它们根本不值这些钞票上印着的价钱。

“我手里的这张钞票，在正常的情况下价值为125 000美元。假设卢布的价值上涨到仅仅是1分钱，你就有了2 500美元。这时你就可以直接走进银行，用这张钞票换取2 500美元。”

听到这，其中一人的眼睛闪起亮光来，用舌头滋润着他的嘴唇。

那个大声叫卖者拿起那张不值钱的粉红色钞票，深情地望着它。

“而且，先生们，俄国的经济正在逐步恢复。每天，它的面值都在逐步上升。不要相信别人说的俄国的经济不可能恢复。先生们，一旦一个国家成为了共和国，它就会持续保持那种状态。看看法国，它已经成为共和国很长时间了。”

站在前排的一个穿着旧军外套的男人点头表示同意，另外一个人用手抓挠着脖子。

大声叫卖者又拿出另一张蓝绿色的钞票，放在俄国卢布钞票的旁边。

没有人向这些听众解释，这些看起来很廉价却印着百万卢布面额的钞票的印刷速度是非常快的，就如同新闻界彻底摧毁这种古老的帝国钱币的价值以及持有这些钱币的阶级的速度一样快。

现在苏联又用黄金来重新发行卢布，大声叫卖者手里这样的卢布一文不值。

“第一个用25分钱买这张面值25万卢布钞票的人，我额外再赠送一张面值10 000马克的德国钞票。”

那个大声叫卖者拿起两张钞票检查了一下。

“不要觉得德国的危机已经过去了。正如你在今天早上报纸上看到的，庞加莱势力正在减弱，他的权力正在被削弱，而马克的价值也在逐步回升。”

他在暗示着这群听众。

有一个人拿出了25分钱。“给我来一张。”

他拿起两张钞票，折到一块，笑着放到了大衣的内口袋里。大声叫卖者还在继续招揽客人，这次他又给欧洲下了一注，外国新闻对他来说不再乏味。

紧接着又有四五个人用25分钱买了他的钞票。这些卢布甚至在交易所都不再报价了——然而，和德国的马克一样，它们作为一种投资品，在整个加拿大被到处销售。

接着卖钞票的人弯下身子，拿起一个信封里的千元马克钞票。这是印好的战前钞票，在德国普遍使用。截至这个春季，交易所里20 000马克兑换1美元的报价骤跌，你几乎可以数出来需要多少张10亿马克才能换1美元。除了可以拿来做贴墙的墙纸或是包裹肥皂的肥皂纸，这些马克钞票几乎没有任何价值。

“这些马克跟那些不一样。”卖钞票的人解释着，“这些我卖1美元1张。以前只卖50分，但现在涨价了。不需要它们的人，没有必要勉强购买，它们是真正的战前马克。”

他用手抚摸着这些马克，这些“真正的战前马克”。

在上个星期纽约银行拒绝对其进行报价之前，这些马克每1万亿仅仅值15分钱。

“你手上拿的马克为什么比你送出去的马克要值钱？”一个满脸憔悴靠在巷子墙边的男人问道。那些已经用25分钱投资了欧洲市场的人，现在又在羡慕这种出现在他们眼前的新马克。他就是其中之一。

大声叫卖者悄悄地说：“每张钞票在这份和平协议——《凡尔赛合约》中都被签收了。德国有30年的时间来按照票面价格还清。”

站在肥皂盒前面的男人带有敬意地看着那些在协议里被签收的马克。这对于一个投资者来说是一个难得的机会，但现在，这机会就在眼前。

在卖钞票的人讲话的时候，一个高大的年轻男子站在他背后，吸着烟斗。此时，他在靠着巷子的一个一层小屋的墙上，用大头钉钉上了数张剪报和一些外汇的样板。

这些剪报的内容大多是阐述关于苏联和其他国家的经济复苏的。

那个卖钞票的人用他的食指指着剪报上一个将1美元贷款给奥地利银行的故事。

“现在，谁想要用1美元买1万元的奥地利克朗？”他拿出一张古老的哈布斯堡王朝的紫色大钞，问在场的群众。

在现今的银行里，奥地利钱币只值0.00145美分。或者直接一点来说，大概14美分可以换到1万克朗。而在巷子里，这些人被引诱着去冒险，用1美元换1万克朗。

“现在，我自己只留下足够的加拿大钱币来买这些钞票。”这个吸引听众的演讲者继续说，“你不知道加拿大钱币以后会遭遇什么样的状况。看看今天这些各种不同的外汇，最明智的做法莫过于保留一些俄国卢布、德国马克、奥地利克朗和英镑。”

大部分的人看起来好像都认为如此，即使很少的加拿大钱币，对他们来说也是非常受欢迎的，于是他们继续听着。在这个演讲者讲得足够久，又接连提出几种买卖方式之后，他们发现身上多出了25分钱，盼望变得富有的愿望很快让某些人充满希望。

“以这些奥地利克朗为例，”卖钞票的人继续说，“这一张钞票原先我卖2美元，现在我只卖1美元，而且我还附送一张100万卢布的苏联钞票。”

这个宣布让之前那些用50分钱买100万卢布的人们觉得自己吃了大亏。

“噢，这些卢布与之前的不太一样。”小贩让他们放心，说道，“我这里还有一些卢布，没有10美元我是不会卖的。在场的先生们可以出价10美元，看看谁可以买得到。”

但没有人出价。

“我不否认我有对手。”这个招揽客人的人继续说，“他们想要卖得比我的价格低，他们用低价来与我抢生意，现在我也要这样对待他们。我的最大的对手标价40分钱卖100万卢布，我还要把这个价格压得更低，是他先开始这场竞争的，那就看看谁能坚持到最后。先生们，我会把这张1万元的奥地利克朗随附这张100万卢布的钞票一起卖给你们，加起来只需要1美元。”

似乎没人身上有1美元，于是记者买了下来。

“这是位懂得投资的先生。”他说，“那么，其他的先生们，你们知道奥地利的经济也正在复苏，因此它的经济迟早会恢复。假设说奥地利钱币的价值只升到半分钱，你马上就会获得50美元。”

但是对于在场的其他投资者来说，他们显然拿不出1美元。

没有办法，那个肥皂盒商人只能将价格降低到更加适当的位置上来。

“现在如果一个人有25分钱来投资……”他拿出

一张以25分钱出售的粉红色百万卢布钞票，开始说。

又有一些观众开始跟随他的带领了，这似乎又回归正常了，不管怎么说还有一些25分钱的投资可以做。只不过是一顿饭的钱，在这里却有机会升值为百万美元，何乐而不为呢？

出售战争勋章

《多伦多星报周刊》1923年12月8日

英勇的市场价值是多少？阿德莱德大街上一家五金店的员工说：“我们没有这样的市场需求，所以我们不购买这些勋章。”

“有很多人过来卖勋章吗？”我问道。

“噢，是的，他们每天都来。但是我们不买这种从战争得来的勋章。”

“他们一般都拿什么样的勋章过来卖？”

“大部分是胜利奖章，有1914星勋章，好些军功勋章（M.M.），有时候还有特等军功章（D.C.M.）或者海军陆战队勋章（M.C.）。我们让他们把这些勋章当到当铺去，在那里，只要你有了钱，还可以把勋章赎回来。”

于是记者又去到皇后大街，往西经过那些窗边发亮的出售便宜商品的戒指店、旧货店，低档的理发店、二手衣物店，以及沿街叫卖的小贩们，找寻专门出售英勇的集市。

然而在当铺里，听到的是同样的说法。

“不，我们不收这些勋章。”一个站在不可赎回抵押品柜台前的头发梳的发亮的年轻人说道，“这些勋章是没有市场的。噢，是的。他们拿着各种各样的勋章过来，是的，有海军陆战队勋章。前几天甚至还有人拿着一个优异服务指令奖章（D. S. O.）过来。我一般推荐他们去约克大街的二手店里碰碰运气。他们什么都买。”

“如果我给你一枚海军陆战队勋章，你出多少钱？”记者问。

“不好意思，老兄，我们对此无能为力。”

记者走出皇后大街，来到约克大街，走近看到了第一家二手店。这家店的窗上挂着一个牌子，上面写着“我们出售和购买任何东西”。

开门的时候铃铛响了起来，一个女人从商店后面走了出来。在柜台周围，堆满了各种二手物品，有破旧的门铃、闹钟，生锈的木匠工具、旧铁匙、小娃娃玩偶、赌博用的骰子，还有一个破旧的吉他以及其他东西。

“请问你需要点什么？”那个女人问。

“你们这里出售勋章吗？”记者问道。

“不，我们不保留这些东西。你想干吗？想卖勋章给我吗？”

“是的，”记者说，“它是个银制的十字架。”

“是真银吗？”那女人问道。

“我想是的。”记者说。

“你不知道是吗？”那女人说，“你没带在身上吗？”

“没有。”记者如实回答道。

“既然这样，你把它带过来。如果是真银的话，我也许会给你一个不错的价钱。”那女人笑着说，“不过，它应该不是那些战争勋章之类的吧？”

“类似那样的东西。有什么不妥的地方吗？”记者说道。

“不要再为那些东西费心了。那些不是什么好东西！”那女人说道。

记者又继续造访了5家二手店。没有一家店愿意买这些勋章，因为没有人对勋章有需求。

这时，记者看见一家店外面挂着的牌子上写着“高价收购任何有价值的东西”。

“你想要卖什么？”站在柜台后面长着胡须的男人急匆匆地问。

“你们收不收战争勋章？”记者问道。

“听着，可能这些勋章在战争中真的意义重大。我并没有说它们没用，你懂吧？但是我是生意人，生意就是生意，我为什么要买一些卖不出去的东西呢？”

这个店主表现得非常绅士，并且非常细心解释道。

“那这个手表，你看看，能出多少钱？”记者问道。

店主开始仔细检查手表，他打开盖子，看了看里面的做工，又在手上翻过来，听了听表针走动的声音。

“这手表现在的状态还很好。”记者对他说。

“这个表，”那个满脸胡须的店主把它放在柜台上，继续说道，“这个表现在应该值60分钱。”

没有得到满意的回复，记者又继续沿着约克大街往下走。他发现几乎每隔一个店面就有一家二手店。于是，记者继续对自己的手表进行询价，其中一个店铺出价70分钱买他的手表，还有人出了更好的价钱；甚至有人出40分钱来买他的烟盒；但是就是没有人想买或者卖勋章。

“每天都有人来卖这些勋章。这些年你是第一个向我买这些东西的人。”其中一个旧货店主说道。

最后，在一个昏暗的商店里，记者惊奇地发现居然有勋章出售。一个在店里负责接待的女人从收银抽屉里把它们拿了出来。

这里面有一个1914星勋章、一般勤务奖章和一个胜利奖章。3枚勋章都放在它们原来的盒子里，又新又亮。所有的勋章上都写着同一个名字和号码，显然这些勋章属于一个加拿大炮兵连的枪手。

记者把它们仔细检查了一番。

“买下这些勋章需要多少钱？”记者问道。

“这些勋章我是要3枚一起卖的。”那个女人有所防备地说。

“那3枚一起多少钱？”记者继续问道。

“3美元。”那个女人回答道。

记者继续查看这些勋章，它们代表着国王授予这个加拿大人的荣誉和认可，记者发现每块勋章的边上都镶着这个加拿大人的名字。

“不要为这些名字担心，先生。”那女人怂恿着说，“你可以很容易把这些名字去掉的。它们可以成为很好的勋章。”

“但是我有点不确定这是不是我要找的勋章。”记者说。

“你买下这些勋章，肯定错不了的，先生。”那女人用手指着那些勋章，继续怂恿着说，“你再也找不到比这些更好的勋章了。”

“不。我不认为这是我想要找的勋章。”记者反对她说。

“好吧，那你出个价吧。”

“不。”

“只要出个价，你想出多少就出多少。”

“今天不行。”

“任何价钱都可以。这些都是很好的勋章，先生。看看它们。你愿意出1美元吗？我全卖给你了。”

记者从窗外往里望去，并沉思道：在现在的市场中，你可以很容易就卖掉一个破旧的闹钟，但是你没有办法卖掉一个海军陆战队勋章。

你可以轻易地处理掉一个二手的口琴，但是特等军功章却没有任何市场价值。

你可以轻易卖掉你的老旧军装裹腿，但是你找不到人来买一个1914星勋章。

因此，现在英勇的市场价值仍然处于一种未定的状态。

欧洲夜生活：一种病症

《多伦多星报周刊》1923年12月15日

欧洲的夜生活可不是像一纸咖啡馆的清单似的那么简单。它就像是一种奇怪的疾病且一直存在着，并在战后如火苗般蹿起。然而这把火影响了整整一代人。

巴黎夜生活被视为最为高度的文明以及最为有趣的，柏林的夜生活则是最肮脏、令人绝望以及堕落的，马德里的是最为平淡的，而君士坦丁堡的则被认为是（或者说曾经是）最令人兴奋的。

在巴黎居住的居民是世界上所有大城市里上床最早的人。这里的马车在12点半准时停止它们的环城之旅，末班地铁呼啸驶过轨道，剧院附近的街道空无一人，如同宵禁已经响起，出租车司机们开车回家，最后的一班火车上挤满了回家的巴黎人。到了夜晚，巴黎就好像是死了。

在几个小时以前，百叶窗被拉上之后，居民区里的人们都开始逐渐进入梦乡。然而最后剩下来的都是些夜生活者们。他们要去哪儿？

在巴黎夜晚紧闭的百叶窗之中的黑暗里，只有3

片仅有的绿洲。

其中的一个是蒙帕纳斯。在那里，拉丁区的一些咖啡馆还会继续营业几个小时。其实在巴黎没有比蒙帕纳斯更为死寂的地方了，除非你能碰到一些认识的熟人。如果那里有你认识的人，那么那儿之后就会变成一个酒吧、一个八卦的中心，或者是一个简单的会议场所。

哪里是我们最为熟知的巴黎欢乐的夜生活场所呢？年轻人又是在哪里度过他们的不眠之夜的呢？哪里是在晚上10点以前不会有人去的呢？

这些问题的答案都会指向同一个地方——位于巴黎的波西米亚聚居区的最体面的斯得蒂斯科利隆酒店转角处附近的一个小地方。德语、英语和波西米亚语充斥在这个名叫“屋顶上的牛肉”的咖啡馆或者是让·谷克多酒吧里。人们在这里跳舞，并且这里的每一个巴黎人都相信燃烧蜡烛的唯一方式就是将两端一起点燃。到了晚上11点，“屋顶上的牛肉”里就会挤满人，让人根本挪不出地方跳舞。但是，几乎整个世界都在这里了。在爵士乐声中，人们可以坐在桌边聊天、喝酒。可是法国的夜生活实在是太过于发达了，以至于局外人根本无法体会到其中的刺激感。其实夜生活就像是一种精神状态，不管你是身处其中，还是在局外旁观。柯克托酒吧的夜生活依旧是最为高端的——生活在这样的夜晚，这也正是我们所探讨话题的沸点所在。

尽管“屋顶上的牛肉”在凌晨2点（有时甚至更早）就打烊了，事实上凌晨2点其实只是真正的夜生活者们一天的开端。所以坐在出租车里的夜猫子们会从斜对面的蒙马特开始逛起。

蒙马特是巴黎夜生活的一个著名目的地。它是克里希附近的一个鱼龙混杂且俗不可耐的深渊，充斥着红漆大门以及数以千计的电动光球。这些地方不仅有着勾魂摄魄的名字，还有被雇来坐在桌子上以营造一种波西米亚氛围的使用假名的艺人们。他们的目的就是吸引美洲人——不管是南美的顾客还是北美的顾客，都来消费香槟酒。

对于门外汉来说，香槟酒是夜生活的一大标志——尤其是对于旅游者来说。这些地方卖香槟，并且只卖香槟。如果游客试图点其他东西，他就会被迫在香槟与大门之间做出选择。每瓶香槟的价格从6美元到8美元不等。一旦开始喝了，游客就可以开始观察周围的人群以及穿着格林尼治乡村服饰的艺人们。

香槟，顺便提一句，这在法国是一个神圣的名词。而唯一能被称作香槟的是由香槟省兰斯周边出产的一种酒，其他的一些伪香槟必须被印上“艾培涅”“气泡酒”的商标或是其产地。这对于在香槟产地之外的真正的香槟酒的销售商家来说是一大福音，并且真香槟的销售商们都有着过硬的政府后台。

一个富有爱国心的记者在听说了蒙马特区某一家度假酒店把气泡酒当香槟卖之后，便带着一名证人，走进了那个地方，并点了一杯香槟。端到他面前的却是一杯发泡的液体，气泡在表面来回跳跃。他付了一杯香槟的价格，侍者随后走开了。

记者拿起酒杯品尝“气泡酒”后，便大声叫道：“服务生给我上的是‘气泡酒’。可我点的是香槟。多么令人愤怒啊！这不仅仅是令人愤怒而已了，这还是对法律的触犯。把你们的老板叫来。不把老板快点叫来的话我就叫警察了！”

据说，那个老板花了20 000法郎才解决了这件事。

在此之后，数不清的其他记者和花花公子都开始在这点香槟，他们也希望有这样的机会，但“气泡酒”的卖家是明智的。这样的品尝“机会”不值当，它不过是法国人用来糊弄游客的昂贵玩意。

蒙马特区著名的红磨坊是一个巨大的舞池，在那里，女店员和她们的“绅士男友”以及一些游客，在由遮光纸制造出来的，散发着红色、橙色和绿色的浪漫光芒的聚光灯下，在众人瞩目之下在巨大的防滑地板上跳舞。这是令人愉快且无害的，并且是巴黎的少数几个外国人能愉快地与法国人接触到的地方。

真正的夜生活场所只有到凌晨才会开门。现阶段最受人追捧的两个地方乃是“高加索”——一个非常时髦的俄国场子，以及“佛罗伦萨酒馆”。佛罗伦萨是一名美国黑人女性，她作为舞者成名并且成了巴黎城里极受人追捧的时尚人物。

回想起几年前我第一次见她的时候，她还是一个典型的黑人舞者——愉快、有趣，脚下功夫了得。只有在看过佛罗伦萨的“人人舞步”之后，你才会明白。其实你以前什么都没见识过。

一些法国贵族开始找她授课，她在公主、伯爵夫人的府邸里教舞蹈。去年夏末的一个凌晨——在2点半的时候，我们穿过佛罗伦萨的舞场去买些咸牛肉末、荷包蛋和荞麦面包。当时整个地区一片死寂，还没有人出来活动。黑人服务员对我们的服务态度并不热情，他们认为我们应该买香槟才对。

现在，一个真正的夜生活修行者的标志就是，他应该可以衡量出来“香槟强制购买令”所带来的好处是否能对他的胃口。

“我们是佛罗伦萨的老顾客了。”我解释道。

“啊，老大您想要点什么？啤酒吗？随您高兴，老大。”

我们享用了美味的一餐，这时佛罗伦萨走了进来。她变了，说上了一口英国腔调，且举止中显得无精打采。

“噢，你好，见到你太高兴了。”她说，“我现在不公开跳舞了。不过你哪天有空要过来这里找我们啊。”

这完全不会令人“高兴”，另一个真正的“后半夜场所”就被这种“繁荣”毁了。

巴黎还有一个有名的夜间好去处——哲利酒馆，许多新闻界人士经常会去那里。酒馆坐落在卡玛汀大街，那里有着时髦的舞会，你可以在那里找到佩吉·乔伊斯等著名的封面女郎。那里还会有秀发柔顺的智利和阿根廷女郎伴着美国爵士乐跳舞。

柏林的夜生活与巴黎形成了一个鲜明的对比。柏林是一个庸俗、丑陋、阴沉而懒散的城市。这座城市战后兴起了一种狂欢，德国人称之为“死亡舞蹈”。柏林的夜生活没有什么吸引力，也不好玩，一切的一切叠加在一起令人心生厌恶。

如果说香槟是巴黎“下班后生活”的解药，那么在德国首都，可卡因就是它的替代品。在巴黎警局里，可卡因贩子们的忏悔是被忽视的。但是在柏林，他们则是大胆公开地满城贩卖，有些咖啡馆的服务生们甚至将它们摆到台面上售卖。

柏林是夜总会的家园。如果你在晚上步行或驾车沿街经过，会有一个衣衫不整的人跑到你的驾驶室，然后拉你去夜总会。一个不错的新夜总会，就是城市夜生活的全部。

在柏林的夜总会，没有恶心、沉重、单调和绝望。欢乐是被强迫的，因为它是巴黎真正的7月14日——整整两个夜晚，人们在城市的街头舞蹈，街道被强行围起，以防出租车及公交进入。

如果任何人谈起有关于德国战败以及他们的损失的问题，那只需要他们来看一看午夜之后的柏林就好了。

生活在马德里又是另一回事。在马德里，没人上床睡觉；可从另一方面来看，他们也没有什么娱乐活动，而只是彻夜聊天。

凌晨2点钟是马德里中心城区最为繁忙的时候，咖啡厅都爆满，街上充斥着人群。马德里的剧院都是在晚上10点才开始上演节目，日场要到下午6点30分才开始。

在市中心有两个跳舞的场子。一个叫作马克西姆，另一个则是在同一条街的隔着两三户的距离处，我把它的名字忘了，不过这没什么关系，这两个都差不多。

你要永远提防着叫作“马克西姆”的地方，因为它意味着模仿巴黎。巴黎是个好地方，可它并不是那么容易就学得来的，而且叫“马克西姆”的地方遍布世界。

即便是巴黎原来的“马克西姆”，其实也是一个相当沉闷的地方。它设有一间摆满了桌椅的酒吧，在另一头有舞池。一直以来它总是赚得盆满钵满，美国的商人以及少数南美人永远会出现在这里。音乐大声地播放，消费又高，灯被点得亮亮的，这真是一个令人头疼的好地方。

所有模仿的“马克西姆”都只是它的一个缩小再建。

在马德里，我采访了一名斗牛士：拿他自己举例来说，这座城市里最令人欢乐的节目是什么？

“我？上床睡觉啊。”他羞涩地笑了，“我不喜欢聊天，也不喜欢喝酒。但是我上过学，我每晚睡觉前会读一些书。”

“那你都读些什么呢？”我问道。

“哦，斗牛类报纸。”他说。他是一个非常正经的小伙子，每年能挣15 000美元，而且马德里大约半数的姑娘都爱着他，但他却不是一名夜生活的信徒。

君士坦丁堡穆达尼亚在停战前很可能是这个世界上最繁华的城镇。穆斯塔法·凯末尔曾宣布，当他进城的时候，这座城市就会被紧紧关闭起来。每个人都相信他的话，而他从那时起，一直尽其所能做了所有能做的。

没有人在白天睡太多觉，可到了晚上也就更没有人睡了。好的餐厅根本不在晚上10点以前开门，而剧院则是在午夜才开始营业。先知的追随者在他们清醒着的时候，也曾试图确保君士坦丁堡巴伐利亚啤酒厂的产品，不会在凯末尔抵达时，没被转储到金角湾。

啤酒厂试图保持着跟上穆斯林们需求的步伐。这是一场伟大的竞跑。一到傍晚，英国、美国、西班牙、意大利和法国的船队的船员都会上岸，急于参与到援助伊斯兰教徒与啤酒厂的斗争当中去。这是一个伟大的战斗，但酒厂总会略微领先。尽管他们的人数较少，但是他们组织得要更好一些。

由于这是在晚上进行的预选赛，将会在不同民族的水手中决出胜者，再与啤酒商一决高下，这就无疑降低了工作效率，尤其是当有枪支或刀具出场时，有时还会有激战发生。

君士坦丁堡的一切都处在狂热与野性当中，也就没有了柏林那些游乐胜地的阴沉而丑陋的嘴脸。

这一次事件牵扯到一个中立国家（不是美国）巡洋舰船长，他的船只停泊在了斯普鲁斯海峡。这一事件差点升级成严重的国际争端。

在一个晚上的凌晨3点，指挥官登上他的船只，一副心不在焉的样子，他的眼珠转来转去。

“各就各位，准备行动。”他指挥道。

司令员步伐不稳地来回地行走于桥上。整个军舰上的人员瞬间惊醒并开始忙碌了起来，到了3点，他们终于就位。人们飞奔到各个方位，枪支在舷侧架起。

“开始对全城射击，”船长用对讲机在桥上吼道，“宣战！”

有些意识清楚的人抓住了他，把他拖了下来。君士坦丁堡对于他来说是有些太过火了。

据说，船长之前没喝别的酒，直接喝了“杜契克”——它有让人在不合适的场合下发疯的特性。它里面有一些奇怪的土耳其成分，但这个酒是从美国进口的大桶的谷物酒精。这种酒是从来不被单独喝的，总是要提前食用一些饼干、奶酪或萝卜来给胃壁铺上一层保护膜的。

横跨金角湾从斯坦博尔到高佩拉顶部的贫瘠平原，君士坦丁堡彻夜未眠。每一家报纸都刊登了佩拉夜总会一晚之间发生的这桩事。这还只是事件的一部分，贝利梅尔从波迈被派出，然后将这位年轻的军官驱逐，并向一位扮演成女侍者的俄罗斯公爵夫人私自签发了停战协定。

这位出席了协定签订的军官把这桩密事告诉了公爵夫人，因为他实在是憋不住了，实在是太兴奋了。她意识到事件的新闻价值，之后告诉了一位美国记者——她喜欢这位美国记者远远超过那位军官。

在1小时内，这位记者通过自己的手段核实了这个死亡的报告，并把消息传往了纽约，且赶上了早报的发刊时间。协议的签署直到第二天早上11点才被官方正式对外宣布。直到那个时候，其他报纸的记者们才得知这一消息，那些不认识这位公爵夫人的记者们纷纷联系纽约方面，询问他们是怎么得知穆达尼亚的这一独家新闻的。

意大利的夜生活有些怪异。那里的夜生活——不是那种消遣或是跳舞的场所，而是那种怪异，令人发烧、振奋的东西——都会在人们普遍要去睡觉的时间被取缔。

米兰——意大利北部最大的城市，它有着大约80万居民，而且几乎都像多伦多人一样早睡。维罗纳，不及它的1/3大小，在凌晨2点半却是一片欢乐的海洋。我曾在午夜过了很久之后背着包行走于维罗纳，发现它竟然同巴黎晚上9点半的时候一样有活力。

都灵是另一个不夜之城，并且令人非常的愉悦。罗马在晚上十分沉闷无聊。在我看来，罗马几乎在任何时候都是沉闷无聊的，它是我在这个世界上最不愿意住进去的城市了。

马赛在夜晚会化身为欧洲最为缤纷、有趣且粗野的地方。

塞维利亚也是晚睡的代表，格拉纳达同样如此。

夜生活是个有趣的东西，似乎并没有什么可以约束它的法则或是道理。你在想要追寻它的时候却找不到它，而当你想要摆脱它的时候，却又不得其道。它，是一个欧洲产物。

甲状腺肿与碘

《多伦多星报周刊》1923年12月15日

城市应该为它的居住者的疾病而去服药吗？

人们用行动对这个问题做出了肯定的回答，碘被引入城市用水中，以对抗甲状腺肿。

甲状腺肿的高发区一直延伸到北美洲的淡水区，而罗契斯特就是这一区域的中心。甲状腺肿，也就是甲状腺的增生物，被内科医师认为是由于缺碘导致的。地球上大部分的碘都来源于海洋，科学家说靠近海洋居住的人们对甲状腺肿这种病症有免疫能力。

在乔治·W.高尔博士带领下进行的罗契斯特湖的实验，是在两年中集中三周每天将16.6磅可溶解的碘放入柯达市的城市供应水中，碘与水的比例大概是$50:10^9$。

有人说这么少量的碘甚至没有办法用化学分析检测到其存在，而进行实验的科学家们还是坚信这样会成功地防止甲状腺肿。

当这个给供水系统放碘的决定被作出后，罗契斯特的各所学校均贴出了通知：为了防止甲状腺肿，我们正在以$50:10^9$的比例将碘投放入城市供应水中，20岁以下的人请每天喝4夸脱水，这样甲状腺肿就会消失。

虽然多伦多也是甲状腺肿的高发地区，它的发病率和罗契斯特一样高，但是并没有采取罗契斯特这种集中且大规模的方法，公共卫生部门的博士C. J. O.黑斯廷斯说，他不会在多伦多进行实验和做出计划之前对罗契斯特的尝试做出任何评价。黑斯廷斯博士认为，针对儿童的甲状腺治疗应该由家庭医生来处理。

“甲状腺肿是一种营养缺乏病。”黑斯廷斯博士说道，“这是由于食物和饮品中碘的缺乏导致的。这已被一些实验证明，减少食物和饮品中碘的含量易造成甲状腺肿大。另一个实验证明了甲状腺肿是可以预防和治愈的，即通过一种能被人体吸收的方式对碘进行恰当的管理可以预防和治愈甲状腺肿。”在一年之前，黑斯廷斯博士声明，多伦多的学校学生的甲状腺患病率高达15%，而另一家学校则下降到了2%。因为还没有进行实验，患病率的增加和下降只能被推测。从很早以前医学专家们就面临着甲状腺肿这个难题，经过多年的努力，一些事实已浮出水面。甲状腺肿，即粗脖病，是一种颈部前面的甲状腺肿大的现象。甲状腺对儿童的成长是非常重要的，如果不能从一种或多种方式中获得碘，腺体就会肿大。甲状腺肿大的一种防治方法就是摄取碘，海洋是全世界碘的储存库。以前我们的食物中来源于海洋的盐就富含着人体所需的碘，而如今它主要来源于内陆的盐矿。在一些高山地区，由于冰川和雪的融化，所形成的水使碘淡化甚至被冲走。在瑞士一个州的山区，这种病非常常见，在苏黎世的一个区，甲状腺肿的发病率是100%。距离海洋越远，甲状腺肿越肆虐。而在海岸边上，这种疾病几乎没有生存之地。北美洲根据一些发病学生数量被分成了4个甲状腺肿地带，这些地带从东部穿越到西部。南部和东部海岸沿线几乎没有出现甲状腺肿的情况，北部平原和俄亥俄州峡谷地区有一定数量的甲状腺肿发生，而中部和西部地带则是甲状腺肿的多发区。在北美五大湖的高山上，在芝加哥、罗契斯特、多伦多和底特律这些城市和西部山区，是甲状腺肿最高发的地区。所有的水都含有一定数量的碘，除了受甲状腺肿困扰的地区如瑞士、提洛尔和特提努奥泊斯。在这些地区中，有些人饮用冰川融化而成的水，这种水中除了雪水什么都没有。J.P. 麦克伦登医生是明尼苏达医学院生物化学的教授，他说每逢周五和节假日的时候，在海边吃些海洋食品能够防治甲状腺肿。据教授说，所有的海洋动物和植物都富含碘，而且一些必需的抗甲状腺肿的药物也可以通过吃鱼代替。

他建议甲状腺肿多发地带的居民应给儿童吃些粉状的巨藻、海藻，或者一些其他的富含碘的食物、饮料或盐。

科学家认为，居住在海岸边的居民能够远离甲状腺肿这种疾病是因为海水以变成暴风雨的方式被带到了遥远的陆地上，而且有时候海水中的碘能被风吹到内陆200英里远的地方。

医生H.A. 史蒂夫因提倡碘治疗，使之成为安大略公共健康措施的先锋。安大略著名的医生指出了数不胜数的由于甲状腺体肿大带来的负面效应：紧张、易怒、缺乏平衡感，以及多种多样的因甲状腺过度肿大带来的后果。但这些情况都可以通过对碘进行管理来控制住。

1921年，史蒂夫医生为了保护学生甲状腺体的正常发展，在大规模进行处理期间提出了公立学校的日常治疗，并开始着手省内学龄儿童的调查。他的倡议在当时似乎太新颖，所以没有得到立刻通过。

人类还不是甲状腺肿唯一的受害者，羊、牛、猪、狗和鱼类都易患上这种病。黑斯廷斯在密歇根做了第一个甲状腺肿防治的实践演示。一大群羊深受甲状腺肿的折磨，它们的情况看似已经没有希望了。但是它们在一个新牧场里找到了一个天然的盐床，舔过之后它们便痊愈了，甲状腺肿也没有再发展。后来那些盐被分析出含有大量的碘元素。

细流中的鳟鱼也会患严重的甲状腺肿。曾经这种疾病在政府管辖的孵化场内盛行，鱼大量地死去，以至于当时人们都认为人工饲养鱼会被摒弃。

调查人员发现鳟鱼食用的人工食物是无碘的，当少量的碘被加入后，鱼就又恢复正常了。罗契斯特在甲状腺肿防治的实验中通过大范围的药物治疗是在经过向领先的科学家和官方咨询后进行的。调查表明罗契斯特每天使用了2 400万加仑的水，目前平均碘含量已达到了5亿分之一。

在向城市供应水中分散投放适度的碘时，遇到了很大的困难，但是一个个蓄水池的水通过10英里长的管子被填满解决了这个问题。

“碘的量太小了。因此它不可能对正常人产生坏的影响。”罗契斯特的健康主管高乐医生这样告诉一家纽约的报纸。但是在水和盐中都不含有碘的地区，每个人都会缺乏碘元素。而这种不足在不同人身上有不同的表现方式。

“在一些人身上，这种不足会导致甲状腺肿，但是我们不知道这种碘的缺乏会对我们其他方面的健康产生多大的影响。在1年的6周之内食用过量来源于水中的碘元素不会造成任何危险，即使是来自水中碘元素含量丰富的地区，并且体内经常含有大量碘的人也不会有危险。罗契斯特大约有30万人都饮用城市供应水。一个私人的供水公司通过安大略湖供应了大约37 000人的用水。到现在为止安大略湖中还没有投放碘。

“我们已经使很多疾病消失了，其中包括斑疹、伤寒症、霍乱、猩红热和天花。”高乐医生在报告中讲道。

“其他的疾病也都在消失的过程中，包括疟疾、伤寒和白喉。”

“我们知道碘元素能够预防甲状腺肿。当100万头猪死于甲状腺肿后，人们开始喂它们含碘食物。我们已经在鱼和猪的饮用水中添加了微量的碘元素，我们和我们的子孙也需要这么做吗？”

我喜欢美国人

《多伦多星报周刊》1923年12月15日

我喜欢美国人，
他们和加拿大人不太一样，
他们不会太认真地对待警察。
他们到蒙特利尔只为了喝酒，
而不是为了针砭时弊。
他们声称自己赢得了战争，
但他们内心清楚他们并没有。
他们尊重英国人。
他们喜欢居住在国外。
他们不会在洗澡的时候夸夸其谈，
虽然他们会洗澡，
他们有一口好牙，
他们也会年复一年地穿着内衣。

我希望他们没有夸夸其谈，
他们有世界上第二好的海军，
但是他们从来不会提。
他们会让亨利·福特做总统，
但是他们却不会选举他。
他们看透了比尔·拜伦。
他们已经开始厌倦了比利周末。
他们有着如此有趣的发型。
他们不喜欢欧洲，
他们只去过一次。
他们发明了巴尼搜索、笨蛋和杰夫，
还有选筛。
他们从不会绞死女谋杀犯，
他们会将她们放在轻歌舞剧上。
他们阅读周六晚报。
他们相信圣诞老人。
他们会挣钱，而且可以挣很多钱。
他们是很好的人。

我喜欢加拿大人。
他们不像美国人。
他们晚上会回家。

他们香烟的味道很好闻。
他们有合适的帽子。
他们真心地相信他们赢得了战争。
他们不相信文学。
他们认为艺术是被夸张了的，
但是他们滑雪的技巧是很棒的。
他们中有一小部分人很富裕，
但他们有钱后会买很多马，而不是车。
芝加哥把多伦多称为清教徒的城市。
在芝加哥拳击和赛马都是非法的活动。
没有人会在周日上班，
没有人。
这并没有使我抓狂。
英国人只有一个，
但是你见过曾经的苏格兰人吗？
如果在安大略你开车时杀了一个人，
你要负法律责任进监狱，
而且这事还是没有完结。
在芝加哥，直到今年，已经有500人在车祸中死亡。
在加拿大变富并不容易，
但是挣钱却很容易。
那里有很多茶馆，

但是，却没有歌舞表演。
如果你给服务员一个25分的硬币，
他们会说谢谢而不是给你板球。
他们会让女人们站在等车的地方，
即使是好看的女人。
他们都是匆匆地赶回家吃晚饭，
还有收听收音机。
他们是很好的人。
我喜欢加拿大人。

一个盲人的平安夜

《多伦多星报周刊》1923年12月24日

对于多伦多的50万居民来说这是平安夜，而对于这个盲人来说却只是12月的第24天而已。

盲人在刺骨的寒风中靠在一栋楼的墙上，他的脚来回不停地交换着，而整个城市都充满了为圣诞节做准备的热闹氛围，好像他与这个城市完全格格不入。他走了很远的路来到这里，花了他很多的时间。

透过盲人鞋上的那些洞，冰冷又潮湿的人行道让他近乎麻木。天正下着雪，因为他能感觉得到湿冷的雪快速地打落在他脸上。

这是他去过的城市中很陌生的一个。警察们都很高大。他之所以这么认为是因为他们的声音都来自于他的头顶，而且他们说话的声音也很粗重。街道上都是人，但是却没有欢乐。只有来来往往的人群，也不知道要去向何方。还是很冷。

盲人不确定他是否还活着。他已经靠着这栋楼站了很长时间了，而且还准备继续站下去。过一会儿一定会有些事情发生，总会发生些什么的。

实际上他确信，如果他在那儿站的时间足够长，他一定会被一个大个子警察带走，而且很有可能会在警局吃上一顿喷香的圣诞晚餐。

但是盲人并没有想到这些，他已经没办法思考了。他只是站在那里，又冷又湿。

当他站着并看向他看不见的那些东西时，他身边响起了音乐声。那是意大利手风琴演奏者，他的衣领竖着，帽檐向下低着，站在大楼的遮阴处，利用它来抵御湿冷的雪和人群。他也不喜欢这个城市，但是他口中却有酒和蒜的味道，有一个还在病房的家人。他为加拿大人扫干净了人行道，但是却被赶走了。尽管音乐是从盲人背后传来的，但在他听起来却似乎是从很远的地方传来的。一开始他没注意到曲调，但是他内心的某个地方被触动了。盲人能“看见了”。

他看见了宽阔的田野在远处倾斜着，他闻到了早上炸培根的香味；他听到了马向篱笆扫去时马蹄的碰撞声，他看到了自己在美丽的乡村骑马跨过一个篱笆时蹭上的一个污点；他看到了大的方形亚麻床单铺的床，一个小男孩舒适地躺在上面斜着脑袋听一个在床边坐着的人讲话；他看到了小男孩第二天早上早早起床下楼，在田野上与自己的小狗和玩具枪玩转圈游戏；他看到了很多遥远的已被遗忘的事情。

音乐突然停止了。

“你能再把刚才那段演奏一遍吗？”盲人转向那个意人利人问道。

“你喜欢这段吗？我也喜欢。这段很好听，是吧？”意大利人调试了一下乐器上的按钮又开始演奏。“噢，太阳把我肯塔基的家乡照得好亮。”

他抬头看着那个躺在地上的盲人，用探究的眼光看着他，然后像一个艺术家一样又开始演奏了。

盲人似乎像是沉浸在音乐中了。突然他好像听够了，他看起来不再是空虚的或者迷糊的，他的耳朵正忙着分辨街上的车流声。一个警察吹着刺耳的哨声。盲人平静地走向了车流中。

意大利人没有看见他走了，他的头向着乐器埋得很深。

20分钟过去了，救护车鸣锣般的声音响着开了过来。

“你听到他说什么了吗，乔？”前排的一个随员问道。

“好像是肯塔基老家什么的。”另一个说道。

“有时候他们死去的方式像是布谷鸟。”一个随员观察着慎重地说道。

在救护车的后面有一条破的毛毯和一个担架，毛毯下面死去的盲人微笑着。事实上有一段时间，他看得很清楚。

世界各地的圣诞节

《多伦多星报周刊》1923年12月25日

瑞士的圣诞节

天还没亮，个子矮小的德国女佣艾达就进来开始给瓷制的炉子点火，点着的松木的烟直冒向烟囱。

窗外，远处的湖泊是钢灰色的，山顶积雪的山峰参差不齐，不远的前上方，密迪齿峰[1]的巨大牙齿在早晨的第一抹光射出来的时候开始闪亮起来。

外面的天气很冷。我深吸一口气，感觉空气像有生命似的，仿佛可以像喝冰水一样把空气喝下去。

我拿起一只靴子往天花板敲去。

“嘿，秦克，今天是圣诞节哦！”

“太好了！”秦克的声音从木屋顶部下方的小房间传了下来。

赫尔斯芙也起床了，她身穿羊毛睡袍，脚穿厚厚的羊毛袜子。

秦克在门上敲了一下。

“圣诞快乐，我的孩子们！”赫尔斯芙微笑着说。她身穿大早上穿的那件大羊毛睡袍，脚上穿着厚厚的袜子，这袜子让我们大家看起来都像是修道院里的人。

在早餐室里，我们可以听到炉子咆哮和被炸开的声音。赫尔斯芙把门打开了。

高大的白瓷炉子旁挂着3只长袜，膨胀突起着奇奇怪怪的肿块。在炉底周围，堆满了礼物盒。两对新的铿亮的滑雪橇放在炉子旁边，在天花板这么矮的木

[1]这个词法语是南部之牙的意思，意指法国的南部，属于阿尔卑斯山脉。

屋里放这种雪橇感觉有点太高了。

有一个星期的时间，我们每个人都会分别组队秘密地前往湖泊下游的瑞士小镇。我和赫德利、我和秦克、赫德利和秦克，大家到晚上才回来，带回来奇奇怪怪的盒子和包裹，藏在木屋里的各个角落。最后，就在昨天，每个人都独自去了一趟镇上。然后，昨天晚上，我们每个人轮流装袜子，每个人都要保证不去查看里面的东西。

自1914年以来，秦克每年都在军队里过圣诞节。他是我们最好的朋友。这是这么多年来头一回大家都能在一起过圣诞节。

我们不辨滋味，狼吞虎咽地吃了早餐。以往圣诞节早上的早餐都是这样吃的。然后我们打开了袜子，把它从袜口一直拉到脚趾的地方，每个人都拿到了满满一堆的礼物，以便在将来可以满足地看看。

吃完早餐，我们匆匆换上衣服，在阿尔卑斯山蓝白色的晨光中铲掉路上的结冰。火车正准备开出。秦克和我把雪橇投进行李车厢，然后三个人跃上了车。

整个瑞士的人都在行动。滑雪队、男人、女人、男孩、女孩都坐着火车到山上去。他们戴着合适的蓝色帽子，女孩们都穿着马裤打着裹腿，并对着彼此大声喊叫着。望台上挤满了人。

在瑞士，每个人平时都坐硬座车厢，当然在像圣诞节这样的盛大节日里，硬座车厢通常都是人满为患的，没办法坐硬座的人们就都拥到尊贵的有红色毛绒的头等车厢里去了。

火车呼啸着在山上爬行，登上世界的顶端。

在瑞士，中午大家都不吃圣诞大餐。每个人都把午餐放到背包里，到户外呼吸山上的新鲜空气，期待着晚上的大餐。

当火车到达能到达的最高处时，人们成群地拥出。行李车厢那些未分类的一大堆雪橇都被转移到了一辆平顶车上。那车就钩在一辆机动的小火车上，它被木齿铁轮沿着山边直接吊了上去。

在顶上我们可以鸟瞰整个世界，一切都在白雪的映衬下闪闪发亮，连绵不绝的山脉从各个方向延伸开来。

这感觉就好像是大雪橇滑行的山顶整体呈环形，往下都是一个个冰圈似的。大雪橇开始滑行，全车人都开始移向一边。而当第一圈以快车的速度往下走的时候，全车的人们都大叫起来，“啊——啊——啊！”大雪橇在一片冰天雪地中飞驰而行，冲向一片弧状冰雪并飞了起来，又落到下面如镜子一般的一圈路上。

不管你在山上站得多高，总还有向上的斜坡路。

我们的雪橇上系着用海豹皮做的很长的条状毛束，从上到下竖直地系着，纹路朝后。只要把雪橇在雪上往前一推，它就可以冲上山去。如果想要雪橇往回滑的话，海豹皮做的毛束还可以帮助检查滑行的情况。它们会轻轻向前滑动，但是每一次大幅度滑动时，它们都可以稳稳地系在后面。

很快我们就来到了高至山尖的地方，那感觉仿佛就是站在世界的顶端了。我们继续列队往上滑，以“之”字形流畅地在雪上滑了上去。

我们穿过最后几棵松树，来到了一片倾斜的平原，这片斜坡延伸开来大概有半英里。在这里我们进行了第一次向下滑行。在斜坡上，我们的雪橇像是从上面飞出来的一样，“嘶嘶”地冲了出来，我们三个人就如同老鹰一般从上面的斜坡俯冲下来。

而在斜坡另一边，是可以稳稳地向上滑行的地方。那里的阳光非常炙热，在平稳向上滑行的路途中，我们都热得汗流浃背。没有什么地方的日照能比在冬天山上的将人晒得更黑的了，也没有哪里会让人如此饥渴难忍。

最后我们来到了吃午餐的地方，那是一个被冰雪覆盖的旧的木制牛棚。夏天的时候，这里是青青的草原，农民的牛群都在这里生活。这里所有的一切看起来都好像是要从我们上面垂直掉下去似的。

在6200英尺高的山上，空气如酒一般让人陶醉。我们上来之后把放在背包里的毛衣穿上，然后打开午餐的盒子开始吃饭，还开了一瓶白葡萄酒。吃饱后的我们都靠倒在背包上，沐浴着阳光。我们上来的时候，都戴了太阳眼镜，以防雪地反射的阳光刺到眼睛。而现在，我们摘掉了琥珀色的太阳眼镜，看到了这片明亮的新世界。

“我实在是太热了。”赫尔斯芙说道。尽管她的脸上已经有了些雀斑，但是晒伤的痕迹还是继续显现出来。

“你应该在脸上涂上灯灰。”秦克建议道。

不过还从来没有女人愿意尝试使用这种著名的、登山员的特殊防晒方法来防止雪盲症和太阳晒伤。

刚吃完午饭不久，赫尔斯芙就进入了日常的午睡时间，在太阳的炙热还未散去之时，我和秦克开始练习在斜坡上转弯和暂停。之后，我们就要开始滑雪了。我们把海豹皮拿了下来，并给雪橇打了蜡。

然后，我们开始往下冲去。这段路很长，我们迂回着俯冲而下，紧张得心都要蹦出来了。在这一段7英里的斜坡上滑行的感觉是我们在这个世界上的任何一种感觉都不可比拟的。当然，我们不是一口气滑行整整7英里。我们尽量快速地滑行，然后再加速。而后我们放弃了停下的希望，接着我们都不知道发生了什么事情，整个地球仿佛都被掀了起来，翻了一遍又一遍。我们3个人大多数时候都会一起滑出去，但也有时候连彼此的人影都看不到。

这里除了往下滑行的路没有其他路可以走了。我们疾驰而下，俯冲着，飞冲着，如拔塞子一般蹦跳出去，雪橇板如刀刃般在雪地上飞划而过。

最后，我们飞冲到山尖的一条路上，在这里雪橇的木齿铁轮已经停止转动了。这里有一条由滑雪的人们组成的向下飞冲的人流，所有的瑞士人都在往下滑行，我们也沿着这条路跟着似乎没有尽头的人流俯冲而下。

这里的地势太陡峭了，而且很光滑，根本没有停下来的可能。这个时候我们什么都做不了，只能沿着这条道路向下滑行，就像引水槽里的水一样，无助地往下滑行。于是我们也下去了。赫尔斯芙远远地把我们甩在后面。在天色变暗之前，我们偶尔可以看到她头上戴着的蓝色贝雷帽。我们在黄昏里一路往下，再往下，穿过透着亮光又洋溢着圣诞气氛的小木屋，继续往下滑行。

然后长长的滑行队伍来到了一片漆黑的森林，我们都绕到一边滑行，以防撞到沿路上来的其他队伍。接着我们又经过了很多小木屋，它们的窗户透着圣诞树上蜡烛的光亮。我们继续滑行，前面什么都看不到，只有冰雪铺成的道路和一个滑行在前面的人，正当我们滑过一个小木屋的时候，就听到一个人在亮着灯的门前喊叫。

“队长！队长！停在这儿！”

他是这个小木屋的德国裔瑞士房东，我们在黑暗中经过了他。

我们发现在我们前面的赫尔斯芙转了回来，于是我们慢慢地滑行，踩松了雪橇，一路沿着灯光滑向山上的小木屋。木屋的灯光映衬着山上幽静的松树，看起来让人感到非常愉快。木屋里面放着一棵很大的圣诞树，还有一桌真正的火鸡晚餐。餐桌上有闪烁着亮光的银色餐具，还放置着又细又高的玻璃杯和窄颈的酒瓶，超大的火鸡被烤得金黄金黄的，非常好看。配菜也全都被端了上来，艾达穿着一条颜色明亮的围裙，正在侍候大家就餐。

这是在世界顶端才能享受到的圣诞节。

意大利北部的圣诞节

米兰，这是一个往外延展的、新与旧交织着的、黄褐色的北部城市，在12月寒冷的天气下，它被紧紧地冰冻着。

肉店里挂满了动物的肉，有狐狸、麋鹿、孔雀、野兔，等等。寒冷的天气下，人们从圣诞休假的列车上走下来，在街上四处走动。仿佛全世界的人都在咖啡厅里喝着热乎乎的朗姆鸡尾酒。

各国的官员，都不同程度地清醒或者醉着，他们聚在斯卡拉剧院对面的科瓦咖啡厅里，期望着自己能在家乡过圣诞节。

一个阿尔迪蒂的年轻中尉，告诉我阿布鲁奇的圣诞节是什么样的。“在那里，他们猎熊，然后男女各行其是。”

然后秦克带来了一个天大的好消息。

这个好消息就是在维尔曼佐尼大街上有一家专卖槲寄生的商铺，是由一些貌美的米兰年轻人开的，他们商品的盈利都捐给慈善机构。

我们立马丢下那些意大利人、醉汉和其他人，快速的形成一支战斗队伍。

我们直接冲向那家槲寄生商店。只见一大丛槲寄生挂在外面，从窗户外面就能看到那些年轻貌美的人儿。我们全都走了进去，买了一大堆槲寄生。我们确认了一下我们所在的位置，然后离开了。我们拿着那一大堆槲寄生沿路走着，将其分给路上的清洁工、乞丐、警察、政客，还有出租车司机。

然后我们又回到那家店里，买了更多的槲寄生。今天是做慈善的好日子。我们又离开了，拿着更多的槲寄生，分发给路过的记者、酒保、街道清洁工和电车司机。

我们又重新走进了店里。这一次，这些米兰的年轻人开始对我们感兴趣了。我们坚持要买下商店外面挂着的那一大丛槲寄生。于是我们花了很多钱买了那丛槲寄生，然后，我们透过窗户看到了一位看起来很正式的先生，他戴着一顶高帽，拿着手杖正从维尔曼佐尼大街路过。只是看了一眼，我们就决定要把这丛槲寄生送给这位先生。

这位先生拒绝收下我们的礼物。我们坚持让他收下，他还是拒绝了。他说这对他来说实在是一份太大的荣誉了。我们跟他说如果他收下了，我们会感到很荣幸的，并且这是加拿大圣诞节的一种习俗。于是这位先生动摇了。

我们透过窗户，帮他叫了一辆出租车，并且帮他把大丛的槲寄生放到他旁边的座位上。

他非常感谢我们，又略带尴尬地坐车离开了，因为旁边很多人都驻足盯着他看。

这又激起了商店里年轻人的兴趣。

我们又一次进入商店，低声向他们解释，在加拿大，槲寄生在习俗中有很重要的作用。

他们把我们带进了密室，并介绍给他们的女伴们。这些女士都是非常值得尊敬的。其中有一位是女伯爵，身材高大，性格爽朗；还有一位是公主，身材纤瘦，五官棱角分明，带有贵族气息。我们从密室里出来时，她们还小声告诉我们，她们将在半小时后出去喝茶。

我们带着大量的槲寄生离开了，然后把它们送给了意大利豪华餐厅的侍者领班。这个侍者领班被这个加拿大的习俗深深感动，他也回报了我们。

我们口嚼着三叶草离开了，又往卖槲寄生的商铺走去。我们用剩下的少量槲寄生示范了一次这个加拿大的神圣习俗。后来那两个女伴要回来了，他们就在街上吹口哨来向我们暗示。

于是，槲寄生的真正用法被我们带到了北意大利。

巴黎的圣诞节

巴黎正在下雪。咖啡厅外面都放置了木炭火盆，它们发出火红的光亮。有的人在咖啡桌边上缩成一团，连大衣的领口也高高竖起，还有的人在洗手碗里用格罗格酒洗着手，而报童在叫卖晚上的报纸。

巴士如绿色的重型卡车般低吼着穿过，黄昏下雪花缓缓地飘下，白色的墙壁在黄昏下的白雪里矗立。城市里的落雪是最漂亮的。在巴黎，站在横跨塞纳河的桥上，你透过这细柔如帘的雪花，越过巨大的罗浮宫，往上望去，就能看到河流上方横跨着许许多多的小桥，还有在黄昏下连接着巴黎旧区的灰色房子，它们一直延伸到巴黎圣母院。

巴黎非常漂亮，而圣诞节的时候却让人感觉孤寂。

一个年轻男子和他的女朋友从阴影笼罩的堤岸路走上波拿马大街，又走到灯光明亮的雅克布大街。他们来到了二楼一家名字叫作第三共和国的地道的小餐厅。这家小餐厅有2个包厢、4张小桌子和1只猫，而且正在推出特别的圣诞大餐。

“现在的巴黎看起来没什么圣诞节的感觉了。”女孩说。

“我想念蔓越橘了。”年轻男子说道。

他们吃着特别圣诞大餐，而且火鸡被切成奇怪的几何形状，还有很多软骨和一大块骨头。

“你还记得家里的火鸡吗？”年轻女孩问道。

“别提了。”男孩说。

他们又吃了马铃薯，那些马铃薯显然是炸的时候放了太多油。

“你说他们现在在家干什么呢？”女孩说。

“不知道。”男孩说，“你觉得我们可以回家吗？”

“我不知道。”女孩答道，“你觉得我们可以成为成功的艺术家吗？”

这时老板拿着甜品和一小瓶红酒走了进来。

“我忘了给你们拿红酒了。”老板用法语说道。

那女孩开始哭了起来。

“我不知道巴黎是这样的。”她说，“我以为这里会很欢乐，有很多灯光，会很漂亮。”

男孩用手抱着她。这是他在巴黎的餐厅还可以做的一件事情。

“别担心，亲爱的。”他说，“我们才在这儿待了3天，巴黎会有所不同的，我们就拭目以待吧。”

他们吃了点心，事实上那点心有点烤焦了，不过他们都没有说出这个事情。随后他们付了钱，走下楼梯，走上了雪花正在飘落的大街。他们走到巴黎旧区的街道上，这些地方总有野狼四处觅食，还会咬伤人。那些高大老旧的房子立在那里看着这一切，即使是在圣诞节，这里也是一样的荒凉和冷清。

男孩和女孩都有点想家了。这是他们在异国他乡度过的第一个圣诞节。你不会真的懂得什么是圣诞节，直到你在异国他乡感受不到的时候，你才会懂得它的真正意义。

W.B.叶芝—— 一只夜莺

*《多伦多星报周刊》*1923年12月22日

威廉·巴勒特·叶芝，爱尔兰诗人，今年的诺贝尔文学奖的获得者，因为他和一个为了倾听他的作品而强迫自己不睡觉的多伦多人的事件而被大家记住。这位先生曾是这位诗人最后一次造访多伦多（1920年2月2日）时接待他的主人。他希望在哈特大厅演讲完而变得疲劳的诗人能休息一会儿，但是叶芝证明了他是一只真正的都柏林夜鹰，或者说他是夜莺更合适吧。

不管怎样，诗人的演讲让他彻底地清醒，并且使他处于一个很好的谈心的状态。他讲述了文学轶事，还低声地吟唱了“苏格兰高地传奇”。1点的钟声敲响了，2点的钟声敲响了，叶芝越来越清醒，但是接待他的主人开始打哈欠，眯着眼睛坐在椅子上。他还不习惯与大家聊这些聊到这么晚。

唯一让他清醒的事是他很担心自己睡着了会从椅子上掉下来，然后被不停地嘲笑。早上4点，可能是诗人疲惫了，又或者是他发现了主人半睡半醒的疲惫状态。不知何故，他叫停了会谈回到了卧室里。

诗人一定是度过了一个无眠的夜晚，因为第二天早上房间看起来很乱，像是前总理尼提的屋子经历了法西斯的造访以后的样子。衣服被散乱地扔在床上，主人收拾过之后才发现诗人把他的梳子和睡衣，还有一些其他不可缺少的用品落在了盥洗室里。

主人用快递把这些东西寄回到纽约，以便叶芝能够以往常干净整洁的样子面向观众。尽管能够得到一位天才的喜爱，但是这个来自多伦多的诗歌仰慕者，将来会偏爱加拿大国内安静的诗人带来的安慰。

叶芝最近在斯德哥尔摩获得了诺贝尔文学奖。瑞典的首都以它的夜生活闻名，也许在熬夜的比赛上诗人的瑞典主人会打败他。在多伦多，不论怎样诗人都是赢家。他的主人记忆更深刻的是，他是一只夜鹰和噩梦，而不只是夜莺。

年轻的共产党员

《多伦多星报周刊》1923年12月22日

多伦多300个儿童将再也不会知道圣诞节了。

不，他们没有死去。尽管他们大多是特别贫穷的孩子，但是他们并不需要明星圣诞老人基金会。他们已经放弃了圣诞老人的礼物。

圣诞节对他们来说将只是12月的第25天。他们已坚定地站在了共产主义的船上。在这条道路上，他们必须将圣诞节视为野蛮习俗的胜利。在共产主义者的日历上没有圣诞节。多伦多300名年轻的共产主义者在3月18日的巴黎公社纪念日之前不会期待任何节日的到来。

谁是多伦多300名少年共产主义者？

不久之前，一个当地的牧师控告他的神职人员有4个“红色周日学校”，而且他们在多伦多每周日举办会议，但没有说细节。

所谓的周日学校在多伦多有5所。共产主义领导人丝毫不隐瞒自己的存在。

他们被分为了乌克兰人、芬兰人、英国人3个部分，并且已经组成了实际的团体，在那里儿童们可以被直接地发展为共产主义者。每一份努力都是为了远离正常的教学。那里没有老师和学生，孩子们的发展是为了得到比命令更重要的东西。

但是共产主义者是什么呢？大多数多伦多人民将其与社会主义者混为一谈。

共产主义者和社会主义者并不一样，这些多伦多的儿童团体就是共产主义团体。

F.卡斯坦斯夫人直接领导芬兰团体，她去年花了4个月的时间在莫斯科研究青年共产主义者工作，这个团体是组织里最紧密的。它有50个儿童成员，并且他们把自己称作先生大厅同志俱乐部，而且每周日他们会在957大道的先生大厅举办会议。

英国团体中有30个儿童，他们被称为青年共产主义者团体，每周日在丹尼森大道和皇后街举行会议。

乌克兰儿童在东部、西部和多伦多中心分别有3个不同的团体，乌克兰组织有188个儿童，他们和另一个从属于火的组织是一起的，都是由波特·亚瑟领导的。

据官方报导，一共有268个儿童，但是300的数据是由共产主义者总部统计的，也或许是其他组织的数据没有被计算进来。

一本绿色纸质包装的书，书面上有一个黑色五角的苏联星徽，五角星上面坐着5个小孩子。这本书写的是关于培养共产主义儿童过程中的目标和方法。

书上面标注着“儿童团体领导手册”，它是由国际青年共产主义者高级委员会发行的。这本书开头写道：“共产主义儿童团体不能是幼儿园或孩子的家，它们必须是干活工人的儿童的组织，这个组织是要抵制资产阶级教育的。”

接下来是关于攻击方法的论述，用大体字写道：“我们如何开始！”

“这个世界上没什么比招收儿童更容易的事了。有志者事竟成。青年共产主义同盟的年轻人来到儿童们的所在地——夜晚的街道、公园、公共操场，或者一些户外庆祝的地方。他们看着儿童们玩游戏，并逐渐地加入到他们的游戏中，同时还教小孩玩一种圆圈游戏，其他的小孩也被吸引而加入游戏。过一会儿，当孩子们有点累了，他们就问：‘我们学首新的歌好不好？’一开始小孩子有点怀疑，会有些害羞，但是最后他们都会加入歌唱《红旗》《国际歌》或其他革命歌曲的活动中。”

这是手册上一种被提倡的培养青年共产主义者的方法。

手册上继续讲道：“我们也可以到家长中去搞活动。在贸易中心、俱乐部，又或者在一些房间、花园、公园，这些我们通常见到得家长们的地方，让他们的孩子也参加进来，孩子会乞求家长允许他们带着自己的朋友或者玩伴去参加活动。孩童们是天然的杰出的鼓动者。”

“当然，有些家长可能会拒绝带孩子来。大部分家长在生活中都是资产阶级的认可者，这些家长必须引起共产主义领导者的重点注意。”

“有时候家长还会使用高压的方法阻止孩子。如果孩子的决心很强也很有动力，那么他们就会强烈反对家长然后参加会议，即便家长禁止他们这么做。越来越多敏感的孩子会经历极大的内心斗争，当面临这种情况时，我们必须要有极大的耐心并理解他们。领导们采用何种积极方法将取决于他们的父母是仅持反对态度的清教徒，还是反动派或者是爱国者。”

据说正常的有反动意识的孩子，他们的父母会深思一段时间。我们现在可以合上这本手册，走上多佛街和皇后街去看一下年轻的“红色革命军”在做什么。

这是个周六的晚上，会议在圣殿大厅召开。在门外的走廊上有一个卖粉色和绿色汽水的地方，门外还有一个哨岗。

在对着让人讨厌的绿色背景屏幕和发光的舞台上坐着3排儿童。他们都有曼陀林，而且都在很认真地玩着。一个很瘦的保加利亚人，戴着眼镜，坐在最后一排，正带领着孩子们做游戏。

在大厅里，台下冷漠的脸、智慧的脸、疲惫的脸都看向台上，舞台上坐着的有孩子们、儿童共产主义者、年轻的“红色革命军”。

他们看起来并不危险。其中一个大约9岁的小女孩，有着水稻茎颜色的头发和玫瑰粉的脸庞，她把脚转向里面，当她玩的时候眼睛认真地盯着她的曼陀林。

还有一个戴着大眼镜的小男孩，他看起来像只青蛙。

只有一个很漂亮的小孩子，他有黑色而敏捷的眼睛，纯真又美丽。

但是大部分都只是普通长相的孩子。其中金发的孩子占多数，因为他们都来自俄罗斯。所有孩子都欢快又认真地玩着。

当孩子们玩着的时候，保加利亚人用英文发出嘘声。

他们演奏了很长时间的曼陀林和小提琴，还有乡村乐的和声。乡村乐很悦耳，曼陀林演奏得还可以，但是小提琴的演奏难听极了。

当他们走下舞台进入走廊的时候，一个枯瘦帅气的、脸庞因被阳光过度晒过而呈现深色的年轻人走了过来，眼中散发着革命的光芒，他做了很长时间的演讲。他就是这个团体的领导。

他讲乌克兰语，听起来像是嗓音低沉的德国人嘴里含着热土豆在讲话。

他的演讲达到了东部和西部战前的效果。格里希亚是世界上文盲最多和最落后的地方之一，现在在波兰控制下的格里希亚部分地区更加落后了，文盲数量达到了顶峰。但是在苏联统治下的地区建立了很好的学校，波兰的格里希亚人不断地跑到苏联去接受教育。

这是一篇很长的演讲，期间观众席的人几乎都变得不安宁了。

中间有一次暂停休息，然后有一些音乐、一些朗诵，一个是由舍甫琴科——乌克兰国内诗人表演的。然后是一个秃头大下巴的胖男人做了另一个演讲，述说了历史、地理、语法课程，这也应该对成人开放。胖男人笑起来很开心，但是当他皱起眉头时让人感觉牛奶都要凝固了。他是个卡车司机，同时是团体中的活跃分子。紧接着，曼陀林、小提琴和重唱组合表演了《红色军的行军》和《国际歌》。第一首很好，可以鼓舞行军部队的人心，第二首则是我听过的最不激动人心的曲调。

他们经常用意大利语讲话，如果红色革命军能够掌握任何一个曲调，比如法西斯党圣歌《青年》，那么当工人夺取工厂时意大利应该早就成为布尔什维克的天下了，但是没有人能够像《国际歌》中那样去誓死战斗。

整体上看乌克兰人的会议似乎同其他乌克兰的民族主义者的组织很像。不论是关于共产主义还是其他，它都会存在。有人说如果乌克兰不是苏联共和国同盟成员之一，会议也会照常，只是音乐的质量会变得更好一点。原因是这个地方的组织亟待被共产主义者接管，新的组织是青年共产主义者同盟手册中的目标所在。其中一些部分更加令人吃惊，绿色手册的第12页写道："儿童团体是好战儿童的群体，是好战的无产阶级的未来，但是他们不能根据指令形成群体。他们必须自然地应用到经验中。共产主义者教育不是反对者所说的，教孩子们重复已经被证实的规则公式，不是致力于记忆共产主义的ABC。它既不是被称赞的法国合理的制度，也不是英帝国教条式的制度，而是在共产主义者团体中被教育的孩子们接受已经准备好的半成品的东西。"

第16页说道："我们共产主义者主张儿童必须被纳入为本阶级奋斗的战士中，而且必须与阶级共生存。"

第13页的这段能够预见到一些问题："很多家长认为共产主义儿童团体不适合孩子们，这种情况确实是真的，尤其是一些具有资产阶级意识形态的家长。孩子找到我们是为了寻求自信独立和发展他们评断是非的能力。他们的观察力非常敏锐，能够发现父母的软弱和矛盾。自然的，父母不喜欢让自己日复一日地成为机械的奴隶，他们喜欢扮演家里的上帝。在他们狭隘的资产阶级意识形态里，在他们对和平和安慰的渴望里，他们看不到孩子正在经历的巨大进步。他们的虚荣心受到了伤害，没有比受到孩子们的直接冷酷的批评使虚荣心受到的伤害更痛苦的事情了。”

在这样的情况下能造就什么样的孩子？什么时候是结束？

在“孩子可以成为战士吗？”这个问题下，绿色手册陈述道：“共产主义儿童运动已经很大程度上提升了有价值的儿童的好战能力。这在德国得到了证实，已经有30 000多儿童被组织起来了。”

“孩子们明白，应该保护他们的权利，并且保护自己。当他们被禁止佩戴苏联的徽章时，他们回应道，只要有君主主义者和民族主义者，只要宗教的徽章能戴，他们就会戴苏联的徽章。当老师开始使用暴力方法的时候，学生们会立即宣布要罢课。”孩子们还被教会如何在争论中让老师被迷惑，把教室变成一个争论的场所。在学校的历史课上，孩子学的是当地的共产主义者团体一定要反对无产阶级这一版本，而在晚上他们还要在红色周日学校学习另一个版本。

手册第27页上写道：“我们反对资产阶级和无产阶级的历史。在宗教问题上，我们坚决不能用嘲笑的方法反对宗教教育。反之，我们应该在宗教来源上启蒙孩子们，以历史发展的方法讲述宗教是一种权力手段，是一种富人用来控制穷人的工具，也是统治阶级用来统治大众的工具。”青年共产主义者国际组织强有力地劝告大家，比赛和运动不是个人的终点，而是为了成为战士锻炼自己的身躯。散步和室外远足的好处一览无余。女孩子们被鼓励要像男孩子一样参与比赛和游戏。绿色手册第40页讲道：“红色军队不仅需要男性战士，还需要女性战士。”年轻的共产主义者还被鼓励不要理会童子军的活动，但是自己要建立起那样的组织。

“我们给孩子们的，是真正的军事任务，”手册第42页导读上的领导宣言中写道，“让孩子们参与竞争性的或不合法的工作也是必要的，如文学作品的运输、像情报员一样掌握密码的使用和传递信息或交流的秘密信号。”

“娱乐，我们有远足和散步，这些是手册上的其他主题。”

还有一章是关于童话的。“很不幸，”作者遗憾地说道，“只有很小一部分的无产阶级童话，在这里民间故事又不好使，即是被称作‘工人’的勇敢的王子遇到了‘工厂’的公主，然后公主被解救了的故事。”

高尚的“无产阶级王子”是完全新颖又很好的概

念。

作为童话故事的替代品，孩子们被引导编造和表演自己的童话故事，就像这本柏林的包括多伦多领导者的故事。

一扇大厅后面的门被打开了，一群孩子进来，手里拿着红旗，唱着“我们是年轻的守卫者”，他们示威着从站台上走过，男孩和女孩们在进军中分成两拨向观众卖他们的报刊。突然其中的一个孩子被逮捕并被带到了警察局，他的报纸被拿走了，但他拒绝把报纸留下自己走，他坚持留在警察局。

在学校的舞台上，当孩子们告诉老师关于逮捕的事的时候，老师评论道：“这样做是对的，他不应该卖这种报纸。”

于是孩子们举行了一次会议，他们决定罢课直到他们年轻的同志被释放。当老师进入这个几乎什么都没有的屋子，询问这几个“反动派”，他们的同学在哪儿？他们告诉他同学们正在进行罢课。老师走向讲台左边的警察，乞求他们释放了小罪犯。于是警察把报刊还给了他们，老师松了一口气。然后，所有的孩子都开始庆祝胜利，高唱《国际歌》，其他人也都加入了进来。多伦多的青年共产主义者团体虽然只成立了两个月，但由卡斯坦斯夫人领导的芬兰团体却是最先进的团体。在通过妇女选举权和社会改革工作加入共产主义之前，她在公立英语学校已经教了14年的书，卡斯坦斯夫人是一个面容和善、真诚、充满魅力的人。

现在她的组织正在研究蜜蜂的生命，并且与人类的生命作比较。

“他们研究蜜蜂的群居生活和不同的分工，并且与人类的生活作对比。”卡斯坦斯夫人说，“蜜蜂杀死那些不劳动的同类。当然我们不会教孩子们怎样剔除社会中的那些人。他们还太小了，我们只是让他们自己作参考。”

卡斯坦斯夫人领导下的学校都是尽可能地由学生们自己来决定大事。

“孩子们必须意识到并且享受这种不只是简单的玩乐的自由。”卡斯坦斯夫人说道，“我们的想法是每个人都应该有自己的价值。个人的价值不应当仅是为了实现自己的利益，更多的是为了整个社会的利益。极富和极贫都不应当存在。”

“那圣诞节呢？”我问。

“没有。这里的孩子当然不会庆祝圣诞节，那是一种文化缺失的复活。我们教育孩子几乎所有的节日都是过去异教的复兴形式。”

“那么儿童共产主义者过什么节日呢，卡斯坦斯夫人？”我问。“3月18日，巴黎公社纪念日，5月1日——国际劳动节，以及11月7日——俄国革命的周年纪念日。”

就是这些。没有圣诞节，且没有任何形式的感恩。

多伦多赌注

《多伦多星报周刊》1923年12月29日

在墨西哥边境有一个很脏的小镇，那里有沙龙、同性恋旅馆、赌场，布满灰尘的路的两边还有便捷餐馆。动力强劲的摩托车和充电的福特并排停在马路边，墨西哥小马被拴在中间。

在这个小镇的边缘有一个赛马场，12匹马站在那里，绳子被紧拉着，一副蓄势待发又紧张的样子，在它们面前有一个弹性障碍物，一个骑手试着骑一匹戴着奇怪头盔看起来像是三K党的马。

“加油，孩子。把眼罩掀起来，把那东西带回来。”下令者看着这些马匹不停歇地在沙里踩来踩去，便喊出了口令。

“把它带回来，听见没。快跑，不要扎堆。嘿！你！说的就是你。把那条狗赶走，推开它。现在把它带回来，孩子。现在！”

栅栏正在以一种奇怪的角度等待着一匹疾驰到那里的马，这时铃声响了，马匹们开始敲打着地面跑向终点。

一匹戴着头巾的马排在最后正吃力地向障碍物冲去，结果被无望地打败了，它慢慢地在尘土中向回走，终点线越过了它的头顶，骑师挥舞着令人厌恶的鞭子。

这时候另一件好事也出了问题。

“华瑞兹市第6个下注者下10注。”他对旁边戴圆顶礼帽的人说道。

“正好？”旁边一个戴着克里斯丁帽子的人转过来说。

“正好。”拿着比赛报纸的人说。

此时在2000英里以北有一群人站在多伦多市政厅街道对面的墙边，有一个人正在读赛马报纸。

而在2000英里以南的地方，独裁者正在远远超过其它的12匹马扬起的灰尘奔跑着。它的骑师对自己说道：“这是双一流的冰鞋。这就是查理说的如果我赢过他的话，他会为我赌上的东西。”

同时在多伦多，赌注还被下在独裁者身上，或者是飞翔的青蛙，再或者是卢尼恩的洋葱，或者任何特别好的马的名字上，直到过了一段时间马被领回畜栏。

这赌博特定的名字被形容为点头赌博。不需要设备、收据、投注或者票据，它所需要的只有自信，这是一种打赌者和开赌者之间的相互信任。在多伦多公共赌博场合上它已经流行了很多年，每年都有数千美元赌金。而且这事基本上不可能停止，因为没有任何证据。

虽然小数额的点头赌博是被独裁者打击最小的群体，但他们构成了多伦多1/100的赌博民众。

一个著名的多伦多马术师在赛事中说，在多伦多有10 000人赌博，人进人出。

一个前书商统计数字为9000到10 000，所有人都了解他们在干什么。每天多伦多有超过100 000个带书签的人参与。据这些人说，多伦多这些年来一直以最大的赌博城市而闻名北美。

“但是现在正在改变，”马术师说，“赌大钱的人正在退出，受按注分彩法和政府收税的影响，他们正在被迫退出这行。”

大约10年前，孔雀馆对面的那座大楼里的A.M.沃普与莫里哀特和百利一起操作过。它是多伦多最大的赌场，5000美元的佣金在多伦多赌博事业辉煌的时期并不少见。

现在多伦多没有下注者押出5000美元的赌注的登

记记录了。但是你仍然能看到1000美元到2000美元的赌注的即时登记。下注者会把它放在镇外，实际上多伦多很多赌注都是被放在蒙特利尔的。

但是无论你在值得尊敬的女士身上赌了多少，你都不可能从2美元的赌注上赚到1500美元。

因为登记下注者有工作的条件，他们必须有一个底线。

15美元要1美元的赌注，那就需要6美元摆面，3美元开盘，不管马跑得怎么样。如果你赌的马以200:1赢了比赛，你最多能在2美元的赌注上收获不足30美元。

赛马的下注者对这些限制做出回应，没有人在不想的情况下却必须赌，你可以接受这些条件或者离开它们。结果真正的长期炮弹射手是绝对会被消灭的。

当两匹或者多匹马在这次赛马中并列的时候，赌马的那个人就必须为他想要赢的那匹马命名，如果任何其他的马在入口处赢了，他就赌输了。

赌马者是不能担任场外队员的，在多伦多没有赌马者会接受在战场上赌马。如果他把赌注放在赛场上的某一匹马上，若结果不是他开始下注的那匹马赢的话，那他就输钱了。他应该会接受被缩减的胜算，除非这匹马会赢。

对于赌马者而言这是一条令人头晕目眩的路，但是赌马业的人确实会或多或少有组织，他们做的是非法的交易并伴随着永恒的冒险，他们打算让事情处在他们能控制的范围之内。正如他们所说，没有人在不想的情况下而不得不赌。

多伦多赌马者中很少有女性顾客，都是些陈词滥调："你知道速记员是赌博业最大的客户。"但在这里是不适用的，就算它能应用于其他任何地方。

"英国的女人是非常沉迷的赌客，"一个在赛马中地位很高的人告诉我，"但是她们并不喜欢在出城的时候赌马。"

一些多伦多赌马业的人喜欢办理女性的赌注，但是没有一个处理蒙特利尔事务的赌马委员会人员会愿意与一个女性打赌。

现在很多多伦多的计算机操作员都是收佣金的经纪人，他们以收取1.5%~2%的佣金为目的。他们中的80%都在蒙特利尔名列前三。

"当然，我仍然可以在5分钟之内获得500美元的赌注而不花一分钱。"一个了解很广泛的赛马迷跟我解释说，"但是旧的信用时代已经一去不复返了，它能帮助我，但并非作为一个商业事件。"

每年的这个时候都有一个从南方赛马场延伸到北

美的巨大网络，据估计在北美博彩业工作的男性多于钢铁工业的男性，而且这还在继续。多伦多是一个很有名的赌博城，但是如果你不关注比赛，你将永远看不见任何赌博。如果你是一个赌徒，你在哪儿都能看见赌博。也就是说，如果你去寻找它，就会看见赌博的一切迹象。

在阿德莱德和月桂街道的一个角落里，一辆闪亮的轿车停在靠人行道的地方。司机在驾驶座上漠不关心地坐着，在他旁边的座位上是一个戴着软帽子的瘦长脸男人。他们很明显是在等人。

如果你观察的时间足够长的话，你就会看见一个人经过在吃午餐的人群向这辆轿车的窗户走去。

那是流动的赌马业者，他已经在多伦多做生意了，但那是小生意。

在一些酒店的雪茄专柜后面有操作着的赌马业者，而在一些固定的雪茄店、冰淇淋会客室、游泳馆，这些人大部分都接受了赌马业者更高的佣金。

多伦多赌马的人都在办公室、工厂或商店里赌博。每家赌场都雇佣自己的赌马经纪人，这些人在每个赌注中都会获得2.5% ~5%的佣金。

现在，如果赌马业者可以操作任何等级的赌博，那么他就会被安排在贵宾室里，在那里他的工作不会受到打扰。有时候一个赌马业者的经纪人会在每天固定时间给办公室或工厂打电话，但是经纪人基本上就是一个雇员。

新奥尔良是多伦多大部分人进行金钱投资的地方。

“那是因为你有票，而且价格比赛马赌金计算器更贵。”曾因训练马匹敏捷和准确而闻名的驯马师说道。

“多伦多有各种各样的赌民。过去这个城市被称作是有最多便宜赢家的地方，是钱让他们受到欢迎，但经常会有厉害的赌民赌输。”里面的人接着说道。

“多伦多有多少公共赌场在过去的几年里靠赌博赚到钱了呢？”我问。

“没有。”他礼貌地回答，“没有一个人能赚到钱，他们赚不到。”

“那竞赛的消息呢？”我问。

“那更是大错特错！”他回答说，“我觉得，有人放出消息给我，并且索要比赛里的一批马的名字，然后又有别的消息从马厩传到我这里，仿佛那是内部特殊的消息。”

目前我才发现在多伦多没有人卖比赛消息。多伦多赌民喜欢自己做选择。尽管这样，仍有在多伦多完成交易后拿到很多分红的人。按正常的程序，应该是给他们写信。信上说他有一个在马厩工作的朋友，这个马厩里有一匹好马将要在下周某一天被镀金匠弄至麻痹，并催促拿到信的人立刻付给写信的人美元。

比赛那天有人来给马贴上名字，一场比赛里兜售者通常都会有至少3匹马，并且派出去30多个传达信息的人。

虽然这个比赛有不同的形式，但是原则是一样的。让某些人为你赌钱只因为是你让他们这么做的，而且总有人愿意这么做。

“所有大的赌马赛事在安大略都是注定失败的。”马术师曾经这么说道。

“3年以后这里再也不会有50美元的机器。”他悲伤地说，“高达11.5%的税对赌马业者来说是很大的负担，他们承受不起。赛马场的上座率已经下滑了50%，底特律的宣传手册却增加了1倍。”

花了成百上千赌资用来赌马的人在安大略似乎注定是失败了。过去的巨人时代已经成为历史，但是仍然有10 000个充满信心的人不惧怕他们所面临的现实。

麦克恩1914大狂欢

《多伦多星报周刊》1923年12月29日

除夕夜已经过去了，没人知道它去了哪里。

但是大部分人觉得它还存在于平凡的家什里。

除夕夜在没有生气的国家很难消逝。

新年的习俗没有消弭，两个晚上前，在觥筹交错间，人们辞去旧岁，迎接新的一年。除夕夜仍旧被大家用狂欢的方式来庆祝。

作者自己曾经参加过世界各地的狂欢，通常情况下都很无聊。

在阿尔巴尼亚的山上，吉卜赛人在笼子里的狂野的舞蹈是给游客们看的噱头；巴黎人的狂欢都是用来催眠的。

但是在这个大城市里，除夕夜让人有着不一样的感受。

你还能在哪里看到年轻美丽的女子跑进酒店的喷泉，去享受那种生命的愉悦呢？

还能在哪里有这样的女子，使警察鼓掌欢笑？

还能在哪里看到当一个女孩把拖鞋当做勺子在喷

泉里捕鱼时，警察会让大家后退，看这里是否有美女在玩；一群男人勾肩搭背，在水晶店里跑来跑去？今晚就是这样子的。

然而多伦多的除夕夜在1914年断送在了上校乔治·泰勒的手中。

“这里有很多的证据能够证明这场控告。”上校总结道，“我认为所有的事情都是肮脏的。从那些证据上我能看出来的是，那是一场酒醉后的狂欢。当然这对30~40岁的女人来说，醉酒后踉踉跄跄地在很多地方逛并不是值得骄傲的事情。我们搜集的证据证明那里不仅有吵闹、醉酒，还有吻自己妻子和别人妻子的男人。这可不是会在大庭广众下发生的事情。你不能说那是一个能公开卖酒的地方，这样的话那里的执照将会被吊销60天。”

上校用这些话给除夕夜的狂欢做了终结。那曾经引起无数家庭激愤的事情都是历史了。关于在麦克恩发生了什么还有很多不同的版本，那个故事呈现了荷马时代的流逝。

在那些日子里，麦克恩国王街道上有一家餐厅，餐厅穿过了玛琳达街道，这个在加拿大都很有名。走进麦克恩里点份汉堡或其他的一些东西，这对大多数多伦多人来说是家常便饭。

楼上有6~7个房间，3楼有一个舞会房间。派对都在舞会房间里进行。

有250名客人进行了预约。他们看着“老旧的”日子慢慢过去，看着新的日子走来。香槟和红酒都是新年的“润滑剂”，而且本周的红酒都不用付钱，账单都被归到下一周。

早上会有早餐。这是很久以前就有的事实，很多人记得这个事实。

刚发生在派对上的事情将不会被全部记住，扯进其他的事情里不好。很棒的事情是从警局出来的人里没有喝了超过4瓶香槟的。目击证人都证明过，没有人看到其他人喝醉。

看起来大家似乎对什么是醉还不是很清楚。

一个参与者说没有人喝醉，没有人受酒精的影响。

“人什么时候算喝醉？”有人问道。

“当他不能站着，不能走路，不能说话时。”他回答道。

这好像是普通的定义。

不管怎样，上校最终相信了一个看到那天早上的狂欢的治安官的证词。

约翰·博亚是第二个被传唤的目击证人。他说他值班的时间是11点，那个时候他看到好多看起来像是顾客的人走进了麦克恩。

“12点到3点之间我看到大概有40~50个醉着的女人从餐厅里出来，其中两个女人被扶着出来，还有很多人带着路。”

“你看见有女人陪同吗？”

“是的。”博亚回答道，“但是刚开始没有人踉跄地走出来。有很大的噪音，女人的笑声，直到4点才有人踉跄地走出来。”

“他们在等摩托车吗？”路丁先生问道。

“他们一直在等，”警官说道，“而且有很多等出租车的人在排队。”

沃特·理查德，麦克恩的领班说他没有看见有人喝醉或者是受酒精的影响，也没有女人表现得很奇怪，而且也没怎么听见噪音。

律师克里认为理查德很有可能是聋子或者瞎子。

一个客人说：“我没有看见醉酒的人，但是有人很兴奋。我昨晚离开得很早，因为我约了一架。在舞池里有一个男人撞到了正在和我跳舞的女人。他说他在楼下等我，我下去找他，然后我们打了一架。”

那场打架很严重，据目击证人说。

“有人打在了我嘴上。”目击者说。

另一个人说他听到了很大的吵闹声，而且因为是午夜，故还伴随着窗户的“嘎嘎”声和号角声。

“在那之后我听见有间歇性的号角声响起。”他说。

至于回答上校丹尼森是什么时候醉了的问题时，目击证人说：“当他不能上出租车的时候。”

1点半时又有一个目击者，他说没有看见任何人打架，也没有看到任何人被带出去。

“你看到有人接吻吗？”

“没有。”

“打架呢？”

“没有。”

“有人醉醺醺的吗？”

“我在的时候没有。”

“噪音呢？”

“不是很大，只是有一些人在说晚安而已。”

一个比其他目击者诚实的目击者说看见了一些醉醺醺的人。

“你看到有人踉踉跄跄的吗？”

“是的。”

“在哪里？”

“有一个人试图进去。”

“那不是麦克恩的错误。”克里先生说道。

除了那些证词外，最主要的原因是上校不喜欢那场派对，他一点都不喜欢。因此从那以后多伦多的除夕夜再也没有派对了。

多伦多还是有改良版的狂欢，城市的酒店里还是会有摆好的桌子，供那些无法无天的带被禁的酒进来的人，在他们自己的桌子上消费。

麦克恩的灵魂在1914年的派对上仍然接近了那些桌子，但是它开始警戒地离它远去，那是一个胆怯的灵魂。

现代业余冒牌货

《多伦多星报周刊》1923年12月29日

去年9月在蒙特利尔，我偶然去看了一场职业拳击赛。虽然比赛并不是很精彩，选手们也不是很厉害，但是在那里我发现了一个很受欢迎的人物。

“女士们、先生们，请允许我向你们介绍基德·拉维尼，重量级举重的前世界冠军——”主持人喊道。基德先生，不高，处于中年，看起来就像是袖珍版的绅士吉姆·科贝特。他站在聚光灯下轻松地鞠了一个躬，然后把他的手放在拳击台的绳子上。“他是有史以来最伟大的拳击手之一。”主持人用尖而响的声音继续说道。

“哗——”台下掌声如潮。

“女士们、先生们，基德先生已经同意在下一场比赛中担任评委。”麦克风里继续传来主持人的声音。

掌声更加热烈了。

虽然比赛很无聊，但我觉得能看看这位名人基德·拉维尼，能见到这位前世界冠军总归是件让人激动的事。他给我留下的印象是：一个看起来很能干的小个子男人，头发打理地很顺，在赛场上空的照明灯下发亮。

然而几个星期前，报纸上报道了这位前世界冠军在底特律工作，受聘于福特工厂。

这看起来的确是件有趣的事。

上周一封来自蒙特利尔的电报声称“基德·拉维尼”的裁判资格证后来被取消了，因为他们发现真正的前世界冠军实际上住在底特律，而且在为福特工作。那位自称是基德的人虽然用照片、信件和剪报证明他是真正的基德，但是最终还是被一个以前见过基德的运动爱好者拆穿了。

他到底为什么要这样做？

到底是什么原因驱使他去冒充另一个人，使他自己都相信自己是他所冒充的人，最终还要面对必然被拆穿的结局？

写这篇文章并不是为了谴责那些乐于开空头支票的人、造假的人，还有说谎的人，而是想说说这个业余的冒牌货，这个有着奇怪癖好活在幻想中的人，让他自己活在了另一个人的人格和经历中。这种幻想也许和一个能把约瑟夫·康纳德变成一个画家的臆想是相同的。

我们经常会遇到这样的业余冒牌货。之前有一个夏天，我们在北密歇根打棒球。有一天一个身材瘦弱的家伙出现在了球场边，然后开始做常规的热身准备。他告诉他周围的人，他是来自圣路易斯的迪克·西戴维斯。

自然而然的，他的到来引起了很多人的关注。他投出了一个精彩的曲线球，看起来确实水平不错。他解释说自己其实并没有受到限制，之所以待在佩托斯基是因为反抗了老大的决议而遭到了“流放”。除此之外就是圣路易斯的夏天实在是太热，他需要给自己放个假休息一阵子。

在接下来的一个周日，是我们的主场。我被派去说服西戴维斯帮助我们打球。这应该不会很困难，因为我猜测他应该会很乐于打一场额外的比赛。没错，他一定会来的，何况这场运动能帮助他保持良好的体态。

我们需要做的只是派一个人去接他，然后给他一件制服。

我们的车到了他住的酒店，但是酒店的工作人员说他已经离开酒店去夏洛瓦了。

“他下午会在那里打球，”酒店店员说，“真希望我也能去看比赛。”

迪克果然没有来。两天之后我们从报纸上看到，正是在那一个周日，迪克·西戴维斯拒绝了纽约洋基队的邀请。

也许一下子从迪克·西戴维斯跳到乔治·普萨尔马纳扎的跨度有点大，但是这件事让我的思绪立马回到了1704年的伦敦。同时出现在我的脑海里的还有北方著名的雅克·里奇。他的案例就发生在不久前，大家都还记得很清楚。

有着一个可爱名字的乔治先生来到了伦敦，皮肤黝黑，年纪很轻，一看就是个外国人。起初他完全不会说英语，但是他学得很快。

当他开始能说一点英语的时候，他加入了英国部队以支援他的祖国，其间也经历了许多冒险。他需要一个传教士，连伦敦的主教都是他热情的追随者之一。

他出版了一本名为《福尔摩沙的历史地理概况》

的书。这本随后受到了热捧的书描述了这个遥远地区的风俗习惯、语言、服饰以及当地人的个性。除此之外，还讲述了当地的风景、建筑、战争历史、政治以及那里的诗人和政治家。毫无疑问，这是一部非常有意义的作品。

普萨尔马纳扎在这本书里画了许多关于福尔摩沙皇室成员的图，还写了许多对皇室建筑的幻想。他创造了福尔摩沙的语言和语法，然后还教给了英国的学生们。他甚至在牛津当着专家学者的面还做了关于这门语言的报告。

这本精彩的书最后被送给了伦敦的主教。这个美丽的国家“福尔摩沙”变成了人们谈论的中心话题，人们对福尔摩沙的关注程度甚至超过了去年发现的图坦卡蒙的墓穴。

他是被几个从一开始就强烈怀疑他的人所揭穿的。当真相最终被揭开的爆炸性的一刻来临时，乔治不得不承认他来自朗基多克，是个地道的法国人，后来移民到了英国。

和普萨尔马纳扎相比，库克博士完全是个懦夫，因为有很多人都觉得这位博士在西部的登山冒险经历，包括他攀登麦金利山的事情，比前者编造的要圆满精妙得多。

罗森船长完全是库克和里斯特案例的杰出先驱。这位船长在1875年撰写了《新几内亚漫步》这本书。这本书并没有任何粗制滥造之处。但是这位航海家非常巧妙地设法一个一个地摆脱了他的同伴。你几乎都不会注意到他们是什么时候消失的，直到最后一页你才发现，没有人和这位神勇的船长一起回来。

来自东印度的水手土鲁，发了疯，把罗森船长来复枪的枪口放进嘴里，用脚趾扣动扳机，然后饮弹自尽了。乔，一个优秀的澳大利亚青年，被凶残的当地人屠杀了。大农，一个勇敢的巴布亚人，同样死于此。阿波，另外一个向导，晚点也消失了。最后留下来的比利，一个澳洲土著人，在新加坡抛弃了他的船长。

最后留下的只有我们神勇的船长先生，他发现自己受到了莫大的欢迎。他登上了世界之巅，赫拉克勒斯山，比珠穆朗玛峰还高一点。而大家都记得，去年一群英国的登山者因为没有充足的氧气而没能成功完成登顶珠峰的任务。

罗森说，在他们接近世界顶峰的时候，同样也遇到了困难。“寒冷变得越来越让人难以忍受，”他写道，“我的手变得麻木，以至于都感觉不到自己手指的存在，水壶里的水也变成了大冰块。除了毯子之外我没有多余的东西用来保暖。阿波开始变得昏昏沉沉的，有好几次他一坐下来几乎都快要睡着了。”

但是他们还在继续往上爬。

最后可怜的罗森船长还是尝到了从顶峰跌下来的滋味——有一位叫莫尔兹比的船长，一位英国海军军官，正好对船长提及的地区非常熟悉。这位真正英勇的人给出了当地详细的经纬度，并且还绘制了有关海域的图表，最终证实罗森船长提及最多的村庄其实就在澳洲托雷斯海峡。

没有人知道罗森船长是否真的去过新几内亚，他并没有给出一个确切的答复。

两年之前，罗森死在了伦敦的一家救济院里。对救济院里的人来说，他并没有什么特殊之处。但事实上，他的一生却是个传奇。

在布尔战争那年，他创办了《大世界》杂志。他自豪地向公众宣布了《路易·德·罗格蒙特的奇幻之旅》将以自叙形式连载的消息。那时路易才刚刚坐船从新西兰到达伦敦，他就笃定地说他的故事一定能吸引很多读者。

路易笔下的自己可不是个懦夫。他从西印度群岛开始了极为难忘的冒险，30年来他始终在和食人族与土著打交道。一开始他们就采取了大动作，在和一只杀死了当地潜水员的章鱼进行殊死搏斗之后，路易一个人被留在了甲板上，然后被大风刮到了海上。

他被吹到了一个岛上，还设法活得像琼斯皇帝一样潇洒。他还找了个名叫旺巴的野人做伴——在荒岛上再也没有比这位皮肤黝黑的土著更好的伴侣了。

她和路易一起打斗，同时也照顾了路易。路易同样也是一个斗士，他充沛的精力简直就是个传说，有时甚至还会挥舞着很重的矛和很长的弓。

在故事快要进入尾声的时候，有两个女孩也和路易一样，被卷到了岛上。她们也很喜欢和路易在一起。

故事中并没有提到旺巴是否对她们心怀嫉妒，因为最后大海吞噬了她们的生命。这是一个彻底的悲剧。但是不管怎样，路易还有旺巴在他身边安慰他。

最终，伴随着“是船！是船！”的喊声，路易漫长的回家之旅给故事画上了句号，这就是他30年间和野人们生活的故事。

听起来是不是很可疑？但是罗格蒙特先生甚至还被邀请到学术界讲了他自己的传奇。

拆穿了库克博士的《编年史日报》，同样也戳破了路易虚构的泡沫。他自称和土著一起生活的30年是和瑞士的银行家们一起度过的。他笔下的热带岛屿其实是英国毫无生气的街道。他的30年其实只是在伦敦各个银行中穿梭奔波的毫无故事性的30年。

但是，这并不妨碍他在67岁的时候又重新出现在公众的视野里，并且和一个聪明伶俐的姑娘结了婚。这位姑娘说，她就是被路易奇妙的想象力所吸引的。

在历史上还有这么一个案例，那个伟大的冒牌货甚至将自己都给骗了。

当地质学研究还被垄断在少数先驱手里的时候，贝灵哲教授在维尔茨堡大学授课。原来在他的课堂上有一群很聪明的年轻人，他们知道这位和蔼的老人为了完善有关生命起源的理论经常去寻找存在化石的地方。这些学生们晚上还经常去挖掘现场拜访他。

没过多久，这位教授用精准的考察锤加上雪亮的眼睛发现了一种全新的已经灭绝的生物曾存在的证据，他找到了青蛙、蛇还有大量昆虫的化石。

学生们都被这个对工作有着无比热情的教授打动了。

几乎没有贝灵哲教授发现不了的东西。有一天他甚至在蜘蛛网里找到了一只蜘蛛，它的网就算经历了几千年的风雨也没有遭到一点破坏。之后他又找到了一个正在捕捉苍蝇的蜘蛛化石。

贝灵哲教授像一个真正有见识的人一样开始到处演说，他在课堂上也得到了极高的评价。最后他发现了一块刻着希伯来语“耶和华”的石头。“不，”教授坚持说，“我才是正确的。是反对我的那些坚持进化论的对手们错了。所有生物都是主创造出来的，它不仅善良地留下了证据，还附上了自己的签名来使这些证据生效。”

在此基础上，贝灵哲教授出版了他的书，用大量笔墨陈述了他的观点，还在扉页上印了一个化石金字塔，顶上就是那块写着“耶和华”的石头。然后他把这本书献给了维尔茨堡的王子。

当这部书上市之后，一个学生提出了尖刻的质疑，并且这个质疑在短时间内就席卷了整个德国，这位可怜的教授毁了所有他能拿到的这部书，并想方设法买到剩下的这部书，最终心碎地去世了。

在布尔迪格雷戈瑞伯爵之后就再也没有关于因为骗局被揭穿心碎而死的记录了。许多年前他在多伦多一直以一个奥地利名流的身份出现，之后却被发现他其实只是一个侍从而已。再说在北方四处游荡的男孩雅克·里奇，他骗过了所有的记者和专家，结果被拆穿，原来是个从美国逃跑的小子。

这些冒牌货们也从来不会死于心碎。因为在他们心里，有一股奇怪的力量让他们走上了伪装和欺骗这条路。也许如果他们没能活在自己的想象中，才会真的心碎而死吧。

瑞士的雪崩

《多伦多星报周刊》1924年1月12日

在离山谷的镇子很远的地方，安德烈就听见了那声巨响。

开始是一声爆裂声，紧接着像是一声怒吼，感觉像到了世界末日一般。

“注意回去的路，安德烈。”邮局局长很认真地提醒他。

邮局里有两个人用奇怪的眼神打量着安德烈。

“就算把一个州的钱都给我，我也不愿意住在那里。”其中一个人说道。

那位邮局局长笑了。

“没有人比真正的登山家更怕山的了。”

他把一沓子信递给安德烈，从大桶里给他称了两磅酸白菜。“安德烈，希望你能一切都好。”

“不用为我担心。”安德烈说着，用吊绳把他的帆布包吊在了背上，打开门，头顶就是阿尔卑斯山明媚的阳光。

用绳子拖着绑在腰上的滑雪板，蜷缩着膝盖，安德烈沿着一直蜿蜒到镇子的陡峭的冰雪之路，开始了他典型的登山家的回家之路。他其实很着急，他知道那声巨响意味着什么，那是雪崩的标志。

在春天，雪崩的发生是有一定规律性的，它们有自己的轨道和路径。在夏天，你会看到这些小路，在陡坡上一条条光秃秃地穿过森林。每年春季雪崩发生的时间差不多是相同的。几乎所有大规模的雪崩都被我们所熟知——全都是我们熟悉的带着藐视意义的外号。

但是冬天的雪崩可没有绰号。它们来势凶猛，并且伴随着死亡。

所以，安德烈一直沿着路艰难地行进，直到那条路转向了一个危险的方向。他踩在滑雪板上，用力把钉子固定进去。在山谷里，他用这种方法正好能在这种上坡道上不滑下来。

一开始的几里路他就这样稳稳当当地在坡路上行进，雪橇对他来说就像独木舟之于印度人一样，或者雪地靴之于北方贫苦地区的看门人一样。不一会儿，他在山谷里看到了一个之前在镇上听说过的由雪崩造成的弯曲点。他开始感谢上帝，还好没有和村子里他喜欢的那位姑娘结婚。

山谷被填平了。取而代之的是安德烈从来也没有见识过的暴雪。就在他面前，雪涌到200英尺高的高度。雪如巨石一般从山坡上滚下，如倾泻而来的山洪，高耸、寒冷、不可撼动。在山的另外一侧传来一阵尖锐的碎裂声，就像滚下房顶的积雪一样，所有的雪都从山坡上滚了下来。几千吨的重量，都涌进了山谷，让每户人家都陷入一片混乱之中。

从下往上看，安德烈感到自己实在是太渺小了。他在想自己的家到底在哪里，因为房子正好建在雪崩的必经之路上。他的心情很沉重。照这样看，距离能结婚的那一天越来越远了。

他开始从山谷的左侧往上爬。这场骇人的雪崩让他的脑子一片空白。

安德烈一直迂回前进，直至到达跟雪崩源头同样的高度。然后他看见了让他震惊的一幕。大概在离他100码的上方，他发现了自己的房子在村庄的反方向！看起来确实是有点倾斜，事实上已经是底朝上了。没错，他绝对不会看错的。

安德烈开始觉得害怕了。他不知道是应该从山谷一路飞奔回去，还是应该跪着慢慢地走。之后他妥协了。他弯下腰开始往家的方向走。幸运的是，他到家之后发现一切都基本完好。所有东西都还完好地在房子里——只有一些瓷器被打碎了。

“这对我来说是一个信号，”安德烈想，“这说明山谷的这一侧更加安全。春天我会重新在这里打地基建房子。真希望上帝能帮我把谷仓也搬到这安全的地方来。”

事实是，尽管气流很稳定，但是伴随着雪崩的大风卷起了他的房子，房子被卷到了300码以外的山谷的另一边。

雪崩难得带来这么好的消息。我曾经看到一座不知道重多少吨的铁桥，被一次大规模的雪山滑坡引起的风从阿尔卑斯山的山谷吹飞了200多英里，落到了山的另外一边。我还看见过森林里被雪崩冲刷后留下的一干二净的小道，树干从底部被刮倒，倒在地上就像可怜的火柴棍一样。

吉卜林给加拿大取名为“雪女”，而加拿大人一直在想方设法摆脱这个名字。加拿大常常下雪，至少入冬之后就很频繁了，但是在落基山脉的东边是没有雪崩的。

其他一些国家则把雪看作是一种福兆，而不是灾难。因为山地地形使得砍伐的木材没法顺利地滚下来，而降雪带来了平坦、踏实的路，使运输变得方便多了。

除此之外，重要的是雪带来了无数的游客，也带来了可观的收入。当加拿大竭力想要甩掉“雪女”称号的同时，在欧洲有5个国家都在大肆宣传他们有发达国家中最美最厚的雪。他们花了大笔的钱来宣传他们的雪景，但是从来不提雪崩这回事。

对冬季的运动来说，雪崩这个词就像是不能说的秘密。山地滑雪中的遇难事件有超过90%的是由雪崩引起的。如果你曾坐在山中听到过一声仿佛是大块雪滚下屋顶的尖厉的巨响，你就知道雪崩发生得有多快了——就像一只捕兽夹，把人牢牢地困在了里面。

滑雪者们曾经被告诫过，如果遇上雪崩，最好试着顺着斜坡的方向，跑到雪崩的前面。这条建议也被一些研究家庭教育的顾问写到了书里。

也许为了跑在雪崩前面，你会想尽办法跑得比路易斯对着你开枪产生的气流还快。而事实上，你唯一能做的就是，像在水里游泳一样，想办法不要让头部被埋住。如果能有办法挣脱滑雪板，那么生存下来的概率就会增大。雪滚落时的漩涡会卡住雪橇，最终把人拖下去人就再也不得翻身了。

如果雪崩是发生在山体的一侧，然后波及建在平地上的村庄，那么逃出来的可能性是很高的。但是如果最后到达的是一个陡峭的山谷，雪就会堆起来，被困在里面的可怜的滑雪者不是被撞得头破血流，就是被闷死在了雪堆里。

尽管比起春季的雪崩，发生在冬季的更难处理，也更难发觉被困者，但是被困者往往更容易活下来。因为冬天的新雪多为粉末状，1立方码这样的雪只重150磅，而春天的雪又湿又实，1立方码的重量几乎能达到3/4吨。

粉末状的雪里都是空气，人可以在冬天降的雪里面待一段时间而不会感到窒息。但春天的雪里面几乎没有空气，所有的重量都是水分的重量，如果其最后不是因为受到撞击而死，就极有可能是因窒息而死的。

有很多滑雪者虽然被雪卷到了几千英尺以外的地方，但只要能保证一直能接触到地面，以及最后落在比较缓的坡上，还是能够成功逃出来的。但是去年冬天，一个年轻人在距离我们滑雪处不远的地方死于雪崩。虽然他只被雪卷走了50英尺，但是却被卷到了悬崖边上。

第一次经历雪崩是件很可怕的事，那种瞬间接近死亡的威胁会把你吓得魂不守舍。你可能正在滑下山坡，和山体形成两道漂亮的平行线，然后就是“轰”的一声巨响。在你身下，山的一侧似乎塌了下去，雪像一股洪流般堆积起来涌下斜坡，像要吞噬掉一切似的。

这种雪崩被称为“雪板”雪崩。在这种雪板上滑行是很危险的。雪会被风凝固变硬，并且往往会裂成小块，只要再被疾驰而过的滑雪板触动边缘，就会引起一场雪崩。

当然，这种雪崩没有湿雪下滑的危险，就像把安德烈的房子搬家的那种湿雪下滑。但是如果在不一样的国家滑雪，你就无法猜测具体的危害到底有多大。也许在阿尔卑斯高地，如果在“雪板”的山坡上被雪卷走25英尺就是致命的，但在多罗麦特山的长坡上被雪卷走半英里远还是有可能会活下来。

去年1月有一天，在一场滑雪竞标赛上，我们在最后一段直线跑道的最后一个转弯处撞上了一个凹槽，不仅撞毁了雪橇，还输掉了比赛。所有人都觉得伤心和失望，我们只想避开其他人的同情和“下次运气会更好”的安慰，于是年轻的乔治·奥尼尔和我出发去了登特杰曼。

在到达一个能滑雪的地方之前，通常都得先登山。

我们背着雪橇，爬上山体极硬、路极难走的几乎是让人绝望的直上直下的山，来到了山肩上一个稍微开阔的村里，避过了几次小型的雪崩，艰难地在落雪中穿行，最后在山坳或者该称作鞍部的地方找到了一片比较大的雪地。当我们爬到山的边缘——一个有点像缩小版的钝角的马特洪峰花岗岩角的时候，天已经黑了。我们得在黑暗中滑雪。

这片开阔的场地其实还算好，但当我们一站上下坡道就开始出问题了。在黑暗中，我们在冰面上几乎每20码就摔一跤——而且摔得很有型，但也很结实。我们撞到树上、撞到对方，脸着地、背着地，甚至还有各种新奇的姿势。

后来乔治的雪橇在一次摔跤后脱落，直接撞上了山岩掉进了底下陡峭的山谷里。他看着雪橇击中了下面一间小木屋的屋顶，在苍白的月光的照耀下，不断地向下滚落。于是我们后面的路程都改用徒步了。

第二天早晨乔治体力不支就留下了，我开始在几乎看不清路的暴风雪中独自摸索。上坡的时候尽可能快地前进，因为唯一能找到滚向小屋的雪橇并拿回它的机会就是在还能看得清它留下痕迹的时候。而且海明威夫人和伊莎贝尔还在等着我回去吃午餐。

当我终于到了搁着雪橇的那条路的尽头时，下着的雪变成了雨。死于这种发生在下雨时的雪崩的人并没有增多，对此唯一的解释就是，任何一个有常识的人都不会在这种天气出来滑雪。

在距离陡坡200英尺下的小木屋的房顶上，能依稀看见一道模糊的痕迹在大团堆积的雪里。我能肯定这是雪橇滑过留下的印记。沿着它一直往远处看，我觉得雪橇可能是直直地滚了下去，直到撞到一丛柳树才停下。

这条路的正上方就是多次雪崩后雪堆涌入山谷形成的一个漏斗状的通道，窄窄的，几乎是直着通向山顶。此外，一年前我还在这里听到了发生雪崩时的声音。后来我们好不容易翻过雪崩地带，紧接着雪就涌进了同一个山谷河床中。

考虑到各种因素，这实在不是个明智的赌局。但是仔细想了想之后，我觉得脱下雪橇直接滚下去可能没那么危险。任何超过25度的斜坡都有可能发生雪崩。对岩羚羊来说，它们的轨迹有时可能会穿过一个45度的坡，而它们的腿会陷到雪里但不是像雪橇一样把雪铲松。

虽然11号滑雪靴和岩羚羊完全不一样，但原理似乎是差不多的。于是我一直控制着身体滑到山谷的底部，而且的确找到了落在灌木丛中的雪橇。

从下往上的距离看起来只有半英里，但是从这层厚得可怕的湿淋淋的雪滚下去的路看上去就像是要用好几百年才能走完。我一直在想，反正这个雪橇也只值50法郎而已。

女士们在山顶上，站在安全的路旁，因为下雨，浑身都湿透了。所以我们去了一个远离雪崩印记的干草棚，从帆布包里拿出干衣服换上，又拿出热水壶和三明治。

当我们待在黑漆漆的小棚子里，靠在撑起屋顶的干草堆上看着门外下着的雨的这段时间里，一共发生了14次雪崩，我一个个数过了。没有谁和我一样对雪崩有很大的兴趣。但是不管怎么样，对于能平安回家这件事我们都还是很高兴的，然而这都要感谢那场暖雨。登山者都爱把它叫作焚风。它一般会发生在最冷的冬季，来无影去无踪，有时候还会持续好几天，有时候又可能只有一两个小时。但是它通常又会引起新的雪崩，带来其他的死亡。

当在山里住了很长一段时间后，就渐渐地能够明白住在山里的人的立场了。我记得有一年春天，我们在还没有正式开放的圣伯纳大山口试着去穿越它。我们在离大山口还有一半路程的圣皮埃尔村里面闲逛，哈德利在旅馆小憩。这个村子刚好位于雪线以下。那里有一小片公墓，里面大多数的坟上都刻着“死在雪山手里的人”。

“这很奇怪，”中国佬说，“听起来像把山当成了一个人一样。”

“神父，这个墓志铭要怎么说？”我向一个牧师问道，“死在雪山手里的人？”

“它是居住在山里的人最大的敌人。”牧师回答道。看着下面山谷里流淌着的河，“它和海不一样，山不会给他们恩惠，它不是他们谋生的手段。”

“神父，这听上去很奇怪。”

“是的，确实是这样。”神父答道，“当一个人年轻的时候，他总是想要爬很高的山。因此这里长眠的往往都是年轻人。”他指着墓碑上的十字架。“但是当一个人年纪变大的时候，通常会变得更理智。”他笑了笑，“比如尽量避免山这个敌人。但是我们也没办法永远离开它。也许从这个意义上来讲，它才是我们真正的敌人。”

鸟瞰芝加哥

《多伦多星报周刊》1924年1月19日

脏兮兮的木房子在西边一字排开，绵延7英里。

3个打扮得像印度人的胖男人，在拉萨尔街的街道上，戴着女士礼帽，尽管在寒风中被冻得发抖，仍在一边叫卖："买一串念珠吧，正宗印度念珠，能让每个人都得到幸福。"

舞会上所有刚刚踏入社交界的美丽女子都剪着一个类似布鲁克林国家联盟球队队员的发型。

那些拉萨尔街上的男孩已经开起了自己的车，也都成为了某些俱乐部的会员，还会带着忧郁的腔调问你有没有办法在巴黎谋生。

密歇根大道，世界上最美的街道，通畅、漆黑，还有点滑，在道路的一边透过雪景能远远地看到地平线，另外一边好像是朦胧、灰色的湖。信号塔上的红绿灯指挥着交通。

10个芝加哥人在下水管道的水转换成氢的问题上进行投票，并且说明了大众的观点："这也许是可行的。但是，大家又能做些什么呢？"

在芝加哥最畅销的唱片之一是乔治国王和玛丽女王对英国孩子们演讲的再版。唱片的另一面是英国皇家卫队军乐团演奏的《上帝拯救了王》和《甜蜜的家》。

一位警察自愿提供了这则消息：现任市长彻底地关闭了几间酒吧，而且看起来对谈论这个问题显得相当的紧张。

一位拒绝接受25美分硬币的意大利新闻人说："美国人拿着它也没用。"

一位黑人妇女点了一份普通的牛排刚准备从餐车回家，领班香甜地解释说这一份要1.65美元，但她坚持说火鸡餐只要1美元。于是领班又叫来另外一位服务生再去向她解释。"过来，吉姆，想办法去让那位女士明白这份牛排要1.65美元。"最后这位女士不得不掏出了一张50美元的钞票付了账。

弗莱堡软呢帽

《多伦多星报周刊》1924年1月19日

在多伦多，你的穿着打扮需要注意一件事，那就是搭配。

我说的这种相称和匹配，并不是在皇家冬季展会上得到一匹马的那种。

我说的这种远远超过它。这种相称和匹配不仅仅是要看起来和谐，更重要的是要符合特定的社会习惯和审美。

就拿我的那顶软帽作例子吧。它本身并没有什么问题，既能遮阳又能挡雨，在我看来它是一顶不错的帽子。但是在多伦多我第一次戴它出门后，竟成了最后一次，再也没有什么理由能说服我再次戴上它。

首先我必须得说，我原本并不想要戴着它出门。但是由于我们住在郊区，而且我不得不从郊区到市中心去。

我上车的时候售票员用狐疑的眼神打量着我。当我掏钱买了票之后，他看起来好像松了一口气的样子。

车厢里人很多，于是我只好站着。这时旁边的两个女孩开始"咯咯"地笑起来。

"你觉得这个人怎么样？"其中一个问。

"我不知道，"另一个女孩回答说，"说不定是红瑞恩呢（一个银行抢匪）。"

不知怎么搞的，这种欢乐的气氛似乎变得理所当然了起来。

"不对，"第一个女孩说，"我觉得他更像哈罗德·劳埃德。"

她们俩对我的评价在路途中确实成了不错的笑料。

“你觉得他是从哪儿弄来一顶那样的帽子的？”第二个女生问道。

“可能这就是现在美国流行的吧，”另一个说，“我曾经在电影里看到鲁道夫·瓦伦蒂诺戴过。”

我最终还是忍不住摘下了帽子，然后整个人弯低了腰。

“女士们请看看我帽子的颜色，”我说，“我不是红瑞恩。”

她们好像完全没理解我的意思。

“你们再看看我的鹰钩鼻，”我继续道，“它能证明我不是什么你们口中所说的……能劳驾你们稍微仔细看一下吗？”

这两个女孩还是没有看向我的鼻子。

“至于这顶帽子，”我继续跟她们说，“据我所知，现在在美国也没人戴——不过我有一阵子没去了，关于这点我也不是很确定。这顶帽子是奥地利末代皇帝查尔斯送给我的，我总在他生日的时候戴。”

我又重新戴上了帽子。

“我说你，”一位戴帽子的先生很不友好地盯着我看了很久，“你觉得对女孩子无礼很有趣吗？”

那个时候车已经到了皇后街和海港街的街角了。

“实在是不好意思，这位先生，我实在是受不了了。”我欠了欠身，“现在我必须要下车了，我和新市长有约。”

“我简直想把袜子塞到你嘴里。”他继续说道。

“我可无法想象这个场景，”我说，“亲爱的朋友，这应该是不可能的。尽管这么讨人喜欢，可我还是没有办法接受一个偶然遇到的人送的袜子啊。”

我又弯了下腰，然后下了车。那位先生还在安抚那两个女孩。

“我原本可以在1分钟之内就把他撂倒。”他对她们说。

“他没有资格对一位体面的小姐这样说话……”其中一个女孩一边抽泣一边说。

“我可以打倒他的。”这位戴帽子的先生还在试着安慰她们。

走在人行道上，我摘下了我的帽子然后观察它。毫无疑问它和每一个在市政厅门口经过我的人头上戴着的帽子都不同。它不仅很旧了，还是绿色的，有一边还塌下去了，就像罗宾汉和他的伙伴们戴的帽子一样。从我两年前在布赖斯高一个叫弗莱堡的地方花几百马克买到它到现在，它变了很多。

随后，我又花了15马克，买了一个带毛边的夹子来挡住我的额头。

从那之后，这顶旧帽子就变得好像缺了点什么。色雷斯的骄阳让它的绿慢慢褪去了，冰雹也把它磨得更粗糙了，而且就算在斗牛场滚烫的沙地上躺着也绝不会让情况变得好一点。

很明显这是一顶不受欢迎的帽子，而且相貌确实很滑稽。于是我把它叠起来塞进了口袋，就这么走进了最近的一家帽子店。

“您想要什么样的帽子呢？”店员极有礼貌地忽视了我没有戴帽子的事实。“噢，给我找一顶人人都在戴的帽子。”我说。于是我如愿拥有了一顶心仪的帽子。但是我知道，如果我在欧洲戴着这样的帽子出门，还是会有人想揍我的。

古巴的来信——莫若马林鱼

1933年秋

在哈瓦那有一个旅馆名叫安博斯·孟德斯，从旅馆向外望去，总能看到美丽的景色。从东北角的房间向北面看过去时，你能看见一座历史悠久的教堂；有时你还能在海港的入口处听到脾气阴晴不定的大海的吼叫声。卡萨布兰卡半岛位于旅馆的东面，在海港的四周分布着高低错落的房子。如果你有脚朝向东睡觉的习惯，那你就要注意千万别触犯某些宗教的教规。每当清晨，太阳从卡萨布兰卡岛那一端——东边升起，柔和的阳光透过打开的窗户照进屋子里时，你会觉得无比幸福。阳光轻轻打在你的脸上，充满着黄色的光辉，就算你是一夜未眠或者才躺下不久，也会情不自禁的睁开眼睛感受这窗外射进来的耀眼阳光。当然，假如你实在累得起不来，可以转过头睡，或者转个身背对阳光。不过你可千万要做好起身的准备，因为阳光会随着太阳的升高而愈加强烈，所以最后，你还是不得不起身拉下百叶窗。

当你走到百叶窗边，你一定能看到海港对面的碉堡上那面神采奕奕的旗帜，在正对着你的方向随风飞扬。通过朝北的窗户，你能看到茂罗口岸已经被一层金黄灿烂的色彩笼罩，而此时信风也随之刮了起来。这时你可以先洗个清晨澡，开始一天精神抖擞的工作，如果你把鞋子拿到窗台上去晒，那么明天就一定能穿上干的鞋。洗过澡后，你可以坐电梯到楼下服务台去取一张报纸，然后在咖啡厅选一个靠边的位置坐下，开始好好地享用这一天的早餐。

这里有关于早餐的两种不同意见可供参考。假设你在接下来的两三个小时内不准备出海，那吃一顿丰盛的早餐的确是个很好的选择。当然，就算你打算吃完餐后就出去打鱼，也不影响早餐吃得丰盛点。但是，我并不想那么复杂，决定吃简单一点。我的早餐通常是一杯维希酒、一杯冰牛奶，再加上一块古巴面包。浏览当天报纸上的新闻也是我吃早餐时的习惯。用餐完毕，我便要到船上去了。

几个冷冻箱摆放在船尾，一个用来冰鱼饵，这里要说一下，诱使枪鱼上钩的最好鱼饵是一些新鲜的巨鲐或者重量在1~3磅的无鳔石首鱼；另一个则用来冰一些水果和啤酒，而说到最好的啤酒就不得不说哈图伊牌啤酒，至于最好的水果，在这个时节当属菲律宾芒果、冰镇菠萝，还有鳄梨。我们的中午饭一般就是鳄梨加三明治，再配上辣椒、盐和新鲜橙汁。如果船在海滩抛锚时，我们完全可以跳进水里游个泳放松一下。若不急着去捕鱼，也可以自己动手生火做上一顿饭，加上鳄梨和芥末，那味道就算和法国大餐相比，也不落下风。而这个时节的鳄梨不仅个头很大而且很甜，也很便宜，15美分就可以买到让5个人吃饱的梨子。

来说说我所在的船吧——是长达34英尺的安妮塔号渔船，它在海上可是相当威风的。其速度之快就连很多鱼儿都甘拜下风。凯普特是这艘船的船长。来自凯维斯特的乔伊·拉索尔还从古巴带了一批酒上船，这也是船上第一次有酒。乔伊·拉索尔可谓是对箭鱼了若指掌，甚至比这儿绝大多数凯维斯特人对于石鲈的了解都要多。船上还有一个来自哈瓦那的今年54岁的船员，他是古巴最好的枪鱼捕手。冬天他到哈瓦那的大船上捕鱼，夏天就自己捕枪鱼，然后拿到市场上去卖。我是6年前在得耐托图佳斯岛第一次见到他的，也是从那时我才知道，古巴最大的一条枪鱼就是他捕的。毫不夸张地说，他可以反手用渔叉丝毫不差地叉住海豚的头。12岁时，他就开始跟着父亲出海，研究枪鱼的生活习性，数十年如一日。

船离开旧金山海港时，海面上有几条海鲢在欢悦地翻腾。而出了海港，在那一排排停靠的渔船附近，你还能看到更多的海鲢。当过了茂罗口往前行进时，你能看到一个在水中20英寻左右深的珊瑚礁。很多捕马顿鱼、红绸鱼以及马鲛鱼的小船在珊瑚礁附近，有时也会出现几艘捕王鱼的船。这时，如果极目远眺，迎着微微的海风，你还能看见三三两两的几艘捕金枪鱼的小船在海面漂浮。渔夫们有时候会同时扔下4~6根大钓线，钓线悬在40~70英尺的深海里，他们试图通过把钓线放入深海钓到那些偏爱往海底深处游动的鱼儿。而我们这艘船则主要是捕那些喜欢在海面觅食或者嬉戏的鱼，有时钓线也会放到15~20英尺的深度。鱼饵悬浮着，鱼儿经不起这美味的诱惑，就会自投罗网过来咬钩，接着便能看到一阵水花翻腾。

金枪鱼是一种执著的鱼类，因为总是偏好朝一个方向游动，即逆着墨西哥湾洋流从东往西游，从来没有人见过金枪鱼改变方向顺着洋流游动。月亮初升时，洋流流动速度比较平缓，但有时会突然速度极快地往西奔腾。而当盛行东北信风时，金枪鱼就会顺着风向游向上流。当它鱼头向下尾巴向上往海底游时，就会不断摇动那像大镰刀一样的尾巴，这时水面上便会现出一道道淡紫色的水纹。在水里看金枪鱼是黄色的，它们一般在距离海平面二三英尺的水下游弋，巨大的斑点鱼鳍紧紧地贴着鱼身，背部的鱼鳍则朝向下面。如果不去看它那镰刀似的尾巴，那么你就会看到水底的金枪鱼像一根快速移动的圆木。

当往东的洋流规模越大，那聚集起来的金枪鱼也就越多。在距离海岸0.25~4英里的范围内，洋流的流动方向都是相同的，就和在高速公路上行驶的车流一样，朝着同一个方向驶去。在洋流稳定的时候，我们也曾捕到过一条鱼，之后在不到半个小时的时间内，又看到了依次从船边游过的另外6条鱼。

作为鱼类丰富程度的一个重要指标，3月中旬到7月18日期间，哈瓦那市场发布的正式报告显示，今年市场上已经出售了超过11 000条小金枪鱼和150条大金枪鱼。这些鱼都是来自蒙塔尔和卡德纳斯等地，而从这些地方捕上来的金枪鱼一般都是被运往东边的市场，西边市场则出售从巴哈伊岛捕上来的鱼，但这些鱼都不会被运往哈瓦那。到这份报告发布的时候，我们已经花费了两个星期的时间去跟随一条大鱼了。

在从4月中旬到7月18日这段时间里，我们已经捕到了52条金枪鱼和2条旗鱼。其中最大的一条黑色金枪鱼重达468磅，12英尺8英寸长；而最大的条纹金枪鱼则重达343磅，长度大约为10英尺5英寸；最大的白色金枪鱼重量为87磅，长约7英尺8英寸。

白色的金枪鱼会在四五月份时最先游过来，随之会带来些莽撞的、身上条纹很漂亮的金枪鱼。如果金枪鱼死了，那么它们身上的条纹也会随之消失。5月份是白色金枪鱼最多的时间。到了6月份，就会有很多的黑色金枪鱼和条纹金枪鱼一起游过来。7月份，途经的条纹金枪鱼数量会达到顶峰。而等到条纹金枪鱼渐渐减少后，随之上场的就是黑色金枪鱼了。黑色金枪鱼的捕鱼期会一直持续到9月份甚至更晚。其实，照以往的情况，在条纹金枪鱼群到来之前，应该会先来一群小金枪鱼。但今年却不同，除了偶尔能看到游过来的一两群小金枪鱼之外，在整个异常平静的海湾什么也看不到了。

金枪鱼的颜色是各种各样的。而导致颜色不一的原因可能是鱼食的不同、年龄的差别或者生活的水深不同。不管怎样，你千万不要试图在这些金枪鱼中找出新种类并为之命名，因为那无疑会使你自找麻烦，白白浪费掉在古巴北海岸一天的时间。在我看来，那都只是同一条鱼颜色的变换而已。如果分析我的这一套复杂理论，那可不是单单一封信能说清的。

金枪鱼去咬水里悬浮的鱼饵，通常有以下4种情况：一是因为实在太饿；二是被惹怒了；三是仅仅因为咬着好玩；四是显得有些漫不经心。曾有人信誓旦旦地说：只要你准备足够长的钓线和够硬的鱼钩，不管是谁都能捉到一条肚子空空四处寻找食物的金枪鱼。然而事实并非如此，想要捕到鱼，最重要的是以最快的速度在鱼跃起准备逃跑的时候放下你的拖网，等到鱼头露出水面时，再驾船跟上它。如果一条金枪鱼十分饥饿，那它的鱼嘴、鱼肩、背部最上面的鱼鳍，还有鱼尾都会在水面不断地拍打，费尽心思地想把鱼饵弄下来。如果金枪鱼咬上了一个鱼饵，它一定会先转身，去咬别的东西。如果这时你提起鱼饵，使它没咬上，那么不用担心，只要你的鱼钩上面还有鱼饵，它最后还会再回来的。

我曾经对愤怒的金枪鱼困惑不解。这种类型的鱼一般是从水下游过来，然后又像炸弹一样朝着鱼饵迅速冲过来。当你把鱼线松开时，它也会松开嘴，只是在拖网附近来回绕圈，跟在鱼饵后面游，接着又会出其不意地冲过来把鱼饵咬住，但却不会真的把鱼饵咬下去。所以想要逮到这样的鱼，实在是一件费力的事情。当然也并不是无计可施，一个有效的办法就是在它刚咬住鱼饵时，瞅准时机用渔叉或棍子对准鱼身或鱼头一阵猛打，然后把拖网拉上来，加速行驶，在它拼命扑腾的时候，给它重重一击。只要鱼饵看上去还有活着的迹象，这种愤怒的金枪鱼还是会不顾一切扑上去咬的。

至于那些只是咬着玩的金枪鱼，大都已经在别处吃饱了，它们竖立着高高的鱼鳍，在鱼饵后面追着游，撅着鱼嘴，温柔地咬鱼饵。当你一放线，金枪鱼也会跟着松开鱼饵。这里的鱼饵仅限于当天抓的新鲜的，如果鱼饵不新鲜了，那它们在咬过一口之后是不会再去咬第二口的。如果想捕这种鱼，那你可以通过加快船行驶的速度，使用把鱼饵拉出水面的方法引它游出水面，然后再想法攻击它。如果它真的跟着鱼饵上来，记住在你打到它之前，一定不要把钓线放得太长。

至于那种漫不经心的金枪鱼，它们可以跟着渔船游上三四英里的距离。它们只是绕着鱼饵看看，然后又转开，过了一会儿又再游回来。这种鱼一般会在鱼饵的下面游动，虽然它们并不是对鱼饵有很大的兴趣，但是还是有些好奇的。当你看到这种鱼背部的鱼鳍紧贴着身子，那它一定是并不打算咬钩。它或许只是刚好路过，碰上了你的渔船，并无其他原因。相反地，当你看到一条对你放下去的鱼饵有咬钩的打算的鱼时，那你也一定会看到它背部竖起并张开的鱼鳍。当金枪鱼跟着你的渔船游动时，那亮蓝色的背部让它看起来和某种生活在海底的巨大的鸟类并无差别。

黑色的金枪鱼十分笨，虽然它们的力气很大，能一跃跳到水面以上很高的地方，甚至能用鱼身拍伤你的背。但这种鱼却缺少条纹金枪鱼身上的毅力和智慧。我猜想它们应该大多是一些上了年纪的雌鱼，过了巅峰的黄金期，加上年龄的增大，身体才渐渐变成了黑色。金枪鱼在还没变老时，颜色要更蓝些，肉也会更白。如果你遇上它们，一定要集中精神，不要休息，因为捕一条黑色金枪鱼可要比捕一条同样大小的条纹金枪鱼快得多。黑色金枪鱼的鱼身很长，所以让它们和捕鱼工具在前40分钟里缠斗是比较危险的，但是对于人而言却不用担心，还没有出现能够威胁到渔船上的人的鱼。只要你能抓住机会，神情专注，坚持作战，黑色金枪鱼可是比条纹金枪鱼好对付多了，它们坚持不了多久就会精疲力竭。如果468磅的巨大金枪鱼一旦被钩住上颚，那么它就注定在缠斗中无法取胜，最多也只是能漂亮地跳上七八次，或连续对着船尾拍上4次，想要把船拍烂是几乎不可能的事。而它最终的结局就是在65分钟后，被你用鱼钩钩着，鱼鳍和鱼尾全部被拖出水面，成为你当天炫耀的战利品之一。但如果没有我两天前花费了2小时20分钟和一条更大的条纹金枪鱼的缠斗，最后还是没逮着它的经历；如果没有我在前一天仅仅花了45分钟就迅速捕上了一条黑色金枪鱼的经历，那么我可不会这么轻松就能搞定它。

想要在时速达5英里且水流是从400~700英尺深的地方涌上来的洋流中，捕到这些逆流而行的鱼，特别是个头较大的鱼，可不是件容易的事，那可是需要学习很多技巧的。不过在此要特别澄清一个以讹传讹的说法，即人们在以前常说的在1000英尺深的海底，水压会大得让鱼无法生存，但事实却并非如此。这些鱼会经常游到海底，在那捕食，大鱼吃小鱼，小鱼吃虾米。它们和那些生来就只能在海底深处生活的鱼有很大的不同，这些金枪鱼可以自由地穿梭在深海或者浅海。我曾经捕过一条金枪鱼，它竟能把钓线整整拖下去400码。所有被拖下去的钓线都偏向一边，缠绕着不断往下。眼看着钓线不断地被那个大家伙往下拖，我不得不拼尽全力往回拉住线圈，试图阻止钓线再往下，但结果是只能眼睁睁看着它继续不断地扯着钓线往下，直到最后一寸钓线也浸入水中。等它突然停止了下拉，我这才能把腰直起来，试图慢慢地往上收钓线。等所有的钓线都被收上来了，我寻思着这下应该可以用鱼钩钩住它了。钓线慢慢地浮上水面，金枪鱼也在水面露出了头，接着就见它连续做了10个漂亮的翻跃，身子完全跳出水面。通常到这个局面时，说明缠斗已经差不多进行了1.5个小时了，接下来金枪鱼又会拖着钓线往下拉。不得不承认，那条金枪鱼的确十分厉害，虽然它的身体重达343磅，但是在和我缠斗的过程中，跳出水面多达44次。

从4月份起，你几乎在整个夏天都可以在古巴捕鱼。到了6月中旬，就很难见着大鱼了，我们也只在整个6月见到了4条大旗鱼。但到了七八月份，你只要出海，就一定能收获大家伙，最轻的都得有300磅，这也可以给你带来一笔不小的收入。可是如果你想捕到更大的鱼，那可就要花费一些工夫了。市场上出现的最大的一条金枪鱼是出自于一个专门以捕鱼卖钱为生的渔夫手中，除掉头、内脏、尾巴和鱼鳍等，净重1175磅。想象一下1175磅的鱼肉摊在木板上，等着被切条售卖的情景。那么你是否能想象出这样的一条鱼是如何从水下往上跳跃的，它在水下游动时又是怎样的一番景象呢？

西班牙的来信之西班牙之友

1934年1月

前天，我从打开的窗户朝窗外看去，红色的淡水小龙虾、对虾、一碗碗满盛的俄国沙拉、烹饪好的鹅肝、汉堡、香肠以及等着被煎的松鸡等食物映入眼帘，这些诱人的食物整整摆满了三层楼的餐厅橱窗。那里其实是马德里新开的一家名为凯勒·阿拉班的餐厅，餐厅的老板是以前在卡沙·莫瑞恩酒吧工作的一个服务员。然后，我在餐厅的吧台边看见一个熟识的老朋友的身影，于是我走上前去和他打招呼。

一个断手乞丐正在酒吧外面摆弄着他的残肢，脸上竟带着笑意，他正用手肘把自己的口袋翻出来，这情景恰巧和饭店里流光溢彩的一切形成鲜明的对比。这时，有人从后面拍了一下我的背，回头一看是一个怀里抱着小孩的吉卜赛女人，嘴里不停地嘟囔着，应该是想给小孩买点吃的东西。两个卖脖子上挂饰的流动小贩，正竭力试图劝我赶紧扔掉脖子上系着的那条破旧的领带，重新买一条新的、漂亮的。还有一个卖劣质水笔的小贩，正在那儿竭力吹嘘他售卖的那根本就无法书写的笔。一个大漫画家在抱怨说，已经烦死了那些该死的讽刺漫画。他没能兴旺发达起来，也还没品尝过幸福的滋味，所以在抱怨咒骂的同时，他仍然不得不靠画讽刺漫画维持生计。这时，一个大概只有5英尺高的老人，脸红彤彤的，长长的浪花似的白胡子掩住了下巴，用手紧紧地抱住我，然后用沙哑的声音说："我呀，可是把你当兄弟的哟。"

当我走到吧台边和朋友交谈了几句后，却被朋友的举止惊住了。以前，他经常试图阻止我喝酒，但这次，他却劝我多喝点。"喝一杯够吗？再来一杯吧！"

"噢，不，不。"我委婉地告诉他，"我现在已经不再像以前那样爱喝了。"

后来，我们又聊到一些共同的朋友，他问："不知他们现在怎么样了？都在哪儿呢？"接着我们又说到一个我们之前有不同看法的朋友。以前，他一直不喜欢那个朋友，认为他为人不诚实、不正直，但我的看法却和他截然相反，反而很是认可那个朋友，觉得他是一个品德高尚，很值得尊敬的人。

“他其实是一个好人，”我的西班牙朋友这样对我说，“只是有时侯会稍微有些性急，容易焦虑，但是他的确是个好人。”

听到他这么一说，我更觉得一定是发生了什么事使得他和以前完全不一样了。我猜想，或许在酒吧里，一定还有另一个他认识的但又不想让我知道或者介绍给我认识的人，所以才会让他这么反常吧。我也很识趣地对他说自己还有事，要先走了。看我正打算买单，朋友拦住了我，争着要买单。在这一刻，我更感觉，面前这个坚持要买单的人，根本不是我以前所认识的那个朋友，而是一个面目模糊、不知姓名的陌生人。

我们接着就是在这样一种有点尴尬的气氛中，相互奉承和吹捧着。酒过三巡之后，我们佯装说以后有时间一定要再见面，但其实两个人心里并没有再见面的想法。最后，我带着满腹的疑惑和他热情地告别了。不过，我最后还是抢着付了一轮酒钱，也希望以后和这位西班牙朋友的相处还能跟从前一样……

直到第二天，我在报纸上才知道这一切不寻常背后的原因。原来，我的这个老朋友在报纸上发表了一篇名为《西班牙人民的朋友——海明威》的文章。按照我们平时的说法，如果有人称你为“法国之友”，那意思就是说你死了。因为法国是不可能在你还活着的时候，承认你是“法国之友”的。而且，就算法国承认了，那多半也只有以下两种情况：要么你曾为法国花过很多钱，给法国创造过很多财富；要么就是你通过巴结权贵弄来了这么一个名号。如果你是通过第二种情况获得“法国之友”的称号，那这无疑是骂人的意思。

可是如果说谁是“苏维埃之友”，那意义可就不一样了。通常这是指那些来自苏维埃的重要人物。当然有时候也仅仅可能是指那些想在本国实行苏维埃的社会主义制度的人。不过即使是第二种情况的意义也和“法国之友”是不一样的。所谓“法国之友”，就是指那些把自己的一切都奉献了出去，至少是把自己绝大部分能够奉献的东西都奉献了出去。他们曾经说过，或者更准确地说，每个人都有两个祖国，第一祖国是文化和社会意义上的国家，第二祖国就是法国。这句话在现在可以改动一下：所有人都有三个祖国，第一是文化和社会意义上的祖国，第二就是法国，第三则是可怜的苏维埃。

而现在，我疑惑不解的是所谓的“西班牙之友”的含义是什么呢？如果有人这么称呼你，那意思就是说你该歇着了。西班牙是一个大国，太多的政治家涌入了现在的西班牙，他们试图把所有人都变成“西班牙之友”式的人，这样就可以拥有豁免权。当前西班牙的统治政策，比起悲剧来，更像是一幕让人看笑话的喜剧，或许照这样发展下去，离悲剧也就不远了。

表面上，这个国家看起来一片繁荣昌盛。比起以前，人们现在的财富更多了，那些以前把旅行当成奢望的人，现在可以任意去环游世界各地；那些以前买不起斗牛赛入场券的人，现在可以蜂拥着去看西班牙斗牛赛；还有很多以前不洗澡的人，现在可以经常跑到游泳池游泳。这个时期货币的大量流入，要比西班牙王室经历过的任何一个历史时期的都要多，而这也为国家带来了巨额的税收，只是这些钱都流进了各级公务员的口袋里。而这些中饱私囊的公务员，遍布全国各地。至于那些一直辛勤劳作的农民，仍然像以前一样穷困。中产阶级要交的税也比以往任何一个时候都要多，虽然现在迹象并不是很明显，但可以肯定的是那些所谓的富人阶层会随之慢慢地消失。那些大官僚们却拥有着比以往任何一个时期的官僚都多的财富，他们四处游山玩水，花天酒地，无限享乐。所以投身政治的确是一项聚敛钱财的好事业，而那些没能从中获益的人，就会在暗中发誓，以后一旦有机会掌了权，就一定要连本带利地把之前所有被剥削的讨回来。因此，一个本份的商人或许只是为了让一个政府官员把他欠自己的酒钱还上，而在政治选举中讨好他，给他投票就不足为奇。

桑坦德(西班牙北部港市)，是一个到处拥挤不堪、尘土飞扬的城市，也是西班牙最没有吸引力的一个城市，各种巴斯克式的建筑和近代布莱顿式的学校混在一起。但是，这个城市却因为西班牙国王夏天会去那儿度假而出名。其实，西班牙国王选择去桑坦德度假也只是因为那儿比圣·塞巴斯蒂安更安全一些。如果你想要在晚上在桑坦德的宾馆、旅店找到一个可以住的房间，简直是难于登天。

与之截然相反的是圣·塞巴斯蒂安，一个欧洲最宜人的城市之一。这个城市也住着很多人，但是这个城市的人却和别处的不同。以前，人们是因为国王去了桑坦德所以才会蜂拥而至。而现在，人们则是因为富裕了而特意去那儿的海滩度假晒日光浴的。去桑坦德的人或许并不知道自己在那儿玩得是否开心，也不知道自己去那儿到底可以做些什么。但是人们就是这样漫无目的地蜂拥着奔向了沙滩，奔向了海边。可是，去塞巴斯蒂安的人们，却都很清楚自己到底是为什么而去的，而且他们会在那儿度过一段十分愉快的时光。

几百年来，毋庸置疑地，任何被派到西班牙的记者第一次发回去的稿件，都是关于韦恩斗牛场的斗牛赛事。而其实，他们忽略了此时足球在西班牙的盛行情况。华盛顿·欧文是第一个为《星期日报》写出这个经典斗牛故事的人，他当时以欧文·S.华盛顿的笔名为《纽约太阳报》写稿。我也很喜欢写那个故事，因为写得多了，到后来就会成为你很擅长的故事类型，信手拈来。但是却找不到能够超越欧文·S.华盛顿当年那个版本的故事。

关于这个故事，还曾经发生过一件让人很遗憾的事情。一个为《纽约时报》写稿的记者，到了马德里采访之后，他选择用电报而不是通过信邮把稿件发回报社。《纽约时报》拒绝承认曾经收到过这个记者的稿子，也没有给他任何回复，所以这位记者只能被迫留在西班牙，无法回国。我曾经在一次散步的时候碰见过他，我问他，“现在事情怎么样了？”

“仍然没有任何消息。”他带着绝望的神情说道。

“你给他们写过信吗？”我问。

“当然，我写过。”他回答。

“那你给他们发过电报吗？”

“怎么会没发过呢？”

“有没有试过给他们寄挂号信呢？”

“这个，我倒还没想过呢。”他的脸上忽然有了些神采。

“那你不妨试一下。”我向他建议道。

我还答应他，如果日后我去了纽约一定会帮他问问，看能不能帮他摆脱这个困境。

可是，当我到了纽约后，报社已经不在原来的地方了。我试着努力寻找他们的下落，但是并没有什么结果。很多年之后，我听说那个倒霉的家伙仍然留在马德里。

接下来说说斗牛的事情吧！

马歇尔·林兰达有两个孩子，有超过100万的比塞塔（西班牙基本货币单位），还拥有一个顶级的斗牛牧场，这里所说的顶级是指那种很适宜饲养斗牛的牧场。他也已经下定决心，不会再冒着生命危险去和这些头上有尖角的斗牛缠斗了。当比赛钟声开始响起时，他和斗牛一起出现在赛场上，凭借着自己多年来对斗牛的了解，所以直到比赛结束，依然保持安然无恙。这时最不乐意的可能就是观众了，因为太没意思了。

多明戈·奥提加在今年的连续两个赛季中，参加了近百场的斗牛赛。可以毋庸置疑地说，他对斗牛的技巧已经了如指掌。当他手拿圆环面对每一头被激怒的冲过来的斗牛时，他都是用同一种方式去攻击它们，然后将其制服。他会抓住斗牛的尖角，来表明他在这场斗牛赛中的优势地位。之后，他又会果断敏捷地把斗牛给弄死。只要你目睹过他的任何一场比赛，就能在脑中想象出他的100场是什么样的场景。

这样的比赛确实无趣极了，但不可否认的是，他确实取得了不俗的成就。他能制服所有冲向他的斗牛。相较于那些水平不高，只能凭借运气侥幸取胜的斗牛士，他的确了不起。但是在9月份的一场比赛中，他不幸被斗牛用尖角刺伤，从而失去了挑战巴尔蒙特一个赛季赢112场的纪录的机会。不过，他已经创造了近90场连续不败的纪录。

阿米里特·奇科是一名年轻的墨西哥斗牛士，身材颀长，长着棕色的皮肤，牙齿还有些歪，性格有些优柔寡断。但是，他的手腕十分灵活，而且很聪明，很了解斗牛的脾性，这也让他很多时候看起来都比奥提加更有气势。不过，因为他那优柔寡断的性格，使得他时常在斗牛场上失利。在比赛中，阿米里特会和斗牛进行殊死搏斗，比赛过程较长。而奥提加则会迅速地找准时机，抓住斗牛暴露的弱点，快速将其制服。所以，人们更加喜欢奥提加的比赛，喜欢他的态度，并时常在茶余饭后谈论他那悲剧性的失误。相反，人们对于阿米里特冷静的智慧、在斗牛场上使得比赛失去悬念的完美无缺的表现倒不是很感兴趣。当然，这并不妨碍人们对阿米里特优点的欣赏，阿米里特也将会成为今年墨西哥斗牛士中参与比赛场次最多的选手之一，仅次于伟大的斗牛士——高纳。

而维克多纳在经过了去年那个糟糕的赛季以及不足20场的参赛纪录后，这个赛季他风头正劲，取得了不俗的成绩。如今，维克多纳也通过努力完成了自己的医学学业，顺利毕了业。有些嫉妒他的对手把他这个赛季在斗牛场上英勇无敌的以及抢眼的表现归功于兴奋剂的帮助；也有传言说他并不是斗牛技术高超，而是掌握了一种让身体处于兴奋状态，产生类似于高烧症状的秘方，但这些其实都是谣言。

不过，维克多纳的情况确实异于寻常。虽然我深知他并不是一个脆弱的懦夫，但是我还是对他显示出来的勇敢程度感到震惊。我在今年9月看过他的3场比赛。在这3场比赛中，他临危不惧、果断英勇的表现完全让人忘记了恐惧。他脸上始终挂着一种冷笑，沉稳不乱地避过了斗牛制造的种种危险，甚至还会做出故意挑衅观众的举动。不得不说，他在斗牛场上的一些招数确实有些病态。

看着维克多纳沉稳、缓慢而巧妙地和斗牛周旋的场景，我并不怎么认可他的方式。因为在他转身躲避斗牛的攻击时，手臂是张开的，而并非身体笔直地闪避。而在转身躲闪攻击时，他又会故意把手臂伸开在斗牛的面前，就好像他把斗牛当成了斗牛的红布。这种“斗牛红布”的方式，尼克诺·维拉塔以前曾经用过，而维克多纳把这个动作用得更加的优雅巧妙。

不过这个招数却会让他有些受斗牛的摆布。当对面是一头横冲直撞的斗牛时，他的连续劈刺技术就可以得到充分的发挥。维克多纳头脑很聪明，但是缺乏足够的控制力。更为准确地讲，他算得上是一个有些病态、高深莫测而又十分有趣，并且深知如何激怒斗牛的表演者。

我这里所说的懂得激怒，是说他在萨拉曼卡的一场比赛中就能比其他一些斗牛士多赚14 000比塞塔的酬劳。而之所以维克多纳能拿到这么多钱，是因为大家都心知肚明，如果碰上了一头真正的好斗牛，他的表现当然会值这个大价钱。对于他的第一头斗牛，说实话并不怎么样，但是他坚持到底的精神得到了许多观众的理解和支持。而他的第二头斗牛，让他的“斗牛红布”招数得到了精彩的发挥，他让观众看到了4次精彩绝伦的闪躲表演。

刚开始，他在离斗牛有一段距离的地方，趾高气昂地把手指放在胸口，似乎在说：“我是伟大的维克多纳·德·拉·塞勒！”这个行为使得一些观众很不爽，看台上瞬间响起了一阵嘘声。维克多纳满不在乎地抬头看了一眼那些情绪激动且不满的观众，似乎在说：“好吧，我会让你们见识最牛的表演的。”之后，维克多纳不再闪躲，也不进行连续劈刺（西班牙斗牛士在击杀斗牛前的炫耀动作）。他箭一般地奔到斗牛面前，一改往日的风格，眼睛一点不眨地，果断地把一把匕首狠狠地刺进了斗牛的心脏。观众还没反应过来，就看见斗牛喘息着倒在了地上，顿时血流满地。

第二天，人们都在讨论他在场上的表现，批评和赞赏的声音此起彼伏，但对于他最后的那一击，大家都是出奇一致地赞赏。在观众的叫喊声中，维克多纳用套环套住斗牛，脱下自己的斗牛靴，穿着袜子走到他的摩托车旁边。然后提起两只斗牛靴相互拍打上面的灰尘，接着轻巧地把两只靴子随意地扔到地上。

“我可不想带着萨拉曼卡的尘土回去。”他说。

这种张扬的姿态，会让人想起塞恩特·泰勒撒在失望地离开阿维拉时表现出来的神情。后来，还有几个斗牛士在离开墨西哥时，专门效仿他的这个样子。维克多纳的这种姿态，或许只是想向观众展示他是一个有格调的年轻人，但却没想到这也得罪了萨拉曼卡的观众，包括那些不远万里掏钱买票特地跑来看他比赛的人。

在新出道的斗牛士中，来自吉坦力诺家最小的一个弟弟不幸在两年前死在了马德里，他长着吉卜赛人的模样，很是英俊，而且斗牛的招式也很漂亮。但是他并不怎么了解斗牛的脾性，而且在斗牛场上也缺乏应对凶恶斗牛而产生恐惧的心理。虽然弗兰多·多明瓜十分擅长斗牛红布的使用技巧，但是他却缺少个性，最多只能算作一个“杀牛凶手”。马拉维勒也再次在比赛中受了伤，虽然他每次斗牛都免不了受伤，而且现在的身体状况不容乐观。克洛查洛曾在马德里进行过一次精彩的斗牛表演，但此后却并无其他什么表现。至于查奎托，早就在他的身上看不到一个斗牛士的影子了。

若论本年度横空出世的救星，那就非菲利克斯·克罗姆莫属了，他在派罗塔斗牛场的两场斗牛比赛中的精彩表演，堪称经典。他在马德里一共进行过两场比赛，但却都被斗牛用角严重地撞伤过。出院后，他在华思卡的比赛中的成绩并不是很好，但在西班牙的比赛中的表现却是很出色的。可是之后，在拉·克拉菲尔的一场比赛中，他又不幸地受到重伤，再次被送进医院。托奎托是菲利克斯的经纪人，来自毕尔巴鄂，曾经也是一名出名的斗牛士。面对菲利克斯的状况，托奎托深深地意识到，就算他们对这个赛季充满渴望和期待，也不能冒险让菲利克斯再参赛了。

弗伦提罗·巴勒斯泰罗的父亲也是一名斗牛士，不幸的是，他在马德里举行的一场斗牛的比赛即将结束时被斗牛攻击，当场死亡。他算得上一个技艺高超的斗牛士，和那些空有技巧的技术工人有些许相似，缺乏天赋。不过，不得不说，弗伦提罗算得上是斗牛的克星。在马德里的一场告别赛中，他接连杀了7头斗牛，之后，便正式踏上了职业斗牛士的道路。但是，要求很高的观众并不怎么喜欢他那种逢牛必杀的风格，甚至因看多了而有些厌烦了。

直到8月末，我才开始观看斗牛比赛，所以我无法去评价这个赛季早期和中期各位斗牛士的表现，但是9月份萨拉曼卡的斗牛比赛却是不怎么样的，不仅乏味、缺乏力量，而且不够勇敢，最重要的是缺乏自己的风格。9月份也出现了唯一一头比较有冲劲的斗牛，是缪拉带来的。它比我们在这个月之前看过的斗牛个头要大些，各方面的表现也更好些。伊斯特班·高恩泽也从赛维拉城运了一批上等好牛到马德里。

现在已经看不到福勒斯咖啡厅的影子了，因为它已经被拆了，在原地建起来的是一栋写字楼。又新开了一家名为“水族馆”的咖啡厅，看起来很有蒙特帕纳斯后期的感觉，不过显得要拥挤些。旁边是我们过去常去游泳的蒙扎纳尔，以前在帕多路上我们做（西班牙的）肉、菜、饭吃的地方，现在也找不到踪影了。河边新建了一个人工海岛，上面有非常现代的洗浴设施，沙滩上的沙子确实是真的。还有一个很大的人工湖，里面的水不仅冰凉刺骨还很清澈，能够透过肉眼看到里面自娱自乐的小小鱼儿。不得不说，在这种和公共澡堂差不多的地方，能够看到这么清澈的水算是一个好的现象。这里也是游泳的一个好去处。假若河里有来回畅游的人，一定都会收到那些没有下水的人的敬畏的、钦佩的眼神，就像我们当年看艾德勒游过波隆海峡时的眼神一样。当然更不用说那些连潜水水翼都不用就可以下到水里面很深的地方的游泳者了，他们更是让岸上的看客感到不安。在过去，这些马德里人民的运动最多是从家里走到咖啡馆，而现在，大家都开始积极运动锻炼了，或者去乡村野炊，或者徒步到寒拉斯旅行。女孩们看起来都身材高挑，不像以前的女孩了，给人一种青春阳光的感觉。我想，这绝对和运动以及美国电影的影响脱不了干系。除了这些，你还想知道些什么呢？

差点忘了，西班牙人还从一个大使那儿了解到，如果想要成为大使，那么有这样两种做新闻的美国人会有机会。这些人通常都有和亚历山大·摩尔共事的经历，不过，这不禁会让你猜测，既然他是这样一个能力出色的新闻人和民主党人，为什么罗斯福总统偏要把他派遣到这么远的一个地方而不是授予他其他的荣誉呢？或许是因为鲍威尔先生真的很想做一次大使吧，这也只是猜测，我也没有亲自问过他。

巴黎的来信

1934年1月

我依稀还记得在去年的风雪天，也就是这个时候，我们正从蒙大拿的库克城开车往家赶。在“烤鱼日”的那天晚上，几个男孩子谋划着要把卡车司机——一个脖子粗得似牛，脸像麋鹿的家伙给拖死，因为这个司机大言不惭地对外宣称自己拿着拨火棍打了一个老妇人。之后，勇敢的男孩们果然袭击了司机，为此他们现在还被关在监狱里。大鲑鱼又回到了河里，在竭力地向大峡谷的深潭游去。鹿群从海拔很高的山区下来，沿着河岸往适合过冬的地方走，走进了公园。

我们在帕乐特溪猎羊时，还遇到了另外两个全副武装的猎人。之后，我们打死了两头大公羊，因为那两个猎人惊吓了它们。人一多，瞬间让彼此都觉得有些拥挤。然而我曾3次从牧场出发，沿着提恩贝河赶到扎营的地方，差不多每次都赶了大约25英里的路，却没在路上没看到一个活人。

当我第4次从克兰德尔往回赶时，在路上看见几个在河的下游扎营的猎人。他们先朝我的方向挥手，我也朝他们挥手，但是因为距离太远，我实在无法辨别他们到底是谁。往前走了一段，我看见一只正在几棵柳树间转悠的松鸡。就连我骑的马老贝斯也看见了松鸡，我能感受到贝斯在我屁股下面颤抖。它不停地颤抖，大口喘气，鼻子里一呼一吸地很响。我下了马，一边拉住贝斯的缰绳防止它跑掉，一边瞄准松鸡开了一枪。不然当它听到枪声就一定会跑掉的。贝斯看见我把手枪收起放回枪套时，才停止了颤抖。我走过去捡起了地上的松鸡，放到马鞍上挂着的袋子里，然后再跨上马赶路。

我继续往前赶路，迎面看见几个高赫家的人朝我走过来，我突然想起很多有教养和善良的雷诺阿家的人曾住在那儿。

和以前一样，食物依然让人欣喜不已，只不过价钱不是很便宜。近几年，他们向葡萄酒商只提供很少的用来装瓶的香槟，所以有很多的没有被添加任何香料和没有经过加工的香槟酒，你只需支付9法郎就可以在雷吉斯咖啡馆买上一木罐。而雷吉斯咖啡馆，拿破仑在做第一任领事时，曾和人在里面玩过象棋呢。至今，拿破仑当时下棋的那张桌子还被保存着。咖啡馆更像是下象棋的人的娱乐天地，以至于一段时间里这这里的生意十分火爆，导致爱下象棋的人在雷吉斯觉得有些挫败感，因为来咖啡馆的客人太多了，他们觉得自己被人忽视了。不过现在，在咖啡馆里看到的他们还是很殷勤、很高兴的。

马塞尔是一个秃子，走路总是不急不躁的，看起来就是那种肌肉发达、忍耐力强的人。至今中等重量级别拳击赛的冠军纪录仍是由他保持的。马塞尔对去美国打拳不感兴趣，假如巴黎的人要是想让他改变主意，估计要把他打晕才能实现。他是一个技术不错的拳击手，但是出拳速度并不是很快，所以马塞尔选择留在法国也可谓是一个明智的选择。因为他在法国可以自己做主做任何事，但是如果选择去美国，那就不得不按照美国的方式行事。顺便说一句，法国的拳击手在美国的运气可都不怎么样。

加皮特在很久以前就已经退出了重量级拳手的竞争，他也曾向那些顶级的拳手发起过挑战，但是在力量和技术上都明显稍逊一筹。查尔斯·李道斯是一个身材不高的拳击手，在美国很有名。我很喜欢他，他也是我见过的最好的拳手之一，不过因为战争，他的拳击事业曾一度被迫中断。

尤吉恩·柯里奎在战后去了澳大利亚，主攻次轻量级的比赛。尤吉恩的脸上有一道伤疤，增加了他的恐怖性。他的出拳力道并不是很大，但却很有技巧和攻击性。按照他的个头来说，我想他的出拳力道和芝加哥左勾拳拳手——查尔斯·怀特有一拼。在我的眼中，查尔斯·怀特是他同级别的拳手中出拳力道最足的人。

柯里奎曾在轻量级冠军争霸赛中把强尼·科伯恩狠狠地打趴在地，可是后来他面签的一个合约却毁了他拼命得到的冠军的荣誉。合约规定他要在45天之内和强尼·丹迪进行一场拳击赛，在这场比赛中，丹迪在第一轮时就一拳打碎了柯里奎脸上因做整容手术而被植入的金属支撑物。柯里奎被打得惨不忍睹，满脸鲜血，但他仍坚持了整整15轮。他也用他的右手打掉了丹迪的下巴。要知道除了维利尔·杰克逊，至今还没有一个人能够用一只右手正面打到丹迪的脸，即便是维利尔也只侥幸打到过一次。在这场比赛里柯里奎彻底输了，所以失掉了前不久刚刚得到的冠军头衔，更为倒霉的是，他连一分钱都没赚到。

安德鲁·鲁提斯的风格和刘道斯的差不多，不过比刘道斯黄金时期的表现稍微差了些。他曾在美国赢过轻量级的拳击比赛，也曾打过几场重量级的比赛，这些战绩为他赚了一些钱。不过在后来输给拜特·巴特利诺后，除了丢掉的冠军头衔和眼睛上面的伤疤，安德鲁·鲁提斯再也没能获得什么了。

柯德·弗朗西斯是来自法国马赛的一个轻量级拳手，可是当他在美国打拳时，你会看到他像一个印第安人。他在拳击界的排名和鲁提斯、刘道斯不相上下。

埃米尔·普拉德勒曾经顶着轻量级选手冠军的头衔有过一段无限风光的日子，但是了解他的人都知道，他其实是一个很容易就被打倒的人。斯巴鲁·罗伯森还曾戏称他为蜘蛛，尽管就他矮胖的身材来说一点都不像蜘蛛，而当他不再参加轻量级别比赛，转而和更高级别重量的拳手对垒时，很快就被对方抓住了弱点并打倒在地，所以普拉德勒很快就从拳坛上陨落了。

以上提到的这些拳手只是在美国打拳的一小部分，当然，法国本地也有过一些好拳手。现在再来看马塞尔聪明的抉择，你就会更加赞赏他的明智。在美国打拳和在法国打拳可完全是两码事。欧洲人不会在竞技运动上面搞那些阴险的勾当，不会那么算计，曾经的我们应该也是那样的，或许现在还是吧，打个比方，那些政治背后的阴谋交易，我们也不搞……

其实我上面说到的这些并不是真正让人难受的。我想，如果人们输了钱，一定会懊悔地产生杀死自己的念头，酒鬼可以整天借酒浇愁，可是那些传奇人物靠什么解愁呢？无非是靠写回忆录为生，而真正让人难受的是，人们谈起下一场战争时所表现出的那种没有表情、无动于衷的样子。似乎战争是可以让人接受的，理所当然的一件事。好吧，或许是欧洲打仗打习惯了吧。我们也可以做些事情去避免下一场战争的发生，比如不要故意做一些挑起或支持战争的事。对于战争，或许你认为并不是坏事，因为在某种意义上它能解决一些问题，等等。假如孩子们真的好奇想要知道战争是什么样的，或者是出于爱国的热情，那就让他们以个人的身份亲自去战场上看一看吧。因为任何人都有权利选择做自己想做的事，但这也只限于个人而言，而作为一个国家，从全局考虑，就不应该让战争发生。

不得不说，秋天的巴黎美得让人心醉，对于年轻人来说，这确实是一个很不错的地方，在领略美丽的风景时，你还能学到不少东西。每一个到这的人都不能否认其对这个地方深沉的热爱，如果我们否认，那一定不是出于真心。然而，巴黎就好比一个正年轻的美丽小姐，她现在有了别的情人并开始移情别恋了，只是我们都没注意她开始慢慢变得苍老了。过去，我们都被她身上所体现的年龄的魅力所吸引，所以当有一天我们不再爱她的时候，这也便成了我们说不爱的理由之一。但其实这种认知是错误的，因为她是永远不会变老的，而且她永远都会投入新情人的怀抱。

不过对于我而言，我现在爱上了别的东西，就算要战斗，那我也是为别的东西而战。我想我要为今天的一切而战斗。

坦噶尼喀的来信

1934年4月

如果你想用一种生动有趣的方式把你的所见、所闻、所思、所感呈现出来，那你真的需要一部打字机。想要做到假装孤独，或者停下脚步，或者漫不经心地看些文字，或者写一篇好文章，这不仅需要两杯甚至更多的酒，还需要一部打字机。可是到哪去找打字机呢？至少在这儿什么也找不到。

明天才能把航空邮件发出去，可是中了阿米巴病毒的记者却还躺在床上，胃里被吐根碱（一种催吐剂）

充斥着。我们从塞伦盖蒂草原的尽头、塞纳河边，即我们队伍扎营的地方，途经阿鲁沙，飞行了大约400英里才到了内罗毕（肯尼亚首都）。千万别问我飞行的原因，因为我也不知道。多动症症状从刚开始处于并不明显的潜伏状态，不断恶化成了如今这般严重且引人注意的情况。我相信自己还不至于创下多动症的纪录，因为相比麦当劳先生保持的纪录——麦当劳先生24小时内动了232下，我的还是很轻的，虽然很多的多动症患者并不认为麦当劳先生的数据是准确的。

据安德森医生说，多动症并不易被诊断出。我也曾怀疑我的诊断报告是错的。因为就在前两天，我还能背靠着树，朝一群走向离营地不远的一个水泡子的松鸡开枪，可是谁知这件事之后还没过10天，我就被安德森医生诊断出患上了多动症。他们还说我是被上帝选中了的转世幸运儿，虽然起初我并不相信这一套，但慢慢地竟也有些信了。一方面我觉得这似乎是一种褒奖，同时自己又暗自思考：上帝在我这个年纪，和格特鲁德·斯坦因有多像呢？之后，随着病情的发展，我也越发感到了困难，特别是想要打中在高空飞翔的鸟儿根本是件不可能做到事了，最多也只能是背靠着树去打松鸡，才不至于多动。安德森先生把这种上帝即将附身的症状描述为横结肠下坠。不过，要治愈它并不是件难事，在6个小时之内，吐根碱就能办得到。吐根碱会把体内的阿米巴病毒杀死，就好像奎林杀死传染疟疾的寄生虫一样。

我们准备在3天后飞到康格拉南部，与大部队会合，并打算在那儿猎更大的条纹羚羊。相比以往的信件，或许读者们看到这封信时会更加的疑惑，因为我没有打字机，所以就不能一边喝酒一边写，如果实在是看不懂，那就请随手放到一边吧。

在这个高原国家穿行，路旁的风景无疑是我见过的这么多国家中最好的。大雨过后，青山连绵起伏，映着蓝色的山峰。这就好像当你往怀俄明州行进时，走了很长时间都没有雨，可突然在内布拉斯加州的最西部，下起了一场雨。这个国家的土壤和美国怀俄明州以及蒙大拿一样都是棕色的，只是山峦更加连绵起伏。在高地的密林中穿行捕猎时，你经常会有种自己身处在还没被开发的新英格兰果园之中的恍惚感。而当你最终登上山顶，才会发现你之前穿行的果园整整绵延了50英里。我从没在哪本书上的描写中感受到过这种无与伦比的美感和长留心间的豪迈感。

很幸运地，我们在塞伦盖蒂平原碰上了角马大迁徙。长达9个月的干旱已经过去，平原地带到处都是绿油油的景色，但当角马经过时，草原上是一片一望无尽的黑色，那是和藏羚羊一样的野牛群，四面八方，到处都是。据官方估算，坦噶尼喀根草原上的野牛大约有300万只。它们后面还跟着狮群、斑点土狼和豺狼。

每天清晨太阳初升的时候，只要你走出帐篷，就会看到一只死狮的上空盘旋着一群秃鹫。当你走过去，死狮旁边的豺狼就会立即跑开，斑点土狼也会立即拖着那圆滚滚的肚子走开，一边跑还一边回头望，样子真是难看得无法形容。而这时，如果你在地上看见了鸟，那基本可以断定狮子已经被吃得尸骨全无了。

有时，我们会在某片开阔的平原地带碰到角马，它们正前往水沟或浅水滩去补充一天所需的水分。有时候，我也能在平原上的某座小山丘上碰到它们，它们就在离我半英里不到的地方啃草，或是闭着眼睛打盹，或是望着远处出神。不过更多的时候，我会在树下看到它们，或者当卡车驶近时，它们会在浅峡谷（非洲南部的陡岸干沟）边的草地上抬起头来。在这17天的时间里，我们在这个狮子的国度总共看到了84头雄狮和雌狮，其中有20头是鬃毛狮。

我们没有放过这个绝佳的机会，在我们遇到第23头、第47头、第64头、第79头狮子时，毫不犹豫地开枪射击了，而这所有的射击都是步行完成的。其中我们在塞伦盖蒂平原西部的密林山区猎到了3头狮子，有1头是在平原上自己撞上来的；3头全是黑色的鬃毛狮，有1头是雌狮子。这还发生了一件很感人的事，当我们在射猎雌狮子时，雄狮试图掩护它逃跑，但它最后仍然没有逃过被我们射中的命运。我是隔着30码的距离，用一把220型猎枪射杀了往前冲的雌狮子的。

这时，安德森医生过来给我注射了新的吐根碱，并嘱咐我说在注射了吐根碱之后，不太能进行连续的思考。所以我只能在下一封信中试着讨论一下在坦噶尼喀（坦桑尼亚的一部分，在非洲东部）猎狮到底能不能算得上一项运动。同时比较一下猎狮和猎豹之间的区别，并给你们介绍一下水牛，我会尽最大的努力试着给大家呈现一些事实的真相。而现在这封信就是在被注射了吐根碱的状态下写的。

当然，如果大家感兴趣，我还可以和大家讲讲我们捕获的其他猎物，如大羚羊、非洲大羚羊，还有其他的瞪羚羊之类；一头花毛的藏羚羊、两头大猎豹，另外还有数不清的斑点猎豹。不过，我在射杀它们后也在不断地反思，因为它们是很好的动物，不应该被射杀，所以我决定以后再也不射杀它们了。

在角马大迁徙的时候，我们还射杀了35头土狼。不过对于快要生产的母牛，我们并没有对它们开枪。我们只希望还能有足够的弹药再猎上100头土狼。

3天以后，我们将再次出去猎犀牛、水牛、条纹羚羊，还有黑貂羚羊。

安德森医生，请再给我一些吐根碱。

第二封坦噶尼喀的来信之是射击还是运动

1934年7月

想要杀死一头狮子，有以下两种方法：一种是坐在越野汽车上向其射击；另一种方法就是趁着夜色，射击陷入射手[1]特意布置的美食陷阱的狮子，从某个地势较平的地方或长满荆棘的隐蔽处或黑暗处猛然用手电筒照射它，然后射击。这两种猎杀狮子的方法其实和炸鲑鱼或者用渔叉叉箭鱼是一样的，都能算作运动。但是很多去过非洲并在汽车上或者从隐蔽处射杀过狮子的人，回去的时候都会妄自把自己看作是大型运动的猎手。

塞伦盖蒂平原是当今世界狮子聚居最多的地方。如果在非洲和塞伦盖蒂平原打猎，你必须要开车才能前行。因为水域之间的距离太过遥远，所以不能像以

[1]在非洲打猎的外来游客都是被叫作射手，以此与职业的猎手相区别。

前的旅行队那样采用步行的方法捕猎。一般在射猎时，哪儿能找到食物，我们就往哪儿走。可是在非洲大草原上，只有在降雨的地方才能找到食物，大家可以想象一下非洲草原的降雨可是不可预知的。所以，我们有时开着车在一片棕色的、干旱的、满是尘土的地方行驶了75英里或100英里，也不一定能见到一头猎物。但也会忽然间看到前面出现一片绿色的草原，草原上是望不到边的角马群。实在是由于移动的距离太过遥远，而且我们的帐篷也必须驻扎在有水的地方，所以在塞伦盖蒂平原上捕猎必须要开车才行。有时，我们开着车在草原上奔上大半天，才能稍有收获。

如果你早上发现了一头已经饱餐过一顿的狮子，那么你就无须担心自己的安全，因为狮子见到你的第一个想法就是，赶紧找一个隐蔽的地方藏起来，避免这些人类的打扰。除非是你突然对狮子发动攻击，你的近距离射击惊着了狮子，或者狮子当时正在撕咬它的猎物而且不想被打断，通常来说，在你打伤狮子之前，它都不会给你制造多大的威胁。

如果你是坐着越野车靠近一头狮子，那你就更不用担心，因为它其实是看不到你的。狮子只能分辨出物体的轮廓，可是从车里开枪射击是违法的行为，所以对于狮子来说，即使看见了车影也不会担心被杀。

如果非要说车的轮廓对于狮子有什么意义的话，那也是某种给它带来开心和友好的东西——因为有人为了近距离拍照，会先猎杀一头斑马并用绳子捆在车子的后面，一路拖着走，以此来作为诱饵。如果有人试图想靠汽车的掩护向狮子开枪，那么这不仅是违法的行为，同时也是一种懦夫的行为，要知道，你攻击的可是动物之王，最好的猎物之一，可是你竟然暗中使诈。

不过，要是你在路途中恰巧碰见一头雄狮和一头雌狮，它们离你的车只有100码的距离，而且两头狮子是在一棵长满刺的树下面，身后100码处有一个很深的水沟，或者一片已经干涸并长满芦苇的水域，水域蜿蜒穿过整个平原，长达10英里，那么你就应该知道这为野兽们提供了绝佳的掩护和逃生的条件。

你坐在车里，紧紧盯着那两头狮子，并审视着雄狮子的上下，暗下决心要猎杀这头雄狮。如果你还从未射杀过一头狮子，而在塞伦盖蒂平原上你只被允许射杀两头狮子，而且你想要一头有着上好鬃毛的狮子，毛色越黑亮越好。同行的“向导猎人”会轻声对你说：“我想我们应该抓住它，我想我们能够抓住它，不过它看着是这么好的一头狮子。”

这时树下的狮子看上去是那么平静，不仅身躯庞大，而且还带着一种骄傲的美丽。雌狮子伏在黄色的草地上，不断晃动着与地面平行的尾巴。

“就这么定了。”同行的“向导猎人”说。

然后你离开驾驶座，从狮子看不到的那一面下了车，同行的坐在汽车后座的“向导猎人”也从同一面下了车。

“我想我们最好还是上车坐下吧。”同行的“向导猎人”又说。于是，你俩又一起坐上了车，开着车子离开了。当车子启动的时候，你的心里会产生一种对狮子从来没有过的感觉，那是你以前坐在车里安全地审视狮子时所感受不到的。

当车子发动的时候，雌狮子会站起来，挡住你的视线，使你无法看清雄狮的位置。

“我看不到它。”你轻声说。其实当你说这句话的时候，两头狮子已经看见了你。雄狮子会掉头迈着大步往前跑，雌狮子还在原地不动，不断地摇动着尾巴。

“雄狮子一定会跑到干沟去。”同行的“向导猎人”说。

当雌狮子看到你起身举起枪准备射击时，也会转身往前跑，雄狮子这会儿一定会站住回头望一眼。而当你看到它那猛然转过来的巨大的头颅对着你，嘴巴大张，鬃毛在风中飞舞时，你一定会不自觉的胆战心惊。你用枪瞄准狮子的脖颈处，屏住呼吸，扣动扳机，除了随之而来的咔嚓声，就像警察拿着警棍打到骚乱者头上的那种声音一样，你还会看到一个庞然大物随之倒下了。

“你杀了它，要小心雌狮。”

而此时，雌狮子匍匐在地，面朝着你，所以你只能看见它的头、向后张的耳朵和平伏在地上的黄色的身子，还有那笔直的上下摆动的尾巴。

“我想它要过来了，”同行的“向导猎人”说，“如果它冲过来，要先坐下然后再射击。”

“我要炸它吗？”

“不必，或许它不会过来。我先观察一下，等它行动了再说。”

于是，你站在原地眼睛不眨地注视着雌狮子的一举一动。越过它，你还能清楚地看到你刚刚用猎枪射倒的雄狮子，当然现在只能看到它的半个身子。最终，雌狮子没有冲过来，只是慢慢地转头朝干沟的方向走去，随后身影消失在你的视野中。

“怪不得，”同行的“向导猎人”说，“打猎的规矩是先对雄狮子开枪，这个规矩看来并不是没有道理的。”

看着雌狮子离开，你们两个朝着地上的雄狮子走去，随时准备再次射击。越野车也跟了上来，还有另外一些带着枪的人也加入了你们。其中一个人捡了一块石头对准地上的狮子扔过去，见倒下的狮子一动不动，你这才放下枪，笔直地走过去。

“你这可真是好枪法，一枪就打在了它的脖子上。”同行的“向导猎人”说。只见狮子的脖子上流了很多的血，染红了它那厚厚的毛发，驼色的部分被血染得很不均匀，你似乎开始有点后悔射在脖子上了。

“我只是运气好而已。”你说。

你此时可能还处在紧张之中，因为你无法忘记狮子回过头来看你的眼神，但你没有和任何人说起。等到紧张的气氛缓和下来，在场的所有人都跑过来和你热情地握手。

“不过，你要小心跑掉的那只雌狮子，”同行的“向导猎人”说，“它肯定不会跑得太远。”

这时，看着地上已经死去的狮子，看着它那巨大的头，蓬松的黑色鬃毛，还有那长长的、顺滑的，黄色毛发覆盖的身子，它的肌肉还在抽搐，心脏还在身体里面跳动，你不得不感叹，这死了的狮子，也是一具美丽的尸体，更不用说它活着的时候的威风凛凛了。不过，你也许会在心里后悔留在它脖子上的那块不均匀的驼色印记了。

以上就是开车猎狮的大概情况了。如果没有车辆的保护，那猎狮就只能回归到最原始的方式。如果你伤到了狮子而没有伤到它的要害，那它一定会跑到干沟躲里起来，那你就不得不继续去追它。其实猎杀狮子也不是件难事，只要你在一开始能找准射击的位置，并能精确地射中那个位置，那你一定会100%地放倒它，当然这仅限于在你有好的枪法，一枪击中要害，不需要连续射击的情况下。可是如果你只是射伤了狮子，让它躲了起来，那在追逐的过程中，你被攻击而受伤的概率就要大得多了。就算是一头受了伤的狮子，也能以迅雷不及掩耳之势跑过100码的距离，将你迅速扑倒在地，不给你再次开枪射击的机会。而且已经挨了一枪的狮子这时也不会被你的第二枪所吓着。除非你能把它彻底杀死，让它再没有攻击你的机会，不然，被你打伤的这头狮子一定会再次扑向你。

在塞伦盖蒂平原上，只要你遵循了射击规则并掌握了射击技巧，而且在下车的时候保证车子是处于发动的状态，你就可以随时离开。除非你的枪法真的十分好，或者你的运气很好，不然在大多数情况下，你都只能把狮子打伤，因为狮子会随着人的步子的移动而移动。所以如果你想猎杀一头庞大的鬃毛狮，一个对任何猎手来说都是一个无上的荣誉的挑战，这不仅需要很多的捕猎经验，还得熟悉如何去保存动物的尸体。

如果谁再跟你说猎狮并称不上是冒险，那你完全不用理会他。现在可以看到猎杀狮子是一件十分危险的事，要多危险就有多危险。而唯一能消除或降低危险的办法，就是靠你不断地提高自己的射击技术，而这也是你必须要做的事，只要你不想反被狮子猎杀。如果你在离开非洲的时候，没能带走一头属于你的狮子猎物，当然算是一件令人遗憾的事。不过，比起那些躲在越野车上偷猎狮子，或者趁着夜色躲在黑暗处，用手电筒的光照得狮子无法睁开眼睛从而让狮子至死，都不知道攻击它的是谁的人，你更有资格被称为一个真正的冒险家。

第三封坦噶尼喀的来信之危险游戏

1934年7月

对于猎狮这项危险的捕猎活动，一个最基本的规范前提是，就算因为捕猎而陷入危险，你也必须得提前做好各项准备让自己脱离危险。而每一个第一次到非洲打猎的人，身边都会跟着一个“向导猎人”，即指一些非洲当地人当的向导。他们会在你追逐体积庞大且危险的动物时，负责指导和帮助你进行捕猎。“向导猎人”身负保护你的责任，所以当你在危险发生时，一定要按照“向导猎人”说的去做。

如果你偏要一意孤行，不听“向导猎人”的意见，那等待你的结局就可能是被狮子撕成两半。而对于“向导猎人”而言，如果自己的客户受伤、被杀，或者受了严重损害，那他就会因失职而失掉自己一家人赖以生存的工作。所以如果你的“向导猎人”在你射猎时充分相信你并且愿意让你冒险一试的话，就说明他很信任你的技术和心理素质，而你一定不要滥用或者辜负这种信任。因为任何一个正派的人都不会轻易地拿全家人生活的来源来做赌注。这也是职业操守中很重要的一部分，也是业余的人无法想明白的。

非洲有两个十分厉害的“向导猎人”，他们带的客户从来没有人受过伤。不过这也称不上太稀奇，因为很多“向导猎人”都能保证客户的安全。让人觉得不可思议的是，他们自己也从来没有在和狮子的缠斗中受过严重的伤，这个可就很值得骄傲了。菲利普·帕西沃还曾经用膝盖顶死了一头野牛，这绝对是真事。如果想要替大象们讨回公道，那就算把巴郎·布莱克森五马分尸两次都不为过。不管怎么样，他们确实从来没有受过伤，而且经他们带的客户猎到的野牛、大象和狮子的数目都是最多的，并且年年如此。

用非常厉害的猎人、非常厉害的枪手来称呼他们并不为过。（以上这段话中，出现了很多的“厉害”，你们自己可以发挥想象重新换个词。看，你们很容易就能比我做得好的。谢谢你们，这是十分令人高兴的事情，难道不是吗？）

虽然菲利普·帕西沃和巴郎·布莱克森的本事过硬，但他们却从不骄傲地炫耀。他们将内心的骄傲都收了起来，而这种内心的骄傲是支撑他们生命的东西。（好吧，这比刚才要好点。什么？还要加把劲？你说还不够好？好吧，或许你是对的。）布莱克森可以用一把450型火枪轻易打中快速奔跑中的松鸡，之后，他会说：“只是因为我的手惯性地动了一下才打中的，你说呢？”又或者，当他把一头猛冲过来的犀牛阻挡在10码之外时，会向被吓得已经失魂落魄的客户道歉说：“我也不是总能挡住它的，你说呢？”

（这就是我写出来的东西。你看，当你学着把这些满是“厉害”“很”之类的句子换个说法，你觉得他应该会对你哇哇地叫个不停时，你却意外地发现他正在写的东西也并不是很无趣的。我并不是说他的表达方式是如何的出色，我是说他所写的那些事情本身是很有趣的。当然，我相信如果你们也来到非洲大草原，一定能写出比这更好的文章来，你说呢？）

菲利普绝对是唯一一个或者至少是最轻的阻击凶猛动物的猎手。他单枪匹马地用一把256型曼利彻火枪打死了很多头狮子。我曾经有幸和他见过一面，他一看就是那种很谨慎、小心的人，样子看上去十分快活，好像就要出发去旅行的小学生。当我们用尽所有的安全保障措施，或者说当这些方法不管用时，我们别无选择，只能跟着他，用以前那种方式去捕杀。（不好意思，先生，你瞧，这也是我的谋生方式。我们每个人都需要做很多事情来维持生活。不过，至少我们还喝着威士忌，不是吗？）

很多人都希望拥有那种猎杀危险动物的经历，但是他们从来不会真的豁出去干。这种人不管采取哪一种猎杀方式，通常只会开一枪，而他们随行的“向导猎人”却会开很多枪，有时甚至会多过于他们的客户。所以当你在追击野牛、犀牛、大象、狮子和猎豹时，只需要数一数你的“向导猎人”开了多少枪，就知道自己表现得到底如何了。（你开了两枪，P先生，如果我说错了的话，你可以纠正我。一次是对着那头雄猎豹开的，当时另一头雌猎豹想折回来，而你就像一只兔子一样围着它转。另一次就是我们在那片空地上碰上了几头野牛，当时我们已经开枪放倒了两头，可是发现还有一头野牛正拼命地想逃跑。你看着狂奔的野牛，估摸着它可能要逃到丛林里去，于是就毫不犹豫地扣动了扳机，让前一秒还在飞奔的野牛瞬间就倒在地上。）

按照菲利普·帕西沃的观点，猎豹比狮子还要危险得多。他给出了以下理由：首先，猎豹大多都是在没有准备的情况下遇到的，当时的你或许正在猎黑斑羚羊或者雄鹿。其次，猎豹不可能在那一动不动地让你射击，所以你只能边跑边开枪，换句话说，就是你想一枪就杀死它很难，最多只是让它受点伤。第三，如果受伤的话，猎豹一定会朝你猛扑过来，而猎豹的速度实在是太快了，没有人能做到只用一把来复枪就阻挡住它。第四，猎豹会四爪并用和你缠斗，所以你的眼睛要特别注意它尖利的爪子，防止它们朝你的脸直抓过去。这不同于狮子通常都只是抓或咬手臂、肩、大腿这些地方。霰弹猎枪是阻挡一只猎豹攻击的最佳武器，不过你最好等到它和你的距离在10码以内再开枪。这样你用多大口径的枪，都不会有什么影响。不过打鸟的猎枪还是要比打鹿的猎枪效果更好一些，因为猎鸟枪比较适合近距离的射击。（P先生就曾用一把7号猎枪打爆了一只离他只有15码的朝他猛冲过来的猎豹的头。那只猎豹一定没料到自己的悲剧。）

到目前为止，就我个人有限的经验来讲（包括狮、豹、野牛，我只猎杀了4头），其中危险系数最低的就是野牛。能够看见狮子追捕角马是很稀奇的事情，但我们曾见过两次。就连在草原生活了这么多年的菲利普·帕西沃都只见过一次这样的场景。当时他正和普莱思提斯·格雷先生一起出猎，我想，格雷先生也一定见证了那少见的一幕。

我们曾在草原上见到一头雌狮子奋力狂奔追捕猎物，你简直无法相信那速度之快。有一次，我还看到一头受了点伤的雄狮子追击羚羊，虽然当时它的动作不怎么漂亮，但那种奔跑的速度仍然让我震撼不已。所以从这个角度讲，野牛的速度则是慢得让人不敢相信，即使是与西班牙斗牛相比。所以我也是一直疑惑不解，为什么有些人明明可以先等野牛奔到近处，然后再重击其头部，这时只要来复枪够重，就完全能够毫不费力地将其杀死，而他们却显得很犹豫和慌乱呢？当然，如果身处茂林的深处，或者是在很高的芦苇丛中，又或者是在任何一个可以为其提供掩护的茂密草丛中，再加上这时野牛又受了伤而被激怒了，就不得不注意其危险性了。不过这是因为当时的环境所致，并非野牛本身，如果在同样的环境下遇到狮子，那绝对是致命的危险。在开阔的地方，一头狮子或一头猎豹比野牛要危险上百倍。

其实这并不是说野牛没有勇气，它的报复心和隐忍力十分强。我试想，如果把非洲草原上的野牛带到西班牙的斗牛场上，相比较于那些在场上攻击力强的斗牛，它可能会对中场休息过来洒水的洒水车更感兴趣些。

野水牛并不适合在开阔的地带生活，所以你应该把野水牛带到你最初发现它们的地方，并且跟在后面，看它们接下来会去哪儿。然后你就会发现，它们去的地方条件特别恶劣，关键是，你应该把这些野水牛天生具备的危险性和那些生活在同样环境下的动物进行比较，而不是只考虑它们在那样一种不得不应对的危急情况下。（你喜欢听的这些悄悄话都讲完了。本来是要给P先生写信，这些话也是我在船上读那封信的时候添上去的，我好像有些想念他了。）

对于我来说，重提这段经历也是应该有所节制的，你们就把犀牛的部分当一个笑话来看吧，或许这并不怎么好笑。其实，犀牛的视力十分差，了解这一点的捕猎者可谓是找到了方法去对抗犀牛那庞大无比的身子、令人惊叹的速度和敏捷的动作。有时候，犀牛发起脾气来会十分善斗，这时捕猎者要借助地形的优势来想法制服它。如果你是在两旁都是高高的草丛和茂林的小道上或者在坑道里遭遇它，那这个时候犀牛就会占尽优势，而且这时的犀牛十分危险和凶恶，它会用犀牛角猛撞，并且快速移动。犀牛的速度比起野水牛快多了。但是我却认为犀牛就是一个彻头彻尾的带有危险性的笑话，而且是大自然制造的笑话。众人皆知犀牛的角是十分珍贵的，中国人很乐意花上很高的价钱把犀牛角买去碾碎入药或者挂在墙上当作装饰。这也使得很多当地的猎人和外国来的捕猎者对犀牛的追捕陷入疯狂。而犀牛逐渐变得怕人，整天躲躲藏藏的。以前的犀牛大多生活在开阔的草原上，但现在越来越多的犀牛趋向于跑到深山老林中，在那儿安宁地吃草、长角。而深山老林的环境也让它们抓捕猎物时占尽自然的优势。

至今，因为我还从来没有猎到过大象，所以我也无法写出些关于大象的事。不过我们已经开始计划明年再去肯尼亚待上半年，我不仅想在那儿猎到一头真正的野生大象，还想去那儿猎野水牛和犀牛，同时也想再去看看我们对于这些动物的第一印象到底和事实相差多少，当然，如果能幸运地在那儿猎到一头黑貂就更好了。至于猎到大象的个人经验，我实在无话可说，这也无疑让一个专门写危险捕猎笔记的人显得很没有说服力，就好比一个要参加竞选的家伙却从来没有见证过一场大型的战役一样。少了关于大象的内容，我的这份笔记也就相当于那样。（其实，之后还发生了一件事。一天晚上，我们钓完鱼后正在梦芭莎吃晚餐，A.V.P先生和我在探讨交流我写的这些信。我还特别建议阿尔弗雷德在他动笔写关于赛马的信之前，可以先写一封关于他和布里克森一起猎象的经验的信。我已经写了犀牛、野水牛等。当时，P先生还在他的第一次深海捕鱼旅程中，没有发表任何意见。但是第二天，我们碰到了一大群海豚，在那艘该死的渔船被撞烂前，我们一共捕上了15条海豚。我记得P先生当时兴奋得双腿打战，他用尽力气将渔船往后面退，直到它被固定住。海豚们一个个绕着渔船跳跃个不停，有的甚至还跳上了船。P先生有时会猛地把鱼饵从海豚的嘴里拉出来，偶尔也会故意让海豚吞下去，他的钓线上始终都有鱼在咬钩。

“你感觉怎么样，P？”我问他。

“上帝啊，”他说，“除了你抓了那头野水牛的那天，这应该是我最开心的时候了。”不久，他又说，我一定要把这件事写成文章，然后发表在《埃斯奎尔报》上，名字就叫“偶遇海豚”。

古巴的来信之出海

埃斯奎尔·1934年8月

七八月份在古巴北海岸捕鱼，海面上炙烤的太阳无疑是对人最大的挑战。因为受东北信风的影响，七八月哈瓦那的温度和海面温度相比要低得多。东北信风一般从上午10点左右刮起，一直会持续到第二天凌晨四五点。因为东北信风带来了大量的湿气，所以会让温度变得更加宜人。但这仍不能撼动太阳在海面上的威力，即使这时刮来一阵微风，也都是带着热气让人受不了的。如果你早晨顺着水流往东，驾着渔船迎面向太阳前行，等到下午，再背对太阳的方向逆着水流返回，还能少受点太阳的炙烤。可有时候，为了能多捕到些在哈瓦那和科西玛之间的水域聚集的鱼群，你不得不在大太阳下来回穿梭，承受海面热带阳光的炙烤。如果你能在出海时戴上一副有克鲁克镜片的眼镜，一定能对视力有很大的保护。在墨西哥湾出海了100天后，我竟然发现我的视力反倒比出发前更好了，而且好得不止一点。这时你的身体最遭殃的可能就是鼻子了，因为受太阳长时间的炙烤，你的鼻子看起来就和某种少见而难看的热带蔬菜一样。即使太阳西下，海面上的水已经如刚熔化的铅水一样热，但是余力未消的阳光依然烘烤着你帽子下的脸，而帽檐最多只能遮住鼻子以上的部分，所以你那像热带蔬菜的鼻子依然逃脱不了被炙晒的命运——这可真是老J·P·摩根不朽的鼻子啊。

在墨西哥湾的海面上，你有很多时间可以用来自己思考事情，还能用左手抹一点可可油涂到鼻子上，同时右手握住钓线卷，双眼盯住水下的鱼饵看它被上下扯动的情况。水下有两条鱼一下子钻出水面，一下子又潜入水底，顺着呈“之”字形的路线在水里窜动，侦察着、试探着咬钩上的鱼饵，判断其是否可以放心食用。你依然有时间想上一阵自己的心事，因为离鱼儿上钩还有好一会儿。你一定想不通他们为什么偏要在太阳底下捕鱼？渔夫们为什么不能往南北两面的海域走，而偏要往东西两个方向走呢？

当然，只要你能从南北的海域顺利捕上鱼并且安全回来，那是最好不过的了。但是当东北信风在海面上减弱为一阵微风，而微风逆着洋流吹时，就会让南北的海域变得十分危险，因为在低压气流下，你根本无法捕鱼，所以你要么是顺着洋流，要么得逆着洋流，往南北方向走是根本行不通的。

当然，你也许根本没有过这样的疑问，或许你对这些信风啊、太阳啊什么的根本不感兴趣，你只是想知道关于捕鱼或者我们谈话之事。可是，先生们，我要告诉你的是，我所讲的这些都是很重要的东西。这也是伊扎克·沃尔顿曾经思考并以之为创作题材的东西（我确信你也一定没读过他的作品，不过你一定知道什么是经典的作品，就是那些所有人都会提起却没有人读的作品），除非沃尔顿作品中的优雅、离奇、有趣，还有文学价值都被忽略了。这些是被有意忽略的吗？啊，亲爱的读者们，我还是很感谢你们的善意的谎言。

好吧，下面我们就来说说皮斯卡特吧。用沃尔顿的话的说，皮斯卡特坐在他那张还残留着阳光热度的椅子上，那可真称得上是典型的渔夫坐椅了，虽然这把坐椅除了展现渔夫生活光景的暗淡之外，并没有什么吸引人的地方。皮斯卡特的手里拿着一瓶冰镇的哈图伊啤酒，视线正试图掠过渔夫鼻子，看着波涛起伏的海面。渔船正迎面向着太阳驶去，如果这时有鱼游过来，皮斯卡特一定能看见。果然，受鱼饵的诱惑，鱼朝着鱼饵游来。皮斯卡特能看见海面上鱼鳍划出的波浪涟漪，以及鱼在水里游动时它那镰刀似的尾巴忽左忽右地摆动；当鱼从后面游上来时，在水底下显出巨大的鱼身，它那巨大的蓝色胸鳍张开来就像某种巨大的水鸟翅膀；还有鱼身上的那一道道的条纹，就如同一条条紫色的丝带缠住了一个棕色的枪管。这时，皮斯卡特甚至能看见摇摆着的鱼嘴。特别是马林鱼的鱼嘴露出水面时，那大张着的口。马林鱼是一种很聪明的鱼类，一般会绕到鱼饵的侧面，然后拖着鱼饵向下，有时候它会游到船下很深的地方，使得钓线也跟着变得松弛。这时，皮斯卡特通常会忍不住用鱼钩去钩它。而当马林鱼被钩住以后，就会出其不意地来一个急速大转身，拖网也会随之旋转向下，接着就会听到钓线"噌"的一声被拉出水面，打破了海面的平静。拖网已经被放下，马林鱼跳跃着，翻腾着，就像一艘高速游艇一样穿过水面，有节奏地跳起，在空中一个回旋，然后重重地落回水面，身子足有20英尺甚至更长。

看着这一切发生，感觉到钓竿那头鱼的巨大力量，就好像自己已经和鱼变成了一个整体，自己变成了它的一部分。然后，你要制服并控制它，试图用鱼钩把它拖上来，但周围找不到可以帮你扯住钓竿、拉线圈或者掌舵的人，这时你唯一能靠的只有自己。想想这是一件多么值得等待的事，即使是要在热带的阳光下等上很多天，正如我前面所说，你在等待的过程中有足够的思考时间。而在这段时间想出来的一些好想法，可以写封信寄出去。如果你写的大部分内容都是你对于鱼的想法，而和其他任何人没有关系，或许你会被送进监狱。

为什么南风能够让所有的鱼都不再咬古巴北海岸的鱼钩，而去咬福罗里达的呢？

为什么其他的鲨鱼都吃被钩上来的或者死了的马林鱼或者箭鱼而灰鲭鲨却不吃呢？

灰鲭鲨和箭鱼有什么关联吗？就像刺鲅是王鱼和旗鱼、马林鱼间的联结点一样。

灰鲭鲨那样的胆识是什么造就的呢？当灰鲭鲨被鱼钩钩住时，除非你拉它，不然它是不会自己往下拉的；它会蓄意地朝船上的渔夫猛撞过去（我的确目睹过）；在你和它缠斗的时候，它并不会惊慌失措，而是似乎在思考并且会尝试用不同的办法逃脱；而在缠斗的过程中，它有时还会浮出水面，休息一阵；它会不厌其烦地绕着一条被钩住的马林鱼一圈又一圈地游，却不会去咬。灰鲭鲨身上的秘密真的让人捉摸不透。它的鱼皮和鲨鱼鱼皮不一样，眼睛也不一样，鱼鳍比起鲨鱼的，倒更像阔嘴箭鱼的鱼鳍，而且它还会散发出甜甜的味道，这也大大异于其他的鲨鱼。唯一和鲨鱼相似的就只有嘴巴了，那满口的锯齿状的牙齿让它得到了一个古巴名——丹图沙，意思是“鲨鱼的嘴巴”，另外，它的鱼鳃和鲨鱼的也是一样的。

旗鱼背上像鱼帆一样的鳍有什么用呢？为什么这种鱼看起来更像是上帝失败的作品？旗鱼出现的时间要早于马林鱼，但样子却要相对古怪些。马林鱼圆的部位，在旗鱼身上就是扁的，马林鱼强的部位，旗鱼就会比较弱，再加上它那不大的胸鳍，较小的尾巴，你无法想象它到底是靠什么存活下来的？我想旗鱼长成这样，一定有其道理，但这道理到底是什么呢？

马林鱼为什么总是要逆着洋流从东往西游呢？它们到了古巴最西端的圣·安东尼奥海岬后又会去哪儿呢？距离表面洋流几百英尺深的海底，是否有方向相反的洋流呢？马林鱼在游回来的时候是不是也是逆着海底的深层洋流的？它们是否会绕着加勒比海转一圈然后回来呢？

为什么在加利福尼亚海岸捕捞马林鱼最多的年份，在古巴海岸同样也可以捕捞上来很多马林鱼？马林鱼是否只会随着所有大洋的暖流运动，还是说它们只是按照自己的某种圆形轨迹运动？新西兰、塔哈提、火奴鲁鲁、印度洋、日本沿岸、南美洲的西海岸、墨西哥的西海岸，以及向北可以延伸到美国加利福尼亚的西海岸，这些地方都能够捕到马林鱼。今年在迈阿密捕上来的都是比较小的马林鱼，可是就在几个月前，大群的大马林鱼游过墨西哥湾那边的古巴海岸。去年夏天，他们甚至到北边夏威夷岛的蒙托卡角那儿去捕条纹马林鱼了。

马林鱼分为白色马林鱼、条纹马林鱼和黑色马林鱼等几种，而它们颜色上的差别有没有可能只是因为雌雄的不同而导致的呢？或者因年龄的不同而呈现或白或黑或条纹的变化呢？

据我现在的知识可知它们都是一种鱼，或许这并不是很准确的理论，但如果真有人能用真实数据把我这个认知推翻，我会很高兴的。因为我看重的是知识的本身，而不是那不可一世的虚荣心。在迈阿密和帕恩海峡沿岸上，白色马林鱼是被捕捞上来的最多的鱼种，这种马林鱼的最大重量范围是在125~150磅。至今，我还是坚信白色马林鱼就是雄鱼和雌鱼的幼年期。在水下，你能看到这种鱼身上淡淡的条纹，可是一旦被捕上岸，条纹就会消失。我见过最轻的一条马林鱼只有23磅重。马林鱼会在某一个重量点开始，差不多是70磅或更重一些，在雄鱼鱼身上就会出现又长又宽的条纹了。而这些条纹只是在水下看起来十分清晰亮眼，一旦上岸就会慢慢变淡，而在马林鱼死后1小时左右，条纹就会完全消失。只要身上的条纹是又宽又长的，那它的身子也一定是圆的，这一定是成年的马林鱼，而且肯定是雄鱼无疑。它们也是条纹马林鱼中最擅长跳跃和缠斗的。所以我猜想，条纹就是雄性马林鱼成长期的一种表征。

条纹马林鱼的脑袋很小，整个身子圆滚滚的，身上还有一块矛剑样的东西，宽宽的淡紫色条纹从鱼鳃下面开始一直延伸至鱼尾，中间的条纹偶有不规则的间断。这些条纹并不会在鱼死后就变淡很多，假如你把鱼抓上岸，然后再将它放入水中，不到几小时那条纹又会变得清晰明亮起来。

我说的所有这些马林鱼的变化，都是在古巴海岸观察到的。在哈瓦那市场上，马林鱼鱼卵的价格不一，从40美分到1美元或0.25英镑不等，所以大家在剖鱼的时候都会很谨慎，以免把鱼卵弄坏。据市场上鱼贩的说法，所有的条纹马林鱼都是雄鱼，而所有的黑色马林鱼都是雌鱼。

可是白色幼年马林鱼和黑色成年马林雌鱼的过渡期是在什么时候呢？白色马林鱼的身体有着迷人的光泽，很是漂亮。虽然头有点大但整个鱼身的比例很好，重量一般都在100磅左右。而黑色马林鱼恰恰相反，不仅鱼头又大又难看，有着很厚的鱼嘴，而且体积十分庞大且不匀称，鱼身呈深紫色，就连鱼肉都十分粗糙。那么幼年时漂亮的白色马林鱼到底发生了什么而变成了丑陋的黑色雌鱼的呢？

我猜想，马林鱼雌鱼的成熟期就是我们称为银色马林鱼的那个时期。那个时期的马林鱼鱼身是银色的，没有条纹，很好看，重量可达1000磅甚至更重，而且十分擅长跳跃和缠斗。就连市场上的鱼贩也说，这些银色马林鱼全部都是雌鱼。

现在就剩下蓝色马林鱼没有说了，说实话，我也不清楚它们是否是白色马林鱼的一种变体，兼有雌雄，或者完全属于另外一个种类。不过这个夏天，就让我们拭目以待吧。

我现在所在的这条渔船在过去的两年时间内已经捕捞了91条马林鱼，我们对这些鱼进行了仔细的观察，可是这战绩还远远不够让结论具有说服力。和那些对所有的鱼进行仔细观察研究，并且边观察边对每条鱼的每个细节做详细记录的科学家一样，最起码我们还得捕捞几百条马林鱼，并且仔细研究观察才可以。

但问题来了，如果想对马林鱼做细致的观察研究，就必须先要捕到马林鱼才行。捕马林鱼可不是一件容易的事，它需要很多时间。即使在捕鱼的过程中能够让你有很多思考的时间，但你也并不想这样耗费时间，而且这还需要有人提供经济上的资助。

哈瓦那的汽油现在是30美分1加仑，而你的渔船1年有100天在海上，每天工作12个小时。每天早上你要在天还没亮时就起来，而且因为那些鱼会不时弄出些动静，你有一半的时间只能趴着睡。另外，你还需要花200美元买鱼饵，大约50美元买钓线，600码长的钓线1次就得买36根，还有鱼竿、鱼钩和引线也是不可缺少的东西。如果你的经济支撑只是从出版商和编辑那儿争取来的可怜的稿费，那么不管是在体力上还是经济上，你都会不堪重负。所以，在这种情况下，你怎么可能还有心情在大晚上坐着去数鱼鳍反射的光线，或者用测径器去测量鱼的腹鳍尖面，心里想着为什么这鱼没有被切开摊平。

而在我认识的所有有能力提供资助的人当中，要么是在忙着研究怎样获得更多的财富，要么是在赛马，要么是在纠结自己的心理出了什么问题，要么是在想怎样让现有的财富不缩水，要么忙着电影事业，或者他们忙着以上提到的所有事情。而我则会继续去捕马林鱼，即使我并不能创造什么科学价值，即使那些忙着挣钱、赛马的人不会给我提供任何资助，但是我很享受这个过程并乐在其中。事实上，我的确觉得我们能捕杀这些鱼，却不用因此而入狱是一件很幸运的事。

或许明年这里就会出台反对捕杀马林鱼的法律了吧。

我认为，捕鱼之所以能给人带来乐趣，就是因为这件事能引发人本身的好奇心，我还真庆幸现在还有一件能让人好奇的事情。记得去年我们捕上来了一条条纹马林鱼，没想到竟然在它的体内发现了一根钓竿。当然，这也不能算是完全意义上的钓竿，就和电影里女演员或者男演员手上拿着的钓竿差不多。如果认真观察的话，会发现它和挂在屋子里做装饰用的那种钓竿更加的像。而这也是第一根鱼贩们在条纹马林鱼体内发现的钓竿。

关于这根钓竿，我多么希望自己能用一种听起来不那么医学的语言来向你描述。所有的条纹马林鱼都应该是雄鱼；所有的马林鱼，包括白色的、条纹的、银色的，等等，最后都会变成黑色马林鱼——我坚持了很长时间的一个观点——这些鱼在这个过程中是如何变成雌鱼的呢？石斑鱼最后一定会变成雌鱼，不管石斑鱼最初是雄性还是雌性，到最后一定都会变成雌鱼，我想马林鱼也应该是如此。为什么说那些黑色马林鱼一定是上了年纪的鱼呢，你可以从鱼肉的质感，从鱼嘴的粗糙度看出来，另外，通过观察黑色马林鱼在缠斗中的状态和它们生活的方式，你也能证明这一点。当然，马林鱼生长到最后，大约都有1吨重。在我的眼中，它们一直都是些年老的鱼，都处于马林鱼生命的最后一个阶段了，而且，它们都是雌性的。

如果你能拿出证据来反驳我，我会很高兴地等着你的答复。

古巴的来信

1934年11月

给你写通讯稿的是一个资深老记者，这让我们更像一个大家庭。这个老记者至今仍在写作，可能对于读者而言这是件不幸的事。这个老记者对于那些能通过专栏随心所欲写自己生活的人很是羡慕或者说是嫉妒。每天拿到报纸后，这个老记者就会翻到他最喜欢的那个专栏读起来。他的想法，以及这个想法是怎么被想到的——读到专栏的同一天，老记者就会按照以下的顺序记录下自己的想法：凯末尔——伊恩斯沃兹——没有放火——士麦那——罪恶的希腊人。然后他再把写成的稿子以3美元1个字的价格寄给《东部电报》，并特别要求他们在刊登稿子时，一定要注明稿子的版权属于丰碑新闻社。今天，穆斯塔法·凯末尔接受了丰碑新闻社记者的独家专访，他坚决否认土耳其军队是火烧士麦那的凶手。凯末尔说，士麦那城在土耳其护卫军进入之前，就已经是一片火海了，希腊的后卫军才是真正的纵火者。

我也想不出他在专栏里写这些东西的时候，脑袋里到底在想什么。但是有一点我可以确信，就是他的生活一定会在他被卷进这些麻烦的世界大事之前，就已经麻烦不断了。但是，看着他从一个食草专栏写手[1]成长为一个食肉专栏写手[2]，也算是一件有趣的事。如果把个人专栏的作者比作一匹豺狼也不是没有道理的。没有豺狼在尝到肉的滋味后，还愿意待在草原上吃草的，不管这肉是谁提供给它的。比如温彻尔，他就是自己给自己弄肉，还有其他几个人也是如此。社会新闻在这些人的专栏里占有重要地位，而且他们都算得上是新闻界里的大腕。下面我们一起去看一位之前把个人性格置于事实真相之上的记者吧。

现今的状况和1921—1923年经济危机时的状况相比可以说没有什么两样。社会上罪恶、不公平和腐朽的情况没有丝毫好转，甚至还要比以前更加糟糕。我们那时候最喜欢的专栏作家不会像今天的作家或记者

[1]指大多时间写户外活动，如春天、棒球赛、不经意翻阅的一本书的专栏写手。

[2]指写骚乱、暴力、灾难和改革的专栏写手。

这样到处乱跑。否则，在大家认真审视我们所处的这个世界之前，我们这些靠写字为生的人就只能在家里等着破产了。

我们之前最喜欢的资深记者，他身上存在的一个不足就是：太晚接受教育。现在可没有过多的时间再让他去了解一个人死之前应该了解的那些事情。想要仅仅靠宽广的胸怀、灵敏的头脑、迷人的性格、宽松的裤子加上一台打字机就试图想看明白如今这个世界是如何运转的，谁在做真正有益的事，谁在竭尽全力，谁又在不断犯下错误，谁只是别人手中的棋子，谁又是背后真正的掌控者，那是远远不够的。这些是我们的资深记者可能永远都不会明白的，因为他开始得太晚了，根本没法用冷静的头脑去细细思考这些问题。

比方说，战后的世界比现在更有革命的热情。那时的我们都相信革命，时刻都在期盼、寻找、等待——因为那在当时是合乎逻辑的正确的事情，但是最后的结局是，每一场刚刚兴起的革命都被镇压了下去。曾经的我在很长一段时间内都百思不得其解，但最后我想通了。只要你对历史深入研究，就会发现没有一场彻底的军事动乱，就不可能有真正的共产主义革命。可是想要明白这一点，那么你首先就得了解军事动乱意味着什么。军事动乱意味的是，彻底打破对社会制度的幻想，打破所有现存的标准，推翻人们心中的信仰。革命成功的必要前提，就是必须建立一支正规的军队。从战后的世界来看，意大利的革命条件最为成熟，但是意大利的革命却依然注定会失败，因为意大利在世界大战中败得不够彻底，因为自卡波雷托战役之后，意大利在6月和7月接连在皮亚韦（意大利东北部城市）取得了战役的胜利。从皮亚韦开始，革命曾一度裹挟班卡商会、意大利信贷银行、米兰商人，他们都想建立繁荣的社会主义式的合作制社会，建立社会主义的政府，但这一切都被推翻了，随后跟来的是法西斯。

要说完这个故事，那可就太长了，我只能简单介绍。但是我们现在的文学革命史的确要重视一些对当代历史的研究。所有被记录下来的历史都不会完全还原。所以，你如果想真正了解那个时代，就必须坚持关注与那个时代有关的事情，然后根据自己真正了解到和不断更新的信息知识去进行自己的判断。现在说这些似乎有些晚了，因为现在并不是只有马克思或恩格斯，在马恩之后还发生了很多的事情。

反正，如果想让孩子们跑赢这场与历史的比赛，就必须要让他们对过去的历史有所了解，他们当然还需要了解很长一段时间内的赛马史。在每天太阳刚升起时，就告诉他们这些事情，无关数字、色彩。用毯子将他们裹住，让闹钟将他们闹醒，然后在微露的晨曦中，让他们明白，他们以后能够创造一个怎样的世界。

如果真的对《新共和》以及《月月评》的时评人进行一个测试，看看他们对机械、理论、过去的史实，包括革命的历程到底知道多少，我想他们可能都及不上普通的关注赛马的人对于赛马史的了解程度。

1917年，法国在凯密斯得斯失败之后，就大张旗鼓地准备要发动一场革命。叛乱的军队朝着首都巴黎行进。克里蒙梭掌权后，差不多把每一个混迹政坛以及社会上的有识之士都私下找去谈话，新政府明确向他们传达了不要闹事的警告。而至于那些他以前政治上的宿敌，以及反对与新政府合作的人的下场不是被枪杀就是被恐吓。在文森斯的火枪队开枪之前，不知道有多少士兵被秘密地处决。虽然不满，但是大家都忍着不去反抗，直到美国在1918年7月出动军队插了一脚。因为美国是战争的胜利者，而法国的革命又注定会失败。克里蒙梭曾下命令保证说，政府不会做任何伤害胸前佩戴闪亮胸章、骑高头大马、昂首阔步的加德共和党人的事情。克里蒙梭说的是那些久经沙场的老兵。群众热爱的法国兵，带着闪亮的佩剑，从街上大摇大摆地走过。摇椅倒在一边，人群推着挤着无法动弹。鹅卵石路上，留下的是淋漓的鲜血和脑浆，马队的铁蹄踏过石子路时，发出哒哒哒的声音，但当他们从那些断手断脚的人身上跨过时，发出的声音又是另一种了。所有的人都在四处逃命，看到这些时，没有人会想如果这时胡佛总统派遣军队过去，或许会有一个新的开端。

德国政府在军事动乱中从来都是赢家。如色当，刚开始时是寻求建立社会主义，但最后发现这条路走不通。德国人在关于为什么而战的问题上始终都坚持自己的信仰。当美国把色当占领后，不久，德国的军队又秩序井然地打了回来。德国军队虽然在春夏季的几场战争中失败了，但却并没有就此被打乱脚步。革命在被镇压下去之前，曾有过一小段的和平时期。当然，在德国也一定发生过革命，只是还没等战争结束就已经被镇压了下去。那些从来都不肯接受军事失败的人，对于世界上有史以来最残暴的暗杀计划的启动，表现出了很大的反感，而他们正是暗杀的对象。战争刚结束，暗杀行动就开始了。先是卡尔·里博肯莱特，接着是罗莎·拉克丝伯格……这个名单还很长。就这样，大多数革命和解放斗士最终的命运都是死于暗杀。沃尔瑟·拉塞洛的下场比起变态的罗恩要好一些，但最后仍被同样的人民和制度取了性命。

西班牙革命的发生和安纽尔的军事暴动有着直接联系的原因。其结局是，那场可怕屠杀的发动人失去了他们的工作和王冠。不过，当三周前革命人士试图趁机动员更多人加入革命的队伍时，却发现人们还没有准备好，他们暂时还不想进行革命。

不管是澳大利亚还是匈牙利，和1870年法国的失败相比，它们算不上真正的战败。在他们被彻底摧毁之前，战争就已经宣告结束了，澳大利亚和匈牙利国内的情况也证明了这一点。不管怎样，还是有很多的人对自己的国家抱有信仰，并且认为战争是国家兴旺的助推器。当然，对于俄国这些所谓的共产主义国家的发展来说，战争也将变得十分必要。不过，对于一个战败的国家来说，最大的惩罚——毋庸置疑的最大的惩罚——便是国家的毁灭。老家伙，一定要把这个记下来。

假如现在的作家也执著于追求某项政治事业而投身政坛，那他的职业前途一定会一片光明。好的文笔正好使你成为某个政治派别的宣传枪手，来宣传推崇其政治信仰和宗旨，只要你有耐心等到政治运动成功的那天，你一定会收获不错的前途。不过，你要做好可能会白白付出一段时间的心理准备，因为不管什么样的政治事业，在前期都不会一下就成功。当然，你或许凭着自己努力工作会幸运地挣到基本的生活费，真心祝福这些努力的人们在以后都能有丰厚的回报。不管是法西斯主义者还是共产主义者，只要他所在的阵营能取得胜利，那么他就很可能会被任命为某个地方的大使，然后就可以借助权力光明正大地以政府的名义自由出版印刷自己的作品，或者获得每一个对革命有着雄心壮志的年轻人都想得到的荣誉。我曾经在一个地方住过，所以我很清楚这些，而且我身边的很多朋友都是通过这种方式得到了很好的工作，不过，也有一些人现在被关在监狱。政治归政治，除非你能写出一些能增长人类知识和智力的作品，否则这些东西可没法让你变成一个真正的作家。如果想凭借这种手段，那么你就要做好在死后随时被人唾弃的准备。如果你的某种政治关系足够强硬，那么在你刚被埋葬的时候也会收到很多的花，只不过最后的命运还是被人唾弃，而且更为厉害。

要说世界上最难的事情，恐怕就是用实事求是的态度来书写有关人类的散文了。首先，你要先把题目确定，然后你要构思怎么去写内容。这两件事说起来容易，但可能会让你花上一生的时间去探寻真实，因为任何一个和政治沾上关系的人都会撒谎和欺骗。虽然你明知事实真相，但若要大胆地去揭露，那可真不是简单的事。不过，这又是你不得不做的事，而且一旦做就要做好。当你把题目确定之后，你的写作范围就小了很多。这时，年轻人会热情地给你提供援助，并且都会祝你好运（第一次之后，请注意他们是怎样来祝你好运的）。但是，千万不要被他们影响，如果你不是无产阶级，那就不要写任何有关无产阶级的东西，只写最近政治上的重大事件即可。过不了多久，又会有另一件重大的事件发生。我已经亲身经历过太多这种重大的事件了，但没有一件是好事。这些年轻人差不多都是刚刚转变了自己的信仰，心里还是惶恐不安的，因此你只需要客观地把事情的前因后果展现出来即可。如果我跟你们说的这些，是莫斯科对他们说的话，那他们一定会不假思索地坚信不疑。而身为作家，你要知道你文笔下的人，不管是你喜欢的或者讨厌的，只要你真实地刻画，那么在以后他们会具备很高的研究价值。

另外，如果你想读一本真实的、文笔丰富的好书，那我建议你读一读约翰·奥哈拉写的《萨马拉的约会》。如果你有更多时间，那就去读托尔斯泰的《战争与和平》。不过，对于书中托尔斯泰对政治的看法的部分，你可以大段大段地跳过，即使这些内容托尔斯泰自认为是那本书中最为精彩的部分。不要让自己被作者的思想影响，从而不能对书本有客观正确的判断。所有的好书都有一个共同点，那就是它们比事实更能反映事实。在读完一本好书后，你会不自觉地认为你生命中已经发生过的事情和以后即将发生在你身上的事情都是属于你的，不管这些事是好还是坏，是喜还是悲，是人还是物，或者只是天气如何。如果你真的有这种心境，并且能把这种心境传达出去，那么我敢保证你一定会成为一名真正的作家，因为世界上可能找不到比这更难的事了；如果你在努力尝试了一段时间后，决定放弃成为作家的梦想而转向政治，那你也去吧，不过我要让你知道这是你怯懦的证明。而这件难事也只能靠你自己的力量独立完成。如果你想做一件有朋友并且被人祝福的事情，那就赶紧加入一个正在做有价值的事情的团体，而不是穷极一生都在做一件你做得比所有人做得都好的事情才算值得。

即使没有人为你的努力喝彩，你也要做好心理准备。譬如，当你完成第一稿时，你会抑制不住自己内心的喜悦。但是，你必须要让自己冷静下来，再次审阅修改自己的初稿，直到你确定你的情绪、画面和声音能够很好地传达给读者，这时才能对外发布稿子。只有在书被出版后，你才可以停止修改去做其他的事，而你也可以把这本书抛到脑后，不再提及。可事实上你并不能做到如此，当你再次阅读封面上的文字时，你会发现仍然有好多地方需要改动，但此时已经无能为力了。这时，评论家们就开始登场了，他们会批评你的写作水平太低，嘲讽你太失败，说你已是江郎才尽了。也没有人会再祝你好运，没有人再希望你继续从事写作……可是，如果你有某种政治关系，那么之前攻击你的那些人会立即换上另一副嘴脸，赞扬你是和荷马、巴尔扎克、左拉、林肯·斯蒂芬一样伟大的作家。不过，你最好不要太在意这些虚伪的赞扬。终于，你可以暂时停下工作放松一下，但却感觉到了无趣味。某一天，你或许会在某个地方重新读到你写的那本书，越看越入迷，还会对妻子说："这本书怎么写得这么好呢！"

这时，你或许会听到妻子对你说："亲爱的，我一直都是这么跟你说的呀。"又或者她根本不知道你说的是什么，而问，"你刚刚在说什么？"当然，你一定不会再把刚才的话重复一遍。

如果你写的真是一本好书，真实地再现了事情的原貌，那么当你回过头来阅读时，一定会对你的成就拍案叫绝的。

基韦斯特的来信之猎鸟回忆

1935年2月

2月了，北风依然在呼呼地吹着，让你不能去海上捕鱼，也不能去射猎。当你把一天的工作完成时，天色也差不多黑透了，这时，你可以到海边的林荫大道走走，迎着狂风把手中的一块黏土扔出去，你会看到被狂风卷得一下高一下低的土块，在风中像姬鹞一样变换不同的形状。再或者你也可以换个方向，背对着风向把黏土扔进海里，这时你就会看到黏土块像一只水鸭一样扑通一声跳进水里。当然，你还可以站到海岸墙的卜面去，让别人在上面迎着风将黏土块抛过你的头顶，但如果风把土块吹散为黑色的泥土，你可不能自欺欺人假想那是一只雄野鸡，除非你比我更能假想。如果真要把它假想成是雄鸡，这就需要响起开枪时的砰砰声，海边站着的一排排掉光了叶子的树，以及你站在一条潮湿的覆满叶子的路上，还要听到助猎者的讲话声和雄野鸡站起来时弄出的声音。它飞上树，你瞄准它，然后再把枪口往前挪一点，这时，野鸡突然转身，轰然落地。这也只是自己无事可做的假想，如果真的有野鸡可打，那做什么都值了。当你不能打野鸡、猎狮子的时候，就会不自觉地开始怀念打猎。而我宁愿在这样的午后留在家里，用文字作为对打猎的怀念，而不是无聊地跑去风中扔黏土块，然后自欺欺人假想那是真的野鸡。

如果你有过幸运美好的时光，就会发现你已经看过许多那个时期最好的一些书（这也是我第一次愿意花时间重读它们：《安娜·卡列尼娜》《往日》《布登溪》《呼啸山庄》《包法利夫人》《战争与和平》《运动员的画像》《凯拉莫卓兄弟》《冰雹中的告别》《哈克贝利·费恩历险记》《韦恩斯·伯格》，还有济慈的自传以及其他少数几本一年能卖上百万美元的经典作品）——你想起了太多以前的欢乐时光。时间悄然而逝，过去的记忆像海浪一样凶猛地扑打在你的脑海，这会儿你会突然忆起过去许多的事情。即使你正在忙着其他的事，你也能挤出时间去重读上面的那些好书，另外还会意外地收获很少的几本新出的好书——值得你去品读。我在去年就新读了安德鲁·马洛克斯写的《人类条件》的英文译本。我觉得马洛克斯的这本书完全能和《人类命运》相媲美，有时我会觉得就算比起桑坦德哈尔，他也是不落下风的，他真可以称得上法国近50年来最好的散文家。

哎呀，看我这脑子，我原本是要写打猎的，怎么又写到书了呢？不过我记得在托尔斯泰的书中看到过最好的射击，我也时常在想猎鸟在俄国是怎么飞的？还有打野鸡算不算反革命的行为呢？从记事算起，你这一生中有最爱三样东西：打鱼、捕猎和阅读。不过现在你生活的主旋律是写作，所以你试着去回想，而当你回想的时候，就自然记起了更多与打鱼、捕猎和阅读相关的事情。回忆到最爱的东西不能不说是让你愉悦的。

你还能回忆起和父亲一起在大草原上第一次打中的鸟，在那只可爱的小鸟第二次转身时，你就开枪打中了它，然后你高兴地踏过泥沼捡回了湿漉漉的鸟。你还记得当时自己用两个手指夹住鸟嘴，像一只猎鸟犬一样骄傲地提着它。你还能清楚地记得之后在很多地方打过的鸟儿。你也记得打到第一只野鸡时的情景：野鸡从你的脚旁呼哧一声想飞到石南荆棘丛的上面，然后被你一枪打中，随后“啪”的一声掉在了地上。但是这次你没敢炫耀，因为野鸡是有人保护的，所以你最后等到天黑后才把野鸡藏在衣服里，偷偷沿着那条脏兮兮的土路走回镇上。那时你甚至能清楚地感受到胸前它的重量。当年脏兮兮的土路已经变成了如今的北方大道，以前那条路上有很多吉卜赛人的大篷车停宿。穿过一个草原，就到了德斯·普雷恩河，伊万斯曾在那儿开过一个农场，印第安人则聚居在德斯·普雷恩河的沿岸。

我曾在5年前去过那里打过野鸡，那儿有一片广阔的大草原，也是猎狗们很喜欢去的地方。我们会在春天的时候去那儿打鸟，在冬天结冰的时候去那儿滑雪橇。那一带的房子都很简陋，现在已经找不到我出生时住的房子了。人们砍了一些大橡树，又在靠街道的地方重新建了新的房子。我很庆幸自己及早地离开了那个地方，对于喜欢打猎和捕鱼的人来说，经常要四处走，而且经常要去到很远的地方。我不敢想象假如我离开家后，再回来时还会找到原来的家吗？

在密歇根豪通溪旁边的谷物加工厂，我第一次见到了鹧鸪，当时我和父亲还有另外一个叫西蒙·格林的人在一起。记得鹧鸪们在太阳底下啄食奔跑，身后扬起一片尘土。其实它们真实的身份是有环状羽毛的松鸡，不过我们习惯把它们叫作鹧鸪。鹧鸪的体格和火鸡不相上下，听到鹧鸪拍动翅膀的呼呼声时，我抑制不住内心的激动，所以我一连开了两枪都没有打中它们。可是我父亲连续打中了5只，现在我还能想起当时印第安人高兴地去捡鹧鸪的样子。那个印第安人年纪很大，身材胖胖的，对我的父亲很是崇拜，不过现在回想父亲当年猎射的样子，我也是崇拜不已。父亲的枪法十分高超，我至今还没见过比他射击还快的人，不过可惜的是，父亲并没有靠这枪法赚多少钱，可能是他自己对待这件事太严肃了吧。

我还记得自己快10岁时和父亲一起出去猎鹌鹑，父亲带着我四处转悠，当看见在谷仓周围飞着的鸽子时，父亲让我开枪射击。令人惊喜的是，我竟然用单管猎枪打出了规格20的水平。我有一个住在伊利诺斯南部的叔叔，他有一把重达9磅的猎枪，我根本没有力量拿着它去射击，而且我记得我还把自己的鼻子撞得流了血。从此，我再也不敢碰那把猎枪了，也不想再带着它。后来，父亲就让我站在荆棘丛中，看着他拿着那把猎枪射击地上的鹧鸪。我看到有一只红色的鸟在树上，之后又在树下看到一只刚死的鹌鹑。我走过去捡起鹌鹑时，还能感觉到它身体带有的余热。这只鹌鹑一定是被父亲的子弹打中了之后，挣扎着飞了一会儿，最终还是掉了下来。这时，我环顾空无一人的四周，心生一计，把鹌鹑放在脚边，紧闭着双眼扣动了旧双管猎枪的扳机。不幸的是，我被弹得撞上了身后的树，睁开眼睛后，看见两发子弹都打了出去，枪的轰鸣声仍意犹未尽地在我耳边回响，我的鼻子还在不停地流血。我把地上的鹌鹑捡起来，重新给枪装弹上膛，擦了擦流血的鼻子，向父亲请教枪法去了。老是打不中，实在让人很是郁闷。

“你打到了一只，欧内？”父亲问。

我高高地举起了手中的鹌鹑炫耀着。

“还是一只雄的，”父亲说，“快来看看它白色的喉管，可真是漂亮！”

我向父亲撒了谎，心里被压抑得难受。我还记得那个晚上，在父亲睡着后，我把头埋在被子里哭了好久。如果当时父亲被吵醒了的话，我想，我一定会如实交代的，但是父亲实在是太疲倦了，睡得很沉很沉。所以至今我仍然没揭穿这个谎言。

我尽量不去回想这件事，但自己刚学打枪时的情形始终在我的回忆中。自从那一次搞砸后，他们就不再让我开枪了。我从谷仓把打落的鸽子捡起，朝房子走去，路上遇到几个大一点的男孩，他们断言那些鸽子不可能是被我打落的。我竭力反驳，他们中两个小一点的男孩子却向我吹口哨，以此来取笑我。这可真是让人不开心的经历。

现在的天气十分寒冷，在这样的天气里，你会想起躲在暗处射击野鸭的情形。我对野鸭最初的记忆是在天还未全亮时，野鸭在黑暗中扇动翅膀，发出扑哧扑哧的声响，那种声音就好像丝线断裂划过夜空发出的声音。这就好像你对于鹅的最初记忆是它们迈着很慢的步伐四处溜达一样，但是如果你的猎枪打中了两只鹅中的一只，那么另一只鹅一定会以超乎你想象的速度飞速逃走。而这个画面可能会让你整晚都无法入眠。鸟类中最容易打的可能就是丘鹬了。丘鹬和夜莺一样动作轻巧，就算你失手射偏了，你也有再射第二枪的机会的。

鹅肉沙拉只需要放点黄油，再加一些芥末便可以来一盘了，如果再能有两块烤肉，加上哥尔顿葡萄酒、波马特葡萄酒、波恩葡萄酒或者香贝丹葡萄酒，那美味让人想想都陶醉。

现在外面依然很冷，我们能看到高原岩石上的雷鸟，感受到从冰原的左边呼啸而来的狂风。第二天，你只需沿着雪地里狐狸的足印，就能发现狐狸捉到雷鸟的地方。不过我们还从来没见过狐狸呢。除了这些，你还能在森林里发现岩羚羊和黑野鸡的足迹，有时候在晚上回家时，还能看到打野兔的场景呢。到家后，我们再用罐子烫上两盅提若拉酒。啊，你别问我今天是怎么突然想起这些的。

我们通常会把君士坦丁堡外面的鹧鸪打来烤着吃。你要先准备一碗颜色灰白的鱼子酱，就是你可能吃一次之后就再也不愿吃的那种。然后把伏特加倒入谷物里面，最后去引诱鹧鸪，注意千万不要弄太多，不然在切鹧鸪的时候会溅起很多的汁水。卡克萨斯的紫红葡萄酒，配上法国的薯条，再加上一个沙拉，然后再来一瓶不管什么编号的酒，我建议来61号。

你曾见过动作轻快、飞行平稳、个头稍小的大鸨吗？或者从左边和右边对着它们开上两枪。或者清晨时瞄准来水滩边的沙地松鸡，听它们飞起时发出的咔咔的声音，跟草原上的野鸡跑动时发出的声音有点像。野鸡快速扇动翅膀，然后嗖地一下飞上高空，又快速扇动翅膀，然后又嗖地一下飞回地面。你又是否曾在草原上见过从很远的地方望着你的小狼？又或是一只羚羊在听到枪声后，转身抬头凝望你的眼神？在这里我要说的是，沙地松鸡和草原野鸡的飞翔姿态并不完全相同。沙地松鸡的飞行速度较快，有点类似鸽子，但它们会发出那种松鸡特有的咔咔声。不过我敢保证没有哪种鸟比松鸡的味道更美，不管是煎、是炸、还是烤。

你是否还能想起在一个暴风雨的日子，当你在非洲大陆的海滩边射猎凤头麦鸡时，看到一只麻鹬和短颈野鸭沿着一条水道蹦跳的情景。这时从草丛中窜出来一只土狼，而你正准备走到池塘边，就看到只和你隔着10码距离的土狼突然转过头凝视着你。于是，你对准土狼那张不怀好意的脸扣动了扳机。

下面我们再说说冬天树林里的情景吧。你沿着一条小溪追猎松鸡，小溪里有很多鲑鱼，不过我想现在应该只有水獭在那儿捕鱼了吧。走过无数的地方，见识过各种各样的鸟儿不同的飞翔姿态；也曾偶遇过3只蹦跶的野鸭；见过1只穿过棉花地的海狸；看到1只扑腾着溅起一阵水花、绿头白胸的公鸭，正沿着河岸一直走，直到看着它浮上了卵石滩中的一根横木。

除此之外，还有野生的雌禽，那时的野生雌禽和鹰差别不大，松鸡在雌禽中的个头算是最大的了。猎松鸡的时候，雌禽不停歇地飞奔，离你的射程也越来越远，直到你把它们追到一片苜蓿丛中才追上它们。这时，你还幸运地在菖蓿丛中发现了4只野生雌禽，然后把它们全都收入囊中。就这样在回去的途中，你感觉包着雌禽的外套可能有1吨重。

我想，这些鸟注定是上天给我们的猎物，不然上天为何要让它们的翅膀发出那种呜呜的旋转声，让人从心底生出喜爱呢？这种喜爱超过你对任何一个国家的喜爱。上天又为什么让它们吃起来这么美味呢？尤其是让野生公鸡、沙锥鸟、大鸨吃起来特别美味呢？

麻鹬的声音为什么是那样的呢？它们的叫声掩盖住了它们拍动翅膀的声音，只要听到它们的叫声，就不由得让我们心情激动，非得拿起猎枪让它们停止鸣叫，直到切成片才行。所以，它们就是造物主造来给我们猎杀的，而我们当中的一些人也是造物主造来专门去猎杀它们的。如果事情不是如此，你可别说我们从没有告诉过你，我们其实也是很喜欢猎鸟的。

基韦斯特的第二封来信之白头街见闻

1935年4月

写信人现在住的房子是凯·维斯特城48个景点中的第18号景点，所以，找到这所房子对于游客来说并不是什么难事。凯·维斯特市政府给每一个到这儿的游客都贴心地准备了路线图。所以游客们能很容易找到这个城市的任何一处景点。写信人是一个很老的、不怎么喜欢张扬的家伙，早已经对那些景点如海绵楼（第13号景点）、爬行的乌龟（地图上标注的第3号景点）、冰工厂（第4号景点）、镇馆之宝为一只627磅重的大石斑鱼的热带露天水族馆（第9号景点），又或者是门罗郡法院（第14号景点）等失去了竞争的欲望。写信人也没有什么心思去和典型的老房子（第37号景点）或者废弃的雪茄厂（第35号景点）一较高下。不可否认的是，写信人现在住的这所房子，由于其特殊的位置——夹在约翰逊的热带森林（第17号景点）和灯塔及鸟类养殖场（第19号景点）中间，大大满足了他那很容易就膨胀的虚荣心，但是要实际做点什么出来可就不是那么简单的了。

为了避免游客打扰到自己的工作，写信人专门雇了一个上了年纪的黑人来看守房子。这个黑人看起来似乎像是曾得过某种类似于麻风病的奇怪病症一样，对慕名前来拜访的游客们说："我见过海明威了。"而一些对麻风病有所了解的人没有被他吓到，在仔细打量他一番后，他们就会认为他只是在故意糊弄人而已。然后要求拜见主人——也就是我——海明威本人。但是黑人老头的面貌还是吓走了很多那些对麻风病不甚了解的游客，你甚至能看到黑人老头在后面追着惊慌失措的沿着街道迅速跑往泰勒碉堡（第16号景点）的人们，并用他那苍老沙哑的声音大声不停地叙述着他在海上是如何捕大马林鱼和旗鱼的，以及他和动物们打交道的种种细节，尽管他时常混淆动物们的名字。最近，那个可怜的老家伙还会给游客们讲一些关于写信人的故事，至于真不真实，写信人也无法保证。

一天下午，写信人正悠闲地坐在阳台上享受午后的方头雪茄烟时，突然听见黑人老头正在一本正经地给一群脸上满是惊恐的游客讲故事。他把写信人怎样写一本书的事情讲了出来，还坚持要把那本书叫作《手臂的呼喊》。可是，他在讲的过程中又把书中的情节和另外一本畅销书《汤姆叔叔的小屋》给弄混了。在他编到凯瑟琳·巴克利小姐是怎样在冰上追着意大利军队跑的那一段的时候，更是描绘得有声有色，很是有趣搞笑。一个面带疑惑的听众问他，为什么他总是用第一人称来写作？他愣了一会儿，接着自圆其说："不，先生，你错了，先生。我没有用第一人称写。我从来都不会在人称上面玩什么花样，我只是直接在打字机上打字而已。"

"但是，战争时期你真的是在意大利吗，海明威先生？还是你那些畅销书中的故事背景完全是编造的？"

这个观众可真是撞到了枪眼上，因为黑人老头最喜欢讲和意大利有关的事情。他说意大利对他的意义非凡，是他"第一次得麻风病的地方"，但是很多观众并不对他的话题感兴趣，没听完就不耐烦地离开了。我摇曳着手中的雪茄，看着游客们在街上四处晃荡，朝电报屋（第22号景点）走去，这也算得上惬意。而那个黑人老头在他们走后，心情看起来很是开心。

如果恰巧哪天黑人老头有事不在或者碰上全国性假

日的时候，游客们有时候就会自己进到房子里来参观。因为写信人的房子是官方的景点之一，他把这都归功于F.E.R.A，让游客们走一圈的票价是很值得的。在游客中，有一个在商界呼风唤雨的人物，他就是“玩家俱乐部”的会员之一——奎斯乔内先生，最近他经常光临这间房子。这一天，写信人刚刚完成一天辛苦的工作，疲惫不堪，而就在这时，奎斯乔内先生打开门进来了。

“嘿，你好呀，老伙计，奎斯乔内先生。”你说。

“我恰巧路过，就顺便进来看看，”奎斯乔内先生说，“看到你的门是开着的，看到你正坐在这儿看书。你怎么今天没去打鱼？”

“在忙工作呢，没有时间啊。”

“哈哈，你可以把那当做你的工作呀。在这里写这些东西，他们能给你多少酬劳？”

“哦，这个不好说。有时候1个字是1美元，有时候1个字是75美分。如果你写了什么有价值的东西，那价格也可以涨到2美元1个字。当然，孩子们写的东西在价格方面就会便宜一点。”

“哦？我还第一次听说小孩子也能写作呢。”

“这个确实是事实。特别是其中最大的一个孩子巴恩皮，都是自己动手写东西，而其他的则是口述，让别人代写。”

“然后你就拿着孩子们写的东西，以你的名义卖给报社吗？”

“说对了，每一个字都卖出去。当然你也需要自己改一下错误的标点。”

“这可真是个不错的挣钱方法啊，”奎斯乔内先生说着，似乎兴致盎然，“我还真是小瞧了这些呢。那孩子们写的东西能获得多少钱？”

“给大儿子是按3个字25美分算，其他的则是按比例算。”

“这样算，也还是挺赚钱的呀。”

“是的，”你说，“如果你能在工作的时候保持一点巴斯蒂。”

“那做这个难吗？”

“不简单。如果你打他们打得太厉害，那写出来的东西就都充满着哀怨，这样的文字是没有市场的，除非你以1个字1角钱卖给别人。但是，我并不打算降低我的收费标准。”

“哎呀，可真有意思，”奎斯乔内先生说，“再多给我讲一些与写作有关的事吧，原来这个行当这么有趣。那你说的对编辑‘有价值的东西’是指什么？”

“你想想我们以前玩的猎獾游戏就能理解了，”你向奎斯乔内先生解释说，“当然我们要小心不要把警察给卷进来。所以现在做这个赚得并不怎么多了。打比方说，来了一个结了婚的编辑，我们把他弄到一个你应该能知道的地方，我就不明说了，又或者我们有时候在他的房间里给他准备一个惊喜，那最后价格一定会提高的。不过现在这招已经被N.R.A明确叫停了。”

“他们巴不得叫停所有事情。”奎斯乔内先生说道。

“约翰逊在用孩子们的稿子这件事上，压价压得很厉害，”你又说，“他把这称为童工，但最大的一个孩子已经超过10岁了。为这件事我不得不去了华盛顿一趟。‘听着，休，’我对他说，‘不要在这讲什么虚伪的良心，你知道自己对里切伯格做了什么。这些小家伙付出了劳动，你明白吗？’后来，我们将孩子们每天的写作量提高到了1万字左右，不过他们写出来的东西差不多有一半都是悲伤诉苦的，害得我们蒙受了不少损失。”

“就算这样，”奎斯乔内先生说，“那还是挣了钱呀。”

“是的，确实挣了些钱，但并不是真的钱。”

“我想看看他们的工作状况。”

“他们通常都是在晚上开工，”你告诉奎斯乔内先生，“虽然在晚上开工写作对眼睛不好，但却可以让这些孩子收起玩心，更加专注。等到天亮，我也就可以浏览审阅他们写的东西了。”

“你难道不介意用你的名义去发表那些小孩子写出来的东西吗？”

“没什么好介意的。名字就和商标一样。如果是次等品的话，我们就以其他的名义发表。现在你应该知道得差不多了。一度发稿量很大，赚得也多，不过现在因为我们用了太多人的名义发表那些作品，导致整个市场都陷入了混乱和萧条，发稿量少了很多。”

“那你自己还会写东西吗？”

“偶尔写一点打发时间。孩子们做得很好，我很是为他们骄傲呢。我还想着等他们长大后就把这个事业移交给他们来做呢。我到现在还清楚地记得当年轻的帕崔克把他完成的《午后之死》的手稿给我的时候，我内心是有多么的激动和骄傲。他靠着灵感就完成了整个故事的创作。那可真是一个离奇的故事。他目睹了一个黑人的葬礼，黑人的儿子、女儿们在葬礼上都为父亲的死感到悲痛不已。那种保险机构在当时很流行，因为事情发生在下午，所以就取了这样一个名字。小家伙文思如泉涌，不到一周就完成了整个口述，口述内容是由他的嬷嬷记录下来的。”

“太不可思议了，”奎斯乔内先生不敢置信，“我也想加入进来，做点类似的生意。”

“我对他说：‘帕特，这儿有一幅画，我们要忽悠几个傻瓜来买。’你知道那个小家伙是怎么回答的吗？‘威廉姆爸爸说威廉姆几兄弟中谁能打扫干净车库，就买给谁。当他把你想还给乔斯先生的啤酒瓶扔了的时候，我还听到你叫他死黑鬼、笨蛋。’你说他们是多么聪明啊。”

“那威廉姆到底有没有买呢？”

“买了，他现在去海边了。不过威廉姆现在想把这幅画同乔克·维特尼交换他的彩色电影，这就要靠威廉姆自己对这幅画进行美化了。”

“你有亲自写过和黑人有关的故事吗？”

“因为南方的销路不是很稳定，所以我们都尽量不讨论这个主题，不过，我还是准备今年写几个与黑人有关的故事。”

“不稳定？那是指什么？”

“就比如你刚让一个人物获得认可，在黑人中间流行起来，然后他犯了一个错，被黑人们给枪毙了。针对这样的情况，我们现在想了一个办法，就是塑造白人的形象，但是让他们说黑人的俚语，故事的主角多是总督的女儿。你觉得这个想法怎么样？”

“可以，那你再给我讲点吧。”

“好吧，我再给你说些其他的吧。我们正在筹划写一部史诗，现在孩子们都在不分白天黑夜地忙活这个。巴恩皮对历史很敏锐，帕特很擅长写对话，而情节的发展就由格里盖里来负责。你看，这么一来，我们不就有了新的角度了吗？这是一部关于内战的史诗巨著，不过很多史诗都存在共同的问题就是内容太短了。我们这次计划总共写3000页，如果能销售出去100万册，那我们就送格里盖里去念书，他一直在我耳边嚷嚷着要我送他去学校念书。然后再在海滩边给帕特开一个办公室，这也是他一直念叨着的：‘爹爹，你什么时候送我去海边呀？’每一次都把我问得烦死了，所以我刚才跟他说：‘只要你能完成史诗，并且顺利通过我的审阅，那么就带你去海边。’他还说要去看唐纳德·奥登·斯图亚特，我对他说：‘帕特，我陪你一起去，因为我想去看道提·帕克，而且我是真的很想去。’但是他对我说：‘爹爹，我只想一个人去海边，在那儿开一个办公室，我还想一个人去看斯图亚特，是一个人哦。’你能想得出这样一个勤奋工作的小孩为什么会这样想吗？你觉得他去看斯图亚特要做什么呢？是不是以前欠了债或是类似的什么原因。我也一直想不出到底曾经欠过斯图亚特什么东西，不过看小孩子们这样子还真是挺有趣的。”

“哎呀，时间过得真快，我得走啦，”奎斯乔内先生说，写信人能从他的口气里听出他比来时多出了的一份尊敬，“您一定还有很多事情要忙。”

“即使再忙，见你的时间还是有的，奎斯乔内老伙计。欢迎你随时来，只要我在。放心，莱塞尼尔很快就会引你进来的。”

“好的，那告辞了，老朋友，”奎斯乔内先生说，“您可能想象不出我今天听到您说这些事时的震撼和高兴。”

“其实每一个人工作的细节都是很有趣的。”

“那再见了，真的很感谢您跟我说了这么多。”

“再见。”

奎斯乔内先生走后，写信人把莱赛尼尔叫进来。

莱赛尼尔：“先生，您有什么吩咐吗？”

“莱塞尼尔，以后一定要把前门锁好，不要打开它。”

莱赛尼尔：“好的，先生，这次让奎斯乔内先生进来不是我的错。”

“我知道，莱赛尼尔。但是以后一定要锁住前门，莱赛尼尔，不然一个人这么晚了还得去瞎编故事，早晚会被拆穿的。好了，莱赛尼尔，谢谢你。”

〔美〕海明威　著
张　迪　译

下册

海明威新闻集

By-Line: Ernest Hemingway

海明威全集

四川大学出版社

目录

墨西哥湾的来信之再谈射猎

1935年7月

如果你有近距离射击马的机会，那千万不要错过。你只需要一颗0.22英寸的子弹，然后射中马的额头处的从马的左耳和右眼之间和右耳与左眼之间延伸出的两条线的交点，能立即让马毙命，而且马不会有一丝痛苦。马被打中后，虽然试图拼命往前跑，却只能僵在原地，一动不动，最后像一棵树一样轰然倒下。

如果你要射杀鲨鱼，那就一定要射中鲨鱼头顶延伸下来的平滑的中线上的任何一个位置。中线从鼻尖一直延伸到眼睛后面1英尺处。鲨鱼的两只眼睛中间，其实也有一条线，如果你能找到中线与这条线的交点射击，那么立即就能保证让鲨鱼死去。只要准确无误地射在焦点上，即使口径为0.22英寸的枪，也能打出相当于口径为0.45英寸的枪的威力，但是你可千万别奢想鲨鱼中枪后就会一动不动地任你宰割。虽然鲨鱼已经死了，大脑无法再工作，但是它的身体还是可以剧烈地甩动，这时只能用棍子猛击它的头部。

这也就是说，如果你想一枪解决掉某种大型动物，那就一定得射中它们大脑上的死穴。而如果你只是想让其毙命，并不考虑射中之后猎物的动作，那你就可以瞄准目标猎物的心脏开枪。但如果你只是想让猎物停下，那么射在猎物的骨头上即可，最好是脖子上的骨头或者脊柱，次之是肩骨。这样说吧，你开枪打伤了一只体积庞大的四肢动物的一条腿，并不会阻挡它继续移动，但如果你打伤了它的肩，那它就只能乖乖地定在原地，无计可施。

此时，给你写这封信的人的脑海里想的都是关于射猎的事。他想给你们分享射猎的技巧，因为他自己就曾一枪打穿了自己的两条小腿。他也是凑巧完成了这个高难度动作，这并不是由于写信人当时在进行什么特殊的弹道试验。某杂志的一位读者曾经写信批评说，写信人的旅行不够随意和潇洒。如果想满足这位读者的要求，写信人最后的结局就是：一只手拿枪打穿了自己的两条小腿，而另一只手正用鱼钩钩着一条鲨鱼，这应该就能满足或取悦读者了吧。如果读者还觉得这样不够狠，可以设想一枪打中写信人的脑门，或心口，然后在冰雪里挣扎着往前跑，不过这样的情节设定只能由读者亲自来完成。

一大早，我们就从凯·维斯特出发，穿过一条黑浪翻滚的水路，前往巴哈马岛的比米尼。当驶出海湾差不多20英里的时候，海上刮的是南风，和海流的方向截然相反。虽然天气本身很宜人，但是对于捕鱼者来说却是极为不利的。这时，一只绿色的海龟从船旁快速游过，我们赶紧拿渔叉去叉，打算抓住它后用盐腌上，一层肉，一层盐，作为那趟出海之旅的食物。道斯还幸运地钓到了一条很大的海豚，可是又很不幸地在他钩海豚玩的时候，让海龟从我们眼皮子底下逃走了。

亨瑞·斯达特钓到了另一条海豚，他是缅因州金枪鱼俱乐部的部长，下面我们就简称他为部长。正当部长忙着对付那条海豚时，又有一大群海豚伴随着荡漾的绿波从后面过来了。突然从海豚群所在位置的水下窜出一条大黑鲨，就是我们常说的“古巴海岸”（galanos）。黑鲨在部长所钓的海豚后面试图攻击，只见海豚突然向上跃出水面，动作敏捷而勇猛，不断地在海面上下跳跃，而大黑鲨也半露在水面，紧跟在海豚身后。这时部长充分发挥了自己的聪明才智和过硬技术，他放出一卷线圈缠上海豚，帮它逃离鲨鱼的血盆大口，随后又抛出一个大鱼钩。

海豚仍在船尾四周游动，道斯移动位置的时候，我们把另一个鱼饵挂在了部长的鱼钩上。部长迅速把鱼饵放到这条海豚的嘴边，突然又偏到另一条海豚那儿，就连大黑鲨都被这鱼饵给吸引住了。掌舵的船员说，在他们家乡大黑鲨又被称作“老面包”。

此时，部长已经成功地诱使鲨鱼上钩，而写信人也没有闲着，正忙着把一大卷渔线解开，满身大汗。很多不能用的渔线都在线圈上缠绕着，必须得把它们解开[1]。大黑鲨摇摆着朝鱼饵游了过来，张着血盆大口去咬鱼饵，把以前的旧钓线扯得砰砰响。“婊子”，写信人咒骂了一句，然后又在同一条钓线上挂了新的鱼饵。大黑鲨的身子大约有钓线2倍那么长，钓线浮在它的大嘴巴周围，看上去就和鲇鱼的胡须一样，它晃动着咬上了新的鱼饵，等写信人回来看的时候，那根历史悠久的钓线又在吃力地发出砰砰的响声了。写信人咒骂了一句后，又把大黑鲨引到了第三个人——部长那儿，他在部长的渔具上面又挂上了新的鱼饵。这一次，鲨鱼先是绕着鱼饵转了几圈，似乎对那钓线好奇不已，或许它在纳闷怎么有两根鲇鱼胡须般的钓线呢？[2]不过，鲨鱼最后还是一口把鱼饵吞掉了，然后又往部长那边的大家伙游去，部长的钓线是由39根新线拧成的，拉力惊人。写信人见状自言自语咒骂道：

---

[1]出海前，为了测试这种新的沃恩号弗牌的拖网效果怎样，我们已经检测过渔线的拉力，只不过没有用上好的渔线去试。

[2]写信人曾经读过威廉姆·福克纳写的《指示塔》。

“哼，这次看你怎么拉。”

有那么几分钟，写信人和部长两人都是汗流浃背，各自都忙着对付面前的鲨鱼，因为在部长那边的鲨鱼比较谨慎，所以他得更加小心。厨师萨卡帮忙拿着钓竿，写信人则拿着渔叉去叉大黑鲨。写信人用大渔叉对准大黑鲨的脑门猛地一叉，同时又用一把0.22英寸口径的柯尔特自动手枪对准鲨鱼，枪膛里装的是那种上过油的、空心的长来复枪的子弹。而这时，道斯迅速爬上了船顶，前倾着身子，忙着从各个角度给水中的鲨鱼拍照，写信人则忙着寻找第二次攻击鲨鱼的机会。最好是能够一枪毙命，让它没有反抗的余地，这样我们就可以比较省力地把鲨鱼拉上船尾，然后再用木棒击打，取出鲨鱼体内的鱼钩。“啪”的一声巨响，鱼钩终于被拉了出来，写信人右手拿着一根鱼叉拍杆，往下一望，竟然发现自己左腿的小腿肚被子弹打穿了。

“真倒霉，”写信人咒骂一声，“我中枪了。”

只见在写信人膝盖骨下面3英寸的地方有一个小洞，另一个洞可能比你的手指稍微大一点，鲜血淋漓，两条小腿上还有一些小的撕裂伤口。写信人并没觉得有什么疼痛和不适，走到船舷边坐下。由于鱼叉拍杆的咔咔声和手枪的响声是同时发出的，所以并没有人注意到手枪走火了。我也一直百思不得其解，枪是怎么走火的？而且我一共就只开了一枪呀，其他的伤口又是怎么来的呢？难道是我自己都没察觉自己接连扣了两次或者三次扳机吗？简直就和《爱巢凶杀》中的女主角一样，真是见鬼了，写信人心想。小腿上的伤到底是怎么一回事呢？

“快点把碘酒拿来，布莱德。”

“你要那个做什么，伙计？”

“鱼钩断掉了，而我被枪打中了。”

这时，部长仍全神贯注地忙着对付他的大黑鲨呢。

“我也不清楚发生了什么。”写信人说，“现在我腿上有一个蘑菇状的伤口，和枪伤的形状一样，但那些小点点是什么呀？你们都过来看看，能不能在我站的地方找到一个小孔或者子弹。”

“你要喝酒吗，伙计？”布莱德问道。

“现在不需要，等会儿再说。”

“这儿没有子弹，伙计。”萨卡回答说，“到处都找遍了也没看到什么子弹。”

“那子弹一定射进鲨鱼身体里了，我们得把它钩上来，再找找看。”

“我们得去拉条小船过来，伙计，”布莱德说，“这样在你拉着鲨鱼的时候，我们可以从下面帮你一把。”

“这可真是个好主意。”道斯听后说，“我们最好现在就行动。”

“我们最好让迈克也腾出手来。”我说。

萨卡过去通知部长，部长此时还在对付大黑鲨。部长知晓情况后，立即收了线跑过来。“该死的，兄弟，我不知道你中枪了，”他说，“我还以为你是在开玩笑呢，我感觉到有什么溅到了我的鞋子里，否则我也不会和那条该死的鲨鱼纠缠而不管你的。”

写信人站起身来走回船尾。在那儿看到船的顶端，偏里边一点的地方有一串被子弹打出的星形。这也很好地解释了伤口为什么会呈那个形状。照这么看，子弹一定是留在我左小腿里面了。但是真的很奇怪，为什么感觉不到一点痛呢？这也是为什么写信人在信的一开头就跟你们说，如果想阻止某个大型动物前进，只要打到它的骨头上就可以了。

我们烧了一些水，用一块抗菌肥皂来清洗伤口，接着用碘酒把小腿上的伤口填满。这时我们已经在返回凯·维斯特的路上了。写信人还要告诉你们，他在来的路上，在一次吃午餐时还打出了同样有水平的一枪。后来是凯·维斯特的沃伦医生把伤口里的子弹碎片取了出来，并做了仔细检查，还照了X光。沃伦医生最后并没有取出子弹的大块碎片，因为大块的碎片嵌在了小腿3~4英寸深的地方。事实证明沃伦医生的判断是正确的，他嘱咐说一定要保持伤口的清洁，避免感染。写信人的伤耽搁了6天的航程，下一封信将从比米尼发出，他希望能够不刻意地告诉大家一些有价值的信息。

不过，我想告诉大家一件经过证实的事。在所有相关的文学作品中都介绍说，旗鱼通常只是轻咬鱼饵，而不会真的将其吞入肚中。但事实上，旗鱼先会用下颚和鱼嘴含住鱼饵，时而用劲时而不用劲地拉扯。旗鱼的下颚是可以移动的，它们的上颚则固定在一个位置，而且上颚会一直延伸到鱼嘴处。大家一直都错误地认为旗鱼只是试探性地轻咬鱼饵，并不会将之吞下去。如果旗鱼是从鱼饵的后面直扑过来，想一口吞下鱼饵，那它一定会先把鱼嘴露出水面，只有这样它的下颚才能把鱼饵含住。或许我们认为旗鱼的嘴巴用劲地从这一边晃到另一边很是笨拙，其实在晃动的时候它就已经在试探了，并不是要等到真正含住鱼饵时才会试探。如果旗鱼真的只是试探性地轻咬而没有吞下鱼饵，那最多只能说是意外吧。

其实只要你认真思考下也能想明白，如果旗鱼真的只是含住鱼饵而不吞下耳饵，那么在帕恩海滩和迈阿密游艇上靠鱼饵钓上来的旗鱼该怎么解释呢？系鱼饵的线是用一个木制衣服别针固定的，而旗鱼必须先含住这个别针，把它扯松才行。

我曾目睹超过400条马林鱼或者箭鱼奔着鱼饵而去，并不是试探性地轻咬，然而我在书上看到的也都是说马林鱼或箭鱼在咬钩之前都会试探性地轻咬一下。也正是因为这点才让我不禁猜测，旗鱼是否也有可能不是试探而是直接吞下鱼饵？从这个冬天开始我就一直在思考这个问题，也一直在寻找证据。我们在船上能十分清楚地看到旗鱼在水下的一举一动，包括旗鱼攻击鱼饵的方式。而整个冬天，我还没有看到一条旗鱼如书上所说，会在咬鱼饵之前先进行试探，况且我们曾经一天内钓上来9条旗鱼。现在我坚信旗鱼和马林鱼一样，都是直接咬饵，而不会进行试探。

期间，我们还发现了一件关于大鱼的事，比如马林鱼、大海豚、旗鱼，以及闲荡的海龟，不管是绿壳海龟还是红海龟，就是你们在墨西哥湾看到的或在水中疾行而过，或浮在水面或者觅食的那种海龟。

如果你看到有海龟在的话，一定要把鱼饵放在离海龟不远的水中。我想那些大鱼一定会聚集在隐蔽处或者海龟巢的附近等着吃小鱼群，就像如果你在海湾里放入鱼饵，而大鱼一定会聚集在你的鱼饵周围一样。

这个冬天，在凯·维斯特海域还出现了蓝色马林鱼，我们捕到了1条，还另外钩到了3条，结果钩到的3条蓝色马林鱼最后都逃跑了。最后我们总共在凯·维斯特海域捕上来5条蓝色马林鱼，其中有2条是被击打致死，但没有一条是被鱼钩钩上来的。蓝色马林鱼先会被鱼饵吸引上来，然后绕着鱼饵游动一会儿，又迅速潜入水中。有2条蓝色马林鱼是在珊瑚礁附近、大概12英寻深的地方捕上来的，另外3条则是在出了海湾10英里的地方捕到的。

原本我们打算在去往比米尼的途中，去墨西哥湾的中心碰碰运气，看能捕上来什么好东西。那儿的洋流条件对捕鱼很有利，而且鱼类十分丰富。如果在古巴海岸和墨西哥湾轴心处来回穿梭，相信一定会有惊喜。但是这次的教训让写信人觉得不管碰上什么，一定不能再伤到腿了。

严肃的信之下一场战争

1935年9月

请一定要记住，一定不要在今年8月或在9月份做你喜欢做的事。就算是到了明年，也不要选择在这两个月做你喜欢的事情，因为那会很忙。军工厂到处是一片兴旺的景象，只要能赚到钱，他们就会不停歇地开工生产。所以，你可以在夏天的时候出海打鱼，秋天的时候去山林草原打猎，或者做任何其他的事情。比如晚上待在家里，和妻子相拥而眠；或者看一场球赛，和别人打个赌，喝点酒也没事；兜里揣着一块几毛钱，做你想做的任何事，当然除了那些明令禁止的事情。但等到明年，或者后年，等真的开始打仗的时候，你也不知道自己的生活会变成什么样。

或许，幸运的你会在战争中发一笔横财。不过现在你可找不到赚大钱的机会，因为钱已经被政府揣进了腰包。从各方面来看，归根结底发的都是战争财、国难财。如果你最终被拉进了这桩个人无利可图的事业中，那么在你投身其中的那一天，就注定是你沦为奴隶的那一天。

假如欧洲真发生了大战，并把我们也卷进了战争，再加上各种宣传（想想收音机在这点上能起到什么作用）、贪欲以及千疮百孔的国家现状，恐怕没有人能够免受战争的迫害。当前政府采取的每一项措施，都是为了阻止人们运用自己手中的选举权利来决定各项事务，或者选出合乎人意的某位领导者，而这也只会让我们离战争越来越近。

这样就剥夺了我们最后阻止战争的权利，这时，没有哪一个个人或者团体能够起来反抗，因为权利都被赋予在那些顺从屈服的人身上。这无疑会让这个国家或者其他国家陷入战争的漩涡中。

对于一个混乱的国家而言，第一种万灵的解药就是多发行货币引发通货膨胀，第二种解决办法就是发动一场战争。这两种方法都可以带来一时的繁荣，但是也会带来永久的毁灭性影响。不过不能否认通货膨胀和战争确实是政治界和经济界的救命稻草，能给他们带来利益。

自从第一次世界大战以来，没有哪一个欧洲国家能真正算得上是我们的朋友，当然除了为我们自己的祖国，也没有哪一个国家值得我们为其拼命战斗。我们美国再也不要因为错误的意识形态、因为宣传蛊惑、因为想保持过去对欧洲国家的信用，或者因为某些想打仗的个人，而再次卷入欧洲的战争，从而让整个国家的状况变得更加糟糕，使得人民整天生活在对国家状况的担忧之中。

现在，我们一起来分析一下当前的局势，看还有没有可能避免战争的发生，没有国家会再偿还他们的欠款。面对战争，国与国之间连最基本的诚信都没有，就连国家对个人的信用也会大为降低。芬兰现在仍然在偿还他们欠我们的债。芬兰是一个历史短暂的国家，但随着时间的推移，这个国家也会慢慢成长起来，就和曾经的我们一样，会日益成为一个大国。面对当前这种形势，如果哪个国家耍赖而拒绝偿还他们的欠款，那我们就一定不要再相信他们说的任何话了。所以，我们有必要把我们和那些国家缔结的条约或者发布的共同声明统统丢到一边，因为那些条约、声明和缔约国家的最主要国家利益已经不相符了。

几年前的夏末，意大利意欲在北非扩大其殖民地范围。意大利和法国在两国的边界线动员开战，而所有动员开战的消息都是通过电报和广播发布的。如果有记者在信件当中提到相关事件，就会遭到驱逐的恐吓。最后，因为墨索里尼的野心转移到东非，争端才得以暂时解决。应该是墨索里尼政府和法国谈判后决定放弃占领北非的计划，而条件就是法国允许其打着联合国成员国的幌子，对某个独立主权国家发动一场战争。

意大利人民的爱国情怀实在是无可厚非，只要国内发生任何不好的事情，比如商业陷入困境、压迫和税赋加重等，墨索里尼就会迅速把火引到其他国家去，转移意大利国民的视线，把全部的爱国激情都化为对敌国的仇恨。在墨索里尼统治前期，他的民众支持度不断降低，而反对党的势力不断增强，墨索里尼这时使用的就是同一种策略。他精心策划了一次对自己的暗杀行动，瞬间激发了意大利民众对他这位他们差点失去的领袖的热爱，赢得了人民的支持。

墨索里尼十分擅长利用意大利民众的这种爱国激情，就好像一位小提琴手演奏小提琴那样得心应手。但是，当法国和南斯拉夫成为意大利潜在敌人的时候，墨索里尼就无法像意大利著名小提琴家帕格尼尼那样充分发挥，演奏意大利人民爱国进行曲。因为他并不想和这两个国家发生战争，最多制造一些战争的威胁。虽然墨索里尼一直致力于让年轻的一代人都坚信，意大利军队是一支无法被战胜的雄狮。可是在卡波利托的那场战役中，墨索里尼清楚地记得意大利军队总共有32万人阵亡、受伤或失踪，其中失踪的人数达到26.5万。

现今，墨索里尼正策划同宿敌展开一场战争。他正谋划着用飞机去轰炸这个没有自动枪炮、没有探照灯、没有油气、没有任何现代军事装备的国家。对方的士兵都是打着赤脚在沙漠里面跋涉，而且其中大部分是中年人。对方的武器只有弓箭、矛和最原始的骑士卡宾枪，很明显这是一场实力悬殊的战争，胜利对于意大利来说简单得如同囊中取物。而这样的胜利又会让意大利民众高兴得冲昏头脑，在很长一段时间内忘记意大利国内的困难状况。稍微有点麻烦的是，埃塞俄比亚有一支受过严格的军事训练、有着先进武器装备的部队。

法国很是满意墨索里尼发动这场战争。第一，不管是谁打这场仗都注定了失败的命运。意大利的黑色卡波利托战役以及法国历经的第二大军事失利，就是拜阿杜瓦的埃塞俄比亚人所赐。当时有14 000名意大利士兵或阵亡或被赶走，为了找借口掩饰，墨索里尼对外解释说因为埃塞俄比亚有10万军队，他的14 000名将士寡不敌众才会输。如果真是如他所说，那敌我双方确实实力悬殊，失败似乎也是情有可原的。但真相却是，那根本就不是一场14 000名意大利人对10万埃塞俄比亚人的战争。实际上，意大利损失了4500名白人和2000名在当地招募的军人，这6500名意大利士兵要么已经阵亡，要么受了重伤，另外还有1600名意大利人被抓去当了埃塞俄比亚人的俘虏。另外，埃塞俄比亚也承认他们损失了3000人。

法国人也一定不会忘记阿杜瓦之战，因为它就发生在不久前。还有一种可能就是贝尔和布拉多克会参与进来（谁知道欧尼·麦登从埃塞俄比亚人那里买了什么东西），所以法国人料定意大利人打这场仗必输无疑。疟疾、高烧、炙热的阳光，还有糟糕的交通，很多因素都可以让意大利军队失败而归。除此之外，埃塞俄比亚还流行很多热带的疾病，如果军队中的士兵对当地的水土不服，同时免疫力又很差的话，那很有可能会把瘟疫传遍整个军营，那时情况就会更糟糕了。恶劣的自然条件会让任何想在赤道附近进行战争的军队的处境难上加难，甚至折戟而归，总之要在那个地方立足可不是一件容易的事。

不管意大利到底是赢还是输，法国认为其一定会为这场战争付出巨大的代价，其在欧洲的威风势头必然会受到抑制。当然，如果意大利没有和其他法西斯国家结盟，也算不上什么大麻烦，因为意大利既没有煤炭资源，又缺少铁资源。最近，意大利在谋划着打造强大的空中力量，来弥补其在煤铁资源方面的劣势，意大利强大的空中力量也会让其在欧洲战场上具备一定程度的威胁。

看到意大利攻打埃塞俄比亚，英国也很是开心。首先，英国人也和法国人一样认为，意大利一定会在这场战争中遭受重创，从而给意大利一个教训，使其自觉维护欧洲的整体和平。其次，如果意大利真的打赢了，那就意味着埃塞俄比亚会受到重创，那么英国就不必为埃塞俄比亚军队在肯尼亚北部疆界省份制造的麻烦而烦恼了。另外，也让那些反对在阿拉伯半岛进行奴隶贸易的人明白其身上的责任。当然，英国早已对埃塞俄比亚东北部的水资源虎视眈眈了，也早已对苏丹的水资源垂涎已久，只有安东尼·伊登在罗马的时候谋划过此事。最后，因为英格兰知道不管意大利在埃塞俄比亚发现了或者带回了什么东西，一定都得通过苏伊士运河，或者绕远一点，穿过直布罗陀海峡。而一旦日本人也被允许进入埃塞俄比亚并在非洲立足后，那么意大利在埃塞俄比亚掠夺的资源最后就都会直接落到日本人手上，这样用不了多久，意大利就会失去对埃塞俄比亚的控制。

对于墨索里尼试图吞并埃塞俄比亚的野心，德国也很是开心。因为不管欧洲局势最后会发生什么变化，都为其重夺非洲殖民地打开了一个缺口，而这正是德国目前急需的机会。而一旦德国重新得到了在非洲的殖民地，那战争或许会延后很长一段时间。希特勒统治下的德国，一直渴望发动一场复仇的战争，一场狂热的、爱国的，甚至是宗教式的战争。如果实在无法阻止这场战争的发生，法国希望这场战争能尽早发生，不要等到德国强大到不可战胜的地步，因为法国人民一点也不想再卷进战争。

战争的风险很大，同时国与国之间的差异也很大。法国是一个独立的国家，大不列颠是几个国家的联合体，但意大利是墨索里尼一个人代表的国家，而德国无疑就是希特勒的。他是一个充满野心的人，而且是会在德国陷入经济困境前一直统治德国的人，所以希特勒迫切地希望发动一场战争来摆脱这种经济困境。一个国家从来都不会真正地想要进行战争，除非有人通过自己手中的权力大肆宣传，让民众相信战争对于本国来说是有利的。如今宣传的猛烈攻势是以往任何一个时期都比不上的，所有新闻社都在强大的势力控制下机械地运作，且数量不断增加，直到整个国家没有人再敢讲真话，也没有人有机会面向大众把真话讲出来。

战争也已经改变了初衷，不再是因为经济因素。现在战争的决定权都在个人手中，独裁统治者和煽动性的政治家利用民众的爱国热情，向他们灌输错得离谱的战争理论，而统治阶级大肆吹嘘的所谓改革又根本无法满足民众的需求。所以我们美国人民一定要意识到上天并没有赋予任何人把美国推向战争的权力，不管这个人是多么高尚、多么杰出，也不管是以一种多么缓慢，或者说掩人耳目的方式进行权力的转移。现在的形势是战争一触即发，我们每天都离战争越来越近，说白了，这根本就是一场蓄谋已久的谋杀。因为你一旦把这种权力信任地交给了某一个领导人，那么当危机来临时，你就会后悔被推向战争的火坑了。

以前人们认为以身殉国是一件很光荣的事情，是死得其所。但是现在的战争性质和以前可不一样了，如果你在现在的战场上不幸身亡，你可不是为了祖国而死的，这也根本不是一件光荣或者死得其所的事情。死在战场上的你估计到死也不知道自己是为了什么而死的。如果你的头颅被一颗子弹打中，那你会立即毙命。若稍微偏一点，你的结果还有可能是鼻梁骨被打断，或者视觉神经完全损坏，或者下巴被打飞，又或者鼻梁骨和脸颊被打掉半边——或许你的大脑还能思考，但已经没法说话了。子弹也很可能会打在你的胸口上，卡在胸腔，或者卡在下面一点的胃部，让你甚至能感觉到子弹在你的肚子里碎成了片，你试图站起身，仿佛要把胃腔里的子弹吐出来。其实，子弹在打进身体的时候并没有那么痛，但为什么人们中枪后却总是全身疼痛不已？我猜想，这很可能是人们看到那白色的闪光，听到公路上爆炸时的巨响，然后发现你膝盖以下被炸没了，又或者只是脚被炸飞了，你看到那白色的骨头仍然连着绑腿，又或是你看到他们把你的靴子脱掉，露出你血肉模糊的脚，再或者，你的手臂被炸断了，让你亲身体验了一把骨头碎裂的感觉，或者你被火烧着了，窒息呕吐，或者被震出十几米远……而这一切并不美好和光荣，你这所有的牺牲和受罪，没有任何的意义。即使你再怎么恐惧也无法远离战争，或许在战争没打响前，你总是觉得自己怎么可能会那么巧死去，但是相信我，亲爱的朋友，你会死掉的。只要你坚持要留在战场上，那么你迟早会死的。

唯一和这种谋杀式战争对抗的就是把这些战争背后的肮脏勾当赤裸裸地公之于众，把那些愚蠢的想挑动战争的人的真实罪恶面目毫不留情地撕烂，让民众看清他们是如何把人民玩弄于股掌之间的。只有这样，正直善良的民众才不会再被他们蒙骗，才会团结起来反抗，避免沦为他们的牺牲品。

只有那些真正想打仗的人在战场上打仗的时候，清楚自己在做什么并且知道自己是在做自己喜欢的事，这样的战争才能勉强看到些希望。只是在上战场的头一个月，这样的精英们就差不多全部阵亡了，而剩下的战争就要靠那些被欺骗或者被迫背上武器的人来继续了。面对真切的死亡，他们害怕了、退却了，而这也是长官们教给他们的求生之道。如果留在前线那一定是必死无疑，如果逃跑还能有一线生机。与日俱增的恐惧终于压垮了士兵们的内心，当看到对方激烈的轰炸、密集的火力，而自己又孤立无援时，士兵们开始后退逃跑，而这支军队也就很快完蛋了。第一次世界大战中有没有逃跑的联盟军呢？不过我现在可没工夫来描述他们的行为。

在现在的战争中，双方都不是所谓的赢家，因为他们都要为战争付出惨痛的代价。战争中决定胜利的因素，得看交战双方的政府谁先腐朽、谁先垮台，或者谁能够找到盟友、得到新的军事增援。有时结盟的作用真的很大，当然说不定也会像罗马尼亚那样，对战局起不到什么实质性的作用。

现在的战争没有胜利可言。某一方的同盟国或许能够在军事上取得胜利，但是真正在战场上浴血奋战的人们却并不能享受胜利的政权，因为这些英勇应战的人都已经在战场上失去了性命。有超过700万人死在了战场上，这战争其实是一场对700多万人的谋杀，已经完全超过了德国军队的屠杀。受骗的人们被虚假的爱国心鼓动着，要战争、要胜利，最终却双手沾满了罪恶的鲜血。希特勒一上台就想在欧洲发动战争，但他并不会亲自上前线作战，他的工作就是四处宣讲，动员广大单纯的民众为他的战争理想而卖命。所以一场战争并不会对希特勒造成任何损失，相反，他才是战争中获益最多的赢家。

墨索里尼也是一个屠夫，同时也是一个独裁者，一个伟大的机会主义者，一个现实主义者。他在欧洲四处寻衅，却不想真地在欧洲发动一场战争。他还能清楚地记得第一次世界大战时欧洲战场的战况，以及自己是如何意外地被意大利的迫击炮炸伤后又继续回到报社工作的情景。他之所以不想在欧洲开战，是因为他深知战争的参与者中是没有赢家的，除非打的是像罗马尼亚那样的国家。而且，如果第一个呼吁发动战争的独裁者战败了，那也就意味着他的独裁统治到头了，那么在以后很长的时间内，他或者他的子孙后代们都别想再重回权力的核心。

由于国内局势的恶化，墨索里尼又急需一场战争来帮他摆脱困境，最后，他选择在非洲打响这场战争，而他选择的作战对象是非洲仅存的一个独立国家。可倒霉的是，埃塞俄比亚是一个基督教国家，所以不能将这场战争称为圣战。于是，墨索里尼打着反奴隶制的旗号来发动这场战争，而在意大利的民众看来，这无疑是一场万无一失、可速战速决并且很符合理想状况的战争，当然也不排除这场看似信心十足的战争让墨索里尼政府垮台，使其整个政治制度崩溃的可能性。

曾经有一个叫沃恩·莱托·沃贝卡的德国上校带领着一支5000人的部队（其中只有250个白人士兵）在坦噶尼喀和葡萄牙的非洲占领区同13万联盟军队作战。战斗一直持续了4年多的时间，虽然双方实力悬殊，却让联盟的远征军付出了7200万英镑的代价。直到战争宣告结束时，沃恩·莱托·沃贝卡还在当地坚持进行游击战。

而此时，如果埃塞俄比亚人选择游击战来对抗意大利军队，那么可以断言埃塞俄比亚一定会给意大利留下一个永远都无法治愈的伤口。埃塞俄比亚有的是时间把意大利的财富、激情以及食物通通耗尽，最后让一具具残缺的年轻躯体回到意大利。这种无尽的折磨一定会让意大利的士兵们感到极度失望和不满，政府曾经许诺的和平美好的明天不见任何踪影，所有的美好承诺也都无法实现，最后这些幻想破灭的士兵一定会齐心去推翻意大利的政权。

不过，这场战争是在非洲进行的，所以欧洲这边能够享受更久一点的和平。同时，希特勒或许也会按捺不住而采取一些行动。但去他的欧洲酒酿（此处是指欧洲的政治局势），我们又不需要喝酒。欧洲一直处于战争状态，断断续续的和平不过是暂时的休战。我们已经像个傻瓜一样地被卷进了一次欧洲的战争，我们不能再犯傻了。

海上的来信之大师的独白

1935年10月

还记得大约一年半以前，一个从明尼苏达州过来的年轻人特地来到我在凯·斯特的房子门前，他说想问写信人几个有关写作的问题。巧合的是，写信人那天刚好从古巴回到凯·斯特，而且准备于1小时后坐火车去看几个好友，同时还要写几封信。写信人对年轻人的到来感到很是惊讶并有些受宠若惊，不过在听过他的问题后，写信人又稍稍有些惶恐，所以让年轻人第二天下午再过来。

原来这位年轻人想要成为一名作家，他从小在农场长大，高中毕业后顺利考入了明尼苏达大学，之后在报社工作过，还做过木匠，还曾靠帮人收割赚钱，有段时间还做过那种按天算钱的临时工，另外他还曾两次穿行整个美国。他的确有很好的故事素材，所以想要成为一名作家并写出这些经历。但是，年轻人讲故事的水平还有待提高，如果他能够换一种表达方式把那些故事说出来，那么那些故事无疑都是很有价值的。能看出这个年轻人是一个认真严肃的人，特别是对于写作相当认真，而且他认为只要认真对待，就能克服一切困难。在达科塔北部，为了能专心写作，年轻人曾独自在自己建造的一间小房子里住了一年，但年轻人并没有把他写的东西给我看，只是说，文笔太烂了。

我想这或许只是他的自谦之词，可是在我看到他发表在明尼阿波利斯一家报纸上的一篇文章后，才知道原来他的文笔确实不太好，年轻人的故事真的写得太烂了。不过我觉得其他人在开始写作时也都不怎么好。何况这个年轻人对待写作是那么虔诚认真，一定会有所成就的，毕竟严肃认真的写作态度是成功写作必不可少的两个条件之一，至于另一个条件嘛，就是——很不幸——写作的天赋。

除了写作，年轻人还一心向往着能够出海。后来，考虑到年轻人的情况，我们在船上给他安排了一份守夜的工作，这样他不仅解决了睡觉的地方，而且还有了一份只需每天花两三个小时打扫船舱的轻松工作，他可以好好利用剩下的半天时间去从事他自己喜欢的写作。为了实现他出海的愿望，我们答应他下次去古巴的时候把他带上。

果然，年轻人不负众望，他守夜的工作做得很出色，他不仅工作努力，写作也十分认真。但真正到了海上的时候，不得不说他还是很让人失望的。需要动作迅速敏捷的时候，他总是慢吞吞的，甚至有时候你会怀疑他的手和脚一样，都慢得要死。出海之后，年轻人既兴奋又紧张，而且他晕船的症状十分严重，根本就无法继续工作。我们只好找了一个农民接替他的工作，不过年轻人有时间时还是会去干活的，并兢兢业业地完成这些工作。

因为年轻人很会演奏小提琴，所以我们都管他叫大师，后来简称为麦斯。不过他在工作方面却很不顺利，即使是不经意地刮过一场微风，也会影响他的动作协调性。所以有一次，写信人跟他说了这么一句话："麦斯，你果然是写作的料，因为除了这个，我不知道你还能干好什么。"

不过，麦斯的写作水平确实有了不小的进步，或许，他真的能成为一个作家也说不定。但是写信人的脾气并不好，所以有了这一次的经验后，写信人再也不会带一个立志成为作家的人上船，或者再在古巴的海岸边度过一整个夏天，或者在会被很多信件、问题、答案等打扰的海岸边度过夏天，除非是立志成为作家的漂亮女人带着香槟想上船。

写信人觉得写信和写这些每月一封的信的性质是不一样的，但是他又不喜欢和所有活着的人去谈论这个问题。就比如现在，写信人正在写的信，就被要求在某一段特定的时间内，从不同的角度对某一个特定的话题进行分析探讨，譬如和麦斯在船上度过的那110天。所以在那110天里，每当听到麦斯开口说话，特别是说出“写作”这两个字的时候，写信人都要竭力控制自己的脾气以保持镇定。

如果真的应该阻止谁从事写作，那他应该是第一个被阻止的人。如果真的有人会被他写下的那些东西影响，相信写信人一定会很开心。如果你觉得那些文字很没意思，那你还是继续翻杂志上的漫画吧。

写信人之所以要在这儿展现他写的东西，一个很好的理由就是他觉得里面或许有一些信息对这位21岁的年轻人来说值得上50美分。

麦斯：“我不明白，你说的‘好的写作就是和差劲的写作相反’是什么意思呢？”

写信人：“所谓好的写作就是客观真实地写作。不管是谁编造了一个故事，那么故事的真实性和作者对于生活的领悟以及他的良心是成正比的。所以就算是在编造故事，也应该做到尽量让故事反映人类真实的生活状态。如果连编者都无法了解自己笔下的人物的真实想法，那最后写出来的虚假的东西一定会被世人所嘲笑。如果作者还是继续写这些他自己都不知道的人或事的话，那恐怕连他自己也会感受到自己的虚假。这样下去当发现自己作了几次假之后，他可能就再也没办法进行诚实的写作了。”

麦斯：“那想象呢？写作不是需要想象吗？”

写信人：“我想没有人能告诉你想象是什么，只有还原想象真实的面目，放弃任何功利的目的，才能产生灵感。想象或许是一种人类本身裹挟的经验记忆吧，当然丰富的想象力和诚实确实是检验好作家的标准。人们越是能从实际生活经验中思考和学到越多的东西，他的想象才会越真实。如果保证想象足够真实，那人们就会对作者笔下所有的故事的真实性毫不怀疑。这就好比报告文学，真实地记录和还原所发生的事情。”

麦斯：“那这和报告文学有什么不同呢？”

写信人：“如果完全是报告文学，人们其实根本就不会记得里面的内容。当你叙述某一天发生的事情时，由于所在的时空不同，你的读者就会不自觉地在自己的想象中构造场景。而一个月后，当时间的影响减弱后，你的讲述会变得平淡，这时你的读者也就不会在脑海中还原故事的场景，自然也就不会留下印象。但如果你选择编造而不是描述情节的话，那你应该尽量编造出一个有血有肉、经得起推敲的故事。不管好坏，那都是你自己的创造。这故事是编造出来的而不是照实描述的。故事的真实程度和你编故事的能力是相辅相成的，当然还有你在故事中所投入的知识和情感。你能听得懂这些吗？”

麦斯：“说实话，有些地方不是很明白。”

写信人（有些生气了）：“那算了吧，看在上帝的份上，我们还是聊点其他的吧。”

麦斯(不为所动)：“你再给我讲讲写作的工具吧。”

写信人：“工具？是指像铅笔或打印机之类的吗？上帝呀！”

麦斯：“是的。”

写信人：“听着，当你开始写作时，所有的压力并不在读者那里，而在你这里。所以你最好用上打字机，因为这东西会让你的写作轻松很多，同时也给你带来更多的写作愉悦。你要明白，写作的目的就是要把所有的东西——所有的情绪、所有的场景、所有的感觉，以及在不同地方经历的所有内心的起伏全都传达给读者。想要做好这一点，那么你首先要好好构思自己要写的内容。如果你的写作工具是铅笔，那你可以通过三个步骤来确定读者能否清楚感受到你通过文字所传达的感情或者思想。你要先把文章大致通读一遍，这样你就会在用打字机记录时，获得了第一次在原作上修改的机会；等稿子都打印好后，你还可以通过改错对稿子进行第二次完善。而用铅笔写，正好为你提供了第三次修改完善稿子的机会。我称这为‘333写作法’，这种方法很有用，它还可以让你的稿子保持开放状态，让你能够更轻松地修改。”

麦斯：“那你一天要写多少字？”

写信人：“这个我倒没细数过。不过我可以把自己宝贵的经验和你分享。当你的状态很好，而且对于接下来要发生的事情了如指掌的时候，你就可以收笔了。如果你正在创作小说，而且每天始终坚持这个行为，那么这一定可以让你文思流畅。希望这能对你有所帮助。”

麦斯：“好的，十分感谢您。”

写信人：“在状态好的时候收笔，不要刻意地去想或者担心什么，就等到第二天重新拿起笔的时候再开始一切。这样，你的潜意识就会自动地帮你构思下面要写的东西。相反的，如果这时你绞尽脑汁地强迫自己去想，还担心这个和那个，那么就会扼杀掉这种自发的灵感，从而使你的灵感在你还未开始动笔写作前就已经枯竭了。如果你在写小说的时候，时刻担心自己第二天不知道写什么，那就好比是担心自己第二天还能不能活着一样多余，并且这会让你显得很没有魄力。而且你一定要坚持继续下去，不要去担心这些没意义的事情。如果你真的准备写小说，那么这是你必须要学会的事情。写小说最难的地方就在于如何坚持写到最后和如何坚持写完整部小说。”

麦斯：“那你是怎么学会不去担心的呢？”

写信人：“你不要去想它就可以了。如果你控制不住自己的思想开始往这方面想，那么当你意识到时就立即停住，去想点其他的事情来转移注意力，这也是你必须学会的一点。”

麦斯：“你刚刚说要通读自己写完的部分，那每天开始写作之前，究竟要读多少才可以呢？”

写信人：“最好是每天都能把稿子通读一遍，每发现一处不足就立即修改。当你把这个工作完成之后，再开始你这一天的写作，继续接着昨天的部分写下去。如果你已经写了很多，实在没法做到每天都通读一遍，那就读两到三章，等到一周的写作完成，再从头读起，继续进行修改，这也可以保证文章的连贯性。另外，你还得记住，应在自己状态和灵感还在的时候立即收笔，这样你才能有泉涌的文思和连贯的思路。如果你一直都在那提笔写，让大脑一直在思考，那第二天你会发现自己根本没有心思再继续下去。”

麦斯：“那你在写故事的时候也是这样子做的

吗？”

写信人：“是的，我很少能够在一天内就把故事写完。”

麦斯：“那你写故事的时候，全部情节是不是都提前构思好的呢？”

写信人：“这倒没有过。起初，我会建立起故事的架构，构思一些情节，但接下来故事的发展就完全看灵感了。”

麦斯：“这怎么和大学里面教的方法不一样呢？”

写信人：“那我就不知道了，我没有上过一天大学。不过那些教写作的人如果真的懂得如何写作的话，那他们可能就不会待在大学里教写作了。”

麦斯：“可你现在不就是在教我吗？”

写信人：“你就当我疯了吧。还有，这是在船上，不是在大学里。”

麦斯：“好吧，那作家要看哪些书呢？”

写信人：“作家应该把所有的书都读完，这样才能知道他自己应该战胜什么、克服什么。”

麦斯：“但一个人怎么可能把所有的书都读完啊？

写信人：“我是说应该这么做。当然，没有人有本事能把所有的书都读完。”

麦斯：“哪些是必读的书？”

写信人：“托尔斯泰写的《战争与和平》和《安娜·卡列尼娜》是必须要看的，还有……（很多书名）”

麦斯：“你能说慢一点吗？我记不了这么快，还有多少书需要读？”

写信人：“那下次我再给你推荐其他的书目吧，大概还有这些书数量的3倍。”

麦斯：“这些书确定要全部阅读完？”

写信人：“是的，全部都要读完，而且还要读更多的作品，不然你就无从知晓自己要战胜的是什么。”

麦斯：“你说的‘要战胜’是什么意思？”

写信人：“听着，如果一个主题已经被人写过，而你现在再重新写与之相同的主题，可就没有意义了，除非你能写出比他的作品更好的作品。所以当代作家要么就写从来没有被人写过的东西，要么就是在相同的题材上打败前人，超越他们的经典作品。而想要打败前人，阅读他们的经典作品是第一步。你只有在认真阅读过之后，才能知道自己到底要从哪些方面去超越。还有，大多数至今还活着的作家其实并没有写出什么不朽的作品，根本称不上不朽的存在。他们的好名声都是被评论家们给吹捧出来的，因为评论家们需要挖出一个适时的‘天才’，一个他们完全明白的人，这样他们才能做到吹捧赞扬起来心里更有底。其实，一个严肃的作家的真正对手应该是那些已经死去的伟大作家们，他们的作品才不愧为真正的经典。不要眼界狭窄地在当代作家中去寻找对手，而是要放眼全球，在历史的长河中和那些全人类的优秀作家竞争。这时你才能真正明白自己可以达到怎样的高度。”

麦斯：“不过阅读那些优秀的经典作品有可能会让自己的写作信心受到打击啊。”

写信人：“这就要靠你自己的本事去消化了，你要学会不失去信心。”

麦斯：“你觉得要成为一个作家，最好的早期训练是什么？”

写信人：“一个不幸的童年。”

麦斯：“那托马斯·曼恩算是一个伟大的作家吗？”

写信人：“如果他能在写完《布登溪》时就收笔的话，他就能算一个伟大的作家。”

麦斯：“作家可以进行怎样的自我训练呢？”

写信人：“你可以好好想想今天发生了哪些事。如果我们把一条鱼剖开，第一眼看过去，并没有和其他人看到的有太大的不同。但是如果你在鱼挣扎的时候，搜寻相关的记忆，或许一瞬间会让你心潮澎湃，各种情绪涌上心头。你会想到钓线被从水里拉起时划出的弧线，像小提琴琴弦一样紧紧地缠绕在一起，水滴沿着线滴下；又或者是鱼翻腾跳跃时在水面激起的阵阵水花；还有当时发出的声音、所说的话。你会试着弄明白是什么导致你情绪蔓延，又是什么让你突然心潮澎湃激动不已。然后你会真实地记录下这些东西，而读者在读到你写的这些东西时，也会在内心产生同样的情绪。其实自我训练的方法很简单。”

麦斯：“哦。”

写信人：“然后你可以再试着通过别人的视角来看问题，这样可以带来一些新鲜的东西。比如，我让你猜我现在的想法，而与此同时，我又会猜测你此时内心的感受。卡洛斯咒骂胡安，试着揣摩一下双方的心理活动，而不仅仅是判断谁对谁错。作为一个个体，自己会对应该做和不应该做作出一个判断，而作出对错的判断之后，你自然会在你的行为中践行这种判断。可是如果是作为一个作者的话，就不能带着这样主观的判断，你必须要公平地站在双方立场上去理解双方的感受。”

麦斯：“哦。”

写信人：“请你在别人说话的时候一定要认真听，不要趁别人说话的时候，在一旁琢磨自己接下来要说的话。你不能像绝大多数人那样，不懂得倾听和观察。你要让自己具备这种能力：你走进一个房间，可是当你走出来的时候，要做到对屋子里的一切心中有数，而且还要明白其背后的缘由。如果你走进房间后内心有所触动，你一定要清楚地知道自己是受了什么触动。你要试着多练习几次。你可以在繁华的街道上、剧院的外面进行观察，也可以观察从出租车或者汽车中走出来的人们各有什么不同的面貌。有无数种可以锻炼自己观察能力的方法，不过一定要记住，永远都不要忽视旁人。”

麦斯：“你认为我能成为一个作家吗？”

写信人：“这我就不知道了，或许你没有天分，或许你对于其他人的感觉不够敏锐。但是你如果能把你自己好的故事写出来，还是可以的。”

麦斯：“可是我该如何去写呢？”

写信人：“就是写。如果你连续写了5年，发现自己还是一筹莫展，那就可以像现在这样一枪崩了自己。”

麦斯：“我才不会用枪崩了自己。”

写信人：“那你可以来找我，我来开枪。”

麦斯：“多谢你的好意。”

写信人：“不用谢，麦斯。我们可以说说其他事情吗？”

麦斯：“其他什么事情？”

写信人：“除了写作以外的任何一件事情，麦斯，只要不再谈这个，什么事情都可以。”

麦斯：“好吧，但是……”

写信人：“没有但是。就让关于写作的话题到此为止吧。再也不说了，今天就到此为止，我要回去了。”

麦斯：“那好吧，但是明天我还想问你一点事情。”

写信人：“如果你知道怎么写作的话，我相信你一定会写得十分开心。”

麦斯：“这是什么意思？”

写信人：“你明白的，开心，快乐的时光。如果能写成一部著作。”

麦斯：“告诉我……”

写信人：“好吧，再见了！”

麦斯：“好吧，但是明天……”

写信人：“好吧好吧，明天，但是明天。”

第二封严肃的信之权力滥觞

1935年11月

如果人们觉得某一件事是值得称道的，那就再跟他们讲讲吧。而当你第二次和他们讲的时候，他们就会说："我们之前曾在哪儿听过这些，你又是从哪儿听来的呢？"如果你第三次和他们讲，那他们一定会不耐烦地对你摆手，让你住口，再也不愿多听一个字。或许你每次讲的都是真的事情，但他们已经听得厌烦了。

所以，这个月我们特意重新包装了一下话题，中间穿插了一些趣闻逸事，使人听起来不会觉得那么无趣。但如果你已经听过总统在参议院的公开发言，说美国准备10天后投入战争，那么你就应该能理解，这仍是封关于战争的信。

写信人曾有过一段在报社工作的经历，他有一个很好的朋友，叫比尔·拉尔，是《曼彻斯特卫报》驻欧洲的通讯记者。拉尔长着一张白白的脸，下巴像灯笼一样鼓起，如果你在伦敦大雾中不经意突然看到这样一张脸，一定会以为见鬼了，被他吓得尖叫。不过，如果相遇在天气很好的巴黎大道，倒也不会那么夸张。巴黎街头的拉尔，穿一件毛领的大风衣，脸上的表情看起来像是在演莎士比亚的悲剧，总让你感觉将会发生什么不好的事情。在那个时候，我们谁也没想到他会是一个天才，我觉得恐怕连他自己都没想到。当时，拉尔正忙着其他的事情，聪明的他才不会想着在那样一个城市里争当什么天才。像他那样的人在当时的巴黎大街上一抓可是一大把，而且想要在那个时候做出些成绩，除了脚踏实地地努力工作，恐怕别无他法。

拉尔来自非洲南部的一个国家，战争期间，他在步兵营遭受了很多的痛苦。后来，拉尔专门在军队里给人出主意，也就是所谓的智囊团。在巴黎和会召开的时候，拉尔拿到了英国人给的一些钱，这是英国对法国媒体的某些个人和机构的一种补贴。拉尔从来不刻意隐瞒这些，那个时候我还是个孩子，他给我讲了很多事情，那是我在国际政治方面的启蒙教育。后来，拉尔去了纽约，开始用威廉姆·波力彻的笔名进行写作，最后就如我们所见的成了一个天才，一直坚持写作到他死的那一天。你或许也曾读过他的作品，像《利益谋杀》《与上帝抗争之十二条》，或者其他一些在老版《纽约世界》上面发表的文章。在他成为波力彻之后，我就再也没有见过他了。当他还是拉尔的时候，确实是一个很好的人，或许成为波力彻之后，他比以前更好了，但我也说不出他到底好在哪里。我想，一个天才有时也会为各地观众的欢呼和喧闹所困扰吧。因为我再也没能见到他，所以也没有机会去问他这个问题。

记得有一年秋天，拉尔和一个叫汉米尔顿的人还有我一起参加了洛桑会议，我们几乎每天晚上都会一起吃东西。那个秋天，洛桑的天气非常好，会议后来分开在两个地方举行。一个主会场设在沿日内瓦湖而建的比利维酒店，英国人和意大利人就在主会场谈判；另一个分会场则设在商业区豪华的皇宫酒店，法国人和土耳其人就住在那儿。从这个会场赶到另一个会场，必须得乘坐在陡坡上的小型索道缆车，还要上一段很高的台阶，当然你也可以奢侈地选择叫一辆昂贵的出租车，从露台那条路穿过去。会议的内容是保密的，我们的消息都是通过现场分发的一些会议资料和各个国家的新闻发言人在发布会上的讲话中得到的。这期间，每个国家的发言人都想抢在其他国家前面，就会议内容发布自己的版本，维护自己的利益，所以发布会一个接一个，如果你不想错过所有发布会的信息资源，那么你就必须要飞快地转换场地。

当时，写信人在为一家早午间新闻报写稿，一天24小时都得把电报机开着，然后通过电报把在巴黎获得的第一手信息传送过去。报社有两个不同的名称，下午3点要完成最后一批午间新闻的派送，然后把一些稿件留给守门人，嘱咐他在早上7点用电报发过去。这样在早上8点半左右，写信人醒来后，就开始阅读当天的报纸，和专门提供情报的人谈话，然后在床上吃早餐，并利用吃早餐的时间顺便构思该如何写下一篇重磅新闻。

早餐吃完后，写信人会再休息会儿，直到被一通电话吵醒，电话是G.沃德·普拉斯打来的。沃德·普拉斯总是满面红光、衣着光鲜、神采飞扬的样子，如果把他评为当代新闻人中的“最佳着装者”是完全符合他的形象的。他也是新闻界的眼镜王子，是威廉·哈丁·达维斯的后继者。如果你看了最近《罗斯米尔报》对他和墨索里尼的采访，就会知道直到今天他还算得上引领时代潮流的人。普拉斯在电话里说：“我们去找个地方运动一下吧？”

“不。”写信人毫不留情地直接拒绝了他的提议，然后放下电话。但电话立马又再次响起，只听沃德在电话里又说：“出来吧，我正打算去体育馆。”

纵使再怎么不情愿，写信人也经不住别人的盛情，只得起来穿衣，一边穿一边骂骂咧咧。一直到了体育馆，写信人还是一副睡意朦胧的样子，而沃德已经到体育馆练完了滑轮，正准备去打沙包。

“你可真是个懒惰的无赖。”沃德说，“快来，戴上拳击手套。”

两个人打了一会儿沙包后，写信人累得仰面躺在地上，大口喘着粗气。而沃德还在继续做运动，或者自己模拟拳击赛，他的拳击技巧比很多职业拳击手还要好，写信人亲眼看见他打出过自己见过的最好的左侧攻击拳法。就这样，写信人在旁边竟看着沃德打了一个半小时。沃德的步法很棒，只见他站在沙袋的左侧，猛地一拳过去，把沙袋整个打翻，像一个活塞一样，但你却根本碰不到他一根毫毛。

“这样的锻炼是不是很棒？”沃德在我们洗完澡后问道，他选了一副新的眼镜戴上并继续说，“这会让你一整天都保持这种好的状态！”

由于前一天中午喝多了马提尼，再加上昨天晚上晚饭前喝了加苏打水的威士忌，可能之后又喝了白兰地，一直到凌晨3点，写信人都觉得头疼欲裂。不过最大的原因是沃德·普拉斯在空中挥舞他那厉害的拳头，似乎在说：“看我的厉害。”写信人暗想，如果让那些花钱请自己写新闻的人发现自己喝得如此酩酊大醉，会发生什么呢？

晚上，大家坐在一起吃晚餐，其他人都在吃饭，只有写信人对着吉安蒂红葡萄酒欲哭无泪。

“你怎么了？”拉尔问，“今晚怎么这么不开心？”

“你为什么非要每天工作到凌晨，还得一大早陪那个该死的沃德·普拉斯打拳击，你一定是被他的拳头吓得无法正常思考了。”

“早上还是下午？”拉尔问，他习惯于做每件事都得准确无误。

“该死的。”写信人咒骂了一句。

“那你陪他去干吗？”

“估计只有上帝知道其中的原因，或许我担心自己不去会被他视作胆小鬼。”

“那你还不如一拳把他打晕了事。”

“算了吧，他的拳法了得，我连碰都碰不到他，怎么把他打晕？”

“你可以逼他后退，挤压他的空间，让他放慢动作，然后再趁机一拳打晕他。”

“逼他后退？我能坚持一分钟不被他打退就是好事了。”

“那你得好好锻炼呀，”拉尔说，“我们来训练你。”

拉尔说的训练内容包括：在两个会议场地间来回跑，还要在楼梯上跑上跑下（如果写信人到得太迟的话，他们就故意不把新闻告诉写信人）；晚饭后戒酒；训练单身主义作风。写信人坚持了5天，实在受不了，他抱怨说，自己宁愿一辈子都被沃德对着头猛打，也不想再爬那些该死的楼梯了。拉尔听完后，用那种像是在看获奖选手的眼神上下打量了写信人一番，然后说：“好吧，我觉得你现在已经练得可以了，明天就让沃德瞧瞧你的厉害！”

如果你好奇第二天早上写信人和沃德戴上拳击手套之后发生的细节，那就去问沃德·普拉斯先生吧。他的拳法和专业拳手一样好，只是写信人对于当时发生的一切有些懵，所以无法告诉你细节。写信人只记得当沃德把左拳挥过来时，他感觉比以往任何一次都要糟糕。但是在沃德休息了一会打算再出拳的时候，写信人也用拳头打到了他，当然，写信人身上被拳头打中的地方更多。

那天中午，写信人回到比利维酒吧等待英国记者招待会开始，这时拉尔进来了。

“看见了没？”他说。

“我想我还看得见，”写信人说，“我还不算太累，晚点我再去练上一圈。”

“你看见了没？”

“看见什么？”

“看见训练的成果。看见你走的那些路，还有独身主义，以及戒掉白兰地后为你带来的进步。”

“我怎么感觉这像是免费给这些东西打广告一样呢？”

“沃德的两根肋骨断了，”拉尔告诉写信人，神情透露着不敢置信，“他给我看了他的X光片，他刚去看完医生。”

“你对天发誓没骗我？”

“你非要我发誓也行。”他说，“现在你知道训练起到多大的作用了吧？你以后再也不用和沃德打拳了。过来喝一杯，高兴一下，再叫上汉米尔顿，还有劳伦斯。”

在那场发布会上，伊斯帕特·伊诺鲁还带了一个保镖，保镖带着手枪走来走去，时不时还露两下。保镖的上级是一个看起来十分严肃的人，从他那鼓鼓囊囊的紧身衣能看出来，他身上带着4把枪。有天晚上，皇宫酒店的朋友们选我出来，去把一根可以爆炸的雪茄交给那个保镖老大。保镖充满谢意地接过雪茄，还给了我一根香烟作为回礼。雪茄爆炸的时候，我只想着赶紧闪人，而那个保镖把身上的枪拔了出来……

也是在那次会议上，一个在驻外办公室工作的年轻秘书打了一个电话到比利维酒店，和一个叫克松勋爵的人说：“我说，伊恩派瑞·伯格进去了吗？”

接着，秘书就听到电话那头传来一个清晰又冷静的声音回道：“我就是伊恩派瑞·伯格。”

还是在那次会议上，卡兹打破了看似平静的一切，虽然拉尔说表面平静的背后是所有的当权人物都感染了一种奇怪的权力病毒。本来一切都已经谈好了，土耳其也已经准备在协议书上签字了。土耳其谈判代表团邀请以卡兹为首的英国代表团共进晚餐，但是被卡兹拒绝了，而且连他拒绝的原话都被所有土耳其代表团成员知道了。据报道，卡兹的原话是“我的职责要求我不得不和他们坐在同一张谈判桌上，但是要我还得去陪那些无知的安纳托利亚农民吃饭，我可不干”。卡兹的自视清高以及受内心“权力滥觞”的驱使，使得他在顺利完成这项和土耳其的艰巨谈判任务后，说出了这番话，而且根本就没有考虑过土耳其代表团的面子。土耳其人听到这句话后，被彻底惹怒了，他们拒绝在协议上签字。之后英国不得不换另一个人去代替卡兹的位置，而此后英国人再没能从土耳其那儿讨得一丁点儿便宜。

一天晚上，汉米尔顿、拉尔还有我一起吃晚餐，拉尔提出了他的权力理论，即权力一定会在某种程度上影响人们的待人接物方式。拉尔说可以在所有人身上找到这种由权力引起的变化依据，此外，他还给我们举了很多例子来证明他的这个“权力理论”。他把威尔逊的例子剖析得入木三分，拉尔说，这种由权力引起的变化会像瘟疫一样传染，至于例子，那是数不胜数的。

我记得我当时问了一句：“那克里蒙梭呢？”那可是我当时十分崇拜的英雄人物。拉尔回答说，克里蒙梭是一个积极阳光的人，他很热爱运动，很多时候都会掩盖他身上具有的“权力滥觞”，所以这种表现在他的身上并不是很明显。但拉尔又说，这也仅限于我不怎么了解克里蒙梭，如果对他有更深入地了解，肯定就不会这么欣赏他了。他还说克里蒙梭在中年的时候，曾经滥用职权横行霸道，使得一些本不该死的人都被他处死了。后来，在战争时期，克里蒙梭被委以重任，之后他所有的政敌要么被他关进监狱，要么被枪杀，要么被放逐，并且他还给政治意见和他不一致的人统统贴上叛国的标签。这也就是为什么他会被那么多政治人物所讨厌。所以战后在凡尔赛选举法国新一任总统的时候，没有人投票给克里蒙梭，而是选了戴高乐将军，以此作为对“老虎”克里蒙梭恐怖行为的反抗和报复。

按照拉尔的理论，不管是政治家还是爱国者，一旦有了某种极权，除非他对于权力完全没有野心和兴趣，而且也没有拉朋结党，否则就一定会显现出“权力滥觞”的症状。他说，只要你认真研究一下法国大革命期间的所有出色人物，就能验证这个观点。我们美国的先辈们就是明白权力会对人们产生什么样的影响，所以才会限制政治人物的任期。

拉尔说“权力滥觞”最开始的症状就是：怀疑自

己的政治伙伴，在所有的事情上都疑神疑鬼，根本无法接受别人的批评，而且深信自己对国家和人民的巨大影响，除非由他掌权统治整个国家，不然种种政策都将不起作用；除非他一直处于权力的中心，不然之前的一切成果都会化为乌有。拉尔说，越是完美无缺、看起来大公无私的英雄政治人物，就越容易受到这种“权力滥觞”的侵蚀；而一个不怎么诚实的人反倒还没那么快染上“权力滥觞”，因为他的不诚实会让他在某一方面要么愤世嫉俗，要么谦逊，而这种怀疑和谦逊却能够保护他，不那么快相信天下“唯我独尊，舍我其谁”。

我记得拉尔还在那天晚上举了一个英国海军首长的例子，详细讲述了这个首长是怎样一步步地走进“权力滥觞”的深渊。以致于到后来，几乎没有人愿意再和这位海军首长共事。在一次讨论如何加强海军队伍素质建设的会议上，大家终于对这位首长忍无可忍，最后把他轰下了台。当时海军首长拍着桌子说：“先生们，如果你们不知道该到哪儿去找优秀的海军人才，那就让我来给你们创造吧！”

也就是从那晚之后，写信人了解到了很多政治人物、国家元首，还有爱国英雄背后的故事，而这些故事都适用于比尔·拉尔的“权力滥觞”理论。拉尔还认为，美国今后100年左右的未来将由富兰克林·D.罗斯福的野心决定。如果罗斯福的野心和克利夫兰那样只在于为国效力，那无疑对我们以及我们的子子孙孙都将是幸运的事情。可要是罗斯福的野心只在于去为自己谋取更大的名声和利益，让自己流芳百世，那我们就要倒霉了，因为和平时代进行合法变革的手段已经消失殆尽了。

欧洲的战争一定会打响，就像冬天一定会来一样。如果我们不想被卷进战争，那么我们就要在政府开始宣传战争前，果断地作出不参与战争的决定。而现在我们就要齐心协力行动起来，避免被某一个人，或者某100个人，或者某1000个人，强行把我们拉进一场10天之后就要开打的战争——而这场战争我们其实根本无须参与。

在接下来的10年，会发生更多的战争，美国将有更多的机会左右欧洲的力量对比，美国还有一次机会可以拯救人类文明，还有机会用战争的方式来结束战争。

这时，任何带领美国走进战争的人都将有机会成为世界最伟大、最为人瞩目的人，但这只能维持一段很短的时间。一旦现实把战争的热情击退了，美国人民就会怨声满天。而下一个10年，我们需要一个没有野心，一个厌烦战争并且知道战争不能给我们带来任何好处，一个能用实际行动证明他的这种信仰的人。而且我认为按照这个标准来评判今后所有的总统候选人是可行的。

秃鹫的来信之翅膀掠过非洲的天空

1936年1月

最近从港口发出的一则消息称，一周之内有6艘船穿过苏伊士运河，船上载着从埃塞俄比亚战场回来的9476名意大利伤员。报道并没有给出这些伤员的名字，也没有公布他们所来自的城市或乡村的名字。官方报道甚至没有说，这些伤员是被送往设在意大利所辖的小岛上的战地医院的。也只有这样，才能安抚那些把这些士兵送上战场的亲人朋友。意大利人的士气十分容易受挫，和他们很容易鼓舞起来的士气一样。如果你曾见过意大利的工人威胁或者试图杀掉一个没能把他们孩子救活的医生，你就会从内心钦佩墨索里尼不让他统治的民众们看到那些悲惨的战争场景——士兵们一个个像鸡蛋被打烂变成了煎荷包蛋一样惨不忍睹——是多么明智的一个决定。

“妈妈咪呀，哦，妈妈咪呀！”是意大利士兵蠕动的嘴唇上或咕噜的喉咙中说出最多的一句话。如果这些伤残士兵们的母亲听到她们的儿子在遭受巨大创伤时对自己的念叨，会不会在感动于儿子们这份孝心的同时，涌起更多的愤怒和后悔呢？

一个意大利士兵很容易就被政府的战争宣传鼓动得热血沸腾，恨不得立即奔赴战场，为国献身。他们深深地热爱自己的国家，支持自己的领袖。就算屁股被子弹打开了花，大腿被炸得血肉模糊，小腿被从中间炸断……都不会让他们惧怕和怯懦，即使受了伤也仍然能够用最豪迈的声音喊出：“领袖，我向你致敬！能为你死，是我的光荣，哦，领袖！”

当子弹打在肚子上，或者子弹打穿了脊梁骨，或者刚好打中了某一根神经，他才会喊：“哦，妈妈咪呀！”那个时候他就把领袖忘到九霄云外去了。现在我回头想想，疟疾和痢疾也同样无法唤起人们的爱国热情和偏见。

在非洲的战争中，领袖对关于鸟儿的事是下令禁止报道的。在埃塞俄比亚境内其同意大利交战的地方，有以死伤士兵为食的5种鸟：一些是黑白相间的秃鹫科动物，它们飞得很低，差不多完全是靠着嗅觉辨别哪儿有伤员或者尸体；普通的秃鹫类动物一般都不会离地面很远，它们靠着视觉和嗅觉寻找“猎物”；红脸的小秃鹫长得和我们的火鸡差不多，它们一般飞得很高，是靠眼睛寻找猎物；还有一种个头大的秃鹫，面目看起来十分可憎，脖颈没有毛，它们会在“猎物”上空很高的地方盘旋，你根本不知道它就在你的头顶，一旦它们发现有人倒下或者看见了地上的尸体，就会突然凌空而降，不管是碰见活人还是死人，只要对方没有反抗能力，大个秃鹫就会跳向目标狠劲啄下去；还有个头又大、样子又丑的马拉布鹳，它们呼的一声冲向高空，比飞得最高的秃鹫飞得还高，当看到秃鹫们往下落时，便也会效仿着呼啸向下。埃塞俄比亚主要就有这5种秃鹫鸟类，一旦有伤员落单，躺在空旷的地方，就会有500只秃鹫一起扑向他。

如果一个人死后被秃鹫吃掉，至少也不会感受到痛苦。糟糕的是，非洲的这些食腐肉鸟类也会攻击受伤的人。如果有伤员躺在空地上没法动弹，那他不久就会变成一个死人。我曾经亲眼见过一群食腐肉鸟类将一头斑马吃得只剩一堆骨头，只见一片黑压压的羽毛扑上去，不到一会儿就只剩下一堆白骨。如果“猎物”的肚子或身体某处有伤口，这些秃鹫会把伤口撕开，然后在不到20分钟的时间里一点不剩地把里面的内脏吃完。到了晚上，斑马又会被豺狼们虎视眈眈，把剩余的骨头给啃得干干净净。所以你到早上再去看时，斑马已经不见踪迹了，除了地上一团黑糊糊、油兮兮的印记，证明那儿确实曾有过一只死掉的斑马。而人类的个头要比斑马小很多，在死后又没有厚的皮毛可以保护皮肤，所以秃鹫们啃食人类的尸体是很简单的事。如果你在非洲出于卫生的目的而去埋葬尸体，那么我可以告诉你，完全没有这个必要。

死去的士兵是无法说出葬身秃鹫的结局了，因为领袖需要向军队其他人隐瞒这种消息，但是受伤的士兵可能就要面对秃鹫和鹳的攻击。第一件要告诉意大利士兵的事情就是，如果受伤而很难动弹的话，那应该立刻想法翻身把脸朝下。一个仍在世的、曾参加过德国在东非最后一战的老兵，并不知道这条规则，他在一次战斗中受伤失去了意识，便被秃鹫们给啄掉了一只眼睛。幸好他当时醒了过来，胡乱地摆动身子，将秃鹫赶走，然后脸朝下躺着，等待命运的安排。虽然被啄掉的眼睛钻心地疼，不过幸好他转过了脸，才得以保全另一只眼睛。秃鹫们接着把他的衣服啄烂，想啄进他的身体，吃掉他的肾脏，幸亏一个同伴的及时出现，这才将秃鹫赶跑。

如果你想亲身感受一下秃鹫们需要多长时间能飞到一个躺在树下的活人身边，你可以试一下。你可以像死人那样直挺挺地躺在地上，然后观察它们的动作。起初你能看到在高空盘旋的它们像一个个小黑点，接着就会看到它们在头顶盘旋，最后一拥而下朝你笔直扑来。如果你及时坐起身，那秃鹫们便会拍拍翅膀飞上天空，但万一你没能坐起来，后果你可以自己想想。

至今，埃塞俄比亚人还没有进行过一场像样的反击战。他们一直在后退，引意大利人深入。因为埃塞俄比亚是一个有着宿仇之争的酋长制国家，意大利人便可以买通一些想趁机捞好处的酋长或者想借意大利人的力量帮他们摆平敌对部落的酋长。这也就是在我们看到的报道中意大利人似乎总是很轻松地就能够占领埃塞俄比亚的原因。意大利还需要打赢一仗，才能有足够的本钱和埃塞俄比亚的当权人物谈判，重夺殖民地，或者对整个国家实行某种摄政统治。而埃塞俄比亚人，就像我所说的那样，会渐渐地把战争拖向另一个方向。

意大利的交通线一天天地被拉长，没人知道意大利每天到底花费了多少万里拉（意大利货币）用于维持军队的规模，而每一天都会有伤员被抬上开往战地医院的船。埃塞俄比亚人在谋划着等到意大利士兵退得差不多的时候，就开始对意大利的交通线发动火炮战，一旦成功，埃塞俄比亚即使不再打其他的仗也能将意大利人赶出他们的国土。不得不说埃塞俄比亚人的做法实在是太骄傲或者太自负，他们赌上了一切，并不担心赌输。但是不管局势多么恶劣，埃塞俄比亚人总还有一线机会可以赢。

一旦埃塞俄比亚人对于飞机的轰炸习惯了，而且学会分散作战，并能够学着里夫人在北非战场那样对着飞机开火，那意大利的空中王牌将无用武之地。轰炸机必须要以城市为轰炸目标，自身配备机关枪的飞机需要以地面部队的集中为条件才能充分发挥作用。分散的部队对于意大利的轰炸机而言，比轰炸机给埃塞俄比亚制造的危险还要大。如果埃塞俄比亚人能够坚持到下一个雨季到来，那么到时意大利的坦克以及机械化部队都将派不上用场。至于意大利是否有足够的资金支撑到雨季结束，那是一个很大的疑问。要知道生活在埃塞俄比亚土地上的埃塞俄比亚人一天只吃一顿，而战场上的每一个意大利士兵都靠规模庞大而且昂贵的运输线才能被运到那儿，并且还为他们提供其所需要的食物。只要意大利能够打赢一场仗，她就会提出和平谈判的要求。

墨索里尼的计划是准备把在索马里还有达纳吉尔部落的部队作为意大利进攻力量的先头部队，而先头部队很大一部分的常规行动都必须和在非洲的欧洲步兵部队保持一致。经历了上一次的大战，意大利人深知想要在离赤道这么近的地方打赢战争，就必须要用当地的黑人部队。一旦他们推进了足够远的距离，假如埃塞俄比亚突然发动进攻，他们就必须要用意大利的部队来作战，但意大利又没有足够多训练有素的民兵进行大规模的作战。很明显，这是意大利人努力想避免的局面，却是埃塞俄比亚人所希望的。他们曾经痛击过意大利人一次，所以已经做好了准备再好好收拾一下意大利人。意大利则希望能够在黑人步兵以及坦克、机关枪等现代武器装备，还有飞机的配合下，打一场万无一失的胜仗。埃塞俄比亚人希望故伎重施，仍像1896年将意大利人引到阿杜瓦的圈套一样，把意大利人困住之后再集中攻击。埃塞俄比亚人不断地后退，甚至停止前进，而意大利人则不断地推进，且大量招募民兵、土著兵……招募了很多不值得相信的盟友，调动了所有能用的资金，来确保意大利军队的战争开销。

我想，下一步意大利一定会和埃塞俄比亚的当权者进行秘密谈判，企图说服埃塞俄比亚人同意只让意大利的势力进入埃塞俄比亚，并取消所有的限制性政策。如果意大利战败，一定会大肆宣扬“布尔什维克主义”即将冲击埃塞俄比亚的统治这一论调。民主国家会在特定的时候联合起来，抵制某种独裁力量进行专制统治，与此同时则不断巩固加强本国的专制统治。一旦意大利战败，而让“布尔什维克主义”乘虚而入，那新进入的“独裁者”就会产生和路透社驻英国报社报道的英雄人物一样的想法。因为墨索里尼当时挽救了意大利的经济，让其免于赤字的窘境。工人们把都灵的工厂占领了，意大利自然不会产生赤字，而且任何极端组织都不会和另一个极端组织进行合作。战争的发生正好推动了军工产业的发展，让工人们免于破产失业，也使得意大利的经济暂时免于赤字的灾难。墨索里尼算得上是现代历史上最聪明的机会主义者，他非常巧妙地利用了民众对法西斯失败的怨愤、激进分子之间的彼此不合作以及卡波雷托的失败，来实现他的政治目标。

我还清楚地记得，以前军队在穿过大街时，父母们是如何将头伸出窗子，或者在酒铺、铁匠铺，抑或在修鞋匠的铺面门口，对着那些走过的士兵喊：“下台，长官下台。”他们没有把不满发泄在士兵身上，而是认为他们也是受军队的长官逼迫才去打仗的，那时的人们已慢慢地明白了战争对他们没有一点好处。而那些认为只有坚持战斗到底才能结束战争的长官，也意识到了工人们的憎恶和愤懑会让他们的这场胜利来得更加艰难。那时候，他们中很多人也都极度讨厌战争，而专制独裁、不公平的对待、杀人放火、残暴冷血和人类灵魂的腐朽等，这些人间罪恶的综合体都不如战争那么让人讨厌。战争让这些罪恶得以蔓延滋长，人类的各种丑态尽显无遗。或许只有那些投机倒把的人、将军们、政府官员以及妓女才会极度渴望战争。战争时期可谓是这些人的黄金时期，他们从中大发战争财，趁乱赚足金钱。当然并非没有例外的情况，某些将军曾经甚至直到现在都还是很厌恶战争，这些上等而慷慨的人确实是例外。

意大利也有很多人清楚地知道第一次世界大战的真实惨况并非国家所宣传的那样，之后这些人当中的很多人都受到了迫害。因为他们发出了反抗的声音，一些人被杀害，另一些人则被关进了利帕里岛的监狱，还有一些人为了保命被迫逃亡他国。不过要想在独裁专制的统治下安全地活下去，那你就一定要学会遗忘。你应该学着为那些时代中伟大的使命而活，只要独裁者严格钳制言论出版自由，就一定会有值得你为之付出生命的伟大使命。在美国，如果我们在报纸上看到的是政府每天取得的辉煌成就，那么政府以前的那些作为就不值得一提。除非是动用武力，否则独裁统治是不可能长久的。而这也就是为什么独裁者或者想做独裁者的人不能经受住长时间的不受欢迎的原因，他们也会因为这种不受欢迎而采取武力来维护他们的地位和权力。一个成功的独裁者会使用大棒政策，同时你又可以在报纸上经常看到有关他的辉煌事迹的报道。而一个失败的独裁者则会变得恐惧不安，从而杀害无数的本国民众以封口，若是这样，他的军队或警察武装力量一旦倒戈相向，他就只能被赶下台。而一个杀了很多无辜民众、手上沾了很多鲜血的独裁者，终有一天也会死在别人的枪下。哦，我想要说的不是独裁者，而是非洲战争中的秃鹫。

当然，以前的战争经验根本无法帮助这些年轻人，他们或许是从阿布鲁兹某个高山连绵的小镇来的，那儿的山顶很早就是一片白茫茫的；或许他们是从米拉罗、博罗格纳，抑或是费雷兹而来，是某个汽车修理厂的工人，或者在某个卖机械的商铺工作；他们或许也曾骑单车飞驰过劳恩巴蒂的白色粉尘覆盖的马路，代表斯派兹亚或是托里罗的某支工厂足球队踢过球；或许也曾在多罗米提的高山草地上修剪过草，冬天时曾在雪地里欢乐滑雪；又或者是在皮门比诺的森林里燃烧过一堆篝火；或者曾扫荡过维森扎的托利亚；他们还有可能早已走遍了美国北方和南方的每一寸土地。这些曾经放肆、欢乐、轻狂过的年轻人，一旦被送上了战场，将会受到赤道地区热辣阳光的炙烤，将走过没有一处荫蔽的沙漠，可能还会患上永远都无法治愈的恶疾，疼痛从骨头里渗进心里，届时，他们将会被折磨得生不如死。当他们终于历尽千险踏上了战场后，在枪声与炮火中轰然倒下，然后会听见群鸟扑腾翅膀的声音，那是秃鹫们呼啸而至的声音……我希望他们能够在受伤的时候赶快把脸转过去，或许这样，他们还有机会对着生养他们的大地深情地喊一声“妈妈咪呀”。

而此时，墨索里尼的儿子们安然地坐在空中的轰炸机中，不受任何埃塞俄比亚力量的威胁。可来自意大利的那些穷人们的孩子，他们都是步兵，正如全世界穷人的孩子都只能是步兵一样。而我真诚地希望这些靠双脚走路的孩子能有好运，也希望他们能够最终明白他们真正的敌人到底是谁，以及这其中的缘由。

墨西哥海湾的来信之蓝色的大海

1936年4月

猎人和猎动物可是完全不同的体验，所以很难会有事情能让那些长时间以俘获全副武装的人为乐的人感兴趣。有时他们也很有决心地尝试各种各样的事情，但是过不了多久，他们的这种兴趣就会消失。因为有了那种刺激而特别的体验后，如果再去尝试其他的日常消遣，这种情况就和你的味蕾在品尝过某种烈性的酒的味道后，再去尝普通的白酒一样，只会让人觉得索然无味。如果你还想了解更多的“舌头问题”，那你可以试着在某个深夜，到里维拉某栋别墅的厨房里，拿出一瓶看起来像是艾伟安水的东西，也就是一瓶亚维尔溶液——它是通常被用来清洗碗槽的浓缩碱液。亚维尔溶液这样的碱液烧过你舌头上的味蕾后，味觉得大概一周以后才会重新恢复。而你在这一周内，可以暂时断绝和朋友的联系，也可以暂时把学习的事情抛开，然后你会发现很多意想不到的改变。

一天晚上，我和一个好朋友聊天。这个朋友只对捕象兴致浓烈，而其他捕猎活动对他来说都是无趣的。按照这个朋友的看法，只有具备很高的危险系数的事情，才能算得上一次运动。如果危险度不够，那么他就会故意人为地制造一些危险，来满足自己求险的愿望。他曾经给了我一次捕猎的经历，我从那次之后就知道了普通的捕象对他来说还是不够刺激、危险度不够。所以他才会故意惹怒大象，然后去追逐大象，这样他就可以攻击大象的头部。但是采取这种捕杀方式，就会增加用枪打中大象头部的难度。因为当大象冲过来的时候，双耳会张开，发出像鼓声一样的号叫，而且奔跑速度飞快，大象会想尽办法把捕猎者撞翻在地。用这种方式猎杀大象，就好比德国小牛的自杀式爬行。而且我认为，这和同一个全副武装的人的对抗有很多相似之处。

这个朋友和我大谈猎象的事情，而且还鼓动我去猎几头象看看。他认为，只要你开始猎象了，那么从此你就会对其他所有的捕猎活动无动于衷。我并不同意他的说法，因为我对所有的捕猎和射猎活动都很有兴趣，不管猎的是什么。而且我也不想喝什么浓缩碱液，让自己丧失对其他所有快乐的感受能力——只是冒险，去享受那种大象竖起长鼻、张开大耳朝你笔直奔来的刺激。

“当然啦，你还喜欢出海捕大鱼，”他的口气似乎有些悲伤，“说实话，我实在不理解捕鱼到底有什么乐趣。”

“这就和你看到大鱼像托米枪一样朝你笔直撞来，或者鱼叉叉上了大鱼鼻子末端，看它们来回翻腾拼命挣扎的样子所表现出的兴趣是一个道理。”

“好了，”他说，“不过，我还是觉得捕鱼这种活动实在太普通了。”

“你先入为主执拗地持这个观点去看，那自然得到的就是这种印象。”我回答说，“你是一个大象猎手，去年你出海捕过一次鱼，但是你不得不承认你那次表现得确实很差劲，你现在这么说，是不是因为自己当时被大鱼整得够呛呢？”

“的确，”我朋友勇敢地承认，“我确实没有体会到任何捕鱼的乐趣。你给我说说，捕鱼到底给你带来了什么乐趣？”

“我会抽时间把这个过程写下来的。”我告诉他。

“那太好了。”他说，“因为人们对其他的话题都很敏感，我是说都比较敏感。”

“我会写的。”

第一，墨西哥湾以及其他的大洋流所在的地方可谓是世界上生存环境最为恶劣的地方。一旦陆地离你远去，甚至连船只都无法再看见，那时你可能要比任何捕猎的时候都还要孤独，而大海还是千百年前的样子，波涛汹涌，巨浪翻滚，瞬间就能将人吞噬。到了捕鱼时节，你会看到和十五六世纪向西航行的西班牙大帆船驶过的一样平静的海面。一阵凉爽的微风拂过海面，信风要来了。远处是绵延不绝的蓝色高山，山顶的雪块被信风吹得四处滑落。所以当你的船想转个弯，驶过某三座大山在水中的倒影，越过最远的那座高山顶时，如果这时连上帝都不帮你，那你的船就有很大的可能撞到某处冰山。到时汹涌澎湃的水纷纷向你涌来，那时，我亲爱的朋友，理查德，你就没命再去捕什么大象了。

大鱼其实并不会给人类造成什么威胁，但是任何一个乘一艘小船终年出海的人，都会不可避免地碰上危险。不过，你在一年当中根本就不需要自己主动去寻找危险，危险会来找你的，而你能做的就是想尽办法在海上保全自己的性命。

因为墨西哥湾还没有被开发，所以只能在很小的一块边缘地带捕鱼，至于在那绵延几千英里的洋流底下到底有哪些鱼类，还真是个秘密。更不用说那些鱼有多大，能活多长时间，不同深度的水域生活着哪些鱼类和海底动物了。假如你的小船漂离了陆地，你同时把4根钓线分别放至60英寻、80英寻、100英寻和150英寻的深度，而海洋深度可能达700英寻，所以你根本不知道会有什么鱼过来咬你的金枪鱼鱼饵。每一次当线圈有动静时，开始的动作会比较慢，接着突然咔嗒一声，大鱼就把整根钓竿都拉弯了。你感觉钓竿那头极重，再加上深海处的压强，更加让你觉得吃力。钓线不断地被拉得往下滑，你只是不停地努力拉线圈，想在大鱼跃出水面之前，扯住钓线。这时的情况用惊心动魄来形容可以说一点也不夸张，而且你自己根本不用去制造危险，就能体会到真实的刺激。或许是一条能跳很高的马林鱼来咬鱼饵，马林鱼会游到你的右边，然后接连做几个高空翻跃，像一艘快艇一样落回海面，溅起无数水花。而这时你只会大声叫嚷着让船转向，试图让船在线圈全部被扯下去之前靠近它。或许钓线那头是一条阔嘴鱼，摇摆着露出它那腰刀一样的大嘴。又或者是永远都不会露出水面的鱼，它会像潜水艇一样潜在水底，游向西北方。当5个小时的缠斗结束后，你会看到起初弯弯的鱼钩已经被大鱼扯成了笔直的形状。当你的钓线被一条鱼扯着无限向下拉时，你的内心总是会跟着涌出无限的兴奋感。

在捕猎动物时，不管那是什么动物，你能清楚地知道自己到底在追逐什么，最大的猎物也无非是一头大象。可是当你把钓线放在墨西哥湾150英寻的水深处，没有人能猜到什么鱼会来咬钩。或许是马林鱼，又或许是旗鱼，而在那些未知的鱼面前，大马林鱼和旗鱼也许只能算是侏儒。你会对每一次的钓线下拉产生期待，猜测着或许这次咬钩的就是那样一条大鱼……

我的一位古巴朋友，卡洛斯，他如今已经53岁了，从7岁开始就跟着父亲上船，一直以捕马林鱼为生。

有一次，他在一片深水域捕上来一条白色马林鱼。白色马林鱼接连在空中翻腾了两圈，只听一阵巨大的响声，卡洛斯感觉到钓线那头的重量重到他无法承受。只见钓线被白色马林鱼不断拉着往下滑，最终被拉到了150英寻深的地方。卡洛斯说，当时的感觉就好像他钩住了海底，整个大海的重量都压了上来。接着拉力又在突然之间消失了，不过他还是能清楚地感受到白色马林鱼的巨大重量，最后卡洛斯用尽全力把马林鱼拖了上来。可能是旗鱼或者马林鱼这类没有牙齿的鱼，它们的上下颚直接在重达80磅的白色马林鱼鱼身中间处闭合，并且紧紧地咬住，这样大的鱼嘴巴在嚼动时，会把80磅重的白色马林鱼全身上下咬得粉碎，最后再松开嘴。大家可以想一下得是多大的鱼才能做到这样？我认为那应该是一条巨型鱿鱼，但卡洛斯说，白色马林鱼身上并没有咬痕，而且从被咬的地方来看，那是马林鱼嘴巴的形状。

还有一次，一个老人乘一艘小船在卡巴那外围捕鱼时，曾钩住一条巨大的马林鱼，小船被马林鱼拖出了好远好远。两天后，渔民们在他之前的捕鱼地点以东60英里的地方发现了老人，而船上捆绑着马林鱼的头部和前身。大鱼只剩下不到一半的身子，但重量却达到800磅。老人和大鱼一起待了一天一夜，一天又一夜，也就是说大鱼拖着船游了整整两天两夜。老人在大鱼露出水面时，用鱼叉准确无误地叉中了大鱼，然后用绳子把大鱼捆在船上。但不幸的是，大鱼的血引来了鲨鱼群的攻击。这位老人，孤身一人，在墨西哥湾，乘一艘小船，和一群鲨鱼作战。他用尽了所有能用的方法：用棍子打，用小刀刺，用船桨猛击鲨鱼的肺部，直到耗尽自己所有的力气，但是仍没能阻止鲨鱼吃掉大鱼的半个身子。渔民们发现老人的时候，鲨鱼群仍然围着小船，而老人在船上落泪了，为那失掉的800磅鱼身而伤心不已。

当时，如果是坐汽艇出海打渔，怎么会有这样的乐趣呢？所以打渔的乐趣一部分是来自鱼的本身，它们是那样奇特和桀骜不驯，它们迅疾的速度让人不敢相信自己的眼睛，不管是在水下还是跃上高空，它们都美得让人叹为观止。如果你不曾亲身体验一次捕鱼，是不可能明白这种美丽和惊叹的。你可能不知道怎么就和鱼缠斗上了，你感觉自己就好像是骑上了一匹飞奔的马，力量惊人，让你的心也随之失控地狂奔起来。或许你会和鱼缠斗半个小时、1个小时或者5个小时，然后你把它们驯服、打败，就像驯服一匹马一样，最终你把大鱼拖上了船。此时，看着这样一条大鱼老实地等着处置和它所蕴含的金钱，你的自豪感可能会冲破天际。你会体会到捕鱼的真正乐趣不在于你终于逮住了它，而在于你和它缠斗的过程。

如果鱼钩钩住了大鱼口中有骨头的位置，那种痛楚可绝不比用针使劲扎你的手指小。当鱼钩钩住一条大鱼时，通常大鱼并不会感受到鱼钩的存在，它仍然会若无其事地朝着小船游过来，继续去咬另一个鱼饵。或者往水下游，根本不清楚自己已经被你的鱼钩钩住的真相，直到游到很深的地方，它才会发现自己被什么东西扯住而无法再往下面游，察觉到身后的某种压力，意识到自己碰上了麻烦，接着好戏就登场了，人鱼大战便开始了。除非你的鱼钩恰好钩得使它实在很痛，它才会赶紧想法逃脱出来，不然大鱼一般都只是想把鱼钩甩掉，然后和你进行一番缠斗。如果大鱼突然不见了影踪，你就会纳闷，猜想它当时在做什么，正准备谋划着往哪个方向游动，以及是什么原因使之往那个方向行进，你大可以将打败一匹野马的方法，运用在打败一条大鱼上，并最终把它拖到你的船上。所以你完全没必要等把它杀死或者将它拖得筋疲力尽之后再把它弄上船。

如果你想杀死一条在深海处和你缠斗不休的大鱼，那你可以朝着与大鱼游动方向相反的方向拉动钓线鱼钩，把它拖到筋疲力尽或者死掉为止。一般情况下，这个过程要耗上几小时，如果大鱼死了，那你要小心，在你把它拉上船之前，大鱼的血的气味会把鲨鱼引来，并把你的大鱼吃掉。如果想快一点抓到这样一条大鱼，你寻思着要坚决扯住线[1]，然后快速开动小船朝大鱼游动的方向前进，赶在鲨鱼的前面，只有这样你才有可能活捉大鱼。不要用汽艇拉拖，而是要转换方向，就好像鲑鱼一样顺着洋流行进。大鱼通常是被平底小渔船捕上来的，因为这种小船比较容易把拖网收紧，逼迫大鱼不得不拖着小船前进，等它把力气耗尽，你就能把它抓到了。依照经验，大鱼拖着小船是游不了多久的，而且最终是会被耗死的。但是如果你不满足于这样捕鱼，你完全可以和它进行一番恶斗并在赢了它之后将它完完整整地拖上船，最后胜利返航。

“嗯，你说得很好。”朋友说，“但是刺激处到底在哪里呢？”

当你在船头站立，迎着海风，顺便打开一罐冰凉的啤酒，突然舷外支架在动，看到鱼来咬鱼饵，起初你并没在意，只觉得是一条小金枪鱼在蹦跶，可当你

[1]正常来说，钓线在水中偏移的方向和大鱼游动的方向是一致的，要是你紧紧地把钓线拉住，并在上面施加很大的拉力的话，钓线就会绷断。

转过头，发现后面出现了一个又长又大的黑影，像一只巨大的海鸟在水中飞翔，在你还没反应过来时，就看见矛状的大鱼刺露出水面，接着是鱼眼睛、鱼头，然后是背部的大鱼鳍，就连金枪鱼见到这阵势，都吓得赶紧隐入波浪中，一下子就没影了。

“马林鱼。”卡洛斯大声嚷嚷起来，噔噔噔地来回踱步，是一条大鱼来了。大鱼迅速游到船底，而你赶紧回到之前放钓竿的地方，刚刚的大黑影又出现了。如同水下飞机一样在海面下穿行，只见它的矛刺、大头、鱼鳍还有鱼肩噌的一声穿出水面，发出咔嚓一声巨响，这时，你就会发现大鱼把钓线扯住了。

当大鱼转身，你使劲拉住钓竿，而那长长的钓线不受控制地滑入水中。你明显感觉水下的重量加倍了，你费尽全力想把钓线拉上来，肚子却不幸地被粗大的钓竿的另一端撞到了。很明显那是一条特别重的大鱼，而你目前要做的就是和它缠斗，缠斗，缠斗。

当大鱼再次露出水面时，激起水花，你再一次感觉钓线被拉扯着偏向了一边，之后就看见钻出水面的整个大鱼的头部，只见大鱼腾空跃起，接连两个翻腾，无比勇猛。已经跃上高空的大鱼似乎想与万有引力斗争，不断地向上跃去，某一瞬间它似乎被定格在空中，然后扑通一声重新落回水面，激起万丈水花。这时，你就能看到那被鱼钩钩住的大鱼嘴角。大鱼在空中连续几个翻跃，然后便朝着西北方拼命游去。你立即站起身，驾船跟上它，这时的钓线绷得如琴弦一样紧，偶尔从琴弦上弹出几点水滴。最终，功夫不负有心人，你追上了大鱼，找准时机用渔叉叉向大鱼的肚子，然后用尽全身力气把大鱼朝船这边拉。

整个过程都伴随着卡洛斯激动的喊叫声："哦，真是不可思议，快看看它！快看看它！逮到它我就能换钱给我亲爱的孩子们买面包吃啦！约瑟夫和玛丽，你们快来看这大鱼跳啊！这就是你们的面包啊！这么大一条鱼，得换多少面包啊！"

条纹马林鱼此时仍在不断地跳跃、翻腾，然后笔直朝西北方游去。这个过程重复了大约53次，你的心跳会随着马林鱼的每一次跳跃、翻腾和消失而起伏不定。过了许久，终于听到一声巨响，我赶紧对卡洛斯说："快去把马套给我拿来，我现在要把你孩子们的面包拉上来了。"

"好的，我简直不能看，"他说，"这就好比看着一个鼓鼓囊囊的钱包在上下跳跃一样。现在它已经没有力气再往水下游了，它跳了太多次了。"

"就好比一匹正在奔驰的马撞上了障碍物，"朱利沃说，"马套不会有什么问题吧？你要水吗？"

“不要。”然后我朝卡洛斯开玩笑道，“这条鱼给你的孩子们换面包吃如何？”

“他总是那么说。”朱利沃搭腔道，“我真想让你听听我们有一次驾着小船让一条大鱼逃脱的时候，他是怎么教训我的。”

“你说‘孩子们的面包’该有多重啊？”我问道，嘴巴已经开始干得受不了了，我的肩膀被马套紧紧地扯着，握着钓竿的手也有些酸痛，大颗的、咸咸的汗滴流进了我的眼睛。

“差不多有450磅。”卡洛斯说。

“不可能。”朱利沃反驳道。

“那我们来打赌吧，”卡洛斯不肯示弱，“一般这样的大鱼都有那么重。”

“我说是375磅，”朱利沃说出了他的数字，“不可能更重了。”

卡洛斯又猜了一个数字，而朱利沃也改口说，这条大鱼可能有400磅。

眼看着大鱼已经快坚持不住了，剧痛让它已经没有力气再翻腾了，然后我将钓竿向上提起，瞬间感觉好像有什么东西滑了下去，持续了好一会儿，然后就看到钓线慢慢地松了。

“它跑了。”我一边说，一边赶紧收起马套。

“这下孩子们的面包没了。”朱利沃对卡洛斯苦笑道。

“是的。”卡洛斯说，“好吧，你尽管开我的玩笑吧，350磅，1磅10美分，那得是多少钱啊？在这寒冷的冬天，得在海上漂多少天才能碰上这么好的机会？你们经历过凌晨3点的寒冷吗？还时不时地起大雾、下大雨。我不明白这条大鱼在鱼嘴可能已经被鱼钩拉扯坏了的情况下是怎么坚持住的啊？啊，它是怎么做到的呀，它是怎么做到的呀？”

“哎呀，孩子们的面包。”朱利沃说。

“别再说那个了。”卡洛斯说。

虽然捕鱼和猎象不一样，但我们同样可以从中获得很多刺激和快乐。如果你有了家，有了孩子，你的家、我的家或者是卡洛斯的家，当然也并非是你有了家就必须要自己去寻找危险，只不过你有了家以后，危险就会主动来找你的。

不过，时间一长，别人的危险也就只是别人的危险而已了，危险不会有终结的那一天，而伴随着危险的快乐也不会有完的时候，同样的，我们对于这一切的思考也不会停止。

但是，出海的确能带来巨大的快乐，你完全猜不到你遇见一条巨大的深海游鱼的运气会什么时候出现，在缠斗中，你能亲眼看到大鱼最美的生命姿态，然后用你自己的力量征服它。能够征服这样的海上霸主，不仅能带来巨大的满足感，而且也是对自我的征服。

第二天早上，你带着自己的大鱼回到岸上，一个人用手推车推着你的大鱼到市场上，然后带回来一大卷用报纸包着的美元，实实在在的一大笔钱。

“现在你可以给孩子们去买面包了。”你对卡洛斯说。

“如果放在以前，”他说，“那样一条大鱼能卖到200美元，但是现在只能卖到30美元。不过这也说明渔夫是不会饿肚子的，因为大海里的鱼是无穷无尽的。”

“可渔夫们却总是很穷的。”

“不，你哪里穷啊？”

“去你的。”你说，“我打这么长时间的鱼，可就是没钱，我最后的结局将是和你一起打渔，然后变得落魄不堪。”

“我才不相信。”卡洛斯满脸认真地说，“但就算真的一贫如洗又如何，不能否认的是出海捕鱼是一件很有趣的事，你会爱上捕鱼的。”

“我很期待。”你回答说。

“如果我们想发达，那就期待着打一场大仗吧。”卡洛斯说，“上次世界大战，我们和西班牙打仗的时候，可让渔夫们赚了不少钱。”

“好吧，”你说，“不过如果真的打仗了，那你就等着过真正落魄的日子吧。”

最后一封信之海上大鲸鱼

1936年5月

那是10月里一个晴朗凉爽的日子，我们从卡巴那碉堡出发向东边的哈瓦那行进，在海上行驶了大约3英里，和我们一起行驶的还有两三条捕马林鱼的小船。远处是海天相接的地方，平静的墨西哥湾海面，涌起了巨大的海浪，海浪拍打着海岸，溅起朵朵闪亮的白色水花。此外，我们还能听到从岸上打靶场传来的机关枪哒哒哒扫射的声音，打靶场的尽头插着一面红色的旗帜，映衬着白墙、绿树，还有那棕红色的建筑。

“有一次，”卡洛斯坐在船头正忙着一边用一根线缠住两个大脚趾，一边说，“我们在莫若（地名）附近碰上了一条大鱼，那家伙上下翻腾个不停，激起的水花把整条船都弄湿了。”

“那你当时做了什么？”洛佩兹·蒙兹问道。

“我们驾着船朝大鱼驶去，它更快地翻腾起来，等我们的船就要靠上它时，它又潜入水下，只露出鼻子。”

“哈，那鱼的鼻子可真小，”洛佩兹·蒙兹打趣道，“所以很难打中那么小的一个鼻子。如果现在一条大鱼撞过来，并把你缠着丝线的大脚趾咬掉了，你要怎么办？要是现在有大鱼向我们的船游过来，你会怎么办？”

“看，”卡洛斯说着，把脚趾缠线的一端系在钓竿上，然后绕着线圈跑，这样就解开了脚趾上的缠线，“这样任大鱼怎么用劲往下面拉，我都会有办法立马把脚趾上的缠线解开。平时我们出海打渔睡觉的时候就会缠一根线在大脚趾上，任船儿随意漂，这样，当有大鱼拉动时，我们脚趾上的线也会跟着扯动，我们也就能快点醒过来。”

“哦，原来有那么多小技巧啊，”洛佩兹·蒙兹说，“但生活可不是好玩的把戏。”

“不，”卡洛斯说，“并不是这样，生活是一场战斗。你只有知道如何玩花招、玩技巧，才能好好生存。你在画画方面就玩得很好嘛。”

“安奎尔，说一说你的花招或技巧吧。”我用西班牙语说，“你今天早上感觉怎么样？”

“真的很棒。”安奎尔回答说。安奎尔是一个皮肤黝黑、长相英俊的青年，他是一个飞行员，也是炮兵队的队长，还是一个技巧高超的业余斗牛士。他的表哥洛佩兹·蒙兹是一个画家，他们俩都来自委内瑞拉，都住在哈瓦那。“我一直都感觉很好。”安奎尔咧嘴一笑，并顺手摸了摸他1个小时前刚刮完的胡子。

洛佩兹·蒙兹的相貌似乎和常人不同，他长得很瘦。“昨天晚上，”他说，“安奎尔只吃了一顶麦草帽和三根蜡烛。”

“我才不在乎是不是要吃麦草帽呢，”安奎尔接腔道，“但如果真的有人建议，我会考虑吃的。”

“他吃得津津有味呢。”洛佩兹·蒙兹说。

“虽然我不喜欢那些，”安奎尔说，“我从来都无法对麦草帽提起兴趣。”

“他在说什么啊？”毛斯特·阿诺德一脸不解地问。阿诺德来自明尼苏达州，很擅长拉小提琴。他在船上的工作是负责拍照，但他的拍照技术很让人失望。

“他在讲吃麦草帽的事情。”我说。

“天哪，他为什么要吃麦草帽啊？”毛斯特更加疑惑了。

“听着，毛斯特，”洛佩兹·蒙兹一脸正色道，“在委内瑞拉，我们有很多能吃麦草帽的人。如果一个人想在傍晚时分展示自己的勇气，并表明他毫不在乎事情的后果，那他就会选择吃一些不寻常的本来是不能吃的东西。”

“你不会是在骗我吧？”毛斯特一脸不相信的样子。

“为什么要骗你，我敢对天发誓，安奎尔昨晚真的吃了一顶麦草帽。”

“是的。”安奎尔谦虚地点头道。

“前天晚上，他还把桌子上所有的花和大使秘书办公室的几根蜡烛都吃掉了。”

“那没什么，”安奎尔说，“一根蜡烛真的不算什么，不过灯芯确实难吃些。我现在要去准备通心粉了，波罗在哪儿？”

“他在船头那边，”我说，“盯着点钓线，马斯特，你去船头看看，这样波罗就能下来帮安奎尔准备通心粉了。”

“那给我一顶大草帽遮挡太阳吧。”马斯特说。

“可不能再让安奎尔把草帽吃掉了。”洛佩兹·蒙兹说。

“不会的，”安奎尔回答说，“你完全不需要担心，没有人会傻到在大白天的时候吃掉头上的草帽的。”

我们就那样在大海上漂了一早上。秋天，小鸟们都会往南飞，有时候它们飞累了会停在古巴海岸附近。不过可能运气不好的会碰上老鹰来抓它们，所以这些鸟儿就会飞到船上来，休息一会儿。有时候我们的船上能落下20只鸟，有时候船坞甲板上到处都是小鸟。有的小鸟落在钓鱼坐的椅子上，有的在驾驶座舱的地板上。由于长途跋涉，所以小鸟看起来都十分温顺，就算你轻轻拿起一只小鸟放在手中，它也不会露出受惊吓害怕的神情。那天有3只鸣鸟飞进了驾驶座舱，当时安奎尔正将头从他忙活了大半天的厨房里伸出来呼吸一点新鲜空气，这时洛佩兹·蒙兹说："可别让安奎尔看见了那些鸟儿，他一定会把它们吃掉的。"

"不会的，"安奎尔说，"我是很喜欢小鸟的。通心粉再过半小时差不多就可以吃了。"

"我们喝点苦艾酒吧，"我说，"让波罗拿几瓶酒过来。"

等酒拿过来，我们用一份法国苦艾酒兑一份意大利苦艾酒，然后放上柠檬片，再往酒杯里加点冰块并搅拌，最后将混合好的苦艾酒倒满高脚杯。我刚端起我的酒杯，就听见卡洛斯激动地大叫："哦，看那儿，有人在往海里开炮！"

"哪里？"

"就在那边，东面。快看那水柱，蹦得可真高！"

当时我们已经离岸大约有4英里了，而卡洛斯指的方向得往海岸的东边再挪3英里。

“不可能，没有炮能够射那么远。”我说。

“我就知道，那一定是条大鱼，得是多大的鱼才可以激起那么高的浪花啊？”

“我们都盯紧点，看它会不会再露头，”我说，“我们可以把钓线拉上来，放到那边去。怎么样？”

“我想那一定是条大阔嘴鱼。只有阔嘴鱼才会在大中午跳出水面那么高，激起那么大的浪花。”

“我们赶紧把钓线放进那片水域，”我说，“快点给我把那根钓竿递过来。”

接着，我把钓线放入水中，直到钓线的刻度显示已经到了120英寻深的地方，钓线从船舷滑下去，发出刺耳的声音。这时卡洛斯突然又惊叫了起来：“在那儿！在那儿！我的天哪！不敢相信，那是一头鲸鱼！”

我抬眼望去，看到像间歇泉一样喷出来的水柱，喷水的地方离我们的船只有1英里左右。

“快把钓线拿过来。”我大声叫道，“波罗！把剩下的钓线都拿过来。安奎尔！快来，我们发现了一头鲸鱼！”

“真的吗？”安奎尔问，“真的是鲸鱼？”

“是的，是鲸鱼，一定不会错！”洛佩兹·蒙兹说，“快看那儿，快看。”

“我们要吃掉它，”安奎尔说，“要我做什么？”

“快点把那条钓线还在水里的部分都收上来。”

我开启了小船的两个马达，其他人则忙着把钓线卷上来，金枪鱼鱼饵被拉上来的时候还是活的。我仔细观察了一圈，确定鲸鱼是往西走的。在驾驶舱里，卡洛斯正在翻一个一头是枪管、另一头可作鱼叉的放鱼叉枪的箱子。我们目前有20英尺左右的电缆，还有很多又结实又轻的鱼钩钓线，但是我们清楚地知道没有钓线能经得起一头大鲸鱼的拉扯。卡洛斯说他要把电缆直接系到船索上去。我们让波罗清空驾驶舱里面所有的东西，然后把长达100英尺的绳索的一端系在6个崭新的、干净的、洁白的、用布包着的软木塞上，接着再在绳索的上面绑了一件夹克衫，绳索的另一端绑着电缆。然后，我驾着小船朝着鲸鱼所在的地方快速驶去，等稳定方向后，我也走进了船头的驾驶舱，和波罗一起把所有用得上的东西都找了出来。我从鱼叉枪上取下一个空的弹药筒，使劲地擦了擦鱼叉的柄，接着把鱼叉枪绑到电缆上，和绳索连在一起，然后再往弹药筒里装满了新的弹药。

我知道鱼叉枪也承受不起绳索的重量，且鱼叉枪的有效射程只有电缆线那么长，但限于当时的条件，我们只能这样做。不过最大的难题在于，我对鲸鱼的了解也很少。

我们热烈地讨论着捕鲸的计划，时而朝坐在船顶小房子里的洛佩兹·蒙兹大声喊去。洛佩兹·蒙兹手上拿着一把6.5毫米口径的曼利夏手枪，安奎尔手上拿着几根棍子、推弹杆还有一把毛瑟手枪，毛斯特手上则拿着一台很大的克莱福克斯照相机。我们准备先拿鱼叉把鲸鱼叉住，然后再放下所有的绳索，等鲸鱼摆动的时候就把一捆救生带丢过去，这样就算它潜入水中，我们也能通过救生带准确定位它，然后再捞起救生带，先和大鲸鱼耗上一圈。如果我们实在拉不住绳索，就把救生带丢过去，那么不管鲸鱼在什么时候出现，我们都可以用曼利夏手枪击中它，然后用长矛刀使它毙命。接下来，我们可以用一根绳子捆住它，再在鲸鱼身上钻一个洞，往里面打气，让它像气垫一样鼓起来。每当我想出一个如气垫一样的新主意，都会朝安奎尔所在的船尾大声嚷嚷，接着就会传来安奎尔的欢呼声，并看见他挥动着的手枪。卡洛斯也在那儿叫："在拉·哈巴，鲸鱼可能会让我们赚上一笔数目不小的钱呢！一头鲸鱼可以让我们过上一段好日子。"

"上天保佑鲸鱼！"安奎尔叫道。

"让鲸鱼去死吧！"洛佩兹·蒙兹发狠地说。

马斯特则高兴得全身颤抖不已。

鲸鱼就在那儿，就在前面一点点。亲眼看到那头鲸鱼不禁让人惊讶不已。只见它时而在水下游一段距离，时而把大脑袋露出水面透口气，它并没有被周围的变化影响。当我们加速朝它驶去，眼看距离越来越近，近到可以朝它开枪的时候，只见它迅速潜入了水底。我们尝试着从后面攻击它，但是每当我们快接近目标准备开枪时，它就好像提前预知一样迅速隐入水中。我们又尝试着从侧面逼过去，它察觉之后又很快地消失在水下，过一会儿又重新露出水面，在我们的前方戏耍着，并小幅度地调整它的行进路线。就这样，我们对于每次都快到手的东西，患得患失。每一次眼看就可以射到它，可一眨眼它又潜入了水下。我们猜想或许是汽艇加速时惊动了鲸鱼，所以它不敢露面，但如果不加速，我们更没法靠近它。那头鲸鱼大概有40英尺长，我们靠近它时，能够看到有一块块凹印在它那笨重的鱼头侧面，凹印一直延伸到鱼身，仿佛上帝在创造它时，把手放入了滚烫的蜡水中，所以才掐出了那么多的凹印。我们有好多次近距离接触它，几乎可以用啤酒瓶砸到它，但是我知道，如果想在开枪之后，再用鱼叉叉到它的话，就必须等船靠上它才行。

“开枪！快开枪吧！”波罗吼叫着，他的一只手紧张地拨弄着自己的头发，另一只手则高高地举起绳索。

“开枪！”卡洛斯也激动地大叫。

他们看见我一次次地放任鲸鱼隐入水下而无动于衷，很是着急，担心鲸鱼一下去就再也不上来了。

“如果没靠上去，就算开枪也是白搭，”我对着他们吼回去，“枪根本承受不了绳索的重量。”

卡洛斯摇了摇头，不以为然：“我一生在哈瓦那只见过3头鲸鱼。只要逮到鲸鱼，我们就能过上好日子了，求你看在上帝的份上，开枪吧！”

这时，我们又一次靠近了鲸鱼，他们全都叫了起来，催促我快点开枪。我说：“好吧，我开枪，但事实会证明现在开枪根本没什么用。”说完，我就扣动了扳机，当时我们离鲸鱼只有不到30英尺的距离，枪击中了鲸鱼，它把头垂了下去，高声嘶叫起来。我连续开了几枪，电缆也被抛了出去，绳索也被紧紧地拉住，但是鱼叉还是够不着。鲸鱼嘶叫着再次潜入了水下，而这一次它再露出水面时，已经离我们有好远一段距离了，在刺眼的阳光照耀下，我们根本没法再看清它。“看吧。”我生气地大吼。卡洛斯低下了头，终于明白了我所说的。这时，船顶的小房子里又传出一声喊叫。

“看那边！快看那边！”洛佩兹·蒙兹手指着东边，我们随之望去，又看到了之前见过的“喷泉”，那水柱的高度你以前一定没见过，看起来和美国著名的地质公园——黄石公园里的间歇泉差不多。每次至少有10头大鲸鱼一起喷水，真正看清时，我们才发现周围的鲸鱼竟然有20头之多。有些离我们近一点，有些稍远，有些靠近东边。有些鲸鱼喷的水柱又高又细，在最高点散落开来，很是壮观；有些鲸鱼喷射的水柱没有那么高，但水量大，面积很宽。原来在我们追逐那一头鲸鱼的时候，一群鲸鱼悄然跟上了我们。

“真是不可思议，”波罗难以置信地说，“太不可思议了。”

“好吧，伙伴们，打起精神来，加把劲！”我说，“我们试着攻击位于侧面的一头。”

我朝卡洛斯大声吼道，然后我们驾着船朝两头大鲸鱼驶去。当我们驾船离鲸鱼越来越近，但它还没进入我们的射程时，两头鲸鱼就隐入了水中。这次我注意到两头鲸鱼嘶叫的时候，水下有一块如乌贼一样黑的黑云。

“你们看到那个了吗？”我赶紧把这个发现告诉他们，结果他们早就发现了这一状况。

“它们刚刚或许是在捕食乌贼。”卡洛斯说，“看！又有一头靠近了。”

这头鲸鱼隐入水下的时候，离我们的有效射程只有2英尺的距离，只见它的巨大侧翼穿出水面，然后又慢慢地沉了下去。

我站上甲板向后张望，原来我们已经被鲸鱼群包围了，一大群鲸鱼正逆着洋流慢慢地朝西边游动。突然，一头鲸鱼笔直地向船尾游来，离我们只有不到半英里的距离，船上的人都被震惊到了，这绝对是我们所有人见过的最大的一头鲸鱼，在阳光照耀的海面上，还有3头鲸鱼在慢悠悠地游着。

"听着，"我对卡洛斯说，"我们赶紧将船掉头，想办法靠近最中间的那头鲸鱼，一定要笔直地朝它迎头驶去。汽艇要一直保持现在的状态，看我手势，只要看见我把双手张开，就说明我要开枪了，到时你们就立即把发动机熄掉，然后准备好绳索、鱼叉之类的东西，明白了吗？"

"明白。"卡洛斯说，"这次我们一定听你的吩咐，我们一定能捕到一头。"

当我们驾船靠上去的时候，鲸鱼群隐入过水中一次，不过潜得并不深，没过一会儿，鲸鱼群又像潜水艇一样笔直地朝我们游来。它们的头是方形的，而不是管状的，鲸鱼那高高耸起的背，看起来就像潜艇一样，一半在水中，一半露出水面。鲸鱼群继续按原来的路线游动，我能感觉到波罗把绳索举过头顶时的颤抖，那是激动、高兴得发抖。

“上帝，一定别让绳索缠到一起。”我说，“我一开枪，你就赶紧把绳索抛过去，后面该做的事，你知道的吧？”

“知道。”他爽快地回答。

鲸鱼那巨大的、黑糊糊的、闪亮的大脑袋在离我们的船不到40英尺的地方，这鱼身一看就知道要比我们的船身长很多。此时，我们全部的注意力都在这头最大的鲸鱼身上，根本顾不上另外两头的行踪。我举起手示意，瞬间，两台大马达发动起来的船像离箭的弦一样，嗖的一声朝着大鲸鱼疾速驶去，我们的船头差点就撞上了它。我扣动了扳机，枪声回响在海面上，一阵白色的烟雾在海面升起，鲸鱼中枪后，头稍微侧了一点。突然，一股带有难闻的鱼腥味的水从上面浇了下来，把我们所有人都淋了个通透，把甲板、挡风玻璃、船坞的顶上都淋湿了。绳索的一端仍牢牢地系在船头，看起来像是在冒烟。接着就看到绳索被拉着向下，我们赶紧往回拉，拿出早就准备好的鱼叉，但绳索最终还是被鲸鱼拉了下去。后来我才意识到，想用鱼叉叉进一头鲸鱼的脑袋是不可能办到的，即使你拿大炮来都不行，因为鲸鱼的脑袋上全部都是硬骨头。

后来我们就只能跟在鲸鱼群后面行驶，驶进秋日的阳光中，它们依旧在向西游动，直到离我们越来越远，越来越远……一直到我们再也找不到机会朝一头鲸鱼的脑袋开枪。鲸鱼已经警惕了起来，再也不会给我们之前靠近那头大鲸鱼一样的机会。发动机加速时有节奏的震颤声让它们永远隐入了水下，再也不愿上来。

最后，我们只得掉转方向，继续把船开向哈瓦那，途中看到了一头落单的老鲸鱼，它的身体呈黑灰色，身躯庞大无比，但是它也没有给我们靠近的机会。我们已经放弃了猎杀鲸鱼的想法。下午4点半，我们终于吃上了安奎尔做的通心粉，我一边吃一边问马斯特有没有拍到鲸鱼的照片。马斯特对自己的拍照技术很自信，但是等到第二天照片洗出来后，令人失望的是，没有一张好的照片。大多数照片都是在阳光下拍的，有一些则是马斯特兴奋地一边移动一边拍的，还有一些照片则是在鲸鱼离我们还很远的时候拍的。当然其中几张拍鲸鱼隐入水下后在水面留下的漩涡的照片还算是差强人意。马斯特还将镜头对准了正在喷水的鲸鱼，只见从空中落下的水流像瀑布一样。唯一一张照到鲸鱼的照片是洛佩兹·蒙兹在麦斯还没拿走他的小照相机之前拍的，因为麦斯的格雷费斯胶卷用完了。

后来洛佩兹·蒙兹把照片给了哈瓦那当地的报纸，作为他没有撒谎的证明，那就是我们真的在海上碰上了鲸鱼，但是我们再也要不回这唯一的照片了。

马斯特也对照片的事情很抱歉，但是仍然不能减轻我们失望的心情。因为马斯特没能拍到一张有价值的照片，我们会因为他的失败而余生都背着骗子的名声生活——如果我们跟别人说我们差一点就捕上来一头鲸鱼的事情，没人会相信的。

他们只会在哈瓦那报纸上看到模糊的照片，根本不会相信你曾在海上碰到一群鲸鱼，并且还差点捕上来一头。我也找不出任何证据证明哈瓦那沿岸真的曾出现过大鲸鱼，真的，连我自己都不太相信。所以你不相信我所说的一切，我也能理解，真的，虽然我还是有点沮丧。不过在今年秋天的时候，我在纽约待过一段时间，当时我在纽约的自然历史博物馆中竟然意外地在捕鲸航程历史路线图中发现，很久以前哈瓦那附近确实曾经常有鲸鱼出没。我不知道这些鲸鱼的目的地，不过我仍认为它们会游向加勒比海然后再往南的说法是有一定道理的。我们碰到鲸鱼群的确切时间是1934年10月10日，而与我们缠斗过的那头鲸鱼大约有50英尺长。

那天晚上，在饭店，也有一些人公然质疑安奎尔。这无疑让他很沮丧，所以他决定把几个啤酒瓶的标签吃下去。但人们还是质疑安奎尔的这个举动，于是他又不得不吃掉了墙上挂着的一本日历，还把桌子上的一盆巴豆植物吃掉了。安奎尔的这些举动无疑吸引了众人的目光，之后他又把《哈瓦那报》关于鲸鱼的报道的那部分吃掉了，他还说要把桌子也吃掉。

安奎尔对拿鲸鱼的事开他玩笑的人很气愤，洛佩兹·蒙兹见状赶紧带他回家。在上楼的电梯里，一个医生递过来一张卡片，吹嘘自己是治疗某种疾病的专家，安奎尔把医生的卡片一口吞入了肚中。洛佩兹·蒙兹也觉得安奎尔的行为很有魄力，真正证明了他的勇敢，确实表现不俗。当安奎尔进了卧室之后，为了证明自己真的很勇敢，他公然把自己看到的一张大纸板上面贴着的一幅墨索里尼的肖像漫画吃了下去，只在吞下最后一点纸屑的时候抱怨说："这个实在太大了。"后来，他又倒了一杯科隆酒并喝掉，才心满意足地上床睡觉。

第二天早上，安奎尔下到甲板，在我还没开口问他昨晚过得怎么样时，洛佩兹·蒙兹神采飞扬地给我们讲述了安奎尔昨晚的壮举。

"太好了，"他说，"我一直都感觉很好。"

你或许也不会相信这件事吧，不过我敢向上帝起誓，这都是真的。为了更科学一点，我还要加一句：安奎尔的脸色看起来有一点苍白。

对照片的事情最为郁闷的要数卡洛斯了，他这一生只在哈瓦那沿岸见过3头鲸鱼，而那次我们一次性就碰到了20头鲸鱼，却没能拍到一张有价值的照片。另外用他自己的话来说，就是让快到手的票子和名誉飞了。“当然要想和鲸鱼对抗，人们应该要做很好的准备。这里面也需要很多的技巧，就像生活中任何其他的事情都有技巧一样，只是我们没有机会去学。但你可以发挥想象，如果我们真的把那头大鲸鱼带上了哈瓦那的海港，会发生什么？你可以想象一下！”

“说不定，我们还能再碰到鲸鱼。”我说。

“不过，我们必须要学会对抗鲸鱼的技巧，”他说，“我们一定能找到捕到鲸鱼的办法的。”

“我会好好研究鲸鱼的。”我说。但是随着对鲸鱼的了解越多，我就越觉得我们当时十分幸运。我觉得大鲸鱼一定在让我们有机会使用“床垫泵”的方法前，有过十分有意思的举动。

战争的第一瞥[1]

北美新闻联盟特派　1937年3月18日

西班牙巴伦西亚[2]

当我们的军用飞机从图卢兹[3]飞过巴塞罗那的商

---

[1]西班牙内战（Guerra Civil Espanola，1936年7月17日—1939年4月1日）是在西班牙第二共和国发生的一场内部战争，对战的双方分别是由共和国总统曼努埃尔·阿扎尼亚（Manuel Azana）领导的共和政府军与人民阵线左翼联盟和以弗朗西斯科·佛朗哥为中心的西班牙国民军与长枪党等右翼集团。反法西斯的人民阵线和共和政府得到了苏联和墨西哥的援助，而佛朗哥的国民军则有纳粹德国、意大利和葡萄牙的支持。而正是因为西班牙意识形态的冲突和轴心集团与共产国际势力的战争，使得人们都认为西班牙内战是第二次世界大战发生的前奏。由于西班牙各种社会矛盾的加深，左右翼分子的相互攻击、政府改革的失败、旧势力军人和宗教人士的不满，积累的矛盾使得长期的对立最终走向了武装斗争，最后在右翼军人的策划下引发了内战。这场内战成功地引起了全球的密切关注。除本书作者欧内斯特·海明威外，英国社会评论家、记者乔治·奥威尔，战地摄影记者罗伯特·卡帕等人均对西班牙内战做了详细的报道。1939年4月，内战以西班牙国民军的胜利告终，西班牙第二共和国解体，所有右翼组织合并，由弗明西斯科·佛朗哥实行独裁统治，波旁王朝复辟（王位悬空），佛朗哥担任摄政王直至去世。1937年2月21日，右翼武装接受了打着“志愿人员”的旗号向西班牙派兵的德意法西斯的援助，3月7日，德国的Heinkel双翼飞机等军事装备运抵西班牙。

[2]巴伦西亚（Valencia），是西班牙的第三大城市，地理位置十分优越，因此被誉为“地中海的明珠”。历史上曾因是地中海帝国财政首都而辉煌不已，还拥有自己独特的传统和语言。

[3]图卢兹（Toulouse），位于法国西南部的城市。南部—比利牛斯大区（Midi-Pyrénées）上加龙省（Haute-Garonne）省会，法国第四大城市。

业区时，每一条街道都像是周日早晨的纽约城一样，一片寂静。

飞机顺利地滑上了坚硬的跑道，又盘旋上升，越过一些建筑和冰雪覆盖的比利牛斯山边缘，然后停了下来。我们用咖啡和牛奶暖了暖手，三个穿着皮夹克的卫兵握着枪在外面相互打趣着，在那儿我们知道了巴塞罗那如此安静的原因。

这时，一架轰炸机带着两架护卫机飞了过来，投下了许多炸弹，造成了7人死亡、34人受伤。仅仅相隔半小时，我们错过了与政府驱逐暴动的飞机的空中激战。我个人倒不是很在意，毕竟我们自己执行的就是轰炸机的任务。

当飞机朝着阿利坎特[1]沿岸飞去，特别是沿着白滩飞过有古老的灰色城堡的镇子，或是当海水拍打着海岬的时候，这哪里像是在打仗。火车在奔跑，牛群在地里吃草，渔船整装待发，工厂的烟囱也在冒着烟。

然后，在塔拉戈纳港，所有的乘客都挤上靠岸的船只，透过窄小的窗户看着一艘被炮火摧毁的、搁浅

---

[1]阿利坎特（Alicante），西班牙东南部港口城市，临地中海阿利坎特湾。

在清澈的水中的大货船。它看起来就像一条长着大烟囱、死在岸上的鲸鱼一样。

我们经过了巴伦西亚白色的房子、绿油油的田野、繁忙的码头和黄色的巨大城市；我们穿过了稻田，爬上了一座巍峨的山。我们在上面可以做任何想要做的事，可以俯瞰这里的文明和浅蓝色的大海，欣赏阿利坎特布满了棕榈树的海岸。

就在我匆匆忙忙乘着一辆颠簸的汽车赶到机场时，飞机朝着摩洛哥飞走了。我置身在满是枣椰树的滨海长廊之中，伴随着长达1英里的人群。

21~26岁的男子正在被征召，他们和女朋友们及家人正在庆祝他们的入伍和军队在瓜达拉哈拉[1]战胜了意大利常规军。他们手挽着手，四个一排整齐地走着，边唱边喊，还拉着手风琴、弹着吉他。在阿利坎特岸边的船上到处都站满了幸福的情侣，在甜蜜蜜地谈论着他们最后的共同出行；岸上的人们则在拥挤的征兵站排起了长队，整个氛围就好像发生了什么狂欢的事情。

从沿岸一直到巴伦西亚，庆祝的人群满街都是，看着这热闹的气氛，不禁让我想起守护神节和嘉年华，

---

[1]瓜达拉哈拉（Guadalajara），墨西哥第二大城市。

而非残酷无情的战争。除了那些复原的伤兵穿着厚重破烂的军服一瘸一拐地走路的场景外，感受不到战争的气息。

在阿利坎特，食物尤其是肉类食物是限量供应的。不过，在一些小镇上，我看到正在营业的肉店，门外也没有排队买肉的人群。我们的司机决定买一些牛排，在回家的路上好好犒劳自己一顿。

在前往巴伦西亚的路上，黑夜里我们行进在几英里长、开满了花的橘子林中。尽管一路上尘土飞扬，但是浓郁的花香仿佛让我感觉身在婚礼之中。虽然此时我仍半睡半醒，但当看到尘嚣中的灯光时，我却清楚地知道这并不是在庆祝一场意大利婚礼。

炮轰马德里[1]

北美新闻联盟特派　1937年4月11日

马德里

在1.25英里外的前线，从遍布松树的山的另一边

[1]在西班牙内战中首次出现了飞机对坦克的轰炸和对不设防城市的大规模轰炸。

传来像咳嗽一样的噪音。天空中升起的一缕灰色轻烟，说明了战事发生的地点。不一会儿，一声巨响突然传来，那声音就像一大捆丝绸被撕裂了的声音一样。而这边的镇子仍平静如常，似乎没有人在乎发生了战斗。

突然，短路的炸弹飞进镇上满是度周末的人群的街道，接着就是伴随着花岗石碎屑的爆炸声。整个上午总共有22发炮弹射到了马德里。

人们还没从之前的喜悦中反应过来，整个街道已经凌乱异常，一个老年妇女刚从市场买了东西准备回家，就被炸死了。一堆黑色的衣服和墙边一条被炸飞了的残腿，似乎正在哭泣。

在另一个广场，死了3个人，尸体躺在地上，当“155”的碎片在路边的石头旁爆炸时，看起来就像很多破衣服堆在尘土和垃圾当中。

炸弹击中了一辆正在行驶的汽车，司机从窗口侧面飞了出来，头皮挂在眼睛上方，他用手捂着受伤的脸，殷红的血不断地顺着下巴流下来。

这里曾经的标志性建筑——一座很高的楼也自然逃不过被炮击，一连被击中了3次，但轰炸周日的人群实在是令人厌恶。

当轰炸结束以后，我走回10英尺开外被炸毁了的邮局据点，见证了这场战斗的第3天。政府武装正计划完成一次包围行动，以割裂去年11月份进入马德里的暴动主力。暴动的据点在城市大学的医院。如果政府武装真的能够让这次从特来马都拉路到拉科鲁尼亚路的钳形包围行动顺利完成，那么就会把整个暴动的主力全部割裂。

附近的山上有一座被炸毁的教堂，现在只剩下了三面没有屋顶的围墙，两天前，我们目睹了它被轰炸的命运。暴动武装分子把后面另一座山上的2间大房子和其左面3间小一些的房子占领了，作为他们的防御工事，牵制住了政府武装的行动。

就在昨天我亲眼看到了政府武装出动坦克对这一区域发起攻击。政府武装向暴动分子的壕沟和据点开火时，这些像聪明而又杀气重重的大甲虫一样的坦克把安置在草丛中的机关枪统统毫不留情地销毁了。我们一直看到天黑，但并没有看到步兵上前向这些强劲的据点发起进攻。

不过经过今天15分钟百发百中的强力炮火的轰炸后，5间房子的形状变得模糊起来，炮烟升起，看上去就像藏在一排白色与橙色的烟尘之中。这时，我看到了步兵的进攻。

士兵们埋伏在一条刚挖好的土白色的壕沟之后。突然，一个人起身弯着腰朝后面跑了起来，随后又跟着6个人。有1个倒下了，有4个又返回来，像在大雨中沿着船坞行走那样弯着腰前进。这支不成形的队伍走到了前面，有的扑在地上去接应，有的突然后退，整体看起来就像是棕色田地里的深蓝色的点。不一会儿，他们钻进了草丛中，再也看不到他们的身影了。坦克在前面开路，向那几间房子发起进攻，朝着窗户开火。

突然之间，天空中升起一股黑色的浓烟，一团火焰出现在塌陷的公路后面，还有什么黄色的东西在燃烧。燃烧一直持续了40分钟，火焰一会儿变大一会儿变小，最终爆炸声传来，也许那是一辆坦克，因为是在路的下方，所以既看不到也不能确定。不过其他的坦克纷纷开了过去，换到了它的右边，继续向那些房子和埋伏着的机关枪开火。同时，士兵们一个接一个地跨过火焰，进入房子附近山坡上的树林里。

空中到处都是机关枪和来复枪开火的噼啪的声响，这时，我们又看到另一辆坦克开上前去，一个阵队的士兵在后面跟着，坦克充当着士兵的掩护者的身份。不久，坦克停了下来，斜着转向右边，而步兵们就在那里弯着腰一个接一个地快速跑过去。其中有两个人倒下了。坦克继续向林子前进，后面的士兵们还保持着原本的队形走出了我们的视野。

不久，灯全灭了，突然响起一阵巨大的轰炸声，透过玻璃往外看去，只能朦朦胧胧地看见零星的冒烟的房子，此外就什么都看不见了。政府军离那些房子不到50码，但是由于天色太黑了，我们什么也看不到。如果今天和明天的进攻获得成功的话，那么将马德里从法西斯手里解救出来就有希望了。

一种新的战争

北美新闻联盟特派　1937年4月14日

马德里

躺在宾馆的床上，透过窗户能清楚地听到从17个街区外的前线传来的炮火声。一整夜都是来复枪开枪的声响，有时是噗噗噗的，有时是嗞嗞嗞的。此外，还有机关枪扫射的声音，因为枪的口径更大，所以声音也更响，噗噗噗，隆隆隆。紧接着又从壕沟里传来了一阵迫击炮的轰鸣声和机关枪扫射的声音。枪炮声在耳边响起，我的双脚也逐渐地暖和起来，躺在床上很是舒服，而不像在城市大学或是在卡拉班彻那样。就在我快要入睡着时，从下面的街上传来一个男人唱歌的声音，以及3个醉汉高声的争吵声。

早晨，在书桌上的电话未响起之前，就传来一阵很响的爆炸声，吵醒了你的好觉。你走到窗边向外看，发现一个人立起领子、低着头急速地跑过广场，同时还闻到一股再也不想闻到的刺鼻的爆炸的味道。于是，你迅速穿着浴袍和拖鞋飞奔出去，在大理石的楼梯那里差点儿和一个正被两个穿蓝色工装的男人抬进酒店、腹部受伤的中年女人相撞。你瞥见她双手交叉着放在硕大的西班牙式的胸部下面，指缝间渗出了很多鲜血。在20码外的角落里，一堆瓦砾、水泥和泥土散落着，还有一个衣服破烂、身上脏乱不堪的男人的尸体。人行道上有一个很大的洞，煤气从破裂的管道中漏了出来，看上去很像寒冷的早晨里一幅热气腾腾的蜃景。

“死了多少人？”你问警察。

“只有1个，”他说，“炮弹击穿了人行道，是在地面以下爆炸的，如果是在路面坚硬的石块上爆炸，那死亡人数也就不止这点了，可能会死50个人。”

在没有树冠的树干上，一个警察站在那里。当你看到他们已经派了人来修理煤气管道，你便去吃早餐了。走廊里，你看见一个眼眶红红的女清洁工正在清理大理石地板上的血迹。因为并不是你死了，而且死的人你也不认识，反正经过了瓜达拉哈拉[1]前线抵抗之前的寒夜和漫长的一天，也没有人会在乎了。

“你看到他了吗？”有人在吃早餐的时候问。

“当然了。”你回答说。

“那是我们每天都要经过十几次的地方，就在那个角落。”有人开了个老掉牙的玩笑，立即就被制止了。每个人都对战争有这种感觉：“幸好不是我，反正不是我。”

虽然在瓜达拉哈拉死去的意大利人不是你本人，但是因为意大利有你的童年，你就会不自觉地感觉像是自己人的死亡一样。一大清早，你坐着一辆小破车在一个愁眉苦脸的司机的带领下去了前线，你发现越是接近目的地，他的表情越是痛苦。有时候在很晚的夜里，没有灯光，大卡车从你身边轰隆隆地开过，你回到酒店，在铺好了床单的床上睡觉，一天只需花1美元就能住进“前线”最好的房间。后面有些更小的房间，价格却贵得出奇，只是因为其地理位置在靠近炮火的另一侧。然而每当炮火照亮酒店门口的人行道以后，你用不到1美元的价格，就能住上比之前的房间大1倍的拐角的屋子。

[1]瓜达拉哈拉（Provincia de Guadalajara）是西班牙中部省份。

一次，在一家由“美国西班牙民主之友”开办的位于通往瓦伦西亚的路上的莫拉塔前线的医院里，有人告诉我，雷文想见我。

“我好像不认识他。”

“是的，”他说，“但他想见你。”

“他在哪儿？”

“楼上。”

到了楼上，我看到一张小床上躺着一个脸色苍白的男人，胳膊伸在外面，正在输血。他的眼神掠过流动着液体的瓶子，淡淡地呻吟着。他的呻吟声机械地、有规律地重复着，似乎不是他自己发出来的。他的嘴唇一动也不动。

“雷文在哪儿？”我问。

“我就是。”雷文说。声音从一张灰色的劣质毯子下传来。

只见两只胳膊交叠着放在毯子上，而另一头有个还能算是脸一样的东西在躺着，整个脸看起来就像是长了眼睛的、上了绷带的伤疤。

“你是谁？”雷文问。虽然看不到他的嘴唇，但他说起话来毫不费力，声音似乎还带着些愉悦。

“海明威，”我说，“我来看看你怎么样了。”

“我的脸实在很糟糕，”雷文说，“被手榴弹炸伤了，但蜕过几次皮后，现在情况好点了。”

“你看上去似乎还不错，”我说，“挺好的。”

我说话的时候都没敢看他的脸。

“美国那边的情况怎么样了？”他问，“人们是怎么看我们这些在这儿的人？”

“不好说，他们的情绪变化很大，”我说，“他们开始意识到政府会赢得战争。”

“那你怎么看？”

“当然了。”我说。

“太好了。”他说，“你知道，如果我能亲眼看到这些变化，那这些身上的伤都是值得的。我并不在意伤痛，我在意的是自己是否真的追随了正确的一方。我还是有点用的。你知道，我根本不在意这场战争，我在战争中所做的一切都是对的。以前有一次，我被打中了，但两周后我就回来并加入了营部。我做不到袖手旁观，接着，你就看到这样的我了。”

他把手放在了我的手上。手上没有老茧，修长的手指上有着光滑圆润的指甲，一看就知道不是工人的手。

“你是怎么受伤的？”我问。

“哎，我们在和一支队伍的对抗中取得了胜利，我们紧追不舍想把他们收编，我们也的确这样做了。

然后我们又跟法西斯打了一仗，也取得了胜利。但敌人朝我这边扔了手榴弹，结果……”

握着他的手听他这样讲，我却不敢相信，因为他现在看起来根本不像是个伤兵。我搞不清楚他到底是怎么受伤的，但这个故事听起来并不像真的，因为他说的并不是一般人能够理解的士兵受伤的方式。但此时，我很乐意装作让他以为我相信了这个故事。

“你是哪里人？”我问。

“匹兹堡。我在那儿上的大学。”

“你到这儿参战之前是做什么的？”

“社会工作[1]者。”他说。我也并不相信他的说辞。不过对于他是怎么受了这么严重的伤，我很感兴趣。我并不想在这个问题上进一步纠缠。在我所知道的战争中，人们经常会在受伤的事情上撒点谎。或许一开始是真的，但是晚一点儿就会变得谎话不断了。我也会撒点儿谎，尤其是在晚上。不过，看到他以为我真的相信了的表情，我很高兴。我也把瓜达拉哈拉北部发生的事告诉了他，并且承诺下次从马德里带些东西

[1] 社会工作（Social Work）是一种助人活动。美国社会工作者协会（National Association of Social Workers,NASW）对社会工作的定义是：社会工作是一种专业活动，用以协助个人、群体、社区去强化或恢复能力，以发挥其社会功能，并创造有助于达成其目标的社会条件。

回来。他说他希望能有个收音机来了解外面的情况。

“他们说多斯·帕索斯和辛克莱尔·刘易斯也会来。”他说。

“对，”我说，“等他们来了我就带他们来看你。”

“真的吗，那太好了。”他说，“或许你不知道这对我有多重要。”

“放心，我一定会把他们带来。”我说。

“希望他们早点过来。”

“他们来了我就带他们来。”

“太棒了，厄内斯特，”他说，“你不介意我叫你厄内斯特吧？”柔和清晰的声音从他那像在泥泞天气里经历过战斗又经过太阳烘烤的山岭一样的脸上传来。

“怎么会呢，”我说，“老哥，听着，你一定会好起来的，会非常好，会好得能上广播呢。”

“但愿吧，”他说，“那你还会回来吗？”

“会，”我说，“一定会的。”

“再见，厄内斯特。”他说。

“再见。”我对他说。

告别雷文，我在楼下听说他可能会失去双眼和整张脸，还有他的腿脚的伤也十分严重。

“他已经失去了几个脚趾，”医生说，“不过他对这并不知情。”

“那他以后会知道这些吗？”

“哦，当然了，”医生说，“他会好起来的。”

所以，现在你仍然健康平安，但你那来自宾夕法尼亚的、曾经在葛底斯堡战斗过的同胞却受伤严重。

不久，我见到了雷文的长官甲克·库宁汉姆，他是个职业军人，左胳膊夹在飞机夹板里，迈着英国职业军人的那种斗鸡式的步伐，一看这气势就知道他绝非受过10年军事训练者或者带金属护翼的夹板可以摧毁的。他刚负了伤，左胳膊有3处来复枪伤（我看了看，有一处伤口都已经腐烂了），另一处在肩胛骨下面，来复枪的子弹穿过左胸，嵌在了身体里。他用军事术语告诉我整编位于他们营部右侧的败军的来历，还有他们如何用炮火去袭击一头被法西斯分子控制而另一头被政府军控制的壕沟。他们6个人用刘易斯枪艰苦地守住了壕沟，从而阻止了80个法西斯分子的进攻，最后在一个条件十分恶劣的位置上坚守，直到政府军的到来，再一次拿下了防线。他用浓重的格拉斯哥[1]口音清楚地叙述着，听起来十分的可信。他有着深邃、有穿透力的眼睛，就像鹰的眼睛一样。从他说的话中

[1]格拉斯哥是苏格兰第一大城市与第一大商港，英国第三大城市。

你就可以明白他是个什么样的士兵。如果是在一战中，他的所作所为理应获得一枚维多利亚十字勋章。但是这一次，没有任何奖章，也没有军衔的晋级，他们唯一拥有的就是伤口。

“雷文也在其中，”他说，“我不知道他受伤了。啊，他可真是个好兵。他一定是在我受伤以后被击中的。我们遇到了一支实力很强的法西斯部队，我们被困在那个糟糕的地点时，他们没有浪费1颗子弹。黑夜中他们探清了我们的位置后就开枪扫射，这也是我为什么在同一个地方身中4枪的原因。”

我们又谈了一会儿，他给我讲了很多事。那些事都很重要，但没有一件比杰·雷文这个来自匹兹堡、没有受过任何军事训练的社会工作者告诉我的事更真实。不管你信不信，这无疑是一场怪异的新的战争。

马德里的司机

北美新闻联盟特派　1937年5月22日

我们的司机跟马德里的司机有太多的不同。第一个司机名叫汤玛士，有4英尺11英寸[1]高，看起来和从贝拉斯克斯[2]的西班牙画里走出来、穿着蓝色粗棉布西装的过于成熟的小矮人一样。他的几颗门牙不知怎么没有了，浑身上下散发着爱国热情，苏格兰威士忌是他最喜欢的酒。我们和汤玛士一路从瓦伦西亚开车过来，当我们在感叹马德里就像阿尔卡拉和德埃纳雷斯[3]平原上升起的一道防线时，他突然透过漏风的牙齿激动地喊道："马德里万岁！马德里是我灵魂的首都！"

"也是我心灵的首都。"我说。或许是受到了感染，我也跟着他喊了几次。不得不说，这是一次又冷又长的旅行。

"快！"汤玛士的手暂时离开了方向盘，把我推到后面。我们刚刚和一辆满载士兵的卡车与一辆工作人员用车擦肩而过。

"我是个多愁善感的人。"汤玛士说。

"我也是。"我说，"不过还是开车吧。"

"那种最高贵的多愁善感。"汤玛士说。

"的确，同志，"我说，"不过你要清楚你现在

[1]1.48米左右。

[2]17世纪画家。

[3]阿尔卡拉和德埃纳雷斯，西班牙中部城市，属于马德里大区。

在往哪儿开。”

“不用担心，相信我的技术。”汤玛士说。

第二天，我们的汽车陷在了一条靠近布雷胡艾格[1]的泥泞公路上，旁边有1辆在急转弯处翻了的坦克，堵住了后面的6辆坦克的去路。天空中3架敌机发现了这些坦克并决定轰炸它们。炸弹投在了我们上方潮湿的山坡上，只见泥水、石块瞬间都被炸得飞了起来，幸好我们没有受伤。飞机又回到了原本的航线，我站在汽车旁边，透过望远镜看到那架小小的为轰炸机护航的菲亚特战斗机，在阳光下闪闪发亮。我们原以为会来更多的轰炸机，所以早就远远地躲开了，但并没有其他的轰炸机前来。

接下来的一个早晨，汤玛士没能把汽车发动起来。我发现每当出现类似的情况，不管在头天夜里汽车运行得如何良好，到了第二天早晨，汤玛士都发动不了车。他认为前线是可鄙的。最终，由于我们担心他的爱国情操和低下的效率，就让他回瓦伦西亚的新闻部了。我们很感谢他们派了这样一个具有高贵的多愁善感且神经紧张的汤玛士过来，但也恳请他们下次能派个勇敢点儿的人过来。

---

[1]布雷胡艾格（Brihuega），瓜达拉哈拉省的一个城市。

果真，他们派了个新人来，还带着一纸标榜着“全部门最勇敢的司机”的证明过来。我并没见过他，所以也不知道他的名字。布鲁克林的斗牛士希德·富兰克林，就是给我们送来食物、早餐、打印好的文章、不知道怎么得来的汽油、汽车和司机，以及像录音机般给我们带来马德里各方面小道消息的人，显然已经跟这个司机好好地交代过了。希德在汽车里装了40升汽油，你必须明白汽油可谓是通讯员的生命，与汽油相比，或许香奈儿、慕尼丽斯的香水，或是波尔斯杜松子酒要更容易弄到。希德记下了司机的姓名和地址，并告诉他要时刻准备着待命，因为我们正在等待一场战斗。

在我们叫他之前，司机可以自由地做任何他想做的事，不过他必须得在我们随时需要他的时候出现，我们可不想把珍贵的汽油浪费在马德里的兜风上。而现在因为我们有了交通工具，所以感觉还不错。

本来，司机应该在第二天晚上7点半到酒店登记入住的，同时看看有没有新的任务。但是我们并没有看到他的身影，我们给他家打电话询问情况。结果他在当天早上带着40升汽油朝瓦伦西亚方向跑了。他现在在瓦伦西亚的监狱里，希望他能喜欢那儿。

然后，我们就有了大卫这个司机。大卫是个来自托莱多[1]附近的小城的无政府主义者。后来，我回到宾馆打算写一封调度信，让大卫到市长大楼附近的一个地方去取点儿汽油，大卫进来的时候，我已经快要写完了。

“你快来看看这辆车，”他说，“全是血，真是太糟糕了。”他明显在颤抖，脸色十分阴沉，嘴唇也在颤动。

“到底发生了什么？”

“一发炮弹击中了一排正排队买食物的女人，死了7个，我送了3个去医院。”

“天呐！”

“但你真的无法想象，”他说，“真的太可怕了。我不知道还有这种事儿。”

“听着，大卫，”我说，“你要时刻记住自己是个勇敢的小伙子。这一整天你只是对炮火的声音勇敢，而现在你看到的是那些声音造成的后果。现在你必须要勇敢地去面对那些噪声所造成的后果。”

“是的，先生，”他说，“但这真是太糟了。”

大卫还是很勇敢的，而且他也不会再认为战争像

[1]托莱多，西班牙中部的一个省份，首府为托莱多，位于拉曼却自治区的西部，它的周围有马德里省、昆卡省、雷亚尔城省、巴达霍斯省、卡毫雷斯省以及阿维拉省。

他第一天看到的那样美好，虽然他不肯承认。另外他也绝不会学会开车。总而言之，从客观的角度来看，他是个很不错的孩子，虽然他总说些糟糕的话，但是我并不讨厌听他说，唯一能在大卫身上看到的提高了不少的东西可能就是他的词汇。最后，他向我们告辞，去了一个正在拍电影的村子。我们也并不想在一个毫无用处的司机身上再作纠缠。就在这时，伊波利托来了，他是故事的转折点。

伊波利托并不比汤玛士高多少，但他看起来像是用花岗岩雕刻出来的。他总是喜欢绕着圈走路，每走一步都会把整个脚板放到地面上。他还有一把很大的自动手枪，一直拖到腿的中部。他总是用一个上升拐弯儿像对猎犬说话的调子说“保重”。当然，不可否认的是，好的“猎犬”都很熟悉自己的业务。

他对发动机很熟悉，也能开车。如果你告诉他早晨6点见面，那么他会提前10分钟到达。

他还有过在攻取蒙塔纳的战役中服役的经历。他并没有参加任何政党，在过去的20年里，他只是社会主义联盟里的一个商会成员。我曾询问他的信仰是什么，他回答说是共和国。

他是我们在马德里的司机。虽然在长达19天的对首都的袭击中，战势糟糕得让人无法下笔，但正如我前面所说，在这段时间里，他像花岗岩一样坚强，身体状况保持得很好，像铁路工人的手表一样精准。从他身上，你似乎能找到为什么弗朗哥就算有机会也不能把马德里拿下的原因。

正是因为有像伊波利托一样的人，只要其中还有一个人活着，他们也会坚定地一栋栋房、一条条街地打，把镇子烧掉。他们很坚强，也很有效率。他们就是那些曾经征服过西方世界的西班牙人，有着不怕死的精神。他们不像无政府主义者那样对死亡的话题说得有点多，跟意大利人一样，他们从来不提这些。

这一天马德里被投放了300多枚炮弹，所以在主要的街道上，到处能看到玻璃渣、砖头的粉末和冒烟的废墟。伊波利托找到了一个安全的地方，把车停在酒店旁边一条小街的一座楼后面。在我工作时，他坐在房间里实在无聊，就说要去车里坐会儿。他走了不到10分钟，一枚6英寸的炮弹从天而降，击中了酒店的主道和人行道交接的地方。炮弹陷得很深，看都看不到，却没有爆炸。如果真的爆炸了，我想伊波利托和那辆车可能就瞬间灰飞烟灭了。他们在离炮弹大约15英尺远的地方，我从窗外看去，见他平安无事，便松了一口气，赶紧下楼去看情况。

“你怎么样？”我气喘吁吁地问。

“还好。”他说。

“把车停在街上远些的地方。”

“别傻了，”他说，“同一个地方怎么会被投两次炮弹？再说了，又没有爆炸。”

“听我的，把车停在街上远些的地方。”

“你怎么回事儿？”他问，“你是不是疯了？”

“你得讲理。”

“你去忙自己的事，”他说，“不用替我担心。”

我已经记不清那天接下来的细节了，在经过19天的沉重炮击之后，我的有些记忆混淆在一起了。只记得炮火在1点钟的时候停了，我们决定去南边的格兰维亚酒店吃午饭。当我正准备从一条曲折的、角度最安全的路走过去时，伊波利托说：“你要去哪儿？”

“吃饭。”

“上车。”

“你疯了。”

“来，我们坐车去格兰维亚。炮火已经停了，他们也得吃午饭。”

我们中的4个人上了车前往格兰维亚。路上到处都能看见坚硬的碎玻璃，还有人行道上的很大的洞，建筑都被炸毁了。我们不得不绕过一堆废墟和一个被炸毁的檐口去酒店。在马德里的“第五大道”和“百老汇”的两边看不到任何人影，死了很多人，街上唯一能看到的汽车就是我们开的这一辆。

伊波利托把车停在一旁的街边，然后我们一起去吃饭。当伊波利托吃完饭去车里的时候，我们还在吃。这时更多的炮火声响起，在酒店的地下室里，就像是被爆破声裹住了。喝完午餐的豆子汤，吃完香肠薄片和橙子，我们赶紧上了楼，只见所有街道都被烟和灰尘所笼罩，路边到处都是刚被炸毁的水泥建筑。我朝角落看过去，想寻找我们的汽车，街上多出了许多新的炮弹炸出来的废墟。我看到车了，它上面覆盖着很多灰尘和瓦砾。

“上帝呀，”我说，“他们把伊波利托打死了。”

只见他躺在车里，头靠在驾驶座上。我立即走上前去，心里悲痛不已，因为我很喜欢伊波利托。靠近才发现伊波利托正在睡觉。

“我以为你死了，伙计。”我说。他醒了，用手背挡住了哈欠。

“怎么会，老兄，”他说，“我习惯吃完午饭有空的话就睡会儿。”

“我们要去奇科特酒吧。”我说。

“那儿有好喝的咖啡吗？”

“当然。”

“好，”他说，“那我们走吧。”

在我离开马德里的时候想给他些钱，但他说：“我不想要你的任何东西。”

“不，”我说，“拿上吧，你可以给家里买点东西。”

“不，”他说，“听着，我很高兴和你在一起，我们都度过了一段愉快的时光，不是吗？”

或许你把宝押在了弗朗哥、墨索里尼或是希特勒的身上，但是，我的宝押在了伊波利托那边。

死神擦肩而过

北美新闻联盟特派　1937年9月30日

马德里

人们说你根本无法听到射中你的子弹的声音，这的确是事实，因为还没等你反应过来，子弹就已经飞过去了。不过你们的通讯员听到了击中他所住的酒店的炮火声，炮弹从炮口出来，然后伴着好似地铁飞驰要撞上檐板时的逐渐变高的哨声而来，给酒店下了一场玻璃和泥浆的暴雨。

现在的马德里异常安静。阿拉贡[1]是最热闹的地方。除了布雷、扫雷、挖壕沟，壕沟中的炮轰和狙击，以及处于僵持中的在卡拉班彻、尤色阿和大学城附近的一些守卫战，马德里周围几乎没有战火。

这些城市并不是时常要担心着被从天而降的炮火攻击。没有炮击的时候，人们会在一个晴朗的天气里涌上街头。商场里的衣服店、珠宝店、相机店、画廊和古玩店都开着门欢迎顾客的到来，酒吧里也人满为患。

但是酒吧里啤酒种类很稀少，更不用说弄到威士忌了。商店的橱窗里摆放的是西班牙仿制的甘露酒、威士忌和苦艾酒，而这些酒都不建议内服。不过我每次会在刮完胡子后，涂些“绅士威士忌”在脸上消毒，有点儿辣辣的感觉。如果拿这种酒去给运动员受伤的脚涂上，一定会非常有用，不过千万别溅到衣服上，否则它会腐蚀羊毛的。

街上每个人的脸上都看不到战争的忧伤，人们笑容满面，就连那门口用沙袋防护着的电影院每天下午都爆满。虽然这里离前线很近，但是人们却更加快乐和乐观。前天，就在前线，你们一向冷静镇定的通讯

[1]阿拉贡，位于西班牙北部的城市。

员也被这里膨胀到最高点的乐观情绪所感染，在昆卡[1]前线的一个无人小岛旁的小河里游了泳。

虽然那条河水流很急、很冷，但一想到这是被法西斯分子完全控制占领的地方，我就觉得更冷。不过念及可以在如此紧张的形势下踏进河里，我心里是有说不出的愉快。当我从水里出来坐到一棵树后面时，这种快乐的感觉更明显了。

就在那时，一个乐观派的游泳俱乐部的政府官员开了3枪，打死了一条水蛇。另一个不是那么乐观的官员狠狠地责骂了他的鲁莽行为——你想干什么？是想让敌人发现我们，让机关枪来把我们都打死吗？

于是，我们那天再没有打水蛇，不过我看到从水流中跃出3条鳟鱼，每条差不多有4磅多，又重又结实，我把蚱蜢扔了过去，它们赶紧去抢夺，不一会儿它们又潜入很深的水底，像从来没出现过一样。另外，在水浅的地方还能见到小的鳟鱼。河流沿岸是一条公路，是战争之后才开通的。这是一条值得为之战斗的河，不过在里面游泳还是有点冷。

就在我写下这些文字的时候，酒店附近街上的一

[1]昆卡（Cuenca），西班牙中东部的一个省，位于梅塞塔高原南部，首府也叫昆卡。

栋房子恰巧被一枚炮弹打中，现在那儿正燃烧着。街上，一个军人正在安慰一个被吓得哭得很伤心的小男孩。所幸，我们所在的街上并没有人死亡，突然，跑动的人群开始放慢了脚步，并且传来紧张的窃窃私语；而那些根本没跑的人对这些大惊小怪的人露出了鄙夷的神情。这就是我们所在的城市，叫作马德里。

特鲁埃尔[1]的陷落

北美新闻联盟特派　1937年12月23日

特鲁埃尔前线

我们跟一队西班牙步兵一起埋伏在山脊的顶部，忍受着重机关枪和来复枪射来的弹火。那弹火很密集，如果你不小心抬起头，那么接着你的下巴上就会被各种看不见的小东西刺痛，另一座山脊上射过来的炮火简直要把你的脑袋搬家。亲身经历过的人一定会懂我说的。

在我们的左边，一场进攻开始了。士兵们个个弯

[1]特鲁埃尔（Teruel），西班牙中部省份，首府为特鲁埃尔，位于阿拉贡自治区的南部，周围有塔拉戈纳省、卡斯特利翁省、巴伦西亚省、昆卡省、瓜达拉哈拉省以及萨拉戈萨省。

成半人高，上好刺刀稳步地朝着山上进发。有两个人不幸被炮弹击中，脱离了大队伍。一个人受伤了，旁边的人简直不敢相信自己的眼睛，而他还没有从那真枪实弹中反应过来，但其他人知道他受伤十分严重。这个时候我真想要一把铲子，挖出个小土墩来把自己的脑袋藏起来，但是在我能爬到的范围之内看不到任何铲子的踪影。

我们的右边是曼索托巨大的黄色掩体，是特鲁埃尔天然的战舰形状的堡垒。爆裂和丝绸被撕裂的声音从正在激战的西班牙政府军的后面传来。突然，一波波黑色的爆炸物猛烈地向曼索托的防御工事轰击。

我们从萨贡托路的出口下来，在离特鲁埃尔不到9公里处下了车，接着沿着公路走到6公里外的前线，并在那儿待了一会儿，可是地势太低，挡住了我们的视线，我们费力爬上了一座山脊，边架机枪边观望前方的动静。在我们下面有一个死去的官员，只见他们把这个毫无血色的人慢慢地放到担架上，而这时战斗还没有真正的开始呢。

其实，我们的炮火数量和敌方的是不对等的。我们突破这个山脊后，向着中间进发。虽然那里的风景还不错，但是在那儿长时间待着并不舒服。在我身旁伏击的战士遇到了点问题，他的来复枪每打一发子弹就会被卡住。我给他演示了如何用石头来敲开螺栓。突然，我们听到从沿线的队伍中传来一阵欢呼，接着看到旁边山脊上的法西斯们正从他们的第一道防线迅速逃跑。

他们上蹿下跳地跑着，样子狼狈不堪，是在撤退。为了掩护撤退，他们的机关枪一直不停地向我们扫射。我们在山脊上还看到政府军稳步前进，一整天都是这样前进。到了夜里，我们已经离第一次袭击的地方有6公里的距离了。

这一整天，我们看到了政府军是如何爬到了曼索托的最高处，看到一辆装甲车护卫在军队的旁边，一起打击一处大约离我们100码远的坚固的农场。哐，哐，哐！士兵们用力地把窗户的玻璃撞开，个个手握手榴弹冲了进去。我们埋伏在一个长满野草的小山坡上，对那里的安全性担心不已。果然，我们看见法西斯们突然冲了上来，在我们身后的路上和田里投下了80毫米大的迫击炮弹。其中有一枚落在了战场上，从烟雾的中心冲了一个人出来，然后又返回去认真查看了一番，接着向大部队追去。炮弹的烟雾逐渐消散，我们又发现另一个人伏在那地方。

那一天再也没有烟雾升起来。如果你已经经历过北极的严寒，那你就不会在意这5天的暴雪和大风，还会觉得这些天就像印度的夏天一样。炮弹也像花儿一样，绽放飘摇，又逐渐沉落、消散。你能在一整天的时间里，重复地看士兵们进攻、防守、再进攻。当我们在公路上行走时，由于身穿便服，战士们还把我们错认成了什么高级军官，因为这样在前线行动实在太惹眼了。他们向我们大声喊："看，他们在那边的山上呢！我们什么时候开始进攻？我们好做准备了。"

我们舒服地坐在一棵大树后面，看见细嫩的枝条挂在低垂的枝丫上摇摇欲坠。这时法西斯的飞机朝我们的方向飞了过来，我们赶紧四处查看，在水土流失的峡谷中搜寻好的藏身之处。突然，飞机掉了个头，盘旋着朝政府军轰炸过去。整整一天，我们跟随着政府军艰难地前进。我们爬上了山坡，穿过了铁路，占领了隧道，翻过了曼索托，又下山到了两公里之外，最后再翻过几个山坡就能看到城市了，就能清晰地看到夕阳下镇上的7座教堂的尖顶和整齐的几何形状的房子了。

傍晚，暗灰色的天空中到处都是政府军的飞机，我们通过望远镜观察着飞机的动向。只见追逐者们假装掉头，可是突然又像老鹰一样猛冲过去。正当我们以为能看到一场空中大战时，一辆大卡车停在了我们身边，从被打开的后挡板处，下来了很多孩子，你可千万别天真地以为他们是准备去踢球的，当你看到他们每个人腰间系着的6个装炸弹的袋子和两袋炸药时，你就知道他们的身份是“爆破兵”。

上尉说：“很好，你们看着他们进攻。”因此，在夕阳的余晖中，在交织着枪弹火光的背景下，我们看到这些已经离我们有100码的孩子，突然被一阵机关枪和来复枪的弹火笼罩住，静悄悄地朝镇子的边缘滑去。他们突然停在了一堵墙的后面，紧接着出现火红的火光，传来一阵炸弹的响声，只见他们灵活地翻过墙进入了镇子。

“我们跟着他们一起进入镇子里怎么样？”我问上校。

“太棒了，”他说，“这可真是一个不错的主意。”我们开始往下走，天色也黑了下来。这时来了两个军官，开始清点人数。我们把自己的想法告诉了他们，说想跟部队在一起，因为天黑以后人们可能会匆忙地射击，而且我们也还没有部署好。于是，在这个秋天的傍晚，我们跟随部队下山，进入了特鲁埃尔。在那个平静的夜晚，任何一点噪声都会打破这种和谐。

后来我们在路上还见到了一个在最后一场战斗中领导全连的军官的尸体。那个连现在已经走了，当时根本没有多余的时间用担架把死者带走或掩埋。为了使尸体不被坦克碾压，我们把尸体放到了路边。拖拉尸体时，我们能感受到他的四肢还是温暖的，但是脸色蜡黄。弄好一切后，我们继续向城里进发。

在城里，我们受到人们的热情欢迎，他们还给我们送来了酒，同时急切地向我们询问他们在马德里的兄弟、叔伯或是表亲的情况，询问那边是否一切安好。我们从来没有到过投降的城市，而且我们几个是仅有的平民。人们一定对那个长得像个主教的伦敦新闻通讯员汤姆·戴墨，像萨沃纳罗拉[1]的《纽约时报》记者以及像美国演员华莱士·比里的我疑惑不已——新政权为什么会这么复杂？

不过，他们说自己就是在等我们。当政府官员去疏散他们的时候，他们正藏在地窖和山洞里，因为法西斯分子们不会让他们离开。他们还说政府没有轰炸城市，它只是军事目标而已。这是他们亲口说的，可不是我说的。

在车里，我把从纽约发来的报纸读完了，上面讲了弗朗哥限政府5日之内投降，否则就要开始最后的

---

[1]萨沃纳罗拉，佛罗伦萨宗教改革家，多明我会修士。从1494年到1498年担任佛罗伦萨的精神和世俗领袖。他以反对文艺复兴艺术和哲学、焚烧艺术品与非宗教类书籍、毁灭被他认为不道德的奢侈品，以及严厉的布道著称。

反击的消息。这听起来跟我们走进特鲁埃尔时所感受到的不怎么协调，而特鲁埃尔还是叛军的主要据点。下一步，他们可能要准备向海里进军了。

难民的逃亡

北美新闻联盟特派 1938年4月3日

巴塞罗那

今天早上，天气晴朗，仿佛到了春天，我们朝着前线出发。昨天夜里，在我们来巴塞罗那的路上，天色仍一片灰暗，雾气很大，脏兮兮的，令人十分压抑。但今天却是晴朗又暖和，灰色的山峦上绽放着朵朵杏花，异常美丽，也装扮了布满灰尘的绿色橄榄树。

在巴塞罗那附近的小城雷乌斯城外的一条两旁布满了橄榄园的公路上，驾驶座上的司机突然叫起来：“飞机，有飞机！”接着就是突然的急刹车，汽车被司机停到了一棵树下。

“它们就在我们头顶上。”司机说。正低头查看着一条小沟的通讯员立刻把头偏向一边向上看去，发现有一架单独的飞机正往下飞，不过很快又掉头飞走了，或许他认为我们这辆小车不值得他打开那8挺机关枪。

就在我们的眼皮底下，一颗炸弹突然之间被投了下来，像一颗巨大的鸡蛋一样炸裂开来，半英里外靠着群山的雷乌斯城瞬间被砖红色的云尘所笼罩。我们穿过城市，看见主要的街道上到处都是被炸毁的房子和破裂的水管，还有人嚷嚷着叫警察过来把一匹受伤的马打死，但马主人坚持认为它还有抢救的必要，不愿意放弃它。我们继续朝通向加泰罗尼亚[1]的小城佛赛特的山路行进。

这就是一天的开始，但没有一个活着的人知道这一天将会以何种方式结束。走了一会儿，我们遇到一辆载满难民的车子。驾车的是一个老妇人，边哭泣哽咽边挥着马鞭。她也是我见到的唯一一个整天都在哭泣的女人。另一辆的车后面有8个孩子，还有1个小男孩在推车，他们艰难地前进着。草席里裹着床单、缝纫机、毯子、炊具还有床垫，马匹驮着装着粮食的麻袋，驴子挤在车上，山羊和绵羊都被拴在车后的挡板上……路上的人们沉重、缓慢地走着。

在垫了床单的驴身上坐着一个女人，怀里抱着个脸蛋红红的、可能出生还没两天的婴儿。母亲的头和

[1]加泰罗尼亚，现巴塞罗那所在的自治区。

乳房随着坐骑的运动一上一下地晃动着，婴儿黑色的头发沾满了尘土，都快变成灰色了。一个男人把驴子领向前，然后朝后看了看，又转回头继续看着前面。

“孩子是什么时候出生的？”我问他，我们的车在一旁慢慢地走着。“昨天。”他骄傲地说。车开走了，不管是走着的还是骑在驴上的人们，都抬头看着天。

接着，我们看到零零散散的士兵走在旁边，有的人身上扛着枪，有的人则没带任何武器。一开始只有少数的士兵，后来我们发现有一整个部队。正如我们所见，有的士兵们坐在大卡车上，有的在走路。卡车上装满了枪支，还有些坦克、反坦克炮和高射炮，与走路的士兵默契地保持在一条直线上。

我们继续向前走着，主路上到处都是难民，直到后来我们走到以前用于牛车的小路，才看到平民和军队。人们井然有序地、稳步地前进着，很多人的精神面貌看起来还不错。或许是受了今天的好天气的影响，所以如果要说这些人有一天会死，这可能都会让人觉得十分荒谬。

后来我们又看到了一些认识的人：以前见过的官员及来自纽约和芝加哥的战士。战士们还曾经给你讲述过敌人是如何袭击的，而他们又是如何拼命夺下甘德萨[1]的，美国人是怎样战斗并保卫莫拉[2]附近的埃布罗河[3]上的大桥的，还有他们是如何掩护撤退的队伍并守住了桥头堡而保住了城市的。

忽然，士兵队伍变小了，紧接着又有新的人潮拥了进来。道路变得更加拥堵了，我们的车根本无法开动。你能看见他们在桥上朝莫拉开炮，也能听到震耳欲聋的枪声。然而不知从哪又来了一群羊，让本就拥挤不堪的道路更加拥堵，牧羊人正忙着赶紧把它们赶开给坦克们让路。不过，还是没有看到飞机的影子。

在前面的某个地方，大桥仍是被把守住的，可能是因为有湍急的浊流，使得汽车无法开过去。所以，我们掉转车头，开往塔拉戈纳[4]和巴塞罗那，然后骑驴或马过去。那个女子把新生儿紧紧地用头巾包裹着抱在胸前，还用头巾盖住了孩子灰色的头发。母亲的身体还是随着驴子的脚步而上下簸动。她的丈夫在前面牵着驴，眼睛只盯着前面的路，我们向他招手也得

[1]甘德萨，加泰罗尼亚地区的城市。

[2]莫拉，托莱多省的直辖市。

[3]埃布罗河，伊比利亚半岛第二长的河流，也是完全在西班牙境内的最长的河流。发源于坎塔布里亚山脉，朝东南方流入地中海并形成了三角洲。

[4]塔拉戈纳，位于西班牙东北部的城市，濒临地中海。

不到任何回应。人们一边撤退，一边依旧侦察着天空。他们现在已经十分疲劳了。虽然飞机迟到了，还没有机影，不过他们有的是时间。

轰炸托尔托萨[1]

北美新闻联盟特派　1938年4月15日

西班牙托尔托萨

在我们的前方，能看见由梅塞施密特护航机保护着的15架亨克尔轻型轰炸机，一圈一圈地慢速飞着，就像等待着其他动物死去的秃鹫一般。每当它们经过某个位置，就会传来“轰”的爆炸声。当它们在光秃秃的山坡上方保持着固定队形盘旋的时候，第3架飞机就会出其不意地向下俯冲，其机枪便开始射击。反复如此的动作一直持续45分钟，而在山坡上做最后抵抗的一整个连的步兵就是这次俯冲和射击的对象。他们的职责就是守卫从巴塞罗那到瓦伦西亚的公路。

在这炎炎春日，天空万里无云，接连不断的轰炸

[1]托尔托萨（Tortosa），西班牙东北部城市，位于埃布罗河东岸，近地中海岸。

机飞向托尔托萨。当它们突然兴致来了投下炸弹时，腾起的黄色烟尘把埃布罗河边的小城都遮蔽了起来。伴随着一架架轰炸机的到来，烟尘一直不断，最后黄色的烟尘好像渐渐消落在了埃布罗河的峡谷中。只见巨大的萨伏以亚—马尔凯蒂轰炸机在阳光下闪烁着白色的光芒，一个机队接着另一个，不停歇地飞了过来。

在这个安静的下午，亨克尔轰炸机一直在我们的前方机械、单调地盘旋着、俯冲着。而在它们的下方，在岩石之间被匆忙挖出的洞里和地面的坑凹处藏着一个连的士兵，仍在坚持保持部队的前进。

午夜时分，政府发出通告，承认在圣马特奥及拉亚尼周边曾发生过战斗。其中指出，最大的防御阵地拉谭卡拉，即由陡峭山崖保卫着的从莫勒拉到芬纳罗斯的那段通往海边的公路，已经易手或被攻占了。

凌晨4点，我们立即出发奔赴前线。抬头望去，一轮满月把加泰罗尼亚的群山照得异常明亮，能清楚地看到凸出的柏树和从树上被砍下来的奇形怪状的枝杈。天即将亮的时候，我们从塔拉戈纳的古罗马城墙经过，而当太阳升高时，我们见到了第一批难民。

没过多长时间，我们见到了第一支突围的部队，其中两个梯队正在朝芬纳罗斯进发，第三个梯队朝伍德科纳进发，第四梯队从拉斯尼亚向圣巴巴拉方向前进，那个地方离托尔托萨只有大约13公里的路程。这次，西班牙内战中政府军著名将领阿兰德将军下令让纳瓦拉和莫尔斯的纵队从四路包抄到海边。官员们报告说，已经成功拿下了从圣马特奥到海边的卡利格的区域和圣乔治。

下午1点时，道路还很畅通，但是当阿兰德将军的部队今天晚上一到，路上就会竖起道路被切断或是正在开火的标志。与此同时，在身处加泰罗尼亚南面的城市伍德科纳的通讯员和一个军官所谈的地方就能清楚地听到机关枪射击的声音。那位军官的地图就摊开在一堵石墙上。

在阿兰德的军队经过圣拉斐尔，和我们只隔着一座桥距离的时候，这位军官十分冷静、谨慎且彬彬有礼地和我们谈话。我相信他是一位真正勇敢的、合格的战士，此时，他正忙着调遣他的装甲车。我们的车不是装甲的，所以我们决定返回圣巴巴拉，那的确是个漂亮的小镇，只是托尔托萨还在经受着战火的洗礼。

我们能找到很多理由从托尔托萨经过，然后去巴塞罗那，诸如生命、自由和对幸福的追求。所以，当我们的汽车到达托尔托萨，一个侍卫告诉我们桥已经被炸毁时，大家此时心里都很惶恐和担心，不由得想到那个我们设想过无数次的情况真的发生了。

“如果你们急着赶路，可以试试他们正在用木板修复的小桥能否通过。”侍卫说。

谢过侍卫的好心提醒，司机跳上车又开了一段，穿过了一长列车队，经过了炸弹炸出的大坑，那烧焦的地面绝对能把两辆卡车掩盖起来。然后我们到达了那座小桥，前面还有一辆驴车。

“你们不能去那儿。”守卫也看见了驴车，朝赶车的农民大喊。那辆车上装满了沉甸甸的谷子、家具、炊具和一大罐酒，所有的驴子都在拼尽全力拉车。由于没法让驴子掉头，桥就这样被堵住了。所以，你们的通讯员推着车，那个农民拖着驴子的脑袋慢慢地拉着车子往前走。我们的车跟在驴车后面，只能眼睁睁地、可惜地看着驴车那镶着铁皮的细轮子是如何破坏孩子们为了方便这座脆弱的小桥通车而匆忙钉下的光亮的木板的。男孩子们和海上遭遇灾难的船员一样，在努力地工作，尽快地捶打、钉钉子，或是锯东西。

在我们的右边，埃布罗河上一座铁桥的一部分已经落入了河里，其他的部分已经不翼而飞了。这次大轰炸共投下了48枚炸弹，从地面的大坑和路上的废墟能判断出每一枚炸弹大约有300~450磅。最终，托尔托萨大桥也未能幸运地逃脱被炸的命运。在城里，一辆汽油车上红红的火焰在嚣张地飞扬，从街道驶过，就像是在月球的火山口爬行。铁路桥还在，浮桥也快要建起来了，但不得不说这真是埃布罗河西岸的一个糟糕的夜晚。

托尔托萨冷静待战

北美新闻联盟特派　1938年4月18日

西班牙埃布罗河三角洲

今年的蛙全部都聚集在了灌溉渠里。如果你继续朝前走，会看到那些蛙三三两两地分布着，自由快乐地蹦跳着。在铁道旁的碎石子上，一队男孩儿伏在那里等待着什么，装好的刺刀尖对着快要生锈但仍在闪闪发亮的铁轨。他们的脸看起来和成年男人的脸没有什么不同，男孩儿经过了一个下午就变成了真正的男人，而此时他们正在等待战斗。

河的对岸，敌人已经抢占了桥头堡，炸散了从浮桥后面游过来的最后一支队伍。弹片从小城安博思塔穿过河面飞了过来，放肆地飞到了村庄和公路上。你可能听到了双重的枪声，然后是急速的布匹被撕裂的声音飞旋而来，各种脏东西就像喷泉一样绽了开来。

在炮火即将开始、还没来得及进行适当的观察和控制之时，战争前的景象总是奇怪地、死一般地沉寂，让人看不出任何危险的迹象。通讯员顺着铁路走下去，找了个地方观察弗朗哥的士兵在过河时会做些什么。而此时，你如果非要在战争中的紧要时刻直立行走，那你其实就是愚蠢地把自己置身于危险之中，千万不要逞一时的匹夫之勇，因为最后你可能会丢掉性命。

在托尔托萨的上空，飞机正在俯冲并打开机关枪扫射。德国飞机就像这个国家给人的印象一样井然有序，有条不紊。它们此时正在认真工作，如果你是它们工作内容的一部分，那可真是太不幸了。如果你和它们的工作没有任何关联，那你就可以像观看喂狮子一样走到离它们很近的地方观察它们。但如果它们的任务是扫射回去的路，那你就完了。如果不是亲眼所见，我不敢相信这真的是在紧张的战场上的士兵，因为他们完成任务后和下班回家的银行职员没有什么不同。

从托尔托萨的这些飞机战斗的方式来看，形势很是不妙。可在三角洲这块儿，跑火才刚开始准备，就像热身时的棒球投球手在候补投球区抛高球的情况一样。你走过了一段路，但是第二天你就有可能得为了保住性命而从上面全速跑过，一直跑到运河上与埃布罗河平行的、掌管河对岸整个城镇的白色房子那儿，因为法西斯们正在那里准备他们的进攻。

门被全锁上了，也无法上到房顶上去。但你能在运河边坚实的路面沿线看到有人正从树上滑到高高的绿色的岸边。整个城市到处都是政府军的炮火的声音，还能感受到房子和教堂的石屑飞来。很明显，那些地方是观察据点的最佳位置。即使这样，这仍然让人感受不到危险的气息。

在河对岸的你惴惴不安地整整待了3天，只是为了等阿兰德将军的军队的到来。突然，你看到骑兵、坦克还有装甲车都来了，你终于把悬着的心放下了。而现在，两支军队终于碰面了，也就预示着即将打响一场争夺埃布罗河的战役。尽管一切都是未知数，但是双方的相遇本身也算得上是某种解脱。

现在，正如你所见到，另一侧的河岸之上也有1个人从树上滑下来，不一会儿又来了3个。当他们的踪影消失不见时，突然传来了尖利的、逼近的机关枪的声音。从声音可以准确地知道有人正端着枪在四周走动，瞬间，之前所有的演习的感觉一下子都消失得无影无踪。你不得不佩服那些藏身在铁道旁的男孩是多么有先见之明，从现在起他们那儿就是战场了。从你置身的地方就可以看见全副武装的他们，一个个面无表情、神情专注地等待着重要时刻的到来。明天就轮到他们大显身手了。

炮火已经开始了，有两枚炮弹打在了关键的地方。在林间烟火熄灭的时候，你在通往托尔托萨主路的铁轨旁的地里捡了一堆早春的洋葱抱在怀里。这是今年春天的第一批洋葱，肉多且白，气味还不是很浓烈。埃布罗河三角洲的土地十分肥沃，如今长着香甜的洋葱，可是明天这里就将有一场惨烈的战斗。

美国的现实主义

《肯》[1] 1938年8月11日

问：战争是什么？

答：战争就是凭借暴力手段迫使敌人屈服于我们的意志的行为。

问：战争的初衷是什么？

答：是让敌人放下武器。

问：那为了达到这个目标需要做什么呢？

答：首先，必须要完全消灭对方的军事力量，削弱对方继续抗争的能力。其次，必须完全征服对方的国家，否则不久后又会遇到新的麻烦，那些新的军事

[1]美国左派杂志。

力量又会集结。最后，必须让敌人投降。

问：那有其他什么方法可以不通过这三条就把我们的意志施加到敌人的身上去吗？

答：有，侵略，占领敌人的领土。不是本着维护他们国家的目的，而是从中攫取利益，或是彻底摧毁它。

问：一个国家如果处于防守状态，能否赢得战争？

答：可以。这种来自单纯防御的消极意图也是战胜敌人的一种自然手段，实质上就是在时间上拖垮他们。这种消极目的是一切单纯抵抗手段的着眼点，并且能给战争提供一种优势，如果这种优势能够强大到与敌方在人数上的优势相平衡，那么时间上的拖延就可以说是作了巨大的贡献，能大大削弱敌方的战斗力量，从而使之与我方实力相差悬殊，这样敌方就不得不投降。我们在历史上也能找到使用这种手段或是持久战术而最后以弱胜强的例子。

腓特烈大帝[1]在7年战争[2]期间，实力并不强，和奥地利王国相比差距很大。如果他最初的目标是超过奥地利的军事力量，那最后只能落得跟查理十二世[3]一样的下场，被自己压垮。但是，腓特烈大帝很好地使有限的资源发挥出了巨大的功效。7年的抗战结束后，战争的力度远远超过他们自己的想象，最后他们也收获了和平。

在克劳塞维茨[4]那里能找到答案，他对这一切很

[1]腓特烈大帝（Frederick the Great,1712—1786年），腓特烈二世，普鲁士国王，史称腓特烈大帝，军事家，作曲家。其统治时期，普鲁士军事大规模发展，领土扩张，文化艺术得到赞助，使普鲁士成为德意志的霸主。在7年的战争中，腓特烈大帝凭借惊人的毅力和顽强的作战，以普鲁士一个小国之力，独立抵抗法、俄、奥三大强国。

[2]7年战争（1756—1763年），由于普鲁士的侵略政策与奥地利和俄国的国际政治利益发生冲突，导致的在欧洲、北美洲、印度等广大地域和海域进行的争夺殖民地和领土的战争。这次战争对于18世纪后半期国际格局的形成和军事学术的发展均产生了深远影响。由于此次战争涉及国家较多，也被温斯顿·丘吉尔称为真正的第一次世界大战。

[3]查理十二世（1682—1718年），瑞典军队的统帅，发萨王朝的第10代国王。他在拥有军事优势的情况下展开军事活动，并屡获大胜，可在进攻俄国失败后一蹶不振，最后丧失了北方霸主的地位。

[4]克劳塞维茨（1780—1831年），全称卡尔·菲利普·戈特弗里德·冯·克劳塞维茨，德国军事理论家和军事历史学家，普鲁士军队少将。1792年，他参加普鲁士军队。1795年晋升为军官，自修了战略学、战术学和军事历史学，著有《战争论》一书。

了解。虽然他的书的确枯燥、难懂，还有很多废话，但是里面也有很多关于古代战争的思想，还有西班牙共和国应该继续战斗的先例。如果你仔细研读克劳塞维茨关于防御的两个章节，就会找到西班牙为什么能支撑这么久的原因。

西班牙的战争已经持续了两年，中国的战争也已经一年了。而到了明年夏天，欧洲国家也将会开战。

原先人们预测战争会在临近5月21日的时候开始，但现在是8月了，战争还没如预期中的那样到来。或许战争会被推迟到明年夏天，不管是什么时间，但可以肯定的是，它会来的。

现在我们再好好想想，战争到底是什么？如果我们把战争说成是谋杀，这种说法是站不住脚的，进攻性的战争是不可辩解的。但来看看克劳塞维茨是怎么说的？他把战争说成是“履行国家意志的其他手段”。

那么到底什么时候会开始新的战争呢？现在唯一能百分之百确定的是，拉开战争序幕的一切细节都已准备完毕，虽然还不知道它到底什么时候会来？

“战争的双方如果是因纷争而开战，那么他们是受了敌意的驱使。只要他们还没有解除武装，那么他们就没有和解，这种敌意就还在。这时，除非有一方能冷静下来等待更好的时机再采取行动，否则战争就没有停歇的时候。”这也是克劳塞维茨说的。

“当政治家知道已经把武器准备好而战争已经到了无法避免时，他会考虑是否率先主动出击，他会对自己的祖国怀着一种负罪感。”这是科尔玛·冯·德·戈尔茨[1]说的。

张伯伦先生和他的喉舌们一直向我们美国人鼓吹应该做现实主义者。可是为什么不做现实主义者呢？并不是张伯伦所说的那种现实主义者，不是那种对英国的政策积极鼓吹但一旦英国开战就败下阵来的现实主义者，而是美国式的现实主义者。

欧洲就快要开战了，我们作为现实主义者，应当做些什么呢？

首先，我们想做局外人。因为战争开始后，我们除了眼前的一点好处，根本不能从中获取其他任何好处。而唯一能让自己置身局外的办法就是不要和战争沾上任何关系，不对任何一方出售战备物资。如果我们这么做，英国及其在美国国会的追随者一定会想法逼迫我们出售物资，只不过这会被上升到最高的人道主义的高度，而不是私下的肮脏交易。而战争的另外

[1]科尔玛·冯·德·戈尔茨（Colmar Freiherr von der Goltz,1843—1916年），一般称为戈尔茨男爵或者戈尔茨帕夏，普鲁士军人，军事历史学家，德意志帝国陆军元帅，人民战争理论的开创者，土耳其陆军的重建者。

一方也一定会想法说服我们出售物资，不过英国是最有手段也是最在理的。

德国人有种与生俱来的气质，就是会故意激怒旁人，惹恼其他国家并找各种借口。原本以为霍亨索伦王朝[1]已经做到了极致，但谁能料到纳粹更坏。上一次只有一个路西塔尼亚号[2]，而这一次能轻易地列举出六七个类似的事件来。

你可能想象不到轰炸了格尔尼卡[3]和巴塞罗那平民的纳粹竟然连诺曼底和玛丽女王号[4]的炮火都能抵抗得了。所以美国人应该吸取教训，在战争即将到来之时先试试自己的战舰是否具备实力与之对抗，或者

---

[1]霍亨索伦（Hohenzollerns），是欧洲的一个王室，也是欧洲历史上的著名王朝。为勃兰登堡-普鲁士及德意志帝国的主要统治家族。

[2]路西塔尼亚号（Rms,Lusitania）,是一艘英国豪华客船，1915年5月7日在爱尔兰外海被德国潜艇U-20击沉，共造成1198人死亡。由于伤亡者中包括大量美国人，路西塔尼亚号的沉没成为美国参加一战的导火索之一。

[3]格尔尼卡，西班牙巴斯克自治省的城市。

[4]玛丽女王号，被英国皇家海军誉为“最佳炮术战舰”。1916年5月31日参加日德兰海战，在战斗中遭到德国战列巡洋舰德弗林格尔号与塞德利兹号集中射击，因主炮塔弹药库发生爆炸而沉没。1266名官兵中只有20人被驱逐舰救起。

下定决心为法国之线[1]和丘纳德[2]而战斗。

如果你想成为一个真正的现实主义者，那么决定是否参战是你首先要考虑的问题。在战争一定会发生的形势下，我们现在有很多参战的理由。如果不想和战争扯上关系，就得赶紧下定决心置身局外。可是怎么理解置身局外然后宣布破产的问题呢？一旦我们决定要做局外人，其实可以向战争双方出售物资来大赚一笔。但是此时，你又会被牵扯到战争中去，即使你让他们必须用现金付款，不赊账。我们总会被其中一方牵扯，最后不得已为了欠款而加入战争，帮助他们赢得胜利，这样才能顺利拿到欠款。当然，如果要求现金必须是金子，情况会好些。不管怎么样，陷入这样的债务战争不得不说是十分可笑的。

其次，为了避免被牵扯进战争而又想获得利益，我们的物资绝对不能通过用美国的船运送到交战国去，而美国的船只也不能运送任何军事物资。让那些买得起物资的交战国派船、付现金亲自来购买。这样一来，即使货船沉了也不能把责任推给我们，而且沉的船越多越好。

[1]法国之线，法国著名造船公司，主要生产远洋航船，也生产战舰。

[2]丘纳德，英国著名造船公司。

这样我们又可以把我们在上一次世界大战中制造的那种优质、速成、廉价的船卖给他们，同样是现金交易。如此，我们卖出的东西都变成现金，再将其用于本国的生产中，以发展我国的经济。

按这个策略施行，就算是盖世太保焚烧船坞，我们也不会陷入战争。我们是安全的。他们破坏得越多就越对我们有利。如果他们的舰艇也沉了，我们就再造些给他们，同样是用现金付款。

让那些欧洲的绅士们战斗吧。如果他们付现金，就看看他们能撑多久。张伯伦先生，为何不做现实主义者呢？为什么不呢？或者，你不想奉陪到底。

事情的真相

《肯》　1938年9月22日

去年4月底在马德里的佛罗里达酒店，我恰巧遇到过一个记者。他是那天下午晚些时候来的，提前了一个晚上从瓦伦西亚赶来。这个人身材高挑，两只眼睛神采奕奕，有些秃的脑门被几缕金色的头发小心翼翼地保护着。之后，他把自己关在房间里写了一天的东西。

“你对马德里印象如何？”我问他。

“这里实在是太恐怖了，”这个记者说，“无论到哪儿都能看到战争的踪影，到处都能看到凄惨的尸体，实在是太恐怖了。”

“你什么时候来的？”我问。

“昨晚。”

“你在哪儿看到的那些尸体？”

“难道你没看见吗？到处都有，”他说，“尤其是一大清早的时候。”

“你早晨出去了吗？”

“没有。”

“你看到那些尸体了吗？”

“没有，”他说，“但是我知道外面一定有。”

“你这么确信，是否是看到了什么可怕的证据？”

“哦，那边。”他说，“你不能否认。”

“你亲眼看到了什么？”

“虽然我没有时间亲自去看，但我知道它们是存在的。”

“嘿，伙计，听着，”我说，“你是昨天夜里到这儿的。你根本都没有走出你的房间去认真看看，根本就不知道外面的情况，就一直靠自己的猜想认为这里很恐怖。”

“但你不能否认这里确实很恐怖，”这个记者说，“到处都能找到证据。”

“可是，你刚才不是说自己没有亲眼见到任何证据吗？”

“到处都是证据。”这个伟大的人说。

于是，我告诉他马德里住着6个和我们一样的记者，他们的任务是只要发生了恐怖事件，就立即去挖掘、报道。在安全局里面，我还有十分可靠的老朋友，从他那我了解到有个月以间谍罪枪决了3个人。我也曾被邀请去观看一场处决，但是因为我当时在前线，只好在回来后等下一场。还有叛乱分子被以“不受管束罪”枪决。但是，有好几个月马德里和欧洲任何一个大城市一样，算得上是一个十分安全、警戒得力的城市，根本不存在他所说的恐怖事件。那些被枪决的人都被放入了陈尸所，如果想确认事实，他和其他记者一样，可以自己去查证。

“但是你别想否认恐怖事件的存在，”他说，“你知道它是存在的。”

听到这强词夺理的话，要不是看他现在是一家著名报纸的通讯员，而我又很尊重那家报社，否则我真想撕烂他的嘴，打他一顿。这样的人只会凭自己的臆想对事实添油加醋，然后把不实的消息传出去。另外，我们这次是在一个美国女记者的房间里会面的。我对这丝毫不乐观，因为他戴着有色眼镜看问题。

那个美国女记者就要离开这个国家了。就在同一天，他给了她一个封了口的信封让她带走。在战时把封好了的信交给别人带出境是不被允许的，但这个无知无畏的家伙试图说服那个美国女孩把这封信安全地送到报社，告诉她信封里装的是已经被审查过的从特鲁埃尔前线带来的稿件副本而已。

第二天，女孩说起她在帮那个人捎信。

“密封的信，是不是？”我问她。

“是的。”

“如果你不想有什么麻烦，最好让我交给监察局看看。”

“这会有什么麻烦？只不过是一篇已经被审查过的通讯稿副本而已。”

“那你亲自看过了吗？”

“没有，但他是这么说的。”

“姑娘，千万别轻信一个秃子。”我说。

“可纳粹悬赏2万英镑要他的人头，”她说，“所以他应该是值得信任的。”

不过美国姑娘还是把信交给我带到了监察局。而在监察局，铁一般的事实证明了那的确不是如他所说的只是一篇从特鲁埃尔前线带来的通讯稿，而是一篇如此措辞的文章："马德里现在正被恐怖的氛围所笼罩，在街市上，到处都能看到成千上万的尸体……"简直是胡编乱造，他可真是可恶的说谎的记者。这个人没出酒店大门就写了这篇文章。最可恶的是，如果这个单纯的姑娘被发现随身带着这样一封信，按照战时的规定，是要被以间谍罪处决的。整篇通讯稿就是一个谎言，而那个家伙竟然无耻地不顾一个信任他的女孩的生命而要把它带出国去，实在是无耻至极！

那天晚上在格兰维亚餐馆，我给许多正努力工作、无政治党派、直击现场的记者讲了这个故事，他们都曾在马德里冒着生命危险工作，并且在政府掌控局势而停止一切恐怖活动之后否认马德里有恐怖活动存在。

他们对这个刚来到马德里就胡乱传播谣言并因此会让他们所有人都背上骗子的名声的家伙很是气愤。

"我们有必要去好好问问他，纳粹到底有没有拿2万英镑悬赏他的人头。"有人说，"必须要举报他，不然后患无穷。这个人就应该被枪毙。如果我们知道纳粹的地址，一定用干冰包着他的头邮寄过去。"

"那绝对不会是个漂亮的脑袋，但我还是想用麻袋亲自把他的头送走。"我自告奋勇，"1929年以后，我就再也没见过2万英镑长什么样了。”

“让我来问问他。”一个著名的芝加哥记者说。

只见他走到了那家伙的桌子前，低声地和他说了些什么，然后我们就看见两个人走了过来。

我们都紧紧盯着那个说谎的人，只见他的脸色像上午11点集市快要结束却还没被卖出去的比目鱼一样苍白。

“他说没人悬赏他的人头，”芝加哥记者用他细细的、充满磁性的声音说，“他承认那是他的一个编辑捏造的。”

以上就是一个说谎的记者如何失去了在马德里制造“一个人的恐怖活动”的机会。

如果监察制度不允许新闻人描写事实，而正直的记者会因违规而遭到被驱逐的惩罚；或者，他可以去别的国家写不受监察的通讯稿。但是我们文中所说的这个人却被逼在自己获得勇敢无畏的名誉的同时，害得其他人来承担风险。最重要的是，那个时期的马德里确实不存在恐怖活动。

这个故事应该会很受那人供职的报社的喜欢，因为它就是以长时间披露事实而著称的。

怀俄明州的克拉克斯叉谷

《时尚》 1938年9月22日

在夏季的尾声，大鳟鱼会从溪流的中间跃出水面，它们离开池子去河的上游，等到冬天的时候再回到下游水深的地方过冬。在9月的第一个星期，你能见识到奇妙的“苍蝇垂钓法”。别急，听我慢慢道来：鳟鱼全身是光滑的、亮闪闪的，而且还很重，一见到苍蝇，几乎所有的鳟鱼都会跳起来争抢。如果你能抓到两只苍蝇，那么不出什么意外就能钓到两条鳟鱼，之后就能借湍急的溪水顺便处理一下。

这里的夜寒冷异常，如果你在夜里醒来，还能够听到土狼的叫声。河水也很冷，你无需一大早就去河边，等到接近中午时才会有太阳照在河上，你那时再出发也不晚。

早上，你可以骑骑马，或者慵懒地坐在小屋门口享受阳光的温暖。望向峡谷那边，干草都已经被收割完了，和河岸平行的棕色的牧场变成了秋天的黄色。放眼望去，绵延不绝的山峦，洋紫苏在阳光下闪着银灰色的光芒。

沿河而上是派拉特和印戴克斯两座山峰[1]，我们准备在那个月稍晚些的时候去那儿捕山绵羊。到时候你可以坐在太阳底下，好好看看眼前线条明朗的山峦，你还会想起自己在来的路上远远看到它们的时候的印象。你会发现，这些山峦和你之前越过的那么多支离破碎的岩石的情况并不一样；也跟之前你衣衫尽湿、不敢下顾的感觉不同，现在往下面瞅瞅，山峰平整得像几何图形一样。你爬到一个宽敞开阔的地方往下看，还能看到在一处高高的长满杂草的断裂岩壁之间，1头老公羊和3头小公羊正在吃着杜松草。

老公羊是紫灰色的，臀部是白的。当它抬起头，你还能清楚地看到它那极度卷曲的羊角，在绿色的杜松草丛中，它那白色的臀部很是显眼，让你不得不注意它。等风停了，你可以躺在一块岩石旁边，拿起蔡司望远镜，惬意、仔细地观察方圆3英里的每一寸土地。

现在你坐在小屋前，脑中还在回想着刚才开枪的情景：老公羊被一枪打中，其他3头年轻的羊听到声响同时转过了头，盯着老公羊，似乎在等着它重新站起身来。它们站在那块高高的崖壁上，根本看不到你的身影，也无法过来。那枪声对它们来说和从高处滚

[1]美国大黄石区的山峰。

落的一块砾石没什么区别。

你还会回忆起这座小木屋是那年我们在提伯溪的源头建造的，每当我们不在家时，就会有头调皮的大灰熊跑来拆掉小屋的木条。那年的冬天，雪来得太晚，所以那头熊没有冬眠，整个冬天它都精神十足地在拆木屋和毁坏陷阱。可是你逮不到它，因为它实在是太聪明了，从未在白天让你发现它。你还回忆起在格兰多尔溪的那次，有3头灰熊跑来。你突然听到一棵树被折断的声音，你原本以为是麋鹿在打架，接着就看到了那几头熊，在支离破碎的树影之下悠然地走开。傍晚的阳光透过树影洒在它们身上，让它们的皮毛看起来像柔软、闪着银色光芒的外套。

你还回忆起秋天麋鹿的哀嚎声，公牛离你很近，甚至能在它抬头时看清它胸前肌肉的起伏，虽然你看不到被厚厚的树枝遮住的牛头，但是你能听到对面山谷传来的深沉、逐渐升高的口哨声和回音。这时，你想到了那些自己放弃猎杀的所有动物，真心为自己没有杀死它们而感到高兴。

你回忆起孩子们学骑马的事情。回忆起他们是怎样学会骑不同的马，又是如何地喜爱这里的。你回忆起你初次踏上这片土地时它的样子，以及为了拉出陷进泥潭的车子，竟花了整整4个月的时间等待地面冻结实了的那一年。你也会想起所有打猎、钓鱼、骑马的夏日时光，还有货运火车带来的尘土，以及冰冷的秋日里骑行在寂静的山岭之中，跟随着朝山上行进的牛群，发现它们竟然和鹿一样安静，只有当它们成群结队地被迫向低处进发时才会发出嘈杂的嚎叫。

接下来就是冬天了，雪花漫天飞舞，跳出一支美丽的舞蹈。所有的树都失去了叶子做的衣服，光秃秃的。马鞍被雪花弄湿了，等你过会儿下山的时候就结起了冰。在雪白的山野里，你在雪地里开辟出一条路来，试着活动一下双腿，然后涌上一股如威士忌般突然的、急速的温暖，就像你到达牧场后在巨大的壁炉前换衣服的感觉一样。这可真是个好地方。

拉尔夫·英格索尔对海明威的访谈

《图片杂志》 1941年6月9日

【编者按】本文是1941年海明威从远东战场回到纽约后不久在他的酒店房间里采访录制的。此前，海明威就是被著名的《图片杂志》[1]报纸的发行人英格

[1]拉尔夫·英格索尔创办的左翼刊物，于1940—1948年间出版发行。

索尔先生派遣到远东去的，观察是否可以避免对日的战争。这个访谈是海明威一系列文章的引子，定稿前还经过了海明威本人的修正，是一次货真价实的采访。

1月份，欧内斯特·海明威去了中国，那是他从未去过的地方。他想去那里看看蒋介石和日本人之间的战争发展到了什么地步，那些关于中国内战的威胁的报道是否真实可信，即将签订的《俄日协定》会有怎样的内容，当然最重要的还是我们在东方的位置会是怎样的。作为反法西斯的主导力量和一个拥有1.3亿人民，与世界其他地区有着广泛经济往来的国家，我们的定位是什么？假设我们与世界其他地区是生死攸关的经济关系，那么那些地区的安全是否跟我们关系密切？什么样的事件最终会导致我们对日本宣战？如果我们不对日本宣战，什么样的条件才能让日本保持其在太平洋地区的现有地位？海明威想要为他自己、为你我找出这些问题的答案。

大多数人只知道欧内斯特·海明威小说家的身份，因为他的小说实在是太出名了，以至于人们都忽略了他的另外两个身份，而这两个身份中的任何一个也都是世界闻名的。

海明威在还未成为著名小说作家的很久之前，就是一个非常有名的战地记者了。他在第一次世界大战中如实而出色地报道了地中海地区的战斗和相当于小规模第二次世界大战的西班牙战争。

同时，海明威还是一个军事专家。他对战争的各个方面了如指掌，不管是从机关枪到炮位，还是从军事策略到增强平民士气的演习再到战争的产业组织，没有他不懂的。他研究这些东西已经有20年之久了。

所以，海明威去中国并不是度假游玩的，他是以学生和专家的身份去的。他的名声也让他获得了其他外国记者从未有过的进入前线考察的特殊机会，并且能够平等地与操控远东战争的首脑谈话。

欧内斯特·海明威去中国的时候，《图片杂志》与他达成了协议：如果遇到紧急的情况，那他就留在那里通过无线电报道战事；而如果情况稳定，他就得进行每天的记录，在他完成整个调研之前不可以进行写作，等他回到国内有了时间和观察的角度再进行写作，这样一来就能保证他的作品有长久的价值而不仅仅是临时的每日通讯。

这里就是明天将要发表的报道文章。

与此同时，我和海明威先生对他的这次远行仔细讨论过。以下是他的所到之处和所见所闻，即他的报道的背景。

欧内斯特·海明威去中国时，还带着他的妻子玛莎·盖尔霍恩。海明威的太太是《矿工》的特约记者，她的文章总是先于海明威的被发表出来。他们的第一站是香港，夫妇二人是乘坐泛美航空的飞机到达那里的。

海明威在香港住了一个月。在那里，他不仅可以跟随中国人，还能够和他们的敌人谈话，因为在香港日本人被允许自由进出。事实上，他们穿着工装外套，用正式的酒宴庆祝天皇的生日。英国海军和军事智囊也在那儿，当然还有我们的海军和军事智囊。反共势力和中国中间派也在那里。

我们问海明威在香港的感觉怎么样，他说，由于危险的气氛已经蔓延了很久，人们早就适应了这种紧张的环境，习以为常了。甚至还能看到整个城市透着一种说不清的欢乐气氛。不管在哪个英国殖民地，最稳定的因素就是照常过日子的英国妇女了。不过，在那里也能看到紧急撤离，但从整体上来看，士气还是很高的。

“香港至少有500个中国的百万富翁。因为发生在前线的战事太多了，在上海的恐怖事件也太多了。随着这500个百万富翁的出现，也带来了另一种现象——就是多了很多从中国各地而来的美女，她们都属于这500个富翁。这对于那些样貌不怎么美的女人来说，确实不是一件很好的事情，因为英国的法律明文规定，娼妓在香港是不合法的，因此也不存在对她们的管理。这带来的后果就是香港的5000个暗娼，她们在夜间街头的聚集简直就是'战争特色'。"

香港到底驻扎了多少军队？这毫无疑问是个军事机密。海明威知道确切的数字，但那不在我们《图片杂志》的审查范围之内，他只是用"十分充足"来报道香港的防御装备。

"一旦真的沦陷，食物才是香港的主要问题。那里有150万人，他们都需要食物。"

他继续说："更严重的是污水问题。香港没有抽水马桶，也没有下水道，都是由苦力在夜里搜集那些污水、粪便，然后拉到郊外卖给农民。如果运污水的渠道被封，就只能被倒在街上，可想而知霍乱是如何流行的。之所以这么说是因为确实有两个晚上由于演习而封锁了街道，结果的确导致了霍乱流行。"

"然而，现在，"海明威继续说，"食品很充足而且质量也很好，香港还有些世界著名的好餐馆，有来自欧洲的，也有中国本地的。另外还有赛马、橄榄球和足球俱乐部。”

在香港住了1个月后，海明威和太太乘坐中国航空飞到了南荣。这架飞机带着海明威飞越了日本占领区。接着，海明威开车抵达了第七战区的总部所在地——韶关。

中国的战场一共被分成了八块区域，而海明威为什么偏偏选择了第七战区呢？他说自己是想研究典型的中国战区，而第七战区最终将会是最具反攻潜力的区域。

他对中国战区的组织情况进行了全面的研究，从总部到军、师、旅、团以至前锋部队。

海明威访问了一支国民党的军队，那是中国政府的正规军，而不是共产党的军队——国民党的军队热烈欢迎记者们的到访，已经有很多作品都对他们进行了描写。这是第一次由美国记者在前线对中国的正规军做如此深入的调研。

我们向海明威询问了一些关于中国军队的情况，他说：“中国的正规军共有300个师，其中有一级师200个，二级师100个。每个师大约有1万名士兵，在这300个师之外的就是共产党的军队。共产党占领了十分重要的战略地带，他们也进行了令人佩服且精彩的战斗。但是，这占领了几乎与国民党军队占领区同等面积区域的另外297个师却还从没有被访问过。虽然共产党对记者的到来持欢迎态度，但是他们有着严格的审查制度，很难获得进入的许可。此外，记者根本没有被允许与前锋部队接触。”

海明威还说了他没有先去采访共产党军队的原因，因为埃德加·斯诺、史沫特莱等已经对他们进行了很好的描写了。

国民党军队的新闻之所以重要，不仅仅是因为它从没有被报道过，更因为国民党掌握着大量部队，而它们的力量能够帮助我们美国人在准备防御太平洋的战争中牵制日本的力量。

海明威在前线待了1个月，没受到任何特殊待遇，和士兵同吃同住，随部队前往任何地方。他先是乘舢板顺河南下，然后骑马，最后步行。海明威太太曾经一连12天都没有干衣服可换。

他们还观察到了诸如蛇酒和鸟酒的细节。海明威形容蛇酒是“一种底部沉淀着许多卷曲的、死的小蛇的米酒”。他说：“蛇的药用价值很高。鸟酒也是米酒，瓶子的底部沉淀有死了的布谷鸟。”

海明威对蛇酒表现出很大的兴趣，他说蛇酒可以治疗脱发，还说要给朋友带几瓶回去。

海明威在前线待了1个月后，就乘舢板、汽车和火车去了桂林。这一次的行程并不在原有的计划中，只是因为之前的两个月他一直听别人说“桂林山水甲天下”，于是，他们特地去了这个美丽的地方一看究竟，还对这个中国最美的地方进行了报道：“有很多看似绵延却只有300英尺高的小山，它们的形象在中国的书刊、画报上很常见，你以为那是艺术家的创造，没想到却只是对桂林山水的临摹。那里还有一个著名的岩洞，现在用于防空，可以容纳3万人。”

之后，他们乘坐了一架安排好的运送现钞的战斗机从桂林到重庆。这架飞机就是大多数在我们的航线上飞的那种——格拉斯DC-3，除了坐人的座位，剩下的座位上放的都是银行的钞票。

中国国家航空公司控制中国所有的航线。其中，中国政府占有其51%，其他的49%由我们的泛美航空公司掌握并负责运营。

海明威说：“他们使用DC-2、DC-3机型，但在飞越不足7000英尺高的山脉时，使用只能作短途飞行的老式神鹰双翼飞机。比如，有人1周之内从香港飞往重庆3次。不过，买机票和学术问题一样难，总是要排很长的队，遇到有优先特权的人，你还得继续等待。”

在“特殊优待”总是不来之时，海明威租了一架扶提单发动机低翼飞机，然后，优待来了。

到了重庆后，海明威夫妇了解到很多关于中国的事情。他们花了一下午的时间和蒋介石会面，翻译是蒋介石夫人。不过海明威也注意到当谈到军事话题时，蒋委员长是能听懂那些英语术语的。他还结识了中国的财政部长孔先生，以及教育部长、交通部长、军事部长和各种各样的将军及工作人员。

“重庆，”他报道说，“在去年8月25日到今年5月3日期间并没有遭到严重的轰炸——由于冬天能见度较低，重庆就没有被轰炸。”

重庆的酒店让海明威很满意，不仅有充足的食物，还有热水。实际上，他发现自己到过的每一个地方都能看到食物储备充足，并不需要限量供给，即使在农村也是如此。他说，在战争中他根本没见到任何会因食物短缺而战败的迹象，他所见到的情况和西班牙的情况完全不同。

“但是，”他说，“中国的食物价格很高。确切地说，中国地域广大，有些地区由于干旱欠收，本地的粮食供应量很少。加上糟糕的交通状况，粮食无法运到需要的地方去。这种情况在山西省南部和其他一些北方的省份是很普遍的。不过总的来说，今年粮食的状况还是很好的。”

我们问海明威，为什么有人去了中国，回来后却说中国的经济状况“十分糟糕”。

他说：“当人们从美国去中国时，他们认为那里的一切都在水深火热之中，而如果考虑到中国是身陷战争的第4年的事实，能有这样的情况还是不错的。国内的通货膨胀比起其他打了4年仗的国家来算不上严重。即使是欧洲国家，在身陷战争的第4年也比不上中国的现状。”

他认为，“中国一定要进行彻底的货币改革，理论上来讲是为了防止日本人买断他们的货币。日本人把他们自己的货币卖出再买进中国的——现在，美国正在支持中国的货币，”他说，“我认为这并不难控制。我个人的看法是中国最终必须要在大米的基础上调整货币，因为大米就是中国的黄金，只有基于大米标准的货币才能预防那种让人民连食物都没法买得起的通货膨胀的发生。”

海明威夫妇第一次到重庆的时候在那儿待了大约8天，期间一直在跟人交谈。海明威一日三餐都是和政府官员共同进餐的。

8天后，海明威飞到了成都，去参观中国的军事院校——那是蒋介石训练他的军官和学员的地方。他还观察到这个地区建立了飞行学校和机场。同样，作为一位军校的客人，他还幸运地得到了去了解整个中国军事体系的机会。

“那所军校，”他说，“已经是万事俱备。由德国的亚历山大·冯·法肯豪森将军[1]组建，教授都是在德国受过训练的中国人。”

海明威从中国的西点军校飞回重庆，而后乘另一架飞机向南飞往滇缅公路。在路上，他看到有卡车在穿行。我们向他求证滇缅公路被切断的报道是否属实，他说：“有些地方的桥确实被毁坏了，但并不完全妨碍交通，因为中国有一个很有效率的轮船系统可取而代之。在昆明，日军几乎每天都会对这条公路进行轰炸，但这并不是很有效的策略，一方面是因为有轮船，另一方面是因为他们建桥的速度十分迅速。”

---

[1]亚历山大·冯·法肯豪森，1930年退休后到中国担任蒋介石的军事顾问，后被纳粹德国召回，因反对希特勒而被送往集中营。

海明威说："滇缅公路中国部分的指挥部现在是由包括美国前红十字会主席哈里·贝克博士在内的委员会负责。如果贝克博士能够获得同一委员会的其他成员的支持，应该会实行很多交通方面的改革。"

从地图上能找到的、离滇缅公路很远的腊戍[1]出发，海明威乘车去了曼德勒[2]，然后换乘火车前往仰光[3]。一路上，他研究了滇缅公路的问题，并为我们描绘了以下的画面：

"第一个问题是怎样从海岸线把物资运到公路上。有两种方法：一种是通过滇缅铁路，另一种是河运。目前都是靠火车运送所有的物资。铁路归缅甸所有，与河运的竞争异常激烈。河上交通由一家名为'伊洛瓦底江舰队'的苏格兰公司控制。伊洛瓦底江[4]一直可以通航到巴莫[5]。你可以查查地图，因为它越来越

[1]腊戍（Lashio），缅甸北部城市。

[2]曼德勒（Mandalay），缅甸第二大城市，位于缅甸中部偏北的内陆。

[3]仰光，缅甸最大城市，也是仰光省省府所在地，原为缅甸首都（2005年11月6日迁至内比都），人口约500万（2000年统计），面积为312平方英里，位于仰光河河岸，伊洛瓦底江三角洲。1824年5月11日，被英国军队占领。

[4]伊洛瓦底江（Irrawaddy River），亚洲中南半岛大河之一，缅甸的第一大河，流经中国云南。

[5]巴莫（Bhamo），缅甸最北部城市。

重要了。在巴莫，已经建好了一条过渡性的公路。你在地图上能看到，它把滇缅公路艰险多山的一段切断了，于是货物可以从海岸线一直运到河上。其实，这条从仰光走河道到达滇缅公路的新路线，包含着一条阻碍日本人袭击的切断路线。”

“以前的路线，”他接着说，“从腊戌到昆明的铁路仍然畅通，船运可以使用从仰光流经曼德勒通向腊戌的河流。”

“这样，就能把两种方法都用上了。”

“第三种方法，”他继续道，“目前还正在筹划中。先走水路然后换铁路到达一个叫密支那的地方，如果你对缅甸问题很感兴趣，那你可以自己认真看看地图。这样你会发现，如果把密支那作为军需站的话，从密支那到大理的509英里的滇缅路线被一段200英里的空中航线取代了，那么从大理到昆明就只剩下197英里了。”

“从大理到昆明这197英里都是下山的路，沿途没有桥或者峡谷，日军就没有办法实施轰炸来困住我们的部队。货机在空中只飞行200英里的话根本不需要在中国加油。”

“因此，”海明威解释道，“暂且不算民间连续不断从海岸线运往内地的供给，中国已有了3条之多的路子从南方输送物资。”

海明威仔细研究了这些交通状况并谈到了其中的深远意义。他没有写下细节，因为他不想让日本人知道具体的消息。

值得注意的是，现在从中国通往苏联的陆路仍未被切断，还是畅通无阻的，而与此同时中国仍然在接受着苏联的援助。正如海明威在一篇文章中所提到的那样，人们第一次意识到日本切断中国的交通会带来多么大的影响。

“假设日本人切断的路线被看作是1，而那些由于效率低下、贪污和各项繁琐的手续被切断的道路就是2。换句话说，如果就仰光到重庆的路线来说，效率低下、贪污和各种繁文缛节造成的麻烦相当于日军5倍的轰炸威力。这也是贝克博士必须要解决的问题。”

听到这个倍数，我们震撼不已。我们请海明威再多详细解释一下原因。他说：

“在中国，资金到账以前所有的建设项目的行动都是迅速的。中国人已经做了多个世纪的生意了，所以每当事情变成‘生意’的时候，人们的行动就会慢下来。不过一旦委员长下令办一件不掺杂金钱利益的事，往往就能立即办好；可如果涉及任何金钱利益，马上就会慢下来。这不能去责怪任何一个人，因为这是中国由来已久的传统了。”

“在滇缅公路上，能看到有司机为了获得个人利益在卖汽油，还有人扔掉车上载的物资然后去拉载乘客。我亲眼看见过被丢弃在路边的物资，当然并不是真的被扔了，之后盟军会捡起来的。”

“路上的警察系统的作用并不大，在每条公路的入口、中途和出口本应该对行驶的车辆进行检查，但是在这条路上却并不常见，这也是贝克博士的委员会需要解决的大问题。公路在刚开放的时候，总会对一些事情难以控制。有些在中国以外指挥交通公司的人并没有对他们的组织进行有效的操控。现在，委员长也意识到了这方面的重要性，因此采取了一些措施。”

海明威对我们说，局势并没有因为缅甸而有所好转。他说：“缅甸是一个充满了繁文缛节的国度，所有的事务都进行得十分缓慢。比如，一个军事专员想从仰光运送一批食物到昆明，那么他为了办理好各种所需的手续就需要在仰光花整整两天的时间。这种情况比起去年秋天之前的法国还要糟糕。印度巴布人和办公效率低下的缅甸人控制了整个行政系统。而另一方面，英国人在缅甸的效率很高，因为缅甸乐于给英国提供帮助，而且英国的审查比较现实且手段先进。”

我们还问海明威，到曼德勒和仰光这种听起来很浪漫的地方的感觉如何。他说仰光是个英国的殖民城市，“我们去的时候正值最热的季节，白天103度，夜里96度[1]，也没有看到什么飞鱼。吉卜林谈起下游的一个城市——毛淡棉[2]，它在仰光的下游，靠近河流出海口的地方。”

于是，海明威一路沿河而下到达仰光，在那儿待了一周左右。然后，他坐飞机回到腊戌、昆明，又去了香港。在回美国之前，他还在香港停留了一周的时间。海明威在马尼拉工作期间，其夫人去了巴达维亚[3]和荷兰的东印度殖民地，最后他们夫妇会合在下一班快船上。

截至我们发稿时，海明威先生正致力于给《图片杂志》撰写最后一篇文章。我们又问了最后几个问题：中国的军火库是什么情况？如果物资供应的通道被切断，他们有足够的武器战斗吗？

他回答道：“我到重庆附近的军火库参观过。看

[1]这里用的是华氏温度，103度相当于39.4摄氏度，96度相当于35.6摄氏度。

[2]毛淡棉（Moulmein），缅甸第三大城市。

[3]巴达维亚（Batavia），即今印度尼西亚首都雅加达。

到他们正在制造小型的武器和弹药，自给自足是没有问题的。此外，他们还能从日本占领区运送很多物资过来。有游击队暗中把武器拆卸成一个个的零部件，然后用卡车运进来。一位美国驻香港的代表开卡车从日本占领区向中方自由运送，每一趟收费450美元。”另外，海明威还报道了很多关于游击战的最新消息。

对绝大多数人来说，这些来自东方的消息其实是自相矛盾、令人困惑的。苏联本应对日本施以援手，但同时又继续向中国运送物资。

美国给中国提供了1亿美元的援助，但同时又把石油卖给日本军队，这些都让人们想不通其中的原因。

海明威一一解答了我们的困惑。他给我们指出了美国和日本的每一个决定所带来的巨大影响。

海明威还为我们揭露了苏联在这场围绕中国展开的巨大的战争游戏中是如何施展手腕而企图分一杯羹的。毕竟，在这场战争中，谁都有赢的机会。

那么，美国是否有对日本开战的必要？海明威认为这只是个时间的问题。根据美国的观察，我们是把握着时机的。至于日本那边，已经没有多少时间了，而且没有人，就连日本人自己也不清楚最终的那个决定性的时刻会在什么时候来到，又或是日本什么时候才能摆脱中国的战争泥潭来挑战我们。如果英国战败，那么日本一定会进行新的扩张。这对美国来说就意味着战争的开始。

而如果英国强大起来并且美国有能力保住在太平洋的舰队，那么美日之间的战争就可以避免。海明威还进一步说，我们有可能不费一枪一弹就在与日本的战争中取胜。

总之，除了海明威，没有人能进行如此深入的报道，没有一篇文章能够如此全面地阐释战争的影响，如此全面地勾勒出整个波澜壮阔的战争全貌。

苏日中立条约

《图片杂志》 1941年6月10日

香港

就在《苏日中立条约》[1]在莫斯科签署的时候，蒋介石委员长的连襟孔祥熙博士，即他的总理兼财政

[1]1940年夏，纳粹德国闪击西欧成功，日本决定乘机南进夺取西方国家在华的势力范围。为了实施南进战略，日本在加强同德、意勾结的同时，积极谋求调整对苏关系，以便巩固北方安全，并促使苏联停止援华，达到早日结束“中国事变”的目的。此时，面临纳粹侵略威胁的苏联，为摆脱东西受敌的危境，一方面支持中国抗战，以束缚日本手脚；另一方面力求和日本签订条约，保障东部边境的安全。1940年7月，在日本的倡议下两国开始会谈。1941年3月至4月，日本外务大臣松冈洋右访欧，企图再次借助德意力量促进日苏关系的改善。他途经莫斯科，同斯大林、外交人民委员莫洛托夫进行会谈，双方于4月12日达成协议，次日正式签订此约。条约共4条，有效期5年，主要内容是：双方保证维护俄日两国间的和平友好关系，相互尊重领土完整和不可侵犯；如缔约一方成为第三者的一国或几国的战争对象时，另一方在整个冲突过程中保持中立，并同意暂不签订有关北库页岛权利转让的附属议定书。双方还发表声明：“苏联保证尊重‘满洲国’的领土完整和不可侵犯，日本保证尊重蒙古人民共和国的领土完整和不可侵犯。”这显然是对中国内政的无端干涉，也是对《中苏互不侵犯条约》的严重违背。自此苏联对华援助逐渐减少。

部长，正在重庆与苏联大使潘纽施金共进晚餐。

“我们听说马上会签署一个条约。”这位中国高官说。

“是的，”苏联大使答道，“确实如此。”

“那么这样一个条约会影响苏联对中国的援助吗？”

“不会。”苏联大使回答。

“你们会从‘满洲国’的边界上撤离军队吗？”

“我们会加强在那里的军事力量。”苏联大使说。同时，苏联驻中国军事顾问负责人、一名中将，也点头表示赞同。

在事情发生的时候，我还没打算要写文章，因为在饭桌上，外交官很少透露坏消息。还有，你也无法辨别从莫斯科传来的消息的真假。但之后，我从孔博士和蒋介石夫人那里亲耳得知，苏联还在继续援助中国，同时委员长的军队中并没有一个苏联的官员、航空讲师和军事顾问撤离。

条约宣布签署的那天，我和妻子同蒋介石夫人一起用餐。在谈话时，她说：“但我们怎么知道他们是不是真的要撤走援助？”

“如果他们真的要撤走援助，”我告诉她，同时回忆起在西班牙发生的事情，“那么撤走援助的第一步是撤走军事顾问、教官和其他官员。只要他们还在，援助就会继续。”

上周我收到了蒋夫人的来信，有以下三段话：

“我履行我的诺言，告诉你委员长对《苏日中立条约》的反应。”

“委员长认为这个条约对中国的继续抗战产生了很大的影响。我们在战争之初就是独自作战，如果有必要我们也会独自结束战争。我们不允许其他的国家，不管是朋友或是其他，插手我们的内政。我们将会一直战斗到胜利的那一天。外蒙古和‘满洲国’是中国的领土，这些地区的人民也一致认为他们是属于国民政府的。而国民政府决不允许任何的领土分裂，不管发生什么这都不会改变。”

“到目前为止，苏联还没有表现出任何迹象要撤走在中国的军事顾问，或是停止运送军备物资。”

苏联给中国提供了比任何其他国家所提供的都多的援助。它向中国提供了飞机、飞行员、卡车、一些弹药、汽油、军事教官和作为军事顾问的官员。它还借给了蒋介石政府大约超过2亿美元的物资。

这些巨大债务往来绝大部分是在交换的基础上进行的。而作为交换，中国提供了茶叶、钨（钨矿）和其他产品。在交换协议商定之初，苏联的态度十分强硬，以致于现在中国处于被迫以协商好的价格向苏联出售茶叶的艰难时期。但是，他们仍在进行交易。

中国共产党和国民政府对条约的反应都十分激烈，出乎我意料的是苏联的顾问居然还在工作，新的援助也仍在源源不断地被运来。我在中央军前线遇到了苏联的官员，也看到新进口的苏联飞机、轰炸机和追逐机等等。我在四川北部成都的军官俱乐部里，看到所有的房间号码都标有俄文，而早餐供应的各种"奢侈品"，如可可、罐装黄油等都是从符拉迪沃斯托克[1]和赤塔[2]运来的。

符拉迪沃斯托克的运输路线是这样的：首先，把物资通过西伯利亚大铁路运到赤塔，然后通过卡车和巴士从赤塔运到库伦[3]。接着通过驼队把物资从库伦运到宁夏，最后再由卡车把它们运送到重庆和成都。

参观者是不能和苏联的军事顾问、教官及飞行教师会面的，更别说交谈了。不过，我在前线遇到过3名苏联官员，我们那时都陷入了泥潭之中，整个车队

[1]符拉迪沃斯托克（Vladivostolk），又名海参崴，俄罗斯东部唯一的不冻港，靠近中国。

[2]赤塔（Chita），州名，属俄罗斯，在东西伯利亚贝加尔湖以东，其东南和南部分别同中国和蒙古毗邻。

[3]库伦（Urga），即今蒙古首都乌兰巴托。

都无法行进。我主动跟其中一个我认识的人打招呼："托伐里奇，最近怎么样啊？"很明显，在这次偶遇之后，国民政府也觉得没有必要在我面前掩饰苏联人的存在，并且从那次后，我们的谈话比以前要坦率得多了。结果是，我有了一个绝佳的机会去了解在战场上中国官员和将官对于凌驾于他们之上的各种外国军事顾问的看法。

他们一致认为从士兵和官员的角度来说，做得最好的是德国人，其次是苏联人。他们还对苏联人进行了抱怨，因为不管战争的规模是大是小，苏联人很少提出进攻的行动。

譬如，如果把用人比作用钱的话，一个职位本来只要半毛钱就能买下，而苏联人会尝试用一毛钱来买。最后他们会失败，不得不花一块一毛五才能买下，因为其中已经没有任何令人惊奇的元素了。另一方面，如果一个职位值半毛钱，那么德国人会出一块五来买。等他们买下来后你就会惊讶地发现，他们其实只花了那一块五的1/4。

至于中国的将官，如果你能得到他们的信任，那么他们就会在你面前变得十分坦诚直率。我经历过几场英国人的演习，在中国前线和那些经历过5年军阀混战、10年对中国共产党的战争和将近4年的抗日战争的军人在一起的感觉，就和一个英国人从一所优秀的预科学校来到美国绿湾帕克职业橄榄球队[1]更衣室的感觉一样新鲜奇特。

一位中国将军曾问我在香港的英国人是如何看待他们的，我直言以告，之后我们一起骑了几天的马。我们还曾一起喝了很多米酒并看地图，一直愉快地工作到深夜。

“将军真的想知道他们说了什么吗？”

“当然了。”

“将军会生气吗？”

“当然不会了。”

“我们不怎么考虑中国人，你知道。”我试着重新组织语言，“约翰尼是对的，他是个好人。但是他觉得没有希望进行进攻，我们根本没有对他抱有一点儿信心，真的没有。不，太糟了，我们根本不能指望约翰尼。”

“约翰尼？”将军问道。

“约翰尼，是一个中国人。”我说。

“有意思，”将军说，“十分有趣。”

他继续说道：“我们没有吹嘘的资本，没有军火，

[1]20世纪初美国的明星职业橄榄球队，曾在“超级碗”上获得冠军。

也没有飞机，或者说非常少。这个你最清楚。你认为在没有弹药和空军支援的情况下，英国人会继续进攻吗？”

“不会，”他打断了我，“我给你讲个中国的故事吧，不是古代的。你认识那个戴着单只镜片眼镜的英国军官吗？”

“不认识。”我说。

“哦，”他说，“这是个很新的故事。那个人只戴着一边眼镜，所以他看不到更多的东西。”

“如果我见到他，会转告他的。”我说。

“很好，”他说，“请告诉他这是约翰尼说的。”

荷兰东印度殖民地的橡胶供应

《图片杂志》 1941年6月11日

仰光

现在，远东局势中的这件事就如在我写下这些文字时被缅甸仰光毒辣的太阳炙烤着的铁皮屋顶一样明白。那就是，正在东方研究政治、经济和战略情况的美国人必须要分清楚我们将要进行的战争的借口和基本原因。

如果我们以战争的名义与日本开战，那日本必定会先袭击菲律宾、荷兰的东印度殖民地，或是英属马来亚。

不过，打击日本的真正原因在于，如果它在太平洋地区向南入侵[1]，就会威胁到世界的橡胶供应。因为被入侵的地方负担着全世界4/5的橡胶。如果日本真的成功地占领了新加坡，那我们就不得不在其他地方建立起同样的橡胶基地来摆脱日本的掌控，可是这得需要至少7年时间。

一旦橡胶供应被切断，那么美国人就无法继续开车、打电话、打高尔夫、乘飞机、坐火车或是坐公交车等等。

另一个反对日本南进的基本理由是，如果日本继续南侵，它将把美国进行建设和战争防御所需的必需品都掌握在手上，势必会影响美国的利益。世界上几

[1]第二次世界大战中日本的军事战略一直存在两种观点的争论：一种是北进战略，即将苏联作为主要假想敌，向北进攻西伯利亚；另一种是南进战略，即以美国、英国为主要假想敌，向南进攻南洋群岛。然而，1939年8月，日军在诺门坎战役遭到惨败后，意识到与苏联的差距，转而与苏联缓和关系。于是，苏日两国在1941年签订了《苏日中立条约》。此外，纳粹德国在欧洲战争初期的胜利，使得法国、荷兰、英国纷纷惨败，这几个国家在东方的殖民地成了孤立之地。日本于是确定了南进策略，夺取南洋地区的石油等重要的战略资源。

乎所有的奎宁都来自于荷兰的东印度殖民地爪哇。奎宁，在美国陆海两军拯救英国、抵抗纳粹的战场上的作用跟弹药一样重要。

锡和钨能用来制造机器零件，锑能用来合成巴氏合金金属，桐油的用途更多，马尼拉麻能拿来制造海军用绳子和商船上的某些部件，而铬、锰是改善武器的必需品。这些都是美国开战之后所需的战略物资。如果日本南侵成功，就会把这些命脉控制住。

如果美国对日本开战，存在有避免让日本掌握我们这些战略物资的基本原因，但是，最主要的原因还是要保住我们的橡胶供应。因为橡胶对美国建立和维护机械化的军队起到关乎生死的作用。而这，也是美国国防的首要任务。

军事策略和经济策略自古是分不开的。如果美、英都被中国南海地区的必需品牵制住，那形势很明显就会对德国十分有利。因此，德国一直会坚定地催促日本加快速度朝这个地区挺进。德国还希望看到美、英的大西洋海军去太平洋打击日军，从而能腾出精力专门对付英国。德国希望美国在太平洋继续拥有大量舰队，并在太平洋地区获取足够多的军队、船和飞机。日本对新加坡的威胁被日益强调，就是这种分析的写照。

但不管是否是德国的需求，日本一定会南进。因为日本本身物质资源缺乏，它没有足够的铁来制造弹药和军需品，也没有足够的石油为飞机、战斗机制造燃料。目前，日本依赖着美国、英国和荷兰在东印度殖民地的石油和汽油，大部分的铁也是来自菲律宾，这些东西对于它的战争生死攸关。

日本已经给其空军和海军准备了一年份的汽油和石油。一旦美国和英国停止对它的石油供给，那么这势必会迫使日本加快南侵的步伐，以获得石油，或者动用他们的储备石油。

当然，它不会在石油供应被切断的那一天就迅速采取行动回击。南进的行动并不是简单的事，是需要时间进行筹划的。不过，它有可能会在石油供应被切断的同时朝南方进军，并且使用储备石油。

这样来看，美英在日本问题上实际是占有有利条件的，只要他们愿意，就能够随时强迫日本做出行动。所以不必立即切断石油的供给，可以通过逐渐减少石油供应量来减少日本在战争中的燃料储备，毕竟他们自己的国防也需要大量的石油燃料。

日本必须攻克中国

《图片杂志》 1941年6月13日

仰光

如果美国和英国想要保住他们的橡胶、钨、锡等战争必需品，首先必须决定何时对日本的南进做出反应。日本的实际势力现在已经向印度支那进行了大幅的移动，渗透入泰国的政治并准备朝新加坡发展，但是这些国家都是没有石油资源的。

如果不用击垮英国和荷兰在新加坡、苏门答腊和爪哇的防御，日本的第一个石油基地是由海路到达的婆罗洲所在地。它很有可能会拿着一切战争的紧缺物资去从荷兰人手中交换来塔拉坎和巴厘巴板的石油。在这个时候，如果英美不想看到当年让德国得到捷克斯洛伐克进而控制法国的情形重演，就必须立即出击阻止日本的行为。

日本没有铁和石油，和苏联共享的萨哈林岛是它唯一的石油来源。而在经济上，它和意大利的情况是一样的脆弱。如果夺走它的石油，那么它一定撑不过一年。但如果它从婆罗洲得到石油并且控制住菲律宾的钢铁，就能达到比当年从捷克斯洛伐克获益的德国更高的程度。

美国重整装备，巩固阿拉斯加的荷兰港口，巩固中途岛、威克岛和关岛来建立空军基地以打通快船路线，到太平洋各目的地进行更大轰炸而做准备的时间愈长，日本向南的行进就愈发危险。

对日本来说，去年是转移到石油产地并控制世界橡胶供应的绝佳时机。在当时，日本原本可以通过攻打还未建立起防御系统的马来西亚而一举成功，成为一股强大的国际势力。可是今年，荷兰及帝国的防御工事都已完成，如果日本还想南下，那么就会面对十分不利的情形。如果再过两年，等我们自己的准备完成了，日本还妄图南下的话，那一定是自取灭亡。

日本在形势那么有利的情况下而没能南进的原因是其37军陆军的52支部队都陷在了中国战场，其中9支在中国的满洲里和朝鲜，只有6支在日本、越南的台塑、中国的海南岛和法属印度支那的河内。

日本曾有机会趁着英荷军队还未准备好就向南移动，但无奈的是它的精良部队都正在侵略中国，而最好的部队在满洲里面对着苏联人。

现在日本已经和苏联达成了一个中立性质的协定，想必是打算抽出在满洲里的军队向南进军。但是这还有可能实现吗？

苏联是十分乐意看到日本在南进中受到打击的，而且苏联很清楚日本越是把这个行动时间推迟，那么它遭受打击的概率就越大。所以苏联并没有很着急现在就把日本送到南方去。

从目前的形势看来，日本唯一可以实现南进目标的办法就是征服中国，或与中国达成和平，或与苏联达成一个真正有效的协议。如果以上条件都无法实现，那么日本就只能整装以待，等待或许德国可以成功入侵英国、世界陷入混乱的时机，再继续这个计划。

很明显，日本正在为南移做着准备。不过，它能指望哪些南行的必备事宜？它真的能指望得上吗？

美国对华援助

1941年6月15日

仰光

当今远东局势中，有两者还是能够靠得住的。我说的“当今”，是指今年春季和初夏，即英国苦苦支撑战局之时。

第一，日本暂时失去了与中国讲和的机会。去年，重庆和谈呼声一度高涨，12月达到顶峰。但是中国相信会获得来自美国的援助，所以暂时放弃了和谈的主张。

第二，美国可以依靠中国牵制日本52个师团中的37个6到10个月，其成本可能比一艘战列舰的开销还少。这就意味着，只需要花上7000万到1亿美元，中国军队就会把这么多的日军拖住。

如果6到10个月后，中国军队此间有所表现，那么美国就可以再花费差不多另一艘战列舰的钱，让中国继续将日军再拖住这么长时间。而与此同时，美国可以有足够的时间去武装自己。这就是一份保险，可在美国建成足以摧毁远东任何敌军的两洋海军之前避免被迫在远东作战，且或许可以以此永绝战端。最主要的是这份保险价钱并不高。

与此同时，重庆主和团体将继续全力向蒋总司令施压，使之尝试解散中国共产党所有武装。就以八路军不服从军令为借口，命令其解散。如果其拒绝解散，那么就对其进行武力镇压。另一支中国共产党的军队——新四军就是被施以用这个手段，所以蒋介石很有可能被迫故技重施。

由于美国还是期望中国各政治派别能够团结抗日，所以我们可以告知蒋总司令美国的意思，就是不支持中国内战，以此制衡主和团体。中国共产党武装与中央政府间激烈摩擦已持续了两年的时间了，近一年半来，统一战线也只不过是空有外壳，貌合神离，早就不堪一击了。

总司令想抗日，这一点并不需要旁人的建议和催促。我想只要他还活着，只要他看见人间还有一丝希望继续作战，中国就永远不会放弃斗争；只要他的资金足够用，且对外联络通畅足以运入补给，他就会继续战斗。

在斗争的过程中可能会缺粮，而近4年的战事导致通货膨胀、物价上涨、生活成本太高，也可能会引发骚乱。高官贪污欺诈的事件还将源源不断，工作效率低下的情况也将屡获证实。但只要有资金、只要所需的战争物资能够顺利运达，总司令就将排除万难，继续坚持战斗到底。

而那些在中国试图酝酿内战，或者散布丑闻称对华援助只会被滥用的人，则站在日本一边。

目前，德国是根本没有援华能力的，既无法提供现金的支持，也无法给予物资的援助，只能对中国开出空头支票，承诺战后会兑现。

总司令的军队就是由德国训练出来的，所以德国对中国很友善，而德国人在中国也是很受人敬爱的。

如果美国准备资助中国，那么总司令一定会将抗日进行到底。一旦美国减少或收回援助，那么总司令则不得不暂时对日休战，只能等德国能够提供帮助时再重新抗日。

总司令本是军事领袖，故作政客的模样，这一点很重要。希特勒则是个利用军力的政客。总司令的目标总是在军事上的，一直以来他的目标就是摧毁共产主义。直到在中国共产党的宣传支持下，他在西安被绑架，才暂时答应停止反共、进行抗日。此后他的目标就是击败日本，而且从未放弃。当然在他内心深处，也从未放弃另一个目标。

如果说某人是军人而不是政客，那么看过那些演讲就能够证明你错了。但到目前为止，据我们所知，那些政客们的演讲稿往往不是出自自己之手。

中国到底是不是民主国家，是很有争议的事。在战争状态下，没有哪个国家会长期保持民主。战争总是会造成暂时的独裁。但是中国在长期的战乱中，仍保留着民主的痕迹，这充分地证明中国是个了不起的、值得我们尊敬的国家。

只有中国中央政府与苏联在苏维埃中国的具体边界和势力范围问题上达成一致，才能彻底解决中国共产党与中央政府之间的矛盾。而与此同时，中国共产党将尽可能扩大地盘，而中央政府将避免任何中国的领土被划归苏联。苏联政府提供资金、飞机、军火、军事顾问，在背后支持总司令的抗日，而中国共产党主要是依靠自己的力量。

在中国，虽然苏联押了两匹好马来对抗日本，但主要还是依靠总司令。苏联明白，在同一场赌注中押两匹好马并不是什么坏事。目前苏联在总司令身上下了更多的赌注以打败日本，但是也谋划着为中国共产党寻求地位。在这场比赛结束后，另一场比赛就会粉墨登场。

日本在中国的地位

1941年6月16日

仰光

日本暂时失去了和中国谈和的机会。

远东第二件确凿可靠的事，便是日本永远无法征服中国。

如果要介绍分析当前的军事局面，简而言之，便是，日本在飞机、火炮和机械化部队上都具有很大的优势，所以日本已经把中国所有的平原地区都征服了。

而现在，日本将要投入中国的山区战斗中，大部分地区道路不通。这样中日力量对比差距也就没那么大了，日本并没有什么大的优势。

中国的军队规模十分庞大，有200个一线师（超过200万人），其装备应对当下这种战事不成问题。此外中国一些略逊的师还有百万士兵；中国共产党有3个师和大约50万非正规军，在游击战中都得到了训练。

中国的步枪补给和弹药都很充足，有性能优良的轻重机枪、自动步枪，中国军工厂为其制造了充足的弹药。中国每个营有一个迫击炮连，装备6门81毫米口径迫击炮，距离2000码进行射击时精度极高，最大射程3000码。这些都是我在前线目睹的军事武器。

这种81毫米口径迫击炮为法国勃兰特型。中国军人可以在2000码的距离一炮击中一条毛巾。特别是在山区，这种迫击炮的使用极大地改善了炮火不足的缺陷。中国人自己也在学着研制82毫米口径迫击炮，可以说这是勃兰特型的仿版，实际精度基本相同，只是最大射程少了几百码。

中国常规师的军纪应该是仿照的普鲁士的模式，相似度很高。只要犯有盗窃、干涉民生、违背长官命令以及其他军队常见的罪行，就会被判死刑。当然，他们也有一些创新，例如，如果一个部队不跟随首长的步伐前进，那么整个部队都将遭到射击。还有其他方面的一些改进，其目的就在于让士兵明白，只要后退就必死无疑，而前进则只是可能会死。

如果说德国军队的观念是较为理想的模型，那么中央军最好的部队很接近这一模型。他们懂得士兵的要求，行动迅速，和欧洲军队相比吃得很少，但不怕死，更具有成为好战士所需的最厉害的非人品质。

中国医疗服务还是很落后的，其中医生不愿接近战场可谓是最大的困难之一了。培养一个医生要花费很长时间和很多资金，所以让如此金贵稀缺的人才在纷乱的战场上来回奔波，暴露在敌军炮火下是很危险的。因此，要让中国伤员硬撑着等医生，还不如在他倒下的战场一枪把他打死更为仁慈。罗伯特·李姆医生试图努力改变中国医生在战争中的观念，但是对于中国医疗事业来说，效果并不大。

中央政府的军队拒绝接受任何采访。而中国共产党对好的作家的到来热烈欢迎，也被描写得很好。此外关于在抗战中死亡的300万人没有任何的新闻记录。

如果再有人说中央政府的军队纪律不严明、训练不到位、军官不合格或装备不精良，那只能说明他是睁眼说瞎话，或者是他根本从未亲临前线目睹过。

中国军队在大规模反攻能力上还欠缺很多，也存在一些严重的问题，最大的不足在于缺少可用的空中力量和炮兵。但可以确定的是，只要中央政府有足够资金发放军饷、提供军粮、维持枪炮弹药补给，那么不管在今年、明年，或者是后年，他们都不会被日军击败。依照我的看法，根据我对中国的地形、涉及的问题以及参战部队的了解，日军想要打败中国军队，是根本不可能的事，除非中国军队被出卖了。而只要美国愿意继续出资为其支付军饷、购买装备且总司令依然在位，那中国军队被出卖的情况就不会出现。但如果我们停止了对华的支持，或总司令遭遇不测，相信中国军队可能很快就会被出卖。

中国的空军需求

1941年6月17日

仰光

外界对中国空军的看法差别很大。我曾亲眼见过中国空军驾机起飞，走访过其培训学校，并与美苏教官进行过交谈。有些人夸奖中国空军，有些人把中国空军批得一塌糊涂。恐怕这世上除了西班牙人，没有比中国人还自负的人了，而自负对飞行员来说并不是件好事，反而会阻碍他的进步。

近来，飞行员这一职业不再被上流社会垄断，平民子弟也能通过接受正规的培训实现当飞行员的梦想。不过，训练课程的设置根本不合理，直到毕业时这些飞行员也没能真正驾驶飞机，因为根本就没有飞机，所以也无法验证这些飞行员是否合格。但他们比起另一类飞行员的自负还差得很远，那类人觉得自己能飞行，就自以为高人一等；而等到他真能飞行了，便再也不想进取。

近日，日军驾驶双座远程战斗机飞临四川省北部一中国空军机场。16名中国驱逐机飞行员驾驶苏制и-15-3起飞迎敌，и-15-3是我们美国老式波音P-12的苏联改型，装备有新型鸥型翼和收放式起落架。在几天前，这些飞行员驾驶战机编队飞行，给美国总统罗斯福的代表居里留下了深刻印象。但是当真正开飞机上战场时，就溃不成军了，最后日军将16架飞机全部击落。尽管中国飞行员打乱了编队四处散开，日机则将其击落后仍保持队形，并秩序井然地统计击落数。

因此美国空军援华项目中必须得包括飞行员，给他们装备飞机，让他们坚持战斗，但这并不能使其发动的进攻取得成功。

除非中国能够得到足够的资金支持，加上总司令能够在日本与英美开战中看到中国取胜的一丝希望，否则中国在任何对抗日军进攻的行动中都无法取胜。

中国大约有4000名能作战的炮兵军官，但因为火炮不足，其中大部分都是管理人员。很多人受过德国训练，技艺精良；至于其他人的能力就值得怀疑了。如果炮火足够，那中国至少可以成功开展两个反攻计划。

今年日军很有可能将不再南下，而将尝试用最后两波大攻势击败中国。在失去与中国修和的机会后，日本就意识到，只要中国周期性地从美国得到资助，就不会经济崩溃，而日本就无法依靠其现有在华军队成功南下。

日本的目的就是要把美苏援华物资输入中国的主要道路彻底切断。如果日本不南下，那么一定会向暹罗进发，从而切断中苏交通。

日本的另一波攻势，一定会从法属印支半岛前线的老街或其东部发动，向北往昆明推进，从而把通往昆明的滇缅公路切断。只要把这两条公路切断，就切断了对华援助最多的两个国家与中国之间主要的生命线。今夏，只要日本不南下，那么日本就一定会采取这两个行动，不过两者难度都很大，中国有足够的机动预备队与之对抗。

照目前的形势来看，除非德国入侵英国，否则日本决不会南下。不过，即使德国进攻苏伊士，日本也不一定会头脑发热到向南进攻，除非英美被搞得焦头烂额，实在无心应付日本，否则日本不会冒险与英美开战。

中国建设机场

1941年6月18日

马尼拉[1]

美国驻重庆最后一任大使纳尔逊·詹森[2]长期生

[1]马尼拉，菲律宾首都，位于马尼拉湾东岸的吕宋岛上，为菲律宾主要港口及经济、政治、文化中心。马尼拉原是一个有围墙的穆斯林居民点，后来西班牙征服者将其摧毁，1671年就地重建并称之为墙内的堡垒城市。七年战争期间它曾短时间被英国人占领。美西战争期间，美军取得该城的控制权。1942年马尼拉被日本占领，1945年美军收复时，该城在激战中受创严重。1946年马尼拉成为新独立的菲律宾共和国的首都，并得以重建。1948年奎松市被定为新首都，而在1976年马尼拉再度成为首都。马尼拉有各式各样的工业，包括造船、食品加工等，也是几所大学的所在地。都会区人口约859.4万。

[2]纳尔逊·詹森，1929年至1941年为美国驻华大使，1941年9月改任美国驻澳大利亚大使。

活在中国，言谈间总有股老辈中国官员的口气，似乎已经在中国生活了3000年。有一次，我们一起站着远眺，视线从美国大使馆的排房穿过激流奔腾的扬子江，望着远处呈灰色梯田状的被炸弹炸碎、战火焚烧过的肃杀的石岛——中国的战时首都重庆，他感慨道："中国人只要想做，就没有办不到的事情。"

我对当时的这句评论感到十分诧异。我和詹森大使不同，我没见过长城，也不会认为它是几天、几年前建成的。我的思维方式比较直接：要花多少钱才能把日本多少个师团牵制在中国？中国军队有什么反攻机会？能不能减少国共摩擦以便双方找到共识共同抗日？中国反攻得需要多少飞机，由谁来驾驶？至少需要多少火炮，如何运入？运入后有多少炮兵军官能正确操作？当然还有其他一些问题。

所以当听到詹森先生根据其深厚的学识得出的那个结论，我震惊不已，因为这似乎并不能对解决当前那些严峻的问题有多大作用。两天后，我飞到四川省北部的成都。拖车从西藏驶下高原，在被高墙围起的古老城市里，看见身着红黄服装的喇嘛们在满是尘土的街道上走着；冰封的山脉吹来阵阵冷风，将灰色的尘土卷起，碰到拖车驶过时，必须用手帕蒙脸并赶紧走进银匠店躲避尘土。向北望高处，我找到了詹森大使曾经所指之事，在我目睹后，我无法形容那种大清早骑马从南方走出大漠后，再见到宏伟的营地和工程的心情。

开场是总司令谈论了“飞行堡垒”[1]。有了这些庞大的四发波音轰炸机，中国空军可以飞临日本，把过去4年日本在中国制造、蔓延的恐惧一一奉还，凭借海拔优势还能免受日本防空炮火和驱逐机的干扰。不过没有哪个中国人能信心满满地说自己有资格以领航员的身份登上“飞行堡垒”，现场没有人提出这点，想来这件事可能会等以后再认真安排。不过有些人确实指出一个现实问题，就是中国没有一个机场能供波音B-17轰炸机起降。

对话中，总司令做了个笔记：

“飞机有多重？”他问。

“差不多22吨。”有人回答他，多少有了个数。

“不会更重了？”总司令问。

“应该不会，我会再仔细确认一下。”

第二天，机场就开工了。

---

[1]即波音B-17，据称是第二次世界大战中美国制造的最著名的重型轰炸机，其名气远超生产数量更多的同胞——联合公司的B-24解放者。美国一共生产了12 677架B-17，到1944年8月，美国陆军航空军（USAAF）至少已有33个B-17囊炸机大队部署在海外作战。

陈六琯，38岁，伊利诺伊大学工程专业毕业，时任航空委员会机械处主任，受命修建机场，准备于3月30日接收“飞行堡垒”。命令中有个“或其他”，但陈六琯已经为总司令紧急修建了那么多机场，如果他“或其他”了，那么这很可能就可以最简单地了结成千上万他解决了和正在解决的问题。他从不担心“或其他”这个词。

这也意味着，他必须在1月8日到3月30日期间，建成一条1.125英里长、比150码略宽的跑道。跑道必须用石块铺底、碎石铺面，5英尺深，以承受巨型轰炸机起降的重量。

陈六琯的任务是不依靠任何工具把1000英亩的土地修葺平整。首先，人工挖出105万立方米的泥土，用竹筐挑运到平均距离半英里的地方。修建跑道时，他先铺一层1码深的石块，又铺一层浇了水的土，再铺另一层石块。石块都是从半英里到1英里外的河床用竹筐挑来的。在这种跑道地基上再铺三层，一层巨石铺在石灰砂浆上，再铺一层石灰水泥，最顶层为1.5英寸的碎石和黏土，上面再铺1英寸粗沙。这样跑道表面就和台球桌一般平整了。

跑道四周边沿都有暗沟排水，我估计跑道可承受每平方英尺5吨的压力，可供新型轰炸机B-19起降。

陈六琯建模灌注，造了150个3.5~10吨重的水泥滚筒来平整跑道，且全靠人力拉动，这也是我所见过的最让人惊讶的事情之一。

他从10英里外引水到两条沟渠里，从而确保建设期间跑道平行，也省得挑水浪费人力和时间，工人们用脚来搅拌水泥。

6万名工人一度从8英里外的河里挑了22万立方米的砾石。另3.5万名工人用锤子手工敲碎石头。工程一度动用了5000辆独轮手推车和10万条扁担，挑工每12小时换一班，每根扁担两头的载重，已经使扁担弯到了将断未断的极限。

四川省主席为陈六琯提供了10万名工人，队伍里的800人分别来自四川省的10个县，有些人从家里走过来需要花上15天。工资以每人每日挑1.25立方米的土计算，折合为40盎司[1]的大米。其中用大米来支付工资的3/5，其余2/5折合现金发放给工人。最终工资每个人大约是每日2.30美元，或者每人每日1美元再加上大米。

我对这些工人的第一印象是只感觉到一团尘土滚滚而来，一道在尘土中行进的还有一支穿着破烂不堪、

[1]盎司是度量衡单位，1千克=35.27盎司。

双脚粗硬、面无表情的军队，他们迈着沉重的步子唱着歌，风中，破烂的旗子迎风飘扬。

另一队人拥挤在村子里，唱歌、吹牛、买过夜吃的东西，我们从他们旁边走过，然后上了个坡，就看见了那片土地。

眺目远望，广阔的土地延伸到了尽头，不知道的还以为这是个古老的战场。8000名工人在此赈灾劳作，旗帜翻飞，尘土飞扬。随后便看见长约1.125英里的白色的水泥长跑道，人们正卖力地拖着10吨重的滚筒在跑道上来来回回，试图把跑道碾得光滑平坦一些。

远处的海浪拍打着巨大的礁石，岩石在锤头的敲打下咔嚓作响，一阵低沉的歌声越过翻滚的尘土飘扬而来，那平稳的节奏听起来就像海浪拍打着巨大的礁石一样。

“他们唱的是什么歌？”我问道。

“都是瞎唱的。”工程师告诉我，“都是些自己消遣娱乐的歌。”

“这歌唱的是什么意思？”

“意思是他们没日没夜地干这个，日日夜夜地干。岩石太大，将它砸碎；泥土太软，把它变硬。”

“还有呢？”我问道。

“把不平的田地夷平，把跑道变得像金属一样光滑。所有的人齐心协力地拉，所以肩上的滚筒不那么沉重了，好像没有任何负重一样。”

“那他们现在正唱着什么？”

“他们正唱着：现在我们已经做完了我们该做的，‘飞行堡垒’赶紧来吧。现在我们已经做完了我们该做的，‘飞行堡垒’赶紧来吧！”

“你们可以让驾驶‘飞行堡垒’的人来了。”一个工程师说道。

他的为人一看就是很务实的，以前没用过工具建造机场，也从未幻想那样做。

“你看，”他朝歌声如海浪的工地望去，“有些事我们完全可以靠自己干成。”

预定的完工日期就快要到了，机场按时交付应该不成问题。

驶向胜利

《科里尔》 1944年7月22日

我们没有人记得希洛战役[1]发生的具体时间，但

[1]美国内战激烈的战役之一，发生在1962年4月6日和7日。

都清晰地记得到达绿狐海滩[1]的那天是6月6日，还记得那天的西北风刮得尤其猖獗。天刚露出一丝光亮，我们就朝陆地进发，一条条长约36英尺、形状似棺木的钢船，一路劈风斩浪在海上勇往直前。浪花飞溅在战士们的头盔上，一排排战士正奔赴战场，伴随他们的是战争带来的僵硬、笨拙、不适和孤独。登陆舰艇的钢井里堆叠着一箱箱用橡皮管救生用具包裹着的炸药包，此时正漂浮在水面上。许多火箭炮和装火箭炮的箱子都被用防水用具包装了起来，防水用具的材质会让你想起大学里女生穿的透明雨衣。

不仅所有装备都被用橡皮管救生用具捆着、系着，就连战士们的腋下也同样捆绑着灰色的橡皮管。

船在海里航行，碧绿的海水变成洁白的浪花，猛击着战士们，以及枪支和易爆物品。向前眺望，能够看到法国海岸，而后面则是一片如森林般灰压压的运输舰。海洋上的船舰都在向法国进发。

登陆舰艇行驶在波峰浪尖之时，不仅可以隐约看见一字排开的巡洋舰和侧停在海滨的两艘战舰，还能看到枪支铿亮的反光以及随风散去的灰色浓烟。

---

[1]盟军将奥马哈海滩分成了10个区，它们分别是艾柏、贝克、查理、绿狗、白狗、红狗、绿简易、红简易、绿狐和红狐。

“船长，现在的航向是多少？”来自弗吉尼亚州罗诺克的罗伯特·安德森中尉站在船尾大声问道。

“长官，航向为220度。”来自马萨诸塞州索格斯的弗兰克·科里尔船长双眼仍紧盯罗盘回答道。科里尔船长还只是个男孩，脸部瘦削，还长着点点雀斑。

“那就继续保持220度航向。”安德森中尉说道，“该死的，不要随意改变航行的方向。”

“长官，航向转到220度。”船长耐心地说道。

“好吧，继续保持。”安德森中尉说道。安迪（即安德森中尉）看起来异常紧张，但是其他船务人员却与其相反。这是他们在战火中的首次登陆，他们知道安迪曾指挥过舰艇在非洲以及意大利的西西里岛和萨勒诺登陆，他们对安迪十分信任。

“注意千万不要撞到了那艘坦克登陆艇。”安迪大声呼喊，声音震天，就像海水拍打登陆坦克钢壳的声音一样，又像部队踏着浪花水雾汹涌而出的咆哮声。

“我只是保持220度的航向。”船长说道。

“那并不意味着不看前方是什么东西就撞上去！”安迪说道。安迪年轻英俊，身材相貌可谓达到美男子的标准，就是性子有些急躁。“海明威先生，你透过望远镜能看清楚挂在那里的旗帜吗？”

我从衣服内口袋中取出用羊毛套筒包裹着的老式

微型望远镜，用纸巾擦了下镜片，然后聚焦在那面旗帜上。在浪花把望远镜弄湿之前，我看清楚了那面旗帜。

“旗是绿色的。”

“那我们现在已经进入埋水雷的海峡区域了。”安迪说道，“好了，船长，你还有什么问题吗？还能不能维持220度的航向？”

我想把镜片的海水擦干净，却总是被浪花打湿。于是我把望远镜重新包裹起来，望着德克萨斯号战舰炮轰海滨。战舰刚刚离开我们的右方，当我们向法国海岸进发的时候，它一直在朝我们开炮。能否一直保持220度的航向取决于我们是否信任安迪和科里尔船长。

峡谷把低矮的峭壁一分为二。众多峡谷里的一个城镇里有座尖塔的教堂。森林延伸到海边，某个海岸的右面有间房子。岬角上开着怒放的金雀花。西北风将浓雾刮向陆地。

部队里那些没有因为晕船而面色蜡黄的人此时正在与狂风搏斗，在抓住船檐之前努力保持着平衡，他们惊喜地望着德克萨斯号。那些戴着钢盔的战士像中世纪的长矛兵一样，带着骇人听闻的怪物上了战场。

这时，一道亮光向船的那边射去，好像是从14英寸德克萨斯手枪喷射出的火一样。接着滚滚的黄棕色的烟雾上下翻腾着，冲击着战士们的钢盔。别小看这浓烟的威力，如果你的耳朵不小心被袭击，你就会感觉自己的脸上像被一个又干又重的手套重重地打了一下。

舰艇继续航行，出现在我们眼前的是青绿色的山，有两个地方像是喷出了又高又黑的土和烟。

“看，他们正在对那些德国人做什么？”我向前倾斜着身子，试图透过隆隆的马达声去听美国步兵说的话，“我猜，那里的人一定都死完了。”他高兴地说道。

那天早晨，美国步兵说了很多的话，而这一句一直在我脑中记忆犹新。大多时候他们是不怎么说话的，只是安静地站着，不过他们偶尔还是会相互交谈。但是声音会被225马力高速运转的柴油机发出的轰隆声淹没，你根本无法听清他们在说什么。我还有一个发现，在离开火船作战线以后，我再也没在任何人脸上看到笑容了。他们见过了帮助过他们的神秘巨兽，但现在巨兽走了，他们又陷入孤立无援的境地了。

我发现，只有我在从看见枪火到感受到其冲击力的过程中一直张着嘴，才不会感到如此震惊。

值得庆幸的是，我们是在这儿，而不是在德克萨斯号或是阿肯色号的炮火之中。其他船舰整天不停歇地朝我们开火，想要从来势汹汹的海军战火中逃开是根本不可能的事。随着继续行进，我们已经离德克萨斯号和阿肯色号的大型枪炮很远了，同时也远离了那些开火时听起来好像要把整个火车抛向天空一样的声音。我们继续稳步前进，走过灰色抑或白色的海洋，向前进发，远离了那些大型枪炮的威胁，似乎前方的死亡最多只是件小的、熟悉又精确管理的包裹。那些大型枪炮就好比另一个村庄的暴风雨天气的雷声，就算那个村庄的雨下得再大，也不能淋湿你的身体，和你没有关系。但是，那些大型枪炮还是摧毁了岸上的炮火防卫，以便接下来驱逐舰安全登陆海滨。

现在我们能把前方的海岸看得异常清楚。安迪展开一幅绘着沙滩和沙滩上其他有着显著特色的景物的地图在认真研究。我拿出望远镜，试着用身上的柏帛丽雨衣的衣角内里把镜片擦干净。当你看见着陆的船舰驶向一片灰茫茫未知的大海的时候，夕阳早已不见，海上的水雾还在沿着海岸不停地刮。

安迪膝上摊开的地图有十开那么大，用订书针钉在一起，还标好了目录，钉好后正好是各不相同的5张纸片。安迪摊开地图，每一张纸片都有两倍手臂撑开的那么宽。大风掀开了地图，我们看到地图上标有白狗、红狐、绿狐、绿狗、红简易以及查理的一部分扇形地区，其中标有查理区的部分被风撕成两半，一半被风吹走了。

我曾研究过这幅地图，所以还能记得地图里的布局，但这也仅限于在脑海中，等到实实在在地看地图，记得是否准确又是另一回事。

“安迪，请问你有小地图吗？”我大声问，“有没有绿狐区或者红简易区的单张地图？”

“没有，从来没有那样的单张地图。”安迪回答道。这时，随着我们逐渐向法国海岸靠近，气氛似乎越来越不友好。

“只有这一张地图？”我贴近安迪的耳朵问。

“是的，是唯一的一张。”安迪说道，“而且这张地图还被风吹破损了。一个浪打来，溅在地图上，就破损了。你看看我们对面的海岸是哪一个？”

“从那边教堂的尖塔来看，有点像是法国滨海的科勒维尔，”我答道，“所以很可能是绿狐海滩。还有，那边有间房子，也和地图上描绘的绿狐海滩很像；至于另外一边的海滩，从随着水流带来的木料来看，应该是红简易海滩。”

“是的。”安迪说，“但是我们可能离左边太远，不能靠岸了。”

“好吧，这也只是一些特征而已。”我说，“我已把它们记入脑子里了，那里应该没有峭壁才对。峭壁从绿狐海滩的左端起始，红狐海滩也是从那个地方起始的。如果这些都没猜错的话，那在我们右边的应该是绿狐。”

“这里附近应该有艘控制船。”安迪说道，“我们会证实对面到底是哪一个海滩。”

“如果那里有峭壁，那么绝对不可能是绿狐。”我说。

“是的。”安迪说，“我们会在控制船那边得到证实。船长，向巡逻舰进发。不，不是那里！你难道没有看到它吗？赶超到它前面去。如果跟在它后面，你怎么也不能把它截住。”

直到最后，我们也没有截住它。但是我们确实超过了对方，还差点弄翻了船。控制船离我们远去了。因载了大量炸药包以及3/8英寸防弹钢板，登陆舰艇变得十分沉重，竟然在本该轻松航行的浅滩触岸搁浅了，水也漫了进来。

“真是见鬼！”安迪说，“我们还是问问步兵登陆艇吧。”

步兵登陆艇是唯一一种能水陆两种操作的船，形状看起来很像专为航海而打造的，这类船有着和普通船一样的流线形。而车辆登陆艇看起来就像铁制的浴缸一样，坦克登陆艇就像平底货船一样。举目望去，海上到处都是登陆船舰的影子，但基本都是船头背向着海岸。船舰一般开近海岸后会掉转头，转个身后停下来。我们到达的海滩似乎停着一排排装甲坦克，可惜我的望远镜还是湿的，看不太清楚。

“绿狐海滩在哪里？”安迪把双手放在嘴边，构成喇叭状，朝步兵登陆舰喊道。坦克登陆艇刚从我们身旁开过，部队正登陆。

“什么？听不见。”有人回喊了一声。我们没有扩音器。

“我们对面的是什么海滩？”安迪再次使劲大声叫喊。

只见步兵登陆舰上的那位军官摊摊手，耸了耸肩。其他的军官都盯向海岸，根本就没有理会我们。

“船长，快把船停在他们旁边。”安迪说，“快点，靠近他们那边。”

我们把马达关掉，在步兵登陆艇旁边大声呼喊，以便他们能听到我们的问题。

“绿狐海滩在哪里？”安迪拼尽全力大声叫喊，可是风实在是太大了，一般的说话根本听不见。

“就在你的正右方。”一位军官大声喊道。

“谢谢。”安迪朝船尾看去，看到了两艘船。他告诉信号员艾德·班克尔：“让他们靠近一些，靠近一点点。”

班克尔转身，抬起手臂，伸出食指，上下挥舞了几下。“长官，他们靠过来了。”班克尔说道。

我们往后面望去，还有另一些载重的船舰随着海浪上下簸动，这时，太阳已经出来了，海水又恢复了碧绿色。

“长官，您全身一定湿透了吧？”班克尔问我。

“是的，一直都是湿透了的。”

“我也一样。”班克尔说，“先前就剩我的肚脐眼还没湿，可是现在也弄湿了。”

“这个方向是开往绿狐海滩的。”我对安迪说，“从这儿开始已经看不到峭壁了，这里的右边就是绿狐了。那里有科勒维尔大教堂，沙滩上还有房子，红简易的路葛峡谷在绿狐区的右边。这里是绿狐区无疑了。”

“我们再靠近一点就能知道了。”安迪说道，“你怎么就那么确定那就是绿狐海滩？”

“绝对没错。”

在我们的前方，我们看到不同的登陆舰艇都采用了同样的行动方式——前进、出来、打转——很是让人疑惑不解。

“一定是出什么事了。”我跟安迪说道，“你快看那些坦克！虽然都靠近岸边，却没有登陆。”

就在这时，其中一辆坦克开火了，喷出黄色火焰，伴随着滚滚的黑烟。紧接着，在离海滩遥远的地方的另一辆坦克也开火了。沿着岸边，一辆辆坦克像一只只黄色蟾蜍一般蛰伏在高潮水位线上。就在我站起身查看时，又有两辆坦克开火了。这时候，你还能看到最先开火的那几辆坦克喷出的一团团灰色的烟，在大风的吹拂下，正沿着海岸慢慢飘走。

我又一次站起身，想要看看在坦克停靠的高潮水位线外有没有人，可是只能在灰色烟雾里面看见一辆坦克上的火光一闪。

“那里有艘船，我们去问问看。”安迪说，“船长，快点把船开向那里的巡逻舰。对，就是那艘巡逻舰。尽量把方向转过来，快点，开到那里去。”

那是一艘黑色的船，船上已经架好了两挺机关枪，正缓慢地撤离海岸，船的引擎几乎熄火了。

“您能告诉我们这是什么海滩吗？”安迪大声问。

“白狗。”

“您确定吗？”

“是白狗海滩。”黑色船舰上的人回答说。

“您真的肯定？”安迪又问了一次。

“就是白狗海滩。”船上的人似乎有些不耐烦，又回答了一次，接着便加快了船舰的速度，劈风斩浪，离我们远去。

听到答案后，我十分不解，眼前及所经过的标志都与绿狐海滩和红简易海滩的每一个标志性景物一模一样，和我所记住的分毫不差。峭壁沿线清楚地标在绿狐海岸的左端，房子也是按地图上的描述排布的，科勒维尔教堂的尖塔也和地图上画的一模一样。我还特地用了一整个早上研究水下障碍物和防卫设备的图形、轮廓以及相关数据，可现在他们居然说不是绿狐，而是白狗。我记得我曾咨询过我们的上校——多萝西娅·迪克斯运输战舰的莱希指挥官，我们是否能再改变攻击的方向。

“不。”指挥官说，“当然不行。你为什么会问这样一个问题？”

“因为这些海岸都防守严密。”

“这支军队将会在30分钟内清除掉这里所有的水雷以及其他障碍物。”莱希上校告诉我说，“他们打算径直穿过这个区域登陆”。

我希望能把运输战舰穿过扫雷通道的全过程和调兵遣将的准确方略全记录下来，还想把从抛锚到战舰下海、驶离、劈风斩浪结伴而去全过程中的每一个细节、每一件事都用精确到秒的时间记录下来。

还应该把这个故事背后的所有团队合作的故事也写进来，不过可能内容会有点多，恐怕得写成一本书了，因为那讲述的就是那天我们的登陆舰艇如何以迅雷不及掩耳之势冲到绿狐区的全过程。

那时，没有人确切知道绿狐海滩到底在哪里。巡逻舰上的人说前面是白狗海滩，但是我确信我们对面是绿狐海滩。如果真如我所说，对面就是绿狐海滩，那么在我们右方4.295码的地方应该就是白狗海滩。

“那绝对不是白狗海滩，安迪。”我说，“在峭壁那边，红狐向我们的左边延伸开来。”

“但是你听到了那个人说那是白狗海滩。”安迪说。

这时，我发现船上武装好的部队里，有个人正看着我们，冲我们摇头。那人有着高颧骨，脸部扁平，神情茫然，头盔上漆着一条竖直的白棒。

“那个上尉说他确信我们对面的就是绿狐海滩。”班克尔向后朝我们大喊道。他又朝上尉喊了些什么话，但是听不到内容是什么。

安迪也向上尉喊话求证，只见戴着头盔的上尉重重地点了几下头。

“他说那就是绿狐海滩。”安迪说道。

“你再问问他，他想从哪里靠岸。”我说。

就在这时，又有一艘黑色的巡逻舰载着几个军官从海岸方向朝我们驶来，其中一名军官站起身，拿着扩音器向我们喊话："这里有没有应该属于第七波开往绿狐海滩的船舰？"

"我们这边有一艘船是属于第七波的。"军官朝那艘船喊道，"跟着他的船走。"

"这是绿狐海滩吗？"安迪问军官们。

"是的。你看见那些房屋废墟没有？那片房屋废墟的右边135码范围内都是绿狐区。"

"你们能进入绿狐海滩吗？"

"这个我可不能回答你，你得问海滩控制船上的人。"

"难道我们不能直接进去吗？"

"这个问题我们也无法回答你，你必须问海滩控制船上的人。"

"可是他们在哪儿呢？"

"前边的某个地方。"

"我们能进入登陆舰艇或者步兵登陆艇可以进入的地方。"我说，"他们一定清楚他们能进入哪些地方，我们可以在他们的庇护下进去。"

"我们要找控制船。"安迪说道，"我们从拥挤的登陆船舰和驳船中间快速穿过，驶向大海。"

“找不到控制船。”安迪说，“它根本不在这里，应该快到附近了。我们必须登陆绿狐海滩，现在我们已经迟到了，我们闯进去吧。”

“不如去问问那位上尉他想在哪里着陆。”我说。

安迪走下去问上尉。由于马达运转声音太大，我只能清楚地看见上尉一张一合的嘴巴，但是听不见他说了什么。

“他想笔直对准那片房屋废墟，开始进发。”安迪回来的时候对我说。

我们朝海岸开去。就在我们进发的途中，一艘黑色的巡逻舰掉转头再次飞速朝我们开过来。

“你们找到控制船了没？”他们大声问。

“没有。”

“那你们准备怎么办？”

“直接闯进去。”安迪说道。

“好吧，伙计。祝你们好运。”他们大喊道，声音缓慢而肃穆，好像挽歌一样，“祝所有的伙计们好运。”

这些伙计们有来自西雅图的工程师托马斯·纳什，他笑的时候会露出两颗牙齿；有来自布鲁克林[1]的信

[1]布鲁克林，美国纽约西南部的一个区。

号员艾德·班克尔；有来自弗吉尼亚州奥兰治县的莱希·西弗里克，不得不提，他会是一名好枪手，如果我们有枪的话；有来自马萨诸塞州索格斯的船长弗兰克·科里尔；还有安迪和我。当我们听到这悲哀的离别祝福时，所有人都能预见海滩糟糕的情况。

船朝海岸驶过去的时候，我高高地坐在船尾，想看看我们即将面对的是什么。现在我已经把我的望远镜擦干净了，能清楚地看一看这个海滩了。海滩此时正以极快的速度向我们袭来，从望远镜镜片里面看速度更快。

在海滩左边没有看到那种悬挂着木瓦的房屋来遮蔽沙滩，第一、第二、第三、第四、第五波败下阵后就地倒下的战舰和将士，就如倒在海洋和铺着一层鹅卵石的沙滩之间的平坦地域的繁重捆绑物一样。至于海滩的右边，沙滩从海边延伸而来，一望无际，一直延伸到森林溪谷的边缘。德国人就是期待着能够从这里获得些好东西，的确，他们也确实从这里获得了点好东西。

再往右看，沙滩顶端有两辆坦克正在燃烧，黄黑色的火焰突然凶猛蹿起，灰色烟尘翻滚着、奔腾着。再往近处看，有两处机关枪阵。其中一处正在集中火力从坍塌的房屋废墟向小溪谷的右边开火；另一处在往右200码处，距离沙滩大约400码。我们跟随的那个部队的军官要我们直接面向房屋废墟进发。

“安迪，”我说，“机关枪扫射出了一个扇形区域，我刚才看到他们朝搁浅的船舰开了两次火。”

此时的登陆舰艇就像一个被丢弃了的钢铁材质的灰色浴缸。他们对着船的吃水线开火，射出的子弹打在海面上激起一阵阵水雾浪花。

“他说他想去的就是那里。”安迪说道，“所以我们能在那里找到他。”

“那儿也没好到哪去。”我说，“我看见两边的枪都开火了。”

“那就是他想去的地方。”安迪说，“把船径直向前开。”安迪转过身站在船尾朝其他船舰打起了手势，他伸长手臂，张开手掌，上下挥动示意着。

“伙计们，过来！”安迪说。此时马达运转的声响像飞机起飞时的噪音一样大，把安迪的声音都淹没了。“靠近！靠近！你怎么了？靠近啊，真没用！把船径直开过去，船长！”

照着他的指示，我们进入了两处机关枪阵扫射的中心地带。我埋头行走在枪林弹雨的缝隙下，从船尾甲板处的井下到船里面。船尾通常是枪手埋伏的地方，可是我们并没有枪。机关枪扫射射出的子弹在船周围击起一阵水花，一辆反坦克装置炮轰击起的水花飞过我们头顶。

上尉正在说话，但我听不见他说的内容。安迪用耳朵紧贴着上尉的嘴巴，以听清他讲话的内容。

“船长，快掉转船头离开这里！”安迪大声喊道，“火速撤离！”

我们以船尾为轴掉头，赶紧撤离。正在此时，机关枪停止了扫射，但仍有零星的子弹朝我们射来，使得周围海水四溅。我再次艰难地抬起头，朝海滩方向望去。

“危险还没有被清除完，”安迪说，“水下的木桩上布满了水雷。”

“我们沿着海岸继续行驶，寻找一个好一点的地方再登陆吧。”我说，“假若我们远离了机关枪阵的射程，我想他们应该不会集中火力射击我们，因为我们只是一艘登陆舰而已，根本不值得他们如此大费周章，浪费兵力和子弹。”

“我们找地方停靠吧。”安迪说。

“他想在哪里登陆呢？”我问安迪。

上尉的嘴又动了动，速度很慢，似乎他的嘴唇和脸已经不再是一个整体了。

安迪走过去听清楚他的话，然后再次回到船尾，

“他想接近我们刚才经过的步兵登陆舰，他的指挥官在那上面。”

“我们可以让他在红简易上岸。”我说。

“他想见指挥官，”安迪说，“那些穿黑色外套的人是他们连的。”

步兵登陆舰在海那边摇曳着，现在我们的船在向它逐渐靠近，只见驾驶室的钢板壁上有一个破烂的炮口，一根直径88毫米的德国炮筒从里面伸出来。舰艇上每一排边缘闪亮的炮口都在朝海里滴血。它的船舷和船身都被晕船的人给弄脏了，驾驶室前面堆放着已经阵亡的士兵的尸体。上尉和另一个军官交谈了一会儿，我们的船在这艘黑色的铁船旁边随海浪颠簸了一会儿便开走了。

安迪跑上前和上尉交谈了一会，然后再次回到了船尾。我们坐在船舷上，看着从东边海岸驶过来的两艘驱逐舰，它们的枪口瞄准了海角和海滩后面的坡地，一阵猛击。

“上尉说他们现在还不想让我们的船进去，要等待时机。”安迪说，“咱们避开这艘驱逐舰吧。”

“那要等多长的时间？”

“上尉说他们前面的一批人还没到，那批人叫他先等着。”

“咱们去个可追踪到它的地方。”我说，“你戴上望远镜，看看那个海滩，不要把你刚才看到的告诉他们。”

安迪看了看，又把望远镜还给了我，摇了摇头。

“咱们在右边跟着，去看看那边是怎么回事。”我说，“我敢保证咱们一定能在恰当的时机赶到。你确定他们告诉上尉现在不能过去？”

“上尉是这么说的。”

“你再去跟他确认一下。”

安迪回来说：“上尉说他们现在不让过去。他们要先清除完水雷，这样坦克才能安全开过去。他说现在没有什么事需要我们做，而且那边的情况很乱，他们叫他暂时不要过去。”

驱逐舰此时正在朝之前向我们开炮的混凝土碉堡近距离射击。伴随着大炮震耳欲聋的轰鸣，黄铜弹壳铿锵有力地撞在钢制甲板上，扬起一阵尘土。与此同时，驱逐舰上的口径为5英寸的炮继续朝小村庄边上倒塌的房屋发起猛攻，以完全压制德军火力。

“咱们现在上吧，驱逐舰过去了，我们看看能不能找到个好地方登陆。”安迪说。

“驱逐舰已经把障碍扫清，那边还有工兵团在搭浮桥。”我对安迪说，“给你望远镜，你自己看。”

在我们右边的山谷，士兵们正缓慢而艰难地行进，就好像他们肩负着整个世界一样小心翼翼地前行。他们已经停止开火，只是慢慢地爬上山谷，像黄昏时分疲惫的驼队一样准备收工了。

“步兵团已经到山谷尽头的山脊了。”我对上尉喊道。

“他们不需要我们，”他说，“他们已经明确地告诉我他们现在还不需要我们。”

“给我望远镜，让我看看吧，或者给海明威也行。”安迪说。然后安迪把望远镜还给了我。“那边有人在举着黄旗发信号，而且有艘船似乎出了些问题。舵手，直接把船靠到那儿去！”

我们全速向海滩开去，艾德·班克尔环顾四周说：“安德森先生，别的船也来了。”

“让他们回去！”安迪说，“让他们回去！”

班克尔转过身来，挥手示意那些船只赶紧开走，他费了好大劲才让对方理解了自己的意思。海浪终于恢复了平静，船只也向后退去。

“你让他们回去了吗？”安迪问，眼睛一直紧盯着那个海滩，雷区里有一艘沉没了一半的登陆舰。

“是的，长官。”艾德·班克尔回答。

一艘步兵登陆舰在海滩旁边转了几圈，然后朝我们驶来，当与我们擦肩而过时，有个人用扩音器大声喊道：“船上有伤员，船快要沉了！”

“你们能过去吗？”

他的声音被大风吹走了，我们用尽全力只听清了几个字：“机关枪阵。”

“他到底是说有机关枪阵还是没有？”

安迪说：“我也没听清。”

“再靠近它，舵手，”他说，“和它并排前进。”

“你是说那儿有机关枪阵吗？”他喊道。

一个军官用扩音器说：“这艘船刚才遇到了敌军的火力网，正在慢慢往下沉。”

“快点到那艘船那儿去，舵手。”安迪说。

沉没的木桩阻挡了我们的去路，使我们无法顺利通过。木桩上都系着触雷，像两大块双层馅饼，估计它们是先被钉在木桩上再沉入水中的。丑陋暗淡的灰黄色，战争中几乎所有的东西都是这个颜色。

我们不清楚船下还有什么雷桩，只能绕开我们能看得到的，然后朝沉没的船只驶去。

想要把下腹受伤的士兵抬上船可真不是件容易的事，因为我们被逆浪堵在了木桩中间，找不到放舷梯的地方。

我不知道德国人为什么不向我们开火，或许是驱逐舰已经把架有机关枪的碉堡摧毁了，抑或是他们在等水雷收拾我们。很显然，布下这些水雷没有少费力气，德国人肯定想让它们物尽其用。我们现在就处于反坦克炮的射程范围之内，它之前已经朝我们开过火，即使在雷区内穿梭的时候，我都一直在等着它开火。

当我们第一次把舷梯放下的时候，我们被挤到另一艘登陆舰旁边，在它沉没前，我看到3辆坦克正沿着海滩缓慢地开过来，由于速度太慢，它们看上去似乎都没怎么动。德国人发现了一个开火的好地方，他们一直让坦克开到海滩上山谷旁的空地。只见最前面的那辆坦克前方腾起了一根水柱，紧接着，背向我们的那辆坦克也冒起了烟，两个人慌张地从炮塔里蹿出来，跌在海滩的石头上，用手和膝盖着地。他们和我们的距离很近，近到我可以看清他们的脸，紧接着坦克着火后剧烈地燃烧起来，在那以后我就再也没看到有人出来了。

那时我们已经把伤员和幸存者都抬上了甲板，收回了舷梯，摸索着驶出了雷区。在我们清除了剩下的雷桩后，库里尔加大马力，船疾速向大海驶去。这时，另一辆坦克也开始燃烧起来。

我们把受伤的士兵送到了驱逐舰，驱逐舰上的船员用金属筐把伤员一个个吊上船。同时，驱逐舰已经快开上海滩了，口径为5英寸的炮把岸上的每一个碉堡都摧毁了。在一阵爆炸中，我看到一块被炸飞的德国士兵的3英尺长的尸体残骸，上面还有条胳膊。这让我想到了《彼得鲁什卡》[1]中的一幕。

步兵团登上了我们左边的山谷，越过了那个山脊。我们在海滩上选了个好地方，让我们的军队连同炸药、火箭筒，以及上尉一起登陆。

德军还在用反坦克炮四处寻找目标射击，只见他们在山谷中不停旋转炮筒，直到瞄准目标才开火。他们的迫击炮还在沿海滩开火。他们让后方士兵朝海滩狙击。在我们离开以后，那些人还在继续开火，估计不到日落他们是不会停的了。

刚才还没在海浪里的水陆两用车，现在已经平稳地登陆了。在半小时内完成整个海峡的扫雷任务不仅是个耀眼的战绩，也是个神话。现在海浪更高了，雷桩再次浮出水面，这又是趟艰难的行程了。

---

[1]《彼得鲁什卡》是俄罗斯近代著名作曲家斯特拉文斯基所写的一部芭蕾舞剧。剧情由俄罗斯民间故事改编，讲述了一位魔术师在集市上表演木偶戏，结果使三个木偶彼得鲁什卡、芭蕾舞女演员和摩尔人都有了生命。彼得鲁什卡爱上了女演员，但女演员却喜欢摩尔人。彼得鲁什卡无法忍受，便设法破坏了他们的爱情，摩尔人气得发疯，把彼得鲁什卡杀死了。

最终，我们从迪克斯堡[1]出发的24艘登陆艇中有6艘损坏了，但并没有太多的人员死亡。很多船员被接走，或许到了别的船上。在这光天化日之下的正面袭击中，我们成功地夺取了一个布满水雷、全副武装的海滩。我们突破了敌人坚固的防御工事，每一艘从迪克斯堡出发的船都顺利地把作战人员和装备给运上了岸。我们并没有因为自身原因，即航海技术差而损失任何一艘舰艇，所有的损失都是敌军造成的。最终，我们拿下了海滩。

我这里只是写了其中的一部分情况，还有好多都没写。即使写上一个星期，恐怕也难以写完每个人在1135码（约1000米）的战线上所作出的贡献。真正的战争从来都不是纸上谈兵，战争的记录看起来也与实际情况有所出入。我已经尽我所能记录下真实的情况，如果你想了解我们在1944年6月6日夺取绿狐海滩和红简易海滩之时那艘登陆舰上的情况，可以看看我的记录。

[1]迪克斯堡（Fort Dix），是美军在美国新泽西州的一个基地。

伦敦大战敌机

《矿工》 1944年8月19日

“暴风雪号”是一种体型瘦削、性能卓越的飞机，但这种世界上速度最快的飞机却有着驴一样的倔脾气。据报道，它的时速可达400英里，俯冲时留在身后的只有自己的噪音。在我们这里，它的任务就是负责拦截并击落在海上或者在空旷的村庄无人驾驶的敌机，阻止它们一路呼啸飞到伦敦。

中队从凌晨4点起飞，直到午夜。总有飞行员在驾驶室里随时待命，维利信号枪一响，他们就起飞，空中也总有一些飞机在不停地巡逻。信号枪从情报室的门向疏散区连发两枪，从枪声响起到飞机升空，根据我的计算只需要57秒。

当信号枪发令时，你能清楚地听到弹壳出膛利落的声音，还有发动机愈发尖锐的呼啸声和200个螺旋桨摩擦着机头上的桃心花木转轴发出的阵阵噪声；还能看到这些已经被饥饿折磨的、长腿的大鸟颠簸着逃命，不断跳跃着、尖叫着起飞的情形。不管此时是顺风还是逆风，也不管天气怎样，它们只要找到一片天空就会一冲而上，然后将又高又长的起落架收在机身下。

不管什么原因，你总会和许多自己周围的事物建立某种感情，但绝对没有任何女人或者马能比一架性能优良的飞机带给你的感情更真实、更可爱，凡是爱上它的男人，势必都会永远忠诚于它，即使他们会把飞机留给别人。一个男人对战斗机只拥有一次童贞，如果他把它给了一架可爱的飞机，那么他的心也将永远遗失在那里。只需一架P-51[1]就能俘获一个男人最真诚的心。

如果一架坚固耐用、性能可靠又勇猛剽悍的飞机取了“野马”这个名字，那可真是个强硬的好名字。假如把美国著名拳击手哈里·格雷伯的心脏比作是一个引擎，那么“野马”就能成为他的朋友了。“暴风雪”和“野马”相反，是个娘娘腔的名字，来源于莎士比亚，却被用在一架处于全盛时期的飞机身上。那的确是个不错的年月，很多男人都痴迷于赛马。不止一个人被经营赛马赌博的人拉去，原因是他对一匹初入赛场的赛马十分看好，而那匹马除了和“大红”[2]一样有着

[1]英国北美航空公司设计生产的野马式战斗机，最初是为英国空军研制的。继英国之后，盟军大量装备野马战斗机，并在零高度实施攻击，猛烈打击在欧洲大陆横行的德军地面部队及火车运输线。

[2]一种栗色，接近红色的赛马。

一个粗壮的脖子，其他部位根本无法和良驹们相提并论。像野马一样嘶鸣的飞机有很多，但它们都还没有飞越过大西洋。

现在我们有一个中队的人要驾驶“暴风雪”，他们给这种飞机命名的时候并没考虑其他的关于气象干扰的术语。他们每天不分昼夜地都在忙着击落这种无人机。中队长是个很好的人，身材高挑，很有军人的气势，基本不说话，像猎豹一样安静。他的眼睛下面有一些浅褐色的圆圈，脸部曾经被烧伤过，有着一种奇怪的紫色。他站在飞行员食堂的木桌旁，平静而坦率地对我讲述自己的功绩。

我能肯定他讲的都是事实，因为那是他第一次击落无人机的经历，所以每一件事都记忆犹新，分毫不差。他并没有讲其他人的事，只愿意讲和飞机有关的事，而且不厌其烦，讲得很详细。他还给我讲了另一种击落敌机的方式——如果没法在空中把它们炸毁，那么就想法把它们撞毁。

“就像一种会爆裂得升起来的巨大泡沫一样。”他说。“泡沫”可能有些夸张，但是他对此坚信不疑，还用了个更夸张的说法：“在爆炸气流冲天的那一刻，那情形就像一朵巨大的花在空中开放。”

当我正试图在脑海中想象一个巨大的泡沫炸开花

的情景时，同一个中队的美国飞行员突然打断了这紧张的气氛，他说：“我也击落了一架飞机，它正好掉在一个温室上，碎玻璃向上飞起，至少有100英尺高。我还在为今晚要怎么去酒吧跟温室的主人解释而发愁呢。”

“这并不是你的错，你也不知道到底会在哪儿击落它们。”中队长说。他站在那儿，语气和缓而有耐心，他的脸看上去像一张紫色的面具，流露出一种奇怪的热切。“它们可是飞得很快的。”

中校走了进来。他的个子较矮但很有自己的风格，言辞犀利生硬，我后来了解到他才26岁。在我还不知道他的中校身份前，就曾看到他从一架飞机里面出来。当时我并没有看出他的身份，即使现在通过听他说话，我也看不出来。如果不是其他飞行员叫他“长官”，我真不知道自己什么时候才能知道他是中校。他们称两个中队长也为“长官”，一个是像自行车竞赛运动员一样的比利时硬汉，还有一个就是那个脸被毁了容、腼腆的好人。但听过后你会发现这跟他们叫中校时说的“长官”有些许的差别，不过中校并不怎么在意，或者根本就没有注意到。

在战时，审查制度是十分必要的，特别是对于飞机，尤其必要。因为一架新飞机的确切速度、尺寸规格、性能和武器装备的信息是不能对外泄露的，不能让敌人了解到，除非这架飞机落入了敌人的手中。

男人对飞机的喜爱，可能是因为它的外表、性能和表现，这也恰恰是飞机吸引人的地方，不过我这篇文章可不是讨论这些的。我从内心希望任何一架“暴风雪”的信息都不会被泄露出去，敌人永远不能击落它们，而我对它的所有了解在战争结束之前都不要被公开。

与歼灭无人机战术有关的对话也是如此。因为要记录对话就不可能不提及相关的战术，所以这篇文章里除了一个男人对飞机的热爱之外，没有太多别的什么。

我的文字有些生硬，但军队就是个生硬的组织，当然在前面的对话中出现的那位中队长是个例外。有些英国空军讲话时语气生硬，还有一些说起话来就像电影《今夜出击》[1]里一样温和而准确。不管是哪一种语气，我都喜欢（用“喜欢”来表达感情是非常温和的），如果审查制度能够偶尔大方地允许我写一些有趣的东西，那么我也很想尝试一下这两种笔调，不过现在你只能凑合着看了。

不过在战时，按照审查制度写作是十分必要的，

[1]1941年出品，关于英国空军的军事纪录片。

即使没有官方的审查，我们写作的时候也都要进行自我审查，防止把任何可能成为敌人潜在情报的内容泄露出去。但如果想有声有色地描绘空军，并融入细节和情感，那么就不得不有点类似体育报道了。

就如同在过去，你观看哈里·格雷伯和米奇·瓦尔克[1]的比赛一样。在决战的那天早上9点，哈里·格雷伯在床上吃了一份有双份火腿和煎蛋的土豆泥，于是在称体重时，他发现自己竟然比当天下午2点决赛时必须保持的162磅（约73公斤）重了12磅（5.4公斤）。你能想象出他是用了多少方法来减掉多出来的体重的吗？估计他那会儿一定虚弱得连走路和诅咒的力气都没了。

假如你亲眼看到了他吃的东西，并且最后看到他上场的时候和早上起床的时候一样重；假设你看到了他那有力的、推搡的、猛烈的、笨拙的、横冲直撞的、卑鄙的、肮脏的、血腥而又可爱的对决，你就会这样总结整件事：据报道，我们有一位斗士，叫作哈里·格雷伯，其性格特点未知，昨晚他与米奇·瓦尔克交战了。想知道更多细节的话，详见后续报道。

如果这个故事看起来很奇怪，那么请记住在我写这篇文章的地方，天空中总是有无人机飞过，看起来

[1]英国著名拳击手。

像一枚枚有着白色的、发热的如木桶口般粗细尾孔的丑陋金属飞镖。就像我所描述的那样，它以每小时400英里的速度发出像摩托车一样的噪音，从我头上飞过去。

在纽约，一位很受尊敬的同事告诉我，他之所以没有回到欧洲剧院，是因为他觉得在那儿写的东西没有什么创新和意义，只会不断重复以往的作品。现在，我有权对那位尊贵的同事说，在此紧要关头，重复性写作的危险对于我来说，根本不值得我去担忧。

你是否还在聚精会神地继续看这篇文章？因为窗玻璃的问题，我现在已经走神了。在英格兰南部，一个中队的“暴风雪”飞行员在7天内击落了他们目标之一的无人机。很多人称呼这种无人机为“V形飞弹”“自导炸弹”“嗡嗡弹”，或者其他热心的舰队街[1]媒体人物的头脑中杜撰出的名字。目前为止，我还没有见过任何一个歼灭它的人称呼褐色轰炸机为“宝贝”。因此为你们报道无人机的通讯员，仍会称呼这种武器为无人驾驶飞机。当然，如果你不喜欢，

[1]舰队街（Fleet Street），是英国伦敦市内一条著名的街道，以邻近的舰队河命名，一直到1980年舰队街都是传统英国媒体的总部。如今舰队街依旧是英国媒体的代名词，即使最后一家英国主要媒体路透社的办公室也已于2005年搬离了舰队街。

完全可以按照个人喜好用任何古怪或矫情的名字来叫它，但仅限于私下里这样称呼。

在你的无人机通讯员开始研究拦截角度之前，他或者是我（我猜应该是我，尽管有时我并不是最佳人选。我也考虑过不干这个了，这还真不如回去写我的硬皮书），便会亲自坐上48架米切尔轰炸机中的一架——也就是说，每架轰炸机上有8枚炸弹，一共有6架轰炸机——去炸毁无人机起飞的地点。

就算是新手，也能很容易地通过散落在那附近的老米切尔轰炸机数量来确认起飞地点。因为当你向它们走近时，你乘坐的飞机旁边会出现一些黑色大烟圈。那些黑色烟圈叫作高射炮火，正是这种高射炮火葬送了我们的两架飞机。

那么，我们（包括林恩中校，不得不说他在飞机里是个很好的同伴，他的声音听起来和在对讲机里跟投弹手凯说“轰炸——轰炸——轰炸——轰炸”的时候一模一样，好像前面的路还很远）以针尖般的精准度轰炸了这个起飞点。我认真对这个地点进行了观察，它看起来就像一个巨大的混凝土建筑物，侧躺着或者是趴在（取决于你是在俯冲之前还是之后看它）一个完全被炸弹坑包围的森林中。天边有两朵云，似乎并没有“我像云朵般孤独地漫游”里描述的那样孤单。

一排黑色烟圈朝我们的飞机还有我们右边的米切尔轰炸机迎面扑来，看起来就像米切尔轰炸机制造商广告中的画面一样。在它旁边不断形成的烟圈之中，这架大飞机的肚子也像电影里面那样打开了一个口，朝空中挤出了几枚炸弹，它们倾斜着掉了下去，就如同着急地生下了8个金属做的小猫一样。

这也是我们扔炸弹的方式，尽管你只能看到自己的飞机在干什么，看不到其他的。然后我们都会用最快的速度飞回去，而这就是轰炸。和其他东西最大的不同就是总会把最好的部分放在最后。这也就如同你上大学的意义并不在于你能学到多少东西，而在于你认识了很多美妙的人。

你的无人机通讯员从来都没有受过什么学院教育，所以他就去了英国空军，他现在主要学习的课程就是把无线电话里的英语听懂。在和英国人接触沟通的时候，我能听懂他们所有的话；我也能清楚地说和读写加拿大英语，还精通一点苏格兰语，也能懂几个新西兰词汇；对于澳大利亚英语，我的了解足以写明信片、点酒，或者挤进一间拥挤的酒吧；南非口语也并不是什么大问题，就连巴斯克语我也能说。但无线电话里的英语则不同于平时的英语，带有光荣的神秘色彩。

我在轰炸机机舱的对讲机里听懂了大部分的无线电话里的英语。当你把操纵杆上的按键按下时，就把座舱里的说话声隔离了，于是你就可以开始一场漫长的私密对话。“我想知道那个说话的是谁？”你回答：“不知道，估计是登陆日那天晚上一直在说‘返航，返航，行动取消了’的那个杰瑞。”

“你想知道他是怎么进入我们的波段的吗？”

你无所谓地耸了耸肩，用拇指关掉了按键。对于这种闲聊的、简单的私人之间的英语对话，我能听明白。但是如果碰上真正的两个从指挥部往来的飞机上的那种英国人和英国人之间的对话，我就必须得将之当作家庭作业一样认真研究了，就像你借了谁的微积分课本，可是自己才学到平面几何那儿一样。

这就能为你的无人机通讯员写下那么多的奇妙突袭的故事作出解释。他并不是一个对征服苍穹或者对抗地心引力抱有强烈兴趣的人，因为他也时常因为英语听力的问题，无法充分理解无线电话里的命令，反而经常听到自己竟然被指派去轰炸德军，或者用性能良好的、时速400英里的飞机——“蚊子号”[1]去拦截德军的飞机。

[1]英军的战斗机。

现在，你的无人机通讯员把所有的电话都停了，以防听到有人提出令人震惊的提议，而无法履行职责。然而，在停掉所有的电话之前，我还收到了一段有趣的愉快的对话。

“厄尼胆子太小了，他明明有机会掌握无线电通话技术，却在那个酒吧房间里坐着，你猜他在干吗呢？”

“干吗呢？”那语气听起来像是被吓到了。

“写文章呢。”

“天呐！那个老家伙可真行啊！”

为巴黎而战

《矿工》 1944年9月30日

8月19日，在从纽约州北部坎顿市来的列兵阿奇·佩尔基的陪同下，我在该师步兵团团部停留了些时间，就该团防守的前线情况进行了详细的询问。团部的位置就在曼特农[1]外的一片树林里。团部的二大队、三大队向我汇报了军营的位置，并告诉了我他们

[1]曼特农，法嗣厄尔-卢瓦尔省的一个镇，位于巴黎市中心西南方63.5公里处。面积11.44平方公里，人口4440人。

最前线的警戒部队在距离艾伯伦不远的、通往朗布依埃[1]的路上。在步兵团的指挥部，我得知朗布依埃外围正在激战的消息。我对艾伯伦、朗布依埃、特拉佩、凡尔赛周围的城市和道路的情况了如指掌，因为我曾多年在法国的这片区域骑车、散步或开车穿行。如果想了解一个城市的概况，那骑车可谓是最好的方法。速度不是太快，你能够清晰地记住地形的原貌，但假如你驾驶一辆摩托车的话，可能只会对那些高峰留下印象，根本无法获得对于城市的准确记忆。在前线，我们遇到了几位刚从朗布依埃骑车过来的法国人。在警戒部队里，只有我懂法语，他们告诉我今天凌晨3点最后一批德国人撤走了，但他们在通往城镇的路上布了地雷。

我想着赶紧把这个消息带回团指挥部，但是没走多久，我决定返回并把那几位法国人一起带回去，这样我们能再好好询问一番，从他们身上获得更多的有用信息。当我们再次到达前线时，看到了两车的法国游击队战士，他们大都打着赤膊。战士们装备着空投下来的手枪和两挺斯特恩式轻机关枪。他们正是从朗布依埃过来的，这也恰好证明了刚刚那几位法国人提

[1]朗布依埃，位于巴黎西南方23英里处，是法国总统避暑和打猎之地。

供的消息是真的。

我和列兵阿奇·佩尔基开着吉普车在前面引路，带领他们返回团指挥部，而我负责把这些游击队员所了解到的城镇和道路情况翻译给有关人员听。

此时我们已返回到前哨，正在等待地雷清理的具体细节和勘测部队的加入。可是等了一段时间，一个人也没有出现，而这时的法国游击队战士已经准备好了。他们想赶紧到达第一雷区，并成立了一支保卫队以防止任何前往那儿的美国车辆触雷。

一直等到隶属于新泽西州东奥兰治步兵团反坦克连的欧文·克里格中尉加入后，我们才立即出发去朗布依埃。欧文·克里格中尉身材矮壮，肌肉很结实，是个十分积极乐观的人。能够看得出战士们对他很是信任，当看到他在寻找并清理地雷时，都十分放心。和非正规军一起作战时，并不需要遵守什么真正的规矩，差不多就行。只要他们对你很信任，就会和你一起战斗。如果你得不到他们的信任，或者他们不再相信你，那么他们就会消失。

战地记者是不被允许进入指挥部的，我只好把这些游击队员带回步兵团指挥部以便他们能提供更多的信息。不管怎样，今天算得上是美好的一天，我们来到朗布依埃平坦的黑马路，道路两旁树木林立，左边是公园的外墙，前方竖立着路障。

刚开始，在我们的左边停了一辆被炸毁的吉普车，还有两辆德国小型坦克也在此停放，它们被当作反坦克武器使用。其中一辆停放在直通小山的路上，而此时我们正向这条被伐倒的树木所阻断的道路上行进；另一辆停放在路的右边。每辆车上都载有200磅的黄色炸药，它们被牵引到路障后面的金属丝操控着。只要看到马路上有装甲车队的影子，这些小型坦克就会立即驶向道路。由于左边是墙，所以车辆只能向右转，同时另一辆小型坦克将攻击其侧翼。道路障碍物的这边也同样停放着损坏的一辆吉普车和一辆大卡车。

克里格中尉潜伏到雷区，雷区遍布马路内外，两棵被伐倒的大树横躺在这条马路上，中尉潜伏的样子就像一个小男孩在圣诞树下寻找写有自己名字的包裹时一样专注。顺着他的方向，阿奇·佩尔基和游击队战士们小心翼翼地把地雷拿到一道暗渠的墙边。我们从法国人那得知，德国人在这里射杀了美国侦察队。他们让领头的装甲车经过朗布依埃岔道，然后开动卡车和两辆载有反坦克武器和军火的吉普车杀死了7个人。接着德国人把卡车里的地雷抢走了，并把它们埋在了这里。

法国人把死去的美国人埋葬在他们曾经潜伏过的马路旁边，在我们清理雷区的同时，一个法国妇女走了出来，并在他们的坟前放上鲜花为他们祈福。现在侦察设备还没有到，克里格的人已经到了，并正通过无线电和团部取得联系。

直到我和法国游击队的侦察队一起进了城，才真正了解了德军撤退的情况和军事力量。之后，我把得到的信息汇报给了克里格中尉，由此我们竟然发现在我军和德军之间没有任何障碍物，接着我们又侦察到在城外至少有10辆坦克驻守。而我们目前急需做的就是果断地接手扫雷工作，并成立一支保卫队来守卫道路，防止德军突然杀个回马枪。幸运的是，此刻由俄亥俄州克利夫兰[1]的彼得森中尉领导的一支侦察队出现在我们面前，我们之前的担忧也迎刃而解了。

这一晚，法国游击队倾其所有，把所有的巡逻队都派往朗布依埃市中心主干道驻守，为彼得森中尉的侦察队把风护航。上天下了一整晚的瓢泼大雨来考验战士们的意志，坚守到早晨的游击队战士们全身都湿透了，疲惫不堪。下午，他们不得不换上在伏击战中战死的士兵的衣服。

我们第一次进城时，有两名战士打着赤膊，群众

---

[1]克利夫兰，美国俄亥俄州最大的城市，位于州境北部伊利湖南岸凯霍加河口，是水陆交通要地、重要湖港和工商业城市。面积196.8平方千米，人口约52万；大市区包括邻近4县，面积3934平方千米，人口约190万。

冷淡地向我们打招呼。而第二次进城时，我们人人身着制服，受到了群众热烈而隆重的欢迎。在第三次进城时，战士们全体穿戴整齐，为此我们受到了更为热烈的欢迎，群众开心地与我们相吻，开香槟庆祝我们的到来。我们把总部设在了戈兰凡登饭店，因为这里有一个上等的酒窖。

次日早晨，我返回步兵团指挥部，向上级汇报了朗布依埃周边的情况，并对德军在朗布依埃和凡尔赛的军事部署作了分析。身着制服的法国宪兵队队员和游击队战士分布在凡尔赛内外，同时在法国抵抗组织中也时常能看到记者的身影。我们对德军坦克的去向、枪支的存放位置、防空武器所在地、军事力量及其部署情况有了确切的了解。

消息每天都在不断地更新，也随之更加完整。指挥步兵团的陆军上校派我前往师总部，我在那里讲述了朗布依埃及周边发生的事情，并得知遗留在沙特尔[1]的被缴获的德军物资起了大的作用，给法国抵抗

[1]沙特尔，法兰西岛大区和中央大区交界的厄尔-卢瓦尔省，位于一个山丘之上，在厄尔河左岸，博斯的中部。沙特尔离巴黎西南71公里，是座清幽的小城，约有4.2万人口，以城中的大教堂闻名于世，它被联合国教科文组织定为世界文化遗产，也是法国九大名教堂之一，更是早期四大教堂之一。

组织补充了大量的武器装备。

我返回朗布依埃时，在凡尔赛路上看到皮特森中尉将他的侦察部队分布在凡尔赛道路上，并且在他的协助下，装甲队的装备也成功运抵。部队在城里驻守是我们很乐意看到的，不仅如此，我们还得知我们和德军之间已设立起屏障，因为在朗布依埃北部德军有15辆坦克，其中3辆是虎式坦克。

下午时分，众人都抵达了城镇。英国和美国情报人员从前线返回，在等待着下一个任务的执行，报纸通讯员、现任美国高级军官和美国海军后备队海军少校莱斯特·阿默、纽约陆军上校都聚集在城里，同时两支装甲侦察部队也接到命令取消所有任务。

这次撤退使得城镇与德军之间没有任何部队守卫，此时我们已把德军的军事力量及其战术策略摸透了。他们计划在特拉佩和那维由克斯两地之间驻守坦克部队，以此来阻挡从乌东通向凡尔赛的去路。他们会将坦克驶向朗布依埃和凡尔赛主道上的各个不同点，并占用边道。除此之外，他们还会调遣轻型坦克和自行车队在谢夫勒斯东部和圣·雷米切里乌斯等地巡逻。

晚上，在美国侦察部队撤退后，常规军侦察部队和游击队组成了一支保卫朗布依埃的武装力量，并配备了反坦克手榴弹和轻型武器。这一晚依然是大雨瓢泼，凌晨2点至6点的时间，是我度过的前所未有的漫长时光。

我不知道你能否了解到，部队先你一步出发，紧接着又撤退回来，在你掌管的城镇里驻守，而这座城镇异常美丽，从未经历过战火的洗礼，这里的人民淳朴善良。从书中你找不到任何解决此类错综复杂的军事状况的指导方案，因此为城镇设起屏障是必需的，也是可行的。从目前美国军队撤退的情况来看，一旦德军突然改变计划提前发动攻击，我们至少还能给予一定的防御。

接下来的几天里，德军的坦克在我们附近的路上来回巡视侦查，他们挟持了各个村庄里的人质，还俘虏了法国抵抗组织的战士并把他们枪杀了，他们在此肆意妄为。同时在最近的一段时间，游击队战士骑着自行车跟踪并记录了他们的行踪，为我们提供了他们的精确动向。

同一个人只能在同一个国家里出入境一次，除非他有正当的出入境理由，否则他就会被德军怀疑而被杀。我军把那些对我军军事力量大小、指挥人员名单有所了解的人员都关押了起来，以防他们返回德军基地后被逮捕审问，从而泄露秘密。

年轻的保罗从我们前方的德军坦克小组中落下来。他埋藏了制服和冲锋枪，仅穿着从一间封闭房间里找到的内衣和裤子穿越了德军防线。他带回了好消息并马上投入饭店的厨房工作中。这时的安保工作很简单，因为只有流动巡逻队的人才配备有武器。我还清晰地记得当厨师走进餐厅询问能否把牢房的囚犯放出来，让他们自己从烘炉中取面包时，陆军上校难以置信的骇人表情。他断然拒绝了这荒唐的请求。随后，囚犯们也主动请求让他们在警卫监视下挖出自己的制服和枪支，带着武器上战场作战，但是同样遭到拒绝。

在这段混乱的时间里，德军坦克占领了一条边道并继续向城镇6000米内推进。他们还杀死了一位十分善良的、正在巡逻的警察，这位警察是当地的游击队员。所有在场的人都跳入壕沟向坦克开火，坦克随后撤退了。极其可悲的是，此刻的德国人依照教条全面开火。如果不那么墨守成规的话，他们已经进入城市了，品尝着戈兰凡登大酒店的优质葡萄酒，甚至可以赶走波兰人，枪杀或者逼迫他们重新回到战场。

在戈兰凡登大酒店度过的那段日子可以称得上惊奇。你一周前在占领沙特尔时见过的一个老人，坐着吉普车去了艾伯伦，居然回到了上次和你相遇的地方，说他相信能够在朗布依埃的森林里找到令人兴奋的信息。作为一个通讯记者，这根本不是你分内的事。你在距离城镇北部6英里的一条路上载上他，他掌握着关于雷区以及沿路反坦克设备的安放地点的完整的信息，而就在离特拉佩斯不远的地方，你查明了这些信息并把它发送出去。此时老人想要出去了解更多的信息，你有必要确保他的安全。换句话说，他已经知道了太多我方目前的情况，一旦被德国人逮捕，就会对我方造成很大的威胁。所以他必须被保护性地隔离起来，和波兰的孩子们在一起。

这一切本该是反间谍组做的事情，但我们没有，也没有相关法律这样写道。我记得陆军上校说过："恩尼，如果我们只有几个战斗信息中心或者只有很少的民政事务，那就完全参考法国的规则。"所有事情都参照法国的习惯。通常，尽管不是经常，但最后这些问题又会回到我们这里。

游击队称我为"队长"，但对一位45岁的人来说，这个称谓似乎不够敬重。所以，在有外人的情况下，他们通常叫我"陆军上校"。他们对我如此低的军衔也很好奇。其中一个之前是经销商，曾经用地雷炸毁了德国的弹药车和军车的人私下问我："队长，以你的年纪和如此长的效力时间，还有你明显的伤口（在伦敦时，我撞在一个静静放着的水箱上受的伤），为什么到现在还只是一个队长？”

“伙计，”我告诉他，“我没有升职，是因为我文化水平低。”

最终，另外一支美国军队的侦察设备抵达了，把去凡尔赛的道路占用了。这个城镇得到了可靠的保护，我们可以投入全部的时间安排巡逻队到德国占领的地区，然后准确侦察德国的防守阵地，以便能在巴黎决定要进一步行动之时，掌握德方更为准确的信息。

这段时间，除了有几次受到惊吓外，并没有什么可记录的事。我有时想把很多陆军上校日夜的行动写下来，但是我不能把这些军事秘密写下来。

前沿阵地的写照就是如此：你在公路的斜坡旁藏身，公路通往一个村子，路边有加油站和小餐馆。前方是一个小村庄，从小餐馆对面的路上就能看到教堂的尖顶。你还能看到通往你后方部队的公路有着很长的斜坡，长长地向远处延伸。两个人手拿着望远镜站在路上向远处眺望，其中一个人望着路的北方，另一个负责盯着南方。

这种安排也是正确的，因为德国人正前后夹击我们。两个面貌姣好、穿着红色高跟鞋的女孩正沿着道路向城镇走去，其中一个女孩已经被德国人控制住了。一名游击队员走近告诉我：“这两个女孩在这边时，和德国人睡过。现在她们正走向德国控制区那边，估计是带什么信息回去给他们。”

“快点把她们抓住！”有人喊道。

这时又传来一声叫喊：“有车！有军队！”

“是我方还是敌方的？”

“敌方的！”

这时，在小餐馆后面和加油站，每个人都神色严肃地拿起来复枪或冲锋枪开始扫射，有几个聪明的居民见形势不对，早跑到田野里去避难了。

在加油站的对面出现了一辆小型德国吉普车，并开始用一支20毫米口径的枪开火。大家都集中朝它开枪，它倒转过来回到路上。吉普车迅速开始撤退，一些勇敢的居民冲出来向其射击，直至其从人们视野中消失。这次枪战只有两名狂热分子在小餐馆中跑动时跌倒，被滑落的白酒瓶子轻微划伤。

后来经证实，那两个女孩也说德语，并且自称是被德国人逼迫的。我们把她们从地沟里救起，然后安置在一个安全的地点，让她们自行返回村子。

其中一个女孩说，她只是和德国人一起去游过泳。

“是裸泳吗？”一个游击队员嘲讽地问。

“不是的，先生。”她回答，“他们一直都很守规矩。”之后，我们发现她们的手袋里还有许多德国人的演说词和其他文件。最后，她们被送回朗布依埃。当地人并没有把对德国人的恨发泄在她们身上，也没有殴打她们或给她们剃光头。

德国人离这里太近了。一辆德国坦克开进了两英里外的一个村庄里，他们发现了3个在侦察他们行动的游击队员的行踪，其中一个队员因为之前已经被见过很多次而被坦克兵认了出来。

我曾询问其中一个游击队员之前是否看到过这辆坦克，他回答说："队长，我接触过它。"一小时后，一个在城镇里的游击队员带来消息：他们3个被德国人射中了，尸体被扔在了路边。这个悲伤的消息让很多人扼腕叹息，也给遣送这些德国人带来了难度。这些德国人不断地在树林里被捕，他们都是来自从沙特尔出逃的队伍，是要被遣送回去接受审问的。

一位老人来了，告诉我们他的妻子正用手枪看守着5个德国人。

他说，德国人准备离开森林去他家找点东西吃。他们并不是被安排好的前线部队，而是分布在森林里的零散的编制队员。其中一些人正试图重回德国主力部队继续战斗，其他一些人则很想投降，只要能保证他们的安全。

我们立即派出一辆车去抓捕那位老妇人抓住的德国

士兵。“我们可以把他们都杀死吗？”一个巡逻队员问。

“不能鲁莽，除非他们是正宗的纳粹党卫军。”一位游击队员回答。

“把他们带到这里来，先好好审问一番，然后遣送到师部。”我说。车子已经开始出发了。

那个长得和杰基·库珀年轻时很像的波兰孩子，正在饭店餐厅里给玻璃抛光，老人神色凝重地抽着烟，心里盘算着什么时候才能被释放去执行下一个任务。

“队长，”老人问，“能不能给我安排点有意义的事情做，巴黎现在正处在水深火热中，而我却只能在这个饭店的花园里休息，你能理解我的心情吗？”

“你对德军的事情了解太多，他们一定会想法缉捕你的，这也是在保证你的安全。”我告诉他。

“那这个波兰孩子有没有问题？我可以完成这个有意义的任务，如果他试图逃跑，我就杀了他。”

“他没有问题。”我说，“他会和部队一起离开。”

“他说他会重回队伍中，去替我们打探任何我们需要的消息。”

“别再抱有那些美好的幻想了。”我告诉老人，“既然这个波兰孩子没有人照顾，那就由你来负责这件事吧。”

此时，又接到新的大量的信息，我需要对其进行评估并将之打印出来，我需要留下一位侦察兵去圣·雷米切里乌斯。有消息说，勒·柯勒克将军的法国第二装甲师正在从朗布依埃前往巴黎的路上，我们想知道所有关于德军部署的确切消息。

我们如何到达巴黎

《矿工》 1944年10月7日

当我终于抵达位于巴黎东南部的勒·柯勒克将军的装甲部队时，我无法描述自己内心的感受。我刚从一个巡逻部队回来，惊魂未定，在那个城镇里遇见了最坏的情况——我们偶然进了城，那里的人却以为已经解放了。我得知将军已经亲自到了路边并且迫切地想见到我。之后，我在一位抵抗运动的核心人物和陆军上校B的陪同下去见将军。陆军上校B是当时全朗布依埃家喻户晓的勇敢军官，同时也是一个大庄园主，这座城镇一直处于他的掌管中。我们向将军献策，但出于保密，我无法描写他的话，不过我会永远铭记于心。

“闭嘴，哑巴。”这位勇敢的将军说，实际上声音也就比耳语稍微大些。随后，陆军上校B、抵抗组织的首领以及随装甲部队行动的通讯员全部撤走了。

随后该师的第二大队邀请我去吃饭。根据陆军上校B提供的信息，他们对第二天的作战计划进行了认真的分析。对一个战地记者而言，这是袭击法国的高潮。

我在战争中得到的经验是，一个粗鲁的将军往往会紧张不已。可是现在，我没有作出任何判断，只是再次出发开始另一次的巡逻。我可以在吉普车里继续紧张，至于明天，我们不知道会在陶斯诺博和圣萨克莱之间遭遇到什么样的抵抗。

在预测到可能遭遇的抵抗之后，我们重新回到了位于朗布依埃的戈兰凡登大酒店，度过了极不平静的一夜。我忘记了是什么原因造成了这场不平静，或许是因为在这个节骨眼上人员太多，实际上包括，同一时间的两支警察军队；又或者是因为我们持续行进了太远，维他命B1供不应求，大量酒精的摄入影响了强壮的游击队员的神经，使得他们在同一时间里解放了太多的城镇。至少现在我的内心很不安，而且我敢肯定那个陆军上校B和我都认可的“自己人”也都很不安。

巡逻队的头儿，作为“我们”真正的战斗领袖说：“既然我们这么想把巴黎拿下，为什么要延迟？”

“我们没有延迟，头儿。”我回答，“这一切都是大计划中的一部分。多些耐心，明天我们就会拿下巴黎。”

“但愿一切顺利。”巡逻队的头儿说，“我的妻子已经等我很久了，我想在巴黎见到她，我觉得根本没有必要等待那么多士兵赶来。”

“耐心些，伙计。”我告诉他。

在那个具有决定意义的夜晚，我们睡熟了。这无疑是一个重要的夜晚，而明天也一定会在历史上留下浓墨重彩的一笔。我对于第二天大战一场的期望被一个巡逻队员摧毁了，他在夜里很晚的时候来到酒店，叫醒了熟睡的我，告知我能撤退的德国人将要撤离巴黎。我们从德国军队留下的电视屏幕得知，明天会有一场战斗。但我没有料想到任何恶战，因为我知道德国人的部署以及他们将攻击或绕过的防线。我认为只要我们的巡逻队员有足够的耐心，我们就将在士兵之后进入巴黎，而这并不是个吸引人的优待。但是来自地下党的一个大人物却坚持让我们这样做，他的原话是这样的：“让军队打头阵只是个礼数，等我们到达了陶斯诺博，会有一场短暂但激烈的战斗，所以所有的报纸记者或者游击队员都不能提前进入，直到队列通过。”

在我们抵达巴黎的那天，雨下得十分凶猛，在离开朗布依埃前，大家都已经至少淋了一个小时的雨。我们从谢夫勒斯和圣·雷米切里乌斯这些我们之前都来过的地方路过时，搜集了很多信息，还给那些不停抱怨的巡逻兵准备了好多阿马尼亚克酒（一种法国白兰地），他们都对法国的消息十分关注。在那期间我真正意识到，任何一种上等好酒的作用都是赶紧结束一场争斗。

在路过圣·雷米切里乌斯后，我们得到了当地猪肉商们的热烈欢迎，他们都参加了战斗行动，在那之后就变得不可理喻了。在队伍行进入一个叫作考尔西勒的城镇时，我们犯了一点小错。后来我们得知，在我们之前没有任何车，为此深为我们的人所鄙视，他们希望能够走最短的路程快速到达巴黎。我们回到了圣·雷米切里乌斯，加入了一个装甲部队，他们正向切特乌堡行进。我们的返回让当地猪肉商惊慌失措。在我们给他们解释了当时的战局之后，他们迅速换了一副面孔，不停地称赞我们。我们继续向陶斯诺博行进，我知道必然会有一场战斗在那里开打。

此时，德军就在我们前面和右方的圣萨克莱，他们已经在切特乌堡和陶斯诺博以及十字路口外开挖防御工事并且构筑了一系列防御点。过了通往布克的机场，他们有88个据点，控制着每一条支路。随着我们离特拉佩布克周边坦克所在地越来越近，我感到更加不安起来。

法军的装甲部队十分骁勇善战。在前往法兰西岛的路上，我们知道沿路的麦地里埋伏着那些荷枪实弹的德国兵，装甲部队将坦克布署开，像演习时一样，在两侧掩护我们行进。在这期间并没有看到德国兵的影子，直到坦克驶离麦地，德国兵举手投降时，大家才看到。这真是武器的妙用，就像孩子办家家酒似的，实在让人忍俊不禁。

在此期间，我们遇上了德军部署在机场的7辆坦克和4门德式88毫米高射炮，可是对于英勇善战的法军来说，应付这样的战况游刃有余。在另一处开阔的麦地，法军的大炮已随时待命，当德军的机枪突然猛烈扫射时，法军的机械化炮队给予了猛烈的回击。我们还获悉，德军有4挺机枪是连夜运来的。炮声轰鸣震天，掩盖了从22毫米口径机关枪射出的子弹声以及头顶的机枪扫射声。这时，熟知德军作战部署的法军先遣队队长朝我耳边兴奋地大喊：“这场遭遇战打得真是漂亮，一切都在我们的掌握之中，真是干得漂亮！”

虽然这场遭遇战打得确实漂亮，但对于我，一个非战斗狂热者来说，丝毫没有感受到这其中的乐趣所在。当88毫米高射炮向路面开火时，我不得不立刻卧倒。交火的过程中，一片喧嚣混乱，因为此时我们的纵队行进受阻，更多的游击队员投身于积极修整道路中，由于我们需要速战速决，他们丝毫不敢怠慢，动作无比迅速。所以他们根本没有精力去考虑正在进行的交战。他们从一处倒塌的房屋取来砖瓦把泥坑垫平，将可用的大水泥块和碎石块手手相递。此间，大雨一直在不停地下，雨水从他们的脸上不停地往下流。交火结束时，法军两死五伤，损失了1辆坦克，但是法军摧毁了德军的7辆坦克中的2辆，其所有的88毫米高射炮也失去了用武之地。

“我们和敌军交火了。”先遣队队长掩饰不住兴奋的神情告诉我。

这意思是，“我们拿下他们了，或者是我们大获全胜”。此刻我想的却是交火的确切含义，我以为只是两辆车追尾时会发生的事。

我喊道：“胜利了，胜利了。”

这时，一位年轻的法国中尉问我：“你到底是谁，在我们中队里做什么？”我能肯定他并没有在战场上经历过几次交火，充其量也就是个参战次数多点儿的老手。

我回答道：“中尉，我是名战地记者。”

他怒斥："战争结束前不要让任何战地记者跟来，特别是这个人。"

"收到，中尉。"一名宪兵答道，"我会严格监视他们。"

"即使是游击队那群乌合之众也不能通融。"中尉命令道，"军队作战结束前，不允许任何人违令。"

"中尉先生，"我说道，"当小规模交火结束，军队向前行进时，他们就会随之消失的。"

"你说的小规模交火是什么意思？"他问道，我能从他的声音中听出些敌意。

鉴于我们没法再跟着军队向前走了，我便离开了，走了很久才到达一间酒吧。这里有很多游击队员，在尽兴地唱歌，和一位来自毕尔巴鄂[1]的美丽的西班牙女郎一起狂欢。我想起自己上一次是在坐落于夸尼耶尔小镇的一家有名的开放式巡逻点见到这位姑娘的。这小镇还是我们以前从德国人手里夺来的，当时只要我们的士兵出现在小镇路上，他们便会主动上缴正在开的车子。这个女孩15岁就随军作战了，所以她和那群游击队的人一样，有着老道的作战经验，对战争场面司空见惯。

---

[1]毕尔巴鄂，西班牙北部城市。

一位代号为C的游击队长说："让我们好好享受这美妙醇香的白兰地吧。"我也从瓶中倒了一大杯，尝了一口，那酒确实很烈，还有着淡淡的橙香味，这也是其被命名为"金万利"的原因。

这时，担架又送来了一位伤员。"看吧，"一位游击队员说，"只要有军队在，那么伤亡就会持续不断。为什么他们不能明智些，让我们先走一步呢？"

"好，好，"一位穿着军需处服装、袖戴游击队徽章的士兵说道，"要如何解释那些在路上被杀害的同志呢？"

这时有人说道："但我们今天得去巴黎。"

"在去萨克莱镇[1]之前，我们还是回去看看，看还能不能做点什么。"我说。

"但指令已经下达了，在军队行进之前，他们是绝不会让我们离开半步的。下了那么大的雨，路上早就泥泞不堪了，就连这儿都有泥淖了。如果是轻型的游览车，我们倒还能帮着推过去，可如果是卡车，那我们就真的无能为力了，会陷到坑里去的，根本就动不了。"

"我们或许可以选择走小路。"游击队队长C说道，

[1] 萨克莱镇（Saclay），法国小镇。

“为什么一定得跟着部队走呢？”

“我想我们最好还是别越过夏托富[1]。”我说，“也许那样我们可以走得更快。”

我在夏托富的十字路口找到了陆军上校B和司令员A。在我们这次交战前，他们就被分派出去了，所以对交战细节一无所知，我们甚至都没来得及告诉他们交火的情况。整个麦地仍弥漫着战斗的硝烟，两名聪明的长官在农庄找来了一些食物作为午餐。纵队中的士兵们正在烧毁那些用来放置炮弹的木盒，希望能对被轰炸的大炮有点帮助。与此同时，我们把身上的湿衣服脱下来放在火上烤干。德国犯人进来后，队列中的一位长官让我们把他们遣送至德军投降的那片麦地，他们因此得以保全军人之礼，而且都幸运地活了下来。

“这样善良的做法未免有些愚蠢，我的长官。”队中年龄最大的老兵说，“我们一定会为此付出代价的。这些犯人说他们原来是巴黎普通的上班族，可是为什么却在凌晨1点被无情地置于此境？”

“难道你会相信那种话吗？”最老的游击队员问道。

“也许是真的，因为他们昨天已经不在这里了。”

[1]夏托富（Chateaufort），法国城市。

我回答道。

“这群军人的谎话真让我恶心。”那个老兵说。这位老兵已经41岁了，瘦削却坚毅的脸上有着一双清澈的蓝眼睛。很少能看到他笑，但有时他笑起来还挺顺眼的。“就是这群德国佬射伤了我们队中的11个战友，还让他们受尽折磨，我也曾被他们拳打脚踢致重伤。如果换作是他们，那么他们一定会毫不犹豫地杀了我们。但反过来，我们对他们却要细心照看，多加礼遇，真是可笑至极！”

“伙计，他们并不是你的犯人，”我解释道，“是这群士兵抓住了他们。”

雨越下越小了，慢慢地变成了雨雾，不久天空放晴了。德国卡车把这群犯人送回朗布依埃，因为当前的战事还不能在短时间内结束，于是在一个十字路口向宪兵们请示后，我们便跟在大部队后面继续开车。

在凡尔赛高速公路旁的小路上，我们追上了坦克，并跟着他们驶入一个幽深的山谷，那儿到处是枝繁叶茂的树木。出谷后，我们便到了一个拥有城堡的绿色牧场。我们看到坦克再次展开布署，就像看牧羊犬在草场驱赶羊群一样。他们又一次休战了，而我们也恰好想返回去看看萨克莱镇的道路是否恢复畅通。在回去的路上，我们看到1辆被烧毁的坦克和3具阵亡的德国士兵的尸体。其中1具尸体很明显是被活生生碾平的，这惨景不禁让你由此联想到，假若武器在战场上真发挥到极致，那么威力真是不堪设想。

在凡尔赛高速公路主干道上，纵队行进时从波尔多[1]至马约门的中转机场废墟路过。就在这里，当停止行进的指令被下达时，一位法国人跑上来，告诉我们有一辆小型的德军坦克正在通往森林的路上。我赶紧拿出望远镜仔细勘察了路况，可并没有发现什么可疑的东西。

突然，一辆装有一支机械枪和一挺20毫米口径机枪，装备算是齐全的重型德式吉普出现在树林中，并气势汹汹地向路这边驶来，还在十字路口不断开枪扫射。

每个人都开始向它发起攻击，只见那辆吉普车左闪右躲，行动利索，转眼又撤回到树林。我的司机阿齐·贝奇好像被击中了两次，但现在还暂时无法确认他是否受伤。两名伤员被送至建筑物的角落处进行抢救。游击队方面对再次交火表现得十分乐观。

“你认为我们这次获胜的机会大吗？”C队长问道。

“当然，”我说，“应该还有些士兵留守在城里。”

[1]波尔多（Bordeaux），法国西南的一个港口城市，是法国第四大城市，位列巴黎、里昂、马赛之后，是阿基坦大区的首府，同时也是吉伦特省的首府。

我之所以选择战斗，只是希望自己能活着进入巴黎。我们的神经已经绷成一条直线了，巴黎就快要被拿下了。战斗时，我唯一能做的就是在巴黎的街道上东躲西藏，保全自己的性命，当我躲在屋里或是房子的入口处时，就已经有人抢占了我身后的楼梯了。

在这之后，纵队前移的脚步越来越慢了。在我们面前，到处都是倒地的树木。坦克只能绕道而行，有时也会无端撞上，这情形与大象伐木时的情景相似。一些坦克在撞那些挡路的汽车的同时，自己也伤得不轻，破碎的挡泥板也被卷入了车身里。装甲车的甲板脆弱得不堪一击，很难在满是篱笆栅栏的乡下大显身手，还容易成为反坦克步枪、火箭炮的目标，威慑力并不大，在乡村小道上行进起来就像醉酒的大象一样笨拙不堪。

在我们的左前方，一个德国武器堆硝烟四起，不断传来各种防空炮弹的爆炸声，还有20毫米口径步枪的射击声。威力更大的武器会在战斗愈演愈烈时登场，然后给战场重重一击。我没法知道阿齐·贝奇的确切位置，后来我发现他正向军火库进发，他以为那儿又开战了。

“那儿一定有人，老人家，”他说，“那儿一定已是枪林弹雨。”

“不要一个人离开，”我告诉他，“你怎么知道我们一定会置身事外呢？”

“好了，老人家，我知道错了，海明威先生，我是和我兄弟一起去的，他说那儿打起来了。”

“天呐，真是见鬼！”我说，“你真是被那群游击队的家伙洗脑了。”

我和阿齐一起快速跑着，从那条炸弹纷飞的路横穿过去。这个有着一头飘逸的红发、6年常规军龄、能说点法语、掉了颗门牙的军队中的兄弟，即使头上的天塌下来，他也能放声大笑。

“爆炸已经不是什么稀奇的事了，老人家。”他大叫着。他略有雀斑的脸上笑得十分开心。

“他们都说这样的巴黎和小镇没什么区别，兄弟，你去过吗？”

“去过。”

我们此时正走着下坡路，这条路我十分熟悉，所以当然知道我们会在下个转弯处遇到什么。

“在一起打仗时，我的那个兄弟和我说过这儿，我当初不以为然，”阿齐说道，“我还断言这一定是一处地狱。他还说了些关于他要去巴黎的事。这地方和他所说的巴黎简直就是天壤之别，你怎么看？”

“不，阿齐，”我告诉他，“法国人之所以叫它巴黎就是因为他们是出于真心的爱。”

“我懂了，”阿齐说道，“是不是就好比你并不一定用真名来称呼女孩，是吗？”

“确实是这个道理。”

“我刚才不懂那家伙究竟想说什么。”阿齐说道，“现在，我想这与他们全都叫我吉姆而我的名字却是阿齐是一样的道理。”

“也许是因为他们也爱你啊。”我说。

“他们的确是群好伙伴。”阿齐补充道，“是我最好的战友。我们一起整天喝酒，但是经过这么多场战斗，没有一个人是贪生怕死的，懂吗？”

“我懂。”我说。可我也不知道接下来该说些什么，此时，我只想重新把我的眼镜擦亮，因为我想看清楚脚下的这座虽布满尘埃却依旧美丽、让我无比热爱的城市。

士兵与将军

《矿工》 1944年11月4日

麦子早就熟透了，可是到现在都没人来收割。坦克碾压过的痕迹一直延伸到树篱，我们越过山脊，穿过伤痕累累的国度，看到了即将踏上的那座山。此时，德国人就在那片林木苍然的国家的山上。我们了解到那儿有好几个兵团，还部署着15~40门大炮。军队的行进速度很快，以至于左方部队无法赶上。在这个国度，你能看到那些可爱的山峦、山谷，以及那些带着农田和果园的农家庭院、镇上灰瓦石顶的建筑和哥特式的教堂塔，所有建筑都只剩一面立着的墙。一切都损毁严重。

军队整体的行进仍按照计划执行。很快就要到目的地了，现在我们所占的有利位置其实使之早该是囊中之物，这样的情况持续了很长时间。没有人会对那些分别的日子记忆深刻，只会记住那些曾陷入疲惫与奔波的不堪的过往，死尸的气息，刚被炸药肆虐过的泥土的气息，坦克和推土机那刺耳的声响，自动步枪和机关枪的射击声，德国自动手枪断断续续的、像响尾蛇一样咯咯作响的粗糙枪声，德国轻型机关枪那种密集的扫射声，等等。

我们也总是会回忆起在那死亡随处可见的战斗中，从低洼地到高地，穿过丛林，渐入平原，走过那些支离破碎或还算得上完整的城镇，来到我们所在的连绵的农场和广阔的原野。

所有在战场上发生的一切：老式小包、紧急口粮、空空的散兵坑和树枝上那些被摘下用来伪装的枯瘪的树叶都将会成为历史。它被打上了德军车辆、M4中型坦克[1]、德制黑豹坦克，以及散落在路边或是树篱上、又或是果园里的德国阵亡军队的烙印。四处散落着德军的装备，马匹任意奔走。运送途中，我们用皮带把伤亡人员捆在还没来得及撤离的吉普车顶部。不出意外，我们能够准时抵达目的地，然后在那儿等候与其他人会合。

今天可真是个好天气，蔚蓝的天空万里无云，现在我们凝视着这个明天即将迎来两军交战的小乡村。在我们的左前方，飞机还在继续和德军坦克对抗。P-47雷电战斗机在阳光下看起来很小，还泛着银光，在离开编队俯冲轰炸之前成对盘旋，在下落过程中不断发出咆哮式的声响。然后P-47雷电战斗机向上飞行并再次盘旋向下扫射，你不仅能看见闪过的光影和轰炸后到处弥漫的硝烟，还能听到击中的重响。如果我们能赶在他们的8挺50机枪冒烟前，便能在下降时看见闪光和冒烟。在俯冲过程中，我们连那些茂盛的树叶间的明亮斑点都能看得一清二楚，紧接着黑烟升起，飞机便在降落过程中不停地进行扫射。

[1]以威廉·谢尔曼（W.Sherman）将军命名的M型系列坦克。

“他们缴获了一辆栅栏式坦克，”一名坦克兵说道，“这便是其中的一辆。”

“你能通过望远镜看到他们吗？”另一位戴着钢盔的坦克手问我。

我说：“那些树刚好掩护了他们，没法看清。”

“不出所料，”坦克兵说，“如果那群混蛋德国佬的掩护装备能够为我们所用的话，那么就能让更多的人去巴黎、柏林或者我们即将前往的地方了。”

“我想回家，”另一个人说，“这是我最想去的地方。总之，我对其他一切地方都不感兴趣，反正我们总不至于流落荒野。”

“放轻松点，”另一个士兵说，“日子还要一天一天地过。”

“记者，我想给你说件事，”另一名士兵叫我，“有一件事一直困扰着我，你能给我解答吗？如果你不是被强行拉来的，那你在这儿做什么呢？你难道只是为了钱吗？”

“当然，”我说，“只是为了钱，一大笔钱。”

“我更不能理解了。”他严肃地说，“我能理解那些被迫参战的人们，但是如果只是为了钱做这个则一点也不可取，就算给我再多的钱，我也不会这么做。”此时，一发含有烈性炸药的德军炮弹从我们头顶越过，却因为导火线的损坏，在空中只留下一团黑烟，然后滚到了我们右边的地上。

“那群坏蛋射的位置太高了。”那个不为钱折腰的战士说道。

就在这时，德军炮兵部队开始对我们左边的小山进行炮轰，那里是我军第一步兵团某营驻扎的阵地。在猛烈的炮火轰炸下，半个山头在一片血泊中几乎被夷为平地。

“下面该轮到我们了，”一位坦克兵说道，“他们对我们这儿了如指掌。”

“一旦他们向我们射击，那就立即到坦克背后卧倒，”那个曾告诉其他士兵日子要一天天地过的坦克老兵说，“那里是最好的位置。”

“它看起来有点重，”我告诉他，“如时你非得在瞬间撤退呢？”

“我会有怨言的。”他笑了笑。

在反炮兵火力中，105型通用直升机显尽了威风。此时，德军的炮轰刚停止，一架自制轻型飞机在头顶上缓缓飞过，而另一架立刻飞向右边。

“他们不喜欢在飞机出现的时候射击，”一个坦克老兵称，“因为它们可以识别闪光痕迹，然后我们的炮队就会沿迹进行反击，飞机也会随之进行追踪。”

我们在那里待了一会儿，德军也暂时消停了一会儿，山上的驻军仍然保持着高度的警惕性，而我们并未受到德军的攻击。

“我们回去分析一下接下来该在哪儿开打。”我说。

“好的，”正驾驶着我们缴获的德军摩托的金布来奇说道，“出发！”

我们告别坦克兵，然后驾驶着摩托车从麦地横穿回去。我坐在摩托车的后座绝尘而去，装甲脏兮兮的，到处都沾满了灰；挎斗里放着各类装备，有武器装备、摄像装备、维修装备，以及缴获的德军瓶装物资，还未使用的手榴弹、自动化武器。而现在这些都归驻扎在阿肯色州[1]小石城[2]的下士（现已晋升为中士）约翰·金布来奇所有。

这会很容易被当作梦幻精良武装游击队的广告展示，因此我时常想问金布来奇，如果要在一个尚未明确归属权的活动领域采取撤退手段，他会怎么去部署？虽然他是个多才多艺的人，而我也很欣赏他的即

[1]阿肯色州（Arkansas-AR），美国东南七州的一个州。北接密苏里州，西接俄克拉荷马州，南邻路易斯安那州，西南与得克萨斯州接壤，东隔密西西比河与田纳西州和密西西比州相望。

[2]小石城（Little Rock），位于美国阿肯色州中部，是该州首府和最大城市，也是普拉斯基县的县府所在地。

兴表演能力，但是有时还是会为他集中3支冲锋枪、各类手枪、1支卡宾枪，甚至还有1挺德式轻型机关枪，这样就不必担忧火力分散的指挥后果。但是最后，我认为在不断深入敌方领地时，他必须借助和依靠农村武装。结果也证明了，这方法确实有很大的帮助，是值得我学习的有远见的做法。

我们从下午的原路走回城镇时，我在教堂对面的咖啡店停下了脚步。路上到处都能听到运送武器的叮当声、充满敌意的怒吼声以及坦克间愈演愈烈令人作呕的厮杀声。坦克炮塔打开，全体成员朝村子里的男孩挥手，作出假意热情地回应。在路边的那个教堂的台阶上，站着一位戴着黑色毡帽，穿着一件洗烂了的衬衣，打着一条黑色领带，身着一套脏兮兮的黑色大衣的法国老人，他正手拿一束鲜花，挥手向每一辆驶来的坦克致意。

“那个教堂前的男人是谁？”我好奇地询问咖啡店的女店主。此时，我俩正站在门口给来往的车辆让路。

“他看起来有点不正常。”她说，“但是他对国家有着绝对的忠诚和狂热，你早上来的时候他就在这儿了。他连午饭都还没吃呢，他的家人来劝了他两次，但是他还是站在那儿。”

“那他也向德国人敬礼吗？”

“噢，不，”这位女士回答道，“我说了，他是一个坚定的爱国主义者，但是这几年，似乎有点动摇了。”

就餐时，3位士兵坐在一起享受着3杯半满的苹果汁。“那个该死的司机，”其中一位不修边幅、高高瘦瘦的人边享受边说，“那可真是个蠢货，如果那个司机再往前走60英里，我们都会被他害死。”

“你在说谁？”金布来奇问那个士兵。

“那个司机！那个将军！”

“你认为他在我们后方多远？”金布来奇问道。

“60英里。60英里之后我们都会死，全都会死。难道他不知道吗？他可真够可恶的，该死的司机。”

“你知道他是从多远的地方回来的吗？现在他离这里不是3000码了，”金布来奇说，“也许他早就往前走了。我们不久前还在路上看到过他。”

“噢，你这个笨蛋，”那个不修边幅的士兵说，“你对战争知道多少啊？那个该死的司机在我们后面60英里。听我说，我曾经和很棒的乐队一起唱过歌，真的是很棒的乐队，但我的妻子背叛了我。我甚至根本不用费尽心思地去找证据，因为她直接诚实地告诉了我真相。”

他指着坦克经过的路，那个法国老人仍在向每辆经过的坦克举花示意。那里有个穿黑衣服的牧师，走过位于教堂背后的墓地。

“你能相信什么呢？那个法国男人吗？”另一个宪兵问我。

“不，我才不相信那个法国男人。”那个曾和顶级乐队合唱的人说，“我相信牧师代表的东西，相信教堂。我的妻子对我不忠很多次，但是我并不会如她所愿同意离婚，因为这便是我的信仰，这也是她不签署离婚协议的原因。我也因此无法当一个投弹手，因为正是在我从投弹手学校毕业时，她背叛了我。”

“他还会唱歌，”这群宪兵中的一人告诉我，“我曾在一天晚上听过他唱歌，唱得挺不错。”

“我不能说恨我的妻子，”那个曾和顶级乐队合唱过的人又说，“如果她现在对我不忠，就在此刻，当我们刚刚把这座城镇攻下，我不能说恨她，即使她把我的生活毁了，也把我的投弹手之路毁了。但我恨将军，恨这该死的黑心司机。”

“让他哭吧，”另一个宪兵说，“眼泪或许能让他好点。”

“听着，”第三个宪兵说，“他遭遇了家庭危机，也有自己的烦恼。但是让我跟你说点其他的事吧，这是我驻扎的第一座城镇。在步兵团的时候，我们占领过它，更多的是路过。可当我们回归时，它已经被归入禁区，城里到处都是冲锋枪。直到现在，这城里除了在街角的交通要道能看到宪兵，其他的地方都看不到了。可是这真是太不公平了，因为我们从没能进来过。”

“一段时间之后……”正当我开始说话，就被那个曾和顶级乐队合唱过的士兵突然打断。

“没什么可说的，”他说，“那该死的司机会把我们都杀了的。他的所作所为只是想要出名，在他眼里可从没把人当人看。”

“他对部队的行动不可能比我还了如指掌，”金布来奇说，“你不知道师长会干什么，或者他究竟会给你我下达什么命令。”

“好啊。那你赶紧把我们调离前线吧。既然你都明白，那就把我们调离前线啊，我想回家。如果我在家里，这一切或许都不会发生，也许我的妻子也根本不会背叛我。现在我什么都不在乎，我压根他妈的什么都不在乎。”

“你闭嘴，好吗？”金布来奇说道。

“我会闭嘴的，”那个乐队歌手说，“我可不想多说一句关于那个每天折磨我的将军的话。”

当天晚上，我们回到司令部时已经很晚了。在离开新占领城镇里的咖啡馆的美国兵后，我们跟着装甲兵去了一个曾经到处埋着地雷、设有路障和反坦克火力的地方。

刚回到司令部，就有人告知我，说将军要见我。

“我等会就去。”

“不，你最好立即过去，他十分担心你。”

我赶紧去见将军，看见他穿着一身灰色的棉质连衫裤坐在拖车里。他看上去依旧英俊潇洒，不管是神清气爽时还是疲惫不堪时，你总能看到神采奕奕的他。他的两眼炯炯有神，用温和的嗓音慢条斯理地说道：“我一直在担心你，你是不是在路上遇到麻烦了？”

“确实，我们在回来的路上遇到了一队装甲兵。”

“哪条路？”

我给他讲了详细的经过。

“把你今天的所见所闻说给我听吧。”他提到了步兵团。

同样，我都一一如实讲述。

“欧尼，大家都已经疲惫不堪了，”他说道，“他们需要好好休息一下，即使是一晚上也好。如果能让他们休息上4天……就4天，但这是不大可能的。”

“将军，你看起来也很疲惫了，”我说，“快去睡一下吧，别担心我的事。”

“军人是不能感到累的，”他说道，“特别是不能生病，我可比他们精神多了。”

突然，电话铃响起，他拿起电话，用师部里将军们使用的一种代码通话。

“是的，”他说道，“嗯，吉姆，你还好吗？……不，不……我让他们晚上都去好好地睡觉了，他们现在需要睡眠……不，我准备凌晨发起进攻，但不是突袭。我要把他们的阵地踏平，放心吧，他们一定不敢向城镇进攻的。你应该明白现在的局势……不，接下来我会占领那里……嗯，是的。”

说着，他走到墙壁上那幅巨大的地图旁边，拉开帘子。他的手里还攥着电话，身上穿着的灰色羊毛内衣掩盖不住他那结实、精壮的身体，谁能想象出他在部队战斗时的邋遢样子呢。

他还在打着电话：“吉姆？……是的，你现在面临着十分棘手的问题，你必须想办法解决。你要知道人们现在都在议论这件事……是的，我明白。如果下次再发生这样的事，你再遇到我，我就把我所有的炮兵都给你，如果你需要的话……是的，当真……嗯，好……不，我当然是认真的，要不我就不会这么说……是的……好……晚安。”

他挂断了电话，脸色苍白，一副疲惫不堪的样子。“刚刚这个通话来自我们阵地左翼的一个师，他们那边进展得十分顺利，但是在他们的部队穿过森林时，遇到了些麻烦。等我们和他们会师以后，我们就可以安稳地休息4天了。特别是步兵团，太需要好好休整一下了。太好了，就快可以休息了，我期待着那个美好的时刻赶快到来。”

“你现在就该好好休息休息了。”我说。

“还不行，我现在还有很多事要处理。最近，你一个人要做很多事情，好好照顾自己。”

“好的，晚安，师长，”我说，“明天一早我再过来见您。”

所有人都期待能够美美地休息4天。第二天，人们都在兴高采烈地计划着休息的时间，谈论着要美美地洗个澡，结伴出去玩，跟红十字会那些女护士一起，就像惠特尼·伯恩（曾出演《冷血罪行》）那样。虽然这是部老片子，但是我们都在等待着能够美梦成真。然而计划赶不上变化，德军突然开始大规模反扑，当我记述此事时，战士们还在前线浴血奋战。

蓝色大河

1949年7月

人们问你为什么住在古巴，你回答说自己喜欢这里。这就和为什么在炎炎夏日中，清晨的哈瓦那山间总是清爽宜人一样很难解释。你也没有必要告诉他们其中的一个理由是住在这里可以养属于自己的斗鸡，可以训练它们，也可以在任何地方斗鸡，而所有的这一切都是合法的。

也许，他们根本不喜欢斗鸡。

你可以不告诉他们的事有很多，比如，农场一年四季那些珍奇可爱的小鸟；所有会路过这里的鸟类；鹌鹑清早来泳池饮水；泳池尽头，多种蜥蜴在茅草棚生活觅食；屋外的斜坡上生长着18种芒果，等等。也不必向他们说明我们的球队是硬式棒球队，而不是垒球队。如果你年过40，就算不如那些小伙子跑得快，你依然能待在队里，不过，那些小伙子们可真是我们垒道上跑得最快的。

你也不用给他们讲射击俱乐部的一些事，不告诉他们俱乐部其实就在路的那边，我们经常在那里用活鸽子当靶子，同时还能赢得一大笔钱，我经常和温斯顿·盖茨、汤米·谢福林、托瓦尔德·桑切斯，还有皮雄·阿吉莱拉一起射击。当科特·戴维斯、比利·赫尔曼、奥奇·加朗和休·凯西成绩好时，我们也会和布鲁克林区躲闪者队来一场比赛。用活鸽子当靶子，或许在他们眼中是不对的，而在英国，维多利亚女王也的确禁止这么做。我也不知道他们到底是正确的还是错误的，这的确是让观众感到痛苦的运动，但是我知道，最好的赌博理由始终是要选用强壮且有着超强反应速度的鸡。而且，这在古巴是合法的。

你可以告诉他们，在古巴生活，只需在进城的时候才穿上鞋；你还可以用废纸堵住电话分机的铃，这样就不用回应了；你也可以和其他地方的人们一样，在清爽的早晨工作。但是，那些都是十分内行的秘密，有很多事是不能说的。

但当他们和你谈到钓鲑鱼及在雷斯蒂古什钓鱼的花销时，如果他们并没有故意炫耀花了多少且你们谈得十分愉快，或者是真心喜欢钓鲑鱼，那么你就可以在这时对他们说，你住在古巴最重要的原因就是这里有条又大又深的蓝色大河，它有0.75~1英里深，60~80英里宽，从农舍到那里只有半个小时的路程，穿过美丽的乡下就能到那儿，这也是我所知道的最好的渔场。

当墨西哥暖流到来的时候，河水是深蓝色的，而且会有漩涡在边缘出现。我们在一艘40英尺的有浮桥的游艇上钓鱼，浮桥由干舷控制，它的尺寸比舷外支架还大，这样才能在夏天承受10磅重的诱饵，我们一共有4根钓竿。

有时候我们把船停在皮拉尔[1]，在哈瓦那港，有时候停在哈瓦那东边7英里的渔村柯西玛尔。夏天把船停在港口是十分安全的做法，但冬天就不行了，因为有酷寒的北风和西北强风。这艘船被我们打造成了一台钓鱼机器，在变幻莫测的天气中扮演了一艘优秀救生艇的角色，其实它的巡航半径只有500英里而已。它的罐中装有300加仑汽油和50加仑水。如果准备长途旅行，还能在驾驶室里再装100加仑桶装天然气和等量的坛装水，它满负重时可载2400磅的冰。

纽约的惠勒船厂按照我们的要求重新改造了它的船身，这样我们就可以有更多的变化。现在它真是一艘坚固的船，能适应各种各样的海域，浅浅的船尾还有一根木质滚杠来装载大鱼。浮桥十分牢固，能够让你在船顶和大鱼较量。

[1]巴拉圭南部城镇，涅恩布库省首府。

一般来说，我们去哈瓦那钓鱼时，会在带有日本羽毛的钓钩上放一条猪皮作诱饵，之后，我们离开港口。鱼饵是专门为大海鲢准备的，它们经常在沿着海峡边的莫罗城堡附近游弋；同时也为无鳔石首鱼而准备，它们经常在主河道口与河坝之上活动。在离莫罗城堡不远的地方，下游的渔夫可以捕捉到鲷鱼。

鱼饵挂在12英寸的10号钢线上，9盎司重的鱼钩被固定在一个六转转轴上的15根细线上。我曾用这根竿钓到的最大的大海鲢大约有135磅重；还曾有过更大的鱼上钩，但是没钓上来，因为这里进进出出的船只、游艇太多，还有一些商贩的小渔船安装了固定的铁链发出阵阵噪音。不过当钓到大鱼时，你可以请求或是直接吓唬游艇和小贩船赶紧拿掉它。但是如果遇到油轮和货船，或者客轮来到河道，那就没办法了。所以我们常常在航道上没什么船只，或到了晚上7点之后没有船只进港时才离开。

出了港口，我就在浮桥上掌舵，时刻观察海面上的交通情况和通向渔场的航线。你还能在沿线见到很多朋友，有你认识了多年的彩票商，你送过鱼的警官，在回力球场打赌的小贩船的小贩，还有港口和海滨林荫大道上汽车里的人，虽然距离远得让你根本认不清对面是谁，但是看到他们向你挥手，你也挥手致意，尽管他们能清楚地看到你正在皮拉尔的浮桥上用羽毛钓钩钓鱼。

在林荫大道后面，是公园和哈瓦那的古老建筑，走过陡峭的斜坡和卡瓦尼亚斯堡垒的墙壁，石头已经被风化成粉色和黄色，就如同你的大部分朋友已经是政治犯的身份一样。你和奥登纳尔同行，走过莫鲁多岩石的岬，在高大的塔上，当溪水完全流淌时，就成了很大的河。

有时候，当你离开港口灰绿色的水域，渐渐地，皮拉尔船进入深蓝色水域，一群飞鱼“嗖嗖嗖”地从水下飞出。

如果只是普通大小的飞鱼，那并没有什么值得惊奇的地方，可你要是看见像战舰般的鹰在飞鱼之后一次又一次地俯冲再急升，那就有趣了。如果飞出水面的是3磅大、黑色羽毛的巴伊亚鸟，尽管受伤了，但最后翱翔着放低尾部发出新信号，盘旋着，盘旋着，这就是个好兆头。所以除了鱼群，看到大巴伊亚鸟也是个好信号。

现在，我的伙伴格雷戈里乌已经知道一条有货的航线。这条航线是一个小计谋，既然我已经说了出来，那么我后面还会详细讲到。他想在我们出发航行几百英寻前快点把底部的补丁补上，首先他要把舷外支架上的鱼饵取下，因为枪鱼会在任何时候游到船底。

早在1938年，我就和格雷戈里乌·富恩提斯在皮拉尔结为伙伴，今年夏天他就要50岁了，他自4岁开始就从小加那利群岛的兰萨罗特岛[1]出发开始了航海。我们初次相见是在1928年，在现在的海龟国家公园[2]，当时的他是一艘渔船的船长，我们都因暴风雨被困在那儿。我们去他的船上想买些洋葱，结果他大方地把洋葱送给了我们，还拿了一些朗姆酒送给我们，我至今还记得他的船可能是我见过的最干净的船。时间匆匆流逝，如今10年过去了，我知道他宁愿保持船的卫生，给船涂上清漆，也不愿意去捕鱼。但是我也知道，相较于吃和睡，他还是更喜欢捕鱼的。

在格雷戈里乌之前，我们有一个很棒的伙伴，名叫卡洛斯，但是在西班牙爆发内战期间，他在我不在的时候被别人雇走了。不过能找到格雷戈里乌真是上天的绝佳安排，因为他已经用他高超的航海技术成功地在飓风中救了皮拉尔3次。至今为止，敲敲木头，我们再也不用提出皮拉尔的一切海洋保险的索赔了。1944年10月，外面的飓风时速达到180英里，小船舱

[1]兰萨罗特岛（Lanzarote），西班牙岛屿。

[2]海龟国家公园（Dry Tortugas），位于太平洋，由于外形像海龟，所以被称为海龟国家公园。

和海军舰艇都被吹翻在了港口的林荫大道上和附近的小山上，但是格雷戈里乌却成为唯一一个安稳地待在船上而没有落水的人。另外，他还安然度过了1948年的飓风。

现在，你已经清楚了港口和格雷戈里乌知道的一条有货的航线，还有要取下舷外支架上的鱼饵，以及微风中看到飞鱼向东前进则预示着好天气。你看到的第一条枪鱼，10分钟内就会离开你停泊的地方，在离莫鲁很近的地方，仍能看到亮着灯的帷帐。

它就好像是徘徊在两条航线之间的那个大大的、白白的戏弄者。它可以把舷外支架的诱饵吞掉之后展示强壮的身体，纵身入水不见了身影，或者在黑暗的水域划出一道痕迹，因为它是为了飞翔而来。

当你看到它从浮桥上来，先是咖啡色的，然后变成了深紫色，它会因觅食而把胸鳍展开，呈现出淡紫色，仿佛水面下展开的翅膀。在海中，它根本不像是鱼，而更像一只巨型的海鸟。

或许格雷戈里乌在他4岁第一次看到这情景时，会惊讶地喊："爸爸，爸爸，快看快看，大鱼、大鱼……"

如果你第一次看到它时，会离开舵轮，或者将它交给你妻子玛丽，走向船尾，尽可能冷静地和格雷戈里乌说"大鱼"，因为他经常见到它们，已经见惯不怪了。你屈下身，他给你钓枪鱼的钓竿，或者他为了讨你开心，给你有羽毛的钓钩和有猪肉的钓竿。

好吧，在他钓鱼时，你试图在一旁用渔网帮助他。格雷戈里乌一直在想办法引它上钩。只见他使一块两英寸长的木质小圆筒片，顶部刻有痕迹，把它拉出水面的时候会“跳舞”，且远离枪鱼。枪鱼想要把它抓住，就一直跟在后面准备突然袭击，可谁能料到枪鱼已掉进格雷戈里乌设置的陷阱里。他在逗它，就像斗牛士斗牛一样，把诱饵放在它刚好够不着的地方，然后用渔网继续引诱它。

玛丽惊叹地说：“好美啊，快看它的条纹和颜色，看它翅膀的颜色。快看！”

你说“我在看”，现在你的羽毛钓钩和戏弄者并排了，格雷戈里乌看见它了。他追捕的大家伙看起来似乎是残疾鱼，走掉了，还有它最爱的食物——乌贼。

当他钩上羽毛钓钩时，鱼张嘴咬钩了，这时，你能够将枪鱼看得一清二楚，你把手中举得很高的钓竿放低一些，羽毛钓钩从它嘴里出来了。你看见它咬钩，翻转，银闪闪的条纹也随之跳跃。

当看到它的头转向你时，你就用力去敲它，用尽全身力气去打它，以便把钩重新放好。如果你看到它接下来不是跳起而是要逃掉，那你就再打它三四下，因为它可能正在确认自己是否被羽毛钓钩钩住了，如果没被钩子钩住的话它还是会逃跑。它感觉到了钩子的存在，跳了起来。它直跃水面，不停地摆动身体。它僵直跳起，好似银条。它会跳得又高又远，水滴四溅，然后再次入水，水花好像坠入水中的贝壳。它不停地翻腾跳跃，从船的一边蹿到另一边，你只能看见水中鱼腹扫过时的线条，那速度快得好像滑冰比赛一样。

有时，它把背部弓着跳起来，再迅速回到水里，用这种方式不断地跳来跳去，你根本无法阻止它。玛丽见状立即回到皮拉尔，发动两个引擎返回这里抓它。

你必须使用很多线才能抓到它，它会跳起来进行顽强地反抗。而鱼腹上的线会被扯得越来越紧，这时卷线，它会咆哮、会打滚，然后你渐渐地靠近它，把它带到格雷戈里乌那里，他能用渔叉叉住它，打它，把它拖到甲板上。

你可以趁它咆哮或打滚时，从一个侧面或尾部慢慢靠近，然后叉它、打它，最后把它拖到甲板上，这是最理想的方法。但是，你知道，理想和现实总是有差距的。如果它一下跳到船上，那么就不得不把所有的流程重新来过，它向西北出发，在水中欢腾，看起来就像第一次上钩，你还要再抓一次。

有时候，如果碰到的是箕作金枪鱼，你能够在船周围30英尺之内抓住它，它展开鱼鳍游弋，但游不远，你可以从任意角度下手。如果看见你不动，它就会上上下下跳跃；如果看到你远离，它就会待在那儿，一动不动。它就是这么大，这么强壮，也这么顽固。

你可能没亲眼看见过北梭鱼和枪鱼在1英寻深的水中是怎么和渔具缠斗的。你知道北梭鱼在挣扎了43次后会怎么样吗？北梭鱼是鱼类中比较聪明的，保守而强壮，它能够灵活地远跳。而书中写道，不跳的鱼才是高贵的代表，那指的是刺鲅。并不是说它不能跳，在咬饵时，它就会跳起来。北梭鱼短小精壮，大约有400磅重。你的鱼也许是更强壮的一条，甚至是最强壮的那条，强壮到没人想要钓它。告诉我，它会跳吗？我想不会的，十分感谢。

如果你正在抓一条强壮的雄性箕作枪鱼，可是它不会给你靠近的机会，那么你就不需要看这篇专题论文了，因为这对你没有任何帮助。当然，你可以放松拖拽，顺着它，仿照鲨鱼捕食鱼类的方法，等待它精疲力尽。可是，我们比较喜欢把船靠近它们，在它们强壮的时候进行捕捉。我们肯定会用渔叉去叉一条没有经验的鱼，尽管它根本不累；即使存在任何侥幸，我们也能靠得足够近。

1931年，我学会了怎样去钓被鲨鱼盯上的鱼，在这之后，不管鲨鱼在水中任何地方，我都从没让它们从我的手中抢走过一条金枪鱼。我们试着迅速击打它们，但并不粗暴。对钓鱼者来说，成功的秘诀就是从不休息，因为你休息的时候，鱼也在休息，那会让它获得喘息的机会，或者它会潜得更深。只有从不休息，才能增加成功的机会。

那么现在，有一条和马一样强壮的金枪鱼在水下30英尺处。你所要做的就是和它待在一起，在紧张的气氛中和它玩儿，但是要轻一点，千万不要突然拉它，否则会激怒它，让它变得不好拉。它有着马一样强壮的身体，而你要像对待马一样对待它。只要你保持最大的拉力，最终你会驯服它的。然后用渔叉叉它，温柔地打它，把它带到甲板上。

你无须杀了它，而只须驯服它。想要做到这一点，就到了考验你力气的时候了，刚跳上来的大鱼和脱缰的野马是一样的，放荡不羁。而你一定要保证自己有一个好的身体。

捕鱼专家会教你如何使用新渔具，凡是能走上3个台阶的人，或者一只手能拿一瓶奶的人，都能钓鱼，而且是毫不费力气地钓到500磅重的鱼。

你可以选择继续使用以前的渔具，它能让你在短时间内钓上大鱼，确保其不会被鲨鱼袭击。但是如果你是一名渔民，那么就要学会去熟练操作各种各样的渔具，这是能带给你最多的中小体型枪鱼的渔具。你不必像运动员那样使用渔具，不过你应该具备像他们那样的强壮的体魄，除非你决定不把在海湾钓枪鱼当作运动。

在其他的体育运动中，需要练习力量和技巧，运动员想要知道怎么进行，至少在一些条件下具有适应能力。在钓大鱼的过程中，或许之前他们还有信心能抓到是自身体重2~3倍的鱼，但是当他们来到甲板上时，恐怕连控制500码的线这样简单的事也做不好。

他们之所以那么信心十足，是因为有人做到过。据我所知，在现代钓鱼技术出现之前，如果没有指导者、同事和船员的帮助，一个完全没有经验的或没有受过训练的捕鱼者是不可能成功捕到大鱼的。而现代钓鱼技术发明了绕线轮、坚固的鱼竿及其他科技产品，给予了任何一个捕鱼者捕到大鱼的可能。不管他本身能力是否强大，只要简单地转动绕线轮，就能够捉到一条大鱼。

美国自然历史博物馆水族馆举办的国际钓鱼大赛给钓鱼运动制定了标准，根据那些标准实事求是地从运动角度来衡量钓鱼比赛结果。标准涉及很多方面。但是租船价格实在太高，指导者和捕鱼者希望有些结果，钓大鱼已经演变为比鱼的大小的战争，而不再是一场比赛了。当然，除非有钓钩、有鱼，不然也算不上真正意义上的竞赛。如果一直坚持，则会削弱捕鱼者的气势。

教育正在把钓大鱼变得合理，虽然过程缓慢，但还是一直稳步向前推进着。现在很少一部分指导者或捕鱼者还在用射杀或渔叉来捕鱼，用得更多的是飞镖。

在我们有货的航线上，捕鱼的致命招式是使用钢线，用上这招一定不会有漏网之鱼。即使没看到鱼露出水面，我们也能用它找到鱼在什么深度。这是个重要的实验，结果需要被仔细记录，捕到什么等级的鱼，也要记下来。这些详尽的记录能够为鱼商提供可靠的信息，最后用作判断依据。捕鱼的过程也并不好过，参与其中的捕鱼者，并不是舒服地坐在椅子里，而是站着的。在这种情况下，他们要有真正使用渔具的能力，可以让鱼尽情地跑、绕圈、咆哮，而且在这一个小时中始终抓着它，如果捕鱼者知道如何控制大鱼那就更好了。

在你孑然一身和真正的大鱼对抗时，鱼来势汹汹，你所要做的就是不停地动，不给鱼留一点喘息的机会。就像拳击场上10个回合的比赛一样，需要很好的体力作为支撑。就算是两个小时也一样不能休息，即不能让鱼休息，这就像20个回合的拳击比赛一样。

大多数体力很好又技艺精湛的捕鱼者都弄丢过鱼，因为在鱼抽打他们时，他们无法控制，最后，它们咆哮着死去。而一旦鱼死掉，鲨鱼就会过来把它吃掉。

我们尝试着如何让渔具发挥最大作用，能够适应不同种类的鱼，小的、中等的、大的和超大的，能够在每年的不同月份都钓到鱼。因为枪鱼总会重复游，所以安全起见要保证线的质量足够好。我会在文章最后的部分进行具体的描述。但是要知道，我们在1年内有5个月的时间是出去捕鱼的，而且是在深海水域捕鱼，那里天天刮信风，偶尔还会碰到成群出没的鲨鱼。用最轻的钓竿钓鱼，并不能证明什么，因为别人也同样能做到，但厉害的是我们有办法能防止鱼死去。我们理想的情况是你确实能用钓竿钓到鱼，但是你要能在拉着它的同时尽可能给它自由的空间去游、去跳。

然而，现实总是有出入的，即使拿出杀手锏，用800码长的锎镍合金线来考验6英尺哈迪卷轴和第5号老哈迪钓竿。当把羽毛钓钩放入水中时，如果放得足够长，就会达到35英寻，你会捕到好多个月都没人捕到过的不在活跃期的刺鲅、大石斑鱼、大啮鱼、红鲷鱼、大无鳔石首鱼，还能捕到在深水处不出来的枪鱼。

金属线上的战斗（指钓鱼）不仅检验的是39根细线，还检验的是金属线，是强壮的身体，是训练过的肌肉，不管是拖还是拉，还是投渔叉，都需要好的体力作为支撑。那是精力充沛的人们正在做骑北美野马一类的激烈运动。我们3天没有看到鱼，最后终于抓到了它。

现在我们焦虑的是八九月份的时候，那时风平浪静，大鱼都不会出来，钢线会发掘到什么。当钓到枪鱼时，它就开始猛烈晃动头部，用嘴敲打，看看是否能挣脱你。如果不能，它就会露出水面来看看到底是怎么回事。我们焦虑的是，眼看着它上钩了，却又得看着它怎样逃跑。如果它足够大，是有可能逃跑的。

我们的计划是让它带着我们一起跑，如果皮拉尔的转角足够急，就会到玛丽那里，这样我们就有机会抓住它。

真正的大鱼首选的逃跑方向是西北。如果你在哈瓦那和迈阿密之间穿梭过，看着蔚蓝的大海，就能欣赏到如野马跳崖落水般的水花，在水花后面是有着绿色干舷、斑驳甲板的船留下的一道像珍珠一样透亮的白浪。

如果水花能够大到让你飞起来，它们就会去西北方，那我们就要欣喜不已了，因为这正好给我们追捕大鱼提供了帮助。

与此同时，我们还希望鱼能够在水面觅食，这样不管是船上的乘客还是路人甲乙，只要是有钓鱼经验的人，就能轻而易举地钓到150磅以下的鱼。新捕鱼者只需要一根合适的钓竿，他们在看到任何30磅以上的枪鱼时都会雀跃不已。当鱼群丰富时，在古巴海岸线附近的枪鱼群会以每天20~30条的数量增加。我曾在一天内最多抓到过7条，佩佩·米娜·戈梅斯和马丁·梅诺卡尔的最好记录是12条，我才不会为了赢他们而刻意去打破纪录。

海明威的渔具单

白枪鱼：从4月到6月初

设备有羽毛钓钩，船尾部挂有去皮的猪肉。

钓竿，9盎司或12盎司锤负荷；6轴承渔线轮，500码15号主渔线；12英尺9号或10号柔线；型号为8/0或10/0的奥肖内西钓钩，或型号为8/0的慕斯达钩，最小的日本羽毛钓钩（白色），附带3英寸的去皮猪肉（这样钩在水中会动，平均10条白枪鱼中有6条会咬有羽毛的钩）。

舷外支架的两竿中的第一竿（诱饵小而轻）：

钓竿，14盎司锤负荷；9轴承渔线轮，600码主渔线；14英尺柔线；10号或11号10/0型的慕斯达钩。

鱼饵：小鲻鱼、饵料、针鱼、小鲭鱼、中小体积的飞鱼、新鲜的乌贼和碎饵料。

舷外支架的两竿中的第二竿：

钓竿，14盎司锤负荷；9轴承渔线轮，400码主渔线；150码21号柔线（放在外面，鱼靠近船时使用），14英寸10号柔线；11/0或12/0型的慕斯达钩。

鱼饵：大鲭鱼、中等或大型鲻鱼，大饵料，飞鱼和上等乌贼。

钓竿上的设计是为了吸引大鱼，偶尔也会有小鱼过来。

大枪鱼：7月到10月（重量：250~1000磅）

羽毛和之前的一样，因为在大西洋枪鱼游走后，还会有金枪鱼、青花海产鱼、松鱼和海豚过来。我们早已经把备用的羽毛钓钩鱼竿准备好了，以备上述鱼类成群的出现。

鱼竿支架：推荐使用既能达22盎司又能达24盎司锤负荷。（这是目前为止，我发现的除了坚硬的山核桃木帕拉克娜竹子之外材质最好的，由弗兰克·奥布莱恩打造的富翁级别的装备。他的鱼竿简直令人惊叹，是目前我见过的世界上最好的鱼竿）。

绕线轮：12/0或14/0型，硬质；两个专门为游客准备的芬诺牌14/0型的绕线轮。

如果没有任何经验的垂钓者想要钓到大鱼，那么，他们就需要这种可变化的齿轮速比绕线轮，以带给他们这种配置上的优势。

线：所有的绕线轮都将会无阻碍地顺利穿过型号为36或者39的渔线。我们已经使用这种亚麻线很多年了，经过这些年的实践证明，把它放在太阳底下暴晒可以防止腐烂，而且如果有需要的话，还可以自己拼接。

引线是14.5英尺的不锈钢钢丝绳。

钓钩：型号为14/0的慕斯达钩，在柄的部分采用了弯曲造型以给鱼钩的钩尖部分一个支撑。

鱼饵：最好的诱饵应属达到了7磅的整条的青花鱼科的海产鱼和鲣，或者是5~6磅的整条的梭鱼类的鱼。而一些个头大的马鲛鱼、乌贼、鲻鱼、黄鳝、鲭科鱼和颌针鱼（一种长嘴便鳞海鱼）也可充当替代性的诱饵。在所有的鱼饵中，整条的鲣和青花鱼科的海产鱼已经被我们证实是诱钓大条枪鱼的最佳选择。

关于金属线在前面的文章中已经有所描述了。

枪击

《真相》 1951年4月

我们在游泳池旁边吃了午餐。现在的古巴处于一个稍显燥热的季节，因为微风吹拂的时节已经过去了。游泳池由于被树荫庇护着，所以让人倍感凉爽。如果你往更深的地方去，泳池带给你的感觉是一种次于冰冷的凉爽。

我一直在观察翠竹和白杨树的影子在游泳池中的动静，所以没看到在凉亭下的桌子边乘凉的两位黑人朋友，当我抬头看见他们的时候，才发觉自己早就心不在焉了。虽然他们的出现或许有些悄无声息，但是我原本可以在他们出现在淋浴房的角落时就发现他们的。

我记得这两位中的一位魁梧强壮，坚毅的面孔让我印象深刻；另一位是他的保镖，就是能够保护你，防止你后背被攻击的人。当保镖的人并不需要很高很壮，反而通常是身材稍小的，在后面保护你。他只需要左右转动脑袋，就像棒球投掷手在没人出局的情况下观察一个人一样。相对投掷手而言，保镖身材通常会矮小一些，拥有与投掷手一样的脖子，也像战斗飞行员在高空中遇到真正的对手却仍然存活所受到的影响一样。

这个男人看起来像放大版的拳王乔·沃尔科特，他对我说了一些关于他自己的事。他看起来似乎有些急躁，并且他必须很快去某个非洲国家，因为他受到了不公正的指控，他被指控为两车肇事致使2死5伤的案件的从犯。第一辆车经过朋友的房子时，朋友们正在往里走，他们想给朋友们制造一个惊喜。于是当手势举起时，他们一起射击房子。朋友们不明真相，所以吓得四处逃窜，虽未造成伤害，但是每个人都两手交叉放在胸前，摆出了防卫的姿势。然后，第二辆车从主干道奔来，把这些刚逃出来站在外面的人都给甩在了后面。

这个男人，他跟我解释说，指控他为主犯之一绝对是个错误的决定。他已经被错误地起诉过很多次了，而且，他声称自己是我的一个朋友的朋友，并且我的那个朋友在街道上被击中了，当场死亡。死的时候，他的口袋里有35分钱的财产，且完好无缺，他是全靠个人实力获得政府职位的。所以，我想你应该清楚，在这几次中，那意味着什么。

被射死的那个朋友曾经是当地大学橄榄球队一名

优秀的后卫。他是一位技术出色的四分卫，并且还能踢中卫的位置。他死的时候，还是这个运动社团的主席。可恨的是，在这次杀人事件中，没有人受到惩罚。我的朋友可能曾是刺客，但我从未听说他杀过一个不该杀的人，不管怎样，当他被那些人杀死的时候，手中并没有任何武器，兜里还有35分钱，银行也没有任何存款。

所以，这张脸在我脑中印象深刻。我希望在他移居国外前，不会因为任何事情受到错误的指控。

因此，在有这种荷枪实弹射击背景的前提下，我正着手写一篇2000字左右的有关射猎羚羊的文章。当你想要猎杀一头羚羊的时候，是不会遭遇反击的。

捕杀叉角羚羊有两种方法，说是三种可能会更为准确一些。人们通常喜欢射猎以下这种羚羊：在牧场周围不断徘徊的公羊和那些竟然把自己看作猎人的朋友的傻羊。可现实是，它在这个季节开始的第一天，就被怀俄明州的纨绔子弟击中了，更讽刺的是，他们手中的装备被广告宣称是羚羊的保卫者。羚羊的腹部经常会受到枪伤，受到腹伤或者拖着断腿的羚羊会拼尽全力逃脱。但是，它就生存在那个牧场，它的头脑必须明白什么才是战利品。

于是，在这片平原上，他们捕杀了这些羚羊，在加斯帕和罗林之间的一个分裂的地区，在美军指挥车的帮助下，他们还带来了更多的猎人。只有很少的吉普车能够射猎，然而运载武器的卡车（美国部队用车）却载来了大量的猎人。男人们啊，你们可是站在羚羊后面的，并且射击是有保证的。你会被这些运载工具带入凶猛野兽的活动范围内。这时候，你的枪法或许能得到证实或者还未被证实。此时此刻，你需要稍微屏气凝神，好好调整一下肩膀上扛着的枪的尖端，长钉子弹对准交叉瞄准线的十字网线，然后果断地扣动扳机射击。这就是一件战利品。如果你用透镜将它们瞄准，并且幸运地猎杀到了最大的公羊而没有射杀任何一只母羊的话，那么，伙计，这就是你的战利品了。或许子弹的威力只是伤到了公羊的肩膀，它仍然还活着，并且试图站起来，当看见拿着刀出现的你时，它会神情专注、直勾勾地盯着你。你能从它那深邃的眼神中猜测出这只公羊的想法："我到底做错了什么，居然会落得这样的下场？"

这里还有第三种方法，你可以步行至高的地方或者是坐在马背上猎杀它们，不过这些地方不一定会有羚羊。这篇文章的作者，在花了很长一段时间之后，完全承认了他的罪行，认为猎杀任何一种不具有危险性的动物都是一种犯罪，当然这除了我们三餐的正常食用肉之外。现在，在冰箱的低温冷冻保存下，人们可以把食用肉的保存时间延长，因此，猎手的数量急剧上升，这个数量已经增长到了某一个点。如果在三天中的任何一次射击中，你或者你的马都没有被至少击中一次的话，那一定能说明你们的品格和运气都很好。

当然，往往这种事情开始发生的时候都只有一个答案。尽量让自己放松下来，让大脑处在敏捷的状态，进行低点射击。因为羚羊、鹿、麋鹿和驼鹿是不会反击回来的，那个开火的家伙，竟能理解这个最基本的原则。当然，如果你需要射击的是那些敌人的话，不管怎样，这场射猎事故都是意料之外的。而当他们向你开火时，不用犹豫，你一定要予以反击，射回去。

另外，不管在什么时候，一定不要举任何白色的旗帜或东西。如果举了白旗，他们就可能把你当做白头鹫；或者，如果你挥舞着你手中的扎染印花大手帕，就是那种围在斯泰森毡帽（一种阔边高顶毡帽）四周的装饰，猎人有可能会误把这当成真的猎物，他们也可能会认为这是一只狐狸或者危险分子，你就能想象到你的惨状了。不过，以上的情况我还从未亲眼见到过，也从未见过当你反击的时候开枪的情景。

如果想要深入丘陵地区，猎人最好在背部带一个扩音器。这样当开枪射击的时候，枪声就会只通过这个扩音器扩散开来。“快点停止开火，猎人兄弟和运动员们，我可不是你们猎杀的动物，我是活生生的人，并且还是依法上交了所得税的人！”或者，他也有可能把话说得更简短有力一些，他会这样说：“停下吧，冒险家兄弟，是我啊！”

但是直到我们购买了许可证，他们才把这个特有的扩音器发给我们，我曾在心里想着，如果真有哪个冒险家兄弟胆敢射击我，我才不管三七二十一，一定会敏捷地射回去的，因为他有可能是我的一位老朋友或者是童年时代的伙伴，目的也只是为了有趣而不是杀人。

这次打猎是十分有趣的。我把我的3个孩子都带来了，其中一个是柏林步兵团的团长，叫杰克，不过他现在是渔夫，所以他希望用鲑鱼做诱饵钓到大鱼。而其他两个男孩，一个一直坚持他自己的计划，一个则和杰克一样没有使用鲑鱼做诱饵。

我们经过观察，最后发现高处有大群的雄鹿在活动，而它们被一些人惊吓到了，一定是某些事情出了错并且这个错误还在持续着。它们能够在1英里之内看见你，还神色紧张地提防着你的袭击。

我们在一家主人被称作老前辈式人物的小屋落脚

休息，小屋坐落在帕西梅洛里河[1]旁边，这件事发生时，我们还没有开始使用滴滴涕[2]呢。这个老前辈的小屋里养了很多难缠的昆虫而不是牛。那位50岁左右的泰勒·威廉姆斯被他称为“年轻小伙”，而我被称为“小孩”。他对我说：“孩子，你要像骑士一样骑马前行，这样的话你一定会做得非常出色，会猎到很多猎物，如果你还能够取得一定名次的话，那我会为你骄傲自豪的。”

他还说：“孩子，如果这些真的都是你的‘家伙’的话，我想你真应该给他们喝点什么。”而后，他又问我：“你都带了些什么啊？”

我们都来自爱达荷州的太阳谷，那里有白羊星下的夜空和凯旋之轮，我们在游泳池泡得有点软了，但是这个老前辈却让我们恢复如初。我们骑马来到山脉之巅，在那儿，我们有种“会当凌绝顶，一览众山小”的感觉。俯瞰萨蒙河[3]，穿越那座我知道的最可爱的山。我们骑着马翻过了一座山，又穿越了断裂的地区，然后进入丘陵地带和平原地区。这一路上，羚羊随处

[1]帕西梅洛里河，一条长58.7英里坐落在美国的爱达荷州的河流。

[2]滴滴涕，白色晶体，不溶于水，溶于煤油，可制成乳剂，是有效的杀虫剂。

[3]萨蒙河，美国爱达荷州中部河流，流入斯内克河。

可见，但是，那些羚羊都在1米开外警惕着，盯着你小跑。泰勒骑着一匹白色骏马上山，那个老前辈看见后说他是“骑在白马上的年轻小伙，手上拿着羚羊的死亡圣旨”。

第一个晚上正值星期六，那个夜晚真是长夜漫漫。戈德伯格那儿有一些煤炭，所以一整夜篝火都是燃着的。我们都在车里睡觉，威廉姆斯、我和另一个叫疯狂比尔[1]的男孩，那个男孩有着与斯坦·卡显尔一样的单手射击的高超本领。我们3个人一起去了戈德伯格，老前辈则待在家里，照料他的昆虫们。

虽然我躲开了所有的搏斗，但是依旧不能磨灭那是一个艰难的夜晚的事实。如果你的脾气稍微有一点暴躁的话，那么你就有可能在那个晚上战斗10~15次。泰勒没有进行任何一次搏斗，因为他根本就无需这样，而我也是尽量避免战斗。但是疯狂比尔就不一样了，他骑在马上和我们争吵了起来，骂了一个来自最近的小镇的警长男孩，这个男孩拿出了铁证来说事，其中一次甚至和疯狂比尔打了起来。疯狂比尔叫他滚出去，并动手把他推了出去。在搏斗中，疯狂比尔可能不经意打了警长男孩，因为我们能听见一些声响。警长男

[1]疯狂比尔，是对美国历史上一位射击高手詹姆斯·巴特勒的昵称。

孩也的确很能打。最终，警长男孩先放弃了。我们努力劝说疯狂比尔，让他冷静下来，并且对警长男孩采取了一些急救措施，然后开车送他回家了。这场搏斗也让戈德伯格之行起初的欢快气氛消失得无影无踪。

第二天和第一天一样，在1.5英里处的地方，他们相互盯着他们可爱的棕色肩膀，之后，当他们从马上下来时，你就可以看见他们的臀部被白色环状羽毛围着。我们骑马上了山顶，匍匐前行来到高地的边缘，俯瞰整个国家。

我们骑着马下坡、上坡，在小山周围四处溜达。我最小的儿子吉尼自己骑着一匹马，看上去就像是被他的母亲扔进了马鞍里似的。泰勒·威廉姆斯，老肯塔基上校（在肯塔基被授予非正式“上校”荣誉称号的人）能够在300码处用一把恰巧是从别人手中接过来的来复枪百分之百击中你。而且还有一件奇怪的事，只要羚羊嗅到他的气味就会立即撒腿逃离这片地区。我的坐骑是一匹脾气温和的母马，它是一匹久经沙场的老马，要比我聪明多了。

当我们感觉到脚踩在页岩和鹅卵石上时，已经来到了第二天。我们骑马走过木桥，看到月亮透过远方那片三角叶杨林缓缓升起，朦胧月色给四周披上了美丽的轻纱，夜色美得让人心醉，在老先生下马的时候，他正在给我们讲述着费舍尔的故事。我们拿出自制的一些由柠檬制成的威士忌酸，老前辈说他还从来没有喝过这种混合饮料，但是他决定破例尝尝鲜。

“老前辈，您今年贵庚？”我问道。

“孩子，”他说，“当他们在小大角战役中把乔治·阿姆斯特朗·卡斯特将军杀死的时候，我就是上了年纪的老人了。”

很显然他说的并不真实，所以我只好又问了老前辈他认为泰勒有多大年纪了。

“他还是一个毛头小子。”他说。

“那我呢？”我又问道。

“你，你才刚刚开始呢！”

“那男孩呢？”

“不管怎样，除非他们已经经历了社会的考验，只有经历过坎坷和曲折才能算得上是男人。”

“老前辈，您从哪里来？”

“哎呀，记不得了，上帝应该知道吧！”

“那您曾经在蒙大拿附近待过吗？”

“当然待过！”

“是在怀俄明州吗？”

“我当时还经历了打货车箱战斗，要费尽周折把木材运往当地的要塞。”

这听起来根本不可能，我不相信他所说的，所以又问了他是否知道汤姆·豪。

“汤姆？我听他说过，在他们从那里站起来用头巾盖住他的时候，不！他们最后并没能给汤姆身上盖上头巾。”

他是这样说的：“先生们，我一直想要一双厚重一点的鞋子，接着就要去‘见上帝了’，我会原谅我所有的敌人。阿门！”在场的所有人听后都哭了，唯独汤姆例外，他就直勾勾地站在那儿，虽然落魄但带着高贵。在这生命的最后一刻，他想要的仅仅是一双厚重一些的鞋和得体点的获刑，所以不管怎样，他都不会抗拒那条绳子。对一个真正的男人来说，抵抗绳子是世界上最可耻最糟糕的事。那时我还只是一个孩子，我看见他们把他绞死了。这是给所有人看的，想起到杀鸡儆猴的作用，而这种复仇的方式是被法律所允许的。

我们在第二天天刚破晓的时候就给马套上马鞍出门了，带着安安静静地躺在枪筒里的枪支。此时，疯狂比尔的双手痛得厉害，并且他看起来有些不好意思。我们都心知肚明，警长男孩是不可能真的只争口舌，他还记得在午夜发生的那些事情。而且这让他感到十分糟糕，因为他是一个战士，可以和任何人开战。除此之外，他还把警长男孩的下巴抓伤了，而我们也都听说了这件事。他让自己疼痛的双手提醒他。

警长男孩并没有和我们一并骑马前行，只是待在小屋，为他被抓伤了的下巴而懊恼不已。

我们一大早就出发了。清晨的平原被一层薄薄的轻雾笼罩着。我们开始了攀登之行。

“上校，你对这件事怎么看？”我问特勒。

吉尼已经在马鞍里睡着了，而马继续干着活。

“我认为我们已经把它们逮住了，”特勒说道，“我们并没有开枪射击它们，这已经是第三天了，我想它们已经对我们的存在习惯了，其中一些大的公羊见着我们也并不像起初那样掉头就跑了。它们并不知道我们是什么，一直很好奇地继续探究我们的底细。”

像往常一样，我们增加了所在位置的高度，在完成我们的方位图后，开始向低处移动和穿越。

黄昏时，我们突然发动攻击，对象是一群正在熟睡或者正在摄取食物的羚羊。而且，我们留了一条路给它们逃走。我纵身下马，从枪筒里拔出斯普林菲尔德0.30-06型步枪备战。我们和它们周旋着，突然，我反应过来，应该到它们的必经之路去堵截它们，那有200～250码的距离。果然不出我所料，当它们一窝蜂地拥向驼峰边缘的时候，我在它们身边移动着，然后子弹射穿了其中最大一头公羊的脖子，不偏不倚，我幸运地捉住了一头最大的公羊。老前辈说：“我就知道你这毫不起眼的孩子有一天会爆发的，做些不同寻常的事儿。”

特勒说：“你知道自己跑了多远吗？你知道自己是在多远的地方击中它的吗？我要去量一下。”

我根本不在乎这些，因为我并不想当神枪手故事里的主角，我只是享受在追逐奔跑过程中的那种乐趣。当你想要纵身一跃且要屏住呼吸、努力控制自己的心跳时，这种感觉像吃了糖一般甜美和舒畅。匍匐前进，瞄准，扣扳机射击，一气呵成。

这就是羚羊的故事，结束了。

圣诞的礼物

《观察》 1954年4月20日，5月4日

最近几周，我一直代替丹尼斯在肯尼亚（东非国家）的来托基托克地区扮演着临时游击突击队员的角色。在紧急情况下丹尼斯·扎菲罗就是我们在战争状态下使用的名字，而我作为肯尼亚名义上狩猎警察，极有可能通过这个职位去支援战争。但是，不幸的是，

我的妻子对我所承担的责任有些不满意。

举个例子，时常有紧急情况发生，导致了我们之间的情感交流每次都被打断。而且想要进入内罗毕（肯尼亚首都）购买任何圣诞礼物几乎是不可能的事情。这种紧急情况始于一个马赛人的到来，这个马赛人的头部、脸部、胸部都被另外一个马赛人用枪轻微地射伤了，所以要查出那个射伤人的凶手然后拘留他。而当这件事发生的时候，我们可能还在被窝里睡着好觉呢。

紧急事件开始出现的时候，我们注意到一群大象来到邻居耕地（东非）上。这片土地是关键的位置，必须要认真仔细进行检查和探索。因为大象经常在东非的耕地上迁移，并且还会继续迁移。而我作为狩猎警察，很有必要通过追踪大象的行踪来判断它们要迁居到哪儿，且是为什么要迁居。这也是我一项义不容辞的责任。

当然，我还碰到了其他一些阻碍，比如，美洲豹是山羊的惯性杀手。依照我的观点，一开始美洲豹可能会故意杀死一只山羊，随后，它起身，伴随着几声撕心裂肺地惨叫，它血性的一面显露无遗，一口气又咬死了十来只山羊。

很显然，这无疑会惹恼山羊的主人，他们决心除之而后快。我也掏钱买过几只山羊，确实是买的，因为在非洲没人会给你免费的午餐。山羊在白天十分活跃，总是咩咩叫个不停；而到了晚上，它们可真如《沉默的羔羊》的书名那样，老实得让人不敢想象。这也是它们能保住性命、躲避美洲豹捕杀的好方法。这时候，海明威夫人说起她的圣诞礼物，其实我本该在内罗毕就准备好的，只是因为公务太过繁忙而耽误了。之后，我们便乘飞机到了刚果。尽管她已去过坦噶尼喀，甚至还去过更远的姆贝亚以及大鲁阿哈河，我们还一起去过肯尼亚不少其他的地方，其中有些是官方安排的，有些是半官方的，还有些是私下里我们自己去的，可是这仍不能让海明威夫人尽兴，她还是想到刚果去看看。

不过，我并不怎么迫切想去刚果，我更情愿待在来托基托克，赶紧做完还没完成的项目，也就是还没解决那只杀了好几只山羊且没再次回到耕地（东非）的美洲豹。据我们可靠的调查，它往返的周期大致为一周。这只美洲豹喜欢在琪玛娜沼泽的草地上栖息，而不是待在树上。不过，我曾在树上看到过它，之后它像只蜥蜴一样从树上溜走了。那天下着雨，我匆忙戴上眼镜，只可惜最后一枪打偏了。这次实在是绝佳的机会，即使打不死也能伤着它，这样就不需要让整个村子的人再四处猎杀它了，它也就可以躲到高原上的纸莎草地里了。

但是我们现在依旧在四处猎杀那只美洲豹，时常在那棵它白天出没的树旁蹲点，当地的一个侦察员还在那里看到过它。而当那个侦察员领着大家到那棵树时，大家只顾抬着头盯着树看，谁知我竟不幸地踩到了一条眼镜蛇，幸好没被咬着，那蛇也本能地躲开了。

这也是我在乌卡巴经历的最戏剧性的一幕，那条眼镜蛇太猥琐了，完全不按套路出牌。照常理来说，它本该高扬着头，或者是像一只正常的眼镜蛇那样，可它却只是胆小地躲在一堆草丛里面。一个自以为是的家伙，可悲的是我竟然拿着手枪遇到了它两次。自此，“人蛇大战”的笑话便在乌卡巴流传开了。在我向那条蛇开了几枪后，它敏捷地夺路而去，一头钻进了草丛。我很想待在乌卡巴，但我的妻子玛丽却很想去非洲文明中心之一的比属刚果。

我们在来托基托克时开了两辆汽车，其中有一辆是我们的儿子帕特里克的，他住在坦噶尼喀约翰角第6区；另一辆车是经过改装的，就是把一辆车上所有损坏的零部件都拆卸下来拿去改装另一辆同型号的车。我开着我儿子帕特里克的那辆车，不幸的是，帕特里克由于发高烧，只能待在坦噶尼喀伊林加的一家医院，不能与我们同行。由于这辆改装车发动机不防水，所以我们没法开车从河里蹚过，只好用另一辆同样的但发动机是完好的车把它拖了过去。过河之后，我们便继续径直开往卡贾多。

卡贾多那个时候还没有机场，于是我们开车去了西内罗毕，然后搭乘英航空公司塞斯纳[1]180号航班去比属刚果。同时，在那里我要为海明威夫人准备圣诞礼物。上午11:30左右，我们的飞机开始从西内罗毕机场起飞了。之所以那么晚才出发，是因为我们一直在等一位朋友，他有重要信息要转达给我们。

我们的飞机飞越了马加迪湖，在湖的上空我们看到了很多朋友的家以及很多当地的特色商店，之后便飞越了一座山峰以便能够在丹尼斯·扎菲罗所在的那个地区着陆，据说丹尼斯已在那边安营扎寨了。因为了解他的习惯以及位置，我们推测他会待在一个叫做马赛马拉无花果树酒店的地方，也就是翻越那座山峰

[1]塞斯纳（Cessna）飞行器公司成立于1927年，是世界上设计与制造轻、中型商务飞机、涡轮螺旋桨飞机，以及单发活塞式发动机飞机的主要厂商。塞斯纳以制造小型通用飞机为主，其产品包括小型双座单引擎飞机及商用喷气机。公司总部位于堪萨斯州。塞斯纳172/182系列是目前世界产量最大、用于飞机驾驶员训练时性能较好的飞机之一。塞斯纳180属于该公司产品中的一个型号。

后，那边有条小溪的地方。正是在丹尼斯安营扎寨的地方，他曾两度在小溪那边追击到了犀牛，我对那个地方印象深刻。只要沿着那条路就很容易找到那个地方，我在途中得知了一个小插曲，就是马加迪[1]正在修建中的管道因为资金问题而暂停了。我也对这条道路记忆深刻。我们沿着这条路继续行走，来到了一处陡坡，在经过一个40度角的转弯之后，很容易地找到丹尼斯和他的客人凯斯·考德威尔的位置。这里要介绍一下，凯斯·考德威尔绝对算是英国最好的10个飞射能手之一。在他们的营地，事情逐渐朝着正常化方向发展。我们也给他们留言，希望他们在这种情况下一切安好。

然后，我们沿着东非大裂谷[2]来到了玛丽小姐曾经和朋友一起待了17天，最后找到一头黑色鬃毛狮子的地方，经过一番探寻，我们也找到了那头狮子。接着，我们继续向高处攀登，在把我们现在所处的位置弄明白后，我们对捕猎这件事情做了一个万全的策划。狮子现在所处的地方对我们很有利，我们完全可以轻

[1]马加迪，肯尼亚南部城镇，在马加迪湖东岸。这里有大型碱厂，生产出口用纯碱和食盐。

[2]东非大裂谷，位于全非洲最高的地带，属东非裂谷高原区，面积500多万平方公里，约占非洲面积的1/6。

而易举地把它杀死。

我们在一块稍微平一点的地上热烈地讨论着狩猎的事情。

我说："当我们停下来的时候，就总能看见令人怦然心动的野兽目前在哪儿和要去哪儿了。"

玛丽小姐回答我说："这样的话，你和你神奇的狗伙伴可能会继续，并且遇上野兽，但是按照正常人的思维来说，几乎不存在任何可能性去继续往上攀登。"

我回答道："好，亲爱的，我们取消这件事情。下面我们沿着东非大裂谷往下走，直到我们遇见口岸那边的一座小火山口，我早就想看看那座小火山了。"

我们认真研究了这座小火山，发现它在最近一段时间刚喷发过。我们穿过这个刚喷完的火山堆，看到了纳特龙湖[1]。这个湖的色彩很是神奇，细看一下原来是因一些海藻的颜色而产生的。水牛的皮肤异常黝黑，而且公水牛还长着宽宽的牛角，十分耀眼，让人想不注意都难。这里到处都是野生禽类，我们还看到很多成群的火烈鸟，让人觉得十分有趣。

[1]纳特龙湖，位于坦桑尼亚北部，靠近肯尼亚边境，在东非大裂谷沿线上。

之后，我们离开了此地继续去探索峭壁西侧的一座死火山。从半空中看火山坑，并没有什么乐趣可言，所以我们就继续朝前走，前往恩戈罗火山口[1]，那里还真是吸引了很多旅游者到此一游，还有不少人在此驻足嬉戏。匆匆看了几眼这个荒废的遗址后，我们还看见了上千头牛羚、东非狷羚和各种羚羊，不过并没有看到狮子的踪影。

离开恩戈罗火山口后，我们乘飞机飞过塞伦盖蒂平原，在这儿，我向玛丽小姐讲述了我那位可爱的前妻——波林女士猎杀一头健壮、长满鬃毛的狮子的英勇过程。马尔士先生和我还给玛丽小姐指认了当初我在打鸭子的时候用猎枪猎杀金毛狮子和土狼的地点。

[1]恩戈罗火山，位于坦桑尼亚的北部，东有马尼亚腊湖，西接塞伦盖蒂国家野生动物园，1979年被联合国教科文组织列入世界遗产名录。保护区是一片辽阔的高原火山区，占地80.944平方公里，有闻名遐迩的世界最完整的火山口，沿壁海拔2286米，从空中鸟瞰恩戈罗火山宛如一个巨大的碗，碗底还有少许的水，那是已成为深湖的恩帕卡艾火山口。800万年前恩戈罗曾是一座活火山，沿火山口外缘为环形，有6座海拔3000米以上的山峰拔地而起，高耸入云。火山锥陷入火山进而形成凹地，面积达160平方公里，这里有湖水、草原，动物的种类繁多，数量惊人。火山口的成湖聚集着成千上万的火烈鸟和其他鸟类。1959年人类学家在火山附近的奥杜威浅峡谷发掘出距今125万年的南猿头盖骨和距今190万年的人化石残骸和石器，这些发现对目前复杂而有争议的人种系谱学的研究有重要价值。

那条土狼突然从高高的草丛中窜出来，自然是逃不脱被猎杀的命运的。

尽管土狼在电影《扎诺克的雪》中扮演着光辉的角色，深受观众好评，当然还有在很多其他电影中也是如此，再加上它那独特的声音，让人就算是身在内罗毕市区也忘怀不了。不过它终究不是什么善类。我们亲眼看见过一条土狼咬碎了一头刚被一头母象攻击过的犀牛的生殖器。接着这条土狼又和它的同伴再次攻击了犀牛，用它们的獠牙在犀牛的左半边屁股上狠狠地来了几下。

在回忆完那条斯瓦西里语称之为费什的土狼之死后，我们继续前行，飞往穆旺扎小镇去加油。我们到那后并没有进入小镇，而是待在飞机里，因为飞机的发动机熄火了，没法飞行了，所以得重新发动飞机，让它飞起来。

我们飞过了维多利亚湖，飞到了卢旺达　乌迪隆[1]的上空。向下俯瞰，这儿还真是非洲大陆上的不毛之地，在这里，我们并没有看到传说中大群大群的黑羚羊，但在一天的傍晚时我们见到了一头上了年纪的犀牛，它看上去闲来无事，十分慵懒。此外还有4头漫无目

[1]乌迪隆，东非国家布隆迪的旧称。

的、正在四处张望的大象，它们的象牙还在，不过它们都不超过90磅。之后我们穿过了卢旺达—乌隆迪地区，来到了一个人口密集的国家，这里四处可见圆锥形的小木屋，空气中弥漫了烟火的气息。在我们看来，当地居民是很懂得享受生活的，换另一种说法，就是不少人看上去和酒鬼差不多。

我们最后决定在基伏湖畔的科特曼斯维尔镇着陆。那里有顶级的旅馆，可以享受到美味的食物和舒适的住宿条件，还可以鸟瞰全湖。这个湖算是我见过的最漂亮的湖之一。虽然把不同的湖放在一块儿比较并不怎么具有说服力，不过在我看来，从基伏湖的小岛、模糊的轮廓以及湖水的颜色来说，它比马焦雷湖、加尔达湖或者之科摩湖都要漂亮多了。

第二天的早上，阳光明媚，我们修好了发动机，并彻底检修了飞机，之后我们继续往北飞，穿过了卡尔·阿克力探索过的大猩猩保护区。

当我们在两座活火山之间飞行时，飞机里的空气让人想起被20毫米防空机枪击中时的那种味道。对，就是那种强烈的硫磺味儿，让人不得不打开边窗上的通风孔。火山不断地冒烟，一片朦胧，所以我们没法拍照将之记录下来。我们接着往西北方向飞去，去我曾读过的《生命》里描述的鲁文佐里山脉看看。一路上姑娘们都在说，那里是“月亮之山”。

我想一定是小哈噶德爵士取的这个名字。但倒霉的是，“月亮之山”经常会被云雾遮挡，也使我们无法清楚地观测和拍照。因此，我们只好掉转头，在恩德培市降落。那里的机场跑道不仅足够长，也很漂亮，只是那里的“彗星式”（英国人这样叫的）地面系统状况不佳，使得美丽的机场也成了摆设。

由于恩德培的方方面面暂时与“彗星”有着密切的关系，所以地面状况不佳确实影响很大。我们从内心期待着航线尽快恢复，这样我们就能尽快坐上返程的航班，在回去的飞机上愉快地喝上一杯了。我们可以重返湖畔酒店，也可以俯瞰维多利亚湖，那种感觉真是无法形容，棒极了。这一次，我希望玛丽小姐可以克服幽闭恐惧症，从而不至于会看到她在马塞保护区和爬乞力马扎罗山时的样子。

一直等到薄雾散去，我们才从旅馆离开前往机场，然后乘飞机飞往阿尔伯特湖。阿尔伯特湖十分美丽，湖的西岸聚集着许多渔村。我们在那儿看到渔民们用各种方法捕鱼，有的用渔网，还有的将带着当地木头做的浮标的钓鱼线作为工具。渔民们撑着独木舟去拉网时，我们还惊讶地看到一条至少有200磅的尼罗河鲈鱼。

这条鱼可真是太大了，以至于渔民费了九牛二虎之力才把它拖上岸，渔民们都很开心这意外的收获。我们向他们致意，把飞机机翼小幅度放低，他们也挥手回应。从天上看那条鱼，感觉还真不错。

我们的飞机开始爬升到阿尔伯特湖西岸，接着从维多利亚尼罗河飞到默奇森瀑布[1]上空。一路上我们看到沿岸有很多的河马、大象。而大象和水牛成群扎堆的景象是我们之前从未见过的。动物们相处得十分和谐，不过还是有一头死掉的大河马正被鳄鱼群吞食。鳄鱼在这一区域似乎势力很大。

我们之前在坦噶尼喀南部的大鲁阿哈河沿岸，只看到一条从水中探出鼻孔的鳄鱼，因为那里的鳄鱼被严重捕杀，所以它们时刻都保持着警惕。但是，尼罗河畔的鳄鱼则安全地待在岸上，头朝着河岸而不是水里，它们似乎是在期望着水里能发生点什么事，一个个都显得精力充沛。我大概数了一下，河里有17条大约12英尺长的鳄鱼（请注意，我是从空中往下面看的，所以不太确切，它们有可能更长）。把它们称呼为超级大鳄鱼也确实名副其实，它们聚在一起，躲在河边

[1]默奇森瀑布，亦称“利文斯通瀑布”，属马拉维南部瀑布群，位于希雷河中游，北起马托佩，南迄汉密尔顿瀑布，在80公里范围内，有6处瀑布、急流，落差384米，水力资源丰富，建有3座水电站。

的草丛里和树底下。这些鳄鱼体格庞大，就连飞机掠过都没把它们惊扰到。我们开始觉得这个地方有些恐怖。

默奇森瀑布确实很美丽，白花花的水从上往下一泻千丈，还带着层次感，与尼加拉瓜飞流直下的瀑布不同。我们在瀑布上空转了好几圈，准备找到一个合适的地方着陆。

罗伊·马什把飞机摇向左翼，那边有比较靠谱的着陆点。那一块地方到处都是灌木杂草，不过还是可以让塞斯纳180型飞机以接近每小时40英里的速度着陆。罗伊·马什发现飞机的副翼还在运转，于是慢慢地把它降落到柔软的草丛中。这些杂草的高度和一棵普通树木差不多。在迫降的过程中，我们突然听见了金属劈裂的声音，之后查看了一下飞机的损伤，幸好没什么事。我们还对从未经历过这类事情的玛丽小姐进行了安抚。尽管她并没有一下晕过去，不过我还是一度发现她的脉搏停止了跳动，这个现象还真激起了我的科学好奇心。当玛丽小姐的脉搏恢复到每分钟155次时，罗伊已经摸清了路况。我们决定慢慢向有利地形移动，以避开大象。象群此时已经开始对我们突然的出现显得兴致勃勃了。

我们找到了一个以前的大象偷猎者扎过帐篷的地

方露营。这里掌控着象区的两条主要道路，后面是陡峭的岩石，没有大象过得来。罗伊和我割了一些草，给玛丽小姐做了一张简易床，然后又捡了些柴火，点了篝火，之后罗伊又回去看了看飞机，至少不下5次，他得去发求救信号。这些飞机航行常用的求救信号就和以前沉船发出的SOS一样。每次我们一说话，大象就发出动静，这样罗伊就知道它们的具体方位，也就能很好地避开它们。不管怎样，我们要保证自己的生命安全。首先，我们得把玛丽小姐照顾好，那会儿我们还不知道她的两根肋骨已经断了，虽然她疼痛难忍，却没有抱怨一声。其次，要好好分配我们的供给，要把唯一的1瓶水、4瓶嘉士伯啤酒和1瓶苏格兰威士忌分配好，我可不是为了要什么报酬而在此打广告的。

我们决定先发出坠机求救信号，在身体恢复之前先等上几天，这里的地势并不适合飞机着陆，根本找不到合适的地方作跑道。

我们计划准备一条紧急着陆带，以备小飞机着陆。同时决定3个人每两天喝掉1瓶嘉士伯啤酒，而威士忌就留在晚上喝。从默奇森瀑布接来水很方便，所以可以随便喝。

罗伊有一个容量为1加仑的罐子，本来是装汽油的，不过现在用来从瀑布运水十分合适。水的问题解决后，我们开始讨论在这种野营情况下，是不是拆分一下罐子用来烧水。除此之外，为了打发这漫漫长夜，我们还讨论了其他的备选方案。直到60头大象出现在我们面前，它们在静静地靠近和注视我们的一切。

玛丽小姐可能是惊吓过度，在草堆上睡得很香。我把我的外套和雨衣给她盖上了，希望这样可以让她尽快好起来。我每晚都在她身旁躺着，不过大多数情况下我和罗伊一起挤在火堆旁边。我们无法确切地知道晚上的温度，但我敢肯定从没有这么冷过。

不过比起罗伊，我还算好的，我好歹还有一件法兰绒的衬衫和裤子来保暖。我们从没想过穿这么少在飞机外过夜，因为自从来到非洲，飞机里总是很暖和。当我们正在专注讨论那个水罐的处理方案时，一头公象突然闯了进来，把我们吓了一大跳。这家伙长着两颗硕大的象牙，在20码之外就露头了。很明显，它是从象区的小路过来的，它看了看对面的山脉，然后停下来研究了一下我们的篝火，还扇了扇大耳朵。这头大象的个头在我看来有60英尺，比在白天看到它们时要大得多。

它扬起了它的象鼻，我觉得那有几百英尺长，当然没那么夸张。它发出了一些奇怪的声音，似乎想和我们待在一起。罗伊和我被吓坏了，沉默着，大气都不敢喘一下。我们真希望它能好自为之。

果然，它不一会儿就走开了。整个晚上，好奇的大象屡屡来访，就像是例行公事一样。而在这个月夜，对付这帮不速之客的唯一方法就是屏住呼吸、再屏住呼吸，否则将会被视为对这些大象主人家的不敬。就算你对大象的来访不满，那也得以温和的方式来表达。玛丽小姐这一晚睡得很舒服，早上起来时身体也没那么疼痛了，她看上去心情要好些了，还问早饭吃什么。结果她惊讶地发现，茶还没煮好，不过意外地冒出了一个苹果。

一大早，罗伊就到默奇森瀑布去取水了。瀑布哗哗的水流声让我们听不到任何飞机飞过的声响。我有好几次觉得自己好像听到了飞机的声响，至少有一次我确信确实听到了。但是瀑布的声音是顺风而下的，而且还会随着风的强度变化，因此我也对这一切不太肯定。

上午罗伊去取水时，我在照看烽火信号，试图让过往的飞机能够发现我们的位置，因此我得不断去找一些干木材。我们把新鲜的树枝折断扔在火上烧，以尽量保持烽火继续冒烟，不过并不是什么木材都可以，得找一些形状合适的枯木才能让火烧得更旺。这个工作一度根本无法进行，因为我每次去折树枝都会被大象干扰。但是这些被搜集起来的小树枝却是篝火的唯一保证。树根都是被从露营点附近刨出来的，有这些东西，我们的篝火才能烧得够旺，烟也才能一直冒着。

不幸的是，连着的其他几个草堆也着火了。此时，夜幕降临，等月亮高高地升起时，我们的同伴已彻底迷糊了。这时我一度想到，“可爱的月亮，你要不就爬到山上去，要不就见鬼去吧。”

这几天我都是一大早就在找木材。一天，我终于到了距离露营处左侧50码的地方，要知道我们周围全是山脉和河流，大象们对任何搜集木材的行为都十分反感。它们在绿草丛中吃着草，而折树枝的声音总会使它们受到惊吓。不过，在风声的掩护下，我还是够着了一棵十分合适的树，上面满是枯死的干树枝。就在此时，我听到大象的抱怨声，然后就看到河里出现了一艘汽艇。在这次旅行中，我们在日头高照时见到了海市蜃楼很多次。所以刚开始看到这艘汽艇时，我首先揉了揉眼睛确定是真的。接着我喊了玛丽小姐，告诉她有艘汽艇过来了，可是汽艇却在这时不见了踪影。所以玛丽小姐十分怀疑我的话，不过她并没有表现出生气。当我带她走到象区隔离带的边界处时，这艘汽艇又出现了，而大象们依然在自言自语。

这艘汽艇十分漂亮，流线造型都是那种吉风样式。随后我们意外地发现这艘船在电影《非洲皇后号》里出现过，那部电影的主演是我一直的偶像——凯瑟琳·赫本，还有亨弗莱·鲍嘉（我还没在现实生活中见过他）。不过，鲍嘉在这部电影里的表演没得说，棒极了。而这艘出现在眼前的汽艇也让我身心舒畅。

我们向汽艇发出信号，这艘汽艇可能正在进行一个月仅有的一次航行，因此遇到它纯属巧合。这群人正在爬山，他们都是非洲人，其中一个个子特别高。我给他们指引上山的路，让他们沿着西边的标记走，免得碰到大象。

大象似乎嗅到了人的气息，就退到了一架飞机残骸的附近。不一会儿，象群被驱散了。它们认真琢磨了一下飞机，这架飞机后来被证实是由英国海外航空公司的R. C. 裘德上尉开过的。这群大象似乎已经把这架飞机当作自己的财产了，但它们并没有破坏飞机的意思，或许它们是把它当作客人了，就像它们看我们时一样。

海明威夫人与默奇森剧组来的朋友——后者声称导演过《非洲皇后号》——是从露营地过来的。他们中的一位带着1支大口径的来复枪，看上去挺能干的。我觉得玛丽小姐似乎恢复得还不错。

我想起要在露营处等罗伊·马什回来，那里是我们的集结地。后来他回来了，带着从那个奇妙的默奇森瀑布捡来的柴火。在看完默奇森瀑布后，一行人要离开了，我目送玛丽小姐安全上船之后，决定打开那瓶威士忌，然后掺点蒸馏水。这水本来是给飞机电池留的，不过现在我觉得可以随便使用了。唯一的麻烦是，找不到玻璃杯，身边也没有其他的容器，因此我只好先把1瓶嘉士伯啤酒喝完，然后把调好的威士忌兑进去。

之后，象群的突然到来把我的计划打断了。不过象群好像也没什么恶意，只是有一头母象对这个偷猎者待过的地方似乎记忆犹新，我想可能它的公象就是在这里遇害的吧。所以，我能看出来它对我们充满了敌意，扇动着耳朵，朝我们走了过来。我赶紧向我们原本为玛丽小姐准备的藏身之处——陡峭的岩石那里攀爬逃命。

罗伊和我曾计划让玛丽小姐藏在岩石处，以防大象们越过它们正常活动范围突然来攻击我们。我们从未挑衅这头母象，也不知为何，它突然就带着敌意冲了过来，似乎不怎么待见我。它试着往岩石下的斜坡爬，不过岩石是被之前为了保护玛丽小姐而精心设置过的，所以我们现在十分安全。我挑了些身边的岩石块儿，用左手向这头母象投过去，虽然我是右撇子，不过现在右手脱臼了没法用。接着，母象发出嘈杂的叫声，好像是对我占据优势地理位置很不满。

想要击中大象，你就得从它的左眼侧扔过去，可以击中它的右眼。我幸运地砸中了大象一次，接着又扔了两个球状物。只见大象满眼怒火，高高地扬起象鼻，似乎在向我表达它的敌意，而它真的很快就能够着我了。我一直保持高度的警惕，特别是跟这头大象对峙的时候。这头母象似乎是想跟我沟通些什么，按我以前的经验，我明白自己现在很不受欢迎。象鼻已经很接近我了，细看一下，那可真是个可怕的东西。从我这里看过去，鼻子里面是粉红色的，不过无法看清楚。我现在情愿回到基马拉沼泽，和那些温顺的眼镜蛇待在一起。大象的眼睛很小，我朝它的左眼扔了东西过去，这是对它的一种藐视。不过它还是继续发出充满敌意的声音，嘴巴张得大大的，让我能更轻松地砸中它。

在此就省略我跟大象间的对话吧。不过可以肯定的是，双方都十分不爽，不友好。我还记得我当时对大象说："在你宣泄之前，给我下去，你这头不会说话的大象。"大象也在用自己的语言表达着，不过我也听不懂它的意思。

接着，我朝它说："去死吧，大象。"这句谚语是我从一篇战地记者的报道中读到的。当时是太平洋战争后期，美国士兵常这么形容日本人。不过我可不想把大象弄死，虽然它跟日本人的做法一样是不宣而战。

我们感觉母象依然带着潜在的敌意占据着它的位置，似乎语言恐吓起不到作用了，我又开始朝它扔石头。大家能想象出一个右撇子用左手扔东西的不自在。但是，我还是在它每次充满敌意地向我高喊时，朝它嘴里扔石头，而且还幸运地有1/3的命中率。

最终，它退回了象群。不过象群并不怎么感兴趣，虽然它们似乎在商量着，其中几头公象还扇动着耳朵，准备在母象一无所获时出手。其实，大象对人类是很友好的，这头反常的大象一定是出了什么问题，或是受了什么虐待才会如此。考虑到之前它们曾被一群毫无技术又粗心大意的人伤害过，所以我们也能理解这一切。在南坦噶尼喀时，我就知道有1头大象被杀掉了，它身中14弹，尸体还被残忍地分割了。

那个杀掉大象的人还找到屠宰场，询问大象会不会发脾气。其实，在其肉体、骨头乃至骨髓被射入这么多子弹后，就算是再温和的大象也会变得危险至极，如果这样还不发怒，那才是奇了怪了。其中它的头盖骨还被射入了两发子弹。我不知道刚才的母象到底是遇到了什么事，我想大概是因为它的家族成员在刚才那个地方被射杀了，所以它才会迁怒于我。

看到大象们向大山里走去，我便走了下来，去和默奇森剧组及玛丽小姐会合。此时甲板上正在举办一个欢乐的宴会，有一对夫妇在庆祝他们的金婚纪念日。船上还有他们的女婿、女儿及小外孙伊恩。我们拍了照，作为飞机坠毁的证明，之后放了一把火烧了塞斯纳号飞机，这样它就不会被任何草丛中的野火点着了。

在默奇森号上，我们了解到这对金婚夫妇的女婿麦克亚当先生是一位医术高明的外科大夫。他给玛丽小姐做了检查，发现除了断了两根肋骨，其他一切都正常，而且伤处恢复得也很乐观。

罗伊·马什回到了默奇森号的甲板上，船上去游览默奇森瀑布的人也都回来了。我们便拉起锚起航，顺流直下，向阿尔伯特湖前行，并决定在布蒂亚巴下船。待在游艇上的感觉可真棒，不仅环境干净，一切运行良好，还有冰箱，里面有图斯科尔啤酒和其他几种牌子的麦芽酒。船上没有烈酒。不过船上的负责人——那个印度人有一瓶戈登金酒[1]，但卖给我的价

[1]戈登金酒（Gordon's gin），又叫杜松子酒，最先由荷兰生产，在英国大量生产后闻名于世，是世界第一大类的烈酒。金酒按口味风格可分为辣味金酒、老汤姆金酒和果味金酒。

格实在有些高。我看他的性格，每次一定能喝不少，在非洲旅行，这种酒确实很难买到，他也只好控制自己，每次喝得很少。但是，由于我们仍控制着自己的钱财，我们得到了一瓶戈登金酒，这是我事先准备好以备不时之需的。

我带了两串香蕉，一串熟得恰到好处，但另一串有点熟透了。当我们计划在卡巴雷加瀑布区[1]待一段日子时，这些可就是我们的全部家当了。

顺流而下的旅程非常愉快。你能在河两岸看到很多景象，比如，雄雌河马领着它们的孩子，还有许多的鳄鱼，河流左岸还能看到多种大象。在塔斯克啤酒（Tusker beer）的芬芳下祝愿这群大象身体健朗是件多么欢欣的事，我们也喝到了这些日子以来的第一口冰镇啤酒。让人欣喜的还有那群鳄鱼，它们并没有受塞斯纳180型飞机坠毁的影响，仍然冷静地头朝着河岸，栖居于河岸和树下。这些让罗伊·马什受到很大的震撼，他的职责本是在河岸边打水。我数了一下，最大一群鳄鱼数目竟然达到了17条。我觉得我们大概一共看到了500条鳄鱼。

---

[1] 卡巴雷加瀑布区（Murchison Falls），旧称默奇森瀑布，又称Murchison，亦称Kabarega或Kabalega，距离维多利亚尼罗河汇入艾尔伯特湖处有32公里，落差120米，整体瀑布分3级，第一级落差为40米。

在整个沿岸而下的过程中，我们还遇见了单独的大象，也有数目6~20不等的大象群体。可能是过去两年非洲遭受了大面积干旱的影响，导致了象群集中在这，这也成了很好的狩猎地之一。一般来说，野鸟对水源很忌讳，它们在任意一的地方取雨水沉积下来的水。但是由于草场野火的肆虐，野鸟只能沿河流聚居。它们看上去都很温和。我们看到的唯一的杀戮事件是我之前提过的那头河马。

这条河最终汇入阿伯特湖[1]，之后河水变得浑浊，但仍有许多鸟类和鱼。我们的汽艇最高时速达到7海里，所以我们能够近距离地观察水域和海岸线。沿岸有很多湖鸟、鹈鹕[2]、燕鸥[3]和大量野鸭，其中大多是短颈野鸭和所谓的泥潭鸭。

---

[1]阿伯特湖（Lake Albert），非洲淡水湖，在赤道北侧刚果民主共和国和乌干达接壤处。旧名为艾伯特湖，1972年改为现有名。阿伯特湖由断层陷落而成，湖面海拔619米，西南—东北长180公里，平均宽约45公里，面积5350平方公里，最深处48米。其西南面有源出爱德华湖的塞姆利基河注入，湖滨冲积平原较广；东北面有维多利亚尼罗河注入，形成沼泽密布的三角洲。湖水北流经艾伯特尼罗河注入白尼罗河。东西两侧悬崖壁立，多深沟。湖中多鱼类、河马、鳄鱼和水鸟；湖滨多象、野牛、羚羊等野生动物。

[2]鹈鹕（pelican），俗称塘鹅。

[3]燕鸥（tern），鸟纲，鸥形目，鸥科，燕鸥亚科大部分鸟类的通称；或专指各种燕鸥属（Sterna）鸟类，因与家燕的尾型相似而得名。

我们在船上过得很开心，玛丽小姐还被允许使用浴室，这原本是要留给那对金婚夫妇的。她很开心，洗了个痛快澡，美美地睡了一觉，同时罗伊·马什也小憩了一会儿，麦克亚当先生则和我一起聊天。之后，我们来到了布蒂亚巴[1]，那是湖畔的一座不怎么起眼的小村庄，那里除了能找到在保护领地为亚洲人开放的一间旅馆，看不到任何住宿设施。

船长是一个亚洲人，留着很长的鬓角。或许是某种部落风俗或其他缘故，他从未剪过这些鬓角，现在的长度令人侧目。有人甚至说这些毛发硬得像篱笆，但却成了他唯一可能区别于旁人的标志。这些毛发不仅有从耳朵里长出来的，还有从耳垂上长出来的。他向每人收取100肯尼亚先令，作为他载我们的费用。由于可能会邀请救助对象登船，所以船长反对包租形式。

我对海洋法很精通，知道船长有自行支配船只的权利，即使有相当数量的毛发从他耳朵里长出，所以我付了这笔钱，而麦克亚当先生也写了正式的书面协议。我花费了1杯塔斯克酒的时间向麦克亚当先生解释说，你支付的这些钱，之后当你能行使权力时可追

[1]布蒂亚巴，位于布利萨，在乌干达境内。

回它们。随后，这被一张900肯尼亚先令（sh）. 的来自著名的机构东非铁路和港口公司的支票证明是对的，也是该机构雇用这个耳朵里外长满毛发的男人当船长的。

在布蒂亚巴，我们可以选择在卡巴雷加度过整晚，但玛丽小姐对这可不怎么感兴趣，因为小船只在码头停泊，这样一来她的卧室地势就会变低，通风情况就会变恶劣。或者我们可以选择骑摩托车去马辛迪[1]。最终，我们选择了后者。我们此时恰巧碰见了一个飞行员，他已经找了我们一整天了，并急于把我们及财物直接带往恩德培[2]。他给一架德·哈维兰短途客机加满了油，准备起飞。我个人的选择是去马辛迪，最终我们还是骑摩托车去了。

然而，当有人被邀请到楼上我们的套房时，即快速国际体育组，这个建议就有了命令的性质。雷金纳德·卡特莱特船长，即这架飞机的飞行员，在一辆敞篷汽车，就是我们通常说的卡车内对临时机场跑道迅速勘察了一下。不过想要在尘土飞扬、一片朦胧的情

---

[1]马辛迪（Masindi），乌干达中西部城镇，西部地区经济和公路中心。

[2]恩德培（Entebbe），乌干达城市，位于首都坎帕拉以南的维多利亚湖地区，因境内有建于1947年的恩德培国际机场（Entebbe International Airport）而闻名。

况下看到它的进展显然是不太可能的。对我来说，停机坪更像是南达科他州[1]的红山头，而且被我们视作停机坪的那条路旁像洗衣板一般高低不平。

在飞机上，卡特莱特船长坐在司机的位置上，罗伊·马什坐在右舷座上，而我则坐在第二个右舷座上以维持平衡，卡特莱特船长希望我俩身体向前倾并随时告知我们该怎么做。当我们行了1/3的路程时，我开始相信我们的飞行确实不怎么顺利。然而，我们仍以最快速度继续前进，尽管飞机在悬崖峭壁间如同野山羊一样四处乱窜。突然，这个仍能被称作飞机的物体无故地变得狂暴不已。值得庆幸的是，这个情况只存在了几秒，之后的响声很正常，我们也在之后熟悉了那种金属碰撞的声音。

倒霉的是，第二次的问题就棘手多了，飞机的右舷迸出些火花并烧了起来。右翼上装着足够飞到恩德培的油的油箱也着了火，更糟糕的是，火苗顺着风势殃及飞机的后部。飞机上基本没有非易燃体的部件，汽油溢出油箱并浸湿了机身，火势顺着风向越烧越大，

[1]南达科他州（South Dakota-sc），美国中西部的一个州。北接北达科他州，东接明尼苏达州和艾奥瓦州，南邻内布拉斯加州，西边是怀俄明州和蒙大拿州；面积195 951平方公里，在美国50个州中列第16位，人口4 321 249；首府皮尔（Pierre）。

一发不可收拾。

这时，坠机事件一触即发，我想起一条老规则，在双发动机的飞机上，进舱方向相同。于是我走到我们进舱时通过的那个门，发现它被造飞机的材料卡住了。我打开门并朝罗伊·马什叫喊："我把门打开了，玛丽小姐还好吗？"罗伊回答道："很好。从前面走。"

我用头和左肩使劲撞开了门。一打开门，我便快速爬到还没着火的飞机左翼上，并在确定玛丽小姐、罗伊和飞行员3人从窄孔里离开飞机后，我一个人留在了最后。

我跟他们交换了意见，他们都表示同意，于是大伙儿一起朝飞机前部走去。有些人认为飞机是因为突然的爆炸而迅速燃烧，但我能肯定地说，我从未见过烧得这么慢的飞机。它一定是一种十分粗糙的飞机，不然不会等到每个人都在安全的距离内才开始燃烧。

罗伊对我解释说，他带玛丽小姐打破窗户逃出了飞机。他和玛丽小姐体型差不多，罗伊首先去确认玛丽小姐的逃生出口，然后用最好的空乘传统方法帮她脱离险境。当飞机里再无他人时，雷吉从窗户逃了出来，这是尼基机组成员应该表现的方式。

尼基的商业性能特征的相关事宜，并不是一般人能理解的。尼基的意思是鸟，在非洲代指飞机，与这架飞机有过亲密接触的人都有种神秘的感觉，他们同样也有一套不对外宣扬的道德准则。如果你注定是其中一员，那么不管发生了什么你都是；如果你不是，那你迟早会被察觉并暴露。所以假装是尼基的一员要比惹怒一条8英尺长的眼镜蛇更糟糕。这在一个以尼基为惯用交通方式的国度，迟早会被察觉的。我可以把这些事情记录下来，但拉迪亚德·基普林是个比我还出色的作家，他说，这是另一个故事了。

有很多人和几家期刊都问过我，人在临死的那一刻会想些什么，还有人问我读到别人的讣告时是什么样的感觉。作为尼基机组中的一员，我可以十分诚恳地告诉人们，在那架飞机断裂或自燃的时刻，你唯一思考的只有技术问题。此时你的脑中并不会播放过去的种种，全是要怎样应对紧急情况的技术问题。也许对一些人来说，在濒死的那一刻，过往的一切都回荡在脑中，但我至今也没有过这种感受。

在你经历过飞机断裂或自燃事件后，你的状态可以简称为“震惊”。在紧急情况下，飞机降落相对轻缓，虽然震感不是那么强烈，但还是能稍微感觉到的。如果你或多或少做过一些身体接触项目的话，那你就能轻松应对这样的情况了。

在飞机刚起飞就自燃的情况下，震动是很强烈的，你或许来不及立即采取应对措施，所以你最好尽量沉稳处之。这样做起来很容易，还可以完全震住其他人。比如，当飞机坠落或自燃时，你首先要条件反射般地用心听弹药的响动。你得假装去检查飞机是否携带弹药，站在适当的距离内，留心弹药的走向。此时，非洲人看你摆出了如此专业的姿态，便会对你无比崇拜，并向你表示祝贺，他们会用力拍打你的右胳膊，你感觉几乎要脱臼了。然后你听到了卸载弹药的声音。

四声“砰”的卡尔斯伯格啤酒瓶爆炸的响声也意味着我们的储备食物被彻底吃完了。随后又传来略大的声响，连麦尼士威士忌酒瓶也炸了。这之后，我还清楚地听到了更大但不震耳的声响，一定是那瓶还未开封的戈登金酒也爆炸了。由于它是用金属瓶盖封紧的，所以爆炸的声响要比用软木塞堵住的麦尼士威士忌酒瓶大多了，幸好麦尼士威士忌已经喝了一半了。我留心等待着更多的爆炸声，但再也没有了。

之后，我们搭乘了一位年轻警察的摩托车离开了坠机现场，他愿意载我们去马辛迪。车上载着该警察美丽的妻子、玛丽小姐和我，我们很快适应了长达53英里的路程，但途中没有烈酒，也没有任何其他饮料作伴。这是我人生中经历过的最漫长的旅途，我想玛丽小姐也一定和我有同样的想法。途中我跟她谈过一次，“玛丽小姐，我们中途不会在任何宜人的地方或零售商店停车，你受得了吗？”对尼基成员来说，坠机、自燃过后喝少量的波旁威士忌是惯例，但前提是它得降落在正常的机场。

玛丽小姐回答说：“既然你受得了，那我也受得了。不过确实很难。”

我们握紧了手，顺利结束了旅程。

在我们第二次坠机事件后，出现了英国皇家空军（R.A.F，Royal Air Force）所谓的“荤菜餐厅”。它由一个非洲医生开办，那人十分友好，而且看得出他是一个感情细腻的人。他太容易激动，以至于忘了自己是要管理急救医疗的人。当我们结束了去马辛迪的旅程，并接受先前的哀悼者以及有生之年第一次目睹飞机燃烧的渴慕者的热情招待后，终于可以好好地睡上一觉了。

那晚我听到一只土狼在不停地嚎叫，我猜测它是被烧焦了的毛发气味吸引过来的，那个味道整晚充斥在我身边。我认真检查了酒店的进出口，并认定这只或许被祝福过的野兽会一直嚎叫。

玛丽小姐还承受着巨大的断骨之痛，难以入睡。但那只野兽的叫声却让她安心不少，她仿佛又回到了在基曼娜湿地的旧时光，收到旅行中的圣诞节礼物时，她还不在尼基机组。

第二天早晨，我们见到了那个非洲医生，他对我们能够奇迹般地从飞机里逃出来感到不可思议。他还特别请求我从种族理解和友谊的角度出发，不要用家庭救护来描述这次事故。他还热心地想帮玛丽小姐包扎并治疗她的肋骨。对这位高贵的医生来说，这无疑是一次有趣的经历，不过我并没有同意。因为包扎意味着必须要移除石膏，这其中的痛苦对体毛比男人稀疏的女孩来说实在是无法承受的。从科学角度而言，我想说的是，当肋骨被包在石膏中时，对皮肤的伤害远比这个尚有疑问的方式要大得多。

我对这个高贵无比的非洲人怀有一种持久的仰慕，然后他用一对剪刀修剪我的脑袋。我不知道他有没有剪过部落样式，或者说这样的剪裁是否真的实用。不管怎样，它都应该有点效果，并且令人称叹。他用了些由带状石膏组成的杀菌剂和敷料，都是上乘品。

他为我清洗并包扎了正在化脓的左腿，还量了血压，在非洲这被称为“达慕”。最后他友好地宣布，我们的身体状况适合去恩德培。这也是我们的目的，因为玛丽小姐早已透露过她想在那儿待几个礼拜的想法，以便自己顺利康复。我们还希望补充几件衣服或其他有价值的东西，之前的都被我们留在酒店了，假如皇家空军没有按时返回驻扎的中队基地的话，我不确定他们扣留尼基成员的各种衣物和装备的老传统是否仍然存在。

实际上，我们现在应该来点在马辛迪设法得到的戈登金酒。我并不是为戈登服务的，只是这种饮料可谓是当前最强的杀菌剂。青霉素只是暂时很流行，有些人则偏爱磺胺类药物，还有很多其他的抗生素。然而这些产品的药效一下就过去了。戈登金酒的口碑很好，人们期望它能成为强化剂和镇静剂，还将之用于烧灼所有内外伤口以消毒。然而，在瓦卡姆巴所指的南雅克所在的部落是禁止饮酒的，我们也绝不应该去怂恿他们尝试这种饮料，因为他们并不能准确判断这种饮料的性质。这种饮料可能会导致他们犯下大错或者犯罪，从此过上糜烂的生活，而这些也都是我们强烈谴责的。换句话说，切记禁止小孩饮用杜松子酒。

在我们被好好招待后，便从马辛迪乘摩托车去恩德培。这段路途很是无聊，一路尘土飞扬，也许是因为北方太久没下雨的缘故。等到了坎帕拉[1]才稍微有点看头，这的确是一个很迷人的小镇，被7座小山环

[1]坎帕拉（Kampala），乌干达首都，全国政治、文化和经济中心，地跨赤道，面积238平方公里。

绕着。这段路途长达135英里，给冥想的人提供了充足的时间。

但我的脑震荡阻碍了我冥想，想不出什么所以然。这种类型的脑震荡有时会诱使人想到有关暴力的种种。我相信这种暴力是脑震荡的反应之一，是这次飞机事故的后遗症。不管怎样这都是该抵制的，在此我也拒绝承担这些想法的任何责任，但有些想法还是可以透露一下的。

首先，我希望威斯康星州的共和党议员约瑟夫·麦卡锡在两次坠机事故发生时都在场。我一直都很好奇所有公众人物的表现，我也对麦卡锡议员在势力范围之外的表现好奇不已。虽然他备受尊敬，但我仍有这样的好奇心。我很想知道如果没有参议豁免权，他面对这些我们一直与之作伴的野兽会不会那么不堪一击。这样的想法一直在我混乱的思绪里持续了10~12英里路的时间，这也给我带来了很多的乐趣。

然后我混乱的思绪开始追逐同一辆火车，如果它能够被称为思维的火车的话，我怀疑是不是哪里出了错，威斯康星州的共和党议员约瑟夫·麦卡锡是不是真有过错，即使是577口径来复枪也无法弥补的过错。

之后我又想起了我的一位老友，伦纳德·里昂先生，想起他和577口径来复枪的一些趣事。我记得我们当时在阿贝克隆比＆费奇[1]的纽约地下的一间试验场里，一连发射了20发子弹，目的是为了测试一下这种老式弹药是否仍然有效。里昂先生英勇无比，体魄健壮，只是身材略矮，被577口径来复枪的后座力弹起来抛到了试验场的铁门旁。他丢下了枪，但枪却完好无缺。我轻松愉悦地思考着这个小状况以及其他发生在我和伦纳德·里昂先生身上的事。里昂先生可能也会想起它们，它们真的很令人惊喜。

我的思绪仍然一片混乱，我又开始思索了，这次我想到的是图特·肖先生，一想起他，枯燥漫长的旅途都变得愉快多了。我记得肖先生永远都那么彬彬有礼，他理应对每个人蛮横，但我怀疑我们是否用过任何不礼貌的字眼。我得以重建肖先生在我记忆中的形象，在这种情况下无疑是个壮举。肖先生的形象说明这个支离破碎的国家实在是不怎么适合发展农业。

想到这一点，我又很不情愿地停止思考关于肖先生的事情。我又开始想起另一位朋友，乔·拉塞尔先生，或许叫他“邋遢乔”你会更为熟悉，他是一家酒

---

[1]阿贝克隆比＆费奇（Abercrombie & Fitch），美国的休闲服饰品牌，简称A&F，其标志是一只长着巨角的麋鹿，中文译名叫“阿贝克隆比&费奇”，但大家更喜欢直接用简称A&F，或者用A&F的昵称小麋鹿。

馆的老板，是肖先生在基韦斯特岛[1]的酒馆和饭店的劲敌。乔·拉塞尔先生是我多年来投资生意上的伙伴和朋友，于是我又花了几英里路程的时间来回想他的死亡方式。

然后，我又断断续续地回想起和乔治·布朗先生在第57西街225号结交而获得的种种特权，现在回想起来，那依然是很快乐的时光。从第57西街一直往南走，跟布朗先生工作完后坐在出租车后排，为了避免受凉。我愉快地想起了谢尔曼·比灵斯利先生，因为我们有太多的相似之处，我对他有一种莫名的仁爱之心。

我并不是按照什么顺序回想这些绅士的，只是我脑部受击过重。我想起了比尔·科勒姆先生，作为美国军队最年轻的少校他是个什么模样；然后我又想知道本·芬尼先生头一年在海军服役时的模样。我曾在芬尼先生年轻的时候和他见过面，当时他是圣莫里

[1]基韦斯特岛（Key West），距离迈阿密260公里。从迈阿密出发，向西偏南驶上美国1号公路，就能到达被称作“佛罗里达钥匙”的一连串珊瑚小岛，这些岛犹如散落的珍珠，由40多座跨海大桥把它们串在了一起，向加勒比海深处延伸，路的尽头就是被誉为“日落故乡”的基韦斯特岛。

茨[1]第一个开登蜂牌汽车的人，实在是威风至极，那也是我第一次坐在那辆奇怪的车子里，享受这种待遇。一想到他一直做我的朋友以及一直与可卡因作斗争的事，我就莫名地兴奋不已。

此刻，我的思绪已经游走到了52号或者53号街区，我想到了厄尔·威尔逊先生和他这些年作为朋友的忠诚。我想起了华特·温切尔先生，我们过去经常同达蒙·罗原一起交谈至深夜，当时罗原先生仍然在世，他不仅是个捐助人，还是个好伙伴。我还希望华特和伦纳德·里昂能够重归旧好。

这一刻，善念充斥着我的脑海，我希望所有人都能够顺利。我想起了很多朋友，不管是他们可贵的优点还是偶尔的不足，都在我脑中清楚地闪现。可是我却想不起有关自己过去生命的任何事情，这的确与报道相左。我继续想着其他人、其他地方、其他食物和美味的饮品。

[1]圣莫里茨（St.Moritz），瑞士东南部城市，在库尔东南、因河河谷上游，人口15 900，讲德语和拉丁罗马语。其四周是壮丽的阿尔卑斯山峰，有冰川水补给莱茵河、波河和多瑙河，国际铁路从那里通过，该地也是国际航空站。该地区旅游业发达，17世纪起成为夏季游览地和矿采疗养地，有具有医疗价值的矿泉，是世界著名冬季运动中心之一，奥林匹克冬季运动会几度在此举行。

我们准备了戈登先生的产品，我想到这点以及它给我带来的快乐。这开启了我回想过去生命的思绪，但我有办法克制自己不去想，因为有太多悔恨。于是我开始思考经济和政治问题，虽然我的大脑在坚决抵制。

在这种时候，你总会有很多有意思的想象。在大街上，你会看到两个美女，尽管真实存在的只有一个。你的大脑不再仅仅是一个完整的器官，它仿佛成了你的好兄弟。有时候你可能听不到自己的声音，却能清晰地听到嘈杂的噪音。我的头颅和左耳间总有持续的闷闷的声音，我让玛丽小姐帮我看看是不是有些灰色的物体渗了出来。她说：“你知道你有多没脑子吗？这只是一些我们不熟悉的液体而已。”

玛丽小姐开玩笑是非常随意的，有时候甚至更严重，也正是这个特质使得她在图特·肖先生的圈子里十分受欢迎。我可以毫不夸张地说，莫琳·康诺利小姐要用一整只手做的事情，玛丽小姐几个字就可以搞定。在我们的语境下，这就意味着“她可以轻松地干掉你”。我忍受着反复无常的大脑，玛丽小姐忍着断骨伤痛，她有着毋庸置疑的勇气和犀利的言辞。终于，我们到达了恩德培。直到这时，我们都还没看到关于我们的讣告，我原以为这些早在我们到达之前就已印得满天飞了。

在恩德培，我们见了记者和满是疑问的人群。实际上，事情背道而驰。这次英国民航局异常小心谨慎，因为尼基的损失会导致保险公司赔偿，而拥有这架飞机的公司也会有损失。为了确认飞行员的过失和责任，审讯过程十分深刻详尽。我本想和飞行员罗伊·马什一道接受审问，这样我也可以恢复我的记忆，它们之前并不在最佳状态。在谈话中，我一直用调查员来称呼这些审问员，他们都是十分有能耐的人。当意识到我是两个人中状况最差并有可能在审讯过程中言行受限时，他们立即决定先从我开始，接着是马什先生和卡特莱特船长。当你在陈述真实事件的时候，审讯会进行得很顺利，但同时你也必须谨慎，不要陷入他们的技术套路里。

我相信人们一定有某种理由对细节如此谨慎小心，我也相信这些细节都被用心观察过，强度堪比自我保护意识。这是很自然的，因为任何不合乎道德的自我保护都会在审讯中被识破，这样一来，你就只做了三件事。

第一件，你试图努力保证所有乘客的生命，这样可以避免被归于“致命坠机”的罪名。而“致命坠机”的情节是十分严重的，一般应全力避免。

第二件，你试图用完全合乎道德的方式完成审讯，也就是依据你自己的道德标准。

第三件，任凭坠机的发生，因为这样对保险公司来说受益无穷。

如果想让它看起来对保险公司有益，你必须最快最准地处理这类多幕剧。你必须牢记每一件事，比如螺旋桨的距离，即使是在大型飞机上这也很有必要。我们本来有最完美的照片证明我们所述一切属实，但不幸的是，它们在第二次坠机中被全部烧毁了。所以，这就产生了一个问题，即如何衡量对方话语的真实性和技术问题。

没有人能够在几天之内知道他是否通过了测试。调查员是十分友好温和的，这也是伦敦警察厅的传统。但等审讯大概到了第三天时，我们开始注意到他们不再循规蹈矩，而是万分迫切了。

初审过后，我们见了媒体，确切地说，玛丽小姐急需休息，便先回房了。我同样也急需休息，但我仍坚持给记者们做了尽可能详尽又有趣的报告。我保留了你们所读到的这些细节。之前我根本不想对这两次坠机的事情进行任何的描述，但当我在各种新闻上看到了很多荒谬的报道之后，我认为十分有必要做一个真实又准确的报告。

原本应有两个人站在这里跟媒体交谈，告诉他们坠机的经过，但此时出现在公众面前的只有我，这十分有趣，但我一直在喋喋不休却偶尔听不到自己的声音，说来也是件怪事。有时听不到自己的声音也是一种解脱，当然，那是因为你健谈，而不是过于强势或沉默。

罗伊·马什乘坐飞机去内罗毕向公司汇报工作，也被问了很多问题。他返回恩德培时，乘坐的是我们留在默奇森瀑布的塞斯纳170型飞机，这个型号的飞机一度被认为是塞斯纳180型的大哥。与此同时，就在我们抵达恩德培后不久，我的二儿子帕特里克在坦噶尼喀南部高地[1]租的飞机也飞向了姆万扎[2]。他带着1.4万先令，与别的男人以同样的速度抵达了目的地。虽然没从他们那儿得到过什么坏消息，比方说让你帮他重返部队，或者把他们从监狱里捞出来，但这也算是我的儿子们第一次不被打断行程而顺利抵达目的地的经历。他也因此成为我眼中的英雄，就像玛丽小姐是唯一的女英雄一样。而在这之前，我心目中最

---

[1]坦噶尼喀南部高地（Southern Highlands of Tanganyika），指世界第二深湖——坦噶尼喀湖南部的马拉维高地，是东非大裂谷的最南段。

[2]姆万扎（Mwanza），坦桑尼亚西北部维多利亚湖南岸的一座港口城市。

了不起的英雄一直是罗伊·马什。

帕特里克破了一大笔财，而罗伊·马什和我也走出了飞往内罗毕的塞斯纳飞机开始接受询问。我们留下帕特里克照顾玛丽小姐，让他带着她乘坐常规航班。在内罗毕，我们受到了热烈的欢迎，还见到了许多十分有趣的家伙。

就在那时，我开始对自己那个奇怪的恶癖反省起来。我相信它足以把一个人的内在平衡感毁掉，使一个品行良好的人丢掉自己的好名声。我一直按照人格正常的行为标准来行事，尽管有些爱吹牛的、浅薄的自传作家，总试图用别的方法来证明自己。

这个奇怪的恶癖就是阅读某人的讣告。当然，我是一定不会为我自己写讣告的，那肯定会有许多不实之处，我也配不上讣告中所提到的那些美德。其实是，由于我不幸的亡故，才有了这些散发着耀眼光芒的不实事迹。德国的一家媒体提到过，我曾经试图把飞机降落在乞力马扎罗山的峰顶，那座山峰我们称之为“奇波”。根据我1934年写的故事来看，仿佛我曾在玛丽小姐的陪同下让飞机着陆，并努力去接近一具金钱豹的尸体。那个故事叫《乞力马扎罗的雪》，还被拍成了电影。遗憾的是，我几乎没法耐住性子来告诉你最终的真相，说不定结尾就是我在玛丽小姐的陪同下，在乞力马扎罗山峰的峰尖上撞毁了飞机，那里大约有19 565英尺或者19 567英尺高，当然这要取决于你选择相信哪个勘测员才能确切知道高度，也许这座山峰会时升时降吧。

我们的任务之旅发生在拉提托基托克地区，位于乞力马扎罗山的斜面上，我们经常从它的侧面飞过，那里大约有15 000英尺高。但不管在任何情况下，我也绝不会把塞斯纳180型飞机停在这座山的峰尖上，这无异于“不断努力着迈向死亡”。能把塞斯纳飞机开到那里就是个不小的挑战，更不用说把它给开下山来，于是我们必须走很长的路，步行回到位于拉提托基托克的家。

下山要比登山容易得多，我们可以通过参加一个15英里的下山争夺赛来证明这一点。有一次，因为有一头狮子打扰了当地人的生活，这场比赛被迫中止。那次比赛可谓是非常有趣，而且那头狮子最后还是逃跑了。唯一的悲剧，虽不像某人发现了百兽之王那样令人感到惊心动魄，但我们也确实被迫爬了15英里的山路才折返回出发点。没错，这也许会让你保持健康，但绝不像晚饭后打几手桥牌那样轻松，特别是当老天爷开始下雨时，而你却没带雨衣，全身被淋透湿了。不过，在拉提托基托克，我用戈登先生那些出色的商品，把自己打扮得十分光鲜亮丽。我买了一件和库存在印度商店里的衬衫一样的衬衫，结果还被卖给了那位转信基督教的拉提托基托克当地人。在我看来，他实在是个不足取的家伙，他总是在拉提托基托克街头的角落站着，穿着一双大大的合脚的鞋子，还有欧洲的体面的衣服，而其他人只要穿得舒服就好，或光着脚，或穿着舒服的草鞋，斜倚在他们的矛上。

许多后迁来的市民，就是那些随身佩戴矛的各类人竟然成了很亲密的朋友。我也跟一位年长的马塞部落[1]酋长结为好朋友，并一起分享了他给我的那瓶塔斯克啤酒。在他的带领下，我们还射杀了一只骚扰牛群的狮子。尽管我也曾看过佩科斯法典[2]，但我实在想不出有任何理由不去跟这样一位老酋长结交，只要喝几杯酒，你就能从他嘴里了解他成为伟大统治者之后的所有事迹。而且，如果我胆敢拒绝跟他喝酒，就等于在执行一项庄严的绝交仪式。不过，他真的不该再喝那些产自种植园附近的劣质啤酒了。

虽然有些啤酒的确不错，我也经常喝。特别是对

---

[1]马塞部落（Masai），东非的一个部落，马赛人生活在非洲草原丛林，终年与野兽为伴，以放牧为生。

[2]佩科斯法典（the Law West of the Pecos），一部殖民地法典，禁止白人和非洲土著交往

那些马塞人来说，喝这些啤酒更有益于健康。但不幸的是，为了财富，以及为了嘲笑那些不跟他们一起战斗去杀死狮子的男人，他们养成了饮酒的习惯。这个地区的勇士们对一种产自南非，用船运到殖民地的酒精饮料十分痴迷，这就是金吉普雪利酒[1]。我是拒绝喝这种酒的，不管是谁敬我的。受道德感的驱使，我在马塞部落总是不遗余力地试图劝阻他们享用这种劣质酒。

那位老酋长和我曾与3个其他部落的首领有过短暂的交往。跟往常一样，他们开始讨论猎狮计划。猎狮日那天，还吸引了一些其他勇士加入。对马塞首领来说，把狮子赶出马塞，显然要比让他付奖金更加开心。

我的追踪者在山脉的左侧，而且我十分肯定，一个年老的象牙盗猎者是这场搜猎游戏中最棒的追踪者，他亲密的伙伴梅纳称呼他为“小阿拉伯”。他之所以愿意帮助我们指出追捕狮子的方向，其实是为了赎清他曾经犯下的一个严重的罪孽，我们所有人都因“小阿拉伯”的救赎之举而得到解脱，他的罪孽也和消费金吉普雪利酒有关。他的任务是在中路追踪狮子的踪迹，而他的速度也和我们左路的队伍一样迅速。

---

[1]金吉普雪利酒（Golden Jeep Sherry），一种原产自南非的雪利酒。

不然一旦狮子留下的踪迹换了走向，我们就不得不重新开始寻找新的踪迹；或者，一旦狮子跑向“小阿拉伯”的方向，我们就要抓住那只狮子；如果它真的跑向了“小阿拉伯”的方向，我们会尽最大努力杀掉它。

不管什么时候见到那只狮子，“小阿拉伯”都会尽力杀了它。此外还有3个最优秀的瓦卡穆巴部落的追踪者跟我在一起，其中一人有一杆12号口径霰弹枪，一人拿着我的577口径来复枪，还有一人拿着矛。我手中的是配有6颗220号子弹的斯普林菲尔德0.30-06型猎枪。我们把右侧留给了一个刚离开英格兰半年的年轻警官，他从来没有猎过狮了，一个同样是第一次参加猎狮活动的当地的马赛人和他在一起。

我们的罪孽无关魔鬼的意愿，而是发自灵魂的美好乐趣，我们希望那只狮子向右突围。但实际上，它既没有向右，也没有向左，而是继续它自己原先前进的方向，直到米哈那和我的人得知它已经大大方方地从这个国家逃离了。有一次，我们离它十分近，当时它正舒舒服服地躺在那儿休息，不过，它突然一跃而起，加速逃跑，这里套用一个飞机的专业术语，就是它急飞而去。我们还从它突然加深的足迹和跳跃的距离判断出它那时正在匀速小跑着。我们跟着它翻越了一座山，当爬上山脊后就不见了它的踪影。我们派米哈那前去侦察，他回来后告诉我们那只狮子已经奔跑着离开了这个国家。任务完成了，我们也返回到小山上。

那座小山也是我们的摄影师厄尔·斯森远足考察的始发地，由于实在很难记住“乞力马扎罗”这个词，又忘了用“奇波”这个词，所以人们总是称这座山为“那座让老爸挣回所有钞票的山”。在回到小山斜坡的路上，马塞人突然对狮子变得草木皆兵。他们总是突然大喊一声：“它在这儿！它在这儿！”

我全身被雨水淋湿了，到处都不舒服，因此脾气有点大，当然这和玛丽小姐被一个蠢货激怒时的大发雷霆还是不能比的，不过挺烦躁的。于是我说：“好啦，我美丽的莫纳丽，为什么你不进去把它给赶出来呢？”

马塞人还在不断地提醒我们有狮子出现，而瓦卡穆巴人都在偷笑，并尽量掩饰不让马塞人看到。“小阿拉伯”已经得到了救赎，看得出心情十分不错。明知道狮子已经不在那里了，而我又想被人视为无所畏惧的勇士，所以我真该从某个马塞人那里拿过一杆矛，狠狠地朝灌木击打过去，并大声地咒骂辛巴[1]先生或女士，如果它们胆敢出现的话。它们当然不会出现，

[1]辛巴（Simba），指狮子。

不过在重复了大约12次“它在哪儿呢？它在这儿”之后，我开始琢磨，如果此时真有一只我们没有发现的狮子藏在某处，那我可真要好好地活动活动手脚了。于是我说：“我们去拉提托基托克吧，瓦卡穆巴人可以在那儿解解渴，而马赛人也能畅饮牛奶和血的混合物。”

我当然知道他们一定会去喝金吉普雪利，不过我已经发过脾气了，所以现在我想表现得礼貌一些。于是我们向着拉提托基托克进发，而我们的猎狮行动也就此完美结束了。

这时，一个念头突然闯入我的脑海里，在我们的讣告里，要真实地陈述那两次坠机事故，或许还要谈谈人们在接受最终审判前、接受审判时，以及审判结束后的感受如何。

如果说德国的讣告充满着浪漫，洋溢着仙境传说[1]般的奇幻色彩，极尽赞美之辞，那么意大利的讣告就会忽略很多方面。我们总会对那些把我们描述成唯一的真正的朋友的人不胜感激，感激他们对我们直达心灵深处的了解。

其实，我从来都不知道自己的内心深处到底在想

[1]德国一种浪漫主义风格的艺术体裁。

些什么，哪怕只是1分钟，都会令我感到难以置信，所以这类讣告简直太令人吃惊了。事实上，我的内心深处或许才是最肮脏的所在，这样看来我倒是需要一份好的心电图报告。不管怎么说，我能够从这类讣告中感受到散发出来的浓浓友情。

我对意大利的喜爱，远远超过了我对个别意大利人的喜爱。这些“个别的意大利人”可能有些多。我们其实也并不情愿为他们写讣告。而且，我也相信，这一大群老朋友在看到尸体之前，根本不会相信我们已经死了。

我对英国报刊的了解仅限于一个朋友发给我的剪报，貌似各种观点都混杂在一起。

我觉得能让一个人感到最开心的就是读某些报纸——既不是《时代周刊》，也不是《观察家》或《卫报》——而是对一个人生活习惯和性格的描述，以及他是在何种具体的状况下死去。其中有些讣告出自于著名的报刊写手之手。这让我们必须下定决心，一定要在未来的日子里努力活得对得起或值得他们的这些褒奖。

在大多数讣告中，都会强调我们这一生都在追寻死亡。你能想象出一个用一生追寻死亡的男人在54岁之前仍没能发现它到底在何处吗？首先，我们或许在逼近死神的时候，能够切实地感受到它的存在。其次，就是去寻找它。找到它是件很容易的事，你只需在川流不息的公路上稍不留神就会与它相遇。当然你也可以从一整瓶的西可巴比妥[1]里，从任何一种刮胡刀片下，从你自己的浴缸里，或从一场不明智的争斗中找到它。有太多的方法可以找到死亡，这里就不再继续举例了。

尽管你这一生都在尽量小心，以逃过死神的魔爪，而从另一个角度来说，这是在了解死神，且留神不被它反咬一口，就好像你过去时常跟一个美貌妓女所做的事那样，它能让你毫发无损地、永久地进入梦乡，这样你就再也没有烦恼缠身了，也不必再日夜辛苦工作，这时你就可能被称作已经了解了死神，但实际上，你并没有去寻求过死神。因为你心里知道，只要你追求死神，你就一定会拥有它，而它赐予你的荣耀就是绝症。追求死神的代价实在是太大了。

这个道理很浅显易懂，我看到每当有人必须要赶出一份讣告时，最快捷的解决方式就是套上一个复杂的主题。我所见过最复杂的主题就是“由于我是一个男人，这是一个男人的宿命”。我确定最复杂的其实

[1]西可巴比妥（Seconal），一种安眠药的商标名。

是一个具有诸多道德标准的女人的一生。最近，我从报纸上看到的这些现象，似乎已经不是那么普遍了，但我知道它们还依然存在于一些懒人当中，他们不愿意在读报纸上花时间，甚至都不花时间索取赡养费。我一直认为一个严格自律的男人的一生，远比同样自律的女人的一生要来得容易。我们没有谁会存心让自己的一生在缺乏自律且丧失良好的道德标准中度过，虽然我们总是不由自主地试图那么做。

说到这儿，我现在最想去睡上一觉，然后做个美梦。我喜欢做梦，因为我的梦总是千奇百怪的，弄得夜晚几乎和白天一样绚丽多姿。它们全都是一些美妙如夜歌般的好梦，充满了节日的气氛和欢声笑语，还有我最近读到的那些讣告，这是我新的恶癖，不过却充满了诱惑。也正是因为对晚间多彩的梦境的向往，所以我从来不做白日梦。

很幸运，我的夜梦不是那种战后常会做的噩梦，就是时常在噩梦里后悔你曾在那场战争里错杀了很多人。在我的梦中，我一直是一个欢快和俏皮的人，对那类英雄主义有着朦胧的迷恋，这是我认为的最有吸引力的人格类型。在我的夜梦中，我始终是处在25~30岁之间，对女性和狗都有无法抗拒的魅力。在最近的一场梦境中，我甚至迷倒了一只漂亮的母狮。

在那场遇见母狮的梦境中，母狮后来成为了我的未婚妻，那是我从来没梦见过的最迷人的生物。它的性格中有着玛丽小姐的某些特质，也会突然变得很彪悍，我想起它曾做过的一件十分可怕的事。我还记得那场有关玛丽小姐和丹尼斯·扎菲罗一起共用早餐的梦，虽然他俩听后都十分吃惊，但好像还都挺欣赏那场梦的。在早餐时丹尼斯请我一起分享了一瓶啤酒，实际上我从不在早餐时喝酒，不过我还是坐下喝光了它，并想起了我跟美丽母狮共度的那个愉悦的夜晚。

我还记得在那场梦里，那只母狮为我开始了一场猎杀游戏，它想让一个男人品尝自己猎获的那些碎肉，不过并不是狼吞虎咽地吃掉那些生肉，而是把它们烹制成最美味的食物。它只是在黑斑羚的烤肉排上涂了一层黄油，同时还焖烧了黑斑羚的里脊，并在草地上招待我用餐，就和在巴黎的里兹酒店用餐差不多。它甚至还问我需不需要蔬菜，要知道它可是一个绝对的肉食主义者，我婉言拒绝了它的好意，反正也没有什么蔬菜可吃。

做这类梦已经或多或少成为我的习惯，所以还不至于离奇到让你无法理解，而且弗洛伊德学派的学者们也能对我的梦做出解释。可是下面我要说的这个梦却十分奇特，那是我在大脑烧糊的状态下做的梦，我可不会为它负责。这个梦真的是太离奇了，我还能记得我那脱线的某侧大脑曾对那些对话感到异常震惊。

在做那场梦的前几个晚上，在现实生活中，我曾经非常谨慎地赤着脚斩获了或者更确切地说是杀死了那群害人精中的一只。然后，在梦中，我看到尊敬的参议员先生站在月光下，手里还拿着他的矛。我认出了他，因为他的照片曾被刊登在新闻杂志上。

“嗨，参议员先生，”我说，“你好吗？”

“你身后那是什么？”参议员先生严厉地问道。

“是豺狗。”我开心地应道，“我刚猎到了一只豺狗。”

“我在追捕颠覆分子。”参议员回答说。

“有多少？”我问。

“成千上万，”他说，“你见过科恩和西恩吗？”

“没有，”我答道，“也许他们去了拉提托基托克。你能在那里买到可口的金吉普雪利酒。”

“可是他们从来不喝酒。”他再次严厉地说。

“真是可怜的家伙。”我说，“我的帐篷里还有饮料呢。”

“西恩已经不再是我的战友了。”参议员说，接着他似乎努力挣扎着补充道，“又或许是科恩。”

“真的十分不幸。”我一边说着，一边将矛托插在地上来表达我的同情。在梦中，参议员紧紧地握了一下他的矛。

为了制造话题，我问道："休伊·朗现在还好吗，参议员先生？"

"谁？"

"路易斯安那的休伊·朗（民主党人），我朋友西摩·威斯在N.O.开了家名叫罗斯福的酒店，休伊·朗是他的好朋友。"

"哦。"参议员应了一声，他也把矛托插在了地上。

"朗参议员是一个很有发展前途的男人。"我回忆着，"他有很多追随者，他应该会走得很远。"

"他不过是个可悲的家伙，"参议员说，他看着那流转的月光补充道，"即使他是个民主党人。"

此时，由于脑震荡的缘故，这个梦开始变得有些离奇了。

"你要不要把靴子脱掉？这样你就能慢慢靠近豺狗群。"我问，"我在它们经过的地方留了记号，风向也很适合靠近它们。"

"这是小孩子才玩的把戏。"参议员说。不过他没有伸出手去拔出插在地上的矛。"我出来追捕的目标是所有有真正美式生活方式的敌人。"

"我就是为了追猎豺狗。"我说。

接着，我想我梦中说的话可能有些粗鲁，不爱国且冷淡无情。“如果你找到任何活着的颠覆分子，而他们还没有被土狼吃掉的话，请把他们拖出去枪毙。我要跟我的追踪者们一起继续这场追猎游戏了。我不确定我的伙伴能否跟科恩和西恩一起工作，不过他们都十分出色，很有能力。他们能从这里追踪一个男人或一辆车，一直到内罗毕。”

“我把西恩给弄丢了。”参议员说。

“太不幸了，”我在梦中这么说，同时也被他深深地打动了，“他是怎么被弄丢的？”

“他被士兵抓走了。”

“参议员先生，”我在梦中说道，“我真的很同情你。对于一个对美国忠心耿耿的人来说，这是怎样悲哀的命运呀！也许我可以护送你到你的营地。”

就在这时，我突然被梦中我那罪恶深重的言语惊醒了，这可是一个已确诊患了脑震荡的大脑所制造出来的奇特产物啊！接着，我开始回味，这多有意思啊！如果不是那些未知液体溢出了我的左耳和头部相连的关节处，而且还带着些许臭味，我还会赤着脚在夜里和我最好的两名矛手一起打猎呢！我第二好的矛手是拉提托基托克百货商店的罗斯翰小姐推荐给我的。如果这也算得上叛国，我想那也只会发生在我的梦里。

你们大多数人或许都知道，非洲的夜晚跟白天差别很大。在晚上，很少有人能不借助车头灯而看见东西，不过打开车头灯会吓到动物，可能还会把它们激怒。日落后，在营地燃起熊熊的篝火，这时你最常做的事就是和你的白人猎手，还有其他伙伴们一起坐着打发时间，讨论白天发生的事情，并且计划明天要干什么。

你可以小酌一番，然后在防水布做成的浴盆里舒舒服服地泡上一个热水澡，你可以用灶火烧热洗澡水，接着，穿上宽大的睡衣和防蚊靴，披上罩袍，去火堆那里再喝上一杯，同时等待晚餐出锅。用完晚餐后，你就可以上床睡觉了。床上罩着蚊帐，你可以马上就入睡，或者在床上躺着聆听那些动物的声音，直到晨曦初现的前半个小时再沉沉入睡，不过此时也是你的随从为你沏上一杯新茶，把你唤醒的时候，当地人把这种茶叫作“chai”（音柴）。如果你不为某个白人猎手工作，那你就不用遵循这一套礼节，除了你自己的戒律之外，你也不用受制于别人定下的纪律，那么你就可以在晚上自由地做任何你想做的事，这将会是你在非洲最美妙的时刻。

在夜间，动物的行为和白天相比可完全不同。比如，在白天几乎总是很安静的公狮子，会在夜里自己默默地狩猎，还会时不时发出一阵咳嗽、咕噜或咆哮声。我一直怀疑，它是在用这种方式，跟其他的狩猎伙伴交流，也没准它只是想做个游戏，在夜里可以一边安安静静地睡觉，一边让同伴们知道它的位置。还有种可能，它总是咆哮，就像爱尔兰人在公共场合喝酒时的偶尔行为，或者是因为消化不良才咳嗽，发出咕噜声，也可能是因为狩猎遇到了困难，而令它的脾气变得暴躁。

鬣狗跟在公狮子后面捡食吃，一旦公狮子或公狮子的情人们杀死了某只动物，你就能听到鬣狗之间在对话。这个时候你可能会听到鬣狗的笑声，它们在夜间发出的声音一般是十分欢快的，我相信它们一定是在相互交谈。

在夜间带着矛打猎，你还能听到许多其他的声音。你能听到牛羚的警告声，造物主特地把这一类大型的羚羊设计成一头水牛或者野牛的模样，它似乎试图通过这种方式把自己扮成一种危险的野兽。在夜里，如果你在地上看到它的影子，你可以蹑手蹑脚地靠近牛羚（你也可以叫它角马），然后用矛尖捅捅它的臀部，这时，你就能看见它一跃而起，同时发出威胁的低吼。这时，你就可以大方地跟它打个招呼：“嗨，牛羚老兄，是你在那里吗？”

你还能在夜里看到很多蝙蝠耳狐。这种可爱的小动物住在地洞里，你只能在夜间看到它们。它们以昆虫或者其他的“小鹿”为食。这里提到的“小鹿”并不是真正的鹿，而是《李尔王》中的人物，即“可怜的汤姆”落难时用来果腹的小动物们。莎士比亚研究学者吉尼·图恩先生可以提供原作的引文。蝙蝠耳狐除了耳朵以外，看上去就好像一只真正的狐狸，它的耳朵至少是演员克拉克·盖博的3倍大，当然如果和大象比，还是不自量力的。

你也会听到一只金钱豹的声音，我们管它叫“崔先生”，它总是一边跳跃着一边发出短促的低吼。你绝不会把那低沉的男低音错认为是另外一只野兽。夜里，如果你听到“崔先生”在你的左面出现，聪明的话你最好向右转。“崔先生”是一种十分重要的野兽，它也有缺点，但作为一种优秀的野兽，它可是配得上这荣誉的。

如果你听到“崔先生”沿着小溪走动或在林间工作，通过那些狒狒的喧嚣声，你就能大致了解到它的行进路线。狒狒们总是被它低沉的吼声惊得四下逃窜，不时发出尖声的诅咒，提醒其他狒狒赶紧逃上最高的树梢。天亮后，跟着矛手夜猎归来，一路上我还能看到在溪边那些无花果树的树顶上结出的“狒狒果”竟然比无花果还要多。如若不是“崔先生”的功劳，谁又有能耐把它们挂在那样一个高难度的地方呢？

一想到我在被允许自由游历的这段时间里所经历的这些美好时光和美妙夜晚，我就宁愿不再去思考未来，而下定决心将自己沉浸在对过去的美好回忆中。

这些回忆不包括那些让我烦恼的往事，我对之前所犯过的错误，还有那些使人们陷入悲哀的横祸厌恶不已。我试着去想我所认识的那些行为良好的人，还有可爱的动物，以便能把那些令人讨厌的家伙忘掉。我还想了很久我的狗（小布）——“黑子”。在没有主人的那两个冬天，这个可怜的小东西是如何在爱达荷州凯彻姆市[1]度过的？它显然是迷路了，又或者是被某些夏季汽车旅行者给抛弃了。我们所遭受的任何小苦难，跟“黑子”的漂泊流浪相比，都会变得不值得一提。

我是在凯彻姆遇见“黑子”的。当时我住在一间圆木屋里，玛丽和帕特里克各自打死了一只鹿，挂在谷仓敞开的门上，另外还有一串绿头野鸭被挂在了猫够不到的地方，旁边还悬着一些松鸡、鹌鹑和其他美味的鸟儿。或许我们一看上去就像是那种会在团队中精诚合作的好人，于是“黑子”做出了重大的决定，那就是放弃它漫无目的的游荡生涯，而把它的命运和

[1]凯彻姆市（Ketchum），美国爱达荷州的一个城市。

我们紧紧地联系在一起，从而成为我们很好的伙伴。它的忠诚的确让人刮目相看，但是它的胃口也很大。它睡在壁炉那里，完美的举止体现出良好的教养。

等到了要离开凯彻姆返回古巴的日子，我面临着一个重大的道德问题，我无法知晓一直在冰天雪地里长大的厚毛小狗能不能经受得住古巴的炎热。但是小布在我们打包装车的时候就解决了会被我们扔出车外的问题。就算它真被我们扔出去，我想它也会立即跳回车里并且用那可怜的女人般的眼神来看着我们。

“我的小黑狗，”我问它，“你会开罐头吗？”

布莱克给了个否定的回答，所以我决定不把它和罐头狗粮一起留在凯彻姆。那时正是凯彻姆市第一次给狗登记的时候。以前在凯彻姆，如果一个勇士身边没有狗伴随，是不会被人尊重的。不过后来几个宗教狂热分子进行了一场改革运动，在改革中赌博被取消了，而另外一个改革——餐饮业的改革是禁止主人带狗进入公共场所用餐。我们每次经过阿尔宾的一个赌博和餐饮结合的区域时，小布总咬拽着我的裤腿跑，因为阿尔宾有整个西部最好的铁板牛排。小布很想我能点个大牛排，再说要穿过阿尔宾去一个叫特拉姆的地方太难了，虽然那儿的牛排很好吃，但是有点小，所以我们还是来了阿尔宾。最后，我们决定带小布一起去古巴。

我本想把它带到非洲的，但实在是困难重重，还有我担心“崔先生”会吃了它，因为比起狒狒和其他的非洲当地美味，“崔先生”还是更喜欢狗肉。我至今都不明白猎豹为什么那么热衷于狗肉，但是我敢肯定的是，如果你有一条狗置身于周围到处是大猎豹的环境中，那么你八成要失去它了。“崔先生”能在半夜三更神不知鬼不觉地潜伏到你枕边，直到你被它那软胡子扎醒。

这是上周一位叫丹尼斯·扎菲洛的年轻人在马加迪[1]附近露营时遇到的例子。他滚到床底幸运地用枪对准了猎豹，杀死了它。当时那猎豹离他已经只有枪管那么点距离了。这类事件也给野外打猎的生活增添了很多的乐趣，我想起了一系列类似的事件，但是我不愿详说，因为没人会相信。

天刚亮，我就起来了，怕把玛丽小姐吵醒，就跑进了浴室。我在浴室点上1盏灯，检查了身上5个洞出血的情况，有些权威人士说人身上有7个洞，那是他们把鼻孔和耳朵孔算成2个。幸好伤口基本没有什么出血的情况。我的感觉良好，可又有点感觉没醒过神来，所以我就穿上一两件毛衣和一件夹克衫，再把自己裹在毯子里，坐在房间的窗边，观察大清早内罗

[1]马加迪（Magadi），肯迪亚的一座城市。

毕的交通状况。

交警们坐在送他们到各个岗位的早班卡车上，一边打着哈欠，一边伸伸胳膊腿，然后下车慢悠悠地向要执勤的街道走去。当地人都是一大早去市场，很晚才回来，女人们满载着东西，男人们则走在一旁很敬慕地欣赏着他们的妻子展现出来的力量和美貌。很多印度人跑来跑去地为金融业服务。一辆小车开过去，车顶上是鲜花。此时还没有小流氓来闹腾。旅馆门口那些执法的车也还没有行动起来，带枪站岗的士兵也还没到。成百的非洲人和亚洲人骑着各式自行车在大街上穿梭不息。这时候，我要继续我那新养成的坏习惯了，开始阅读昨天没有读完的讣告。

当我正沉浸在读讣告这个能让我感到很满足的坏习惯中时，玛丽醒了，她首先说："他们还没把早茶送过来呀！你在那儿读什么呢？"

"宝贝儿，"我说，"我正在观察清晨内罗毕的交通状况呢，还有就是读几份昨天晚上送来的讣告。"

"亲爱的，"玛丽小姐说，"你还是不要再读那些讣告了。我觉得这是不太正常的，毕竟我们都还健在，所以读这个有点虚伪。我们不要去读别人的讣告，而我也真不明白我们为什么要读自己的。再者，总读讣告对你有害无益。"

"宝贝，你说得很对，"我说道，"但是这已经成了我的一个坏习惯了。”

“亲爱的，”玛丽小姐又说，“难道你觉得你的坏习惯还不够多吗？”

“确实不少。”我说。

“还有，”玛丽说，“我们今天要去政府办公厅吃饭，我希望你能表现出最好的状态。”

我思前想后，考虑着怎样才能把自己最好的状态表现出来，我还特意参考一下我的讣告，看一下我最好的状态是什么样的。的确，去市政府吃饭不能太随便了，我得先省点力气，把这个读讣告的坏习惯放下。我们准备去市政府办公厅了。

在市政府过得很愉快，市长和他的妻子都穿得光鲜亮丽，我还偶遇了一对老友，并与他们聊了一会儿，然后我们就返回了旅馆。我这会儿确实不再读讣告了，因为我是一个坚强、正直、说话算数的男人，并且我也答应了我亲爱的妻子玛丽小姐不去读，但是我恐怕还是改不掉这个坏习惯，或许从某种意义上说是在偷偷地读，比如，我会躲在厕所、浴室这样的小空间里读讣告。我在厕所的马桶座上铺了张毯子，这样我就能读得舒服点。对这些过去做过的事，我得说，我后来把讣告都扔到马桶里冲走了。

当然，我还要把这最真实的情况说明一下，我承认我是把讣告剪下来保存在粘贴簿里了，其中一本粘贴簿的封面是斑马花纹的，另一本是狮子皮肤色的。有了这两本好看的小簿子，我就不容易丢弃这个坏习惯了，我打算至少一年读它一次，以此来激励我昂扬的斗志，来和那些从沉寂中恢复过来的重新开始论战的批评家展开较量。因为我与玛丽小姐都十分同情生命，即使是最弱小的生命形式，我们希望能一起以体面的方式离世，这也给一些评论家一个休整的时间。与此同时，我们也希望能够快乐地生活并且能随时随地写作。

形势报告

《观察》　1956年9月4日

哈瓦那

“我们读得书越多，就越快察觉到一个作家真正的功能除了写出杰出的作品外便无别的目的了。这是显然的，而且是理所应当的。可是很少能有作家承认这一点，并准备好把自己已经获得盛名的那些光鲜的却平庸的才华抛却。写作的人都希望自己的下一本书能成为他们最好的作品，因为他们不会承认正是他们现在留恋虚名的生活使他们无法创造出一些不同或更好的作品。”

“所有的出行都是为了新闻报道、记者采访、进行演讲和给电影写剧本，无论这些周遭事物是多么富丽堂皇，却都只是些实质上令人失望的虚名而已。把才华完全投入到这些浮夸的追逐之中实在是愚蠢至极，因为这样做的话，好点子会被断定为坏点子而被遗忘。这种虚浮的工作本质上是不会持续长久的，所以我们根本不应该去做……”

这是英国作家西里尔·康诺利（Cyril Connolly），在一本叫《不平静的坟墓》[1]中写的话。不管这本书已经有多少人读过了，但可以肯定的是将来一定会有无数的读者。

因此，重新阅读并停下手上你所钟爱的、信任的和已经写了850页的手稿，然后花上4个月去写另一个你所喜爱和信任的电影剧本并去拍摄，你就会知道这时，甚至直到你死，你都再也不会把手中打你出生时就被训练的工作停下。即使你几乎在任何一个星期都能读到一位好友的讣告，可这算不上一种承诺，但这是一种保持下来的习惯。

[1]《不平静的坟墓》（The Unquiet Grave），又译作《坟前悼亡妻》或《悼亡妻》。

一群蠢蛋在一起，既不令人兴奋也毫无益处，因此人们总会对蠢蛋避而远之。有很多方式能让你远离蠢人，而你也能学到绝大部分。但是蠢蛋和庸才、谄媚者和冥顽不灵之徒，还有那些软蛋实在是太多了，新的抗生素也逐渐使这些人获得了不朽和永生，然而那些你所关注的人却每个月都有离世的，或为公众所知，或默默无闻。从某种程度上来说，那些死后被登载在《纽约时报》上的人要比被登在《西礁民报》或《比林斯公报》上的人高兴些。

玛丽和我不仅在这儿居住，还在这儿工作，一直到被访客打扰而不得不离开。在这儿的生活真是十分美好愉快，现在依然如此，每当我们去了别处之后，都会回到此地。此地是家园，而且你不必逃离家园，相反你得好好守护她。西班牙和非洲都是好地方，但那儿已经被很多人占据了。当然还有没被完全占据的和没被破坏的地方，这就需要你自己去寻找。

我喜欢的怀俄明、蒙大拿、爱达荷那些地方和那些我们可以像现在这样在6月底离开的地方，都已经被太多人占据了，而且现在也没人知道他们老了之后是不是还会住在那儿。那些发展或掠夺一个国家的事物也会使之毁灭，因为这些人在国家毁灭前就已经知晓了这个结果。

我们必须在这个秋天休息一下，让欢乐和烦扰纷纷远离。这样我们才能抽出时间离开我们居住了两年的热带地区，去一些不同的地方看看。我们本打算去非洲，但是那儿前一年就没下雨了，而我们也不想那么快就再看到一场干旱。我们可以等下完雨后再去那儿。与此同时，这个夏天我正在瞭望别墅里写书。电影的事情算是结束了，而且今后也不会再有别的电影方面的工作了。

至于新闻报道，每天都有，我自小就被训练写这个，而且你是诚实地完成写作又不是去嫖娼。在这本书完成前也不会有新闻报道要写了。

这个情况报告是关于我们回去继续写那本长篇大书之前事情的进展的。另外3本书已经完成了，这一部分可以说明事情到目前的进展，并且在一些糟糕的经历之后，我希望能高兴点。

没有人能在炎热的日子里连续数月工作而身上不发臭。为了停下手中的活，我们从春天到秋天一直都在墨西哥湾钓鱼。海上每一季的变化都和我们在陆上所见到的一样。海流的翻滚涌动让海上的生活充满着趣味，而且你根本不知道每天会遇到什么。

海潮推着湛蓝的海水涌向岸边的时刻决定着每天出海是早还是晚，当海流翻滚时，飞鱼就从我的皮拉尔船下跃出水面，你甚至还有机会抓住海豚和金枪鱼，也能抓住白皮旗鱼，然后再让它溜走。

当你在海里钓够了鱼，就到岸边游会儿泳顺便喝一杯，这时候老伙计哥利各欧就开始做午餐了。傍晚时分，要逆着海流回来，要等到太阳落下才能到家。春天和初夏时分能抓到小枪鱼，而大的要在夏天和秋天才有。

在以前，去古巴的好理由就是去钓鱼。把手上的工作放下，好好休息个一百来天，过着日出而钓，日落而歇的日子。而现在是在乡里、山间的时光，想要钓鱼可得选个日子。

在秘鲁时，我们为了拍电影而要去抓大鱼。那儿的风朝夕不停。吹到你屋里的沙子是从沙漠一路飘过来的，把门撞得“噼啪噼啪”响，最后飘到海面形成沙滩。

我们一共钓了32天的鱼，从大清早开始，直到光线不足无法拍摄，并且这时的海浪就像从高山顶上倾泻而下的积雪一样翻滚涌动。通过浪顶向岸上看去，沙子的阴霾随着风每天冲刷着山峦。

海鸟们蜷缩在悬崖的背风面，当鸟儿发现从岸边游过的鱼群时，它们就冲出云层深深地扎进水里抓鱼，而秃鹰们却在沙滩上吃死鹈鹕。这些鹈鹕通常是在潜水捕鱼时胀破了大嘴而死的，秃鹰沿着沙滩朝鱼群的反方向飞着，叼起一只体型巨大却没什么分量的死鹈鹕。

这儿的枪鱼挺大的，而且没有古巴那儿的枪鱼那么凶猛。但是它们过大的体积和重量也阻碍了它们在水中畅游，而且你得让一条跟你的渔叉缠斗了8~12分钟的大鱼再游走，然后根据胳膊、后背、脚底的用力程度来判断这条鱼的重量，等到这条鱼精疲力竭时，就叫哥利各欧对准镜头用渔叉抓住它，好让摄像机拍到电影需要的镜头。

这些活儿的确每天都把人累得半死，不过还是趣味多多，因为一起工作的伙伴都很棒，再者，这一片全新的海域让我很好奇。当然我也十分乐意回到古巴的皮拉尔船上。

回到秘鲁这个赤道以南420英里的地方，我的玛丽小姐在这里待在主摄像机甲板上给说西班牙语的印裔船长、船员们和一群美国摄影师当翻译，整天应付这、应付那的。有天晚上，玛丽说成为她丈夫的首要条件是能否持久地战斗。

玛丽的确是能持久战斗的，且十分能干。她勇敢、迷人、幽默、热衷于观察，是一个乐于伴在我周围的好妻子；她对捕鱼十分在行，很会用枪打鸟，很会游泳，很会烹饪，很会品酒；她是一个优秀的园丁、一个业余天文学家、一位艺术门生；她懂政治经济学、斯瓦西里语、法语和意大利语；她能开船或做一个西班牙式的家庭主妇；她有一副漂亮的嗓音，能唱优美的歌曲；她认识很多军官、海军上将、空军元帅、政客和重要分子，诸多很有意思的连长、前任营长、酒鬼、不法分子、牧羊犬、调情高手、咖啡店的谈客、沙龙光顾者、飞机驾驶员、赌徒、好的和坏的作家，还有失败者等。

玛丽还能用巴斯克语唱歌，还是一位卓越的但射击不太稳的步枪射手。她容易发火而且会说她那口漂亮的斯瓦西里语——“Tupaile chupa tupa”——把空瓶子扔了。

她不在的时候，瞭望别墅就像一个她没有叫人扔掉的空瓶子一样，而我就像收音机没了电池，也没电可接似的，无聊寂寞地住在里面。

但是她受不了那些愚蠢的人。她有很大的能量，也能好好工作，同时她也知道如何像只猫一样偷懒。

从基韦斯特到迈阿密坐快一点的飞机不到1小时就到了，所以想当叛国者难度有点大。我从未被要求必须成为一个爱国者，却要经常参与战争并为之纳税。一个移民国外者（我查了查拼写），是我从未考虑过的词。我出生在伊利诺伊州的库克镇，我还是作家的时候就把土地转让给了卡尔·桑德伯格。然后他转给了詹姆斯·法雷尔，接着又转让给了纳尔逊·艾格琳，在他们各自上了年纪后又转给了别人。他们把那块土地经营得很好，对此我无话可说。

在别的地方提出一些要求是可能的，而且我很高兴并不是所有的要求都是突然出现的。其中一些要求在这儿。

如果你想找自己的同胞，只需下班后开车到哈瓦那的弗洛里迪塔酒吧即可。来自全美各州的人在那儿玩乐。那儿有海军军舰、巡洋舰停泊；还有你熟识多年的海关和移民局的官员，一些刚上手或玩得好或运气有点背的赌鬼们，大使馆的几个角色，有野心的作家，有收入的或生活无着落的写作者，城里医院来的到古巴开研讨会的内外科医生们，慈善俱乐部、慈善互助会、兄弟会、圣地兄弟会的成员们，美国退伍兵协会、哥伦布骑士会的朋友，漂亮的竞赛赢家，一些遇上了麻烦在门口请看门人递纸条进来的朋友，一些下个礼拜即将被干掉的朋友，一些明年才会被干掉的哥儿们，联邦探员、天仁联邦探员；偶尔你的银行经理和其他的谁谁谁也都在，更不用说你的古巴朋友了。

最令人高兴的夜晚，我是在弗洛里迪塔度过的。

我清楚地记得当时有几支舰队在古巴停泊，带来了一年一度参与巡航的见习船员们。玛丽那晚不在，我有点寂寞无聊，也想进城去逛逛。一些读过书的见习船员下午早些时候来问我对于艾兹拉·庞德的观点。尽管这个话题是复杂的，但是这些观点很简明。关于庞德，我告诉他们，应该会被从圣伊丽莎白医院放出来并且没人会再干涉他写诗了。

这次来的一群海军军士长都戴着再入伍的标记，他们是来看老欧内的。他们怀疑这些关于庞德的讨论没准会让他写不了东西，他们可绝不愿意看到这样的事情发生。

“告诉我，”一个军士长说，“他们必须要在我们到达之前就离开这儿！到底是哪些胆大的敢在我活着的时候来烦你？”

“欧内老兄！”这个军士长对我说，“到底是谁敢不让你思考写作？从今往后，我就是你的保镖和私人助理，放心交给我来帮你处理所有的公关事务。”

“士官！”我说，“你，我的老弟呀，你现在就是我的私人助理，我的公关助理。”

“长官，”他说，“希望我们之间能多些亲近，尽管有时我们在压力下像男人似的对话，长官，我早已经为了这一机会准备多年了。”

“去弗洛里迪塔。”我说。

“你们听见了吗？”那位军士长说，“还不赶紧出发去弗洛里迪塔！”

在去弗洛里迪塔的路上，我们在快速公路允许的范围内，打开了这辆克莱斯勒纽约人敞篷车车门。军士长说：“欧内，长官，这车还是挺不错的，除了漆得像个消防车。但就目前来看你还是希望有辆大车吧！”

“这车已经挺大了。开得稳当点！”我提醒司机居安。

“是的，长官，”军士长说，“眼睛瞪大点，荷雷。”

那会儿，弗洛里迪塔挺拥挤的，但我看见公关经理从厕所边那个我们常坐的角落里轰出了几个人。

我们坐在角落里讨论文学问题，并且谈得十分深刻。另一个士官说：“我最喜欢你的《下雨时节》《穆尼的六便士》，还有《通天塔》。”

“麦克，”我说，“你记错了，都不是我写的。”

“他大概是说《春潮》。”一个我们这儿的士官说，“我喜欢那个情节，就是那个没手的印第安人打中了水塘边的棍子。”

“《穆尼的六便士》的确是本好书啊！”那个新来的士官还不服气地说。

“都是欧内写的，”我的助理说，“他只是太谦虚了，他把这些写在一本书里。但别人的都是旧版本，你们很幸运读到了，士官。”

接着我们一起切磋了会儿歌艺，很轻柔很意外的曲调，那是一首美丽的歌谣，“在老黄浦江畔的水塘边一起降落。”

这时，我被那边和海军上将及其他几个人坐在一块的海军公使看到了，他们都着便装。

我曾经避开了他们一次，但这次他们又看到我了，我说道：“失陪一下，先生们，我必须得到那边儿去，与一位看上去挺友好的朋友打个招呼，如果不去，他会觉得我很失礼。”

“小心点，长官，”我的助理说，“要我陪你一起去吗？欧内，他们看上去不那么友善！”

“不用。”我说，“你得给我好好看着这一摊子人。”

于是我去了那边一桌，和我朋友坐在一起，上将见我来访，十分热情地陪着我聊天。

我们聊了一会儿，我听到耳边有人说：“欧内，你做什么呢，怎么在这儿和普通老百姓待在一起浪费时间？”

上将站起来说道：“抱歉，小伙子，但我是你们的将军。”

“将军阁下，抱歉，长官。我之前没见过您，长官，所以没认出，您穿的是便装。”

“不用紧张，我能理解。”上将说。

“将军阁下，我很尊敬地请求您，长官，想请欧内回我们那儿去。”

“不需要请求，”上将说，“海明威先生说他早该回去了。”

“谢谢您，长官。”

那个夜晚回想起来真是美妙无穷。最后，军士官说：“欧内，我真想继续干这活呀！我把这活做得多卖力、多漂亮啊！我很适合这份工作。”

“我也觉得你做得好极了，军士！”我说，“我的私人助理和公关助理非你莫属，绝对的！”

“都快点站好，你们这些人”军士官喊道，“让欧内赶紧上车，他需要回家好好睡一觉，然后好好地思考，明天好好地写书。”